诸神之城

ELANTRIS

伊岚翠

[美]布兰登·桑德森 著

安珀 Lizzy 译　李天奇 译审

上海社会科学院出版社

即将首次阅读我的作品的中国读者们，我要对你们表达格外热烈的欢迎。谢谢你们选中了我的书，愿你们享受在字里行间发现的一切。等了这么久，我的书终于在中国出版了，这让我非常激动。我曾在亚洲地区生活过两年，中国源远流长的神话与文明为我的写作提供了不少灵感。

我写的书被归类为奇幻。奇幻是我热爱的题材，我已在其中深陷多年。但在我看来，有太多的人只根据简单的类别定位就对书籍做出草率的评判。在我的书中，我不仅营造神奇而令人惊异的气氛，也描绘人类自身所处的状况，竭尽全力将幻想和真实融为一体。对我来说，只有作为科学分支的魔法才最为有趣——只是这门科学并不存在于我们的世界。

在我接触过的中国民间传说和电影中，我也看到了类似的东西。精彩神奇的情节永远掩盖不了角色命运的意义——那才是故事的核心所在。

衷心感谢你们抽出时间阅读我的作品。希望你们能在这些书页中找到具有深度、值得去爱的事物，发现美好有趣、但同时又令人深思的东西。

布兰登·桑德森

当我知道《伊岚翠》要在台湾出版时，我感到非常高兴。我大学时代在韩国住了好几年，也就在同一时期开始构思这本书。从那时到现在，我对中国文字一直相当着迷，而我在中文上的研习（主要着重于它与其他语言，例如韩文和日文如何互动）孕育出本书中艾欧的概念，以及整套魔法系统的运作方式。

关于这本书，我常被问到两个问题。第一个问题是我为什么选择写单行本，而非一整套系列，第二个问题是我写这本书的意义，它的中心思想是什么。我想借此机会讨论一下这两个问题。

《伊岚翠》是一本单行本格式的大架构史诗奇幻小说。在这个主题领域中，这种格式算是少见的，因为现在似乎没多少人在出奇幻单行本。

我选择写单行本主要因为下列几个原因。首先，我喜欢单行本。我觉得能在一本书中说完一个奇幻故事，却又保存其架构之宏伟需要技巧，也有其独特的文学之美。我喜欢以出版这样一本单行本的方式对市场做出宣告，我认为我们都需要更多像这样的一本就可以完结的故事，能让更多的人以轻松的心情开始阅读。而且有些故事本就应该在一本书中结束，不需要勉强把它很不自然地拉成四五本，形成一个系列。

第二个问题比较难回答。这本书的意义是什么？它有什么暗喻？毕竟这本书讲到了落魄神明、宗教暴政、腐败政权，是否和我们的世界有直接关系？

说实话，我觉得这种问题很难回答，因为一方面答案很简单，但这答案是大多数人不要听的。我不知道它有什么意义。我不是为了要让它有意义才写它的。

这本书在讨论什么？它可以被看成在探究该如何面对慢性疾病；它可以被视为在讨论弱势小国如何在强权环伺下努力生存；它可以被认为在展现艰难困苦中的一点希望和乐观的力量。

可是我必须实话实说，这些都不是我在写这本小说时思考的主题。对我来说，这本书只讲一件事——人。尽力而为的人；活着，生存，挣扎着了解自己在世界上生存意义的人。雷奥登、莎瑞娜、拉森，三个不同的人，十几个不同的动机。

希望你从认识他们的过程中得到乐趣，一如我在撰写他们时的心情。

布兰登·桑德森（Brandon Sanderson）

幕起

伊岚翠（Elantris）曾经是座美丽的城市，一座力量、光辉和魔法之城，人人称其为诸神之城。来访者说连那里的石头都从内部散发出一股光芒，这种令人赞叹的神秘奇迹在这座城市里随处可见。当夜幕降临时，伊岚翠就会如一团巨大的银色火焰般闪耀，即便在极远的地方也清晰可见。

伊岚翠已是如此壮丽高贵，它的居民却更甚：他们的头发是那种耀眼的银白色，他们的皮肤如纯银般闪耀着金属光泽，伊岚翠人就像他们的城市本身那样炫目耀眼。传说他们是长生不死的，至少是接近于此；他们的身体有快速的自愈功能，强大的力量、敏锐的洞察力与惊人的速度佑护他们免受侵害，他们只要单手挥动便能发动魔法。人们从欧佩伦（Opelon）的四面八方赶来此地，就是为了领受伊岚翠神奇的治疗术、食物与智慧。甚至可以说，他们曾是欧佩伦的神。

而且任何人都有可能成为其中的一员。

"宵得术法（The Shaod）"是一种转化的魔法——它往往发生在夜晚，当生命慢慢进入休眠状态的神秘时刻随机降临。宵得术法可能会找上乞丐、手艺人、贵族或者士兵，当它降临时，这位幸运儿的生命将会终结，开始一段崭新的人生；他将抛弃原有的世俗身份，搬入伊岚翠。在那里，他将活在极乐世界之中，用智慧统治一切，被永远崇拜。

然而，这种永恒却在十年前终结。

第一部

PART ONE

伊岚翠之影

第一章

阿雷伦（Arelon）王国的王子雷奥登（Raoden）这天清晨醒得很早，完全不知自己已受到了永恒的诅咒。他睡眼惺忪地坐起来，晨曦柔和，却依然被晃得睁不开眼。在他敞开的阳台外，宏大的伊岚翠城就矗立于远方，斑驳高墙的阴影笼罩在雷奥登自幼生长的凯伊城（Kae）之上。伊岚翠的城墙高得无法想象，但王子还是看得见墙后那些耸立的黑塔，破损的塔尖仿佛暗示着隐藏在墙后的陨落的荣光。

这座被遗弃的城市看起来似乎比平时更加阴暗，雷奥登盯着看了一阵才移开目光。巨大的伊岚翠高墙让人无法视而不见，但凯伊城的居民仍设法无视其存在；回想起那座城市曾经的美丽令人痛心，使人不禁想探究宵得术法的祝福怎么会在十年前变成诅咒……

雷奥登摇了摇头，爬下床。对于这么早的时间来说，这种温暖显得有些异样，当他胡乱披上长袍时居然感觉不到一丝寒意；他拉了拉床边的铃绳，通知仆人他要吃早餐了。

这是今天的另一件怪事，他居然饿了——而且是非常饥饿，几乎无法抑制。他向来不喜欢丰盛的早餐，但今天早上他却发现自己正迫不及待地等着食物的到来。终于，他决定派个人去看看为什么过了这么久早餐还没准备好。

"埃恩（Ien）？"他在尚未点灯的房间中喊道。

没有任何回应。雷奥登为侍灵（the Seon）的偷懒皱起眉头。但是埃恩能去哪儿呢？

当雷奥登站起来时，他的目光再次落到了伊岚翠城上。蜷缩在这伟大城市的阴影下，凯伊城看上去就像个无足轻重的小村庄。伊岚翠，黑暗而庞大——早已不再是座真正的城市，只是具遗骸。雷奥登忍不住打了个寒战。

忽然传来敲门声。

"总算来了。"雷奥登边说边去开门。伊萝（Elao）端着一盘水果和一些热腾腾的面包站在门外。

还没等雷奥登伸手去接，盘子就从受了惊吓的侍女手中滑落，结结实实地砸在地板上。雷奥登僵在那儿，任由托盘的金属撞击声在空荡荡的走廊中回荡。

"我主（Domi）慈悲！"伊萝低声说道，眼里透着惊惧，手颤抖地握住脖子上挂的珂拉西（Korathi）垂饰。

雷奥登想要帮忙，但侍女却惊恐地退后一步，踉跄着飞快逃离，还差点被甜瓜绊倒。

"搞什么鬼？"雷奥登问。接着他看见了自己的手，它们先前隐藏在昏暗房间的阴影中，现在暴露在走廊闪烁不定的壁灯下。

他转身奔回房间，撞倒了挡道的桌椅，跌跌撞撞地找到了房间里的穿衣镜。拂晓的微光正好转强，足够让他看到镜中的自己。一个陌生人的形象。

他的眼眸依旧湛蓝，即使因恐惧而睁大；然而他的头发却从沙褐色变成了软塌塌的灰色；而最惨的是他的皮肤，镜中的脸庞布满了令人作呕的黑色斑点，像是深色的淤青。这样的斑点只表明了一件事。

宵得术法已经找上了他。

伊岚翠的巨大城门在他身后轰然关闭，仅余一声骇人巨响宣告一切的终结。雷奥登努力支撑着，但他的思维早已被今天所发生的一切震得麻木了。

他的这些记忆仿佛是属于另一个人的：他的父亲埃顿（Iadon）王在下令让教士把雷奥登丢进伊岚翠时，甚至不愿接触他的视线。一切都做得迅速而隐秘，埃顿无法接受自己的继承人是个伊岚翠人的事实被公开。若是在十年前，宵得术法早就把他化为神明；而今，秘法不再把人变成银肤神灵，而是让人沦为恶心丑陋的怪物。

雷奥登用力摇摇头，不敢相信他的命运竟会如此。宵得术法应该只会发生在其他人身上，远方的某个人，那些活该被诅咒的人；而不是阿雷伦的继承人，不该是雷奥登王子！

伊岚翠城在他面前慢慢出现，高高的城墙上布满了卫塔以及排列着的士兵，这些人不是为了抵御外敌而准备的，而是为了防止城中的居民逃出去。自从"灾罚（the Reod）"降临之后，每个被宵得术法转化的人都被丢进伊岚翠自生自灭；这座倾覆的城市已经沦为一个不断扩张的墓穴，留给那些行尸走肉的人们。

雷奥登甚至还记得他曾站在城墙之上，俯视底下满脸畏惧的居民，正如那些守卫现在俯视着他一样。这城市曾经离他是如此遥远，他也曾站在城墙之外。他那时还作过一些哲学性的猜想：在那黑暗无边的街道中行走会是种什么感觉。

如今，他要亲自去发掘了。

有段时间雷奥登拼命推着城门，仿佛这样就可以让他的身体穿门而过，洗净他身上的污秽。过了好久，他才低垂着头，发出无声的悲嚎，停止了无望的反抗。他觉得自己好像被捆在一个球上，再从污秽的山顶上一路滚下来，直到梦醒时刻一切才会结束。但是他很清楚他永远不会醒来，教士们告诉他这场梦魇永远不会结束。

但是，在某些地方，有些什么东西仿佛在催促他前进，他知道自己必须一直前进，他怕如果他停了下来，就会放弃一切。宵得术法已经夺走了雷奥登的身体，他绝不能让它再夺走自己的心灵。

他只有凭他仅存的自尊作为盾牌，来抵抗那些绝望、沮丧，尤其是自艾自怨的想法。他重新抬起头，决心勇敢地迎接常人眼中的诅咒和厌恶。

从前，当雷奥登伫立于伊岚翠的城墙之上俯视那些居民时，不管是字面意义还是比喻意义上的俯视，他留意过那些覆盖了整座城市的污秽与脏乱，而今他就身陷其中。

城市的每一处表面——从建筑物的墙壁到鹅卵石的裂缝——都覆盖着一层绿锈般的陈垢，那种黏滑油腻的物质使伊岚翠原本缤纷混杂的外观变得统一了，它将一切混成某种单调而萧条的色泽，就像是在悲观的黑色中混入污染物般的绿色，最后再加上点排泄物般的棕褐色。

以前，雷奥登曾远远观望的城市居民，现在就真实地出现在他身边，连谈话声都清晰可闻；他们三三两两地站在恶臭弥漫的广场边，不少人甚至毫不在意或根本全然不知地坐在地上的水洼里，这潭污水中充满了昨夜暴雨留下的脏污。他们有些人在哀号，而大多数人对他们的遭遇保持沉默，只是不住地呢喃自语或是为了他们那些看不见的伤痛抽泣。然而，一个站在广场远处的女子，带着某种纯粹的苦闷声嘶力竭地哭喊着，好一会儿她才安静下来，仿佛是用尽了所有的力气。

大多数人穿的衣服都像破抹布，脏污、松垮，就和街道一样的尘土飞扬。靠近细看，雷奥登知道那些是什么服装了，他低头看看自己那长而飘逸的白色丧服，就像是用许多缎带缝制而成的。然而，衣服袖口与脚边的亚麻布已被城门和街石上的秽物污染了。雷奥登怀疑这件衣服很快就会在伊岚翠其他居民的拥抱下变得不再如此显眼。

这就是我将要变成的样子，雷奥登心想，改变已经开始了，再过几个星期我也会变成一具了无生气的躯体，一个在街边喃喃自语的活死人。

广场另一边的些许骚动引起了雷奥登的注意，使他暂时摆脱了无尽的自怨自艾。在他面前的幽暗门道中蹲着几个伊岚翠人，雷奥登无法从他们阴暗的轮廓中辨认出他们的形象，但他觉得他们似乎在等待着什么，他可以感觉得到他们的目光落在他身上。

雷奥登手搭凉棚想看得更清楚些，这时他才想起手里还有个小草篮，里面装着送死者往生用的珂拉西祭品，显然送人进伊岚翠比送死者到来世好不了多少。篮子里装着一条面包、一些蔫掉的蔬菜、一把谷粒和一小瓶葡萄酒，比普通人家的往生祭品要差得多，但即使是宵得术法的受害者也有权利得到一点什么。

雷奥登瞥了门边那堆身影一眼，心中闪过一些他还在外面时就听过的谣言，那些关于伊岚翠人野蛮行为的故事。那些黑影虽然尚未行动，但他们的打量已经让雷奥登不安起来。深吸一口气后，雷奥登往边上一闪，沿着墙根往广场东侧走，那些身影虽然依旧注视着他，却并没跟上来。很快，他已经看不到那个门道了，于是他快速安全地闪进了旁边的一条小街。

雷奥登长长地松了一口气，觉得自己刚刚逃离了某些东西，虽然他也不知道那些东西是什么。然而，过了一会儿，在确定没人继续跟踪他后，他却开始觉得自己是一个神经过敏的傻瓜。毕竟，到目前为止，他还没遇到任何一件事可以证实伊岚翠的谣言，雷奥登摇摇头继续走他的路。

恶臭几乎让人窒息，无所不在的泥泞发出如死去菌类一般黏稠腐败的气味。这难闻的气味让雷奥登分神，一不小心几乎直接踩在一个蜷缩在墙角的老者身上。老人凄凉地哀号一声，把干瘦的手臂伸向雷奥登。雷奥登低头看着老者，感到一股突如其来的寒意——这"老人"的年龄绝对不超过十六岁，他的皮肤因为覆着一层煤灰而显得又黑又脏，但他的脸庞却稚嫩得连男人都还称不上，只能说是个孩子。雷奥登不由得后退一步。

男孩仿佛意识到他的机会可能转瞬即逝，于是凭借着一股由突然的绝望带来的力量，拼命向前伸出手臂。"食物……"他张着只剩半口牙的嘴低喃着，"拜托……"

接着他的手臂无力地垂下了，仅有的耐力耗尽，那具躯体重新缩回，靠在了冰冷的石墙边。然而他的双眼依旧望着雷奥登，那是一双充满哀伤、痛苦的眼睛。雷奥登在来到外城（Outer Cities）前并不是没见过乞丐，也许还被其中一些骗子耍弄过几次，但这个男孩绝不是装出来的。

雷奥登拿出祭品中的面包递给男孩。掠过男孩脸庞的不可思议，反而比先前的绝望更令雷奥登不安。男孩应该早就放弃希望了，也许伸手乞讨只是习惯，而非真的期待能有所获得。

雷奥登离开了男孩，继续沿着狭窄的街道走。他暗暗希望这座城市的其他地方，不要像刚才的广场那般阴森可怕，也许，那里的脏乱只不过是使用过于频繁所致。然而，雷奥登错了，巷子中的脏乱比起广场真是有过之而无不及。

从身后传来隐约的撞击声，雷奥登惊慌地回过头。一群黑影站在街口，围住地面上的一个物体。正是那个乞丐！雷奥登颤抖地看着五个男人吞咽着他送的那条面包，彼此殴打争夺，完全无视男孩绝望的哭喊。终于，其中一个被噪音惹怒的男子抄起旁边的木棍狠狠地敲在男孩的头上，沉闷的声音在小巷中回荡。

那些人终于干掉了手中的面包，将眼光转向雷奥登。他害怕地退后了一步，显然之前自以为逃过一劫实在是过于乐观了。那五个人缓缓地向他靠近，雷奥登连忙慌乱地转身，随即疯狂地奔逃起来。

追逐的声音就在身后，雷奥登又惊又怕，跌跌撞撞地奔跑着，这一切都是他当王子时没有经历过的。他发狂似的逃跑，暗自以为他会上气不接下气，然后侧腹刺痛，就如他以往体力超支时一样。然而这并没有发生，他只是感到疲倦虚弱到了极点，觉得自己很快就要崩溃了。这种感觉相当可怕，就好像自己的生命正在一点点流逝。

出于绝望，雷奥登把装着祭品的篮子往后一抛，但这个笨拙的动作使他整个人失去了平衡，此时他又绊到了卵石路上一条隐藏的裂缝，这让他一阵踉跄无法停止，直到一头撞进烂木堆中。多亏这堆原本或许是木箱的吱嘎作响的烂木堆，才止住了他跌跌撞撞的脚步。

雷奥登迅速地坐起来，如烂泥般碎烂的木片随着他的动作被抖落在潮湿的小巷之间。追兵已不再理会他，五个人趴在街上的烂泥里，专注地从道路的缝隙和脏水洼里捡拾散落的蔬菜和谷粒。其中一个人把手指滑进裂缝里，掏出了黑糊糊的一团，显然其中烂泥要远多于谷粒，他却仍迫不及待地将整团秽物塞进嘴中，雷奥登只觉得胃部一阵翻腾。

恶心的唾沫一滴滴从那人的下巴滴下，就像是从炉子上沸腾冒泡的泥巴火锅中流淌出来一样。其中一个人注意到雷奥登在看，于是用非人类的声音咆哮着，并伸手抓起腰间几乎被他遗忘的棍子。雷奥登疯狂地想要寻找一件武器，但最后只找到一根侥幸还没蛀光的木条，他用迟疑的双手握着木棍，努力想要制造出一丝丝危险的气氛。

那个恶棍犹豫了，一秒钟后，来自身后的一声欢乐的尖叫立刻吸引了他的注意。他们中的某个人找到了那一小瓶葡萄酒，接下来的争夺让他们立刻把雷奥登完全抛在了脑后，五个人迅速地离去——其中四个人追着那个幸运的，或者说是愚蠢地带着珍贵液体逃走的家伙。

雷奥登坐在垃圾堆中，筋疲力尽。这就是你将要变成的样子……这句话在他脑海中回荡。

"看来他们把你给忘了，苏雷（sule）。"一个声音说。

雷奥登吓得跳起来，望向声音发出的方向。一个男人慵懒地靠在不远处的台阶上，光滑的秃头顶在早晨的阳光下闪闪发亮。毫无疑问，他是个伊岚翠人，但在变化之前，他肯定属于另一个种族，他不是像雷奥登那样的阿雷伦人。男子的皮肤上遍布着宵得术法造成的黑色斑点，但少数没有感染的地方不像雷奥登那样是苍白的，而是呈现出深棕色。

面对可能的危险，雷奥登全身紧绷，但眼前的这个男人既没有露出那种原始狂野的迹象，也不是雷奥登先前看到的乞丐那样的瘦弱沮丧模样。这个男人高大而结实，有着一双宽大的手掌和一对在黝黑面孔上熠熠生辉的敏锐眼眸。他用一种理性思索的目光打量着雷奥登。

雷奥登松了一口气。"不管你是谁，很高兴能见到你。我几乎开始认为这里的所有人不是快死了就是快疯了。"

"我们不是快死了。"男人轻蔑地哼了一声，"我们早就死透了，可啰（Kolo）？"

"可啰"这个异国字眼有种模糊的熟悉感，就像那个男子浓重的口音。"你不是阿雷伦人？"

男子摇摇头。"我是加拉顿（Galladon），来自杜拉德（Duladel）。我最近才来到伊岚翠，这个腐坏疯狂之地，这个永恒地狱。很高兴能认识你。"

"杜拉德？"雷奥登有些疑惑，"但是宵得术法只会影响阿雷伦人。"雷奥登自己站起身，抖落身上腐烂的木片，并为脚趾的疼痛做了个苦脸。他现在全身沾满了泥浆，以及伊岚翠的恶臭，而他也在渐渐成为那种臭气的制造者。

"杜拉德是一个多民族混血的国家，苏雷。阿雷伦人、斐优旦人（Fjordell）、泰奥德人（Teoish），你全都找得到，我……"

雷奥登低声咒骂，打断了那个男子。

加拉顿挑起眉毛，"怎么啦，苏雷？被刺到什么不对的地方了吗？不过，我想也没什么地方是对的……"

"是我的脚趾！"雷奥登边说边一瘸一拐地走过光滑的卵石路，"肯定有什么不太对劲，我跌倒时撞了一下，但是这疼痛到现在都丝毫没有减退。"

加拉顿悲伤地摇了摇头："欢迎来到伊岚翠，苏雷。你已经是个死人了，你的身体不再像以前那样能够自行恢复。"

"什么？"雷奥登跌坐在加拉顿旁边的地上，脚趾还是像刚撞到时那样尖锐地、持续地疼痛着。

"每一个伤痛，苏雷。"加拉顿低语道，"每一次割伤、每一次擦伤、每一次挫伤、每一次疼痛，都会持续伴随着你，直到你因为不堪忍受而陷入疯狂……正如我所说的，欢迎来到伊岚翠。"

"你是怎么忍受这一切的？"雷奥登问，一边按摩着他的脚趾，然而这努力毫无效果。这只是个可笑的小伤口，可是他现在却必须用尽全力忍住眼泪。

"我们无法忍受。我们只有极度地小心，不让自己受伤，不然我们就会沦为你在广场上遇见的那些鲁喽（rulos）。"

"在广场上的那些……我主慈悲！"雷奥登站起身，拖着脚蹒跚地向广场走去。他发现那个乞丐男孩还在原处，靠近巷子口的地方。他还活着……在某种程度上。

男孩眼神放空，瞳孔涣散，他的嘴唇还在微微活动着，却没有发出任何声音。男孩的脖子已经完全折断了，侧面有一道巨大的裂口，脊椎与咽喉从里面露了出来。但那孩子还想要挣扎继续呼吸，但没有成功。

突然间，雷奥登的脚趾感觉似乎没那么糟了。"我主慈悲……"雷奥登低语着，别过头去，胃中一阵翻搅。他伸出手来扶着墙壁好让自己能够站稳，然后低着头，努力让自己不要呕吐，以免为这臭气熏天的城市增加更多污秽。

"这家伙没救了。"加拉顿在乞丐的身边蹲下，实话实说。

"怎么会……？"雷奥登刚想开口，但胃又开始翻腾，他赶紧闭上嘴。他"扑通"一声跌坐在一摊泥浆中，经过好几次深呼吸之后，才继续开始说话："他这个样子还能活多久？"

"看来你还是不明白，苏雷。"加拉顿那带着口音的声音听起来十分悲伤，"他并不是活的，我们大家都不是。这就是为什么我们必须到这里来的原因，可喽？这个男孩将会永远保持这种状态，那毕竟是一个永恒诅咒该有的标准长度。"

"难道我们就无能为力了吗？"

加拉顿耸耸肩。"我们可以试着烧了他，假如我们可以生火的话。伊岚翠人的身体似乎比一般人更易燃，但也有些人认为这是最适合我们的死法。"

"那……"雷奥登开口说道，但还是无法正视那个男孩。"如果我们这么做了，他会怎么样，他的灵魂会怎么样？"

"他根本没有灵魂，"加拉顿说，"这就是那些教士告诉我们的。珂拉西、德雷西（Derethi）、杰斯科（Jesker），每个教派的教士说的都一样。我们是被诅咒的。"

"这并没有回答我的问题，如果他被烧尽，痛苦会消失吗？"

加拉顿低头看了看那个男孩，然而最后他只是耸耸肩。"有人说如果烧了我们，或是砍下我们的头，又或者用各种方法完全摧毁我们的身体，那我们就不存在了。还有人则说，痛苦还会继续下去，我们将会变成痛苦本身。他们认为我们将会毫无意识地飘浮着，除了极度痛苦之外什么都感觉不到。这两种说法我都不喜欢，所以我尽量保持自己身体的完整，可啰？"

"是的，"雷奥登小声说道，"我可啰。"他转过身，终于鼓起勇气回头看那个受伤的男孩。那巨大的伤口仿佛也回看着他，鲜血缓慢地从伤口渗出，血液静静地待在血管之中，就像池子里的一潭死水。

突然间，雷奥登感到寒意丛生，连忙伸手捂住前胸。"我没有心跳！"这是他第一次意识到这一点。

加拉顿就这样看着雷奥登，仿佛他刚刚讲了一句十足的蠢话。"苏雷，你已经死了，可啰？"

他们并没有用火烧那个男孩，不只是由于他们没有适合生火的工具，也是因为加拉顿不准。"我们不能作出这样的决定。如果他真的没有灵魂怎么办？如果在我们烧光他的身体后，他真的不存在了怎么办？对于许多人来说，即使是痛苦的存在也比完全不存在要好。"

于是，他们把那孩子留在了他倒下的地方。加拉顿想都没想就这么做了，雷奥登则跟着他，因为他想不出自己还能为那孩子做些什么，他感到心中的罪恶感比他脚趾上的伤更加令他痛苦。

加拉顿显然并不在意雷奥登是否跟着他，转向另一个方向，有时还停下来盯着墙上一个有趣的污点看。这个黑皮肤的大块头又走回他们来时的路，绕过在阴沟中不时呻吟的躯壳，他背对着雷奥登做出完全无动于衷的姿态。

看着杜拉德人走来走去，雷奥登设法整理他的思绪，他一生都在接受政治方面的训练，多年的准备让他具备了快速决断的能力，他现在正是这么做的，他决定相信加拉顿。

这个杜拉德人身上散发着一种与生俱来的亲切，即使身上覆盖的悲观主义的污垢和地面上的烂泥一样厚，雷奥登仍发现他有一种无法解释的魅力。这不仅是因为加拉顿清醒的神智，以及放松的态度。雷奥登见过他关注那个可怜男孩时的眼神，尽管加拉顿宣称已经接受了这些不可避免的现实，但他仍对自己的无能为力感到难过。

这个杜拉德人回到了他先前休息的台阶，重新坐下来。雷奥登坚定地深吸一口气，走过去，充满期待地站在那名男子的面前。

加拉顿扫了他一眼。"怎么了？"

"我需要你的帮助，加拉顿。"雷奥登说道，蹲在台阶前的地上。

加拉顿轻蔑地哼了一声："这里是伊岚翠，苏雷。这儿压根没有帮助这回事，痛苦、癫狂和满城的烂泥巴，这就是你在这里唯一能找到的东西。"

"说得好像你真这么以为似的。"

"你问错地方了，苏雷。"

"你是我在这里见过的唯一清醒，而且没有攻击我的人。"雷奥登说，"你的行为比你的言语更有说服力。"

"也许我只是因为知道你根本没什么可抢的，所以才没有设法伤害你。"

"我不信。"

加拉顿耸耸肩，一副"管你信不信"的样子，然后他转过身往后靠在墙边，闭上了眼睛。

"你饿了吗，加拉顿？"雷奥登小声问。

那男子的眼睛突然睁开了。

"我以前就在怀疑埃顿王要怎样喂饱伊岚翠人。"雷奥登若有所思地说，"虽然我从没听说过有任何补给被送进伊岚翠，但我一直认为他们在送。毕竟，我过去一直以为伊岚翠人都是活的，我那时还什么都不懂。但是既然这座城市的人没有心跳也能存在，那或许他们没有食物也行。当然，这并不意味着饥饿感也会随之消失，我今早醒来时就觉得饥渴难耐，现在我还饿着呢；从那些攻击我的人的眼神中，我可以看出饥饿感只会变得更加强烈。"

雷奥登把手伸到沾满烂泥的丧袍下面，拿出一个薄薄的东西放到加拉顿的面前给他看，那是一片肉干。加拉顿的眼睛突然睁得很大，脸上的表情也从无聊变得感兴趣起来。他的眼中闪着一种异样的光芒，和雷奥登先前所遇到的饥饿暴民一样狂野，也许自制得多，但却是同样的东西。雷奥登这才明白，他为这个杜拉德人的第一印象下的赌注太多了。

"你从哪儿弄来的？"加拉顿慢慢地问道。

"教士领我来这里的时候，它从我的篮子里掉出来了。我就把它塞到了腰带里。你到底要不要？"

加拉顿没有马上回答。"你为什么认为我不会攻击你，然后抢走它？"这些话不只是假设，可以说加拉顿心中有一部分确实在考虑这样做，只是还不太清楚这一部分到底有多大而已。

"你叫我'苏雷'，加拉顿。你怎么会杀害一个被你称为朋友的人呢？"

加拉顿坐下来，死死地盯着那微小的一片肉干，一滴口水从嘴边滑下他也浑然不觉。他抬头看雷奥登，发现他的焦虑正不断增加。当他们的目光相遇时，加拉顿的眼中闪过一丝火花，紧张感突然消失无踪了，杜拉德人爆发出一阵深沉而洪亮的大笑。"你会说杜拉德语，苏雷？"

"只会一些单词罢了。"雷奥登谦虚地说。

"一个受过教育的人？对现在的伊岚翠来说这可是个贵重的贡奉啊！好吧，你这个狡猾的鲁喽，你到底想要什么？"

"三十天，"雷奥登说，"在这三十天里你要带我熟悉周围的环境，并告诉我你所知道的一切。"

"三十天？苏雷，你疯（Kayana）了吧！"

"照我看来，"雷奥登说，慢慢把肉片塞回他的腰带，"这里唯一的食物来源就是那些新来的人带来的祭品，这么少的食物却要喂这么多张饥饿的嘴，你们一定饿得要死，我看饥饿才会让你们疯狂吧。"

"二十天。"加拉顿说，又恢复了先前的强硬态度。

"三十天，加拉顿。如果你不帮我，其他人会的。"

加拉顿磨了好一会儿牙，"鲁喽。"他嘟囔着，然后伸出他的手，"三十天。算你运气好，下个月我没有要远行的打算。"

雷奥登大笑着把肉干扔给他。

加拉顿一把抓住肉干。接着，虽然他的手条件反射般地想把肉猛地塞进嘴里，但他停了下来，小心翼翼地把肉放进口袋中，然后站起来。"那么，我应该怎么称呼你呢？"

雷奥登犹豫了一下，心想，最好别让别人知道我是王族，至少现在不要。"'苏雷'这名字还挺适合我的。"

加拉顿咯咯笑起来。"你很重视隐私嘛，我明白了。我们走吧，是时候带你好好逛逛了。"

第二章

莎瑞娜（Sarene）一下船就发现自己已经是个寡妇了，这是一个令人震惊的消息，当然，并没有带给她应有的悲痛欲绝，毕竟她从没见过自己的丈夫，事实上，当她离开故乡启程远嫁他乡时，她和雷奥登还只是订婚而已。她认为阿雷伦王国会等她到达后再举行婚礼，至少在她的故乡，一般会希望在结婚时，伴侣双方能够都在现场。

"我压根就不喜欢婚约上的那些条款，小姐。"开口的是莎瑞娜的陪护——一个旋绕在她身边的甜瓜大小的光球。

莎瑞娜看着搬运工把她的行李卸下装进一辆四轮马车，不耐烦地轻点脚跟。她的婚约是一叠厚达五十页的怪物，其中有一项条款居然规定，即使她或她的未婚夫在婚礼正式举行前就身亡，婚约依旧有效。

"这是个相当常见的条款，阿什（Ashe）。"她说，"那是为了防止政治联姻因为当事人发生意外而作废，但我从未见到这项条款生效过。"

"直到今天。"那个光球回答道，它的声音低沉，发音清晰。

"直到今天。"莎瑞娜点头承认，"我怎么会想得到，雷奥登王子居然撑不过我们渡过斐优旦海（Sea of Fjorden）这短短五天？"她停了一下，皱起眉头思考起来。"把条款重新念一遍给我听，阿什，我要知道条款的确切内容。"

"若上述提及的伴侣中任一个，在婚礼举行前承蒙仁慈的上帝召唤，"阿什继续道，"那么订婚仪式则被视为等同于结婚仪式，无论是在法律还是在社会道德层面上。"

"看来没有什么可争辩的空间了，是么？"

"恐怕没有，小姐。"

莎瑞娜困扰地皱着双眉，双臂交叉并用食指轻敲自己的脸颊，然后她将目光转向那群搬运工。一个瘦高的男子正带着厌烦的眼神和认命的表情指挥着工人，那个人名叫凯陀尔（Ketol），阿雷伦宫廷的一个侍从，埃顿王派来迎接她的唯一的人。之前，凯陀尔用"很遗憾地通知您"的口吻说，她的未婚夫在她仍在海上时就"死于突如其来的疾病"。他的宣布单调乏味，无动于衷，就跟现在指挥搬运工时一样。

"因此……"莎瑞娜现在清楚了，"在法律上，我现在就是阿雷伦的王妃了。"

"是的，我的小姐。"

"一个一结婚就是寡妇的新娘，而且还是嫁给一个素昧平生的人。"

"又答对了。"

莎瑞娜摇摇头："父王如果知道这件事，一定会笑到肚子抽筋。我可忘不了这奇耻大辱。"

阿什不悦地轻轻震动着："小姐，陛下绝不会如此轻浮地对待这么严肃的事情，雷奥登王子的死毫无疑问给阿雷伦王室家族带来了巨大的悲痛。"

"是啊，太过悲伤了，悲伤到甚至无法分出一点精力来见见他们的新'女儿'。"

"也许埃顿王会亲自过来的，如果他早点知道我们到达的时间的话……"

莎瑞娜皱了皱眉，但是她的侍灵（the Seon）说得对。她的确提前抵达了，比参加婚礼的其他人早了好几天。她原本是想给雷奥登王子一个婚前惊喜的，她想要至少有那么两天，和王子私下里好好相处一下。然而，她的秘密行动却没让她如愿以偿。

"告诉我，阿什，"她说，"一个阿雷伦人按照习俗从去世到下葬通常会花多少天？"

"我不太确定，小姐。"阿什承认，"我很早以前就离开阿雷伦了，而且我住在这里的时间也不长，所以我没能记住很多风俗。但是根据我的观察研究，阿雷伦的习俗应该与您故乡的差不多。"

莎瑞娜点点头，然后向埃顿王的侍从招招手。

"什么事，小姐？"凯陀尔用慵懒的口气问道。

"你们在葬礼中为王子举行守灵仪式吗？"莎瑞娜问。

"是的，小姐。"侍从回答，"就在珂拉西小教堂外，下葬仪式将在今晚举行。"

"我想去看看他的灵柩。"

凯陀尔犹豫了一下："呃……国王陛下希望您马上入宫见他，所以……"

"我不会在灵堂待太久的。"莎瑞娜边说边走向她的马车。

莎瑞娜用挑剔的眼光审视着忙碌的灵堂，等待凯陀尔和那些搬运工为她清出一条通向灵柩的路。但她不得不承认，为葬礼准备的一切都是无可挑剔的，不论是鲜花、祭品，还是那些祈祷的珂拉西教士。唯一令人感到奇怪的，大概就是灵堂内的拥挤喧闹了。

"这里人好多啊。"她对阿什说。

"王子很受爱戴的，小姐。"飘浮在她身边的侍灵回答道，"根据我们的报告，他是这个国家最受欢迎的公众人物。"

莎瑞娜点点头，走上凯陀尔为她清出的道路，雷奥登王子的棺木放在灵堂的正中央，四周围着一圈守卫的士兵，以防民众靠得太近。当她走近时，她感觉到那些民众脸上真切的悲哀。

这是真的，她想，人民真的爱他。

士兵们为她让出路来，于是她靠近了灵柩。棺木上刻着符文（Aons），它们中的大多数象征希望与和平，并用珂拉西的风格雕刻。全木的棺材边围绕着一圈丰盛的食物，这些都是献给死者的祭品。

"我能看看他吗？"她转身询问其中一个矮小但外表亲切的珂拉西教士。

"我很抱歉，孩子，"教士回答，"但是，王子的疾病对他的面容造成令人心痛的毁损，而国王陛下希望王子能有尊严地死去。"

莎瑞娜点点头，转过身面对着棺木。她并不确定在期待感受到些什么，站在这个原本她要嫁的死人面前，她居然感到异常地……愤怒。

她马上甩掉了这种情绪，转而回头巡视整个灵堂。这灵堂看起来太过正式了，虽然那些前来悼念的民众显然充满了悲伤，但是灵堂、祭品和装饰却都显得枯燥乏味。

雷奥登如此年轻，并且据说他充满活力，竟然会死于感冒伤风，她想，这种事有可能发生，但可能性绝对不高。

"小姐……"阿什低声问道，"有什么不对吗？"

莎瑞娜向她的侍灵招手，并向她的马车走去。"我不知道，"她小声说道，"这里有些事情不大对头，阿什。"

"您天性多疑，小姐。"阿什指出。

"为什么埃顿不替他的儿子守灵？凯陀尔说他在宫殿里，好像他儿子的死与他毫无关系似的。"莎瑞娜摇摇头，"在我离开泰奥德（Teod）前，曾和雷奥登谈过，他人似乎不错。其中必有隐情，阿什，我一定要找出问题所在。"

"噢，亲爱的……"阿什说，"您知道的，我的小姐，您父亲特别交代我要设法让您远离麻烦。"

莎瑞娜微笑着，"现在，这已经是个不可能完成的任务了。来吧，我们得去见见我的新父亲了。"

莎瑞娜斜倚在马车的窗户上，看着城市从她眼前掠过，她离王宫越来越近了。她沉默地坐了一会儿，一个想法突然挤开了其他所有思绪，从她脑海中跳了出来。

我在这里做什么？她想。

她对阿什说话时充满了自信，但她向来擅长隐藏自己的忧虑。的确，她对王子的死很好奇，但莎瑞娜十分了解自己，她大半的好奇心是为了转移自己的注意力，避开那些自卑难堪的感觉，以及任何可以让她联想到自己处境的东西，一个瘦高笨拙、寡言无礼的女子，几乎过了她的全盛时期。她已经二十五岁了，她好几年前就该结婚。雷奥登是她最后的机会。

你怎么敢就这样抛下我死了，阿雷伦王子！莎瑞娜愤愤不平地想。她觉得这实在是太讽刺了，好不容易让她碰上一个适合的人，一个她可能会慢慢喜欢上的男人，却还来不及见面就死了。现在她孤独地待在一个陌生的国家，因为政治原因和一位她不信任的国王绑在一起。这真让人感到气馁和寂寞。

你以前也很寂寞，莎瑞娜，她提醒自己。你会挺过去的，赶快找些别的事来填塞你的大脑。你有一整个新王宫可以探险，好好享受吧。

莎瑞娜叹了一口气，把她的注意力重新转到这座城市上。尽管有在她父亲的外交团队中服务多时的经验，但她从没访问过阿雷伦。自从伊岚翠衰落后，阿雷伦就被其他王国非正式地孤立了。没人知道为什么那座神秘城市会遭到诅咒，但每个人都担心伊岚翠的疾病会扩散开来。

然而，莎瑞娜感到十分惊讶，因为凯伊城是这么奢华，城市的街道宽阔而且维护得很好。街上民众的服饰也都精致体面，她甚至没见到一个乞丐。而另一边，一群身着蓝袍的珂拉西教士领着一名身着白袍的怪人，安静地穿过人群。她看着他们经过，思索着这是怎么一回事，直到这个古怪的队伍消失在街角。

从她的优越的处境看来，凯伊城丝毫没有表现出阿雷伦所应有的经济危机。马车经过了好几十间围着栅栏的豪宅，每座豪宅的建筑风格都绝无雷同。有些很广大，有着巨大的两翼与尖尖的屋顶，这是杜拉德建筑的典型风格。其他的则更像城堡，它们的石墙看上去像是直接从斐优旦战事纷乱的乡下运送过来。然而，这些豪宅有着一个共同点，那就是奢华。这个国家的人民也许正在挨饿，但是凯伊城——阿雷伦的王都所在，却并不在意。

当然，恼人的阴影还是笼罩着这座城市，宏伟的伊岚翠城墙从远处升起，光是瞥它那耸立的高墙一眼，就让莎瑞娜颤抖。自她懂事以来，她就听过无数关于伊岚翠的故事，有讲述它曾经拥有的神奇魔法的，还有讲述现在居住在它黑暗街道中的丑陋怪物的。不论那些豪宅多么花哨，不论那些街道显得多么富有，这巨大的纪念碑永远证明着阿雷伦并没有它所表现的那么好。

"我真想知道为什么他们还住在这里？"莎瑞娜问。

"您指什么？小姐。"阿什反问。

"为什么埃顿王要在凯伊城建立王宫呢？为什么要选择一个如此靠近伊岚翠的城市？"

"据我推测，主要是经济上的原因，小姐。"阿什说，"在阿雷伦北方的海岸线上，只有几座港口具有发展的潜力，而凯伊城正是其中最好的一个。"

莎瑞娜点点头。由阿雷德河（Aredel River）和大海交汇形成的海湾，让凯伊城成为令人羡慕的良港，但即便如此……

"也有可能是政治上的原因。"莎瑞娜若有所思地说，"埃顿是在动荡时期获得政权的，也许他认为靠近以前的首都，有利于巩固他的王权。"

"有可能，小姐。"阿什说。

也许这根本不是真正最重要的原因，她想，显然，靠近伊岚翠或伊岚翠人，并不能提高一个人被宵得术法选上的几率。

她把目光从窗外移回，看着在她座位边上下飘移的阿什。迄今为止，她还没在凯伊城的街道上看到过任何一个侍灵，然而据说这种生物是由古时的伊岚翠魔法创造的，在阿雷伦理应比她的家乡更普遍才对。如果她眯起眼睛仔细看，她还能勉强分辨出阿什光团中心闪亮的符文。

"起码盟约现在稳固了。"莎瑞娜最后说道。

"只要您人还在阿雷伦，小姐，"阿什用它低沉的语调说，"至少婚约上是这么说的，只要您待在阿雷伦，并且'对您的丈夫保持忠诚'，埃顿王就必须遵守他与泰奥德的盟约。"

"对一个死人保持忠诚……"莎瑞娜咕哝着，然后叹了一口气，"好啦，总之我不得不留在这里，不论是有丈夫还是没丈夫。"

"正如您所言，小姐。"

"我们需要这个盟约，阿什，"莎瑞娜说，"斐优旦正在以惊人的速度扩大它的影响力。五年前也许我会说我们完全不必担心，那些斐优旦的宗教在阿雷伦绝对不可能成为一股势力。但是现在……"莎瑞娜摇摇头。杜拉德共和国（Duladen Republic）的瓦解改变了一切。

"在近十年来我们实在不该如此疏远阿雷伦，阿什。"她说，"如果我们在十年前就和新的阿雷伦政府建立牢固深厚的关系，也许我就根本不会身处如此窘境。"

"您父亲担心他们的政治动乱会影响到泰奥德，"阿什说，"更不用提'灾罚'的危害了，没人能够确定那些袭击伊岚翠人的东西，不会影响到一般人。"

马车渐渐慢了下来，莎瑞娜用一声叹息结束了这个话题。她的父亲知道斐优旦是个巨大的威胁，也明白这古老的盟约必须重建，这就是为什么她在阿雷伦的原因。在他们面前，王宫大门缓缓敞开。不论他们友善与否，她终究是抵达了，从今以后泰奥德的存亡就全靠她一人了。她必须让阿雷伦准备应对即将到来的战争，一场从伊岚翠倾覆后便注定要发生的战争。

莎瑞娜的新父王——阿雷伦的埃顿王是个有着精明外表的瘦高男人。当莎瑞娜进入正殿的时候，他正在与几名行政官员商讨事务。在她被冷落了近十五分钟后，埃顿才对她点了点头。就个人而言，她并不介意等候，这还给了她机会好好观察这个她誓将服从的人。但这种待遇却还是让她不禁感到她的尊严被小小地冒犯了。单凭她泰奥德公主的身份就应该为她准备一场迎接仪式，就算不盛大，也至少得是准时的。

在她等待的时候，一件事很快就触动了她。埃顿一点都不像是个痛失爱子与继承人的父亲，他的眼中没有一丝悲痛的迹象，也没有一点失去至爱的人常见的憔悴与疲惫。事实上，令人无法忽视的是，整个宫廷居然都没有一丝哀悼的气息。

那么埃顿是个冷酷无情的人吗？莎瑞娜好奇地想，或者，他只是很懂得如何控制自己的感情而已？

在宫廷里跟随父亲多年的经验，使莎瑞娜渐渐变成一个分析贵族性格的专家。然而她被要求待在宫殿的后部，得到允许后才能上前晋见，所以她听不见埃顿在说些什么。但国王的行为举止还是提供给她不少埃顿个性上的蛛丝马迹。埃顿语气坚定，喜欢给予直接命令，偶尔会停下，用他细长的手指戳戳桌上的地图。他是个个性强硬的人，莎瑞娜如此判断，对任何事物都有明确的想法，并希望事情按照自己的想法进行。但这并不是一个坏兆头，从目前看来，莎瑞娜觉得埃顿似乎是个可以合作的对象。

但很快，她就改变了想法。

埃顿王招招手让她过来，于是她小心地隐藏起等待时的不快，以一种恰当的贵族般的顺从走到他面前，可他却打断了她进行到一半的屈膝礼。

"没有人告诉我你长得这么高。"他大声地说。

"怎么了，大人？"她抬起头问。

"没什么，我想唯一在乎这件事的人也已经看不到了。怡薰（Eshen）！"他喝道，一个没人注意到的女子突然从房间的另一边顺从地出现。

"带这个人去她的房间，保证让她有足够的事情可做，不管是刺绣还是别的什么你们女人会喜欢的东西。"就这样，国王转过身准备下一次会见——和一群商人的。

屈膝到一半的莎瑞娜整个人都呆在了那儿，震惊于埃顿的极端无礼，全凭多年的宫廷礼仪训练她的下巴才没有掉下来。埃顿唤来的女子迅速而谦逊地靠近，小步疾走地过来挽住莎瑞娜的手臂。这位女子其实是怡薰王后，国王的妻子，她的身材矮小而瘦弱，带点棕色的艾欧（Aonic）金发已经开始花白了。

"来吧，孩子，"怡薰用尖细的嗓音说道，"我们不能再浪费国王的时间了。"

莎瑞娜任由她把自己推进一个边门。"我主慈悲，"她喃喃自语，"天知道我要去什么鬼地方？"

"……等那些玫瑰花送到后，你一定会爱上这个房间的。我会叫园丁把它们全种上，好让你不用靠近窗户也能闻到花香。我只是希望它们别那么大。"

莎瑞娜疑惑地皱起眉头："是说玫瑰吗？"

"不，亲爱的，"王后几乎没有停顿地继续说道，"我是指那些窗子。你一定想象不到早晨透过窗户射进来的阳光有多刺眼。我让那些园丁替我找些橘色的玫瑰，因为我实在太爱橘色了，但那些家伙却只找来些令人讨厌的黄玫瑰。'如果我要黄色，'我就这么跟他们说，'我会叫你们去种亚伯丁花（Aberteens）的。'你真该瞧瞧他们道歉时的模样。不过我肯定，在明年年底之前我们就会有橘色的玫瑰了。你不觉得这很棒吗，亲爱的？当然，这些窗户还是太大了，也许我该让人把其中一些封起来。"

莎瑞娜频频点头，完全被怔住了，不是因为谈话的内容，而是因为王后本身。莎瑞娜原本以为她父亲学院里的讲师是最擅长发表空洞无物的长篇大论的，但是怡薰绝对可以让他们都惭愧万分。王后从一个话题跳到另一个话题的样子，就像蝴蝶从一朵花跳到另一朵，却永远找不到一个适当的停留点。王后的每一个话题都有潜力发展成有趣的对话，但她总是不给莎瑞娜足够的时间把握和发展这个话题。

莎瑞娜深吸一口气以便让自己冷静，并告诉自己要有耐心。她不能抱怨王后的性格，因为我主教诲说，每个人的性格都是一份应该好好享用的礼物。王后这种漫无目的的闲聊，其实有着一种她独有的魅力。不幸的是，在见过国王与王后之后，莎瑞娜开始怀疑，自己能不能在阿雷伦找到任何政治盟友。

还有别的什么东西困扰着莎瑞娜，她总觉得怡薰的行为有不自然的地方，普通人不可能像王后这样饶舌，她那样一刻不停地说着，不肯留下一点沉默的时间，好像她为莎瑞娜的存在而坐立不安一样。经过了一段时间的思考，莎瑞娜终于明白了问题所在。怡薰谈遍了所有能想到的话题，却唯独忘了最重要的一个——她去世的儿子。莎瑞娜怀疑地眯起了眼，她还不能肯定，毕竟怡薰是个反复无常的人，但对一个刚刚丧子的母亲来说，王后的表现还是太兴高采烈了点。

"这就是你的房间，亲爱的。我们已经帮你把行李里的东西都拿出来整理好了，还替你添了一些东西。你现在有任何颜色的衣服，甚至是黄色的，虽然我无法想象你为什么想穿它，多么恐怖的颜色啊。当然，我并不是说你的头发颜色恐怖，金色和黄色是绝对不一样的，正如马不是蔬菜。对了，我们还没有替你准备坐骑，但是你可以随便使用陛下马厩里的任何一匹马。你看，我们这里有很多美丽的小宝贝，你知道的，杜拉德在这个时节真的非常漂亮。"

"当然。"莎瑞娜回答，同时打量着她的房间。房间小小的，但是很合她的口味，空间太大令人生畏，太小则有些压抑。

"还有，你会需要这些，亲爱的。"怡薰指着一小堆服装说，那些衣服并不像其他衣服那样早已挂好，似乎是刚刚才送来的，而这堆服装全都有一个共同点——

"全是黑色的？"莎瑞娜问。

"当然，你现在……应该还在……"怡薰支支吾吾地寻找适合的词语。

"还在服丧。"莎瑞娜明白了，她不满地用脚轻击地面，她向来不喜欢黑色。

怡薰点点头，"你可以穿其中的一件去参加今晚的葬礼。仪式应该会很不错的，因为是我亲自作的安排。"接着她又重新开始讨论她最爱的花，这长篇大论的独角戏很快就沦为一篇她有多厌恶斐优旦料理的演讲。于是莎瑞娜只能温柔但坚定地将王后带到门边，同时愉悦地点头赞同。等一到走廊，莎瑞娜便以旅途劳顿为由退下，赶紧关上房门挡住王后汹涌而来的话语。

"住在这里我会老得很快的。"莎瑞娜自言自语道。

"王后的确在口才上有相当的天赋，小姐。"一个低沉的声音附和着。

"你有什么发现么？"看到从敞开的窗口飘进来的阿什，莎瑞娜问，边问边走到那堆黑衣服边挑挑拣拣起来。

"城中的侍灵比我预想的少很多，我好像记得以前这座城市里充满了我的同类。"

"我也注意到了。"莎瑞娜说，并拿起一件衣服在镜子前比了比，然后又摇摇头抛弃了它。"我想现在的情况有所不同了。"

"的确如此，遵照您的嘱咐，我向其他侍灵打听王子早逝的细节。但不幸的是，我的小姐，他们都不愿谈论此事，他们认为王子在临近婚礼前突然去世是个非常不祥的预兆。"

"对他本人而言尤其不祥。"莎瑞娜咕哝着，边脱去身上的衣服试穿其中一件黑色礼服，"阿什，有些不同寻常的事正在暗中进行，我猜王子是被杀害的。"

"您说杀害，小姐？"阿什的身体有规律地轻微振动着，它用低沉的声音表示反对，"谁会做这种事情？"

"我不知道，但……事情有些怪怪的。整个宫廷看起来都没有一点服丧的样子，就拿王后来说吧，当她和我说话时，没有表现出丝毫心慌意乱的感觉。你不觉得，她起码应该有一点点的难过吗？毕竟，她的儿子昨天才突然死去。"

"这件事有个很简单的解释，小姐。怡薰王后并不是雷奥登王子的亲生母亲，雷奥登是埃顿的第一位妻子生的，而她已经去世超过十二年了。"

"国王什么时候再婚的？"

"'灾罚'后没多久，"阿什说，"就在他获得王位后的几个月里。"

莎瑞娜皱起了眉头。"我还是怀疑。"她一边断言，手一边笨拙地在背后乱摸，想要扣住衣服背后的纽扣。接着她在镜中审视自己，用挑剔的眼光打量着那条裙子。"好吧，起码还挺合身，虽然它让我看起来苍白得要命，本来我还担心裙边只会长到我的膝盖边呢。这些阿雷伦女人矮得简直不自然。"

"也许吧，小姐。"阿什回答，虽然他和莎瑞娜心里都很清楚阿雷伦的女性并不算矮，即使是在故乡，莎瑞娜还是比大多数女人高上一个头。在她还是孩子的时候，她父亲就叫她"得分杆（Leky Stick）"，那是她父亲所热爱的运动中一种细长标杆的名字，用来标明得分线。即使青春期发育过后，莎瑞娜依然是个无可否认的长竹竿。

"小姐。"阿什打断了莎瑞娜的沉思。

"什么事，阿什？"

"您父亲迫不及待地要和您通话，我想有些新消息您应该告诉他。"

莎瑞娜点点头，止住了那声涌到嘴边的叹息。接着阿什开始有规律地振动，并且光芒越来越亮。过了一会儿，光球的本体化为一个发光的类似半身雕像的头，那就是泰奥德的伊凡提奥（Eventeo）王。

"娜？"她的父亲问道，发光的脸孔上双唇一张一合，他是个健壮的男子，有着一张大大的椭圆型脸庞和厚厚的下巴。

"是的，父亲，我在这儿。"她父亲应该也站在另一个类似的侍灵旁——可能是迪奥（Dio），它现在应该也变化成了一个近似于莎瑞娜的发光头像。

"你在为婚礼紧张担忧吗？"伊凡提奥焦急地问。

"好吧，关于那个婚礼……"她讲得很慢，"您很可能会想取消下周来访的计划，因为就算您来了也什么都看不到。"

"什么？"

阿什是对的，听说雷奥登去世的消息后她父亲并没有大笑。相反，他的声音变得十分关切，发光的脸庞上写满了忧虑，当莎瑞娜解释为何死亡和举行婚礼一样对这场婚姻具有约束力时，他脸上的忧虑越来越多。

"噢，娜，我很遗憾，"她父亲说，"我知道你有多期待这场婚礼。"

"无稽之谈，父亲。"伊凡提奥实在太了解她了，"我连那个男人的面都没有见过，怎么可能会有任何期待呢？"

"你的确没有见过他，但你曾通过侍灵和他联系过，而且你写了那么多信。我很了解你，娜……你是个浪漫主义者。如果你没有彻底说服自己会爱上雷奥登，你根本不会决定接受这整件事。"

这些话很接近于事实，一瞬间，莎瑞娜心中的孤单无助全都跑了出来。她在令人难以置信的紧张中一路远行横越斐优旦海，在兴奋与忧虑的交替中构筑着与她未来的丈夫相遇时的画面，而且是兴奋多于忧虑。

她曾经多次离开泰奥德，但总是和家乡的人一起行动的，这次独自前来，是想要赶在其他的婚礼人员到来前给雷奥登一个惊喜。在路上，她把王子的信一读再读，读到她甚至觉得自己已经很了解他了。而那个她凭心中的只言片语建构出来的形象，是个兼具深度与慈悲的人物，让她迫不及待地想要见到他。

现在她再也不可能见到他了。她感到的不只是孤单，更是被抛弃——再一次地不被需要。她等待了这么多年，生活在对她那充满耐心的父亲的歉疚中，父亲并不知道故乡的男人都在躲避她，畏惧她鲁莽甚至是傲慢的性格。终于，她好不容易找到了一个愿意娶她的男人，但是我主还是在最后一刻夺走了他。

莎瑞娜终于允许自己释放从下船那一刻起就努力压抑的感受。她很庆幸侍灵只会传送她五官的特征，不包括眼泪。不然，如果让她父亲看见从她脸颊上滚落的眼泪，她会羞愧死的。

"真是蠢话，父亲，"她说，"我们都很清楚，这只不过是场单纯的政治联姻。现在我们这两个国家的相同点不只是在语言上了，连我们的王室血脉也联结在了一起。"

"哦，甜心……"她的父亲低语道，"我的小莎瑞娜，我是多么希望这桩婚事能够成功啊，你不知道你母亲和我都祈祷你能在这里找到幸福，我主慈悲！我们真不该同意这件事。"

"那我也会逼您同意的，父亲。"莎瑞娜说，"我们实在太需要这个和阿雷伦的盟约了，我们的舰队无法长期阻止斐优旦侵犯我们的海岸，整个斯福坦（Svordish）海军已经完全听伟恩（Wyrn）指挥了。"

"我的小莎瑞娜长大了。"她父亲通过侍灵传话过来。

"是长大了，都大到能够嫁给一具尸体了。"莎瑞娜虚弱地笑了笑，"也许这才是最好的结果。我认为雷奥登王子不会像我想象的那么好，您真应该见见他的父亲。"

"我也听说过一些传闻，希望它们不是真的。"

"噢，是真的。"莎瑞娜说，想要用她对阿雷伦国王的不满赶走内心的悲伤，"埃顿王是我见过的最难相处的人了。他几乎无视我的存在，除了打发我走时的那会儿，他对我说：'去打毛线或者做随便什么你们女人会做的事情好了。'如果雷奥登有任何一点点像他父亲，我觉得他还是死了比较好。"

一段时间的沉默后，她父亲回答："莎瑞娜，你想回家吗？只要你想，不论法律条款怎么说，我都可以毁约。"

这个提议很诱人，比她愿意承认的还要诱人。她犹豫了一下。"不，父亲，"终于她说道，同时不自觉地摇着头，"我必须留下，因为这是我的主意，况且雷奥登的死并没有改变我们急需这个同盟的事实。此外，回家也有违传统习俗，大家都知道现在埃顿是我的父亲。您就这样把我带回您的宫殿，实在很不得体。"

"不管怎样，我永远是你的父亲，娜。我主会诅咒那些习俗的，泰奥德的大门永远向你敞开。"

"谢谢您，父亲，"她平静地说道，"我很需要听到这些话，但我还是认为我应该留下，至少是现在。况且，这也可能很有趣，现在我有一整座充满人的新王宫可以玩了。"

"娜……"她父亲忧虑地说，"我熟悉你的这种语气，你是不是在计划些什么？"

"没什么，"她说，"我只是想在完全放弃这场婚姻之前，管点闲事而已。"

一阵沉默之后，她父亲咯咯地笑了起来。

"我主保佑他们！他们不知道我们用船运过来的是怎样一份大礼。对他们温柔点，得分杆。我不希望一个月之后，接到纳奥兰（Naolen）大臣的文件，说埃顿王逃到珂拉西修道院出家了，而阿雷伦的人民拥护你代替他做他们的新元首。"

"好吧，"莎瑞娜苍白无力地微笑着说，"我会至少先安静上两个月的。"

她父亲又爆发出一阵他标志性的大笑，这笑声比任何安慰或建议对她都更有帮助。

"等我一分钟，娜……"在笑声平息后他说，"让我把你母亲叫来，她想跟你说说话。"过了一会儿，他又偷笑着继续说："如果我告诉她你已经杀了可怜的雷奥登，她一定会昏倒的。"

"父亲！"莎瑞娜叫道，但她父亲已经走了。

第三章

　　没有一个阿雷伦人前来欢迎他们的救世主降临。这当然是一种公然的侮辱，但也不是无法预料的。阿雷伦人——特别是住在臭名昭著的伊岚翠附近的那些——素来以他们的不敬神，甚至是异教行为著称。拉森（Hrathen）就是想来改变这一切的。他有三个月的时间来转化整个阿雷伦王国的宗教信仰，如果不成，至高无上的杰德斯（HolyJaddeth）——万物之王——将会毁灭这个国家。阿雷伦人接受德雷西（Derethi）教派真理的时刻终于到来了。

拉森大步走下船板。在那忙碌不息地装货卸货的码头的另一边，就是那连绵不绝的凯伊城。拉森可以看到，就在离凯伊城不远处，古老的伊岚翠城那高耸入云的石墙。而在凯伊城的另一边，也就是拉森的左侧，地面渐渐倾斜成一个陡峭的斜坡，斜坡慢慢延伸，最终变成一座被称为达司瑞基的高山（Dathreki Mountains）。他的身后则是大海。

总的来说，这些景致并没有给拉森留下深刻的印象。在过去，有四座小城围绕着伊岚翠，但现在只有阿雷伦的新首都——凯伊城还有人居住。凯伊城的规划太杂乱无章、缺乏系统了，以至于很难防守，而它唯一的防御工事就是那一堵小小的只有五英尺高的石墙，除了划分国境范围啥用都没有。

撤退到伊岚翠城里将会十分困难，而且这也不会起到多大的作用。凯伊城的建筑物提供给入侵军队完美的掩体，而凯伊城的更外围建筑有些看起来几乎就像是倚着伊岚翠城墙建造的。这不是一个习惯于战争的国家。然而在西客来（Syclan）大陆，也就是这片被阿雷伦人称为欧佩伦的土地上，只剩下阿雷伦一个国家尚未归顺斐优旦帝国。当然，拉森很快也会改变这种状况。

拉森踏着正步走下船，他的出现在群众中引起一阵骚动。当他经过时，工人们都停下工作，万分惊奇地盯着他看。当人们的目光落到拉森身上时，都会终止交谈。拉森没有为任何人放慢速度，当然人群也没有妨碍他，因为所有人都迅速地为他让开了道。也许是因为他的双眸，但更可能是因为他的盔甲。那血红色的、在阳光下闪闪发亮的铠甲是德雷西帝国高级教士的全套装备，即使是看再多遍也依然会给人以强烈的视觉冲击。

当他开始以为得自己找路去城里的德雷西小教堂时，就发现一个小红点正在穿过人群，那个小红点很快变成一个矮胖且秃头的身影，套着件红色的德雷西长袍。"拉森阁下！"男人叫道。

拉森停了下来，让凯伊城的德雷西首席仪祭（arteth）——斐悠（Fjon）靠近。斐悠一边喘气，一边用一块丝质手帕擦着他的眉头。"我真是非常非常抱歉，阁下。行程纪录上说您是要搭另一艘船来的，直到他们货卸到一半，我才知道您已经下船了。我恐怕不得不把马车留在后面，我没法让它穿过人群。"

拉森不高兴地眯起眼睛，但没说什么。斐悠喋喋不休地唠叨了好一会儿，才终于准备带拉森去德雷西礼拜堂，并且一遍遍地为没有交通工具而道歉。拉森踏着精准的正步，不满地跟着矮胖的向导前进。斐悠则嘴上挂着微笑一路小跑，偶尔向街上的行人挥手，大声打着招呼。人们用同样的礼节回应着他，至少是在他们看见拉森以前，他那血色的斗篷在身后飘荡，夸张的铠甲上有着锐利的尖角与粗糙的线条。于是人们陷入沉默，问候的话语消失在唇边，他们的目光则跟随着拉森，直到他离去消失。一切理所当然。

礼拜堂是座高大的石头建筑，有亮红色的织锦与高耸的尖顶。至少在这里，拉森找到了一些他所熟悉的威严。然而，在里面，他又看到了一幅令人心烦的景象，有一群人在进行某种联谊活动，他们四处溜达，完全没有意识到他们是在一座神圣的建筑里，大声笑着，开着玩笑。这实在是太过分了，拉森曾经听过也相信过那些报告，但现在他用亲眼所见证实了。

"斐悠仪祭，让你的教士们集合起来。"拉森说，这是自从他踏上阿雷伦领土后说的第一句话。

仪祭吓得跳了起来，仿佛为他终于听见他那尊贵客人发出声音而感到震惊。"是，阁下。"他说，并示意喧闹的聚会就此结束。

等待人群散去的时间长得令人沮丧，但拉森面无表情地忍耐着这冗长的过程。当人们终于都离开后，他走近那些教士，脚部的盔甲在礼拜堂的石头地板上发出咔嚓咔嚓的声音。当他最终开口时，他的话语针对的是斐悠。

"仪祭，"他用斐悠的德雷西头衔称呼斐悠，"把我送到这里的那艘船将会在一个小时后启程回到斐优旦，到时你必须在船上。"

斐悠的下巴吓得差点要掉下来。"什……？"

"说斐优旦语，你这家伙！"拉森不耐烦地说道，"在这些阿雷伦异教徒中待上十年，应该还没使你堕落到连自己的母语也忘记了吧？"

"没、没有，阁下。"斐悠回答，马上从艾欧语转为斐优旦语，"但是我……"

"够了。"拉森再次打断他，"我接到伟恩本人的命令。你在阿雷伦的文化中浸染得太久了，你已经忘了你的神圣使命，也无法帮助杰德斯帝国扩张了。这里的人民不需要一个朋友，他们需要一个教士，一个德雷西教士。别人会把你当成一个珂拉西教徒的，瞧瞧你那副亲切的模样！我们不是来这里和民众打成一片的，我们是来拯救他们的。你可以走了。"

斐悠倒退着靠在房间中的一根柱子上，双眼大睁，四肢无力。"但是如果我不在的话，谁来当这座小教堂的首席仪祭呢？阁下，其他的仪祭都没什么经验啊。"

"这是最关键的时刻，仪祭。"拉森说，"我会留在阿雷伦，亲自指导这里的工作。愿杰德斯赐予我成功。"

　　拉森希望有间视野更好的办公室，这座礼拜堂虽然庄严雄伟，却只有一层楼。所幸的是，庭园维护得挺好，而从他的办公室，也就是以前斐悠的房间，可以望见修剪整齐的篱笆与细心布置的花圃。

　　现在他清理了满墙的绘画——大部分是田园风景画，还扔掉了斐悠大量的私人物品，这才使房间接近了庄严整洁的标准，有一个德雷西枢机主祭（gyorn）办公室的样儿了。最多再加上几幅织锦，或许还要一两面盾牌就够了。

　　拉森对自己点点头，然后把他的注意力重新转回到桌上的卷轴，那上面有伟恩的命令。他几乎不敢用他那污秽的手去拿，他在脑中反复诵读卷轴上的文字，直到将文字的形状以及其宗教上的含义深深刻在他的灵魂上。

　　"大人……阁下？"一个安静的声音用斐优旦语说道。

　　拉森抬起头。斐悠走进了房间，然后卑躬屈膝地缩成一团，蜷伏在地上，额头紧贴地面。拉森允许自己露出微笑，因为他知道那个忏悔的仪祭不可能看到他的脸。这笑容表示斐悠也许还有点希望。

　　"讲。"拉森说。

　　"我做错了，阁下，我的行为违背了至高无上的杰德斯的计划。"

　　"你犯下了贪图安逸之罪，仪祭。安逸毁灭的国家比军队还要多，它猎取的灵魂比伊岚翠的异教邪说还要多。"

　　"是的，我的大人。"

　　"你还是必须得离开，仪祭。"拉森说。

　　仪祭的肩头耷拉下来。"我真的毫无希望了吗，大人？"

　　"这不是高贵的斐优旦人该说的话，仪祭，只有阿雷伦的蠢蛋才会这么说。"拉森弯下腰，抓住那个男人的肩膀，"起来！我的兄弟！"他命令道。

　　斐悠抬起头，希望重新出现在他的眼中。

　　"你的心灵可能已经被阿雷伦人的思想所污染，但你的灵魂还是属于斐优旦的。你是杰德斯选中的人——所有的斐优旦人都在他的帝国里拥有为之效劳的一席之地。回我们的祖国去吧，加入一个修道院，重新学习那些你已经遗忘的事情，然后我们就会给你另一个服务帝国的机会。"

　　"是的，我的大人。"

　　拉森抓得更紧了，"在你离开之前必须先了解这些，仪祭。我的到来实际上带来了超越你想象的祝福。从此以后，所有杰德斯的计划都不会再向你透露，但是记住不要怀疑我们的神。"他停顿了一下，考虑接下来该怎么做，过了一会儿，他作出了决定：这个人还有些剩余价值。拉森现在有个唯一的机会，能够一下子逆转阿雷伦文化对一个斐优旦灵魂的侵蚀。"看看桌上，仪祭，读那个卷轴。"

斐悠看向桌子，找到了上面的那个卷轴。拉森放开那男人的肩膀，允许他走到桌前阅读卷轴。

"这是伟恩本人的官方印章！"斐悠拿起那个卷轴，然后说道。

"不只是印章而已，仪祭。"拉森说，"还有他本人的签名。你现在所拿着的文件是由陛下本人亲笔撰写的。这不只是封信件，而是圣典。"

斐悠的眼睛睁得大大的，他的手指开始颤抖。

"伟恩本人？"当完全明白他毫无价值的手上拿着的究竟是什么圣物时，他低呼了一声，羊皮纸应声落到了桌上。然而，他的目光并没有离开卷轴。这个卷轴就是有这种让人动弹不得的魔力，会让人禁不住狼吞虎咽地读完它，就像饥饿的人贪婪地吞食一块牛肉一般。很少有人有机会读到杰德斯的先知兼神圣皇帝的亲笔信。

拉森给他的教士一些时间读完卷轴，一遍遍地读，反反复复地读，当斐悠终于抬起头时，理解与感激之情溢于言表。这人还挺聪明的，他知道如果自己继续负责凯伊城的事务，伟恩的指令会要求他做些什么。

"谢谢您。"斐悠喃喃道。

拉森优雅地点了点头。

"你能做到吗？你能遵从伟恩的命令吗？"

斐悠摇摇头，目光再次瞥向那张羊皮纸。

"不，阁下，我做不到……我不能执行，甚至不能用我的良心去思考它。我不羡慕您的位置了，大人，不再羡慕了。"

"带着我的祝福回到斐优旦去吧，兄弟。"拉森说，然后从桌上的袋子中拿出一个小信封，"把它交给那里的教士们，这是我给他们的推荐信，上面是说你心怀感激地接受了调职，会努力成为一名合格的杰德斯仆人。我会把你调去一个修道院。也许有一天，你会再次被任命为一座礼拜堂的首席仪祭，当然是座在斐优旦境内的礼拜堂。"

"是，我的大人，感谢您，大人。"

斐悠退下，在他身后关上了门。拉森踱回桌边，从信袋里抽出另一个信封——和他给斐悠的简直一模一样。他把信封拿在手里好一会儿，才把它放到桌上的蜡烛上烧掉。这封信判处仪祭斐悠犯了卖国罪和叛教罪，但它已经永远不会被阅读了，而那可怜又和气的仪祭永远不会知道他曾处于怎样的危机之中。

"如蒙您允许的话，属下也告退了，枢机主祭大人。"一个教士边鞠躬边说，他曾作为初级辅祭（Dorven）在斐悠手下服务超过十年。拉森挥了挥手，允许那个人离开。那个教士退出房间后，房门被无声地关上了。

看来斐悠对他的手下造成许多很坏的影响，即使是小小的弱点，经过二十年后，也会变成巨大的缺点。可是斐悠的问题绝对不小，这个人已经仁慈到恶名昭彰的地步了，他毫无条理地经营着礼拜堂，任凭阿雷伦文化的摆布而不是带给那里的人民毅力与纪律。在凯伊城服务的教士中的一半人已经无药可救地堕落了，包括那些到这里才六个月的新人。接下来的几星期里，拉森将会把足足有一个舰队那么多的教士送回斐优旦。他还不得不从那些留下来的少得可怜的人中挑选出一位新的首席仪祭。

一阵敲门声响起。"进来。"拉森说。他必须一个个地考量那些教士，以判定他们的受毒害程度。到目前为止，还没有谁给他留下特别好的印象。

"迪拉弗（Dilaf）仪祭。"一名教士在进门时自我介绍道。

拉森抬起头。他的名字与语言都是斐优旦文，但口音却有些微的不准，听上去简直像……"你是阿雷伦人？"拉森惊讶地说。

教士以适当的谦卑鞠了一躬，但眼神却很挑衅。

"你怎么会成为一名德雷西教士？"拉森问。

"我想为帝国服务。"这人回答道，他的声音在平静中透着某种强烈的感情，"杰德斯为我提供了一条道路。"

不，拉森突然明白了，这家伙眼中的不是挑衅，而是宗教狂热。在德雷西教会中狂热分子并不多见，这种人通常更容易被杰斯科秘教（Jeskeri Mysteries）的狂乱无序所吸引，而不是军事化管理的苏·德雷西教派（Shu-Dereth）。然而，这个男子的脸上却燃烧着一种宗教的激情。这不是一件坏事，即使拉森本人唾弃这种缺乏控制的狂热，但他还是发现狂热分子常常是一种很好用的工具。

"杰德斯总是能提供一条道路，仪祭，"拉森谨慎地说，"讲得更详细些。"

"十二年前，我在杜拉德遇到一个德雷西仪祭，他向我布道，于是我就信教了。他给了我杜·科萨格经（Do-Keseg）和杜·德雷西经（Do-Dereth）的抄本，我在一夜之内一口气就把两本都读完了。神圣的仪祭派我回阿雷伦，帮助我家乡的同胞改变信仰。我从雨城（Rain）开始事业建立教会，并在那里传教七年，直到一天我听说德雷西将在凯伊城本地建立一座礼拜堂。于是，知道神圣的杰德斯已用永久的天罚重创了他们，因此我克服了对伊岚翠人的憎恶，来到此地加入我的斐优旦教友。我把经我感化的信徒全都带来了，凯伊城里足有一半的信徒都是跟我从雨城来的。斐悠对我的勤奋留下了很好的印象，他赐与我仪祭的头衔，并允许我继续传教。"

拉森打量着这个阿雷伦教士，揉着下巴陷入了沉思。

"你知道斐悠仪祭在这件事上有什么地方做得不对吗？"

"是，大人。一位仪祭不能任命另一个人为仪祭。当我传教时，从不以德雷西教士自居，只把自己当成一位老师。"

一位非常好的老师，迪拉弗的语气似乎在暗示。

"你认为斐悠仪祭怎么样？"拉森问。

"他是个无组织无纪律的傻瓜，大人。他的怠惰阻碍了杰德斯帝国在阿雷伦的扩张，使我们的宗教信仰沦为笑柄。"

拉森露出微笑：迪拉弗虽然不属于被选中的民族，却显然很了解德雷西的教义与文化。然而，他的狂热很可能是危险的。闪现在迪拉弗眼中的狂野情绪仿佛是好不容易才被控制住的，这样的人要么必须得受到严密的监控，要么就只能被处理掉。

"看来斐悠仪祭总算做对了一件事，即使他并没有这个权力。"拉森说。听到拉森这样宣布，迪拉弗眼中的光芒燃烧得更灼热了，"我将让你成为真正的仪祭，迪拉弗。"

迪拉弗深深地鞠了一躬，头几乎都触碰到了地面。他的礼仪举止无懈可击，完全是斐优旦式的，而且，拉森从未听到一个外国人把圣语（Holy Tongue）说得那么好。这证明这个人真的很有用，毕竟，对于苏·德雷西教派的一个普遍的批评就是他们过于偏向斐优旦人。一个阿雷伦教士可以有助于证明他们欢迎所有人加入杰德斯帝国——即使斐优旦人是最受欢迎的。

拉森暗自庆幸，培养了一个有用的工具，他感到心满意足，直到迪拉弗抬起头的那一瞬间。热情仍然充满了迪拉弗的双眼，但似乎增添了另一种东西——野心。拉森微微皱眉，怀疑自己是否被算计了。

只有一个方法可以避免这种情况发生。"仪祭，你曾发誓成为某人的侍僧（Odiv）吗？"

突然被这么问，迪拉弗很惊讶。他双眼大睁地注视着拉森，眼中闪烁着不确定的光芒。

"没有，大人。"

"很好，那么我将让你成为我的侍僧。"

"大人……我，当然毫无疑问，是您谦顺的仆人。"

　　"你将不只如此，仪祭。"拉森说，"如果你成为我的侍僧，我就会成为你的主上（hroden）。你将属于我，全心全意地跟着我。如果你想追随杰德斯，你必须通过追随我来追随他；如果你想为帝国服务，必须作为我的部下服侍帝国。你的所思、所为、所言都必须服从我的指示。我说得够明白了吗？"

　　火焰从迪拉弗的双眼中燃起。"是的。"他喘着气。这男子的狂热不会让他拒绝这项提议的。虽然他还只有初级仪祭的头衔，但成为一个主教的侍僧将会大大提升他的力量与名望。他愿意成为拉森的奴隶，如果这种奴役可以帮助他向上爬。这是一种非常斐优旦式的行事方法，野心，和奉献一样，是一种杰德斯乐于接受的情绪。

　　"很好。"拉森说，"你的第一个任务就是跟着教士斐悠。这时他应该已经登上前往斐优旦的船了，我要你确保他上了船。如果他下船，不管是什么理由，都杀了他。"

　　"是，枢机主祭阁下。"迪拉弗几乎是冲出了房间。他的热情终于有了一个发泄口，现在，拉森所要做的，就是让这种热情集中在正确的方向上。

　　拉森在这个阿雷伦人离开后还站了一会儿，然后摇摇头转身回到桌边。卷轴还躺在那儿，从斐悠那一文不值的指间滑落下来的地方。拉森面带微笑地把它捡起来，他的触摸充满了虔诚和敬意。他不是那种因为得到什么就喜不自禁的人，他把目光放在更为宏大崇高的成就上，而不仅仅是收集无用的圣诞树装饰球这样微不足道的事情。然而，偶尔也会出现某种独一无二的东西，光是知道它属于自己就让拉森沉醉不已。人们想拥有它，不是因为它有用，也不是为了让别人赞叹，而是因为拥有此物本身就是一种莫大的荣耀。这卷轴便是这样一件东西。

　　这封信是伟恩在拉森面前亲手书写而成的，它是直接来自杰德斯的天启，是那个唯一的人的圣殿，很少人有幸得见杰德斯亲选的救世主，即使在枢机主祭们当中，私人觐见也十分罕见。至于直接从伟恩手中接受命令……简直是一种最强烈微妙的体验。

　　拉森再次用眼睛飞快扫视了一遍那些令人敬畏的词句，即便他早就已经记住了它的每个细节。

　　认真领会杰德斯的天启，那是通过他的仆人、尊敬的皇帝和国王伟恩·武夫登四世（Wyrn Wulfen the Fourth）传达的。

　　高级教士以及我的儿子，你的要求已获恩准。到西方的异教徒中间去吧，向他们宣布我的最终警告，我的帝国虽然是永恒的，但我的耐心已快耗尽。我蛰伏于石墓中的日子不会持续太久。帝国之日（The Day of Empire）已在手中，而我的荣耀将光耀四方，第二个太阳将从斐优旦冉冉升起。

阿雷伦与泰奥德这两个异教王国长期诋毁诬蔑我的国土。三百年来我的教士在那些被伊岚翠腐蚀的人中间服务，却极少有人倾听他们的召唤。请务必将这件事了然于心，我的高级教士：我忠诚的士兵早已准备就绪，只等我的伟恩发号施令。你有三个月的时间向阿雷伦人布道。等时间一到，斐优旦的神圣士兵就会降临在那些国家，就像正在捕猎的掠食动物，撕碎那些不听从我话语的毫无价值的生命。在所有反对我的帝国的人毁灭之前，只有短短的三个月时间。

我高升的时间近了，我的儿子。要忠诚，要勤勉。

杰德斯的话语，万物之主，通过他的仆人伟恩·武夫登四世，斐优旦的皇帝，苏·德雷西教派先知，杰德斯神圣王国的统治者，与天地万物的摄政王传达。

这一时刻终于到来了。只有两个国家还在负隅顽抗。斐优旦将会重获昔日荣光——那些在几百年前第一帝国瓦解时就已荡然无存的荣光。再一次地，阿雷伦与泰奥德又成为仅有的两个抗拒斐优旦统治的国家。而这次，凭借杰德斯的神圣召唤的力量，斐优旦终将战胜它们。然后，所有人类将会在伟恩的统治下团结起来，杰德斯将会从他那低入尘埃的王座上升起，在光耀的王权下君临万物。

而拉森将成为负责这件事的人之一。转化阿雷伦人与泰奥德人的宗教信仰是他目前的紧要职责。他有三个月的时间来改变整个民族文化的宗教禀性，这是一个会被载入史册的任务，当然他必须得成功才行。如果他不能成功，斐优旦的军队就会摧毁阿雷伦的每个活物，而泰奥德也将很快步其后尘。这两个国家，虽然被大海隔开，却属于同一个种族，拥有同样的宗教，以及同样的顽固。

阿雷伦民众可能还不知道这一点，但拉森是在他们和最终毁灭之间隔着的唯一屏障，毕竟，他们傲慢地违抗反对杰德斯与他的人民已经太久了，而拉森是他们最后的机会。

总有一天，他们会称他为救世主。

第四章

　　女人尖叫哭喊着，直到她累得筋疲力尽，请求帮助，请求我主发发慈悲。她在宽阔的大门上又抓又挠，却只用她的指甲在门上留下一层薄薄的泥印。最后，她重重地倒在地上，却没有发出任何声音，只是偶尔因为几声啜泣而发抖。她极度痛苦的样子让雷奥登想起他自己的伤——脚趾上的尖锐刺痛，以及他在伊岚翠外的人生的消失。

　　"他们不会等很久的。"加拉顿低声说，他的手牢牢抓住雷奥登的胳膊，把他拉开。

　　那个女子终于踉踉跄跄地站起来，眼神迷茫，仿佛已经忘记了自己在哪儿。她犹疑地向左边跨一步，并把手掌靠在墙上，仿佛那是一种慰藉，一种与外部世界连结的媒介，而不是把她与外部世界隔离开来的屏障。

　　"就让她这样吧。"加拉顿说。

　　"就这样？"雷奥登问。

　　加拉顿点点头。"她选得不错，或者说，和别人一样好，你看。"

　　从一个小巷里出现的一些影子径直穿过了广场。伊岚翠入口处的广场边上围着一圈石头建筑，雷奥登与加拉顿就躲在其中一座摇摇欲坠的石楼后观察着。阴影很快化为一队人马，踏着坚定而克制的步伐靠近她，把她团团围住。其中一人一把抢过她的祭品篮，女人已没有力气再抵抗了，只能再次无声地倒下。当雷奥登不由自主地上前，想要冲过去对抗那些盗贼时，他感到加拉顿的手指几乎要嵌进他的肩膀里了。

　　"这不是个好主意，可啰？"加拉顿低声说道，"省着点你的勇敢给自己吧，如果脚趾扭伤就让你痛得几乎失去知觉，想想如果你那勇敢的小脑袋挨上一棍的话会是种什么感觉吧。"

　　雷奥登点点头，放松了下来。那个女人已经被抢了，但这似乎并没有给她带来更大的危险。然而，看着她依旧让人心痛。她不是一位年轻的小姐，她那粗壮的身躯已经习惯于生养小孩和操持家务。她是一位母亲，而不是姑娘。妇人脸上刚毅的线条呈现出来之不易的智慧与勇气，不知为什么，这使直视她变得更困难。如果这样一位女性都被伊岚翠击垮了，雷奥登在这里还有什么希望？

"我说过，她的选择是正确的，"加拉顿继续道，"她也许没了几磅食物，但她却没有受伤。当时，如果她向右走——就像你那时一样，苏雷——她就得接受夏尔（Shaor）的走狗靠不住的'仁慈'招待了；如果她向前走，安登（Aanden）就有处置她祭品的权利了；而往左走肯定是最好的选择，也许卡拉妲（Karata）的手下会拿走你的食物，但他们很少会伤害你。和今后几年拖着一条坏胳膊相比，饥饿简直是小菜一碟。"

"今后几年？"雷奥登问，目光离开广场看着他高大的黑皮肤同伴，"我记得你说过，我们的伤口会跟着我们直到永远。"

"我们只是猜它会，苏雷。你给我找个能保持神智清醒直到永远的伊岚翠人看看？也许他能证实这个理论。"

"那人们一般能在这里撑多久？"

"一年，或者两年。"加拉顿说。

"什么？"

"你还以为我们是不朽的，是么？就因为我们不会变老，就以为我们会永远存在？"

"我不知道，"雷奥登说，"我以为你的意思是我们不会死。"

"我们是不会，"加拉顿说，"但是割伤、瘀伤，以及扭伤的脚趾……它们会不断积累，一个人的承受力是有极限的。"

"所以他们都自杀了？"雷奥登小声问。

"连这个选择他们都做不到。不，他们中的大部分只能躺在地上呢喃或尖叫，可怜的鲁喽（rulos）。"

"你在这里待多久了？"

"几个月。"

知道这一讯息只是众多打击中的一种而已，就像加在那摇摇欲坠的稻草堆上的另一根稻草。雷奥登本来推测加拉顿成为伊岚翠人至少有好几年了。这个杜拉德人讲述在伊岚翠生活的样子好像已经把这里当家有十几年了，并且十分娴熟地徜徉在这座庞大的城市里。

雷奥登回头望向广场，但那个女人已经走了。她可能是他父亲宫殿中的一个女仆，或者是一个富有商人的妻子，抑或只是一个家庭妇女。宵得术法从不把阶级作为挑选标准，在它面前人人平等。现在她走了，进入了伊岚翠这个张开大口的深渊。他本来应该能够帮助她的。

"所有这些只是为了一条面包和一些蔫掉的蔬菜。"雷奥登喃喃自语。

"现在在你看来这些食物不算多，可只要等几天你再看吧。这里唯一的食物来源就揣在那些新来的人手中。等着瞧吧，苏雷，你也会感受到相同的渴望的。只有最坚强的人才能抵御饥饿的召唤。"

"你就做到了。"雷奥登说。

"并不总能，而且我来这里不过几个月而已。我可说不准一年之后饥饿会驱使我做些什么事。"

雷奥登哼了一声："起码等到我那三十天结束再变成原始猛兽吧，算我求你了。我讨厌没有从你身上获得一块牛肉该有的价值的感觉。"

加拉顿愣了一会儿，然后大笑起来。"你什么都不害怕吗，苏雷？"

"事实上，我害怕这里的差不多任何东西，我只是很善于忽略我很害怕的事实而已。一旦我明白自己有多怕，你说不定会惊奇地发现一个正设法躲进卵石路下面的人呢。好啦，告诉我更多有关这些匪徒的事吧。"

加拉顿耸耸肩，走出被打烂的门，从墙边拿了一把椅子。他挑剔地检查了一下椅腿，然后才小心翼翼地坐上去。然而椅脚却立马断了，他站起来得足够快才没有摔倒。于是，他厌恶地把椅子甩到一边，坐到了地上。

"伊岚翠分成三个部分，苏雷，因此就有三个帮派。集市地区由夏尔统治；你昨天见到的就是他地盘上的一些成员，虽然他们忙着舔混有你的祭品的泥浆，没空做自我介绍。在宫殿地区你则会见到卡拉妲，她就是今天那个很有礼貌地帮助妇女减轻食品负担的女人。最后是安登，他把大部分的时间都花费在学院区里。"

"一个学识渊博的人？"

"不，一个机会主义者。是他第一个发现许多图书馆的古老文稿是写在羊皮纸上的，昔日的经典已经变成了明天的午餐，可啰？"

"我主慈悲！"雷奥登诅咒道，"简直是太恶劣了！人们普遍认为，在伊岚翠的古老卷轴里蕴藏了数不清的真迹手稿。它们是无价之宝！"

加拉顿用苦楚的眼神看着雷奥登。

"苏雷，需要我再重复一遍我那关于饥饿的演讲吗？当你的胃痛得让你眼泪汪汪时，文学又有什么用处？"

"这真是一场糟糕的辩论，有两个世纪历史的羔羊皮卷轴不可能有好味道。"

加拉顿耸耸肩。"总比烂泥好吃。不管怎样，据说安登在几个月前就吃光了所有的卷轴。他们正试着用沸水煮纸制书，不过效果不太好。"

"令我感到惊讶的倒是他们没有试着把别人煮来吃。"

"噢，已经试过了。"加拉顿说，"所幸的是，宵得术法使我们的身体发生了某种改变，很明显我们这种死人的肉尝起来不怎么样，可啰？事实上，它极苦极苦，没人能坚持不把它吐出来。"

"真高兴看到食人这一选项能如此合乎常理地被排除在外。"雷奥登干巴巴地说道。

"我曾跟你说过，苏雷。饥饿会让人做出各种有违常理的事。"

"饥饿使这些都变成可接受的了？"

加拉顿很明智地没有回答。

雷奥登继续道："你谈论饥饿和痛苦时的样子，就好像它们是无法抵抗的巨大力量。任何事都是可以被接受的，如果饥饿驱使你去做这样的事——把我们的皮囊剥除，我们就和动物没什么区别了。"

加拉顿摇摇头。"我很抱歉，苏雷，但事情就是这样的。"

"并不是非得如此。"

十年的时间还不够长。即使是阿雷伦厚重的潮气，都不足以使这座城市腐朽到如此地步。伊岚翠看起来好像已经被遗弃了几个世纪，木材都被蛀空了，灰泥和砖头慢慢解体，就连石头建筑也开始崩裂。而且每样东西上都从头到尾覆盖着薄薄一层褐色的烂泥。

雷奥登终于习惯在这条滑溜溜且凹凸不平的卵石路上走路了。他设法让自己保持干净远离烂泥，但这很快被证明是项不可能完成的任务。每一面他碰过的墙壁、每一个他抓过的窗台都在他身上留下了印迹。

这两个男人慢慢走到一条宽阔的街道上，这大道比凯伊城任何一条类似的道路都要宽阔得多。伊岚翠的建造理念就是规模庞大，仿佛是为了震慑住所有人。雷奥登现在才渐渐开始对这座城市的宏大辽阔有一个初步的概念，他和加拉顿已经走了好几个小时了，但加拉顿说，他们离目的地还有一定的距离。

然而，这两个家伙也并不急于赶路。这是加拉顿教雷奥登的第一件事：在伊岚翠，一切都急不得。这个杜拉德人的每一件事情都做得精准无比，他的动作放松却又仔细。

即使是最轻微的擦伤，不管是多么不值一提，都会增加一个伊岚翠人的痛苦。一个人越是小心，他的理智就能保持越久。所以雷奥登跟着他，试图模仿加拉顿专心的步伐。每次雷奥登开始感到自己太过杞人忧天的时候，只要瞥一眼那些蜷缩在阴沟或街角的无数身影中的一个，他的决心就又回来了。

"惑伊德（Hoed）"，加拉顿这样称呼他们——那些屈从于痛苦的伊岚翠人；他们失去了自我意识，他们的生命中充满了持续无尽的折磨。他们很少移动，虽然其中一些仍具备躲在阴影处的本能。他们大多数都很安静，虽然很少有完全保持沉默的。当雷奥登路过他们身边时，可以听到他们的呢喃、抽泣以及悲鸣，大多数是不断重复的自言自语的字词和短语，仿佛是一种伴随他们苦难的祷文。

"我主啊，我主啊，我主……"

"真漂亮，这里曾经多美啊……"

"停、停、停！让它停下来……"

雷奥登强迫自己不去听那些词句。他的胸口开始抽搐，仿佛他正和那些无名的可怜人一起受苦。如果他太过在意他们的痛苦，他很可能在痛苦夺走他的理智前就先自己疯掉。

然而，他如果任由自己的思绪驰骋，就会总是想起以前他在外面的生活。他的朋友还继续他们的秘密会议么？凯隐（Kiin）和罗艾奥（Roial）能够维持他们的团队吗？他最好的朋友卢凯（Lukel）最近过得好么？雷奥登还不怎么认识卢凯的新婚妻子；现在他永远都见不到他们的第一个孩子出生了。

思考自己的婚姻更让他感觉糟糕。他从没见过那个他要娶的女孩，虽然他们曾通过侍灵交谈了好几次。她是不是真的和谈话时一样机智风趣？他永远都不会知道了。埃顿很可能会掩饰雷奥登变化的真相，假装他的儿子死了。现在莎瑞娜永远不会来阿雷伦了，一旦她听说这个消息，她就会待在泰奥德，然后转而寻找另一位丈夫。

如果我能见到她就好了，就算只见一次，他想。但这些想法毫无用处，他现在是个伊岚翠人了。

作为替代，他把思绪专注在这座城市本身。很难相信，伊岚翠曾是欧佩伦，甚至是整个世界上最美丽的城市。而现在他满眼都是污泥——腐朽和侵蚀，然而，在这些污秽之下却藏着伊岚翠以前辉煌的遗迹。耸立的塔尖、雕刻精美的残垣断壁、宏伟的礼拜堂、庞大的豪宅、柱子和拱门。十年之前，这座城市闪耀着它神秘的光芒，一座纯白与金色交织的城市。

没人知道是什么引起了"灾罚"，根据某些人的理论——大多数是德雷西教士，认为伊岚翠的倾覆是神意。灾罚前的伊岚翠人是有如神灵般的存在，虽然允许阿雷伦有其他宗教，但是那种容忍就和一个主人让他的狗舔地上打翻的食物一样。伊岚翠的美丽以及其中居民所能支配的力量，阻碍了普通大众改信苏·科萨格教派（Shu-Koseg）。既然众神就和你生活在一起，为什么还要去追随那些看不见的神呢？

一切都是伴随着一场暴雨到来的，雷奥登就记得这些。大地开始碎裂，南方出现了一条巨大的大裂谷，整个阿雷伦都在颤抖。在毁灭性的打击下，伊岚翠失去了它的荣光。伊岚翠人从拥有耀眼银发的种族变为皮肤布满斑点的秃头怪物，仿佛得了某种恐怖的疾病，身体高度腐烂。伊岚翠从此不再散发光芒，变得越来越黑暗肮脏。

这一切仅仅发生在十年前。十年的时间应该远远不够，石料不会因为十年的疏忽而粉碎瓦解，污秽也不该堆积那么快，更何况城里的居民是如此之少，而且大部分人根本没有行动的能力。仿佛伊岚翠已决意死去，这是一座正在慢性自杀的城市。

"伊岚翠的集市区，"加拉顿说，"这里曾经是世界上最繁荣伟大的交易市场之一，商人们从欧佩伦各地赶来，把他们的舶来品卖给伊岚翠人，人们也可以到那里购买最奢华的伊岚翠法宝。伊岚翠人虽然被称为神，但不是什么都免费给与的，可啰？"

他们站在一座平顶楼房的顶上，显然有些伊岚翠人相对于尖顶或圆顶，更喜欢平坦的屋顶，因为平坦的地方能够建立一个屋顶花园。在他们眼前展现的城区和伊岚翠的其他地方没什么大区别，黑暗而破碎。雷奥登能够想象得出这些街道曾经装饰着小贩们五彩缤纷的帆布遮阳篷，但现在只剩下偶尔能看见的沾满烂泥的烂布条。

"我们能靠得更近些吗？"雷奥登问，靠在窗沿上俯瞰整个市场区。

"如果你想的话当然可以，苏雷。"加拉顿不确定地说，"但是我要留在这儿，夏尔的人喜欢追逐，这大概是他们仅存的娱乐活动了。"

"那么，告诉我一些夏尔本人的事吧。"

加拉顿耸耸肩。"在这种地方，许多人都在寻找一个领袖，靠他们抵挡一些这世界的混乱。就像在任何一个社会，那些最强壮的人最终总能发号施令。夏尔就是一个从控制别人中获得乐趣的人，因为某种原因那些最狂野与最道德败坏的伊岚翠人全归顺了他。"

"所以他能够抢夺三分之一的新人祭品？"雷奥登问。

"夏尔本人很少为这些事伤神。但这也没错，他的手下能够首先拿到三分之一祭品。"

"为什么只拿三分之一呢？"雷奥登问，"如果夏尔的手下就像你暗示的那样无法控制，是什么让他们竟会遵守这种专制的协议？"

"因为其他帮派的规模与夏尔的相差无几，苏雷。"加拉顿解释道，"外面的人倾向于相信自己不会轻易死去。我们则更实际，几乎没有人能不受一点点伤就赢得一场战斗，在这儿，即使是一些最轻微的割伤也可能是毁灭性的，比斩首还要难以忍受。夏尔的手下的确疯狂，但他们也不全是傻瓜。他们不会轻易出手，除非有很大的把握或是有一份许诺的报酬。你难道以为昨天是因为你的体形那些人才没有攻击你吗？"

"我不确定。"雷奥登承认。

"即使是最微小的迹象暗示你可能会反抗，都足以把他们吓退，苏雷。"加拉顿说，"折磨你的乐趣可不值得他们赌上一把，万一你幸运地挥中一拳怎么办？"

雷奥登想了想，不禁一阵哆嗦。"带我去看看其他帮派的地盘吧。"

学院区与宫殿区紧挨在一起。据加拉顿说，卡拉姐与安登有一个靠不住的停战协定，两边都有警卫站岗互相监视。再一次地，雷奥登的伙伴带着他来到一座平顶楼房前，一条十分靠不住的楼梯延伸到楼顶。

然而，在爬完那些楼梯后（虽然途中他脚下的一级楼梯突然断裂，害得他差点摔下去），雷奥登不得不承认，这里的风景使之前的一切努力都变得值得。伊岚翠的宫殿大到可以称为奇迹，如果不管那些照例会有的腐蚀的话。五个侧厅各有一个圆屋顶，上面还有一个庄严的尖塔，现在只有中间的那个尖塔还完好无损，但是它却直冲云霄，是迄今为止雷奥登见过的最高的建筑。

"人们说那就是伊岚翠的正中心，"加拉顿对尖塔点点头，说，"只要你能爬完那些环绕的旋梯，就能俯瞰整座城市。但现在我可不敢去爬那种楼梯，可啰？"

学院区很庞大，但是不如宫殿区那么辉煌。其中包括五六座连绵不绝的扁平建筑物和许多开放的空地，以前很可能是草坪或花园，这些东西统统都在很久以前就被伊岚翠的饥民蚕食得连根也不剩了。

"在所有帮派领袖中，卡拉姐是最严刻也是最宽容的。"加拉顿边说，边低头望着学院。他的眼中有些奇怪的东西，好像他看见了一些雷奥登看不到的东西。加拉顿以他特有的散漫风格继续讲述道，仿佛嘴巴并没有发觉他的思想已集中到其他事情上了。

"她不常让新人加入她的帮派，而且她有极强的领土意识。如果你在夏尔的地盘晃悠，他的手下可能会追你一会儿，但他们只是找乐子而已。卡拉姐却不能容忍任何入侵者。当然，如果你不去打搅她，她也不会打搅你，而且她也很少在抢夺新人的食物时伤害他们。你今天早些时候已经见过她了，她总是亲自来抢夺食物，也许她不太相信手下能像她控制得那么好。"

"也许，"雷奥登说，"你还知道其他什么关于她的事？"

"不是很多，那些暴力盗贼组织的头儿可不是那种会把下午时光浪费在闲聊上的人。"

"哈，现在是谁把这一切当玩笑啊？"雷奥登微笑着说。

"你把我带坏了，苏雷。像我们这种死人可不该这么兴高采烈的。总之，我能告诉你的唯一一件关于卡拉妲的事，就是她非常讨厌待在伊岚翠。"

雷奥登皱了皱眉，"有谁喜欢啊？"

"我们都恨它，苏雷，但我们中几乎没有人有勇气试着逃走。迄今为止，卡拉妲在凯伊城被抓到过三次，总是在皇宫附近。再被抓到一次的话，教士们就打算把她烧死了。"

"皇宫里有什么她想要的东西么？"

"她还没有和蔼到对我解释这一切。"加拉顿回答，"大部分人认为她想要去刺杀埃顿王。"

"国王？"雷奥登说，"是什么让她非得那么做？"

"复仇、不合、杀戮欲。如果你是个已经遭到诅咒的人，这些都是很好的理由，可啰？"

雷奥登眉头紧锁。他父亲几近偏执地惧怕被刺客暗杀，也许与他父亲一起生活得太久了，他对此已习以为常，但是"谋杀国王"看起来不像是她的目标。"还有一个帮派首领是什么样的？"

"安登么？"加拉顿问，回头再次俯瞰这座城市，"他宣称在被扔进来之前他是个有某种头衔的贵族，我想是男爵吧。他一直设法立自己为伊岚翠的王，所以他对卡拉妲控制了皇宫感到极其不满。他组建了一个宫廷队伍，并且宣布他会喂饱所有加入他的人，虽然目前他们所能拿到的只有一些煮过的书，而且他还计划着攻打凯伊城。"

"什么？"雷奥登惊讶地问，"攻打？"

"他不是认真的，"加拉顿说，"不过他很擅长鼓吹宣传，他宣称他有一个解放伊岚翠的计划，这给他带来了数目庞大的追随者。然而，他也很残忍，卡拉妲只会伤害那些企图偷偷潜入皇宫的人，安登则是以随意行刑而臭名昭著。就我的个人看法，苏雷，这个人的脑子已经完全不正常了。"

雷奥登还是皱着眉头，如果这个安登真的是个男爵，那雷奥登应该知道他。然而，他从没听到过这个名字，要么是安登在他的背景问题上撒了谎，要么就是他在进入伊岚翠之后，改了一个新名字。

雷奥登仔细研究着学院与皇宫之间的地区，某种东西抓住了他的注意力。这件东西平凡到若是在以前他绝不会再看它第二眼，不过在整个伊岚翠，他还是第一次见到这种东西。

"那是一口井吗？"他不确定地问。

加拉顿点点头，"全城唯一一口。"

"这怎么可能？"

"承蒙艾欧铎（AonDor）的魔法，这里原来有很好的室内水管系统，苏雷。水井并不是必需的。"

"那为什么他们要修这口井？"

"我想是在宗教仪式中使用的。有几种伊岚翠的崇拜仪式中，需要用到从流动的河中收集来的新鲜水。"

"这么说来阿雷德河的确从这座城市的下面流过？"雷奥登说。

"当然，它还能从哪里流过呢，可啰？"

雷奥登眯起眼睛陷入了沉思，但他并没有主动提供任何信息。他站起来，俯瞰整个城市，突然他注意到一颗小光球正飘过下面的某条街道。这个侍灵随着一股漫无目的的气流到处游荡，偶尔还转着圈儿。因为距离太远，他无法辨认出侍灵中心的符文。

加拉顿注意到雷奥登在仔细审视着什么。

"一个侍灵，"杜拉德人指出，"在这里很常见。"

"那么这是真的？"雷奥登问。

加拉顿点点头。"当一个侍灵的主人被宵得术法选中时，侍灵本身也会发疯。它们中有许多就这么在城里飘来飘去，它们不说话，只是盘桓着，如行尸走肉般。"

雷奥登看向别处。自从被扔进伊岚翠后，他总是避免去想自己的侍灵，埃恩。雷奥登曾听说过当侍灵的主人变成伊岚翠人时，侍灵会发生什么变化。

加拉顿望向天空，"快下雨了。"

雷奥登向万里无云的天空挑起了眉毛，"如果你坚持要这么说的话……"

"相信我，我们应该到里面去，除非你想要穿着湿漉漉的衣服度过接下来的好几天。在伊岚翠很难把火生起来，这里的木头不是太湿了就是烂得太厉害。"

"接下来我们应该去哪儿？"

加拉顿耸耸肩，"选一间房子，苏雷。有些房子是没人住的。"

前一个晚上他们就是睡在一间废弃的房屋中，但是现在，雷奥登突然想到了什么，"你住在哪里，加拉顿？"

"杜拉德。"加拉顿立刻回答道。

"我的意思是说现在。"

加拉顿想了一会儿，犹疑地看着雷奥登。然后耸了耸肩，招手让雷奥登跟着他走下脆弱的楼梯。"来吧。"

"这么多书！"雷奥登兴奋地说。

"真不该带你来这儿，"加拉顿嘀咕道，"现在，我永远都甩不掉你了。"

加拉顿把雷奥登带到一个像是废弃的酒窖的地方，但是内部则大不一样了。虽然在地下，这里的空气更干燥，也更凉爽。加拉顿很快收回了早先对于生火的忠告，他从隐蔽的壁龛里拿出一盏灯，然后用打火石和钢片点燃了它。光线所揭示的东西令雷奥登大吃一惊。

这儿看上去就像一个学富五车的学者的书房。墙上画满了符文——那是艾欧语神秘而古老的文字形式，还有好几个书架的典籍。

"你是怎么找到这个地方的？"雷奥登急切地问。

"我偶然撞到的。"加拉顿耸耸肩说。

"所有这些书，"雷奥登说，并从书架中挑了一本，这书有些发霉却依然清晰可读，"也许它们能让我们懂得符文的奥秘，加拉顿！难道你以前没这么想过吗？"

"符文？"

"伊岚翠的魔法，"雷奥登说，"他们说在灾罚以前，伊岚翠人通过画符文，就能创造强力的魔法。"

"哦，你的意思是这样？"这个高大的黑肤男子问，同时抬起他的手，凭空勾勒出一个符号——艾欧·迪欧（Aon Deo），他的手指在空中留下一条发光的白色轨迹。

雷奥登的眼睛睁得老大，书从他僵硬的指间滑落。在历史上，只有伊岚翠人能够发动封印在符文中的力量。这种力量被认为已经消失了，据说是随着伊岚翠的毁灭而衰退了。

透过那个盘旋在他们之间的发光符号，加拉顿对雷奥登露出微笑。

第五章

"我主慈悲，"莎瑞娜惊奇地问，"他是从哪里冒出来的？"

枢机主祭迈着他特有的傲慢大步跨进国王的王座厅。他穿着德雷西高级教士闪亮的血红色盔甲，夸张的深红色斗篷在他背后翻涌着，然而他没有携带任何武器。这套装备就是为了给人留下深刻印象而准备的，不管莎瑞娜对枢机主祭本人的印象如何，她不得不承认这十分有效。当然，这很可能只是装装样子，这套铠甲的金属可能又轻又薄，在战场上一点用处也没有。即使在斐优旦这种军事化社会里，也很少有人能像这位枢机主祭这样，身着全套的盔甲依然行走自如。

枢机主祭看也不看地从她身边走过，他的眼神直接专注在国王身上。对于一个枢机主祭来说，他显得太年轻了，很可能只有四十多岁，他那精心修剪的黑色短发只混杂了几丝灰白的痕迹。

"您知道伊岚翠是有德雷西人存在的，我的小姐，"和往常一样飘浮在她身旁的阿什说，它目前是这房间里仅有的两个侍灵之一，"为什么您会因为看到一个斐优旦教士而如此惊讶呢？"

"这是一个如假包换的枢机主祭，阿什。整个斐优旦帝国也只有二十个这样的人物。在凯伊城也许有一些德雷西信徒，但一个高级教士的来访还是太不寻常了。而且枢机主祭在时间方面可是非常吝啬的。"

莎瑞娜看着这个斐优旦人昂首阔步地走过房间，穿过人群，就像鸟儿穿过一群小飞虫一般。

"过来。"她小声对阿什说。然后穿过外围人群前往房间的前部，她不想漏听枢机主祭所说的每一个字。

她完全没必要担心。当这个男人说话时，他坚定的声音低沉地回荡在整个王座厅。

"埃顿王，"他说，同时只用微微的点头来代替鞠躬，"我，枢机主祭拉森，带给您来自伟恩·武夫登四世的口信。他觉得是时候让我们两国不仅仅分享同一个边界了。"他的话中带有浓重的、抑扬顿挫的斐优旦当地口音。

埃顿从他的收支账本中抬起头来，带着不加掩饰的不悦。"伟恩还想要什么？我们已经和斐优旦签订贸易协议了。"

"圣上担心您的人民的灵魂，陛下。"拉森说。

"那么让他去改变人民的信仰吧。我一直允许你们的教士享有在阿雷伦传教的充分自由。"

"人民的反响太慢了，陛下。他们需要推一把，需要一个表率，如果您愿意的话。伟恩认为是时候让您本人皈依苏·德雷西教派了。"

这次，埃顿连声音中的恼怒也不想掩饰了。"我已经信仰苏·珂拉西教派（Shu-Korath）了，教士。我们信奉同一个上帝。"

"德雷西才是苏·科萨格教派（Shu-Keseg）唯一正确的表现形式。"拉森威胁地说。

埃顿挥手示意他退下。"我对于两个教派之间的争执不感兴趣，教士。去转化那些不信仰珂拉西教派的人吧，还有许多阿雷伦人保持着古老的信仰。"

"您不应该如此随意地回绝伟恩的邀请。"枢机主祭警告道。

"老实讲，教士，我们真的有必要讨论这些吗？你的威胁没有任何分量，在过去的两个世纪里斐优旦没有任何实质的影响力。你真的认为用'我们以前有多么强大'能吓住我？"

拉森的眼神变得有些危险了，"现在的斐优旦比以前任何时候都更强大。"

"真的？"埃顿问，"你们辽阔的疆土在哪里？你们的军队在哪里？在最近的一个世纪里你们占领了几个国家？也许总有一天你们的人民会意识到，你们的帝国早在三百年前就已经衰弱了。"

拉森停顿了一会儿，然后又行了一个点头礼，就转身离开了。当他怒气冲冲地走向大门时，斗篷戏剧化地在他身后翻滚。可惜的是，莎瑞娜的祈祷并没有得到回应——他没有因踩到披风而绊倒。就在拉森离开之际，他转身向整个王座厅投去了最后失望的一眼。然而，他的目光停留在了莎瑞娜身上，而不是国王。他们定定地看了对方一会儿，然后当他仔细打量她那不同寻常的身高和泰奥德风格的金发时，她从他眼中读到了一丝困惑。然后，他走了，整间大厅随即被吵闹的闲话充斥。

埃顿王不屑地哼了一声，重新开始看他的账本。

"他没有看出来，"莎瑞娜低语道，"也没有理解。"

"理解什么，小姐？"阿什问。

"那个枢机主祭是多么的危险。"

"陛下是一个商人，小姐，不是一个真正的政治家。他和您看问题的方式不一样。"

"即便如此，"莎瑞娜说，声音小到只有阿什能听到，"凭埃顿王的阅历，他应该能够明白拉森在说什么，至少关于斐优旦实力的部分是完全正确的。现在的伟恩比几个世纪前有实力得多，甚至达到了这个古老帝国实力的顶峰。"

"看出一个国家以前的军事实力是相当困难的，特别是对一个相对而言上台不久的君主来说，"阿什说，"而且埃顿王不可能完全理解，斐优旦现在的教士军团比他们过去的士兵要有影响力得多。"

莎瑞娜拍拍自己的脸颊，思索了一会儿，"好吧，阿什，至少你现在不用太担心我在凯伊城的贵族中引发太多骚动了。"

"我非常怀疑这一点，我的小姐。不然您靠什么打发时间呢？"

"噢，阿什，"她甜甜地说，"如果我能和一个真正的枢机主祭斗智斗勇，那为什么还要费心去和一堆无能的所谓贵族纠缠呢？"然后，她更认真地继续说："伟恩的高级教士都是由他本人精挑细选出来的，如果埃顿不看着点——估计他也不会——那拉森就会改变整座城市的信仰，让这里的人民臣服于他。如果阿雷伦就这样把自己拱手让给我们的敌人，那我牺牲自我的婚姻对泰奥德还有什么帮助？"

"也许是您反应过度了，小姐，"阿什边说边震动了一下。这些话听起来真耳熟，阿什似乎经常感到有必要用这些唠叨来提醒她。

莎瑞娜摇了摇头，"这次绝对不是。今天只是拉森的一次试探而已，阿什。现在拉森会认为即使采取一些反抗国王的行动也是完全合情合理的，他已经确信阿雷伦是被一个渎神者统治着。他会设法把埃顿拉下马，然后阿雷伦政府就会面临这十年中的第二次倾覆。这次不会再让商人阶级来填补领导者的空缺了，而是德雷西的教士阶级。"

"所以您想要帮助埃顿？"阿什用调侃的口吻说。

"他可是我至高无上的父王啊。"

"即便您认为他简直令人难以忍受？"

"任何事都比被斐优旦统治要好。而且，也许我误解了埃顿王。"在那次尴尬的会面之后，他们两人的关系好像并没有变得太糟。在雷奥登的葬礼上，埃顿几乎完全无视她的存在，这正合莎瑞娜的心意，因为她当时正忙于寻找葬礼中的不和谐之处。不幸的是，这场葬礼正统到令人失望的地步，没有一个重要贵族因为缺席而露出马脚，或者在仪式进行中看起来太有负罪感。

"是的……"她说，"或许我和埃顿可以通过相互忽略来和睦相处。"

"以愤怒的我主之名，你到底在我的宫殿里做什么，女孩！"国王在她身后咒骂着。

莎瑞娜抬头望天，眼神里充满了绝望。当莎瑞娜把脸转向埃顿王时，阿什震颤着发出无声的笑。

"什么？"她问，尽量让她的声音听起来很无辜。

"你！"埃顿指着她咆哮道，当然，他的情绪不佳是可以理解的，不过莎瑞娜听说，埃顿的心情几乎从没好过。"你难道不知道女人除非受到邀请否则是不能随便进入我的宫廷的吗？"

莎瑞娜迷茫地眨了眨眼睛，"没人和我这么说过，陛下。"故意装成脑袋空无一物的样子。

埃顿嘟囔了几句"笨女人"之类的话，为她显而易见的愚蠢摇了摇头。

"我只是想看看这些画。"莎瑞娜说，并在她的声音中加了点颤音，好像她快要哭出来了。

埃顿先发制人地伸出手掌示意停止，以免她说出更多的傻话，然后把目光转回他的账本。当莎瑞娜擦擦眼睛，开始假装研究身后的画时，她简直就要笑出来了。

"这真是出乎意料。"阿什悄悄说。

"埃顿的问题稍后再处理，"莎瑞娜嘀咕着，"现在我还有更重要的事情需要担心。"

"我从没想过有一天我会看到你……变成一个如此庸俗无聊的女人，即使只是表演。"

"什么？"莎瑞娜问，扇动着睫毛，"我？表演？"

阿什哼了一声。

"你知道吗，我没弄清楚过你们侍灵是怎么发出那种声音的？"莎瑞娜说，"你们又没有鼻子，怎么能发出'哼'声呢？"

"那要经过多年的训练，小姐。"阿什回答，"以后每次你和国王说话时，我都必须忍受您那可笑的哭哭啼啼吗？"

莎瑞娜耸耸肩。"他认为女人都很蠢，所以我就要当个傻瓜。当别人觉得你连记住自己名字的智商都没有时，控制他们就变得更容易了。"

"娜？"有个声音突然吼道，"是你吗？"奇怪的是，这个低沉沙哑的声音非常熟悉，就好像说话的人嗓子痛，虽然她还没听过谁嗓子痛了还叫得那么大声。

她迟疑地转过身。一个比可能存在的任何人更高、更阔、更敦厚，也更有肌肉的巨人，正从人群中挤出一条路往她的方向走来。他穿着一件大号的蓝色丝质紧身短上衣，一想到得有多少蚕宝宝努力工作才能做出这样一件衣服，莎瑞娜就不禁打了个冷战。而他下面则穿着一条阿雷伦廷臣的带花边褶皱的裤子。

"是你！"那人惊叫道，"我们都以为你下周才会到呢！"

"阿什，"莎瑞娜小声嘀咕，"这个疯子是谁？他想要我做什么？"

"他看起来很眼熟，小姐。对不起，我的记忆力没有以前那么好了。"

"哈！"那个巨人说，然后把莎瑞娜捞起来，给她来了个熊抱。这是一种很奇怪的感觉，她的下半身被挤压进他那超大的肚子里，而她的脸几乎被他那坚硬而充满肌肉的胸膛碾碎了。莎瑞娜努力忍住哭出来的欲望，等待并且希望男子在她晕过去之前把她放下来。如果她的脸色一开始不对，阿什就会去找人帮忙。

幸运的是，在她窒息前那个男子就放手了，作为替代，他用手臂按住她的肩膀不放。"你变了很多。我最后一次看见你时，你还只有我膝盖那么高。"接着他上下打量着莎瑞娜高挑的身形。"好吧……我怀疑当时你是不是只有膝盖高了，不过你肯定不会比我的腰高的。你妈常说你会长得又高又瘦。"

莎瑞娜摇摇头。这声音有一点点熟悉，但她无法认出他的样子。她对脸的记忆力很好……除非……

"巨人凯叔（Hunkey Kay）？"她犹疑地问，"仁慈的我主！你的胡子怎么了？"

"阿雷伦的贵族是不留胡子的，小甜心。很多年前我就刮了。"

是他。声音不同了，没有胡须的脸庞也变得陌生，但是眼睛却还依旧，她还记得抬头仰望他那笑眯眯的棕色大眼睛时的情景。"巨人凯叔，"她无意识地小声问，"我的礼物在哪儿？"

过去每当他来访的时候，她脱口而出的第一句话就是这个。她的凯隐（Kiin）叔叔大笑起来，他那奇怪的沙哑嗓音让这听起来与其说是呵呵的笑声，倒不如说是呼呼的喘气声。叔叔总会带最有异域风情的礼物过来，连国王的女儿都会因为得到这些珍品而欣喜若狂。

"恐怕这次我忘带礼物了，小甜心。"

莎瑞娜脸涨得通红。然而，在她挤出道歉的话之前，巨人凯叔就已经用他巨大的手臂搂住她的肩膀，并开始把她推出王座厅。

"来吧，你一定得见见我的妻子。"

"妻子？"莎瑞娜用震惊的声音问道。她已经十年没见凯隐了，但她清楚地记得一个事实：她叔叔曾发誓一辈子单身，同时也是个死性不改的无赖。"巨人凯叔结婚了？"

"你不是过去十年里唯一成长的人。"凯隐用粗嘎的声音说，"噢，对了，虽然你喊我'巨人凯叔'时的样子很可爱，但现在我想你还是更愿意叫我凯隐叔叔吧？"

莎瑞娜的脸再次涨红了。"巨人凯叔"是她发不出她叔叔名字的音时所创造出来的叫法。

"那么，你父亲现在还好吗？"这高大的男人问，"我猜还是充满得体的威严吧。"

"他很好，叔叔。"她回答，"不过我确定如果他知道你住在阿雷伦的宫廷里一定会惊讶万分的。"

"他知道的。"

"不，他以为你还在继续你的旅行，最后在某个偏远的小岛定居。"

"莎瑞娜，如果你还是和小时候一样脑筋活络的话，你现在应该已经学会分辨故事和真相了。"

这番话仿佛当面给她泼了桶冷水。她隐约记得某一天目送她叔叔的船驶向远方，她问父亲什么时候巨人凯叔才能回来，伊凡提奥阴沉着脸回答道，这次巨人凯叔要进行一次很长很长的旅行。

"但是为什么？"她问，"一直以来你就住在离家只有几天行程的地方，你却从没回家来看看？"

"这个故事还是改天再说吧，小甜心。"凯隐摇了摇头说，"现在，你得见见那个终于成功抓住你叔叔的女妖怪。"

凯隐的妻子完全不像个妖怪。事实上，她是莎瑞娜所见过的成熟女性中最美的一个。朵奥拉（Daora）有一张如雕像一般棱角分明的坚毅脸庞，一头精心打理的赤褐色头发。她不是莎瑞娜认为的那种和她叔叔般配的女人，当然，她关于她叔叔最近的记忆都是十年前的了。

看到凯隐那如同城堡般巨大的宅邸，莎瑞娜一点也不意外。她记得叔叔是某种类型的商人，而她记忆中最闪亮的地方总是充满了凯隐贵重的礼物和他那异国情调的服饰。他并不只是一个国王的小儿子，还曾经是一个非常成功的商人。很显然，他现在还是。

前一阵他还为了生意出城去了，直到今天早上才回来。这也是为什么莎瑞娜没在葬礼上见到他的原因。

最令她震惊的还是孩子。尽管知道他已经结婚了，但莎瑞娜还是无法把她记忆中任性的巨人凯叔和一个父亲的形象重合在一起。她先入为主的观念在凯隐和朵奥拉打开餐厅大门的那一瞬间被击得粉碎。

"爸爸回家了！"一个小女孩的声音叫道。

"是的，爸爸回家了！"凯隐用一种痛苦的声音说道，"而且爸爸没带任何东西给你，我只是出去了几分钟。"

"我不在意你有没有带什么东西给我，我只想吃饭。"说话的是一个十岁的小女孩，带着十分严肃的小大人的口气。她穿着一条缀有白色丝带的粉色裙子，留着金色的波波头。

"你什么时候不想着吃呢，凯丝（Kaise）？"一个长得很像那个小女孩的小男孩，酸酸地看了她一眼问道。

"孩子们，别吵了。"朵奥拉坚定地说，"我们有客人。"

"她叫莎瑞娜，"凯隐宣布，"来见见你的堂弟和堂妹，凯丝和多恩（Daorn）。你可怜叔叔的生命中最头痛的两个麻烦。"

"父亲，要知道如果没有他们两个的话，你早就无聊得发疯了。"从远处的走廊里传来一位男子的声音。这个新来的人有着阿雷伦人的平均身高，这意味着他要比莎瑞娜还矮一两寸。他有着精瘦的身体和惊人的英俊——鹰一般精干的脸庞。他的头发从中间分开，垂落在脸颊两边。一个黑发女人站在他身旁，当她仔细研究莎瑞娜时，嘴微微嘟起。

男子稍稍对莎瑞娜鞠了一躬。"殿下。"他说道，唇边隐隐带着笑意。

"我的儿子卢凯。"凯隐解释道。

"你的儿子？"莎瑞娜惊讶地问道。小孩子她还能接受，可卢凯比她都大好几岁，这意味着……

"不，"凯隐边说边摇摇头，"卢凯是朵奥拉和前夫的孩子。"

"这并不会改变我是他儿子的事实。"卢凯说道，并且露出一个大大的微笑，"想逃避对我的责任可没那么容易。"

"我主本人都不敢对你负责。"凯隐说，"不管怎样，在他身边的是佳拉（Jalla）。"

"你的女儿？"在佳拉行屈膝礼时，莎瑞娜问。

"是媳妇。"黑发女子解释说，她的发言带着很重的口音。

"你是斐优旦人？"莎瑞娜问。头发只是个提示，但是名字跟口音才是泄露她身份的关键。

"斯福坦人。"佳拉更正道，这也没有什么很大的区别。斯福坦那小小的国土差不多可以被认为是斐优旦的一个省。

"佳拉和我都在斯福坦大学念书，"卢凯解释道，"我们上个月才结婚。"

"恭喜，"莎瑞娜说，"真高兴知道我不是这个房间里唯一新婚的人。"莎瑞娜原本只想轻松地说出这些话，但是她没能抑制住声音中透出的苦涩。她感到凯隐的大手抓紧了她的肩膀。

"对不起，娜，"他温柔地说，"我本不想提起它的，但是……你应该振作起来，你以前一直是个快乐的孩子。"

"对我又没什么损失，"莎瑞娜装作若无其事的样子回答，"我都还不认识他呢，叔叔。"

"即便如此，"朵奥拉说，"这还是个打击啊。"

"可以这么说。"莎瑞娜同意。

"希望这些话对你有所帮助，"凯隐说，"雷奥登王子是个很好的男人，是我认识的最最好的人之一。如果你知道更多阿雷伦的政治，那么你就会明白，我是不会轻易使用这些字眼来形容埃顿宫廷里的人的。"

莎瑞娜轻轻点头。她心里有一半是乐于听到这些的，因为她没有看错雷奥登，即使他们只有书信往来；她心里另一半则在寻思，还是继续认为雷奥登和他父亲是一丘之貉，心里会更好受些。

"关于死掉的王子的谈话已经够多了！"一个小而坚定的声音从餐桌边传来，"如果我们不快点开饭的话，爸爸以后就不能再抱怨我了，因为我也死了，饿的。"

"是呀，凯隐。"朵奥拉同意，"你该去厨房看看，确保你的盛宴没有烧焦。"

凯隐轻哼了一声。"每一道菜的烹调我都设置了精确的时间表，不可能会……"巨人渐渐停止了说话，在空气中嗅嗅，然后咒骂着飞身冲出房间。

"凯隐叔叔正在烧晚饭？"莎瑞娜惊愕地问。

"你叔叔是整座小城最好的厨子之一，亲爱的。"朵奥拉说。

"凯隐叔叔？"莎瑞娜重复道，"厨子？"

朵奥拉点点头，好像这种事每天都能看到一样。"凯隐比任何阿雷伦人去过的地方都要多，他从每一个去过的地方带回食谱。我相信今晚他在准备一些在津多（Jindo）学会的菜。"

"这意味着我们马上就要开饭了？"凯丝目的明确地问道。

"我讨厌津多菜，"多恩抱怨道，简直无法分辨他和他妹妹的声音有什么区别，"它们太辣了。"

"除了放一大把糖的菜你什么都不喜欢。"卢凯揶揄着，同时揉揉他异父弟弟的头发。

"多恩，去把阿蒂恩（Adien）叫来。"

"还有一个？"莎瑞娜问。

朵奥拉点点头，"最后一个，卢凯同父同母的弟弟。"

"他可能正在睡觉，"凯丝说，"阿蒂恩总是在睡觉，我想那是因为他的脑袋只有一半是醒着的吧。"

"凯丝，这么说她哥哥的小女孩通常只能饿着肚子上床睡觉哦。"朵奥拉提醒她，"多恩，快去。"

"你看起来不像个公主。"凯丝说，她正拘谨地坐在莎瑞娜旁边。餐厅里充满了家庭氛围，还带着一股书卷气，四周充满了红木嵌板以及凯隐旅行时带回来的古玩。

"怎么说？"莎瑞娜一边问，一边努力想搞明白如何使用那些奇怪的津多餐具。餐具有两个，一个是尖头的，另一个头上有平平的铲子。其他人自如地用它们吃饭，就好像这是他们的本能天性似的，于是莎瑞娜决定什么都不说，她必须自己搞清楚它们怎么用，不然她就吃不到多少了。后者的可能性看起来似乎越来越大。

"好吧，其中一个原因是你太高了。"凯丝说。

"凯丝。"她妈妈用一种威胁的语气警告说。

"这是真的，所有的书上都说公主是娇小的。我不是很确定娇小是啥意思，但是我肯定她不是娇小的。"

"我是泰奥德人。"莎瑞娜说，成功地叉住一块像是卤虾的食物，"我们都这么高。"

"爸爸也是泰奥德人，凯丝。"多恩说，"而且你知道他有多高。"

"但是爸爸很胖，"凯丝指出，"为什么你不胖呢，莎瑞娜？"

这时，凯隐正好出现在厨房门口，上菜时，顺便心不在焉地用托盘底敲了敲小女孩的头。

"正如我想的，"他嘀咕道，同时欣赏着金属平底锅发出的丁丁当当的声音，"你的脑袋完全是空的，我猜这能解释很多事情。"

凯丝赌气地揉揉头，准备重新吃她的晚餐，同时嘟囔着："我还是认为公主应该更小一点。而且，据说公主都有很好的餐桌礼仪。莎瑞娜堂姐大约已经掉了一半的食物在地上了。有谁听说过一个公主居然不会用麦（Mai Pon）棒？"

莎瑞娜脸羞得通红，低头看着那些外国餐具。

"别听她的，娜……"凯隐大笑，把另一道美味多汁的菜放在桌上，"这是津多菜，是用很多油做成的。如果没有一半滑到地上的话，那就怪了。你最终会学会使用这些棍子的要领的。"

"你可以用勺子，如果你想的话，"多恩很想帮忙的样子，"阿蒂恩经常这么干。"

莎瑞娜的目光立即被吸引到第四个孩子身上。阿蒂恩是个快要成年的、脸庞瘦削的男孩。他肤色苍白，脸上有一种强烈的、令人不太舒服的表情。他吃得很笨拙，动作僵硬且不太受控制。他边吃还边喃喃自语。莎瑞娜隐约觉得他是在重复一些数字。她以前曾见过和他类似的人，那种心智不健全的孩子。

"父亲，晚餐很美味，"卢凯说，把她的注意力从他弟弟身上转开，"你以前没这么烧过虾吧？"

"这叫做海客（HaiKo）。"凯隐用他沙哑的声音回答，"去年你在斯福坦念书时，我跟一个旅行商人学的。"

"一千六百四十万七百七十二，"阿蒂恩嘟囔着，"这是去斯福坦要走的步数。"

阿蒂恩的补充说明让莎瑞娜稍稍呆了一呆，但是家里的其他成员根本没有理会他，所以她也学着这么做了。

"这真是太好吃了，叔叔，"莎瑞娜说，"我以前从没把你和厨师联系在一起。"

"我一直都喜欢做菜，"凯隐解释道，然后坐下来，"我去泰奥德拜访时也想给你们烧点什么吃，但是你母亲的主厨认为这是个馊主意，皇族不应该进厨房。我设法向她解释，从某种角度说，这个厨房的所有权有我一份，但是她还是不允许我把食物带进去准备饭菜。"

"好吧，她真是为我们做了桩'好事'啊。"莎瑞娜说，"不会所有三餐都是你包了吧？"

凯隐摇摇头，"所幸，不是，朵奥拉本人也是个很好的厨师。"

莎瑞娜惊讶地眨眨眼，"你的意思是你们没有一个帮你们烧饭的厨子？"

凯隐和朵奥拉同时摇摇头。

"爸爸就是我们的厨师。"凯丝说。

"既没有仆人也没有管家？"莎瑞娜问。她原来猜测这里没有仆人是因为凯隐心血来潮，想让这次特别的聚餐更私人化。

"完全没有。"凯隐说。

"但是为什么？"

凯隐看看他的妻子，然后回头看莎瑞娜，"莎瑞娜，你知道十年前这里发生了什么吗？"

"'灾罚'？"莎瑞娜问，"上天的惩罚（Punishment）？"

"是的，但你知道这意味着什么吗？"

莎瑞娜想了一会儿，微微耸了耸肩，"伊岚翠人的末日。"

凯隐点了点头，"你可能还没见过一个真正的伊岚翠人，灾罚降临时你还太年轻。很难讲清楚灾难发生后这个国家改变了多少。伊岚翠曾经是这个世界上最美丽的城市——相信我，我去过世界几乎所有角落。它是一座由发光的石头和耀眼的金属打造而成的不朽丰碑，而其中的居民仿佛也是用同一种材质雕琢而成的。然后……他们都毁灭了。"

"是的，我以前学过这些。"莎瑞娜边说边点点头，"他们的皮肤发灰，上面布满了黑色的斑点，他们的头发也开始脱落。"

"通过书上的知识你可以知道这些，"凯隐说，"但是它发生时你毕竟不在场。你不会明白那种目睹众神逐渐变得腐臭可怜时的恐惧。他们的衰弱毁灭了阿雷伦政府，把整个国家送入完全的混沌中。"

他停了一会儿，然后继续说："首先开始起义反抗的就是那些仆人，莎瑞娜。从他们的主人垮下来的那天起，仆人们就爬到了他们的头上。一些人——大部分是这个国家现在的贵族说，这是因为伊岚翠的下层阶级都被宠坏了，被纵容得无法无天的性格让这些人在主子稍微露出一点衰弱的迹象时，就把他们彻底推翻。但我认为那只是单纯的恐惧，对于伊岚翠人患有的恶性疾病的无知恐惧，混合着眼看你曾经无比崇拜的人突然倒在你面前的惊骇。

"两者都一样，总之，仆人是最具破坏力的一群人。起先只是些小团体，然后逐渐演变成令人难以置信的毁灭性的暴动，他们会杀死任何他们能找到的伊岚翠人。那些实力最强的伊岚翠人最先被杀死，然而杀戮很快扩散到那些更弱小的。

"后来，屠杀并不仅限于伊岚翠人了。人们攻击自己的家人、朋友，甚至是那些曾被伊岚翠人委以职务的人。朵奥拉和我目睹了一切，完全被吓呆了，并庆幸家族里没有伊岚翠人。就因为那个晚上的遭遇，我们再也不能说服自己去雇佣仆人了。"

"我们也真的不太需要，"朵奥拉说，"你会为你自己能做那么多事情而感到惊讶的。"

"特别是当你有一对可以干脏活的孩子的时候。"凯隐狡黠地一笑。

"这就是我们唯一的好处吗，父亲？"卢凯大笑道，"擦地板？"

"这是我所能找到的要小孩的唯一理由。"凯隐说，"你妈和我生下多恩，是因为我们决定要多双洗便壶的手。"

"父亲，拜托，"凯丝说，"我正在吃饭呢。"

"慈悲的我主会拯救那个干扰凯丝用餐的人。"卢凯偷笑着说。

"是公主凯丝。"小女孩更正道。

"哦，我的小女孩现在已经是公主啦？"凯隐打趣地问。

"如果莎瑞娜是的话，那我也是。毕竟，你是她的叔叔，也就是说你肯定是个王子。是么，爸爸？"

"严格来说是，"凯隐说，"虽然我不认为官方还承认我拥有这个头衔。"

"他们很可能是因为你在用餐时谈论便壶，才把你踢出去的。"凯丝说，"王子不能做那种事情，你知道的，这是一种非常恐怖的用餐习惯。"

"当然，"凯隐露出一个宠溺的微笑，说，"我很好奇，为什么以前我没能意识到这一点呢？"

"所以，"凯丝继续道，"如果你是一位王子，那么你的女儿就是一位公主。"

"恐怕事情不是这样的，凯丝，"卢凯说，"父亲不是国王，所以他的孩子只能是男爵或伯爵，而不是王子。"

"这是真的吗？"凯丝用失望的口气问道。

"恐怕是的，"凯隐说，"不管怎样，相信我，任何说你不是公主的人，凯丝，从没有听过你睡觉前的抱怨。"

小女孩想了好一会儿，显然不确定要如何接话，只好回去继续吃饭。莎瑞娜没再注意她，她的思绪停留在她叔叔说"我不认为官方还承认我拥有这个头衔"的那一刻了，这话带有一股浓重的政治气息。莎瑞娜认为自己知道最近五十年来，泰奥德宫廷里所发生的一切重要事件，然而她对凯隐曾被官方剥夺头衔这件事根本一无所知。

她还来不及琢磨其中的怪异之处，阿什就从一扇窗户飘了进来。这顿晚餐吃得太兴奋了，莎瑞娜几乎忘了她曾派他去跟踪枢机主祭拉森。

光球犹豫地停在窗边的上空。

"小姐，我打搅你们了吗？"

"没有，阿什，进来见见我的家人。"

"你有一个侍灵！"多恩大声惊呼，这次是他堂姐被吓得说不出话来。

"这是阿什，"莎瑞娜解释道，"他已经侍奉我们家族超过两个世纪了，而且他是我知道的最聪明的侍灵。"

"小姐，您过奖了。"阿什谦虚地说，但同时莎瑞娜注意到它发出了更亮的光。

"一个侍灵……"凯丝小声赞叹道，完全忘记了她的晚餐。

"他们通常很稀有，"凯隐说，"现在更少了。"

"你是从哪里得到他的？"凯丝问。

"从我母亲那里。"莎瑞娜说，"我出生时，她就把阿什传给了我。"传家宝侍灵——这是一个人能收到的最好的礼物之一了。总有一天，莎瑞娜也不得不将阿什传下去，挑选一个新的被保护人让它来关心和照顾。她本来计划挑选她孩子中的一个，也可能是孙儿中的一个。这两种可能性都曾经存在过。然而现在看来越来越不可能了……

"一个侍灵。"凯丝惊叹道，她转向莎瑞娜，眼中闪烁着兴奋的光芒，"晚餐结束后我可以和它玩吗？"

"和我玩？"阿什迟疑地问。

"可以吗，莎瑞娜堂姐？"凯丝哀求道。

"我不知道，"莎瑞娜微笑着说，"我好像记起了一些关于我身高的不当言论。"

小女孩脸上那既失望又懊恼的表情让所有人都看得捧腹大笑。自从一个星期前离开家乡以来，这是莎瑞娜第一次开始感到她紧绷的神经开始放松下来。

第六章

"我恐怕国王已经毫无希望了。"拉森回头看着王座厅，然后把双臂交叉放在胸甲前思索着。

"您说谁，阁下？"迪拉弗问道。

"埃顿王。"拉森解释道，"我原本希望能拯救他，虽然我从不奢望那些贵族不用一兵一卒就归顺我，他们顽固地坚持自己的道路。如果我们在灾罚后立即赶来这里就好了。当然，我们当时还不确定找上伊岚翠人的疾病会不会也影响到我们。"

"是杰德斯击溃了伊岚翠人。"迪拉弗热切地说。

"是的，"拉森说，懒得低头看那个矮小的男人，"杰德斯以往都是用自然的力量来执行他的意志。但一场瘟疫不仅会杀死阿雷伦人，也同样会殃及斐优旦人。"

"杰德斯会保护他的子民的。"

"当然。"拉森心不在焉地回答，又向通往王座厅的走廊投去一道不满的目光。他出于义务提出了这个建议，因为他知道拯救阿雷伦最简单的办法就是让他们的统治者改变信仰，虽然他从没期待埃顿会同意。如果国王知道通过这样一份简单的信仰声明他能够预先阻止多少苦难的发生就好了。

现在一切都太迟了，埃顿正式拒绝了杰德斯，必须得用他杀一儆百。然而，拉森必须得悠着点，杜拉德革命的记忆还在拉森的脑中历历在目——死亡、鲜血与混乱。这种大灾变必须要避免。拉森也许是个严苛而果断的人，但他不是大屠杀的拥护者。

当然，只有短短三个月的时间，他别无选择。如果他想要成功，他可能很难避免激起一场叛乱。更多的死亡、混乱及其他可怕的事情会降临到这个尚未从最近的一次武装革命中恢复过来的国家。然而，杰德斯的帝国不会因为其中有些无知的贵族拒绝接受这一事实，就按兵不动，等待观望。

"我想我对他们的期望太高了。"拉森喃喃自语，"他们毕竟只是群阿雷伦人。"

迪拉弗没有回应拉森的话。

"我在王座厅里注意到一个奇怪的人，仪祭，"当他们俩转身离开王宫时，拉森说，瞧都没瞧路过的塑像和仆人一眼，"也许你可以帮我认出她的身份。她是艾欧人，却比大多数阿雷伦人都要高，她头发的颜色也比普通阿雷伦人的棕色更浅，她看起来不像本地人。"

"她的穿着如何，圣洁的阁下？"迪拉弗问。

"黑的。一身黑配上一条黄腰带。"

"那是新王妃，阁下。"迪拉弗轻轻"嗤"了一声，声音突然充满了憎恨。

"新王妃？"

"她是昨天到的，和您一样。她本来是要嫁给埃顿的儿子雷奥登的。"

拉森点点头，他并没有参加王子的葬礼，但他听说过这事。然而，他却不知晓这场仓促的婚礼。他们应该是前不久才订婚的。

"她还在这里，"他问，"即便王子已经死了？"

迪拉弗点点头，"很不幸的是，她的王族婚约在王子死后也有效。"

"哦，"拉森说，"她是哪里人？"

"泰奥德，阁下。"迪拉弗说。

拉森点点头，理解了迪拉弗声音中的憎恶。如果不算伊岚翠这座亵渎神灵的城市，阿雷伦本身至少还有点赎罪的可能性。然而，泰奥德则是苏·珂拉西教派（Sun-Korath）的发祥地，苏·德雷西教派的本教，苏·科萨格教派的一个堕落分支。看到泰瑞德倒在斐优旦荣光下的那一天，想必一定十分令人欢欣鼓舞。

"一个来自泰奥德的王妃也许是个麻烦。"拉森若有所思地说。

"没有什么能够阻挡杰德斯的帝国。"

"如果真的没有什么能够阻挡它，仪祭，帝国早就统治整个星球了。杰德斯因允许他的仆人侍奉他而喜悦，因我们使那些傻瓜屈从于他的意志而赐予我们荣耀。但是在世界上所有的傻瓜中，泰奥德的傻瓜是最危险的。"

"一个女人怎么可能伤害到您呢，圣洁的阁下？"

"嗯，首先，她的婚姻意味着泰奥德与阿雷伦拥有了正式的血缘纽带。如果我们不小心，很可能不得不同时对付他们两个。当一个人获得了盟友的支持时，就更有可能去逞英雄。"

"我明白了，阁下。"

拉森点点头，傲慢地走进阳光中，"注意听，仪祭。我会教给你十分重要的一课，这一课很少有人知道，更鲜有人能恰当运用。"

"那是什么呢？"迪拉弗问，紧紧跟在拉森身后。

拉森微微一笑，说："我会教你毁灭一个国家的方法，通过这种方法，一个杰德斯的仆人能够推翻一个国家，并且牢牢掌握住其中人民的灵魂。"

"我……简直等不及了，阁下。"

"好，"拉森说着，视线越过凯伊城，望向远处伊岚翠巨大的城墙，它像一座高山一样俯瞰整座城市。"带我上去。我想看看阿雷伦堕落的主子们。"

当拉森第一次抵达凯伊的外城时，他就注意到它毫无防御能力。现在，站在伊岚翠的墙头，拉森才发觉自己完全低估了凯伊城的防御工事的可悲程度。伊岚翠的城墙外侧有着漂亮平坦的阶梯，很容易从城外到达城墙顶部。这些阶梯很坚固，都是石头做的，根本无法在紧急时拆除。如果凯伊城的居民想要撤退进伊岚翠，他们只会被围困其中，而非受其保护。

他们甚至没有弓箭手，伊岚翠的守护者们拿着巨大笨重的长矛，看起来重得简直无法投出去。他们全都有着骄傲的神情，穿着不带盔甲的黄棕相间的制服，明显认为自己比那些常规的城市民兵部队优越。正如拉森所闻，这些守卫甚至没必要履行不许伊岚翠人出城的职责，因为这些生物很少尝试逃跑，而且城墙延绵得太长了，守卫无法全部巡逻到。这支部队更像是种公关形象机构，而不是一支真正的军队，但是如果凯伊城的居民知道一支部队在监视着伊岚翠城，他们就能更安心地住在这座城边上。然而，拉森觉得这帮守卫在战争时保护自己都够呛，更别提保护凯伊城的人民了。

阿雷伦仿佛是颗等待被掠夺的宝石。拉森曾听说过那些紧随伊岚翠倾覆而至的混乱时光，数不清的珍宝已经被掠夺出那座辉煌的城市，这些贵重物品现在全都集中在凯伊城，那里住满了毫无防备的新兴贵族。他还听说，除了被偷盗的那些以外，还有很大一部分的伊岚翠财富（比如那些大得不容易搬动的艺术品，或是小得没能在埃顿强制封锁整座城市之前被发现的物品），仍被留在伊岚翠被封锁的城墙之后。

只是因为迷信恐惧与险要的地理位置，才使伊岚翠与凯伊城免遭入侵者的蹂躏。小型的盗贼集团还是被伊岚翠的名望吓住了，而更大的集团要么是在斐优旦的控制之下——没有指示不会进攻，要么就是早已被收买，于是远离凯伊城的贵族。当然，这两种情况都是暂时的。

这就是为什么拉森自认为采取极端的手段让阿雷伦归顺斐优旦的统治和保护是合情合理的原因。这个国家就像是颗立于山峰顶端的鸡蛋，只等一阵微风把它吹落，然后重重地摔在地上。如果斐优旦没有很快征服阿雷伦，这个王国还是会在各种各样不同问题的重压下自行崩溃。在不正确的领导下，阿雷伦劳工阶级的课税过重，宗教气候不明朗，各种资源也在逐渐减少。所有这些因素都争着想给这个国家最后一击。

他的思绪被身后粗重的喘息声所打断。迪拉弗在城墙边上走着，俯瞰着整个伊岚翠城。他双眼大睁，牙关紧咬，就像是胃部被狠狠地揍了一拳。拉森简直要认为他马上会口吐白沫了。

"我恨他们。"迪拉弗用沙哑模糊的声音低语道。

拉森从墙上走过来站在迪拉弗的身边。既然这城墙不是为军事目的而建造的，所以并没有那些设有枪炮眼的城垛，但两边仍设有为安全而筑的护墙。拉森靠在某段护墙上，仔细研究着整个伊岚翠。

并没有多少值得看的东西，他甚至觉得贫民窟都要比伊岚翠更发达。那些建筑物太腐朽了，它们中的任何一栋如果还有屋顶，那都像是个奇迹。而且恶臭又开始造反了。起初他怀疑没有什么能在这座城市里存活下来，但很快他看到一些身影鬼鬼祟祟地沿着楼房的一边跑过去。他们跑的时候弯着腰伸出双手，好像随时准备四脚并用地前进。其中一人突然停下来，抬起头，接着拉森就生平第一次看到了一个伊岚翠人。

他是个光头，拉森起初认为他的皮肤是黑色的，就和津多贵族阶级的成员一样。但是渐渐地，他也看清了那个生物皮肤上的淡灰色斑点，苍白的极其凹凸不平的一大片，就像石头上的青苔。拉森身体前倾倚着护墙，斜眼看着他。他看不清那个伊岚翠人的眼睛，但不知怎么的，拉森就是认为它们是疯狂野性的，就像一只性情焦躁动物的眼睛般不安地四下乱转。

那个生物回到他的同伴中间，就像一匹狼回到了狼群中。这就是灾罚的作用，拉森暗自思忖，它把众神变成野兽。杰德斯只是把他们内心深处的罪恶拿给全世界看而已。根据德雷西教派的哲学，人和动物的唯一区别就是宗教。人会为杰德斯的帝国服务，野兽却只会为自己的欲望服务。伊岚翠人表现出了人类的终极缺陷——傲慢：他们自诩为神。狂妄自大让他们罪有应得。如果在别的情况下，拉森会很高兴地把他们留给应有的惩罚。

然而，他突然感到自己需要他们。

拉森转身对迪拉弗说："控制一个国家的第一步，仪祭，是最简单的，你需要找一些理由去恨它。"

"告诉我一些关于他们的事，仪祭，"拉森进入他在礼拜堂的房间，要求道，"我想要知道你所知道的每一件事。"

"他们是肮脏的、令人厌恶的生物，"迪拉弗跟在拉森身后带着怒气低声地说，"光是想想他们都使我恶心，思想被玷污。我每天都祈祷他们的毁灭。"

拉森关上房间的门，似乎不太满意。有些人可能会太过狂热，比如迪拉弗。"仪祭，我理解你有很强烈的情绪。"拉森厉声说，"但是，如果你想要成为我的侍僧，你就需要抛下你的成见。杰德斯将这些伊岚翠人置于我们面前是有目的的，如果你拒绝告诉我任何有用的东西，我就无法明白这个目的究竟是什么。"

迪拉弗吓得直眨眼。然后，自从他们拜访伊岚翠以后，理智第一次回到他眼中。"是的，阁下。"

拉森点点头。"你曾经见过倾覆前的伊岚翠吗？"

"是的。"

"它是不是像人们说的那样美丽？"

迪拉弗板着脸点点头。"纯洁美丽，不过是靠着奴隶的手来维持清白。"

"奴隶？"

"所有阿雷伦的居民都是伊岚翠人的奴隶，阁下。他们是冒牌的神灵，用救赎的承诺来换取我们的汗水与劳动。"

"那他们传说中的力量呢？"

"全是谎言，正如他们所谓的神性，只不过是为了让他们受人敬畏而精心设计的骗局。"

"紧随着灾罚，有一场大混乱，是么？"

"全乱套了，杀戮、暴动和恐慌，阁下。然后，商人阶级掌权了。"

"那伊岚翠人呢？"拉森边问，边走到他的书桌前坐下。

"几乎没剩下多少，"迪拉弗说，"大多数在暴动中被杀了。剩下的则被监禁在伊岚翠城中，正如此后被宵得术法选中的人。他们就和您刚才看到的那个差不多，可怜的劣等人。他们的皮肤充满了如细密针脚一般的黑色疤痕，就像有人把自己的肌肉撕下来，暴露出黑暗的内部。"

"那转化呢？在灾罚之后它们有所减少吗？"拉森问。

"它们还是老样子，阁下。在整个阿雷伦都会发生。"

"为什么你这么恨他们，仪祭？"

问题来得太突然，以至于迪拉弗愣了愣，"因为他们是亵渎神明的。"

"还有呢？"

"他们欺骗我们，阁下。他们给我们永生的许诺，但是他们甚至无法保持自己的神性。几个世纪以来，我们对他们言听计从，而唯一的回报却是一群无能肮脏的残废。"

"你恨他们，是因为他们令你失望了。"拉森说。

"不是我，是我的同胞。灾罚发生前好几年我就已经是德雷西教派的跟随者了。"

拉森眉头一皱，"而你坚信除了杰德斯对他们的诅咒之外，伊岚翠人并不拥有超自然的能力？"

"是的，阁下。正如我所说的，伊岚翠人杜撰了许多谎言来巩固他们所谓的神性。"

拉森摇摇头，然后站起来开始解下他的盔甲。迪拉弗赶忙上前帮忙，但拉森挥挥手让仪祭不要过来。

"那你怎么解释一般人突然变成伊岚翠人的这一事实呢？仪祭。"

迪拉弗无法回答。

"仇恨削弱了你的判断力，仪祭。"拉森边说，边把他的胸甲挂到桌边的墙上，然后笑了起来。他刚刚灵光乍现，他计划中的一部分突然有了实施的契机。"你难道认为因为杰德斯没有赐予他们力量，他们就没有任何力量了吗？"

迪拉弗的脸色变得苍白，"您的意思是……"

"这绝不是亵渎神灵，仪祭。教义上说，除了我们的神以外，还存在另一种超自然的力量。"

"是斯弗拉之吻（Svyakiss）。"迪拉弗低声说。

"是的。"斯弗拉之吻。那些憎恨杰德斯的死人的灵魂，所有神圣事物的反对者。根据苏·德雷西教义，没有比一个错过原有机会的灵魂更加充满仇恨的了。

"您认为伊岚翠人是斯弗拉之吻？"迪拉弗问。

"这是一个普遍被接受的教义，斯弗拉之吻能够控制邪恶之人的躯体。"拉森边说，边松开他的护胫甲。"这真的很难让人相信么？是它们一直以来控制着伊岚翠人的身体，使他以神的姿态出现，愚弄这些心地单纯、没有信仰的人。"

迪拉弗的眼中出现了一丝光芒——看来仪祭并不是第一次听到这个概念。然而突然，他眼中的光芒似乎没那么耀眼了。

迪拉弗端详了拉森一会儿，然后说："您并不是真的相信它，是么？"他问，对他的主上使用了一种令人很不舒服的责难口吻。

拉森小心地不表现出他的不适。"这并不是问题，仪祭。把斯弗拉之吻和伊岚翠人联系起来是符合逻辑的，人们会相信它的。现在他们所能看见的只有那些过去贵族的凄惨残余，人们不会厌恶他们，而是会同情他们。然而，魔鬼却是每个人都憎恨的。让别人也和你一样，如果我们公开指责那些伊岚翠人是魔鬼，那么我们就会成功。你已经在恨那些伊岚翠人了，这样很好。去让别人加入你吧，然而，你必须给他们一个更好的理由，而不只是'他们令我们失望'而已。"

"是，阁下。"

"我们是宗教人士，仪祭，所以我们必须要有宗教上的敌人。而伊岚翠人就是我们的斯弗拉之吻，不管他们是死亡已久的恶人的灵魂还是现在活着的恶人。"

"当然，神圣的阁下。那么我们会摧毁他们吗？"迪拉弗的脸上充满了渴望。

"最终会的。而现在，我们要利用他们。你会发现，和奉献相比，仇恨能使人更快速、更热情地团结在一起。"

第七章

雷奥登用手指戳戳空气，而空气中渗出光芒。当他移动手臂时，他的指尖在空气中留下一条白色的光线痕迹，就好像他正用颜料在墙上写字，然而既没有颜料也没有墙壁。

他谨慎地移动着，小心不让他的手指摇晃。他从左到右地画了一道一掌宽的直线，接着他的手指稍微往下倾斜，在拐角处向下画出一道曲线。下一步，他从那看不清的画布上抬起手指，然后在它的中心点了一个点。而这三个记号——两条线和一个点——是每个"艾欧"的起始笔画。

他继续着，从不同角度画了三个这样的图案，还加了好几条对角线。完成后的图画看上去像某种类似沙漏的东西，或者像两个叠起的盒子，中间部分稍稍有些连通的地方。这就是"艾欧·阿什（Aon Ashe）"，象征光的古老符号。文字立即发出光芒，然后仿佛有生命般地脉动起来，随后光芒逐渐减弱，就像一个人缓慢地吐出了最后一口气。符文消失了。它的光芒由亮转暗，直至最后黯淡消失。

"你做得比我好多了，苏雷，"加拉顿说，"我总是线条画得有点粗，或是画得太斜了。于是，在我画完以前，整个图案就消失了。"

"不应该是这样的。"雷奥登抱怨道。从加拉顿教他如何画符文算起，已经有一天了，而自那时起，他几乎每时每刻都在练习。每个他正确画完的符文都是一样的，没产生任何可见的效果就消失了。于是，他对伊岚翠传说中魔法的初步认识只能这样虎头蛇尾地结束了。

最令人惊讶的是，这太简单了。无知的他曾以为艾欧铎——符文的魔法，会需要某种咒语或仪式。艾欧铎已经消失了十年，这导致了大量的谣言；一些人，大多是德雷西教士，宣称这种魔法只是一场骗局，然而其他人，同样也是些德雷西教士，则指责这是和魔鬼的力量有关的渎神仪式。而事实是没有人知道艾欧铎是什么，包括那些德雷西教士，所有使用这种魔法的人都已在灾罚之中倒下了。

加拉顿还宣称使用艾欧铎只需要有一双平稳的手，以及对符文的精确理解。但是只有伊岚翠人能用光画出符号，所以只有他们能够练习艾欧铎，而且在伊岚翠外面的人没有一个知道这有多么简单。不需要咒语、不需要祭品、不需要特别的药剂或原料，任何被宵得术法选中的人都能发动艾欧铎。当然，只要他们明白那些文字的话。

如果没有符文，魔法就会不起作用。至少，除了微弱地发出光芒，然后消失之外，符文应该还能产生更大的效果。雷奥登还记得儿时所看到的伊岚翠的样子，人们在空中飞来飞去的景象，拥有惊人力量的精湛技艺，慈悲为怀的治愈能力。有一次，他把腿摔断了，虽然他父亲反对，但母亲还是把他带进伊岚翠寻求治疗。一个头发耀眼的身影只是一挥手，就把他断裂的骨头重新接了起来。她画了一个符文，就像雷奥登现在所做的那样，但是她的符文却释放出一股强大的神秘魔法。

"它们应该能做些什么的。"雷奥登失声大叫道。

"它们曾经是能做些什么的，苏雷。但是灾罚后就不能了。那个夺取伊岚翠生命力的东西也偷走了艾欧铎的力量。现在我们所能做的只是在空中画出漂亮的图案而已。"

雷奥登边点头，边画着他自己的符文，艾欧·雷奥（Aon Rao）。由四个圆圈组成，中间有一个矩形，五个图形之间都用线连着。符文的反应仍和先前一样，像想要释放某种能量一般逐渐形成，最后还是随着一声啜泣消失。

"真是令人失望。你可啰？"

"非常失望。"雷奥登承认，拉过一把椅子然后坐下。他们还在加拉顿那小小的地下书房中。"我必须对你老实说，加拉顿。当我看见第一个符文在你面前的空气中盘旋时，我忘了一切——污秽、沮丧，甚至是我的脚趾。"

加拉顿微笑道："如果艾欧铎仍旧能够发挥其作用，伊岚翠人还是能统治整个阿雷伦的，不管有没有灾罚。"

"我知道，我只是好奇究竟发生了什么，是什么东西发生了改变？"

"整个世界和你一样好奇，苏雷。"加拉顿耸耸肩说。

"它们之间一定是有联系的。"雷奥登陷入了沉思，"伊岚翠的改变，宵得术法开始把人变成恶魔，而不是神灵，以及艾欧铎的失效……"

"你不是第一个注意到这些的人，绝对不是。然而，没有人有可能找到答案。阿雷伦的权贵们已经太习惯伊岚翠现在的样子了。"

"相信我，"雷奥登说，"我知道，如果这个秘密是能被解开的，一定是靠我们中的一个。"雷奥登环顾这个小小的实验室。干净得耀眼，也没有覆盖在伊岚翠其余地方的积垢，这个房间有种家庭的温馨氛围，就像大宅子里的一个小书斋或书房。

"也许答案就在这里，加拉顿，"雷奥登说，"在那些书中的某个地方。"

"也许。"加拉顿不置可否地说。

"为什么你这么不情愿把我带到这里来？"

"因为它很特别，苏雷。你一定看得出来吧？如果这个秘密泄漏出去，我就不敢再离开这里，因为我害怕在我离开时这里会被抢劫一空。"

雷奥登先是站着，然后边点头，边在房间里来回踱着步。"那么为什么带我来呢？"

加拉顿耸耸肩，好像自己也不完全确定答案，终于他回答道："你不是第一个认为答案可能在这些书中的人。两个人可以读得比一个人快得多。"

"我猜，可以快两倍。"雷奥登微笑着同意了，"你干吗把这里搞得这么暗？"

"我们是在伊岚翠，苏雷。每次当我们的灯油耗尽时，可没有任何灯具店可去。"

"我知道，但这里一定有足够的灯油。在灾罚前伊岚翠一定是有油店的。"

"喔，苏雷，"加拉顿摇着头说，"你还是不明白，对么？这里是伊岚翠，诸神之城。众神为什么会需要类似灯或灯油这种世俗的东西？看看你身边的墙。"

雷奥登转过身，在他身边的墙上挂着一个金属盘子。虽然时光的流逝使它失去了光泽，雷奥登还是能辨别出它表面的蚀刻印迹——艾欧·阿什，一会儿前他刚刚画过的图案。

"这些盘子曾经能发出比任何油灯都更亮更稳定的光芒，苏雷，"加拉顿解释道，"伊岚翠人只要手指一拂就能熄灭它们。伊岚翠不需要灯油，它有一个可靠得多的光源。同理，你在这里也找不到煤，甚至是火炉。在伊岚翠，同样也没有许多井，因为水从埋在墙里的管子里流出就好像河被关在墙里似的。如果没有艾欧铎，这座城市几乎完全不适宜居住。"

雷奥登用手指在金属盘子上摩挲着，感受着艾欧·阿什的线条。一定发生了某种巨大的变化，那是一件在短短十年间就散佚了的大事，一件恐怖得使大地震颤、神灵跌倒的事情。然而，如果不能理解艾欧铎是怎么起效的，他也就根本无法开始想象是什么导致了魔法的失效。他的目光从盘子上转开，仔细打量着那两个矮矮宽宽的书架。其中任何一本书都不太可能包含对艾欧铎的直接解释。然而，既然书是由伊岚翠人写的，那么也许他们会在其中提到有关魔法的内容。这些相关内容能带领细心的读者去理解艾欧铎是怎么起作用的——当然这只是推测。

他的思绪被他胃里的一阵绞痛所打断，这不像是他在伊岚翠外曾感觉过的饥饿。他的胃并没有咕咕作响，这痛苦是某种更强烈的渴望。他已经三天没吃过任何食物了，饥饿感正在持续增强。他这才开始明白，为什么饥饿和其他痛苦足以使人沦为那些第一天攻击他的野兽。

"来吧。"他对加拉顿说，"有些事情需要我们去做。"

广场还是和几天前一样，充满了积垢和哀号着的不幸者，高耸而无情的城门。太阳已经完成了它在空中四分之三的旅程。是新成员被扔进伊岚翠的时候了。

雷奥登正和加拉顿一起站在一座建筑的屋顶往下看，研究着整个广场。在他看的时候，他意识到有些事情不太一样了。有一小群人聚集在城墙的顶部。

"那是谁？"雷奥登指着站在伊岚翠大门城墙上的高大身影，感兴趣地问。那个男人的双臂向外伸出，他血红色的斗篷在风中翻飞。隔开这么远的距离，很难听得清他说的话，但是很明显，他正在喊叫。

加拉顿惊讶地咕哝着："一个德雷西枢机主祭。我不知道这样一个人物怎么会出现在阿雷伦的这种地方。”

“枢机主祭?是一种高级教士吗？”雷奥登眯着眼睛看着他，努力想辨认出那个遥远的身形的细节特征。

“我很惊讶这种人物居然会跑来这么遥远的东边。”加拉顿说，“甚至在灾罚前，他们就憎恨阿雷伦。”

“因为伊岚翠人吗？”

加拉顿点点头。“虽然不仅仅是因为伊岚翠的宗教崇拜，不管他们是怎么宣称的。德雷西对你的国家怀有一种特别的仇恨，因为他们的军队永远不可能在连绵群山中找到一条路来攻打你们。”

“你认为他在这里做什么？”雷奥登问。

“传教，一个教士还能做什么？他很可能想用某种他们神灵的天谴指责伊岚翠人。我惊奇的倒是他们过了那么久才决定这么做。”

“人们已经暗地里谈论这件事有很多年了，”雷奥登说，“但是没人有勇气真的来布道。他们暗暗害怕伊岚翠人可能只是在考验他们，有一天他们会重新回归过去的荣光，并惩罚所有的背信者。”

“现在还这样？”加拉顿问，“我还以为十年后相信这一套的人早就不存在了。”

雷奥登摇摇头，“甚至还有很多人祈祷或害怕伊岚翠人的回归。这座城市太强大了，加拉顿。你不明白它曾经有多美丽。”

“我知道的，苏雷。”加拉顿说，“我并不是总待在杜拉德。”

教士的声音逐渐增强，他发出最后一声愤怒的吼叫，然后猛一转身消失了。即使隔那么远，雷奥登还是能听出枢机主祭声音中的憎恶和愤怒。加拉顿是对的，这个男人的话语中并没有祝福。

雷奥登摇摇头，从墙上往城门那边看。“加拉顿，”他问，“今天可能会有人被扔进这里来吗？”

加拉顿耸耸肩，“很难说，苏雷。有时几个星期都没有一个新的伊岚翠人来，但我也曾见过一次被扔进来足足五个。你是两天前来的，那个女人则是昨天。谁知道呢，也许等到第三天伊岚翠会有整整一排新鲜血液进来，可啰？”

雷奥登点点头，期待地看着城门。

“苏雷，你打算做什么？”加拉顿不安地问。

“我打算等等看。”

新来的是一个上了年纪的人，也许快五十岁了，有一张枯槁的脸和紧张的眼睛。当大门"砰"地一声关上时，雷奥登从屋顶爬下，在广场里停顿了一下。加拉顿跟着他，脸上充满了忧郁。他显然认为雷奥登可能会做一些傻事。

他是对的。

这个不幸的新来者只是愁容满面地死盯着城门看。雷奥登等待他跨出一步，作出那个无意识的决定，这将决定是谁会获得抢劫他的特权。那个男子站在原地，紧张地看着广场，终于他踏出了迟疑的第一步——是右边，和雷奥登当初的选择一样。

"过来。"雷奥登大声说，大步迈出小巷。加拉顿抱怨了一声，并用杜拉德语嘟哝着什么。

"泰奥伦（Teoren）？"雷奥登挑了一个常用的艾欧名字称呼他。

这个瘦长的新来者惊讶地抬起头，并且疑惑地左顾右盼。

"泰奥伦，真的是你！"雷奥登说着，然后用手臂搂住那个男人的肩膀。接着，他压低了声音继续说："现在你有两个选择，朋友。要么照我的话去做，要么你就让那些阴影中的人找到你，然后把你揍得不省人事。"

那个男子环顾四周，用恐惧的目光搜索着阴影。幸运的是，这时，夏尔的人决定动手了。他们黑暗的身影在阳光下渐渐浮现，充满欲望的眼睛饥渴地盯着那个新来者看。这一切都促进了那个新来者的迫切需求。

"我该做些什么？"那个男人用颤抖的声音问。

"跑！"雷奥登命令道，然后抓起那人就冲刺般地往某条小巷里跑。

根本不必教这个男人第二次，他跑得如此之快，以至于雷奥登害怕他会全速冲到一条侧巷中，然后迷失方向。当听到身后传来隐约的惊叫声时，加拉顿这才意识到雷奥登在做什么。很明显，这个体形庞大的杜拉德人要跟上他们简直不费吹灰之力，即使考虑到他在伊岚翠待的时间，加拉顿的体力还是比雷奥登好得多。

"以杜罗肯（Doloken）之名，你认为你在干吗？你这个蠢货！"加拉顿咒骂道。

"等一会儿我就告诉你。"雷奥登说，在逃跑的同时，他也不忘节约体力。又一次地，他注意到自己并没有上气不接下气，尽管他的身体已开始慢慢感到疲劳了。一种昏昏沉沉的疲劳感开始在他体内生长，雷奥登很快被证实是他们三人中跑得最慢的一个，然而，他却是唯一一个知道他们将要跑到哪里去的人。

"往右！"他对加拉顿和那个新来者大喊，然后冲进一条侧巷中。剩下两个人照办了，但那群暴徒也跟了上来，而且他们还越跑越快了。幸运的是，雷奥登的目的地已经不远了。

"鲁喽！"当加拉顿意识到他们将跑到哪里去时，他再次咒骂道。这是前几天他曾带雷奥登参观过的房屋中的一间，就是楼梯不稳的那间。雷奥登以冲刺的速度进入门中，爬上楼梯，有两次几乎因为脚下的楼梯散架而摔倒。一上到屋顶，他就用尽最后一点力气把一堆原本是花坛的砖头推倒，就在加拉顿和新来者到达楼顶后，把整堆的碎土倒进了楼梯口。脆弱的楼梯根本承受不了这样的重量，随着一声剧烈的撞击声垮落在地上。

加拉顿走过来，用挑剔的眼神打量着洞口。夏尔的手下都聚集在倒下的楼梯周围，他们的野性本能总算是被理智压下去了一点。

加拉顿挑起一边的眉毛，"现在该干点什么呢，我的天才？"

雷奥登走向那个新来者，这人在跌跌撞撞地爬上楼梯后就瘫倒在地上。雷奥登仔细谨慎地把那人的所有供奉食品都拿出来，在把其中一个塞进自己的腰带后，他把剩下的全都倒了下去，给那些如猎狗般等在楼下的家伙们。他们争夺食物时的打斗声马上从下面传了上来。

雷奥登走回楼梯口。"让我们期待他们能意识到，不会再从我们这里得到任何更多的东西了，然后决定离开。"

"如果他们不这么做呢？"加拉顿尖锐地指出。

雷奥登耸耸肩，"不依靠食物和水我们也能永远活下去，对吧？"

"是的。可我不想把我剩下的永恒时光都花费在这栋房子的屋顶上。"加拉顿快速地看了新来者一眼，然后把雷奥登拉到一边，用很低的声音问他："苏雷，这又是为了什么？你在广场上时就可以把食物丢给他们。事实上，为什么要'救'他呢？据我们所知，夏尔的人甚至根本不会伤害他。"

"我们并不能确定，而且这样会让他以为自己欠我一条命。"

加拉顿嗤之以鼻："所以现在你有了另一个追随者，代价也小得很，不就是得罪了伊岚翠所有犯罪组织中的三分之一而已吗。"

"而且这只是一个开始而已。"雷奥登微笑着说道。然而，除了这些勇敢的宣言之外，他并没有太大的自信。他为他脚趾上的疼痛还是那么剧烈而感到震惊。而且在他推砖头时，他又划伤了自己的手。虽然不如脚趾那么疼，但伤口依然持续地疼痛着，威胁到了他集中在自己计划上的注意力。

我必须一直走下去，雷奥登对自己一遍遍地重复着。一直努力下去，不要让痛苦控制我。

"我是一个珠宝匠，"男子解释道，"我叫玛睿希（Mareshe）。"

"一个珠宝匠。"雷奥登不是很满意地说道，然后双手交叠在胸前，端详着玛睿希，"这貌似没多大用处，你还会做些什么？"

玛睿希愤愤不平地看着他，好像已经忘记了，就在不久之前，他还因为害怕缩成一团。"珠宝制作可是一项极其有用的技能，先生。"

"不是在伊岚翠，苏雷。"加拉顿说，并从楼梯口偷偷窥视那些恶棍是不是打算走了。显然他们还没有，因为加拉顿瞪了雷奥登一眼。

雷奥登无视杜拉德人的眼神，把头转回玛睿希那里，"你还会做些什么？"

"什么事都会。"

"说得太空泛了，朋友。"雷奥登说，"你能说得再具体点吗？"

玛睿希以一种极富戏剧性的动作高高举起了一只手。"我……是个能工巧匠，一位艺术家。我能够制造出任何东西。因为我主赐予我一个艺术家的灵魂。"

加拉顿坐在楼梯口边上的座位上，轻蔑地哼了一声。

"鞋子你会做吗？"雷奥登问。

"鞋子？"玛睿希用略微被冒犯到的口气回答。

"是的，鞋子。"

"我想我能，"玛睿希说，"虽然这用不到一个顶级艺术家的技巧。"

"一个顶级的傻……"还没等雷奥登阻止，加拉顿已脱口而出。

"艺术家玛睿希，"雷奥登用他最具外交手腕的口吻继续着，"伊岚翠人被丢进这座城市时，只穿着一件阿雷伦寿衣，一个会做鞋子的人将会是非常有价值的。"

"哪种鞋子？"玛睿希问。

"皮革制的，"雷奥登说，"这不是一个简单的任务，玛睿希。你知道的，伊岚翠人可没有什么足模或差错率这种奢侈的东西，如果第一双鞋不合适，就会使他们起水泡，而水泡永远不会褪去。"

"你是什么意思？永远不会褪去？"玛睿希不安地问。

"我们现在是伊岚翠人了，玛睿希，"雷奥登解释道，"我们的伤口永远都不会再痊愈了。"

"永远都不会再痊愈？"

"你介意作一个示范吗，艺术家？"加拉顿问，一副很想帮忙的样子，"我可以很容易就帮你弄一个伤口，可啰？"

玛睿希整张脸都被吓白了，他回头看看雷奥登。"他看起来好像不大喜欢我。"他小声说。

"胡说。"雷奥登说着，用手臂搂住玛睿希的肩膀，把他带离加拉顿正狰狞微笑着的脸，"这是他表达爱的方式。"

"如果你这么说，大师……"

雷奥登停下来想了想。"叫我性灵（Spirit）好了。"他决定使用艾欧·雷奥的含义称呼自己。

"性灵大师，"然后玛睿希眯起了眼睛，"不知为什么你看起来很眼熟。"

"你上辈子都没有见过我。现在，我们谈谈那些鞋子……"

"它们必须完全合脚，绝对不能有一点擦脚或磨脚？"玛睿希问。

"我知道这听起来很难。如果这超出了你的能力范围……"

"没有什么事情是超出我的能力范围之外的。"玛睿希说，"我会做好它的，性灵大师。"

"太棒了。"

"他们还是不肯离开。"加拉顿在他们身后说。

雷奥登转身看着这个高大的杜拉德人。"有什么关系？我们好像没什么非得急着做的事。我觉得在上面还挺开心的，你应该就这么坐下来，好好享受它。"

一个不祥的响声从他们头顶上的云中传来，雷奥登感到一颗湿湿的雨滴砸在他的头上。

"太妙啦，"加拉顿嘟囔着，"我已经开始享受了。"

第八章

　　莎瑞娜决定不接受她叔叔的邀请和他住在一起。虽然搬去和他的家人一起住听起来很诱人，但她唯恐自己会失去在皇宫中的立足点。皇宫是信息的命脉，而阿雷伦贵族简直就是流言和阴谋的泉源。如果她想要和拉森较量一下的话，她必须待在皇宫里直到那一天到来。

　　于是，在遇见凯隐之后的某一天，莎瑞娜设法获得了一个画架和一些颜料，然后直接把它们放在埃顿王座厅的正中央。

　　"以我主的名义，你正在干什么，女孩！"一大早就踏入王座厅的国王惊呼道，身边跟着一群满脸惊惧的随从。

　　莎瑞娜假装惊奇地从画布中抬起头来。

　　"我正在画画呢，父王。"她说，她好心地举起她的刷子给国王看，不当心洒了几滴红色颜料在国防大臣（Chancellor of defense）的脸上。

　　埃顿叹了口气，"我能看到你在画画，我的意思是，你为什么要在这里画？"

　　"哦，"莎瑞娜无辜地说，"我在临摹您的藏画，父王，我真的很喜欢它们。"

　　"你在画我的……？"埃顿惊讶得几乎说不出话来，"但是……"

　　莎瑞娜把她的画布转过来，脸上带着自豪的笑容，展示给国王看一幅模模糊糊有点像花的作品。

　　"噢，托我主的福！"埃顿吼道，"你想画的话就去画吧，女孩。只是不要在我王座厅的中央画！"

　　莎瑞娜把她的眼睛睁得老大，还眨巴了几下，然后把她的画架和椅子拉到房间边上靠近一根柱子的地方，坐下，继续画。

　　埃顿呻吟道："我的意思是……罢了，遭天谴的！你不值得我费力气。"国王转过身，然后大步迈向他的王座，命令他的秘书宣布今天的第一桩公务——两个低级贵族关于一些财产的争执。

阿什在莎瑞娜的画布旁盘旋着，柔声对她说："我还以为他会永远地把您驱逐出去呢，小姐。"

莎瑞娜摇摇头，用一个微笑祝贺自己的胜利。"埃顿脾气暴躁，也很容易被挫败。我越是让他相信我没有大脑，他对我下的命令就越少。他知道我只会误解他的命令，最后只能让事态更严重。"

"我开始好奇，像他这样的人到底是怎么获得至尊的王位的。"阿什指出。

"想法不错。"莎瑞娜承认，轻轻地敲着脸颊陷入了沉思，"虽然，也许是我们没有给他足够的信任。他可能不能当一个很好的国王，但他显然是个很好的商人。对他来说，我是一个已经耗尽的资源——他已经得到了他的盟约，所以也就不必再关注我了。"

"我可不相信，小姐。"阿什指出，"他看上去太短视了，肯定无法长久保住王位。"

"所以他可能很快就要丢掉王位了。"莎瑞娜说道，"我怀疑这就是那个枢机主祭来这里的原因。"

"想法不错，小姐。"阿什用它低沉的声音指出。它在她的画前飘浮了一会儿，研究着那些不规则的点和半直不直的线。"您有进步了，小姐。"

"不用恭维我。"

"不，是真的，殿下。当您五年前刚开始画画时，我怎么也说不出您究竟在涂画些什么。"

"那这幅画描绘的是……"

阿什犹豫了一会儿。"一盆水果？"它满怀希望地问。

莎瑞娜挫败地叹了口气。她通常擅长她想要去尝试的每一件事情，但是绘画的奥秘总是离她远远的。开始时，她为她缺乏这方面的才能而感到惊讶，接下来她凭着一股证明她自己的信念强迫自己学。然而，艺术技巧完全拒绝臣服于她尊贵的意志之下。她是一个政治方面的大师，无懈可击的领导者，甚至能轻松地掌握津多人的数学，但她同时也是一个糟糕透顶的画家。并不是说在绘画方面她就因此停滞不前了——她可是公认的固执。

"总有一天，阿什，我会开悟的，会弄清楚如何把脑袋中的形象表现在画布上。"

"当然，我的小姐。"

莎瑞娜微笑道："在那天到来之前，就假装我是师承于某个斯福坦学院的极端抽象画派吧。"

"噢，是的，是师承于创意误导学院，非常好，我的小姐。"

这时，有两个人进入了王座厅，把他们的案件呈送给国王。这两个人很难区分：都是色彩鲜艳的褶边衬衫外面罩着一件时髦的马甲，以及宽松的、有大翻边的裤子。莎瑞娜更感兴趣的是第三个人，他是被一个皇宫侍卫带进来的。他的长相平淡无奇，一头艾欧人的浅色金发，穿着一件简单的棕色宽松罩衫。显然，他看起来极度营养不良，他的眼神中充满了一股绝望中的绝望，莎瑞娜发现后久久无法忘怀。

纠纷与这个农民有关。显而易见，三年前他从其中一个贵族的家中逃出来，但是被另一个抓住了。第二个贵族没有把他还回去，而是让他留下来工作。争论的焦点不是农民本身，而是他的孩子们。大约两年前他结婚了，在留在第二个贵族家里期间做了两个小孩的父亲。两个贵族都宣称拥有小孩的所有权。

"我还以为奴隶制在阿雷伦是不合法的。"莎瑞娜小声说。

"应该是犯法的，小姐。"阿什用一种迷惑的口吻说道，"我也不太明白。"

"他们谈论的是象征性的所有权，堂妹。"一个声音从她前方传来。莎瑞娜惊讶地从画布边上探出头来看，是卢凯，凯隐的长子，正微笑着站在她的画架边。

"卢凯！你在这里干吗？"

"我是这座城市里最成功的商人之一，堂妹。"他解释道，并走到画布边看看她的画，然后他挑起了一边眉毛，"我有自由出入宫廷的特权。我惊讶的是，在你进来时竟然没有看见我。"

"那时你在这里？"

卢凯点点头。"我在后边，那时正和一些老熟人交换近况。我出城有好长一段时间了。"

"为什么你不叫我？"

"我只是太好奇你究竟在干吗，"他微笑着说，"我不认为还有谁会征用埃顿王座厅的正中央作为艺术工作室来用。"

莎瑞娜感到自己的脸颊一下子涨得通红，"还挺好用的，不是吗？"

"漂亮极了——不过对你的画作我可不敢用这个词来称赞。"他犹豫了一会儿，"画的是一匹马，对么？"

莎瑞娜的脸沉了下来。

"一栋房子？"他问。

"它也不是一盆水果，阁下，"阿什说，"我已经问过了。"

"好吧，她说这是临摹这房间中的一幅画的。"卢凯说，"我们所要做的就是继续猜，直到找到正确的那幅。"

"够了，你们两个，"莎瑞娜怒了，"就是在我们对面的那一幅，我画画时面对着的那个。"

"那个？"卢凯问，"但那是一幅花卉图。"

"然后呢？"

"你画中间的那些黑点是什么？"

"花。"莎瑞娜心怀戒备地说。

"哦。"卢凯看看莎瑞娜的画，然后抬头再看看那幅原作。"随你怎么说吧，堂妹。"

"也许你可以在我变得暴力前，为我解释一个埃顿的法律案件，堂哥。"莎瑞娜说道，带着一种威胁性的甜蜜笑容。

"好的，你想知道些什么？"

"根据我们之前的调查研究，在阿雷伦奴隶制是不合法的。但那些人还是称那个农民为自己的财产。"

卢凯皱了皱眉，把目光放到那两个较劲的贵族身上。"奴隶制是非法的，但这可能不会持续太久了。十年前，阿雷伦既没有贵族也没有农民，只有伊岚翠人和其他人。在过去的十年里，平民从土地的拥有者变成了封建领主手下的农民，又变成了受契约束缚的仆人，最后甚至变成像古代斐优旦人的农奴一样的存在。不用多久，他们就和财产没什么两样了。"

莎瑞娜皱了皱眉。国王竟然会听审这样一个案子，还考虑要把一个人的孩子从他身边带走，只为保住一些贵族的荣誉，单单这件事就让人觉得残暴至极。社会应该早已超越这个阶段向前进步很多了。而这个农民用空洞的眼神看着整个诉讼过程，眼中原有的光芒早就被有条不紊、蓄谋已久地扑灭了。

"比我先前害怕的还要糟。"莎瑞娜说。

卢凯在她边上点点头。"埃顿获得王位后做的第一件事，就是取消私人拥有土地的权利。阿雷伦没有军队可言，但埃顿可以负担得起雇佣兵，逼迫人民服从他。他宣布所有的土地都归王国政府所有，然后他用头衔和财产报答那些曾助他高升的商人。只有一些人，比如我父亲，有足够多的土地和钱，多得让埃顿不敢试着夺走它们。"

莎瑞娜对她新父王的发迹史感到恶心。曾经，阿雷伦吹嘘自己是世界上最快乐、最先进的社会。而埃顿将它捣得粉碎，把它转变成一个拥有即使是斐优旦人也早已不用的社会制度的国家。

莎瑞娜瞥了埃顿一眼，然后转向卢凯。"跟我来。"她说，把她的堂哥拉到房间的边上，在那里他们的交谈能稍微坦率些。他们近得能观察埃顿的一举一动，又远得不靠近其他人，以确保他们的低声交谈不被别人无意中听到。"阿什和我早先就在讨论这件事。"她说，"这个人究竟是怎么获得王位的？"

卢凯耸耸肩。"埃顿是……一个复杂的人，堂妹。在某些领域他的目光非常短浅，但是他在和别人做交易时又很有手腕，这也是他之所以成为一个好商人的部分原因。在灾罚发生前，他是当地商人协会的会长，这使他成为和伊岚翠人没有直接关系的人里最有权势的一个。"

"商人协会曾是一个自治组织，它的许多成员都和伊岚翠人处得不是很好。你瞧，伊岚翠人为这个地区的所有人提供免费食物。这件事情让民众很快乐，对商人来说却很恐怖。"

"为什么他们不进一些其他东西呢？"莎瑞娜问，"除了食物以外的东西？"

"伊岚翠人能够制造几乎所有东西，堂妹。"卢凯说，"当然他们不是所有东西都会白给，但他们可以提供很多原材料，以比商人便宜得多的价格——特别是如果你算上船运费的话。最终，商人协会和伊岚翠人敲定了一个协议，让伊岚翠人承诺他们只为民众免费提供一些'基本'的物品，这使商人协会可以进口一些更贵重的奢侈品，以满足这区域内更富有人群的需要——讽刺的是，他们往往是商人协会的其他成员。"

"然后灾罚发生了。"莎瑞娜说着，开始有些明白了。

卢凯点点头。"伊岚翠倾覆后，埃顿当主席的那个商人协会就成了四座外城中最大、最有权势的组织。它的成员都很富有，而他们私下里也和这一地区的其他富人很熟。事实上，这个协会与伊岚翠人不合的历史只会增强它在人民眼中的声望。埃顿自然就成为最适合当国王的人了。当然这并不意味着他是个好君主。"

莎瑞娜点点头。埃顿坐在他的宝座上，终于下了对这个案子的判决。他大声宣布逃跑的农民应该归第一个贵族所有，但他的孩子还是应该留在第二个贵族那里。"因为，"埃顿指出，"孩子一直是被他们现在的主人喂养着的。"

农民没有在判决后哭出声来，他只是低头看着自己的脚，莎瑞娜感到揪心的悲伤。然而，当那个农民抬起头来时，他眼神中浮现出某种东西，某种隐藏在强迫的顺从下的情绪——仇恨。他还留有足够的精神来表达如此强烈的情绪。

"这不会持续太久的，"她悄声说，"人民不会再忍下去了。"

"过去的劳工阶级几个世纪以来都生活在斐优旦的封建体制下，"卢凯指出，"他们的待遇比农场动物还要糟。"

"是的，但是他们生来如此。"莎瑞娜说，"古代的斐优旦人不知道还有更好的选择，对他们来说，封建制度是唯一的社会体制。但这些人不一样，十年真的不算长，阿雷伦农民还能记得那些他们现在称之为主人的人，以前只不过是小店主和小商贩。他们知道有更好的生活。更重要的是，他们知道一个政府是会倾覆的，会使那些曾经是奴仆的人变成主人。埃顿在太短的时间里给了他们太大的压力。"

卢凯微笑道："你说话的口气很像雷奥登王子。"

莎瑞娜愣了愣，"你很了解他吗？"

"他曾是我最好的朋友，"卢凯悲伤地点了点头说，"是我所认识的人中最最好的。"

"告诉我一些关于他的事，卢凯。"她用温柔的声音请求道。

卢凯想了一会儿，然后用一种怀念的口吻说："雷奥登能使人民快乐。你的日子可能过得像冬天一样酸楚，但是王子和他的乐观会来到你身边，只消几句温柔的话语，他就能让你意识到过去的自己真是太傻了。他也很聪明，通晓每一种符文，而且能把它们完美地画出来。他常常能想出一些神秘怪诞的新哲学理论，只有我父亲能够理解这些想法。即使我曾在斯福坦大学学习过，但是他的理论中有一半我还是无法理解。"

"他听起来简直完美无瑕。"

卢凯微笑着说道："除了打牌以外。当我们玩图雷杜（Tooledoo）时，他每盘必输。而输钱后，他只要我为之后的晚餐付账就行。他应该是很糟糕的商人——他太不把钱当回事。他会因为知道我能从胜利中获得乐趣，就故意输给我。我从没见过他悲伤，或者生气，除非当他在外面的一个种植园慰问人民的时候。他经常这么做，然后他会回到宫廷中，直截了当地说出自己对这件事情的想法。"

"我打赌国王从没想到会这样。"莎瑞娜微微一笑，说道。

"他恨得要死。"卢凯说，"为了让雷奥登保持安静，埃顿尝试了除了把他驱逐出境以外的所有方法，但没有一个奏效。王子总能找到办法，使自己的意见在每个皇家判决中起作用。他是王位继承人，所以宫中的法律（不幸是由埃顿本人亲自撰写的）给了雷奥登机会，对每一件需要国王处理的事务，发表自己的想法。而且，让我告诉你，王妃，除非你被雷奥登斥责过，不然你不会知道真正的责备是什么。那个家伙有时会变得很严厉，即使是石墙也会在他的舌头下萎缩。"

莎瑞娜坐下，愉快地想象着埃顿在整个朝廷面前被他自己的儿子指责的情景。

"我很想他。"卢凯幽幽地说，"这个国家需要雷奥登。他开始带来一些真正的改变。他在贵族中召集了许多追随者，但现在，失去了他的领导，这个团体也树倒猢狲散了。父亲和我曾企图把他们聚在一起，但是我之前离开太久了，以至于和那些人失去了联系。而且，当然，他们中几乎没人相信我的父亲。"

"什么？为什么不？"

"他有个无赖的坏名声。而且，他没有一个头衔。他拒绝了国王想要给他的每一个头衔。"

莎瑞娜的眉头皱了起来，"等一下，我还以为凯隐叔叔是反对国王的。为什么埃顿还想要给他一个头衔呢？"

卢凯笑了起来。"这不是埃顿所能控制的。国王的整个政府都建立在一个理念上——金融上的成功就是成为统治阶级的理由。父亲在商业上非常成功，而且从法律上说，金钱就等于贵族身份。所以你看，国王愚蠢到认为每个有钱人和他的思考方式都一样，只要他给每个富人头衔，他就不会有反对者了。父亲的拒绝接受封衔的确削弱了埃顿政权的稳固，而国王也清楚明白这一点。只要有一个富人严格说来不是贵族，那阿雷伦的贵族系统就还有瑕疵。每当父亲出现在宫廷里，老埃顿就会气得几乎背过气去。"

"他应该更常来。"莎瑞娜邪恶地说。

"父亲是找到了足够的机会来露脸。他和雷奥登几乎每个下午都会在宫廷里碰面，玩一种叫幸达（ShinDa）的游戏。他们选择在王座厅里做这件事，这对埃顿来说简直是永无止尽的不适之源。但是同样的，他自己的法律宣称，宫廷向他儿子邀请的每一个人敞开，所以他不能把他们扔出去。"

"听起来王子好像擅长利用国王自己制定的法律来反对他本人。"

"这是他讨人喜欢的地方之一。"卢凯面带微笑地说，"不知为什么，雷奥登总能曲解每一条埃顿的新法令，直到它掉转方向给埃顿本人一个耳刮子。在最近五年里，埃顿几乎每时每刻都在寻找一个方法来剥夺雷奥登的继承权。结果，最后我主还是帮他解决了这个问题。"

莎瑞娜疑窦丛生地想着，到底是我主呢，还是埃顿的一个刺客……"现在谁是继承人？"她问。

"还没有完全确定，"卢凯说，"埃顿可能计划生另一个儿子——怡薰也还足够年轻。某个有权势的公爵可能排在第二，特瑞伊大人（Telrii）或是罗艾奥大人。"

"他们在这儿吗？"莎瑞娜边问，边在人群中搜寻。

"罗艾奥不在，"卢凯说，"但特瑞伊公爵在那儿。"卢凯冲一个站在远处墙边、穿着浮华的人点点头。那个人精瘦而装模作样，如果他的脸上没有纵欲过度的迹象的话，也许还称得上英俊。他的衣着因为缝满了宝石而闪闪发光，而他的手指上闪烁着金色和银色的光芒。当他转过身时，莎瑞娜看到他的左半边脸被一块巨大的紫色胎记毁容了。

"让我们祈祷王位永远不会落入他手中，"卢凯说，"埃顿是很令人讨厌，但他至少在财政上还很有责任感。埃顿是个守财奴。而特瑞伊呢，是个花钱的主儿。他喜欢钱，也喜欢那些给他钱的人。如果他不是这么挥霍无度的话，也许就是阿雷伦最有钱的人了，现在呢，他是可怜的第三名，排在国王跟罗艾奥公爵之后。"

莎瑞娜眉头紧锁，"国王会剥夺雷奥登的继承权，让整个国家没有一个可见的继承人？他难道不知道有关继承权战争的事吗？"

卢凯耸了一下肩，"很显然，他觉得比起冒险让雷奥登掌权，还是没有继承人更好。"

"他可不能让类似自由和同情这种事毁了他小小的完美政权。"莎瑞娜说。

"完全正确。"

"那些跟随雷奥登的贵族，他们之后碰过面吗？"

"没有。"卢凯皱着眉说道，"失去了王子的庇护，他们害怕得不敢继续。我们已经说服了一些更有奉献精神的人明天聚最后一次。不过我怀疑能否得出任何结论。"

"我想去。"莎瑞娜说。

"那些人不喜欢新来者，堂妹，"卢凯警告道，"他们变得十分提心吊胆，因为他们知道他们的集会可能会被认为是叛变的标志。"

"不管怎样，这是他们最后一次策划集会了。如果我出现了，他们又想怎么办？拒绝下次再来？"

卢凯犹豫了一下，然后笑了。"好吧，我会告诉父亲，让他找个办法把你弄进去的。"

"午餐时我们两个可以一起告诉他。"莎瑞娜说着，不满地看了她的画布最后一眼，然后走过去收拾她的颜料。

"所以你要和我们一起去吃午餐吗？"

"是的，凯隐叔叔答应过会烧些斐优旦美食。除此之外，就我今天获得的信息来看，我认为我不会长时间坐在那里听着埃顿的宣判。如果他让我更生气的话，我可能会开始向他扔颜料的。"

卢凯哈哈大笑，"不管你是不是王妃，这可能都不是一个好主意。来吧，如果你来的话凯丝会高兴死的。当我们有客人时，父亲总是把菜烧得更好吃。"

卢凯是对的。

"她来了！"当凯丝看到莎瑞娜走进来时，发出一声热情的尖叫，"爸爸，你得去准备午餐了！"

佳拉从边上的门道中走出来，用一个拥抱和一个短吻迎接她的丈夫。这个斯福坦女子用斐优旦语对卢凯轻声低语了些什么，然后他笑了，充满柔情地揉揉她的肩。莎瑞娜羡慕地看着，然后咬紧牙齿来让自己坚强。她可是高贵的泰奥德公主——她没有立场抱怨国家之间联姻的必要性。如果我主在他们相见之前就带走了他，那么他显然想让她心无旁骛地专注于别的事上。

凯隐叔叔从厨房里现身，把一本书塞进他的围裙里，然后给莎瑞娜一个粉身碎骨的拥抱。"你毕竟还是不能离开我们，凯隐的神奇厨房对你的吸引力实在是太大了对吧？"

"不，爸爸，她只是饿了。"凯丝宣布。

"哦，就这些吗？好吧，坐下来吧，莎瑞娜。再过一会儿我就把午餐端出来。"

午餐和上一次的晚餐进行的方式差不多。凯丝抱怨着上菜的速度太慢了，多恩努力想要显得比他姐姐更成熟些，卢凯则无情地取笑他们两个——这是所有大哥的庄严职责。阿蒂恩晚些才出现，看起来神情涣散，轻声对自己嘟哝着一些数字。凯隐端着一些冒着热气的大浅盘出来了，为他妻子的缺席而道歉，因为她事先有约。

这顿饭吃得很快乐，食物很好，谈话也很令人愉快。直到卢凯主动对他的家人说起莎瑞娜的绘画天赋。

"她正在学习某种新抽象主义画派。"她的堂哥用一种绝对严肃的语气宣布。

"真是这样吗？"凯隐问。

"是的，"卢凯说，"虽然我不能确切地陈述出她是如何用一些只是隐约像马的棕色污点来表现一片花叶的。"

整个餐桌爆发出了笑声，莎瑞娜涨红了脸。然而，一切并没有结束，阿什也选择在这个时候背叛她。

"她叫它创意误导学派。"侍灵用它那低沉缓慢的声音严肃地解释道，"我相信公主是为了得到作品的主控解释权，才创作出那些完全让观看者无法区分画的究竟是什么的作品。"

　　这笑料对凯隐来说太多了，他几乎要笑倒在地上了。不过对莎瑞娜的折磨很快就结束了，因为谈话的主题突然有一点小小的改变，让公主颇感兴趣。

　　"根本没有一种叫做创意误导学派的东西存在。"凯丝告诉他们。

　　"真的没有吗？"她爸爸问。

　　"没有。只有印象画派、新表现主义画派、抽象衍生画派和复兴画派，就这样。"

　　"哦，就这些？"卢凯逗乐般地问道。

　　"是的，"凯丝宣布，"还有一个现实主义运动，不过它和新表现主义画派差不多，他们只是改了个名字，为了使它听起来更重要。"

　　"不要再在公主面前炫耀了。"多恩小声嘟哝着。

　　"我没有炫耀，"凯丝气呼呼地说，"我是有良好教养的。"

　　"你炫耀得太过火了。"多恩说，"除此之外，现实主义画派和新表现主义画派完全不一样。"

　　"多恩，不要再念叨你姐姐了。"凯隐命令道，"凯丝，你也别再炫耀了。"

　　凯丝沉下脸，带着闷闷不乐的表情坐回到她的椅子上，开始口齿不清地小声嘟囔。

　　"她在干吗？"莎瑞娜困惑地问。

　　"哦，她在用津多语诅咒我们。"多恩不假思索地说道，"每次她吵架吵输了都会这样。"

　　"她认为说其他国家的语言能帮她挽回面子。"卢凯说，"好像这能证明她真的比世界上的其他人聪明得多。"

　　随着卢凯的话语，从小小的金发女孩口中倾泻下来的语言洪流又转了方向。当莎瑞娜意识到凯丝现在正在用斐优旦语抱怨时，她吓了一跳。然而凯丝并不想就此结束，接着她用简洁而刻薄的杜拉德语大声谴责，使这长篇大论的言词激烈程度上升到顶峰。

　　"她究竟能说几种语言？"莎瑞娜惊奇地问。

　　"哦，四种或五种吧，除非在我没看见的时候她又学了新的。"卢凯说，"不过很快她就不得不停止了。斯福坦的科学家宣称人类只能学习六种语言，再多就会搞混。"

　　"证明他们是错的不过是小凯丝生命中的一次探索罢了。"凯隐用他低沉沙哑的嗓音解释道，"当然，还有把所有能在阿雷伦找到的美食都尝上一口。"

　　凯丝对她的父亲抬起下巴，不以为然地哼了一声，然后继续吃她的午餐。

　　"他们两个都……好有学问呀。"莎瑞娜惊讶地说。

　　"也不用太钦佩，"卢凯说，"他们的家教教师最近在教艺术史，他们两个正在努力学习，想要证明自己比对方强。”

　　“即便如此……”莎瑞娜说着。

　　凯丝还在为她的失败郁郁寡欢，在吃饭的时候继续喃喃自语着。

　　“你刚才说什么？”凯隐用坚定的口气问。

　　“我说：‘如果王子在这儿的话，他会好好听我说话的。’他一直站在我这边。”

　　“只是听起来他同意你的观点而已。”多恩说，“这就叫做讽刺，凯丝。”

　　凯丝对她的弟弟吐吐舌头，“他认为我很漂亮，他爱我。他会等我长大之后和我结婚。然后我就是王后了，接着我就把你们全部丢到地牢里去，直到你们都承认我是对的为止。”

　　“他不会娶你的，傻瓜，”多恩板起脸说，“他已经娶了莎瑞娜。”

　　凯隐早就注意到了，当王子的名字出现时，莎瑞娜的脸色阴沉了下来。他赶紧用严厉的表情叫两个小孩安静下来，然而，伤害已经造成了。莎瑞娜对王子了解得越多，就会想起越多和他接触时的情景，那时王子用他那温柔的、鼓舞人心的声音通过侍灵穿越百里路途之遥来和她说话。她想起在信中他用闲散的语气告诉她阿雷伦的生活是怎么样的，向她解释，他会怎样为她准备一个舒适的住所。她当时兴奋得巴不得马上见到他，所以她决定提前一周离开泰奥德。显然，提前得还不够。

　　也许她应该听她父亲的。他曾经犹豫过是否要答应这桩婚事，即便他知道泰奥德需要与新的阿雷伦政府建立稳固的联盟。虽然这两个国家起源于同一个种族，拥有相同的文化遗产，但在最近的十年里，泰奥德和阿雷伦之间则鲜有往来。灾变后的起义威胁到了与伊岚翠人有关的所有人——当然也包括泰奥德王室。但是随着斐优旦再次向外扩展它的影响力——这次是促使杜拉德共和国瓦解，很显然，泰奥德需要再次和它古老的盟友搞好关系，不然就只有独自面对伟恩的部队了。

　　正因为如此，莎瑞娜提议联姻。她父亲起先反对，但最后还是屈从于外部现实的压力。毕竟，没有比血缘更强的纽带，特别是当这桩婚姻涉及王位继承人的时候。不用太担心王室婚约禁止莎瑞娜再嫁这件事，雷奥登既年轻又强壮。他们都觉得他还能活好几十年。

　　莎瑞娜隐约觉得凯隐正在和她说话。“你说什么，叔叔？”她问。

　　“我只是想知道凯伊城还有什么地方是你想去看看的？你来这里已经好些天了，是时候找人带你出去看看了。我确定卢凯会很高兴带你出去参观的。”

　　那个瘦瘦的男子举起了他的手，“对不起，父亲，我很想带着我漂亮的堂妹到城里逛逛，但是佳拉和我不得不商量购买一批运往泰奥德的丝绸的问题。"

"你们两个都去？"莎瑞娜惊奇地问。

"当然，"卢凯说，把他的餐巾丢到桌上，然后站起来，"佳拉讨价还价的本事可是厉害得很啊。"

"他只是为此而娶我的。"斯福坦女人用她那浓重的口音与淡淡的微笑坦白道，"卢凯是一个商人。利润就是一切，包括婚姻也是如此。"

"的确如此，"卢凯大笑着说，然后拉着他妻子的手，让她站起来，"事实上，这还没有算上她的聪明和美丽，我已经赚翻了。谢谢你的午餐，父亲，它太美味了。各位，日安。"

那一对离去时，边走边互相深情地凝望着彼此，在他们走后紧跟着的便是多恩一阵呕吐的声音。"呕，爸爸，你应该和他们说说，他们的眼神太沉醉了，简直让人吃不下饭。"

"我们亲爱的哥哥的脑子已经变成一团糨糊了。"凯丝同意。

"耐心点儿，孩子们。"凯隐说，"卢凯结婚才一个月。多给他点时间，他就会恢复正常的。"

"但愿如此，"凯丝说，"他让我恶心。"当然，对莎瑞娜来说，她看起来一点也不像感到恶心的样子，她还是负气般地往肚子里塞食物。

在莎瑞娜身旁，阿蒂恩继续以他的方式喃喃自语着。他看起来说得不多，除了引用那些数字外，偶尔还夹杂着几个听上去很像"伊岚翠"的单词。"我想看看整个城市，叔叔，"莎瑞娜说，男孩的喃喃自语让她想起了一些事，"特别是伊岚翠——我想知道所有有关骚乱的事。"

凯隐搓了搓他的下巴。"好吧，"他说，"我想双胞胎可以带你去。他们知道怎样去伊岚翠，而且这可以让他们有一会儿不来打搅我。"

"双胞胎？"

凯隐微笑着说："这是卢凯给他们取的绰号。"

"我们都恨这个绰号。"多恩说，"我们不是双胞胎，而且我们看起来也不像。"

莎瑞娜打量着这两个孩子，看着他们同样的金色波波头，同样坚定的表情，然后笑了。"完全不像。"她同意道。

伊岚翠的城墙像不满的哨兵站在凯伊城边上。行走在城墙的底部，莎瑞娜终于意识到它曾是多么令人敬畏。她曾经拜访过斐优旦，对斐优旦众多的防御型城市印象深刻

——但即使是它们都无法与伊岚翠匹敌。

它的城墙是如此之高，墙的表面却是如此光滑，这工艺显然不是出自普通人类之手。墙面上雕刻着巨大而复杂的符文，其中许多莎瑞娜都不认得，而她一向自认为已经接受过很好的教育了。

孩子们带着她走上建在城墙外部的巨大石阶。拱道、常用的观景平台都雕刻得非常华美，就连这石梯本身都塑造得带有某种王权的威严。分层的楼梯甚至给人一种……傲慢的感觉。这石梯很明显是伊岚翠最初设计中的一部分，也证明了这巨大的城墙不是为了防御的用途而建造的，而只是为了隔离。只有对自己极度自信的人才会建造一座如此令人惊叹的围墙，然后在其外部装上一条宽宽的楼梯，一直通到城墙顶部。

因为伊岚翠的倒台，这份自信被证明是不明智的。然而，莎瑞娜还是提醒自己，并不是入侵者夺走了这座城市，而是其他什么东西，一些现在还无法理解的东西——灾罚。

莎瑞娜在爬到离墙顶还有一半距离的时候，在石阶上停了一下，俯瞰整座凯伊城。那座现在看起来更小的城市像小弟弟般站在巨大的伊岚翠身旁，它是如此努力地想要证明自己的重要，不过建在一座如此宏伟的城市旁边，它无法让自己看起来不低人一等。也许它的建筑物与其他地方的相比会使人印象深刻，但是和伊岚翠的雄伟壮观相比，凯伊城就变得渺小而琐碎了。

"不管它渺小与否，"莎瑞娜告诉自己，"凯伊城都是我关注的焦点。伊岚翠的时代已经过去了。"

有一些小光球沿着城墙的外部飘浮着——这些小光球是莎瑞娜在这一地区看到的第一批侍灵。起先她很兴奋，但是很快想起了那个故事：在以前，侍灵是不会被宵得术法影响的，但是随着伊岚翠的毁灭，一切都改变了。现在一旦有人被宵得术法选中，他的侍灵——如果他有侍灵的话，就会陷入疯狂。墙边的侍灵漫无目的地飘浮着，仿佛迷路的孩子一般。不用问她就知道，这座城市中聚满了这种发疯的侍灵，因为它们的主人沉沦了。

她把目光从侍灵身上转开，对孩子们点点头，继续在巨大的台阶上艰难跋涉。凯伊城才是她关注的重点，的确如此，但是她还是想要看看伊岚翠。关于这座城市的某些东西，比如它的大小、符文和声誉，这些是她不得不亲身体验的。

当她往上走时，莎瑞娜伸出手，用她的手指轻轻抚摸一个刻在墙上的符文的凹痕。那条刻线几乎和她的手一样宽，而且石头和石头之间几乎没有任何缝隙。正如她以前在书上读到的：整面墙是用一整块毫无缝隙的石头做成的。

只是现在，它不再是完美无瑕的了。许多独块巨石都崩坏碎裂了，特别是在靠近顶部的地方。当他们快接近石梯尽头的时候，在那里墙面大块大块地剥落，在石头上留下很多凹凸不平的伤口，令人想起被啃咬的痕迹。即便如此，这面墙还是令人印象深刻，特别是当你站在它的顶端俯瞰下面的地面时。

"哦，我的……"莎瑞娜叫道，感到自己已经头晕目眩。

多恩马上拉住她裙子的后摆，"不要靠得太近，莎瑞娜。"

"我很好，"她用一种晕晕乎乎的语气说道，然而她还是让多恩把她拉回来了。

阿什在她身边盘旋，因为关心而微微发光。"也许这不是一个好主意，小姐。您知道您多么恐高。"

"一派胡言，"莎瑞娜说，渐渐有些恢复了。然后她第一次注意到，在不远处有一大群人也聚集在墙顶，一个尖利的声音从那群人中升起，她认不太出这是谁的声音。"那是什么？"

双胞胎相互疑惑地耸耸肩。"我不知道。"多恩说。

"这个地方通常是空着的，除了有时候有些守卫。"凯丝补充道。

"让我们去看看吧。"莎瑞娜说。她还不很肯定，但她相信自己已经认出了那声音中的口音。当他们从背后靠近人群时，莎瑞娜证实了她的怀疑。

"是枢机主祭！"凯丝兴奋地说，"我想去看看他。"然后她就去了，冲进人群。当小女孩努力挤到人群前端时，莎瑞娜能够听到人群中隐约传来的惊奇和恼怒的叫声。多恩意味深长地看着他姐姐，然后跟了上去，但是很快回头看看莎瑞娜，接着改变主意，决定像一个尽责的向导一般待在她身边。

不过，多恩不用担心看不到枢机主祭。莎瑞娜比她年轻的堂妹保守得多，但她还是决定要尽量靠近些以便听清拉森说话。因此，莎瑞娜带着她身边的小护卫礼貌但又坚决地在人群中开出自己的一条路，直到她站到了最前头。

拉森站在伊岚翠城墙里的一个小瞭望台上。他背对着人群，但是他稍微倾斜了一点角度，用这种方法让他的话语能够传达到人群中。他的演讲显然是针对墙上的这些人的，而不是墙下的那些。莎瑞娜只瞥了伊岚翠一眼——稍后她会回来研究它的。

"看看他们！"拉森命令道，用手指向伊岚翠，"他们失去了做人的资格。他们只是动物，没有信念和渴望为杰德斯服务。他们不知道有神，只能屈从于他们的欲望。"

莎瑞娜皱起了眉。苏·德雷西教派教导说，人类与动物之间的唯一区别，就是人类能够崇拜神，或者是斐优旦的"杰德斯"。这条教义对于莎瑞娜来说并不陌生；她父亲确保在她的教育中包含有大量苏·德雷西教派的知识。但是她不明白，为什么一个真正的枢机主祭会在伊岚翠人身上浪费他的时间？谴责一群已遭受致命一击的人又能使他获得什么呢？

然而，只有一件事情很清楚——如果枢机主祭找到借口宣扬反对伊岚翠人的教义，那么保卫伊岚翠就是她的职责。在她完全理解敌人的计划前，她应该先去阻止它。

"……众所周知，在杰德斯眼中，动物比人类低级得多。"拉森说着，演讲终于在结论处达到高潮。

莎瑞娜发现了她的机会，并抓住了它。她把眼睛睁得大大的，装出一副困惑迟钝的样子，然后用她最尖细无辜的声音——问出三个字。

"为什么？"

拉森停下来。莎瑞娜仔细计算过说这个问题的时间，使得它恰好落在拉森两句话中间的尴尬停顿上。枢机主祭在这个尖锐的问题上犹豫了很久，很明显想要重获他一往无前的势头，但，莎瑞娜把时间安排得太巧妙了，挽回的时机很快就过去了。他转过身，并用犀利的眼光搜寻那个愚蠢地打断了他的人。然而，他只找到一个娴静迷茫的莎瑞娜。

"什么为什么？"拉森质问道。

"为什么在杰德斯先生的眼中，动物比人类低级呢？"她问。

当莎瑞娜使用"杰德斯先生"一词时，枢机主祭咬紧了牙关。"因为，和人类不一样，它们只会顺从于自己的欲望。"

针对这一陈述的标准质问应该是："但是人类也顺从于他们的欲望。"这会给拉森机会解释有神性的圣人和有罪的世俗凡人之间的区别。莎瑞娜不想帮他的忙。

"但是我听说杰德斯先生还很赞赏傲慢这种品质哎。"莎瑞娜疑惑地说。

枢机主祭的眼神中充满了怀疑。这个问题从一个那么单纯的女孩口中问出来太蹊跷。他知道，或者至少怀疑，莎瑞娜在耍他。然而他还是不得不回答这个问题，不是为她，至少是为了其他在场的人。

"杰德斯殿下赞赏的是雄心，而不是傲慢。"他谨慎地说。

"我不明白，"莎瑞娜说，"雄心难道不是为我们自己的欲望服务的吗？为什么杰德斯要赞赏它呢？"

拉森正在失去他的听众，他也知道这点。莎瑞娜的问题是个有百年历史的反对苏·

德雷西教派的神学论点，但是人们并不知道这古老的辩论或是学术性的反驳。他们所知道的只是，有人正在问一些问题，而拉森既不能立即答上来，也没有提供有趣的答案，无法抓住听众的注意力。

"傲慢和肉欲不一样，"拉森用一种暴躁的声音宣布，想利用他统率的地位重新控制谈话的方向，"服务于杰德斯帝国将会很快获得回报，不管是在现世还是在来生。"

这是一次成功的尝试：他不仅转换了话题，还把人群的注意力吸引到另一个概念上。所有人都会觉得回报是极具吸引力的。然而不幸的是，莎瑞娜还没有说完。

"所以如果我们为杰德斯服务，我们的欲望就能得以实现？"

"没人能直接服侍杰德斯，除了伟恩大人。"拉森脱口而出，因为他早已想好了如何回应她的反驳。

莎瑞娜露出了微笑。她正期待着他犯下这样一个错误。苏·德雷西教派的一条基本教义就是，只有一个人可以直接侍奉杰德斯。整个教派等级森严。它的结构使人回忆起曾经统治斐优旦的封建政府。每个人都为他的上级服务，这样层层递进，最后只有伟恩一个人神圣到可以直接侍奉杰德斯。而其中的等级差别总是让人困惑，德雷西的教士阶级常常要纠正别人的错误，就像拉森刚刚所做的一样。

不幸的是，他刚刚又给了莎瑞娜另一个机会。

"没有人可以侍奉杰德斯？"她疑惑地问，"即使是你？"

这真是一次愚蠢的反驳——是对拉森观点的误解，但不是真的想要攻击苏·德雷西教派。如果这是在一个纯粹的宗教价值辩论会上，莎瑞娜永远都敌不过一个训练有素的枢机主祭。不过，莎瑞娜并不想反驳拉森的传教，她只是想破坏他的演讲而已。

听到莎瑞娜的话语，拉森抬起头来，立即觉察到了他的错误。他以前所有的思考和计划现在都没用了——而且人群已经开始对这个新问题感兴趣了。

值得敬佩的是，枢机主祭还想掩盖他的错误，企图把话题带回他更熟悉的领域。但是现在莎瑞娜已获得了人群的心，她像老虎钳般紧紧地抓住他们，只有一个接近歇斯底里的女人才能做到如此地步。

"我们该怎么做？"她摇摇头问，"这些教士们的事情是像我这样的普通百姓理解不了的。"

然后对话结束了。人们开始交谈，并渐渐散去。他们中大多数人在嘲笑教士的古怪和神学推论的艰涩。莎瑞娜注意到大多数人都是贵族，枢机主祭一定费了很大劲才把他们都带到伊岚翠的城墙上。一想到拉森被浪费的计划和劝诱，莎瑞娜发现自己露出了邪恶的微笑。

拉森眼睁睁看着他用心聚集起来的人群慢慢流失，他就不想再说什么了；拉森可能知道如果他喊叫或气得冒烟的话，只会使情况更糟而不是更好。

出乎意料的是，枢机主祭从四散离去的人群中转过身来，对莎瑞娜赞赏地点点头。这虽然不是一个鞠躬，但这已经是她从德雷西教士那里受到的最富敬意的表示了。这就像是在承认她的完胜，是给予一个值得尊敬的对手的特许和让步。

"你正在玩一场危险的游戏，王妃。"他用微带口音的声音柔声说道。

"你会发现我是非常擅长玩游戏的，枢机主祭。"她回答。

"下一轮你就没那么幸运了。"他说，并向一个比他更矮的、浅色头发的教士招招手让他跟过来，然后两个人一起爬下了城墙。在这个教士眼里没有丝毫尊重或是宽容的迹象。那双眼睛燃烧着仇恨的光芒，当那人把目光聚焦到莎瑞娜身上时，她不由得打了个寒战。那个男人把牙咬得紧紧的，让莎瑞娜感到他几乎已经忍不住要抓住她的脖子，把她丢下城墙。一想到要把她从那么高的地方丢下去，她就开始感到头晕目眩。

"那个男人让我很不安。"阿什在她的身边观察着，"以前我曾经见过这种人，这可不是什么讨人喜欢的经历。他们就像一个修建得不牢固的水坝，总有一天里面的洪水会爆发的。"

莎瑞娜点点头。"他不是斐优旦人，而是艾欧人。他看起来像是拉森的助理或随从。"

"好吧，让我们祈祷枢机主祭能管好他的宠物，小姐。"

她点点头，但是她刚想回答，就被突然从她身旁发出的一阵洪亮的大笑打断。她低头发现凯丝乐得在地上打滚，很明显，凯丝在枢机主祭淡出视线前，一直努力抑制她的笑声，不让它爆发出来。

"莎瑞娜，"她边笑得直喘气，边说，"太精彩了！你装傻装得太像了！而且看他那脸……看起来比爸爸发现我吃光他所有甜点时的脸还红。他的脸和他那血红色的盔甲简直太相配了！"

"我完全不喜欢他。"多恩在莎瑞娜身边严肃地说。他站在护墙的一个开口处附近，往下看着拉森走下巨大的楼梯去往城市。"他太……冷酷无情了。难道他不知道你只是在装傻吗？"

"可能吧。"莎瑞娜说着，同时示意凯丝站起来，并帮女孩拍掉粉红色裙子上的灰尘。"但是他没办法证明，所以他必须假装我是认真的。"

"爸爸说枢机主祭到这里来是为了让我们都转信苏·德雷西教派。"多恩说。

"他知道？"莎瑞娜问。

多恩点点头。"他说他也很怕拉森会成功。他说去年的收成不太好，许多人都没有饭吃。如果这个月的耕种不顺利的话，到下个冬天情况会更严重的。艰苦的岁月会让人们愿意去接受一个宣称会带来改变的人。"

"你父亲是个智者，多恩。"莎瑞娜说。她和拉森的这次对峙只是一场热身运动而已，民众的想法是易变的，他们很快就会忘记今天的辩论。拉森今天所做的一切，只是他更大计划中的一部分，这个计划和伊岚翠有关，莎瑞娜必须搞清楚他的目的究竟是什么。终于，莎瑞娜想起了爬上城墙的最初目的，第一次好好看了看底下这座城市。

它曾经很美丽。整座城市给人的感觉，包括建筑的规划设计，道路纵横交错的方式，所有这一切的规划都是有意为之的，它是一座规模巨大的艺术品。大多数拱门已经坍塌，许多圆形的屋顶也已陷落，有一些墙壁看起来甚至已经摇摇欲坠。不过，有一件事情是莎瑞娜可以肯定的。那就是，伊岚翠曾经很美丽。

"他们很悲伤。"凯丝在她旁边说道，她踮起脚尖以便能将头探出护墙往下看。

"谁？"

"他们。"凯丝指着下面的街道说。

下面有些人，一些缩成一团的身影勉强地移动着。他们隐蔽在黑暗的街道中。莎瑞娜听不到他们的哀号，但她能感觉到。

"没人照料他们。"凯丝说。

"那他们吃什么？"莎瑞娜问，"一定会有人给他们吃的东西。"她看不清楚下面那些人的具体特征，只看出他们是些人。或者说，至少他们还有人的外形；她曾经读过许多关于伊岚翠人的令人困惑的故事。

"没有人，"多恩在莎瑞娜的另一边说，"没有人会给他们吃的东西。他们早就应该全都饿死了，因为在这里他们没有东西可以吃。"

"他们一定能从某些地方搞到东西吃的。"莎瑞娜争辩道。

凯丝摇摇头，"他们都死了，莎瑞娜。他们不需要吃东西。"

"他们也许不怎么动，"莎瑞娜不屑一顾地说，"但是他们明显还没死，看，那里的一些人还站着呢。"

"不，莎瑞娜，他们也死了。他们不需要吃东西，他们不需要睡觉，他们也不会变老。他们全是死人。"凯丝的声音带着一种特有的严肃。

"你怎么会知道这么多关于他们的事？"莎瑞娜说，设法把这些话当作一个小孩想象的产物从脑中去除。不幸的是，他们还是成功地证明了自己的见多识广。

"我就是知道，"凯丝说，"相信我，他们已经死了。"

莎瑞娜感到她手臂上的汗毛都竖了起来，她严肃地告诉自己不要屈服于这种怪力乱神的东西。伊岚翠人真的很奇怪，但他们绝对不是死人。这件事一定还有其他解释。

她又大致扫了一眼整个城市，努力想把凯丝那令人不安的言论从脑中去除。当她这么做的时候，她的目光落在了两个特别的身影上——他们看起来并不像其他人那么可怜。她眯起眼仔细看那两个身影。他们是伊岚翠人，但是其中一个肤色看起来比另一个更深。他们蹲在一栋楼房的屋顶上，而且他们看起来会动。不像她看到过的其他大部分伊岚翠人，这两个人稍微有些……不同。

"小姐？"阿什关切的声音回响在她的耳边，她突然意识到她整个人都已经靠在了护墙上。

她吓了一跳，往下看，这才发现他们站的地方有多么高。突然她的眼神开始失焦，身体开始失去平衡，被下面在她眼中已经变得扭动起伏的地面吓得动弹不得。

"小姐！"阿什的声音再次出现，把她从恍惚中摇醒。

莎瑞娜踉踉跄跄地从墙边退后了几步，双手抱膝蹲在地上。她深呼吸了一会儿。"我没事儿了，阿什。"

"您一恢复平衡感，我们就离开这里。"侍灵用坚定的声音命令道。

莎瑞娜心慌意乱地点点头。

凯丝轻轻哼了一声，"你说，她都长这么高了，怎么还没适应在高处生活呢？"

第九章

如果迪拉弗是条狗的话，他可能已经开始咆哮了，也许嘴边还沾着白沫呢，拉森断定道。在参观过伊岚翠城墙后，仪祭的状态就比他平时的还要糟。

拉森回头看看那座城市，虽然他们已经快接近礼拜堂了，但依然可以看见他们身后环绕着伊岚翠的巨大城墙。在城墙上某处的，是那位令人气恼的年轻女孩，今天她用某种方法击败了他。

"她太厉害了。"拉森不由自主地说道。和所有的斐优旦人一样，毫无疑问他歧视与泰奥德人相关的一切。五十年前泰奥德因为一个小小的误会而把所有德雷西教士驱逐出境，而且永远都不允许他们再回来。泰奥德的国王还差点把斐优旦的使节也一起赶走了。苏·德雷西教派中没有一个泰奥德的成员，而且泰奥德王室也以尖锐地谴责德雷西的一切而臭名远扬。

不过，遇到一个这么容易就挫败了他的布道的人，也是一件令人精神振奋的事。拉森宣扬苏·德雷西教派这么久了，已经创造出一套操纵公众思想的艺术，此后他就几乎没有在这上面碰到过挑战了。半年前他在杜拉德的成功证明了，即使单凭一个人的力量，也能使一个国家倾覆，只要那个人有足够的能力。

不幸的是，在杜拉德他们几乎没有遇到任何反抗，杜拉德人太开放了，太能够接受一切，使这件事根本不算是什么挑战。最后，当一个政府坍塌毁灭在他的脚边时，拉森却感到失望空虚。这实在太简单了。

"是的，她令我印象深刻。"他说。

"她应该比其他人遭到更多诅咒，"迪拉弗气得呼呼直喘，"因为她来自于那个唯一被杰德斯主人憎恨的民族。"

这就是一直困扰着他的东西，很多斐优旦人以为泰奥德已经没救了。这是一个很愚蠢的看法——当然也是个简单粗暴的理由，让我们在这些斐优旦的宿敌身上不断灌注神学上的仇恨。然而，还是有许多人相信这种事，很显然迪拉弗就是其中之一。

"杰德斯只恨那些恨他的人。"拉森说。

"他们真的恨他。"

"他们中大多数人根本没有听到他的名字被传颂，仪祭。"拉森说，"而他们的国王，是的，他的确应该为他反对德雷西教士的禁令而遭到诅咒。然而，那些百姓却没有任何改过的机会。一旦阿雷伦归顺于杰德斯主人，我们就要考虑入侵泰奥德的问题了。那个国家不会坚持太久的，如果其他所有的文明国家都被我们收服。"

"它会被摧毁的。"迪拉弗用愤怒的眼神预言着，"杰德斯已经等不及要让我们的仪祭对那些顽固的泰奥德灵魂传颂他的圣名了。"

"杰德斯主人只有当全人类都团结在斐优旦的统治下才会降临，仪祭。"拉森说道，他开始对总看着伊岚翠感到厌倦了，于是进入了小礼拜堂，"当然也包括泰奥德的那些人。"

迪拉弗回答的声音不大，但在拉森耳中每个字听来都掷地有声。"也许，"这位阿雷伦教士低语道，"还有另一个办法，主上杰德斯将会在所有活着的灵魂都联合在一起时降临，如果我们杀光那些泰奥德人，他们就不会成为我们的障碍了。当最后一个泰奥德人咽下他的最后一口气，当伊岚翠从西客来大陆的表面除去，那么所有人都会跟随伟恩，然后杰德斯就会降临了。"

这些话听来令人非常不安。拉森是来拯救阿雷伦的，而不是要把它烧光。也许削弱阿雷伦的政权是必要的手段，也许他会让一些贵族洒点鲜血，但最终结果肯定是让整个国家得到救赎。对拉森来说，统一全人类意味着让他们全部改信德雷西教派，而不是屠杀那些不愿皈依的人。

当然也有可能，拉森的做法是错误的。伟恩的耐心看起来并不比迪拉弗多多少，三个月的时间限制就可以证明这一点。突然，拉森感到一阵强烈的紧迫感。伟恩的意思很清楚了：如果拉森不能让阿雷伦改变信仰，他就要毁灭这个国家。

"伟大的杰德斯在下（Great Jaddeth Below）……"拉森喃喃低语着，呼唤着他的神祇的名字，只有在最神圣的时刻他才会做这个动作。无论对错，他都不想让整个国家的鲜血——即使是异教徒的，沾满他的双手。他必须成功。

幸运的是，他并不像那个泰奥德女孩想的那样，败得那么彻底。当拉森到达会议场所——凯伊城最好的旅店的巨大套间中时，许多他邀请的贵族正在等着他。伊岚翠城墙上的演讲只是他改变这些人信仰的计划中的一小部分。

"欢迎你们，各位大人。"拉森点着头说。

"别假装我们之间没有任何过节了，教士。"一位比较年轻、直言不讳的贵族艾旦（Idan）说，"你承诺你的话语会带来力量，但似乎它们只产生出了困惑和混乱的力量。"

拉森不屑一顾地摇摇手。"我的演讲只是让一个头脑简单的女孩困惑了。听说这位金发公主甚至搞不清楚哪只是她的左手，哪只是她的右手。我可不期待她能理解我的演讲，请不要告诉我，您，尊敬的艾旦大人也同样被搞糊涂了。"

艾旦的脸上泛起了红晕，"当然不是，阁下。只是……我看不出改变信仰这件事怎么能赐予我们力量。"

"力量，阁下，是为了让你的敌人感知到而存在的。"拉森大步穿过房间，永不缺席的迪拉弗紧随身后，然后他们选定了一个位子坐下来。一些枢机主祭更喜欢使用站姿这种带有威吓性的姿势，但拉森发现坐着更有效。通常情况下，坐姿让他的听众——特别是那些站着的听众——感到害怕。如果一个人不用站得比听众高就能蛊惑他们的心，这才是操纵能力强的表现。

果然不出所料，艾旦和其他人很快也找到位子坐下了。拉森把他的胳膊肘放在椅子的扶手上，双手手指相扣，沉默地注视着他的听众。当他的目光落在房间后部的一张脸上时，他不禁微微皱了皱眉。那个男人的年纪比较大，也许快五十岁了，穿着富贵而华丽。这个男人外貌中最显眼的部分，就是在他左半边脸和脖子上的巨大紫色胎记。

拉森并没有邀请特瑞伊公爵参加这个会议。公爵是阿雷伦最有权力的男人之一，而拉森只想邀请那些更年轻的贵族。他认为说服那些有权势的人跟随他的几率并不高，而那些没有耐心、梦想平步青云的年轻人则通常容易控制得多。今晚拉森必须要谨言慎行，因为他所得到的奖赏很可能是一个强大的盟友。

"然后呢？"艾旦终于问道，拉森的注目让他坐立不安，"那么他们是谁？你认为谁是我们的敌人？"

"伊岚翠人。"拉森简单明了地说道。当他提到这个名词时，他可以感觉得到在他身边的迪拉弗一阵紧张。

随着艾旦的咯咯轻笑，他的不安烟消云散了。他迅速扫了他几个同伴一眼，说："十年前伊岚翠人就都死了，斐优旦人。他们不可能是个威胁。"

"不，年轻的阁下。"拉森说，"他们还活着。"

"如果你称那种状态是活着的话。"

"我指的不是那些城里面的可怜的杂种狗。"拉森说，"我指的是活在人们心中的伊岚翠人。告诉我，艾旦，你曾经遇到过那种人么，那种认为总有一天伊岚翠人还会回来的人？"

艾旦开始思考这个问题，然后他的笑声逐渐消失了。

"埃顿的统治还远远不够彻底。"拉森说，"他只是一个摄政王，而不是真正的国王。人们并不真的期待他能掌权多久，民众在等待他们神圣的伊岚翠人归来。许多人认为灾罚是个骗局，是一种'测试'，是为了看出他们中谁是真正忠于这个古老异教信仰的。你们也都听到了吧，在暗地里人们是怎么谈论伊岚翠人的。"

拉森的话语掷地有声，他在凯伊城才待了没多久，然而在这段日子里他已经打听调查得很彻底了。他知道这一观点的确存在，只是夸大了它。

"埃顿并没有发现这个危机。"拉森继续娓娓道来，"他不知道也不愿接受他的领导地位正在遭受威胁的事实。只要还有一个有形的遗迹提醒人们伊岚翠曾经的强大力量，他们就会害怕，只要他们害怕某种东西更甚于他们的国王，你们就都不能获得权势。你们的头衔来自于国王，你们的权势与他息息相关。如果他衰弱失势了，那你们也一样。"

现在他们全都在屏息聆听了。在每一个贵族的内心深处都有一种不可救药的不安全感。拉森还没见过一个贵族不坚信农民在背后嘲笑他。

"苏·珂拉西教派也没有意识到危险。"拉森继续道，"珂拉西为了维护民众的希望从不谴责伊岚翠人。他们没有道理地认为，民众愿意相信伊岚翠会重新恢复原状。他们想象着它曾经的光辉，他们的记忆在这个被编造了十年的故事中得到强化。这是人类的天性，相信在其他时间或其他地方肯定有比现在他们所处的时间和地点更好的生活。如果你们想要获得阿雷伦真正的统治权，我亲爱的贵族朋友们，你们一定要摧毁你们民众的那些愚蠢希望。你们必须要想办法把他们从伊岚翠的控制中解救出来。"

年轻的艾旦热切地点着头。拉森不太满意地噘起嘴，这个贵族男孩太容易摇摆不定了。根据往常的经验，最坦率直言的人往往也是最没有辨别力的人。于是拉森忽略了艾旦，猜测着其他人的反应。他们都在仔细考虑这件事，但还没被说服。最年长的特瑞伊公爵安静地坐在后面，摩挲着他一只戒指上的巨大的红宝石，一边打量着拉森一边陷入了沉思。

他们的迟疑对拉森来说是好事，人本来就是善变的，像艾旦这种思想浮躁的人对他毫无用处，那种很容易就争取来的人往往也很容易失去。"告诉我，阿雷伦的人们，"拉森说，狡猾地改变了他演讲的主题，"你们曾经去东方的那些国家旅行过吗？"

有一些人点点头。在过去的几年里，阿雷伦的参观者有如潮水般涌入东方，游览古老的斐优旦帝国。拉森强烈地怀疑，这些阿雷伦的新兴贵族，比大多数其他贵族更缺乏安全感。他们迫切地感到，需要通过加强与像斯福坦王国这样的东方文明中心的联系，来证明自己的文化教养水平。

"如果你曾拜访过东方那些强盛的国家，我的朋友，那么你就会知道与德雷西教士结盟的那些人会受到怎样的影响。""影响"，也许是个过于轻描淡写的说法，没有一个国王能统治达斯锐基山东部，除非他宣誓效忠苏·德雷西教派。而那些最赚钱最令人向往的政府职位，也往往落在那些勤于侍奉杰德斯的人手上。

拉森的话语中暗示了一个承诺。不管今晚他们还将谈论些什么，不管拉森还将提出什么论题，这个承诺才是赢得他们支持的关键。这并不是一个秘密，德雷西教士对政治都有着浓厚的兴趣，而且众所皆知，获得教派的支持通常足够确保你获得政治上的胜利了。这个承诺正是那些今晚来到这里的贵族希望听到的，这也是为什么那个泰奥德女孩的抗议不能影响到他们的原因。神学辩论完全不在这些人的考虑范围内，不管是苏·德雷西教派还是苏·珂拉西教派，对他们来说都不成问题。他们所需要的只是一个保证，他们突然喷涌而出的虔诚将会得到相应的回报——世俗的赐福，实实在在、可以花费的赐福。

"文字游戏已经够多的了，教士。"另一个年轻的贵族拉梅尔（Ramear）说。他是一个小男爵的次子，有着鹰一般的脸庞与艾欧式的尖鼻子，以及出了名的快言快语——很明显这一名声并没有言过其实。"我需要一个承诺，你刚才是不是说，只要我们改信苏·德雷西教派，你就会给予我们更巨大的财富？"

"杰德斯会奖赏他的追随者。"拉森暧昧模糊地说道。

"他将如何奖赏我们？"拉梅尔追问道，"苏·德雷西教派在这个国家并没有什么势力，教士。"

"杰德斯主人在任何地方都拥有势力，朋友。"拉森说。然后为了防止那人进一步提问，他继续说道："诚然，他在阿雷伦还没有多少追随者。然而，世界是一直在变化发展的，没有什么能阻挡杰德斯的帝国。还记得杜拉德吗，我的朋友？阿雷伦不受侵犯的时间已经够久的了，因为我们懒得分出一点精力来感化你们。"这是一个谎言，但撒得不算过分。"现在首要的问题是伊岚翠，必须把它从人民的心中去除，然后他们就会被苏·德雷西教派吸引，苏·珂拉西教派太安静，太懒散。杰德斯会在民众的意识中慢慢生长，一旦他成功了，民众就会在贵族阶层中寻找效仿的榜样，那些和他们抱有相同理念的人。"

"然后我们就会得到奖赏？"拉梅尔直截了当地问。

"人们不会忍受那些和他们信仰不同的统治者，最近的那段历史已经证明了，我的朋友，国王与元首不可能永久掌权。"

拉梅尔坐回到椅子上，思忖着教士的话语。拉森不得不更加小心，很可能只有一小部分人到最后还会支持他，而且他不想给其他人留下反驳他的证据。如果埃顿王的宽容程度和他对待宗教的态度差不多，那他不会忍受拉森这种传教太久的，特别是一旦他发现其中的叛国性质的话。

再晚些时候，当拉森感到这些年少无知的贵族已经具有了坚定的信念之后，他才会给他们更实在的承诺。而且不管反对者说什么，拉森的承诺都是值得信赖的。虽然他不喜欢和那些可以出售忠诚的人一起共事，但苏·德雷西教派的一条教义言之凿凿：雄心应该获得奖赏。除此之外，拥有诚实的名声是很有好处的，因为这种人只会在关键时刻撒谎。

"推翻整个国家的宗教信仰，并建立一个新的填补空缺，是很花时间的。"瓦伦（Waren）若有所思地自言自语。他是一个瘦弱的、有着一头颜色极浅的金发的男人。瓦伦以他的恪守教规而闻名。当时拉森看到他陪他的亲戚艾旦参加这次会议时，还感到讶异万分呢。显然，瓦伦有名的虔诚不过是为了获得一种政治上的优势，而非出于宗教狂热。赢得他和他的名声的支持，将会对拉森的事业有极大的帮助。

"你会为此感到很惊讶的，年轻的瓦伦阁下。"拉森说，"直到不久以前，杜拉德还是世界上最古老的宗教信仰之一。现在，根据斐优旦文献的记载，这个教派已经被彻底根除了，至少是其中最正统的形式已经失传了。"

"的确如此，"瓦伦说，"但是杰斯科教派以及杜拉德共和国的倾覆都是花了好多年时间才达成的，也许甚至花了好几个世纪。"

"但是你不能否认，当变化突然爆发时，速度是很快的。"拉森说。

瓦伦停顿了一下："的确如此。"

"伊岚翠人的倒台也是同样迅速的。"拉森说，"变化会以迅雷不及掩耳之势降临，但是瓦伦阁下，那些有准备的人却可以从中获得很大的利益。你说杰斯科的衰弱是多年积累的结果……好吧，我提醒你，苏·珂拉西教派也已经衰弱了同样长的时间。原来它在东方拥有很大的势力，现在它的影响范围已经缩小到只有泰奥德与阿雷伦了。"

瓦伦陷入沉思，他看起来是个聪慧精明的人，但似乎也被拉森的逻辑动摇了。可能拉森是小看了阿雷伦的贵族阶级，虽然他们中大多数人和他们的国王一样无药可救，但是还有数量令人惊讶的贵族是很有前途和希望的。也许他们已经意识到他们的地位是多么岌岌可危，他们的人民饥肠辘辘，而他们贵族阶级却缺乏应对经验，而且斐优旦帝国已经把注意力全部放到他们身上了。当暴风雨突然袭来时，大多数阿雷伦人会目瞪口呆得像被一道闪电吓到的啮齿动物一般。只有这些极少数的贵族可能值得被拯救。

"各位大人们，我希望你们用比你们的国王更多的智慧来好好考虑我的提议。"拉森说，"现在是困难时期，在未来的几个月里，那些没有教派支持的人会发现生活变得更加严酷。请记住我代表的是谁的旨意。"

"记住伊岚翠。"迪拉弗的声音在拉森身边低声嘶吼着，"不要忘记这个污染我们土地的渎神之井。他们只是沉睡着，他们在等待时机，同往常一样精明。他们等待着以便抓到你——你们所有人，然后将你们全部拖进他们的怀抱。你们必须在他们给你们洗脑之前，先净化他们的世界。"

接着是一阵尴尬的沉默时间。最终，仪祭还是用他突然的感叹完全破坏了拉森布道的节奏。拉森无力地靠在椅子上，对迪拉弗交叉手指，示意会议已经结束。于是贵族们纷纷离去，他们为难的表情显示他们很明白拉森放在他们面前的是一个多么困难的抉择。拉森仔细研究着他们，确定谁可以稍后再次安全地联系上。艾旦已经是他的了，必然会有一些同伴会随他而来。也许拉森也能获得拉梅尔的心，如果拉森私底下与他见面，并给他一个更牢靠的许诺作为后盾的话，还有一些和拉梅尔差不多的人也可以这样拉拢。接下来就是瓦伦了，他的眼神中流露出一丝类似于尊敬的光彩。是的，他可以和这个人一起做一番大事。

他们是一群政治上的弱者，相对而言并不重要。但他们毕竟是一个开始。随着苏·德雷西教派接收越来越多的信徒，重要的贵族就会逐渐倾注更多的权势来支持拉森。然后，当国家终于因为政局动荡、经济不稳和战争威胁而覆灭时，拉森就会用新政府里的职位来奖赏他的追随者。

然而，获得成功的关键因素还坐在会议厅的最后，静静地看着这一切。特瑞伊公爵的气场庄重严肃，他的表情平静，但他铺张浪费的名声却显示他有很大的挖掘潜力。

"特瑞伊大人，请稍等。"拉森站起来请求道，"我有一个特别的提议，也许您会感兴趣的。"

第十章

"苏雷，我可不认为这是个好主意。"加拉顿蹲在雷奥登身边低语着，声音显得兴味索然。

"嘘。"雷奥登命令道，然后仔细窥视着广场边的拐角处。那些家伙已经听说雷奥登拉玛睿希入伙的事了，他们坚信雷奥登打算建立一个与他们对抗的团伙。所以，当前一天雷奥登和加拉顿到这里来寻找新人时，他们发现一群安登的人已经等在那儿了。这场欢迎会可不太让人开心。幸运的是，他们逃脱了，既没有折断任何一根骨头也没有扭伤脚趾。但这一次，雷奥登打算用一种更巧妙的方法。

"如果他们又在那里等着我们怎么办？"加拉顿问。

"他们很可能已经在那儿了。"雷奥登说，"所以你必须要小声点，来吧。"

雷奥登悄悄溜过拐角，钻进了一条小巷。他每走一步脚趾就疼得要命，他擦伤的手和青肿的手臂也一样。此外，饥饿感也如幻影随行般挥之不去，呼唤着他。

加拉顿叹了口气，"我还没有对死亡厌倦到想要抛弃它，去赞同一种纯粹痛苦的存在，可啰？"

雷奥登用宽容的目光回头看加拉顿。"加拉顿，总有一天你会克服你那顽固的悲观主义情绪，到时候整个伊岚翠都会为你的能力而震惊得坍塌掉。"

"悲观主义？"当雷奥登蹑手蹑脚地穿过巷子时，加拉顿问道，"悲观主义？我？杜拉德人是整个欧佩伦里最无忧无虑、最好相处的民族了！我们每天都看着……苏雷？当我在为自己辩护时你竟然敢离开！"

雷奥登故意无视这个大块头杜拉德人，他也在设法无视他的痛苦。他的新皮鞋极大地帮助了他。尽管加拉顿持保留意见，玛睿希还是创造出了与他那膨胀的自负相配的作品。鞋子很结实，有一个牢固的鞋底，既具有防护功能又皮质柔软——来自加拉顿其中一本书的封面——完美地合脚，而且一点也不磨。

在偷偷观察过拐角之后，雷奥登开始研究这个广场。虽然没看到夏尔的手下，但他们很可能就躲在附近。当雷奥登看见城门摇摇晃晃地打开时，一下子来了精神。看来今天有一个新人要被送进来。然而，当看见伊岚翠城的看守推进门来的不是一个而是三个白衣人时，雷奥登惊讶万分。

"三个？"雷奥登说。

"宵得术法是不可预测的，苏雷。"加拉顿偷偷走到他身后，说道。

"这改变了我所有的计划。"雷奥登懊恼地说。

"那最好了，让我们走吧。让其他人得到今天的祭品吧，可啰？"

"什么？错过这么好的一个机会？加拉顿，你太让我失望了。"

杜拉德人抱怨了一些雷奥登没听清的话。雷奥登转过身，安慰地拍拍那个大块头的肩。"不要担心，我有一个计划。"

"你已经想好了？"

"我们得动作快点，他们中每个人都随时有可能会迈出那一步，那么我们的开场秀就黄了。"

"杜罗肯（Doloken）！"加拉顿嘟囔着，"你想要做什么？"

"什么都不做。不过，你倒是可以到广场那边好好地散散步。"

"什么？"加拉顿问，"苏雷，你又发咔哑讷（Kayana）了。我一走出去，那帮家伙就会看到我的！"

"正是如此。"雷奥登微笑着回答道，"你只要确保自己跑得够快就可以了，我的朋友。我们可不想让他们抓住你。"

"你是当真的？"加拉顿声音中的疑惧在不断增加。

"很不幸的是，的确如此。现在快点动起来，把他们引到左边去，剩下的就交给我了。回头我们在玛睿希待的地方见面。"

加拉顿气呼呼地唠叨着些什么，好像是"就算拿全世界所有的肉干作为报酬，这么做也不值得……"，但他还是让雷奥登把自己推进了广场。一会儿之后，一阵惊恐的呼号从夏尔的人经常藏身的楼房中传来。一群野蛮人从里面冲了出来，他们沉浸在对那个前两天愚弄他们的家伙的仇恨中，而完全忘记了那三个新人的存在。

加拉顿朝着雷奥登的方向投去最后一个凄惨的眼神，然后开始夺路狂奔，胡乱选了一条街道把夏尔的手下带了进去。雷奥登等了他一会儿，随即冲到广场的中央，装模作样地大声喘着粗气，好像已经筋疲力尽。

"他往哪边去了？"他厉声询问那三个困惑的新人。

"谁？"其中一人终于冒险问道。

"那个大块头的杜拉德人！快点回答，你，他往哪边去了？他有解药！"

"解药？"那个男人惊奇地问。

"当然。这药十分稀有，但足够我们所有人用的了，如果你告诉我他往哪条路去的话——难道你不想逃离这儿吗？"

那个新人抬起一只颤抖的手，指着加拉顿选择的那条小道。

"来吧，"雷奥登催促道，"如果我们不快一点的话，我们就会永远失去他了！"说着，他开始跑了起来。

那三个新人在那里傻站了一会儿，然而雷奥登的紧迫感让他们无法坐视不管，于是他们也跟了过去。因此，三个人的第一步都是向北，这个方向会使他们归夏尔他们所有，其他两个帮派只能懊恼地眼睁睁地看着三个人匆匆离去。

"你会做些什么？"雷奥登问。

那个女子耸耸肩，"我的名字叫玛瑞（Maare），阁下。我只是一个家庭妇女，没有值得一提的特殊技能。"

雷奥登哼了一声，"如果你和其他的主妇一样能干，那你很可能就比这里的其他人都更有才华了。你会纺织吗？"

"当然，阁下。"

雷奥登若有所思地点点头。"那你呢？"他问另一个男人。

"瑞尔（Riil），一个工人，阁下。我大部分时间都在我主人的种植园中建造房子。"

"搬运砖头吗？"

"一开始是，阁下。"男人说。他有着宽大的双手和工人特有的率直脸孔，但他的双眼敏锐而聪颖。"我花了多年时间向熟练工们学习，我还希望主人会送我去当学徒。"

"对一个学徒工来说，你似乎太老了。"雷奥登提醒道。

"我知道，阁下，但它是一个希望啊。不是每个农民都在心底为希望留有空间的，即使只是很朴素的愿望。"

雷奥登再次点点头。这个男子说话的口气并不像个农民，但是几乎没有一个阿雷伦人是像农民的。在十年前，阿雷伦是块充满机遇的土地，大部分居民都至少接受过一点基础教育。许多人在他父王的早朝上抱怨，教育摧毁了农民阶级好好工作的意愿，让他们选择性地遗忘自己在十年前也同样是"农民阶级"的一员。

"好的，那你呢？"雷奥登问最后一个人。

第三个新人是个肌肉男，有着一个起码被打断过十几次的鼻子，他用犹豫的眼神打量着雷奥登。"在我回答之前，我想知道为什么我必须要听你的。"

"因为我刚才救了你一命。"雷奥登说。

"我不明白，那个刚刚跑过的人发生了什么事？"

"几分钟后他应该就会现身了。"

"但是……"

"我们不是真的在追他。"雷奥登说，"我们只是想帮你们三个人脱离险境。玛睿希，请解释一下。"

艺术家立刻跳起来抓住这个表现的机会。他用夸张的手势解释两天前他的死里逃生，表现得好像是在雷奥登出现并拯救他之前，他已经濒临死亡的边缘了。雷奥登的脸上露出了微笑，玛睿希有一个戏剧家的灵魂。这位艺术家的声音忽高忽低，就像一曲优美的交响乐。听着这个男人的叙述，甚至连雷奥登自己都快相信他曾做了一些令人难以置信的高尚事业。

玛睿希以"雷奥登值得信赖"的宣言结束了这个故事，并且鼓励他们全都听命于他。最后即使是那个魁梧的鹰钩鼻男人也被吸引住了。

"我的名字叫邵林（Saolin），性灵大师。"男人说，"我是个士兵，隶属于伊翁德（Eondel）伯爵的私人军团。"

"我知道伊翁德。"雷奥登点了一下头说，"他是一个好人。在他被授予头衔之前，他自己也是个士兵。你应该受到过很好的训练。"

"我们是全国最好的士兵，长官。"邵林自豪地说。

雷奥登微笑着说："在我们这个可怜的国家，成为最好的士兵并不是一件很难的事，邵林。然而，我相信伊翁德的军团绝对能和其他任何国家的军队抗衡。我一直认为他们是一群充满荣誉感的军人，拥有严明的纪律和熟练的作战技巧，和他们的首领很像。赐予伊翁德头衔，是埃顿最近干的少数几件聪明事之一。"

"根据我的理解，阁下，国王并没有选择的余地。"邵林笑着说，露出牙齿残缺不全的嘴，"伊翁德通过把自己的私人军团租借给王室使用，囤积了一大笔财富。"

　　"那是当然。"雷奥登大笑起来，"好吧，邵林，我很高兴能得到你的支持。一个技术高超的职业士兵，绝对会让我们在这里觉得安全得多。"

　　"听凭您的差遣。"邵林说着，他的脸庞变得严肃起来，"我以我的剑向你起誓。除了念我的祈祷词之外，我对宗教仪式一无所知，而且我真的不太清楚这里发生了什么事，但是根据我自己的判断，说伊翁德大人好话的人一定是好人。"

　　雷奥登抱紧邵林的肩膀，完全忽略了一个事实，这个头发花白的士兵再也没有起誓用的剑了。"我接受并感激你的保护，朋友。但我还是要警告你，你挑到自己肩上的可不是一个轻松的担子。在这里我的敌人正在急剧增加，这就需要大量的巡逻警戒工作，来确保我们不会因为突然的攻击而手足无措。"

　　"我明白，阁下。"邵林热情地说，"但是，以我主的名义，我不会让您失望的！"

　　"那我们要干什么呢，阁下？"建筑工人瑞尔问。

　　"我有一个为你们两位度身定做的宏大计划。"雷奥登说，"抬起头，告诉我你们看到了什么？"

　　瑞尔抬起头望向天空，他的眼中充满了困惑。"我什么也没看见，阁下，我应该看见些什么？"

　　雷奥登大笑，"什么也没看见，这就是问题所在。这栋楼房的屋顶一定早在好几年前就掉下来了。尽管如此，这也是我所能找到的最大也是损坏最小的房子了。我猜你的训练中应该也包括建造屋顶的经历吧？"

　　瑞尔微笑着说道："确实有，阁下。您有材料吗？"

　　"这正是棘手的地方，瑞尔。伊岚翠里所有的木头不是损毁了就是蛀空了。"

　　"这是一个问题。"瑞尔承认道，"也许如果我们把木头弄干，然后把它和黏土混合……"

　　"这可不是个轻松的任务，瑞尔，玛瑞。"雷奥登说。

　　"我们会尽最大的努力去做好它的，阁下。"玛瑞向他保证说。

　　"好。"雷奥登赞同地点点头说。他的言谈举止，再结合他们的不安全感，使他们很快就听命于雷奥登。但不是忠心耿耿，还不算。可以期待的是，时间能够让他慢慢获得他们的信任和许诺。

　　"现在，玛睿希，"雷奥登继续说道，"请向我们的新朋友解释身为一个伊岚翠人意味着什么。我可不想瑞尔在明白摔断脖子并不能结束他一生的痛苦之前，就冒冒失失地从屋顶上摔下来。"

"好的，阁下。"玛睿希说着，并看看新来者的食物，它们被放置在相对干净的那部分地板上。饥饿感已经在对他施加影响了。

雷奥登认真地从祭品中挑选了几样食物，然后对剩下的点点头。"你们把这些食物分了吃掉吧。节省食物没有任何好处，饥饿感很快就会卷土重来。最好在饥饿让你们变得更不满足前就把这些先吃下去。"

四个人都点点头，然后，玛睿希边分配那些食物，边开始解释在伊岚翠生活有什么限制。雷奥登看了他们一会儿，接着转身离开，去思考其他事情。

"苏雷，我的哈玛（hama）会爱上你的，她经常抱怨我运动得不够多。"加拉顿大步踏进房间说，雷奥登闻声抬起头来。

"欢迎回来，我的朋友。"雷奥登微笑着说，"我已经开始担心了呢。"

加拉顿轻蔑地哼了一声，"当你把我撵到广场上去的时候，我可没看出你有什么担心的。我看你对鱼钩上的蚯蚓都比对我和蔼多了，可啰？"

"啊，但你真是一个了不起的诱饵。"雷奥登说，"而且，这招起效了。我们拉到了新人，而且你看起来显然毫发无损。"

"这种进展对那些夏尔的走狗来说可是相当巨大的烦恼之源。"

"你是怎么逃脱的？"雷奥登问，并把一条面包递给加拉顿，这是他先前为这个杜拉德人拿的。加拉顿凝视着这条面包，然后把它掰成两段，把其中的一半递给雷奥登，雷奥登却抢先举起手谢绝了。

加拉顿耸了耸肩，仿佛在说"好吧，你想饿着就饿着吧"，并开始啃那条面包。"我跑进一栋楼梯已经坍塌的楼房，然后再从后门偷偷溜出去。"他满嘴食物地解释道，"当夏尔的走狗进到房子里的时候，我就把几块小石头丢到屋顶上。经过前些天你对他们做过的事之后，他们就自然而然地以为我在屋顶上，他们很可能现在还坐在那儿等我下来呢。"

"好厉害呀。"雷奥登说。

"某些人并没有留给我多少选择的余地。"

加拉顿继续安静地吃着面包，并听着那些新人讨论他们五花八门的"重要任务"。"你打算对今后的所有人都这么说？"他小声地问。

"怎么说？"

"那些新人，苏雷，你让他们都认为自己是最最重要的，就像玛睿希。鞋子是很好，但并不是生死攸关的大事。"

雷奥登耸耸肩，"当人们认为自己重要时，活儿会干得更好。"

加拉顿又沉默了一会儿，然后开口说："他们是对的。"

"谁？"

"其他的帮派。你的确是在建立你自己的帮派。"

雷奥登摇摇头，"加拉顿，这只是我所有计划中微不足道的一部分。没有人能在伊岚翠建立任何东西，他们要么忙着为食物争斗，要么就是抱怨他们的悲惨生活。这座城市需要某种意义上的目标。"

"我们已经死了，苏雷。"加拉顿说，"除了受苦，我们还能有什么其他目标？"

"这正是问题所在。每个人都坚信他们的生命已经结束，就因为他们的心脏停止了跳动。"

"这通常是个相当好的衡量标准，苏雷。"加拉顿冷冰冰地说道。

"但是对我们不适用，我的朋友。我们需要使自己相信，我们还能继续前进。宵得术法并不是导致这里所有痛苦的原因，我在外面也见过失去希望的人，他们的灵魂死了，和广场上那些可怜虫一样憔悴消沉。如果我们能帮助那些人恢复哪怕是一点点的希望，他们的生命就会发生巨大的改观。"他着重强调"生命"一词，然后直视加拉顿的双眼。

"其他的帮派不会坐视不管，看着你盗取他们所有的祭品的，苏雷。"加拉顿说，"他们很快就会对你失去耐心的。"

"那我就得准备起来了。"雷奥登朝他们身边的一座巨大的楼房点点头，"这里应该能改造成一个很棒的指挥基地，你不这么认为么？它的中间有一个宽敞的开放空间，许多更小的房间则聚集在后部。"

加拉顿眯着眼睛朝上看，"你应该挑一栋有屋顶的房子。"

"是的，我知道。"雷奥登回答道，"但这栋房子和我的目标完全相符。我很好奇它原来是做什么用的。"

"是个教堂，"加拉顿说，"珂拉西教派的。"

"你是怎么知道的？"雷奥登惊奇地问。

"我感觉到的，苏雷。"

"为什么会有一座珂拉西教堂在伊岚翠？"雷奥登争辩道，"伊岚翠人就是他们自己的神。"

"但他们是非常宽容大度的神。这里原本应该有一座规模宏大的珂拉西礼拜堂——

是所有珂拉西礼拜堂中最美丽的一座，是作为象征友谊的礼物送给泰奥德人民的。"

"这听起来太奇怪了。"雷奥登边摇头边说，"其他宗教的神祇为我主建造纪念堂。"

"正如我所说的，伊岚翠人是非常不拘小节的神，并不真的在意民众是否崇拜他们，他们对自己的神性很有把握，直到灾罚降临的那一天，可啰？"

"你看起来知道得很多嘛，加拉顿。"雷奥登注意到。

"从什么时候开始这也算有罪了？"加拉顿气呼呼地说道，"你以前一直都生活在凯伊城里，苏雷。也许你不该问我为什么知道这些事情，而是该好奇你自己为什么不知道？"

"算你有理。"雷奥登边说边看看他身旁。玛睿希还是沉浸在讲解伊岚翠人充满危险的生活里。"看来他不会很快结束的。来吧，有件事我想现在做。"

"这件事涉及到跑步吗？"加拉顿用痛苦的声音问道。

"只有当他们发现我们的时候才需要。"

雷奥登认出了安登。虽然这很难做到，因为宵得术法给他带来了彻底的转变，但雷奥登在辨识人脸方面很有心得。这个所谓的伊岚翠男爵是个小个子的男人，有着一个相当大的肚子和长长垂下的胡子，而且这胡子明显是假的。安登看起来不像是个贵族，当然，在雷奥登认识的所有贵族中也很少有人真正具有贵族风范。

无论如何，安登肯定不是个男爵。雷奥登面前的这个男人，坐在黄金打造的王位上，主持着一个由满脸病容的伊岚翠人组成的朝廷，他以前的名字实际上是叫塔安（Taan）。在被宵得术法选中之前，他是凯伊城最出色的雕塑家之一，但他绝没有贵族的血脉。当然，雷奥登的父亲在机缘巧合成为国王之前，也只不过是个单纯的商人。在伊岚翠，塔安显然也抓住了同样一个机会。

塔安在伊岚翠的这些年里似乎过得并不太好，这个男人一直语无伦次地向他那一朝廷的废物哭诉着什么。

"他疯了？"雷奥登问，他们正蹲在用来侦察安登宫廷的窗户外。

"我们每个人都有自己独特的对待死亡的方式，苏雷。"加拉顿小声说，"传闻说，安登的发疯是他在清醒状态下的决定。他们说在被扔进伊岚翠后，他环顾四周然后说：'我无法理智地面对这一切。'从此，他宣称自己是伊岚翠的安登男爵，并开始发号施令。"

“然后人们就跟随他了？”

“有些人会，”加拉顿耸耸肩，并轻声说道，“他也许是疯了，但是这里的其他人也差不多。至少，在被扔进这里的人眼中，安登是权威的源头，可咯？况且，也许他在外面真的是个男爵。”

“他绝对不是。他是一个雕塑家。”

“你认识他？”

“我和他见过一次。”雷奥登点点头说。然后他转过头，用好奇的眼光看着加拉顿，“你是从哪儿听到关于他的传闻的？”

“我们能先退后一点么，苏雷？”加拉顿请求道，“我可不想最终成为安登的模拟审训和处决游戏的主角。”

“模拟？”

“每样东西都是假的，除了斧头。”

“啊，这真是个好主意。我已经看到所有我需要看的了，走吧。”

两个人开始往回走，等到他们走到离学院有几条街远的地方，加拉顿才回答了雷奥登的问题。“我和别人聊天，苏雷，这就是我的信息来源。就算绝大部分的城市居民都变成了惑伊德（Hoed），但总有足够多的清醒者可以谈谈的。当然，我的嘴也让我招惹上了像你这样的麻烦。如果当时我闭上它，也许我现在还坐在那些台阶上怡然自得呢，而不是在这里侦察这个城市里最危险的人物之一。”

“也许吧。”雷奥登说，“但你就连这一半的乐趣也得不到了，你就和你的无聊牢牢绑在一起了。”

“我很感激你把我解放了出来，苏雷。”

“随时愿意效劳。”

雷奥登边走边思考着如何制定一个行动计划，以防万一安登来找他。没过多久，雷奥登就已经适应了在伊岚翠凹凸不平且覆盖着烂泥的街道上行走，他那还痛着的脚趾是个绝妙的动力装置。他也开始视那些暗褐色的墙壁和陈垢为寻常之物，这件事本身比城市的肮脏更令他困扰。

“苏雷，”加拉顿终于问道，“为什么你想要去见安登？你事先又不知道你会认出他。”

雷奥登摇摇头，“如果安登在外面曾是个男爵的话，我肯定能马上认出他。”

“你这么肯定？”

雷奥登心不在焉地点点头。

他们又走过了几条街道，其间加拉顿一直沉默着，突然他灵光一闪地说道："现在，苏雷，虽然我不是很擅长那些被你们阿雷伦人视若珍宝的符文，但除非我一开始就记错了，不然我肯定'性灵'的符文一定是雷奥（Rao）。"

"的确如此。"雷奥登犹豫了一下说。

"阿雷伦国王是不是有一个儿子叫雷奥登？"

"是的。"

"而你在这里，苏雷，声称认识阿雷伦所有的男爵。你显然受过良好的教育，而且你能很自然地发号施令。"

"你可以这么说。"雷奥登说。

"那么最后，你称自己为'性灵'，这很可疑，可啰？"

雷奥登叹了口气。"我真应该选一个其他什么名字，是么？"

"以杜罗肯的名义，男孩！你这是不是在告诉我，你就是阿雷伦的皇太子殿下？"

"我曾是阿雷伦的皇太子，加拉顿。"雷奥登纠正道，"我死亡的消息一公布，我就失去了头衔。"

"怪不得你这么讨人厌，我一生都在努力避开王室成员，最终却还是栽在你身上。该被烧死的杜罗肯！"

"哦，冷静点。"雷奥登说，"我可不算是真正的王室成员，我们家族成为王族的时间还不到一代呢。"

"已经够长的了，苏雷。"加拉顿板着脸说道。

"如果这么说你会高兴的话，我父亲认为我不适合统治这个国家。他会想方设法把我拉下王位的。"

加拉顿嗤之以鼻，"我真怕看到那个埃顿认为合适的统治者，你父亲简直是个弱智，抱歉，我并不是有意冒犯。"

"我才不管呢，"雷奥登回答说，"我相信你会为我的身份保密的。"

加拉顿叹口气道："如果你希望的话。"

"我正是希望如此。如果我想为伊岚翠做点好事，我需要赢得这样的追随者，他们跟着我是因为认同我的事业，而不是因为受爱国责任的感召。"

加拉顿点点头，"但你至少可以告诉我，苏雷。"

"是你说我们不该讨论彼此的过去。"

"的确如此。"

雷奥登停了停，"那是当然，你知道这意味着什么吗？"

加拉顿怀疑地看着他，"意味着什么？"

"现在你知道我是谁了，那么你也必须告诉我你是谁，这是公平交易。"

加拉顿过了很久才回答，等到他开口时他们几乎都快走到教堂了。雷奥登放慢脚步，不想因为到达目的地而打断他朋友的陈述。看来他不必担心了，加拉顿的表白简短而明确。

"我曾经是一个农民。"他唐突地说道。

"一个农民？"雷奥登原本期待得更多。

"也是一个果园看管人。我卖掉了自己的农田，买了一个苹果园。因为我认为这个更容易，你不必每年把树都重种一遍。"

"是这样吗？"雷奥登问，"我的意思是，真的更容易吗？"

加拉顿耸耸肩，"我认为的确如此，不过我知道几个种燕麦的会为此和我争论到太阳下山，可啰？"这个高大的男人意味深长地看了雷奥登一眼，"你认为我没有说实话，对么？"

雷奥登笑了起来，在他面前摊开双手，说："对不起，加拉顿，但是在我看来你实在不像是个农民。你确实有农民的身材，但你看起来太……"

"聪明？"加拉顿问，"苏雷，我见过许多农民头脑敏锐到你简直可以用他们的脑袋来收割庄稼。"

"我不是在怀疑你。"雷奥登说，"但无论是否聪明，农民还是给人没受过教育的感觉。而你是一个学识渊博的人，加拉顿。"

"书籍，苏雷，的确是了不起的东西。一个聪明的农民会花时间去学习，如果他生活在像杜拉德那样的国家里，那儿每个人都是自由的。"

雷奥登挑起了一边眉毛，"所以你还是坚持这个农民的故事？"

"这是真的，苏雷。"加拉顿说，"在我变成伊岚翠人之前，我就是个农民。"

雷奥登耸耸肩。也许，加拉顿确实能预测何时会下雨，还会做其他许多很实际的事情。然而，他似乎应该还会做更多的事情，一些他还不准备和别人分享的事情。

"好吧，"雷奥登赞同地说，"我相信你。"

加拉顿潦草地点点头，他的表情显示他很高兴事情就这样解决了。不管他隐瞒了什么，今天是问不出来了。于是，作为替代，雷奥登抓住机会问了另一个问题，一个从他第一天到伊岚翠就困扰着他的问题。

"加拉顿，"他问，"孩子们都在哪儿？"

"孩子们，苏雷？"

"是的，如果宵得术法是随机降临的，那么孩子和成年人的机会应该是均等的。"

加拉顿点点头。"的确如此，我曾经看见过还不会走路的婴儿被扔进城门里。"

"那么他们在哪儿？我只见过成年人。"

"伊岚翠是一个严酷的地方，苏雷。"当他们大步走进雷奥登那破败教堂的大门时，加拉顿静静地说道，"孩子们在这里撑不了多久。"

"是的，但是……"说到一半雷奥登自己停了下来，他发现一个什么东西闪过他的眼角，于是惊讶地转过身。

"一个侍灵。"加拉顿也注意到了那个发光的圆球。

"是的。"雷奥登说，看着侍灵慢慢地飘进没有天花板的屋顶，慵懒地围着他们转着圈。"看着它们就这样在城市里游荡真令人悲伤，我……"他的声音渐渐变小，微微眯起眼睛，努力想要辨认出在这个奇怪而沉默的侍灵的核心闪耀着的符文。

"苏雷？"加拉顿问道。

"我主啊！"雷奥登喃喃道，"它是埃恩。"

"这个侍灵？你认出它了？"

雷奥登点点头，伸出一只手，手心摊开。那个侍灵飘了过来，降落在他张开的手掌上，停了一会儿。然后它又飘走了，像一只粗心的蝴蝶在屋子里四处翻飞。

"埃恩曾经是我的侍灵。"雷奥登说，"在我被扔进这里以前。"现在他能清楚看到埃恩中心的符文了。那个符号不知为何看起来……很模糊。它的光芒时暗时亮，符号的某些部分显得十分暗淡，就像……

就像伊岚翠人皮肤上的斑点，看着埃恩渐渐飘去，雷奥登突然明白了。侍灵往教堂的墙壁冲去，直到它被撞得弹了起来才停止。这个小光球在原地盘旋了一会儿，研究着这堵墙，然后迅速掉头往别的方向飘去。侍灵的动作里透着一股笨拙，仿佛它在空中无法保持直线运动。偶尔它会猛然一动，但通常都是缓慢且晕晕乎乎地转着圈移动。

看到他朋友现在的惨状，雷奥登感到他的胃在搅动。在伊岚翠的日子里，他一直避免去想太多埃恩的事情，他很清楚当侍灵的主人被宵得术法选中后，侍灵会发生什么变化。他曾经认为——或者说是希望——埃恩已经被宵得术法毁灭，这种情况偶尔可能发生。

雷奥登摇摇头。"埃恩曾经是那么的睿智，我从没有见过一个生物，无论是人还是侍灵，比它更心思缜密。"

"我……很抱歉，苏雷。"加拉顿神情庄重地说。

雷奥登再次伸出他的手，侍灵又忠诚地靠过来，就像它以前对年幼的雷奥登做的那样，那时雷奥登还不明白侍灵更值得被当成朋友而不是仆人的道理。

它还认识我吗？雷奥登很想知道，他看见侍灵突然在他面前微微一震。也许它认出了这个熟悉的手势？

雷奥登可能永远都不会知道了。在他手掌上盘桓了几秒后，侍灵便失去了兴趣，再一次飘走了。

"哦，我亲爱的朋友。"雷奥登喃喃道，"我还以为宵得术法对我已经很残酷了。"

第十一章

只有五个人响应了凯隐的提议来参加会议。稀稀拉拉的出席人数让卢凯皱起了眉头。"在雷奥登死以前，还有大约三十个人会参加他的会议。"这个英俊的商人解释道，"我并不期待他们全都跑过来，但是五个？这简直不值得我们浪费时间。"

"五个人已经足够了，儿子。"凯隐若有所思地说，并偷偷朝厨房门口看了一眼，"他们数量上也许不多，但是我们拥有的是所有人中最优秀的五个人。他们是全国最有权势的五个人，更别提他们也是最聪明的五个人。雷奥登有一种把聪明人吸引到他身边的能力。"

"凯隐，你这头老熊！"其中一人在餐厅里喊道。他是一个气宇不凡的人，穿着笔挺的军装，头上有几道银发。"你还打算给我们东西吃么？我主知道，我只是因为听说你这次要做一些你特制的烤猪（ketathum）才来这里的。"

"在我们说话的档儿，猪正在烤炉里转着呢，伊翁德。"凯隐回喊道，"而且我确保为你准备了双份。再多控制你的胃一会儿吧。"

男人发自内心地大笑起来，拍拍他的肚子——这个肚子，据莎瑞娜所知，和一个比他年轻得多的小伙子一样平坦结实。"他是谁？"莎瑞娜问道。

"伊翁庄园（Eon Plantation）的伯爵。"凯隐说，"卢凯，去看看猪肉怎么样了，我要和你堂妹好好八卦一下我们的客人。"

"是，父亲。"卢凯说，接过拨火棍就往在厨房后部的火炉房去了。

"除了雷奥登以外，伊翁德是我见过的唯一一个公开反对国王却还安然无恙的人。"凯隐解释道，"他是一个军事天才，拥有一个小型私人军团。虽然军团里只有几百号人，但他们个个都训练有素。"

接着凯隐用手指着微微开启的门，那里站着一个深棕色皮肤、面庞精致的男人。"在伊翁德身边的那个人是舒顿（Shuden）男爵。"

"他是津多人？"

她的叔叔点点头。"他的家族大约是在一个世纪前定居阿雷伦的，他们通过引导津多商队来我国经商，累积了大量财富。当埃顿上台后，他便赐予了这个家族一个男爵头衔，以保持旅行商队的往来畅通。舒顿的父亲在五年前去世了，而这个儿子比他父亲更加传统。他觉得埃顿的统治方法违背了苏·科萨格教派的本意。这就是为什么他愿意参加会议的原因。"

莎瑞娜若有所思地轻轻拍打着脸颊，打量着舒顿。"如果他的心和他的皮肤一样像津多人的话，叔叔，那他绝对是一个强而有力的盟友。"

"你的丈夫也是这么想的。"凯隐说。

莎瑞娜噘起嘴，"为什么你要一直称呼雷奥登为'我的丈夫'呢？我知道我已经结婚了，没必要总是指出这一点。"

"你是知道，"凯隐用低沉粗哑的嗓音说道，"但你还是不愿相信。"

也许是凯隐没有看到她脸上的疑问，或者他只是想忽略它，他继续着他的解说，装得好像前面他没有下过这么令人气愤的不公判断一样。

"在舒顿身旁的是埃奥庄园（Ial Plantation）的罗艾奥公爵，"凯隐边说边朝房间里最年长的那个人点点头。"他的财产包括了艾尔德（Iald）港——一个仅次于凯伊城的富庶城市。他是整个房间里最有权势的，也可能是最睿智的。然而他不愿采取任何行动反对国王。罗艾奥和埃顿在灾罚前就已经是朋友了。"

莎瑞娜挑起一边眉毛，"那么他为什么还要来？"

"罗艾奥是一个好人。"凯隐解释道，"不管是否有交情，他知道埃顿的统治对这个国家来说是场灾难。而且，我怀疑无聊也是他来这里的原因之一。"

"他参加了一场叛国会议，只是因为他很无聊？"莎瑞娜难以置信地问。

她的叔叔耸耸肩，"如果你像罗艾奥那样阅尽世事的话，就会发现你最大的麻烦就是找不到感兴趣的事情了。政治在公爵的心中根深蒂固，以至于他不参加至少五个不同的疯狂阴谋，晚上就可能会睡不着觉。在灾罚前他是艾尔德的总督，也是在起义后，伊岚翠人委任的官员中唯一还保有权势的。他富有得令人难以置信——埃顿想要领先的唯一方法就是，把国家税收收入也算进他的私人财产中去。"

当一群人因为罗艾奥的一句话而放声大笑时，莎瑞娜仔细研究起了这个公爵。他看起来和她以前见过的那些政界元老很不一样：罗艾奥一点也不保守，反而很活跃，淘气的成分要远远多于高贵。尽管公爵身材矮小，他还是左右了整个谈话，当他大笑时，他那薄薄的几缕扑粉的白发随之跳动。然而，有个人似乎并没有被公爵的魅力所吸引。

"紧挨着罗艾奥坐的那个是谁？"

"那个大腹便便的胖子？"

"大腹便便？"莎瑞娜挑起一边眉毛说。那个人太超重了，以至于他的胃已经完全鼓出了椅子。

"我们胖子就是这么形容另一个胖子的。"凯隐微笑着说。

"但是叔叔，"莎瑞娜露出一个甜甜的微笑说，"你并不胖呀，你只是……有些健壮而已。"

凯隐用沙沙的嗓音低声笑起来。"好吧，那么在罗艾奥身边的那个'健壮'绅士是埃汉（Ahan）伯爵。光看是看不出来的，但他和公爵是非常好的朋友，或者也可以说是老对手。我都不记得到底是朋友还是敌人了。"

"这两者之间还是有一些区别的，叔叔。"莎瑞娜指出。

"不见得，他们两个争吵和辩论的时间持续得太久了，以至于如果他们离开了彼此都不知道该和谁吵。你真应该看看当他们发现彼此都站在同一阵营时的惊讶表情——在第一次会议后，雷奥登捧腹了好几天。显然，他之前就分别见过他们，并获得了他们的支持。所以当他们同时出现在第一次会议上时，都带着一种已经胜过对方的自信。"

"那为什么他们还要继续参加这个会议？"

"唔，他们两个看上去都赞同我们的观点——更不用提他们真的很喜欢有对方陪伴的事实了，也许他们只是想要监视对方而已。"凯隐耸耸肩，"不管怎样他们都是帮我们的，所以我们毫无怨言。"

"那最后一个男人又是谁？"莎瑞娜问，并开始研究占据桌子最后一个席位的人。他很精干，光头，还有一双十分不安的眼睛。其他人都不会显露出他们的紧张。他们在一起谈笑风生，好像他们在开会讨论野外观鸟的事而不是叛国谋反。然而，这最后一个人却在他的椅子上如坐针毡，眼珠不断地反复移动着，似乎努力在想一个最简单的方法逃走。

"伊甸（Edan），"凯隐说着，嘴角耷拉下来，"南方提夷（Tii）庄园的男爵。我从来都不喜欢他，但他很可能是我们最强大的支持者之一。"

"为什么他这么紧张？"

"埃顿的政治体系鼓励贪婪——一个贵族在金钱上越是成功，他就可能得到越好的头衔。所以，低等贵族像小孩子一样争吵着，每一个人都想方设法来压榨人民，以增加他们的财富。

"这个体系也鼓励金融赌博。伊甸的财富不算很惊人——他的土地紧邻裂痕（Chasm），而且这附近的土地都不是非常肥沃。为了获得更高一点的地位，伊甸投资了一些风险很大的项目——结果全输掉了。现在他没有足够的财富来维持他的贵族称号了。"

"他可能会丢掉他的头衔？"

"不是'可能'，随着征税期的再次到来，埃顿会发现这个男爵现在有多穷。伊甸还有大约三个月的时间来挽回一切，除非他能在他家后院里发现一座金矿，不然他就只能推翻埃顿的贵族头衔分配制度了。"凯隐抓了抓他的脸，仿佛为了思考非得找些胡子来拉似的。莎瑞娜笑了起来——最后一次看到这魁梧男人的脸上有胡子已经是十年前的事了，但是老习惯比胡子本身要难以剃除得多。

"伊甸很绝望。"凯隐继续说道，"而绝望的人往往会有出乎意料的举动。我不信任他，但在这房间里的所有人中，他可能是最迫切希望我们成功的。"

"这句话是什么意思？"莎瑞娜问，"那这些人究竟在期待些什么？"

凯隐耸耸肩。"他们愿意做任何事，只要能摆脱这个需要他们证明自己财富的愚蠢体系。贵族就是贵族，娜，他们最担心的就是如何保住自己的社会地位。"

从餐厅里传来的声音打断了他们的讨论。"凯隐！"罗艾奥公爵毫不避讳地说，"你烤猪花的时间，都够我们把自己的小猪养大并杀来吃了。"

"美味佳肴都是很花时间的。"凯隐把他的头探出厨房门外，气呼呼地说，"如果你认为自己能够做得更好，非常欢迎你进来自己做。"

公爵连忙向他保证完全没有这个必要。幸运的是，他不用再等很久了。凯隐很快宣布猪已经烤得非常完美了，并命令卢凯开始切。剩下的菜也很快上桌——一顿如此丰盛的宴席，甚至可以让凯丝都感到满足，如果她父亲没有命令她和其他的孩子们到姑姑家去过夜的话。

"你还是决定加入我们？"当凯隐再次进入厨房拿最后一道菜时，他问莎瑞娜。

"是的。"莎瑞娜语气坚决地说。

"这不是在泰奥德，莎瑞娜。"凯隐说，"这里的男人还要更……传统。他们认为女人涉足政治是不像样的。"

"这是一个正在烧晚饭的男人说的话？"莎瑞娜问。

凯隐笑了起来，"说得好。"他用粗哑的声音指出。总有一天，她会弄清楚他的喉咙到底怎么了。

"我能照顾好自己，叔叔，"莎瑞娜说，"罗艾奥不是唯一一个喜欢挑战的人。"

"那么，好吧。"凯隐一边说，一边端起一大盘蒸豆子。"让我们走吧。"凯隐带着大家走出厨房门，放下盘子后，他对莎瑞娜做了个手势。"各位，我确信你们都已经见过我侄女了，莎瑞娜，我们国家的王妃。"

莎瑞娜向罗艾奥公爵行了个屈膝礼，接着对其他所有人点头致意，然后才坐下。

"我还好奇这多出来的椅子是给谁的呢。"上了年纪的罗艾奥口齿不清地说道，"侄女，凯隐？你和泰奥德王族有血缘关系？"

"不会吧！"超重的埃汉笑得很欢，"不要告诉我你不知道凯隐是老伊凡提奥的兄弟。我的间谍们在好几年前就告诉我了。"

"我只是出于礼貌，埃汉，"罗艾奥说，"不要仗着你的间谍好，就破坏别人事先准备好的惊喜，这可是个坏习惯。"

"嗯，带一个外人来参加这种类型的会议，也是个坏习惯。"埃汉指出。他的声音还是快乐的，但是他的眼神却很严肃。

所有的脸都转向凯隐，但却是莎瑞娜回答了质疑。"在你们的成员数量大幅下降之后，大人，有人认为你会赏识额外的支援的——不管这支援有多陌生，也不管它是否来自于女性。"

听了莎瑞娜的话，一桌的人都沉默了，十只眼睛透过凯隐那几道拿手好菜上冒出的热气打量着她。在他们排外的目光的凝视下，莎瑞娜感到自己越来越紧张。这些人很清楚一个单纯的错误就可能在一瞬间给他们的家族带来毁灭性的打击。在这个对刚过去的内乱还记忆犹新的国家中，人们不会草率地涉足叛变。

最后，罗艾奥公爵大笑起来，阵阵笑声回荡在他小巧的身体中。"我知道了！"他宣布道，"亲爱的孩子，没有人真会像你装出来的那么傻——即使是那个脑袋空空的王后也不会。"

莎瑞娜努力用微笑来掩盖她的紧张。"我相信你是误解了怡薰王后，阁下。她只是……精力过剩。"

埃汉轻蔑地哼了一声。"如果你真认为这是精力过剩的话。"看起来没有人准备率先开吃，于是他耸耸肩自顾自吃了起来。然而，罗艾奥没有跟着他的对手这么做；欢笑并不能抹去他心中的忧虑。他的双手在面前交叠，用经验丰富的眼神打量着莎瑞娜。

"你也许会是个好演员，亲爱的。"在公爵说话的当口，埃汉从他面前抓走了一篮小圆面包，"可是我看不出为什么你非要来参加这次晚宴。这不是你的错，但你确实既年轻又缺乏经验。我们今晚说的这些事，只是听见的话就很危险了，如果记住的话就更加危险了。没必要让另一双耳朵听见这种事——无论它们长在多么美丽的头上，这都是毫无益处的。"

莎瑞娜眯起眼睛，努力想确定公爵是不是在试图激怒她。罗艾奥是她所见过的最难读懂的人。

"你很快就会发现我并非毫无经验，大人。在泰奥德，我们不会用纺织和刺绣来掩盖女人的才华。我从事外交官的工作已经好多年了。"

"这是真的。"罗艾奥说，"但是你并不熟悉阿雷伦微妙的政治环境。"

莎瑞娜挑起一边眉毛。"我常常发现，大人，一个新鲜的、毫无偏见的观点，在任何场合下，都是极为有用的工具。"

"别犯傻了，女孩。"依旧紧张万分的伊甸在装满他的盘子时，不小心洒了一点出来，"我可不想就因为你想要保持你自由的天性，而拿我的生命安全冒险。"

这时，至少有一打挖苦的反驳冲到莎瑞娜的嘴边，不过，就在她决定要用哪句最恶毒的挖苦话时，一个新的声音加入了谈话。

"我恳求你们，各位大人。"年轻的津多人舒顿说，他的语气十分柔和，却清晰明了，"请回答我一个问题，对一个本来会成为我们王后的女子来说——虽然事情后来变得有些复杂了，'女孩'是一个合适的称呼吗？"

人们开始停止用叉子往嘴里送东西，莎瑞娜发现自己又再次成为整个房间的焦点所在。这次，起码这些眼神看起来有更多的认同感。凯隐点点头，卢凯也给了她一个鼓励的微笑。

"我要警告你们，各位大人。"舒顿继续道，"赶走她还是接受她悉听尊便，但是不要对她无礼。她在阿雷伦的头衔不比我们的高，却也不比我们的低。如果我们要忽视她，我们就也得忽视其他拥有阿雷伦头衔的人。"

莎瑞娜在心底羞愧难当，自责不已。她忽视了她最有价值的财产——她和雷奥登的婚姻。她当一位泰奥德公主当得太久了，而这个头衔也塑造了她自我认知的基石。不幸的是，这种自我认知已经过时了。她不再仅仅是泰奥德的女儿莎瑞娜了；她也是阿雷伦皇太子的妻子莎瑞娜。

"我很赞同你们的谨慎，各位大人们。"她说，"你们有充分的理由要小心，你们已经失去了你们的庇护人，唯一可以给你们某种程度上的保护的人。但是，请记住，我是他的妻子。虽然我不能替代王子，我还是和王族有非常亲近的关系。而且不仅仅是王族，我和阿雷伦的其他人也血脉相连。"

"说得太好了，莎瑞娜。"罗艾奥说，"不过'关系'和承诺，在面对国王怒气冲冲的脸时，对我们帮助不大。"

"帮助不大和完全没有帮助还是有区别的，大人。"莎瑞娜回答说。然后，她用更柔和、更不那么咄咄逼人的口气继续说道："我的公爵大人。我永远都不可能了解那个现在被我称为丈夫的人了。你们都尊敬他，如果我叔叔说得没错的话，你们甚至都爱他。而我这个本应该最爱他的人，却再也见不到他了。你们现在着手的事业曾凝聚着他的热情。我想要加入其中，如果我不能了解雷奥登，至少让我分享他的梦想。"

罗艾奥注视了她几秒钟，莎瑞娜知道他正在估量她真诚的程度。公爵不是那种会被假惺惺的伤感所愚弄的人。最终，他点点头，给他自己切了一片猪肉。"如果她留下来的话，我没意见。"

"我也没有。"舒顿说。

莎瑞娜看看其他人。卢凯因为她的演讲而开怀大笑，而严肃的雇佣军首领伊翁德大人几乎热泪盈眶。"我同意这位女士留下来。"

"好的，如果罗艾奥要她留下，那我也只有破破例了，"埃汉大笑着说，"不过，很高兴看到我是投决定性一票的人。"他对莎瑞娜眨眨眼，然后露出一个大大的微笑。"反正我也看腻了这些僵硬的老脸了。"

"那么她会留下来了？"伊甸惊讶地问。

"她会留下来的。"凯隐说。她的叔叔到现在还没碰过他的晚餐。他不是唯一一个

——舒顿和伊翁德也还没开始吃。这场辩论一结束，舒顿就低头做了一个简短的祷告，然后开始吃起来。而伊翁德则等到凯隐吃第一口后才开始吃。莎瑞娜饶有兴趣地注意到了这个动作。虽然罗艾奥有更高的头衔，因为聚会是在凯隐的宅邸举行，所以根据古老的传统，凯隐有首先用餐的特权。但只有伊翁德等着，其他人可能都太习惯于在自己的宴会上被当做最重要的人物，所以完全都没考虑他们应该在什么时候吃的问题。

围绕莎瑞娜去留问题的紧张辩论已经过去，或者是为了放松，大人们很快就把思绪转到一个争议性较小的话题上去了。

"凯隐，"罗艾奥宣布道，"这是近几十年来我吃过的最好的一顿饭。"

"你都让我不好意思了，罗艾奥，"凯隐说道。很明显，他在避免用他们的头衔来称呼他们，然而，奇怪的是，没有人介意。

"我同意罗艾奥大人的观点，凯隐。"伊翁德说，"在这个国家里没有一个厨师能比得上你。"

"阿雷伦可是个很大的地方，伊翁德，"凯隐说，"注意不要太过鼓励我，以免你真的找到一个更好的，让我失望。"

"无稽之谈。"伊翁德说。

"我简直不敢相信这些都是你自己做的。"埃汉摇着他那圆滚滚的大头说道，"我非常确定你把一舰队的津多厨师藏在后面其中一只橱柜的下面。"

罗艾奥哼了一声，"不要因为你自己需要一军队的厨子才能喂饱，就这么说，埃汉，我们其他的人也都只要一个厨师就满足了。"然后，他继续对凯隐说："不过，凯隐，这还是很奇怪，为什么你坚持要独自包揽全部的事。你不能至少雇一个助手吗？"

"我喜欢做菜，罗艾奥。我为什么要让其他人偷走我的乐趣呢？"

"除此之外，大人，"卢凯补充道，"每当国王听说一个富有如我父亲般的人，在做厨师这种打杂的工作时，就够他胸痛一阵子的了。"

"真聪明，"埃汉同意道，"用屈从的方式来抗议。"

凯隐无辜地举起手。"据我所知，各位大人，我只是一个不需要任何协助，就能轻轻松松照顾好自己和家人的男人，不管别人认为他多有钱。"

"别人认为，我的朋友？"伊翁德大笑起来，"你让我们看到的那一点点财富，就能至少让你获得一个男爵头衔了。谁知道呢，如果你告诉每个人你到底赚了多少，我们就不必担心埃顿了——你才是真正的国王。"

"你的猜测也太言过其实了，伊翁德。"凯隐说，"我只是一个热爱烹调的男人罢了。”

罗艾奥微笑着说道：“一个热爱烹调的男人，而且他的哥哥是泰奥德的国王，他的侄女有一个当国王的父亲和一个同样当国王的岳父，他的老婆是我们宫廷里的一位身份显赫的贵族妇女。”

“和这么多重要的人物有亲戚关系也不是我能决定的。”凯隐说，“慈悲的我主给了我们每个人不同的考验。”

“说到考验，”伊翁德把目光转到莎瑞娜身上说，“尊贵的夫人，您决定如何对待您的考验了吗？”

莎瑞娜困惑地皱了皱眉。“什么考验？大人？”

“是的，呃，你的……”这位高贵的大人把眼神转向一边，仿佛有些难堪。

“他在说你的寡妇考验。”罗艾奥解释道。

凯隐摇摇头。“不要告诉我你真的希望她去做那种事，罗艾奥。她从没见过雷奥登——希望她去服丧是一件十分荒谬的事，更别提考验了。”

莎瑞娜被激怒了。不管她曾声称自己多么喜欢惊喜，但她讨厌谈话是以这种“惊喜”的方式进行。“麻烦你们中的一位给我解释一下，这个考验到底是什么？”她用坚定的声音要求道。

“当一个阿雷伦的贵族妇女成为寡妇时，我的女士，”舒顿解释道，“她就会被要求接受一个考验。”

“那么我应该要做些什么？”莎瑞娜皱着眉问，她不喜欢身上带着未尽的职责。

“哦，就是分发一些食物或者毯子给穷人，”埃汉说着，不以为然地挥挥手，“没有人期待你真正投入地参加这个活动。这只是埃顿决定延续的往昔的一个传统罢了——以前当一个伊岚翠人过世时，他们的同伴也会做类似的事情。我本人从没喜欢过这个习俗。我觉得我们不应该鼓励人民期盼我们的死亡，如果一个贵族的人气在他死后才到达顶峰，那恐怕不是个好兆头。”

“我认为这是个不错的习俗，埃汉大人。”伊翁德说。

埃汉咯咯轻笑。“你当然会这么觉得，伊翁德大人。你保守到连你的袜子都比我们其他人传统得多了。”

“我简直不敢相信居然没人告诉我这件事。”莎瑞娜说道，她还在气头上。

“好吧，”埃汉说道，“如果你不是把你所有的时间都花在宫廷或凯隐的家里的话，也许会有人向你提起的。”

"不然我该做些什么？"

"阿雷伦有一个很好的宫廷队伍，王妃。"伊翁德说，"我相信你来了之后，已经有两个舞会开过了，而当我们说话时，第三个正开着呢。"

"好吧，但是为什么没有人邀请我？"她问。

"因为你正在服丧，"罗艾奥解释道，"除此之外，舞会通常只邀请男士，然后由他们把自己的姐妹和妻子带过去。"

莎瑞娜皱了一下眉，"你们这些人真是落后。"

"不是落后，陛下。"埃汉说，"只是传统，如果你愿意，我们可以安排一些男士来邀请你。"

"这听起来不是很糟糕吗？"莎瑞娜问，"我，守寡一周还没到，就由一些年轻的单身汉陪伴着去赴宴？"

"她的话很有道理。"凯隐指出。

"为什么你们不带我去呢？"莎瑞娜问。

"我们？"罗艾奥问。

"是的，你们。"莎瑞娜说，"各位大人都足够老，因此别人是不会说什么闲话的。你们只要把一个年轻的朋友介绍给大家，让她加入到宫廷的快乐生活中去就行了。"

"这种人大多数都结婚了，陛下。"舒顿说。

莎瑞娜露出一个微笑，说："太巧了，我也是。"

"别再为我们的名誉担心了，舒顿。"罗艾奥说，"我会把王妃的真实意图告诉给大家的。只要她不和我们其中的一个一起出入得太频繁，没有人会对此想太多的。"

"那就这么定了。"莎瑞娜微笑着决定说，"我会期待各位的邀请的，大人们。参加舞会是十分有必要的。如果我想要融入到阿雷伦人中间，那我就必须得先了解他们的贵族阶级。"

这说法得到了普遍的认同，然后谈话就转到其他话题上去了，比如即将来临的月蚀。当他们对此展开讨论时，莎瑞娜突然意识到，关于那个神秘的"考验"她还没有获得足够多的讯息呢。她只好晚些时候再去盯着凯隐问了。

很显然，只有一个人不享受这次的谈话，或是晚餐。伊甸大人的盘子装得满满的，但几乎没怎么动过。相反，他不满地捅着他的食物，把不同的菜色混在一起，变成一团杂七杂八的糊状物，只是依稀还有凯隐准备的佳肴的样子。

"我以为我们已经决定不再见面了。"伊甸终于脱口而出，这句话让所有谈话在瞬间中止，就像一只驼鹿走进了狼群中一样。每个人都停下来，把头转向伊甸。

"我们只是决定暂停集会一段时间而已，伊甸大人。"伊翁德说，"我们从没打算完全停止集会。"

"你应该高兴才是，伊甸，"埃汉边说，边挥舞着插有一大块猪肉的叉子，"你，应该是所有人中最渴望让这个集会继续下去的吧。离下次的征税期还有多少时间呀？"

"我确信是在尤斯提克（Eostek）的第一天，埃汉大人。"伊翁德一副乐于帮忙的模样，"还有三个月的时间。"

埃汉笑了，"谢谢你，伊翁德——你真是个能干的朋友。永远知道事情该怎么做才恰当。不管怎样……三个月，伊甸。你的小金库准备得怎么样了？你知道国王的检税官有多难伺候……"

在伯爵毫不留情的嘲笑下，伊甸更加坐立不安了。他明显意识到他所剩的时间不多了——然而，另一方面，他看起来又想设法忘掉他的麻烦，仿佛是希望它们会自动消失。这种内心挣扎可以从他的脸上清晰地看出，而埃汉似乎正乐在其中。

"绅士们，"凯隐说，"我们不是来这里争吵的。请记住，我们都能从改革中获得更多——包括我们国家的稳定和人民的自由。"

"好的方面是，男爵总结出了一条令人信服的基准，然而，"罗艾奥公爵往椅子后面坐了坐，然后说道，"先不算这位女士所承诺的协助，没有雷奥登，我们将很快完全暴露自己。人民爱这位王子——因此即使埃顿发现我们的集会，他也不敢采取行动对付雷奥登。"

埃汉点点头。"我们再也没有力量对抗国王了。在这之前，我们还在积聚能量，也许再过不久，我们就有足够的贵族来使行动公开化了。但现在我们什么都没有了。"

"可你还有梦想，大人。"莎瑞娜安静地说道，"还不是一无所有。"

"梦想？"埃汉大笑着说道，"这只是雷奥登的梦想，夫人，我们只是跟着，看他会把我们带向何方。"

"我不相信，埃汉大人。"莎瑞娜皱着眉说。

"也许陛下能告诉我们这梦想是什么？"舒顿要求道，他的语气带着质询，却并没有想要为难的意思。

"你们都是聪明人，各位大人。"莎瑞娜回答道，"你们有头脑也有经验，知道国家已经不堪承受埃顿施加上去的压力。阿雷伦不是靠铁腕政权就可以运行的商业机构，并不只是生产总值减去成本这么简单。这个梦想，各位大人，就是创造这样一个阿雷伦，里面的人民和国王同甘共苦，而不是反抗他。"

"观察力不错啊，王妃。"罗艾奥说道，不过他的声音中却带着轻蔑。他转向其他人，然后继续讨论——每个人都礼貌地故意忽视莎瑞娜。他们让她加入集会，但很明显，他们并不打算让她加入讨论。她懊恼地坐回到椅子上。

"……设立一个目标和找到方法去完成它是两回事。"罗艾奥正在发言，"我相信我们应该继续等待——让我的老朋友把自己逼到死胡同里，而不是我们帮他这么做。"

"但是在这个过程中埃顿会毁了整个阿雷伦，阁下。"卢凯反对道，"我们给他越多时间，整个国家就越难恢复。"

"但我没找到第二条出路。"罗艾奥举起手说，"我们不能再继续用以前的方法反对国王了。"

伊甸听到这话时，身子微微一跳，汗从他的额头上流下来。他终于开始意识到，无论危险与否，和等着让埃顿剥夺他的头衔相比，继续参加会议才是更好的选择。

"说得有理，罗艾奥。"埃汉不情愿地承认道，"王子最初的计划现在肯定不能实行了。除非我们有至少一半以上的贵族——以及他们财产的支持，否则我们无法对国王施加压力。"

"还有一条路，各位大人。"伊翁德用犹豫的声音说。

"那是什么呢，伊翁德？"公爵问。

"最多用两个星期的时间，我就能让我的军团从各个哨点通过国道聚集起来。金钱并不是唯一有力量的。"

"你的雇佣军永远都没可能和阿雷伦的军队抗衡。"埃汉讥笑道，"埃顿的军队与某些国家的相比也许规模不大，但可比你那几百人的军团多得多了——特别是当埃顿再叫上伊岚翠城的护卫队的话。"

"没错，埃汉大人，您是正确的。"伊翁德表示同意，"然而，如果我们来个突然袭击，趁埃顿对我们的意图还一无所知时，我们能够让我的军队突入皇宫，然后抓国王为人质。"

"你的人不得不为此杀出一条血路。"舒顿说，"你的新政府将从旧政府的鲜血中诞生，正如埃顿的政权是从伊岚翠的死亡中诞生的。你只是建立了另一个循环，为另一次覆灭做准备而已，伊翁德大人。一旦这次革命成功了，另一次革命就已经开始酝酿了。鲜血、死亡和政变只会带来更多的混乱。一定有个方法能说服埃顿，却又不需要使国家处于无政府状态。"

"有这种方法的。"莎瑞娜说道。一双双被惹恼的眼睛都转向她的方向。他们还是认为她只能在边上听着。他们对莎瑞娜了解得太少了。

"我同意。"罗艾奥说,把脸从莎瑞娜面前转开,"那种方法就是等待。"

"不,大人。"莎瑞娜反驳道,"对不起,但这不是答案。我见过阿雷伦的民众,在他们的眼中还存有希望,但这希望的光芒正在逐渐变弱。再给埃顿多点时间,只会让他创造出他所渴望的顺民。"

罗艾奥的嘴角耷拉下来。他很可能打算主持整个集会,因为现在雷奥登已经不在了。莎瑞娜把自己满足的微笑藏在心里——罗艾奥是第一个允许她加入的人,因此,他必须让她说。现在就拒绝听她的话,会使他一开始的支持显得像个错误。

"说吧,王妃。"老人略带保留地说。

"各位大人,"莎瑞娜用坦率的语气说,"你们想设法找到一个方法来推翻埃顿统治的体系——一种认为财富就等于领导力的体制。你们宣称它是不实用也是不公平的,认为这愚蠢的体系对于阿雷伦民众来说是个折磨。"

"的确如此,"罗艾奥唐突地说,"还有什么?"

"好吧,如果埃顿的体系真这么差,为什么要费心去推翻它呢?为什么不让这个体系自行毁灭呢?"

"你的意思是……莎瑞娜女士?"伊翁德饶有兴趣地问道。

"让埃顿自己创造的体系反对他本人,强迫他承认这个体系的错误。这样,你们就很有希望建立一个更稳定、更加令人满意的体系。"

"这很有趣,但不可能实现。"埃汉边说边摇摇他有着多层下巴的头,"也许雷奥登能够做到,但是我们现在人太少了。"

"不,你们的人数正好。"莎瑞娜说着,从椅子上站起身来,开始绕着桌子走。"我们想做的,各位大人们,就是让其他贵族嫉妒。如果我们这边的人太多,就达不到这种效果了。"

"继续说。"伊翁德说。

"埃顿体系中的最大问题是什么?"莎瑞娜问。

"它鼓励领主残忍地对待他的子民。"伊翁德说,"埃顿王威胁恐吓那些贵族,要夺走那些不事生产的贵族的头衔。于是,那些领主变得越来越绝望,就变本加厉地压榨他们的子民。"

"这是一个不合情理的安排,"舒顿表示同意,"这个体系是建立在贪婪与恐惧,而不是忠诚上。"

莎瑞娜继续绕着桌子踱步。"你们有谁看过最近十年来阿雷伦的生产报表吗？"

"有这种东西吗？"埃汉问。

莎瑞娜点点头，"在泰奥德我们有。各位大人，当听说阿雷伦的生产力水平在埃顿掌权后就骤然下降了，你们会觉得惊奇吗？"

"完全不会，"埃汉说，"我们已经倒了十年的霉了。"

"都是国王搞出来的，埃汉大人。"莎瑞娜边说边做出一个切割的手势，"埃顿体系最可悲的地方不是它对人民的所作所为，也不是它败坏了国家的道德品质，而是它做了这么多坏事却没能让贵族更富有。

"在泰奥德我们没有奴隶，各位大人，而且我们还是过得很好。事实上，甚至连斐优旦都不再使用农奴制了。他们找到了更好的体系——他们发现当一个人为自己工作时，他才会工作得更有效率。"

莎瑞娜让她的话语在空气中回荡了一会儿。大人们都坐着，陷入了沉思。"继续说。"罗艾奥终于说道。

"播种季节快要到来了，各位大人。"莎瑞娜说，"我希望到时你们能把自己的土地分给农民。给他们每个人一块土地，然后告诉他们，他们可以保留收成中的一成。告诉他们你甚至允许他们买下他们居住的房子和田地。"

"这是一件很难实行的事，年轻的王妃。"罗艾奥说。

"我还没说完呢，"莎瑞娜说，"我希望你们能把自己的子民喂得饱饱的，各位大人，并为他们提供衣服和生活必需品。"

"我们可不是野兽，莎瑞娜。"埃汉警告她说，"有些领主对他们的子民很差，但是我们从不接受这样的人成为我们的同僚。在我们土地上的人民衣食无忧。"

"这也许是真的，大人。"莎瑞娜继续说道，"但是你必须还要让人民感到你爱他们。不要把他们卖给其他贵族，或者和他们争吵。让农民知道你在乎他们，然后他们就会把自己的心和汗水都交给你。繁荣和富足不应该被限制在一小群人里。"

莎瑞娜抓住椅子，并站到了椅子后面。领主们正在思考——这个主意很好，但他们也感到害怕。

"这会有风险。"舒顿小心地说。

"和用伊翁德大人的军团袭击埃顿一样冒险么？"莎瑞娜问，"如果这行不通，你们失去的只是一些钱和尊严；如果那位可敬的将军的计划行不通，你们失去的就是自己的脑袋。"

　　"她说得有理。"埃汉同意道。

　　"好主意。"伊翁德说。他的眼神透出一丝欣慰：不管是不是军人，他都不愿意攻击自己的同胞。"我会去做的。"

　　"你说起来容易，伊翁德。"伊甸在他的椅子里不停地扭动着，"当农民变得懒惰时，你就命令你的军团去农场工作吧。"

　　"我的人都在巡查我们国家的道路，伊甸大人。"伊翁德气愤地说道，"他们的功劳是不可估量的。"

　　"而且你也从中获得了高额的回报。"伊甸怒斥道，"我除了农场外没有其他收入——虽然我的土地看上去很大，但是中间却有一道该死的大裂谷。我没有任何允许自己懒散的余地。如果我的马铃薯没种、没除草，也没收割，那么我就会失去我的头衔。""不管怎样你都会失去它的。"埃汉面带安慰的微笑说道。

　　"够了，埃汉。"罗艾奥命令道，"伊甸说得有道理。我们怎么能确定，如果我们给农民足够多的自由，他们就能够生产出更多东西呢？"

　　伊甸点点头，"我发现阿雷伦农民都是一群懒散的、不事生产的家伙。我唯一能叫他们好好干活的方法就是使用暴力。"

　　"他们不是懒散，大人。"莎瑞娜说，"他们只是愤怒。十年并不是一段很长的时间，这些人还记得做自己的主人是种什么感觉。只要给他们自主权，他们就会努力工作、成就事业。你会惊讶地发现一个独立的人比一个只想着下一餐的奴隶所带来的利益要多得多。毕竟，如果是你的话，在哪种情况下会比较愿意生产呢？"

　　贵族们思考着莎瑞娜的话。

　　"你说的很多话都很有道理。"舒顿指出。

　　"但是，莎瑞娜女士没有足够的证据。"罗艾奥说，"时代已经和灾罚前不同了。以前伊岚翠人提供了食物，没有农民阶级土地也能保持肥沃。现在我们享受不到这种奢侈了。"

　　"那么帮我找到证据，大人。"莎瑞娜说道，"给我几个月的时间，我们就能创造出自己的证据了。"

　　"我们会……考虑你的提议。"罗艾奥说道。

　　"不，罗艾奥大人，你必须作出决定。"莎瑞娜说道，"我相信你的内心是个爱国者。你知道什么是对的，而这些话就是对的。别告诉我你从没为自己对这个国家所做的事而感到内疚。"

莎瑞娜焦虑地看着罗艾奥。这个老公爵给了她深刻的印象，但她无法确定他是否为阿雷伦而感到羞愧。她只能依靠自己模糊的印象——他的心地很好，而且在他漫长的人生道路中他目睹、也了解这个国家已经堕落到了什么程度。伊岚翠的倾覆是催化剂，但是贵族们的贪婪才是毁灭这个伟大国度的罪魁祸首。

"我们都曾一度被埃顿关于财富的承诺蒙蔽过。"舒顿用他温柔睿智的声音说道，"我会做陛下提出的一切事。"然后这个棕色皮肤的男子把目光转向罗艾奥，并点点头。他的首先接受给公爵提供了一个机会，可以既同意莎瑞娜的意见又不会太丢脸。

"好吧，"老公爵叹了一口气说道，"你是一个聪明人，舒顿大人。如果你发现这个计划值得一试，那我也会遵从它。"

"我猜我们已别无选择了。"伊甸说。

"总比等待好得多，伊甸大人。"伊翁德指出。

"的确如此，我也同意。"

"就剩下我了。"埃汉突然意识到，"噢，我的天呀。我该怎么做？"

"罗艾奥大人也不情愿地同意了，大人。"莎瑞娜说，"不要告诉我你也打算做同样的事。"

埃汉突然发出一阵大笑，他的整个身体都在颤抖。"你是一个讨人喜欢的女孩！好吧，那么，我猜我必须得全心全意地接受了，同时自责其实我一直都知道她是对的。现在，凯隐，请告诉我你没有忘记那十道甜点。我听说你的甜点都非常可爱。"

"忘记上甜点？"她的叔叔尖叫道，"埃汉，你伤了我的心。"他微笑着从椅子上站起来，然后走向厨房。

和每个人道别之后莎瑞娜就去找洗手间。"她很擅长这个，凯隐，也许比我还擅长。"她突然听到了罗艾奥公爵的声音。莎瑞娜呆住了，她还以为他们已经离开了呢。

"她是一个很特别的年轻女孩。"凯隐赞同道。他们的声音是从厨房里传出来的。莎瑞娜偷偷溜过去，然后在门外偷听。

"她干净利落地从我手中夺走了主导权，而我却还不知道自己哪里做错了。你本应该警告我的。"

"然后让你逃掉，罗艾奥？"凯隐大笑着说，"已经有很长一段时间，没有人，包括埃汉在内，能胜过你了。对一个男人来说，偶尔震惊一下，还是有好处的。"

"虽然在临近结束的时候她几乎要输了。"罗艾奥说，"我可不喜欢被逼到墙角的感觉。"

"这些冒险都是经过预先算计的，大人。"莎瑞娜推开门大步走了进来，说道。

看到她的出现，公爵的话语并没有丝毫停歇。"你可没有吓到我，莎瑞娜。这可不是建立同盟关系的好方法——特别是对像我这样的坏脾气老头来说。"公爵和凯隐正在厨房的桌子上分享一瓶斐优旦酒，他们的举止比晚餐时更放松。"多等几天不会改变我们的立场，而且我绝对会支持你的。我发觉经过深思熟虑的承诺比言不由衷的表白更有成效。"

莎瑞娜点点头，从凯隐的橱柜中拿出一个酒杯，为自己斟上一些红酒，然后坐了下来。"我明白了，罗艾奥。"如果罗艾奥能丢掉那些繁文缛节，那莎瑞娜也可以。"但是其他人都在看着你，他们相信你的判断。我需要的不只是你的支持——顺便提一下，我知道你会给的——而是你的公开支持。其他人得先看你接受，他们才会接受，再过些时日，这么做的效果就不会那么好了。"

"也许，"罗艾奥说，"只有一件事情是确定的，莎瑞娜——你再次带给了我们希望。以前是雷奥登把我们团结在一起，现在你将会取代他的位置。凯隐或者是我都做不到这一点。凯隐拒绝贵族封号——不管他们说什么，他们还是希望被一个有封号的人领导。而我……他们都知道是我帮助埃顿开启这个正在慢慢扼杀这个国家的怪物制度的。"

"那是很久以前的事了，罗艾奥。"凯隐抓住老公爵的肩膀说道。

"不，"罗艾奥摇摇头说，"正如美丽的王妃所言，十年对于一个国家来说并不长。我为造成这个重大的错误而感到内疚。"

"我们会把它改正的，罗艾奥。"凯隐说，"这个计划很好——也许甚至比雷奥登的计划还好。"

罗艾奥露出微笑。"她本来会成为他的好妻子的，凯隐。"

凯隐点点头。"绝对的好妻子——甚至是一个更好的王后。我主有时会用我们凡人无法理解的方式行事。"

"我不相信把他从我们身边带走是我主的旨意，叔叔。"莎瑞娜在酒杯后面说道，"你们难道从没想过，或许，王子的死是有人暗中操控的结果？"

"说出这个问题的答案接近于犯叛国罪了，莎瑞娜。"凯隐警告道。

"比我们今晚讨论的其他事更危险吗？"

"我们只是在声讨贪婪的国王，莎瑞娜。"罗艾奥说道，"和谋杀亲生儿子的凶手完全是两码事。"

"但是你们想想看，"莎瑞娜边说，边大幅度地挥舞自己的手，差点把她的红酒洒出来，"王子处处和他的父亲作对——他在宫廷里公然嘲笑埃顿，他背着埃顿秘密计划事情，而且他还爱他的人民。最重要的是，他对埃顿的每一句评论都切中要害。统治者会容忍他这种人在外面逍遥自在吗？"

"的确如此，但对他亲生儿子也这样？"罗艾奥怀疑地摇摇头。

"这种事情也不是第一次发生了。"凯隐说。

"这是事实，"罗艾奥说，"但是，我不知道雷奥登对埃顿造成的麻烦是否有你猜测的那么严重。雷奥登并不是那么想造反，他只是在批评。他从没说过埃顿不应该当国王，他只是宣称阿雷伦的政府有问题——它也的确如此。"

"当你们听到王子的死讯时，难道就没有一点点怀疑吗？"莎瑞娜问道，她边抿着她的酒，边陷入了沉思。

"它发生在一个如此巧合的时间里。埃顿可以从和泰奥德的结盟中获得利益，也不用担心雷奥登会和泰奥德公主生下任何继承人了。"

罗艾奥看看凯隐。凯隐耸耸肩，说道："我认为我们至少得考虑一下这种可能性，罗艾奥。"

罗艾奥失望地点点头："那么接下来我们应该做些什么？设法找到埃顿处死他儿子的证据？"

"知识就是力量。"莎瑞娜简单地说道。

"我同意。"凯隐说，"而你是我们中唯一一个可以自由出入王宫的人。"

"我会打探一番的，看看我能发现什么。"

"他有可能还没死吗？"罗艾奥问道，"很容易就能找到一个和王子很像的人放到棺材里——咳嗽伤风是会让人面目全非的疾病。"

"有可能，"莎瑞娜不确定地说道。

"但是你并不这么认为。"

莎瑞娜摇了摇头。"当一个统治者决定要毁灭一个敌人时，他通常会确保这件事做得一劳永逸。这样的故事太多了，二十年后，失散多年的继承人在荒野上再次现身，宣称他们才是合法的王位继承人。"

"也许埃顿没有你猜想的这么残酷。"罗艾奥说，"他曾经是个好一些的人。我永远不会说他是个好人，但他那时也不是很坏，他只是贪婪罢了。在过去的几年里他发生了一些事，某些事情……改变了他。我还是认为艾顿抱有足够的同情心，不会对他的亲生儿子痛下杀手。"

"好吧，"莎瑞娜说，"我会派阿什搜寻皇家地牢。他干活事无巨细，直到连地牢里每只耗子的名字都知道了，他才会满意地离开。"

"你的侍灵？"罗艾奥明白过来了，"他在哪儿？"

"我派他去伊岚翠了。"

"伊岚翠？"凯隐问道。

"那个斐优旦枢机主祭因为某些原因，对伊岚翠很感兴趣。"莎瑞娜解释道，"而我的职责就是找到枢机主祭感兴趣的东西是什么。"

"看来你在为了一个教士而忧心忡忡呢，娜。"凯隐说。

"不只是一个教士，叔叔。"莎瑞娜纠正道，"他是一个真正的枢机主祭。"

"那也只是个人呀，他能造成多大危害？"

"去问问杜拉德共和国吧。"莎瑞娜说，"我认为是同一个枢机主祭推动了那场灾难。"

"没有明确的证据表明是斐优旦暗中造成了那个国家的倾覆。"罗艾奥指出。

"在泰奥德我们有证据，然而没有其他人相信它。但请相信我，这个枢机主祭比埃顿更危险。"

这番话让谈话暂时安静下来。时间在沉默中慢慢过去，而三个贵族边喝酒边陷入了沉思，直到卢凯进来。他刚把他的母亲和弟弟妹妹接回来。他对莎瑞娜点点头，又对公爵鞠了一躬，然后才为自己倒了杯酒。

"看看你，"卢凯坐下时对莎瑞娜说道，"就像男孩俱乐部里最自信的成员。"

"应该是俱乐部的领导者，毫无疑问的。"罗艾奥指出。

"你的母亲呢？"凯隐问。

"还在路上呢。"卢凯说，"他们还没结束，你知道母亲是什么样的人。所有事情都应该按部就班地做好，不能急。"

凯隐点点头，喝完最后一滴酒。"那你和我应该在她回来以前就开始打扫，我们可不想让她看到我招来的贵族朋友把厨房搞成这副乱相。"

卢凯叹了口气，看了莎瑞娜一眼，表示有时他多么希望住在一个传统的家庭里，有仆人，或至少有女人能做这些事。然而凯隐已经开始做了，他的儿子别无选择只得跟着。

"真是一个有趣的家庭。"罗艾奥目送着他们离开，说道。

"是的，就是按泰奥德的标准来看有点奇怪。"

"凯隐有很长一段时间都是一个人过的。"公爵注意到，"因此他很习惯亲自打点一切。我听说他曾经请过一个厨师，但很快就对这个女人的手艺感到灰心。我记得她在凯隐起意炒掉她之前就自己辞职了——她声称她不能在这种要求苛刻的环境里工作。"

莎瑞娜大笑起来，"这个理由听上去很恰当。"

罗艾奥也微笑了起来，但是用更严肃的语调继续说道："莎瑞娜，我们真的很幸运。你很可能是我们拯救阿雷伦的最后一个机会了。"

"谢谢你，阁下。"莎瑞娜说着，脸不由自主地涨红了。

"这个国家坚持不了太久了。也许是几个月，如果我们够幸运的话，也只有半年。"

莎瑞娜眉头紧锁，"但是，我还以为你想要再等等呢，至少你是这么告诉其他人的。"

罗艾奥做了一个不以为然的手势。"我说服自己，不能依靠他们的帮助——伊甸和埃汉之间太对立，而舒顿和伊翁德又太缺乏经验。我想在我和凯隐决定怎么做之前先安抚一下他们。我害怕我们原本的计划所要采用的方法……更加危险。"

"然而，现在我们有了另一个机会。如果你的计划奏效——虽然我还是不太相信——我们也许可以延缓倾覆的时间。我不确定，埃顿十年的统治已经造成了一种惯性。很难在几个月的时间里就改变。"

"我认为我们能做到，罗艾奥。"莎瑞娜说。

"只要确保你自己不要冲过头，年轻的女士。"罗艾奥看着她说，"不要在你只有走的力气的时候就冲刺，也别浪费你的时间去推不存在的墙。更重要的是，如果拍一下就足够推动它，就不要用推的。今天你把我逼到了墙角，但我还是一个高傲的老人。如果舒顿没有帮我一把，老实讲我说不准自己是否能谦逊地在众人面前承认错误。"

"对不起。"莎瑞娜说道，她现在为另一个原因而面红耳赤。这位权高位重、却又如祖父般慈祥的老公爵的身上有某种东西让莎瑞娜突然渴望得到他的尊敬。

"小心一点，"罗艾奥说，"如果这个枢机主祭像你说的那样危险的话，那么应该有某种十分强大的势力正在凯伊城中涌动。不要让阿雷伦因为夹在两者之间而覆灭。"

莎瑞娜点点头。接着公爵靠在椅背上，把最后一点酒倒进他的杯中。

第十二章

在拉森宗教生涯的最初阶段，他就发现自己很难接受其他语言。斐优旦语是被杰德斯选中的语言——它是神圣的，而其他的语言则都是渎神的。那么，怎么改变那些不说斐优旦语的人的宗教信仰呢？用他们的母语和他们交流？或者强迫想入教的人先学习斐优旦语？在让他们倾听杰德斯的福音前，先要求整个国家的人民都去学一种新语言，这实在是件愚蠢的事。

所以，当被迫在渎神和无限推迟中作出选择时，拉森选择渎神。他学会了艾欧语和杜拉德语，甚至还学了几句津多语。当他布道时，他会使用当地人的语言——虽然，不得不承认，这么做还是让他感到很恼怒。如果他们永远都不去学斐优旦语怎么办？如果他的行为使人们认为，既然他们可以用自己的母语学习杰德斯的福音，也就不需要学斐优旦语了怎么办？

当拉森向凯伊的民众传教时，许多类似的想法掠过他的心头。不是他缺乏集中力或是献身精神，只是同样的演说他讲过太多遍了，以至于出口成诵。他几乎可以不假思索地出口成章，他的声音随着布道词的节奏忽高忽低，表演着这古老的艺术，一种祷告与戏剧的混合体。

当他大声疾呼时，人们报以热烈的掌声；当他愤而谴责时，人们愧疚地面面相觑。当他提高声音时，人们都屏息静听；当他低声细语时，人们就如被蛊惑般沉迷了。就好像他控制着人们内心的波动，让情绪的浪潮席卷整个人群，就像泛着泡沫的潮汐。

他用一个令人印象深刻的告诫结束整个演讲，劝导人们去侍奉杰德斯的王国，让他们发誓成为凯伊城中某个教士的侍僧或从者（krondet），藉此把他们纳入与主上杰德斯相连的链条机制中。普通人侍奉仪祭和辅祭，而仪祭和辅祭侍奉主祭（grador），主祭侍奉大主祭（ragnat），大主祭侍奉枢机主祭，枢机主祭侍奉伟恩，最后伟恩侍奉杰德斯。只有教长（gragdet）——修道院的领导者，在这个网络链之外。这是一个布局精妙的体系，每个人都知道他该侍奉谁，而不需要担心杰德斯的命令，这命令通常是超越一般人的理解力的。他们所要做的一切就是跟随他们的仪祭，尽其所能地侍奉他，这样就能取悦杰德斯。

拉森满意地走下演讲台。他在凯伊城传教还没多久，礼拜堂就已经挤满了，所有的座位都坐满了，人们只好在后面站成一排。只有一些新来者真的对改变信仰感兴趣，大多数的人来只不过是为了看看拉森这个难得一见的人物。然而，他们会皈依的，他们可以自认为只是好奇，他们对宗教没有一点兴趣，但是他们终究会皈依的。

随着苏·德雷西教派在凯伊城越来越流行，参加过第一次布道会的人会发现自己因此变得更重要了，他们会吹嘘自己比邻居更早发现苏·德雷西教派，结果，他们就不得不继续参加布道会。他们的飘飘然再加上拉森的倾力传教最终会战胜猜疑，很快他们就会发现自己已经宣誓服从某个仪祭了。

拉森得赶快招一个新的首席仪祭，他曾一度推迟这个决定，为了看看这座礼拜堂剩下的教士是怎么完成他们的任务的。剩下的时间越来越少，然而，很快本地的组织就扩大到了拉森无法亲自追踪和组织的程度，特别是考虑到他还有许多重要的计划和布道要做。

后排的人们开始从礼拜堂鱼贯而出。然而，突然有一个声音让他们停下。拉森惊奇地抬头看着讲台。在他的传教后集会已经结束了，但是有人不这么认为。迪拉弗已经决定要演讲。

这个矮小的阿雷伦人用一种火一般的热情叫出他要说的话语，在短短几秒钟之内，人群就安静下来，大多数的人都回到了他们的座位上。他们看到迪拉弗一直跟随着拉森，大多数人可能知道他是个仪祭，但是迪拉弗从没对他们演讲过。现在，他让人们再也无法忽视他。

他没有遵从几乎所有公众演讲的规则。他没有让自己的声调抑扬顿挫，也没有看着观众的眼睛，他也不能保持一种庄重的直立姿势，以显示自己的冷静。相反，他活力十足地在讲台上上蹿下跳，手势狂野。他的脸上布满汗水，一双鬼魅般的眼睛大睁着。

然而他们都在听。

他们比听拉森传教时更加认真。他们的眼睛随着迪拉弗毫无理智的跳跃上下移动，注视着他每个怪异的动作。迪拉弗的演讲只有一个主题：对伊岚翠的仇恨。拉森能够感觉到听众的激情正在增长，迪拉弗的热情就像一种催化剂，如同霉菌一碰到潮湿就肆无忌惮地生长扩张。很快他的厌恶传染了所有的听众，他们应和着他的谴责尖叫。

拉森看着这场面，内心既忧虑又……老实说，嫉妒。迪弗与拉森不同，他没有在东方最伟大的学校里接受过训练。然而，这个矮小的教士却有一些拉森所没有的东西——激情。

拉森通常是个精于算计的人，他做事有条理，谨慎认真，注重细节。这和苏·德雷西教派本身很像——它的标准化、秩序井然的管理以及逻辑严密的哲学，都是最初吸引他加入教会的原因。他从没有怀疑过教会，因为如此结构完美的组织只可能是对的。

先不谈这是否关于忠诚度，拉森从未感受过迪拉弗现在表现出来的那种情绪。拉森从没有迪拉弗所流露出的那么强烈的仇恨，也没有那么深刻的爱让他愿意用他的一切来冒险。他一直相信他是杰德斯最完美的追随者，他的主人更需要的是冷静客观的头脑，而不是无节制的狂热。然而，现在，他开始动摇了。

迪拉弗对听众的号召力比拉森强得多，迪拉弗对伊岚翠的仇恨是毫无逻辑可言的，只是一种疯狂和非理性，但是人们并不在乎。拉森可以花几年时间向他们解释苏·德雷西教派的好处，却永远无法获得今天他们所表现出来的这么强烈的反应。他内心的一部分对此嗤之以鼻，设法说服自己，迪拉弗演讲的影响力不会持续很久的，一时的激情很快会被遗忘在凡俗的生活中。但是他心中的另一部分，更真实的那一部分，却只是纯粹地嫉妒。拉森自己难道有什么问题？在侍奉杰德斯帝国的三十年生涯中，他从没有感受到像迪拉弗今天那样的激情。

终于，仪祭渐渐沉默下来。在迪拉弗的演讲结束后，整个大厅还安静了好长一段时间。随后，听众爆发出一阵激烈的讨论，他们边讲边开始依次离开礼拜堂。迪拉弗步态不稳地走下讲台，倒在大厅前排的一个长椅上。

"干得好。"一个声音在拉森身边说道。特瑞伊公爵在礼拜堂边上的私人包厢中观看了整场布道。"让这个小个子在你之后演讲实在是个高招，拉森。当我看见听众逐渐感到无聊时，还正担心呢。这个年轻的教士重新抓住了每个人的眼球。"

拉森隐藏了对特瑞伊直呼其名的恼怒，往后会有时间来改变他的这种不敬的。他也控制住自己不对公爵的另一句话发表评论，他竟说听众在他的布道中可能会感到无聊。

"迪拉弗是一个难得的年轻人，"拉森转移话题说，"每个事物都有两面性，比如特瑞伊大人你，同时兼具理性和激情。如果我们想要成功的话，就必须两个方面都要抓。"

特瑞伊点点头。

"所以，大人，你考虑过我的建议了吗？"

特瑞伊犹豫了一会儿，接着再次点点头。"它很有诱惑力，拉森。难以抗拒地诱人。我不认为在阿雷伦有谁会反对它，更别提我自己了。"

"很好，我会和斐优旦沟通此事的。我们应该能在一周之内启动这个计划。"

特瑞伊点点头，他脖子上的胎记看上去就像阴影中的一大块瘀青。然后，公爵向他数目众多的随从做了个手势，就从边门走出了礼拜堂，消失在暮色中。拉森看着门应声关上，然后走向迪拉弗，他还瘫软在长椅上呢。

"这真让人意外，仪祭。"他说，"你应该先和我说一声的。"

"这不是计划好的，大人，"迪拉弗解释道，"我只是突然感到有强烈的演讲欲望，能够说完还是要多谢您的支持，我的主上。"

"那是当然。"拉森不满地说道。特瑞伊是对的，迪拉弗的加入能够带来很大的价值。不管拉森多么想斥责仪祭，他都不能这么做。如果他没有充分利用好每一个手边的工具来使阿雷伦人民皈依，他就是在侍奉伟恩时玩忽职守。而迪拉弗已经证明自己是一个非常有用的工具。拉森会需要仪祭在接下来的众多集会上演讲。迪拉弗又一次地让他别无选择。

"好吧，一切都已经结束了。"拉森假装满不在乎地说道，"而且他们显然喜欢这演讲，也许将来我还会让你再讲上两次的。然而，你必须要记住你的地位，仪祭。你是我的侍僧，没有我的旨意，你就不能随便行动，懂了吗？"

"清清楚楚，我的拉森大人。"

拉森走进他的私人办公室，轻轻关上房门。迪拉弗没有跟过来。拉森永远不会让他发现接下来会发生的事。这让拉森依然保有对那个年轻的阿雷伦教士的优越感。迪拉弗永远都不可能升到教士的最高官位，因为他永远都不能做拉森将要做的事——某些只有枢机主祭和伟恩才知道的事。

拉森安静地坐在椅子上，准备停当。在半个小时的冥想之后，他才感到拥有足够的控制力，可以开始行动了。深吸一口气后，拉森从椅子上站起来，走向在他房间角落的一个巨大的箱子。箱子顶上放着一堆叠好的挂毯，小心地盖住箱子不让人看见。拉森虔诚地移开挂毯，然后把手伸进衬衣底下，拉出绕在脖子上的一条金链子。在链子的末端有一把小小的钥匙。他用这把钥匙打开了箱子，露出里面的东西——一个小小的金属盒。

盒子有四本叠起来的书那么大，当拉森把盒子从箱子里取出来时，它在他的手中显得很沉重。盒子的四面是用最好的钢材制成的，盒子的正面有一个小小的刻度盘和几根精美的操纵杆。这个机器是由斯福坦最好的铁匠设计的，只有拉森和伟恩才知道打开盒子的正确方法。

拉森旋转着刻度盘，拉动着操纵杆，把它们摆成他在刚被任命为枢机主祭时就记住的样子。这个密码组合从没被写下来过。如果除了内部人士以外的任何人发现盒子里有什么，都会使苏·德雷西教派颜面尽失。

锁弹开了，拉森用坚毅的手把盒盖打开。一个小小的光球耐心地待在里面。

"您需要我做什么，大人？"这个侍灵用温柔的女声问。

"安静！"拉森命令道，"你很清楚你不该说话。"

小光球顺从地震动着。离拉森最后一次开启盒子已经过了好几个月了，但这个侍灵却丝毫没有反抗的迹象。这些生物——不管它们是什么——似乎永远都服从于主人。

侍灵是拉森被任命为枢机主祭后所看到的最大的震撼，不是因为他惊奇地发现这种生物居然是真的——虽然许多东方人认为侍灵只存在于艾欧的神话中，拉森也一度这样认为，他甚至被教导，世界上有些东西是超出一般人理解范围的。他早年在达客豪（Dakhor）的记忆至今还让他害怕得发抖。

不，拉森的震撼来自于发现伟恩为了扩张杰德斯的帝国，竟然允许使用这种异教徒的魔法。伟恩本人曾经解释过使用侍灵的必要性，但是拉森花了好几年时间来接受这个想法。最后，还是逻辑使他动摇了。既然有时候可以用异教徒的语言来传播杰德斯帝国的教义，那么很多例子表明，敌人的技术也是很有价值，值得一试的。

当然，只有那些最有自控能力、最神圣的人才能使用侍灵而不被腐化。当枢机主祭在一个遥远的国度时，他就会使用它们来与伟恩联系。当然，他们很少这么做。只有需要进行远距离即时沟通时，才值得付出代价这么做。

"给我接通伟恩。"拉森命令道。侍灵遵从指令，盘旋上升了一定高度，用它的能力搜寻出伟恩自己藏起来的侍灵——这个侍灵全天由一个哑仆跟着，它唯一的神圣使命就是看着这个生物。

拉森在等待时打量着这个侍灵。侍灵耐心地盘旋着。它一直表现得很顺从，的确，其他枢机主祭也从未质疑过这个生物的忠诚度。他们宣称侍灵的魔法中有一部分是专门让它们忠于主人的，即使主人嫌弃它们。

拉森并不完全确定。侍灵能够联系其他同类，而且它们的睡眠时间显然连人类的一半都不到。当侍灵的主人睡觉时，它们会做些什么呢？它们讨论什么机密事情呢？有一阵子，杜拉德、阿雷伦、泰奥德，甚至是津多的大部分贵族都拥有侍灵。在这些日子里，有多少国家机密被这些不起眼的飘浮的小球见证，甚至成为它们的八卦话题呢？

他摇摇头，还好这段日子已经过去了。因为和倾覆的伊岚翠的关系，这些生物失宠了。伊岚翠法力的丧失使这些生物无法继续繁殖，侍灵变得越来越稀有。一旦斐优旦征服了整个西方，拉森很怀疑人们是否还能看到侍灵自由自在地飘浮着的景象。

他的侍灵开始像水一样液化流动，然后它变成了伟恩傲慢的脸庞。高贵而方正的面孔正注视着拉森。

"我在这儿，我儿。"伟恩的声音通过侍灵飘过来。

"噢，伟大的主人，受过杰德斯膏礼的、沐浴在他恩宠之光中的皇帝。"拉森低下头鞠躬，并说道。

"继续说，我的侍僧。"

"我有一项有关阿雷伦的一个领主的提议，伟大的主人……"

第十三章

"就是这个！"雷奥登惊呼道，"加拉顿，快到这里来！"

这个高大的杜拉德人放下自己的书，抬起眉毛，然后以他特有的懒散姿态站起来，晃悠到雷奥登面前。"你发现了什么，苏雷？"

雷奥登指指他面前一本没有封套的书。他正坐在以前的珂拉西教堂内，这里如今变成了他们的指挥中心。加拉顿还是决定让他那藏书丰富的小书斋保持私密，他宁可坚持把所需要的卷册费力地拖到教堂来，而不让任何人进入他的避难所。

"苏雷，我读不懂。"加拉顿低头看看那本书，然后抗议道，"它完全是用符文写成的。"

"这正是让我起疑之处。"雷奥登说。

"你能读得懂？"加拉顿问。

"不。"雷奥登微笑着回答说，"但我有这个。"他从下面摸出一本类似的、没有封套的书，它的第一页沾满了伊岚翠的污泥。"这是一本符文字典。"

加拉顿用审慎的目光研究着第一本书。"苏雷，这页中我认得的符文连十分之一都不到。你知道你将花多少时间才能把它翻译出来吗？"

雷奥登耸耸肩，"总比在剩余的所有书中寻找线索要好。加拉顿，如果我再多读一个描绘斐优旦风景的词，我就要吐了。"

加拉顿嘟哝了一声，表示赞同。在雷奥登之前拥有这些书的人，一定是个地理学家，因为至少有一半的书和这个主题有关。

"你确定这本书就是我们所需要的？"加拉顿问。

"我曾接受过一些阅读纯符文文本的训练，我的朋友。"雷奥登说，然后指着书本开头某页的一个符文，"这个读作艾欧铎。"

加拉顿点点头。"好吧，苏雷。我可不羡慕你的任务。如果你的人民没有花那么多时间，发明一套字母系统，生活可就简单多了，可啰？"

"符文的确是一套字母系统。"雷奥登说，"只是有些过于繁复。这不会花太长时间的，你想呀，不用多久，我就会开始回忆起那些在学校时学过的东西。"

"苏雷，有些时候你太乐观了，简直叫人恶心。我想，接下来，我们应该把剩下的书运回到它原来放置的地方去了吧？"加拉顿的声音中带着一些焦躁不安。这些书对他来说非常珍贵，雷奥登争论了好一阵才说服这个杜拉德人让他把书的封套取下，他可以感觉到这个大个子有多么困扰，当看到书本暴露在伊岚翠的污泥与尘埃中时。

"应该没问题。"雷奥登说。剩下的书中没有一本是关于艾欧铎的，虽然其中一些是日记或者其他记录，可能会提供线索。但雷奥登怀疑它们中没有一本像他面前的这本那样有用，只要他能成功地翻译它的话。

加拉顿点点头，开始把书收集起来。当他听到屋顶上传来一阵刮擦声，他担心地抬起头来，加拉顿相信迟早整个建筑会塌下来，并且不可避免地砸在他发亮的深色脑袋上。

"别这么担心，加拉顿。"雷奥登说，"玛瑞和瑞尔知道他们正在做什么。"

加拉顿皱着眉说："不，他们不知道，苏雷。我还记得，在你开始逼迫他们之前，他们什么主意都没有。"

"我的意思是他们还是能胜任的。"雷奥登满意地抬起头。六天的工作已经使大部分的屋顶完工了。玛睿希发明了一种类似黏土的混合物，木渣、泥土、伊岚翠随处可见的脏污，再加上掉落的横梁碎片和腐烂得不严重的布料，就组成了制作天花板的原料。这个虽然不高级，但至少还算能用。

雷奥登露出微笑。虽然疼痛与饥饿还是如影随形，但是事情进展得太顺利了，使他几乎忘记了身上一半的撞伤和割伤。透过他右边的窗户，他可以看见他们队伍中最新的成员，罗伦（Loren）。这个男人正在教堂旁边的一大片空地上工作，那里原本可能是个花园，根据雷奥登的命令，罗伦还戴着一副新式的皮手套，正在移除石块，清理垃圾，让底下柔软的土壤露出来。

"这样做有什么好处？"加拉顿的目光跟随着雷奥登移向窗外，并问道。

"你会看到的。"雷奥登神秘地笑笑，说。

加拉顿抱起尽可能多的书，气喘吁吁地离开教堂。杜拉德人起码在一件事上是对的，他们不能完全依靠刚被扔进城来的新伊岚翠人，至少无法像雷奥登先前预料的那么快。在昨天罗伦到达之前，已经整整有五天时间城门几乎纹丝不动。雷奥登在这么短的时间内就找到玛睿希和其他人，实际上是非常幸运的。

"性灵大师？"一个犹疑的声音问道。

雷奥登抬头看看礼拜堂的门道，发现一个不认识的男人正等在那儿。他很瘦，有些驼背，还有一些习惯于服从。雷奥登还不太确定他的年龄，宵得术法会使人看上去比实际年龄老得多。然而，雷奥登还是觉得他上了年纪，如果他的头上还有头发的话，它们应该全都白了，而且他的皮肤应该在宵得术法降临之前，早就已经布满了皱纹。

"什么事？"雷奥登饶有兴趣地问，"我能帮你什么忙吗？"

"大人……"男人开始说话。

"继续说。"雷奥登鼓励他说。

"好的，大人，我刚刚听说了一些事情，我很想知道我能否加入你们？"

雷奥登笑了起来，站起来并走向那个男人。"当然，你可以加入我们。你都听说了些什么？"

"嗯……"那个上了年纪的伊岚翠人紧张得坐立不安，"街上有些人说，跟着你就不会饿肚子，他们说你有个秘法可以让所有痛苦消失。我成为伊岚翠人已经快一年了，大人，我受的伤已经太多了。我想到你这里来碰碰运气，不然只有为自己找一条水沟，然后变成一个行尸走肉般的惑伊德了。"

雷奥登点点头，抓紧那人的肩膀。他还能感觉到脚趾在灼痛，他已经渐渐习惯了这些痛苦，但它们还是在那儿，同时伴随着胃里的一阵绞痛。"我很高兴你能来，你叫什么名字？"

"卡哈（Kahar），大人。"

"那么，卡哈，在宵得术法选中你之前你是干什么的？"

卡哈的眼神有些迷茫，好像他的思绪已经飘回到了很久以前。"我是一个清洁工，大人。我想我是扫大街的。"

"太好了！我就在等拥有你这种特殊技能的人。玛睿希，你回来了吗？"

"是的，大人。"纤弱的艺术家从后面的某个房间里回应道，一会儿之后，他的头从门里探了出来。

"你造的那些漏斗接到昨晚下的雨了吗？"

"当然了，大人。"玛睿希愤慨地说。

"好的，告诉卡哈那些水在哪儿。"

"好的。"玛睿希招手让卡哈过去。

"我要用这些水干吗，大人？"卡哈问道。

"是时候停止在这乌烟瘴气的环境中的生活了，卡哈，"雷奥登说，"这些覆盖伊岚翠的污泥是可以被清除的，我曾经见过一个地方就做到了。你可以慢慢来，不用太勉强自己，但是请把这栋楼从里到外都打扫一遍，铲除所有的污垢，洗尽每一丝尘埃。"

"然后你就会告诉我那个秘密？"卡哈满怀希望地问道。

"请相信我。"

卡哈点点头，跟着玛睿希离开房间。在那人离去后，雷奥登的笑容渐渐消失了。他发现在伊岚翠当首领最困难的地方，就是维持加拉顿刚刚揶揄他的乐观态度。这些人，即使是刚来的，都已近乎绝望了。他们认为自己是被诅咒的，认为没有什么能拯救他们的灵魂，它们注定会像伊岚翠一样腐烂殆尽。雷奥登必须帮助他们克服多年来的消极自我暗示，还有如影随形的痛苦和饥饿。

他从来不认为自己是个情绪过于高昂的人，然而，在伊岚翠，雷奥登发现自己在用带有挑衅的乐观对抗这种绝望的气氛。事态越糟糕，他就越是要毫无怨言地接受它。但是强颜欢笑是会产生恶果的，他可以感到其他人，甚至是加拉顿都依赖着他。在伊岚翠的所有人中，只有雷奥登不能把自己的痛苦表现出来。饥饿感在他的胃里搅动，就好像一大群昆虫想要从里面逃出来一样，而伤口的痛楚也在无情地打击着他的信念。

他不确定自己还能撑多久。在伊岚翠生活一个半星期后，他已经累积了太多的痛苦，有时候让他几乎无法集中注意力。离他完全无法行动还有多久？或者说，离他堕落成夏尔那些毫无人性的手下还有多久？还有一个最令他害怕的问题，那就是当他倒下时，有多少人会随着他一起倒下？

但现在他还是得担负起这些重任，如果他不接下这些责任，就没有人会接了。这些人就会变成自己痛苦的奴隶，或者是街上的恶霸。伊岚翠需要他。如果这会把他耗尽，就让它耗吧。

"性灵大师！"一个慌乱的声音叫道。

雷奥登看着邵林担心地冲进房间。这个鹰钩鼻的雇佣兵带着一根用半朽的木棍和磨尖的石头做成的长矛，而且他已经开始在礼拜堂附近巡逻了。男人带着伤疤的伊岚翠面庞因为担忧而皱了起来。

"怎么了，邵林？"雷奥登警觉地问道。这男人是个经验丰富的士兵，不会那么容易不安。

"有一群武装的人马朝这里过来了，大人。我数了一下有十二个人，而且他们还带着钢制的武器。"

"钢制的？"雷奥登说，"在伊岚翠？我从不知道这里能找到钢铁。"

"他们来势汹汹，大人。"邵林说，"我们该怎么办？他们快到了。"

"他们已经到了。"雷奥登说着，一群人已经强行进入礼拜堂敞开的大门。邵林是对的，好几个人都带着钢制的武器，虽然刃上有些缺口和生锈。这是一群眼神阴郁、脸色不太好看的人。而领头的是一个熟悉的身影，或者说，至少从远处看来很熟悉。

"卡拉妲。"雷奥登说。不久前的一天，罗伦本该归她处置的，而雷奥登却偷走了他。她显然是来讨个说法的。这种事情总有一天会发生，只是时间问题。

雷奥登瞥了邵林一眼，他正一点点往前移动，好像急于使用他那根长矛的替代品。"站着别动，邵林。"雷奥登命令道。

卡拉妲几乎是个光头，这就是宵得术法带给她的礼物，而她在这座城市里待得太久了，以至于她的皮肤也开始起皱。然而，她还是拥有高傲的面容和果断的双眼，一双永远都不会屈从于痛苦的眼睛。她穿着一套暗色的用碎皮革拼成的装备，在伊岚翠，这已经算是做得很奢华了。

她转头环视着整个礼拜堂，先研究新的屋顶，然后是雷奥登团队里的成员。那些人聚在窗外忧心忡忡地看着里面。而玛睿希与卡哈则僵直地站在房间的后部。最终，卡拉妲的目光留在雷奥登身上。

一阵紧张的停顿之后，卡拉妲终于转向她的一个手下，"毁了这栋房子，把他们全都赶出去，并且打断他们的骨头。"然后，她转身离去。

"我可以把你带进埃顿的宫殿。"雷奥登小声说道。

卡拉妲僵在那儿了。

"这就是你想要的，不是吗？"雷奥登问道，"伊岚翠城的护卫队曾在凯伊城抓到过你，他们不可能永远忍受你，他们会烧死那些经常逃跑的伊岚翠人。如果你真的想要进入王宫，我有办法带你去。"

"可我们连这座城市都逃不出去。"卡拉妲边说，边用怀疑的眼神看着他，"最近他们把守卫的数量增加了一倍，说什么是为了让王室婚礼更好看些。我已经有一个月出不了城了。"

"我也可以把你带出城。"雷奥登承诺道。

卡拉妲的眼睛怀疑地眯了起来。他们没有谈论报酬，他俩都知道雷奥登只求一件事情：放他们走。"你是在孤注一掷。"她最终下了结论。

"的确。但我也是个机会主义者。"

卡拉妲慢慢地点点头。"等夜幕降临后我会回来。你最好能兑现你的诺言，不然我的人会打断这里每个人的四肢，让他们在自己的痛苦中腐烂。"

"明白。"

"苏雷，我……"

"你不认为这是个好主意。"雷奥登用一个浅浅的笑容打断了他的话，"是的，加拉顿，我知道。"

"伊岚翠是一座巨大的城市，"加拉顿说，"有足够的地方可以躲藏，即使是卡拉妲也找不到我们。她不能把她的人手分散得太多，不然夏尔和安登就会袭击她，可啰？"

"是的，但接下来怎么办呢？"雷奥登边问，边试试玛睿希用几条破布做成的绳子的牢度，它看起来能够承受他的重量。"卡拉妲是找不到我们，但是其他人也找不到我们了。好不容易人们终于开始意识到我们的存在。如果我们现在离开，那我们就永远不会发展壮大了。"

加拉顿的感情受到了伤害。"苏雷，我们必须得扩张吗？你真的打算建立另一个帮派？难道三个军阀还不够吗？"

雷奥登停下来，抬头担心地看着那个高大的杜拉德人。"加拉顿，你真的认为我会这么做吗？"

"我不知道，苏雷。"

"我并没有权力欲，加拉顿。"雷奥登斩钉截铁地说道，"我只关心如何生活得更好，而不仅仅是幸存下来。加拉顿，是生活。这些人变成行尸走肉，并不是因为他们的心脏不再跳动，而是因为他们已经放弃了一切。我想要改变这种状况。"

"苏雷，这是不可能的。"

"同样，把卡拉妲带进埃顿的宫殿也是不可能的。"雷奥登说着，把那条绳子绕了一个圈，套在手臂上。"我回来之后会来看你的。"

"这是什么？"卡拉妲怀疑地问。

"城里唯一一口井。"雷奥登解释着，凝视着这由石垣围绕着的深渊。这口井很深，但他还是能听见底下的黑暗中有水在流动。

"你希望我们游出去？"

"不，"雷奥登说着，把玛睿希的绳索绑到井边一个生锈的铁杆上，"我们只是让水流带我们走，更像是漂流而不是游泳。"

"这太不理智了——这条河会流过地底，我们都会被淹死的。"

"我们不会被淹死。"雷奥登说，"正如我朋友加拉顿常说的：‘我们已经死了，可啰？’"

卡拉妲看起来还没被说服。

"阿雷德河直接通过伊岚翠的地底，然后继续流向凯伊城。"雷奥登解释道，"它会流过整个城市，并且经过王宫。我们所要做的只是让水流拖着我们走。我已经练习过憋气了，我可以憋整整半个小时，而我的肺部一点也不难受。我们的血液不再流动，我们需要空气，只是因为我们需要说话。"

"这么做可能会毁了我们两个。"卡拉妲警告道。

雷奥登耸耸肩。"在几个月后，饥饿也很可能会毁了我们。"

卡拉妲微微一笑。"好吧，性灵，你先走。"

"我很乐意。"雷奥登说道，其实他心里一点都不乐意。但毕竟，这是他的主意。雷奥登无奈地摇摇头，纵身跃下井壁，开始慢慢往下降。还没等他碰到水面，绳子就不够了，于是雷奥登徒然地深吸一口气，松手跳了下去。

他"哗"的一声掉进冷得惊人的河中，水流差点把他卷走，但他很快抓住了一块石头把自己稳住，然后等待着卡拉妲。她进入井中的声响很快从上面的黑暗中传来。

"性灵？"

"我在这儿。你离河面大概还有十尺远，剩下的距离你必须自己跳下来。"

"然后呢？"

"然后河水就会流过地底，现在我都能感到它想把我吸下去。我们只能希望在整个旅程中下面够宽，不然我们只能当一个永恒的地下水塞了却此生了。"

"你应该在我下去之前就提到这点的。"卡拉妲紧张地说。然而，很快传来水花声，随后是一声微弱的呻吟，接着是某个大东西被雷奥登身边的水流卷走的声音。

低喃着我主慈悲，雷奥登放开了石头，任由河水把他拉向深不见底的地下。

但是雷奥登还是得游泳，窍门是要确保自己一直待在河流的中间，以免撞到通道边的岩壁。他尽了自己最大的努力在黑暗中移动，伸开双臂以便保持自己的位置。幸运的是，长时间的冲刷已经使岩石的棱角变得光滑，他们只会撞出点瘀青而不会被割伤。

在静默的地底世界，时间似乎也凝固住了，仿佛他就在黑暗的体内漂流，无法言语，全然的孤独。也许这就是死亡的状态，灵魂在永无止境、暗无天日的虚空中随波逐流。

水流突然改变了，将他往上拉。他努力伸出手臂想要抓住岩石顶，但没抓到，没多久他的头又重新接触到了新鲜空气，他湿乎乎的脸碰到吹过的风，立刻感到一阵寒意。当世界重新在他眼中聚焦时，他不确定地眨眨眼，满天繁星和星星点点的街灯只能提供暗淡的照明。这已经足够让他恢复方向感——也许还有他的理智。

他昏昏沉沉地漂浮着，来到地面之后河水变宽了，水流也变得相当缓慢。他感受到水流的变化并试着说话，但是他的肺里充满了水，只能发出一串响亮而无法控制的咳嗽声。

一只手突然捂住他的嘴，把他的咳嗽声变成咕噜咕噜的冒水泡声。

"安静点，白痴！"卡拉妲低声说道。

雷奥登点点头，努力克制住他的咳嗽。也许刚才他不该把那么多注意力放在神学的比喻上，而更应该放在如何把自己的嘴闭上。

卡拉妲放开他的嘴，但还是抓着他的肩膀，这样他们在漂过凯伊城时就不会失散。天色已晚，商店都关门了，但是偶尔会有一两名守卫在街上巡逻。两个人继续在沉默中漂流，直到他们到达城市的北边，在那里埃顿城堡般的宫殿从夜色中升起，然后，他们继续默默无语地游到靠近王宫的岸边。

王宫是一座黑暗阴沉的宏伟建筑——代表了埃顿的某种不安全感。雷奥登的父亲并不常常感到害怕。事实上，在他应该感到害怕的时候，他反倒变得非常好斗。在他作为商人和斐优旦人做生意时，这样的特质为他赚取财富；但作为一个国王，这样的特质却给他带来失败。埃顿唯一害怕到偏执的事情就是睡眠，国王惧怕会有暗杀者以某种方式偷偷潜入，并在他沉睡时谋杀他。雷奥登清楚地记得，父亲每天晚上在睡着前那非理性的喃喃自语，对于丧失王位的忧虑只会让埃顿的情况变得更糟，使他给已如堡垒般戒备森严的宫殿配备更多的守卫。士兵们就住在埃顿的房间附近，以随时听候差遣。

"好吧。"卡拉妲低语道，当守卫通过城垛时，她不确定地向那边望望，"你已经把我们弄出来了，现在也把我们弄进去吧。"

雷奥登点点头，设法尽可能安静地排空肺里的水，这水没有大量难受的干呕是排不干净的。

"最好不要咳得那么频繁。"卡拉妲劝告道，"会刺激到你的喉咙，然后使你的胸部疼痛，然后你会感到自己永远都在感冒。"

雷奥登哀号一声，艰难地拖着脚步前进。"我们应该往西走。"他用低哑的声音说道。

卡拉妲点点头，安静而迅速地走着，远比雷奥登做的好得多——好像已经很适应危险了。好几次她向后伸出手以示警告，在一队守卫从黑暗中出现前停止前进。她的警觉天分让他们毫发无伤地来到埃顿宫殿的西边，尽管雷奥登完全缺乏这种技巧。

"现在怎么办？"她低声问道。

雷奥登犹豫了一会儿，现在他面临一个问题。卡拉妲为什么想要进入皇宫？就雷奥登以前听说的关于她的事，她看来不像那种只要复仇的类型。她很残酷，但并不是报复心很强的人。但是万一他错了呢？万一她真的想要埃顿血债血还呢？

"怎么了？"卡拉妲问。

我不会让她杀死我父亲的，他暗暗决定道，不管他是个多么糟糕的国王，我都不会让她这么做的。"你必须先回答我一些问题。"

"现在？"她恼怒地问道。

雷奥登点点头。"我必须知道为什么你想要进入皇宫。"

她在黑暗中皱起了眉头。"你可没有任何理由提出要求。"

"你也没有任何理由拒绝我的要求。"雷奥登说，"只要我拉响警报，我们就都会被守卫抓住。"

卡拉妲在黑暗中安静了一会儿，显然在盘算他是否真的会这么做。

"听着，"雷奥登说，"你只要告诉我一件事，你打算伤害国王吗？"

卡拉妲直视他的目光，然后摇摇头，"我的事情与他无关。"

我是否应该相信她？雷奥登思考着，我还有其他选择吗？

他伸出手来，拔下一些紧靠墙壁的灌木，然后把整个身体的分量都压在其中一块岩石上。突然那块岩石随着一种细小的嘎嘎声陷入了墙中。接着地面的一部分在他们面前消失了。

卡拉妲挑起眉毛。"一条秘密通道？真是古色古香。"

"埃顿偏执地害怕睡眠。"雷奥登一边解释，一边爬进这个在地面和城墙之间的窄小通道，"他建造这个通道，是为了当有人进攻皇宫时，自己可以有最后一条逃跑途径。"

卡拉妲轻蔑地哼了一声，然后跟着他进入洞中。"我以为这种事情只会存在于小孩子的童话中。"

"埃顿很喜欢那些童话。"雷奥登说道。

爬了十几尺后通道变宽了，雷奥登摸着墙壁走，直到找到一盏带有打火石的钢制提灯。他把灯罩微微打开，只露出一丝光线，但这足够照亮这满是尘埃的狭窄通道。

"你看起来非常了解皇宫。"卡拉妲注意到。

雷奥登没有回答，因为他想不出一个不会暴露身份的回答。在他刚进入青春期时，他父亲就向他展示了这些通道。雷奥登和他的朋友们立刻发现这个地方充满了不可抗拒的魅力，完全不顾这只是个紧急通道的警告，雷奥登和卢凯在里面一玩就是好几个小时。

现在，通道当然比以前更小了，仅够雷奥登和卡拉妲勉强通过。"来吧。"他边说边把提灯举得更高，靠着墙壁一点点慢慢前进。通往埃顿房间的路程比他记忆中的要短，它真的算不上是一条通道，尽管在他幼年的想象中是。接着，通道突然向上倾斜直通二楼，一直通到埃顿的房间。

"这里就是了。"当他们走到通道的尽头时，雷奥登说道，"埃顿现在应该已经上床了，尽管他有偏执症，但他还是睡得很沉的，也许就是这一点让他害怕。"他溜过去打开那扇密门，这扇门就藏在皇家卧室的挂毯后面。埃顿巨大的寝床显得既昏暗又安静，虽然敞开的窗户提供了足够的星光让人能够看清国王沉睡的模样。

雷奥登变得紧张起来，双眼盯着卡拉妲不放。然而，那个女人遵守了她的诺言，她只是在穿过房间进入外面的走廊时，扫了熟睡的国王一眼。雷奥登偷偷如释重负地松了一口气，用他不熟练的潜行步伐跟着她。黑暗的走廊连接着埃顿的寝宫与他的那些守卫，右边的道路通向守卫的营房，而左边的则通向守卫的哨所，以及王宫的其他地方。卡拉妲放弃了这条路，沿着右边的通道走向营房，她光着脚无声无息地走在石头铺就的路上。

雷奥登跟着她进入营房，他的焦虑又回来了。她并不打算杀死他的父亲，但现在她却潜入了皇宫中最危险的地方，任何一点声响都可能会惊醒好几十名士兵。

幸运的是，在石头道路上潜行并不需要太多技巧，卡拉妲安静地打开他们需要通过的每一扇门，然后把门开得足够大，让雷奥登甚至不用移动它们就能溜过去。

黑暗的走廊连接着另一条走道，这条走道上排列着许多扇门，这些是低级官员的房间，以及那些被允许在这里建立家庭的守卫的房间。卡拉妲选了一扇门打开，里面是一个分配给已婚守卫全家用的房间，星光照亮了墙边仅有的一张床和床边上的一张梳妆台。

雷奥登焦虑得坐立不安，甚至怀疑卡拉妲所做的一切只是为了偷一件熟睡士兵的武器。如果真是这样，她肯定是疯了。当然，潜入一个偏执国王的皇宫，也的确不是理智健全的表现。

在卡拉妲进入房间后，雷奥登意识到她并不想偷走任何哪个不在场的守卫的装备。床是空着的，床单却皱了起来，仿佛有人睡过。卡拉妲走到某样雷奥登一开始没注意到的东西旁边，俯下身子——那是一个地板上的小床垫，上面躺着的一团东西应该是一个睡着的孩子，在黑暗中雷奥登辨不清他的外貌与性别。卡拉妲安静地跪在孩子身旁很长时间。

然后，她回过神来，示意雷奥登先离开房间，然后她再跟着并带上门。雷奥登充满疑惑地挑起眉毛，而卡拉妲只是点点头。他们已经准备好要走了。

逃出的过程和潜入正好相反，雷奥登先走，偷偷溜过还敞开着的大门，然后卡拉妲跟着，并在身后把这些门全都关上。雷奥登对这个夜晚能如此轻松地度过，感到十分欣慰。直到他穿过最后一道门来到埃顿寝宫外面的那条走廊。

一个人就站在房门边，他的手正好僵在伸向门把手的动作上，并满脸惊愕地看着他们。卡拉妲推开雷奥登，麻利地用她的手臂缠住那人的脖子，紧紧捂住他的嘴，并扭住他那想要拔剑的手腕。然而，和卡拉妲那虚弱的伊岚翠人体质相比，那个男人显然更加高大强壮。他挣开了卡拉妲的束缚，并在卡拉妲想要绊倒他时，用身体挡住她的腿。

"停下！"雷奥登低声喝止道，然后威吓般地举起手来。

两个人都恼怒地瞪了他一眼，但当他们看到雷奥登所做的事时，同时停止了厮打。

雷奥登的手指在空中移动，一条发光的线随之出现。雷奥登继续在空中写着，画着弧线和直线，直到他完成一个完整的文字。艾欧·席欧（Aon Sheo），代表死亡的符号。

"只要你一动，"雷奥登静静地说道，"你就会死。"

守卫的眼睛因为恐惧而大睁着，符文就在他的胸口慢慢灼热，在全然黑暗的房间中发出刺眼的光芒，并把影子投射在墙面上。这个符文如往常一般闪烁着，然后慢慢消失了。然而，这光线已经足够照亮雷奥登充满黑斑的伊岚翠脸庞了。

"你知道我们是什么人。"

"我主慈悲。"那人喃喃自语道。

"这个符文可以保持一个小时。"雷奥登撒谎道，"它会留在我画的地方，你看不见它，但只要你哪怕颤抖一下，它就会干掉你。你明白了吗？"

那个人完全不敢移动了，汗水从他那恐惧的脸上一串串掉下来。

雷奥登伸手解下那人的剑带，并把这武器绑在他自己的腰上。

"来吧。"雷奥登对卡拉妲说。

这个女人还是蹲在守卫把她推倒的墙边，用一种难以理解的表情看着雷奥登。

"走吧。"雷奥登重复道，语调中带着更多的催促。

卡拉妲点点头，恢复了她的冷静。她拉开国王皇宫的大门，然后两个人就消失在他们来的通道中。

"他没有认出我来。"卡拉妲自言自语道，她仿佛在讲一件好笑的事，声音中却又透着哀伤。

"谁？"雷奥登问。他们两个蹲在凯伊城市中心一间商店的门道里，稍事休息，以便继续长途跋涉返回伊岚翠。

"那个守卫。他是我的丈夫，在我还活着的时候。"

"你的丈夫？"

卡拉妲点点头。"我们在一起十二年了，而现在他却把我忘个精光。"

雷奥登迅速把那些事情联系起来。"那我们进入的房间就是……"

"那是我的女儿。"卡拉妲说，"我怀疑没人告诉她我怎么了。我只是……想让她知道。"

"你给她留了一张字条？"

"一张字条和一个纪念品。"卡拉妲用悲伤的声音解释道，虽然她的伊岚翠眼睛中没有泪水落下。"就是我的项链，一年前我原本想通过一个教士偷偷交到她手中，我希望她能拥有它，我一直盘算着怎么把项链给她。但他们很快就把我带走……我连说再见的机会也没有。"

"我知道了。"雷奥登说着，安慰性地用胳膊搂着那个女人，"我知道了。"

"它从我们这里夺走了他们所有人。它夺走了一切，什么都没留给我们。"她的声音纠缠着激烈的情绪。

"这是主的意志。"

"你怎么能这么说？"她尖刻地问道，"在他这样对待我们之后，你怎么还能如此呼唤他的名字？"

"我不知道。"雷奥登承认道，虽然他知道这不是时候，"我只知道我们必须活下去，就和所有人一样。至少，你又再次见到她了。"

"是的，"卡拉姐说，"谢谢，今晚你可帮了我一个大忙，王子殿下。"

雷奥登呆住了。

"是的，我认识你。我和我的丈夫在皇宫里住了好多年，保护你的父亲和你的家人。我看着你从孩提时代长到现在这么大，雷奥登王子。"

"你始终都知道？"

"并非一直知道。"卡拉姐说，"但也足够久了。等我发觉的时候，我一直拿不准是否要为你和埃顿的关系而恨你，还是满足地看着惩罚自动找上你。"

"那你的决定是……？"

"已经不重要了。"卡拉姐说，条件反射地揉着自己干涩的眼睛，"你完美地达成了交易内容。我的人不会再来打搅你们。"

"这不够，卡拉姐。"雷奥登站起来说道。

"你竟敢要求比交易内容更多的东西？"

"我什么都不要求，卡拉姐。"雷奥登说，并伸出手帮她站起来，"但你知道我是谁，所以你应该能猜出我想要干什么。"

"你就像安登。"卡拉姐说，"你想要成为伊岚翠的主人，就像你的父亲统治这片受诅咒土地的其他部分一样。"

"人们这么快就如此评价我了。"雷奥登露出一个别扭的笑容，说道，"不，卡拉姐。我并不想当伊岚翠的主人。但我真的想要帮助它，我看到这座城市充满了自怨自艾的人民，这些人拿世界看他们的眼光来看待自己。伊岚翠没必要成为这样一个深井。"

"你又能靠什么改变这一切？"卡拉妲质问道，"只要食物仍旧短缺，人们就会为了填饱肚子而互相开战，互相毁灭。"

"那么我们就喂饱他们。"雷奥登说。

卡拉妲不以为然地哼了一声。

雷奥登把手伸进口袋，这个袋子是他之前用破布做的。"你认得这个么，卡拉妲？"他问道，并向她展示一个小布包，这个布包是空的，却剩下一些他想要的残留物。

卡拉妲的眼中燃烧起欲望的火焰。"它本来是用来装食物的。"

"哪种食物？"

"一袋谷物，是给那些新伊岚翠人的贡品中的一部分。"卡拉妲回答道。

"不只是谷粒，卡拉妲。"雷奥登伸出一根手指说，"这是谷物的种子。仪式中有一部分需要可以被种植的谷物作为祭品。"

"谷物的种子？"卡拉妲小声说道。

"我是从新人那里收集到这些种子的。"雷奥登解释道，"除了谷物，我对其他祭品都没兴趣。我们可以种植这些谷物，卡拉妲。住在伊岚翠里的人并不算多，把他们全部喂饱并不困难。天知道我们有多少空闲时间，种一两个园子的谷物根本不成问题。"

卡拉妲惊得目瞪口呆。"以前从没有人这么试过。"

"这我也清楚。做到这点需要远见卓识，伊岚翠人太专注于自己当前的饥饿，过于为明天担忧了。我想要改变这一切。"

卡拉妲看看布包，又抬头看看雷奥登的脸。"太厉害了。"她喃喃自语道。

"来吧。"雷奥登说着，把布包重新收起来，然后把偷来的剑藏在破烂的衣服下面。"我们快到城门口了。"

"你打算怎么把我们送回去？"

"你只要看着就行了。"

他们走着，然后卡拉妲在一座黑暗的房子边停了下来。

"怎么了？"雷奥登问道。

卡拉妲指指窗户，隔着窗玻璃，他们看到一条面包。突然，雷奥登感到饥饿感像针一样扎着他。他不能责怪她，甚至是在王宫的时候，他也在四处搜寻可吃的东西。

"我们不能冒这个险，卡拉妲。"雷奥登说道。

卡拉妲叹了口气："我知道，只是……这些东西仿佛唾手可得。"

"所有的店铺都关门了，所有的房子也都上锁了。"雷奥登说，"我们不可能找得到食物。"

卡拉妲点点头，恍恍惚惚地继续前进。他们转过一个拐角，渐渐接近伊岚翠宽阔的大门。在它边上有一座矮小的房子，光线从窗户中倾泻下来。几个守卫懒洋洋地坐在里面，他们棕黄相间的伊岚翠守卫制服在灯光下光可鉴人。雷奥登走近这座房子，然后用拳背敲敲窗户。

"请原谅，"他有礼貌地说道，"你介意帮我们开一下城门吗？"

原先正在玩牌的守卫们应声警觉地从椅子上跳起来，当他们认出两人的伊岚翠特征时，马上开始吼叫咒骂起来。

"快点好么？"雷奥登不耐烦地说道，"我现在好累啊。"

"你们在外面做什么？"一个看上去像军官的守卫问，此时他的部下已经从房子里倾巢而出。有些还用危险的长矛指着雷奥登的胸口。

"还是试试把我们送回去吧。"雷奥登已经没有耐心了。

其中一个守卫抬高了他的长矛。

"如果我是你，我就不会这么做。"雷奥登说，"除非你想要解释，你是如何在门外杀死一个伊岚翠人的。你还是应该把我们关回里面，如果人们发现我们是从你们的鼻子底下逃走的话，你们就糟大了。"

"你们是怎么逃出来的？"那个军官问。

"以后再告诉你。"雷奥登说，"现在，你应该在我们吵醒所有居民并造成恐慌前，把我们带回城去。哦，我可不想你太靠近我，毕竟，宵得术法具有很高的传染性。"

听了他的话，守卫们不禁后退几步。看守伊岚翠是一回事，和会说话的尸体打交道又是另一回事了。军官不确定还有什么办法，只好下令打开城门。

"谢谢，你是好人。"雷奥登微笑着回答道，"你做得太漂亮了，我们会考虑给你加薪的。"雷奥登把手伸给卡拉妲，然后两人大步穿过城门回到伊岚翠。仿佛那些守卫更像是他的私人管家，而不是监狱的看守。

当城门在他们身后关上后，卡拉妲忍不住窃笑起来。"你把话说得好像我们很想住在里面，就像这是一种特权。"

"我们正是应该觉得如此。毕竟，如果我们只能被限制在伊岚翠中，我们也可以表现得像它是世界上最棒的地方。"

卡拉妲露出微笑。"你的内心深处很叛逆啊，我的王子。不过我喜欢。"

"贵族不仅体现在血液中，也体现在举止上。如果我们表现得好像生活在此是上帝的赐福一般，那也许我们就会开始忘记，我们曾以为自己有多么悲惨。现在，卡拉姐，我要你为我做件事。"

她挑起一边眉毛。

"别告诉任何人我是谁。我希望在伊岚翠得到的忠诚是来自内心的尊敬，而不仅仅是因为我的头衔。"

"好吧。"

"第二，别告诉任何人关于穿过地下河能到达城市的事。"

"为什么不行？"

"太危险了。"雷奥登说，"我了解我的父亲。如果守卫在凯伊城里发现太多的伊岚翠人，他就会下令毁灭我们。唯一能让伊岚翠进步的办法就是实现自给自足。我们不能冒险潜入城市，只为满足自己的需要。"

卡拉姐认真地听着，然后赞同地点点头，"好吧。"然后她停下来思考了一会儿，"雷奥登王子，我想给你看点东西。"

孩子们都很开心的样子，虽然大部分都睡着，只有一些还醒着，他们咯咯傻笑着，互相打闹着。当然，他们的头发也都掉光了，而且也带有宵得术法的标记，但他们看起来完全不在意。

"原来，他们都到这儿来了。"雷奥登饶有兴趣地说道。

卡拉姐带他进入那个房间的深处，一个深藏在伊岚翠众多宫殿后面的房间。这里曾经居住着由伊岚翠长老精心挑选出来的领导者，而现在却成了孩子们的游戏室。

几个男人警惕地守护着孩子们，怀疑地盯着雷奥登看。卡拉姐转向他，说："我刚到伊岚翠时，看到孩子们在阴影里缩成一团，害怕经过的任何东西，他们让我想起了自己的小奥帕斯（Opais）。当我开始帮助他们后，我心中的伤口也慢慢被治愈了，我把他们聚集起来，然后只需给他们一点点关爱，他们就会依赖于我。你在这个密室里看到的每个男女都有孩子被留在伊岚翠外。"

卡拉姐停了一下，深情地摸摸一个伊岚翠小孩的头。"是孩子们把我们团结在一起，使我们不被疼痛打倒。我们收集食物就是为了他们。不知为什么，当我们知道自己是因为倾尽所有喂饱孩子才挨饿的，我们就会变得更能忍受饥饿。"

"我从没想到……"雷奥登开口低声说道，他正看着一对小女孩在玩拍手游戏。

"他们会这么快乐？"卡拉妲帮他把话说完，并示意雷奥登跟着她，然后他们往回走，来到孩子听不见的地方。"我们也不理解，我的王子。看来他们处理饥饿感的能力比我们强。"

"孩童的内心具有令人惊叹的适应力。"雷奥登说。

"他们看起来也能够忍受相当程度的疼痛。"卡拉妲继续说道，"比如碰伤或撞伤之类的。然而，最终他们还是会承受不住，就像其他人一样。一开始孩子还会快乐地玩耍，但当他摔倒或是割伤自己的次数一多，他的内心也会放弃。我还有另一间房间，在离其他小孩很远的地方，那里挤满了几十个什么都不做，整天只会哭泣的小孩。"

雷奥登点点头。然后，过了一会儿他问："为什么你要给我看这些？"

卡拉妲停顿了一下，才说："因为我想要加入你们。我曾经服侍过你的父亲，不管实际上我对他的印象如何。而现在，我想要服侍他的儿子，因为我对他儿子的印象很好。你能接受我的效忠吗？"

"我感到很荣幸，卡拉妲。"

她点点头，回过头看看孩子们，叹了口气。"我所剩下的不多了，雷奥登大人。"她低语道，"如果我也不行了，我很担心孩子们该怎么办。你拥有梦想，拥有创造一个新伊岚翠的疯狂念头，在那里我们自给自足，并忘记痛苦。我很想看着你努力地完成它。虽然我不认为你能做得到，但我认为在努力的过程中，你会让我们的生活变得更好。"

"谢谢你。"雷奥登说道，他意识到自己刚刚接下了一个沉重而意义深远的使命。卡拉妲已经背负这个重担超过一年了，而他才刚刚开始有所感觉。她已经累了，他可以从她的眼中看出来。现在，是时候让她休息了，她已经把她的重担传给了他。

"谢谢你。"卡拉妲看看孩子们，然后说。

"告诉我，卡拉妲。"沉思片刻后，雷奥登说道，"如果我失败了，你真的会打断我手下人的手脚吗？"

卡拉妲起先并未作答。"那你也告诉我，王子殿下。如果我今晚的确是想杀你父亲的话，你会怎么做？"

"这两个问题还是不回答的好。"

卡拉妲点点头，她疲惫的双眼中充满了冷静的智慧。

当雷奥登认出在礼拜堂外等他归来的高大身影之后，他露出了微笑。加拉顿手上的提灯发出微弱的光芒，照亮了他那充满忧虑和担心的脸。

"一盏指引我回家的明灯，我的朋友？"当他靠近时，雷奥登在黑暗中问道。

"苏雷！"加拉顿几乎快要哭出来了，"杜罗肯在上，你竟然没死？"

"当然不是，我早就已经死了。"雷奥登大笑着说，并拍拍他朋友的肩膀，"我们都已经死了……至少，你似乎很喜欢对我这么说。"

加拉顿咧开嘴笑了。"那个女人在哪儿？"

"我送她回家了，正如每个绅士都会做的那样。"雷奥登说着，走进了礼拜堂。

礼拜堂里的玛睿希和其他人顿时激动起来。

"性灵大人回来啦！"邵林热情地宣布道。

"邵林，这是给你的礼物。"雷奥登说着，从他的破衣服下面拿出那把剑，并把它抛给那个士兵。

"这是什么，大人？"邵林问道。

"考虑到你制作它用的材料，这长矛的确好得令人惊叹。"雷奥登说，"但是如果你想应付实战的话，我想你应该拥有更坚固的武器。"

邵林把兵刃拔出了剑鞘。这把从外观看平淡无奇的剑，在伊岚翠里却成了精美绝伦的工艺品。"上面没有一点锈斑。"邵林惊叹道，"上面刻有埃顿私人卫队的标志！"

"这么说国王已经死了？"玛睿希急切地问道。

"完全没这回事。"雷奥登不屑地说道，"我们的任务是私人性质的，玛睿希，无关杀戮。虽然，这把剑原来的主人很可能非常生气。"

"我绝对相信，"加拉顿哼了一声，"那么我们不用再担心卡拉妲了？"

"完全不用了。"雷奥登微笑着说，"事实上，她的人会加入到我们中间。"

听到这一宣布，人们发出了一些惊讶的抱怨声。雷奥登停顿了一会儿才继续说道："明天我们将会去王宫区。在那里卡拉妲会有些东西，我想要你们都去看看，而且伊岚翠里的每个人都应该看看。"

"那是什么呢，苏雷？"加拉顿问道。

"证明饥饿是能被打败的东西。"

第十四章

　　莎瑞娜在女红方面的才能和她在绘画上的一样少得可怜。但这并不能阻止她去尝试——不管她如何努力参与那些传统观念中属于男人们的活动，莎瑞娜还是感到急需证明自己和其他女孩子一样贤淑而有女人味。她只是不擅长这些罢了，这又不是她的错。

　　她拿起了自己的刺绣作品。据说上面绣的是一只停在长凳上的绯红色姊妹鸟，正张着嘴唱歌。不幸的是，她自己画了底样——这意味着一个不好的开局，再加上她描线的水平惊人地低下，使最后做出来的东西更像是一只被压扁的番茄而不是鸟。

　　"太美了，亲爱的。"怡薰说。只有欢乐到无可救药的王后，才能作出这种不带讽刺意味的赞扬。

　　"别担心，莎瑞娜。"朵奥拉说，"我主赐予每个人不同程度的天分，但他总会奖励勤勉的人。继续练习吧，你会有进步的。"

　　你说得倒轻松，莎瑞娜在心里抱怨道。朵奥拉自己的刺绣作品是一幅细腻完美的杰作。她绣了一整群鸟，每一只都纤小而复杂，在一棵雕塑般精美高大的橡树上飞舞盘旋。凯隐的妻子简直就是贵族美德的典范。

　　朵奥拉走起路来简直不像是在走，而是在轻盈地滑行，她的每一个动作都顺畅而优雅。她的妆容更是妖媚动人——她的嘴唇红润、眼神神秘，却又不露痕迹。她既成熟到足以表现出庄重感，又年轻到使她的美貌远近闻名。总之，她通常是会让莎瑞娜嫉恨的那类女人，如果她不是宫廷里最和善、最聪明的女子，让莎瑞娜恨不起来的话。

　　安静了片刻之后，怡薰又开始如往常一般喋喋不休起来。王后似乎惧怕沉默，她通常会先开口并以此督促别人加入谈话。而团队中的其他妇女也愿意让她主导话题——没有人想要把对话的控制权从怡薰手中抢过来。

　　王后的刺绣团队由大约十位妇女组成。起先，莎瑞娜一直避免参加她们的聚会，而把注意力都集中在宫廷的政治上。然而，她很快就意识到那些女人和国家大事一样重要，流言和闲谈使那些不能在正式场合谈论的消息迅速传播开来。莎瑞娜不能忍受被排斥在消息圈外，她只希望在加入的同时不要暴露出自己的无知。

"我听说那位瓦伦大人，就是凯伊（Kie）庄园男爵的儿子，经历了一场深刻的宗教体验。"怡薰说，"我认识他的母亲——她是位相当不错的女性，而且非常精通编织技术。明年，等那些毛线衫再度流行的时候，我就要逼埃顿穿上一件——国王总不能表现得一点时尚敏感度都没有吧。他的头发也太长了。"

朵奥拉收紧了一个针脚，并说："我也听说过一些有关小瓦伦的传闻。现在想来我觉得有些古怪，多年来他都是一个虔诚的珂拉西教徒，而他却突然改信苏·德雷西教派了。"

"不管怎样，它们可是两个截然不同的教派啊。"阿塔拉（Atara）漫不经心地接口说。这位特瑞伊公爵的妻子，即使在阿雷伦人看来，也算是非常小巧的。她有着齐肩的红褐色鬈发，衣着和首饰也是房间里最豪华的，简直是在向她丈夫的穷奢极侈致敬。她的刺绣图案一直是保守而缺乏创意的。

"千万别在教士面前说这种话。"西登（Seaden）警告道，她是埃汉伯爵的妻子，也是房间里体形最硕大的女人，她的腰围堪与其丈夫匹敌。"他们好像认为你把神叫成我主还是杰德斯，就决定了你的灵魂是什么样的。"

"两者之间还是有十分显著的区别的。"莎瑞娜说着，并努力遮住她那蹩脚的刺绣，以免同伴们看到。

"如果你是一个教士的话，当然会觉得不同了，"阿塔拉如小鸟般叽叽笑着说，"但是两者对我们来说并没有区别。"

"当然了，"莎瑞娜说，"毕竟，我们只是女人。"她从自己的刺绣上小心翼翼地抬起头来，为女人们对她机敏言词的反应而偷偷地发笑。也许阿雷伦女人并不如男人们认为的这么驯顺。

沉默持续了没多久，怡薰就又开始说话了。"莎瑞娜，在泰奥德，女人们平时都做些什么打发时间？"

莎瑞娜惊讶地挑起眉，她从没听王后问过如此直接的问题。"您的意思是……王后殿下？"

"她们平时都在做些什么？"怡薰重复道，"我听说过一些事，你明白的——就像我也听说过某些斐优旦的事，说那里的冬天冷极了，有时树都会被冻起来，甚至冻裂。

我认为，这真是一个劈柴的简单方法。我很好奇他们是否能控制它在需要的时候爆裂。"

莎瑞娜露出一个微笑。"我们绝对有事可做，王后殿下。有些女性喜欢刺绣，不过我们中的其他人还是找到了不一样的人生追求。"

"比如说？"托蕊娜（Torena）问，她是埃汉大人待字闺中的女儿，虽然莎瑞娜很难相信这么一个纤细的人，是怎么被一对像埃汉和西登那样圆润的夫妇生出来的。在这种聚会中，托蕊娜通常不声不响，而她那大大的棕色眼睛却总是注意着事情的进展，眼中的火花暗示着一种被掩藏起来的智慧。

"好吧，一方面，国王的宫廷对所有人敞开。"莎瑞娜冷淡地说道，然而，她的内心却在歌唱：这正是她期待已久的那种机会。

"你们会去旁听审案？"托蕊娜问道，她那安静尖细的声音显示出她愈加浓厚的兴趣。

"经常去，"莎瑞娜说，"然后我会和朋友们讨论案情。"

"你会用剑和别人战斗么？"超重的西登一脸期待地问道。

莎瑞娜愣了一下，有些吃惊。她抬起头，发现房间里几乎每个人都在盯着她看。"你为什么会这么问？"

"传闻就是这么说泰奥德女人的，亲爱的。"朵奥拉冷静地说道，她是唯一一个还在做针线活的女人。

"是的，"西登说，"我们总是听到这种传言——说看着女人们互相残杀，是泰奥德男人的一种消遣方式。"莎瑞娜挑起眉，"我们称它为击剑运动，西登夫人。我们只是为了娱乐才这么做的，不是为了男人——而且我们绝对不会杀死对方。我们使用的剑，头上都有一个小圆球，而且我们都穿着很厚的衣服。我从没听过有谁为此受过比扭到脚更厉害的伤。"

"那么这些都是真的咯？"小托蕊娜惊讶地喘息着，"你们真的会使剑？"

"有些人会，"莎瑞娜说，"事实上，我真的很享受击剑的乐趣。击剑是我最喜欢的运动。"这些女人的眼中闪现出令人惊骇的嗜血光芒——就像在小房间中关得太久的猎犬的眼神。莎瑞娜原本只想潜移默化地培养这些女人对政治的兴趣，鼓励她们在国家管理上扮演更积极的角色，但是很明显这个方法太迂回了，她们需要一些更直接的东西。

"我可以教你们，如果你们想的话。"莎瑞娜提出。

"去战斗？"阿塔拉震惊地问。

"当然，"莎瑞娜说，"这并不难。而且，阿塔拉女士，请称它为击剑运动。一想到女人在'战斗'，即使是最善解人意的男人都会感到有那么点不舒服的。"

"我们不能这么做……"怡薰开口。

"为什么不能？"莎瑞娜问。

"国王可不太赞成玩剑，亲爱的。"朵奥拉解释道，"你很可能已经注意到了，在这里没有一个贵族能够佩剑入宫。"

莎瑞娜皱起眉头。"我刚想问这件事呢。"

"埃顿认为佩剑太普遍了不好。"怡薰说，"他认为战斗是农民的事，他仔细研究过他们——他是一个很好的领导者，你知道的，一个很好的领导者必须了解很多事情。他可以告诉你斯福坦任何时节的气候是怎么样的，他的船队也是商贸往来中最稳最快的。"

"所以没有男人能够作战？"莎瑞娜惊奇地问。

"除了伊翁德大人，或许还可以算上舒顿大人。"托蕊娜说道，当她提到舒顿的名字时，脸上充满了向往。这位年轻、黝黑的贵族是宫廷女性的最爱，他那精致的脸庞和无可挑剔的举止，甚至抓住了最稳重女子的芳心。

"不要把雷奥登王子给忘了。"阿塔拉补充道，"我认为他让伊翁德教他武艺，只是为了激怒他父亲。他经常做这种事。"

"这样更好。"莎瑞娜说，"如果没有男人能战斗，那埃顿王就不能完全反对我们学习剑术了。"

"你的意思是……？"托蕊娜问道。

"好吧，他认为击剑对他来说太低级了。"莎瑞娜解释道，"如果那是真的，那它就太适合我们了。毕竟，我们只是女人。"

莎瑞娜顽皮地笑笑，这笑容随后也传染给了在场大多数女性。

"阿什，我的剑在哪儿？"莎瑞娜问道，她正跪在床边，在底下乱翻。

"您的剑，小姐？"阿什问道。

"不要紧的，我马上会找到它的。你有什么发现么？"

阿什安静地振动着，仿佛在揣测她又卷进什么麻烦里了，然后它才开口说："恐怕我没有很多需要汇报的事，小姐。伊岚翠是个十分敏感的话题，我能了解到的信息太少了。"

"任何事情都可能会有帮助的。"莎瑞娜说着，然后转向她的衣橱。今晚她要去参加一个舞会。

"好的，小姐。凯伊城中的大多数人并不想谈论伊岚翠。凯伊城中的侍灵们知道的也不多，而伊岚翠里发疯的侍灵看上去没有足够的理智来回答我的问题。我甚至试着接近伊岚翠人，但许多人好像都被我吓到了，而剩下的只是向我乞讨食物——好像我能随身携带食物似的。终于，我发现消息的最佳来源就是那些守卫伊岚翠的士兵。"

"我听说过他们。"莎瑞娜边说，边仔细察看她的衣服，"他们被认为是阿雷伦最精锐的战斗部队。"

"他们也会立即告诉你这一点的，小姐。"阿什说，"虽然他们看起来精通打牌和喝酒，但是我很怀疑他们中大部分是否知道在战场上该做些什么。不过他们倒知道保持制服的平整服帖。"

"典型的仪仗队卫兵。"莎瑞娜边说，边在一排黑衣服里挑拣着，一想到又要穿上另一件单调枯燥的丑陋衣服，她的皮肤就起鸡皮疙瘩。尽管她是如此尊重、缅怀雷奥登，可是她不能忍受再穿黑色衣服了。

阿什在空中点着头以回应她的言论。"我恐怕，小姐，阿雷伦最'精锐'的军队并不能给国家提供任何保障。不过，他们却是伊岚翠消息方面的专家。"

"他们说了什么吗？"

阿什飘过衣橱，看着她快速搜寻需要的衣服。"也不多，阿雷伦人不再像以前一样把什么都很快告诉侍灵。曾经有段时间，我都快记不得了，人们都爱我们。不过现在他们……都很保守，几乎是在害怕我们。"

"他们把你们和伊岚翠联系起来了。"莎瑞娜说着，渴望地凝视着那些她从泰奥德带来的衣服。

"我知道，小姐，"阿什说，"但是我们和伊岚翠的毁灭一点关系也没有，而且侍灵也没什么可怕的。我倒是希望……但是，好吧，这无关紧要。除了他们的缄默，我还是获得了一些信息。那些被宵得术法选中的人，失去的并不只是人类的外表。守卫们倾向于认为他们完全忘记了自己以前是谁，变得更像是动物，而不是人类。很像我试图搭讪的那些伊岚翠侍灵。"

莎瑞娜打了个哆嗦。"但是，伊岚翠人会说话——其中一些还会问你讨要食物呢。"

"他们是会说话。"阿什说，"那些可怜的灵魂看起来一点也不像动物：他们中大多数都在用某种方式哭泣或低喃。我倾向认为他们只是失去了理智。"

"所以宵得术法对肉体和精神有双重影响。"莎瑞娜推测道。

"很显然，小姐。守卫们还提起几个称霸伊岚翠的帮派头目。食物是如此珍贵，他们会猛烈袭击所有带有食物的人。"

莎瑞娜皱了一下眉。"他们的伙食是怎么弄的？"

"据我所知，他们没有任何伙食。"

"那他们怎么能活下来？"莎瑞娜问。

"我不知道，小姐。可能这座城市处在一种蛮荒的状态下，他们靠弱肉强食活下来。"

"没有社会能这样存在下去。"

"我都不相信他们还有所谓的社会，小姐。"阿什说，"他们是一群悲惨的、被诅咒的人，已经被神灵遗忘了——而这个国家的幸存者还在艰难地跟随神的脚步。"

莎瑞娜若有所思地点点头。然后，她坚定地脱下黑裙子，在她的衣柜后面快速地搜索着。几分钟之后，她穿戴整齐再次出现，等待阿什的评价。

"你觉得怎么样？"她转了个圈，问道。整件衣服是由一种厚重的金色材质精心制作而成的，闪着金属的光泽。一层黑色的蕾丝覆盖在上面，敞开的高领有男性化的特征。领子用一种硬挺的材料做成，和袖口的材料一致。袖子非常宽大，整件裙子也很宽大，像波浪一样向外翻滚，然后再一路落到地板上，盖住莎瑞娜的脚。这是那种让人觉得尊贵的衣服。即使是公主有时也需要用某些东西来提醒别人她的身份。

"它不是黑色的，小姐。"阿什指出。

"这一部分是。"莎瑞娜指指背后的长披肩，反驳道。这条披肩的确是裙子的一部分，它被如此仔细地缝在领口和肩上，以至于看上去就像是从蕾丝中长出来的。

"我不认为一条披肩就能让它变成一件寡妇的丧服，小姐。"

"但必须得这样。"莎瑞娜说着，端详着镜中的自己，"如果我再穿一次怡薰给我的那些裙子，你就可以把发疯的我丢进伊岚翠里了。"

"您确定这裙子的前面……合适吗？"

"什么？"

"前面的剪裁似乎太短了，小姐。"

"我还见过更糟的呢，即使是在阿雷伦这种保守的地方。"

"是的，小姐，但那些都是未婚女郎穿的。"

莎瑞娜笑笑。阿什通常对她的事情很敏感。"我至少得穿它一次吧——我从来都没机会穿。我是在离开泰奥德前一星期，从杜拉德得到它的。"

"如果您这么说的话，小姐。"阿什微微颤动着说道，"您还有其他什么东西希望我去找的么？"

"你去过地牢了么？"

"去过了，"阿什说，"对不起，小姐——我没有找到任何藏着饿得半死的王子的密室。如果埃顿真把自己的儿子关起来了，那他也不至于笨到把他藏在自己的王宫里。"

"好吧，看看还是有必要的。"莎瑞娜叹了口气，说道，"我也不认为你能找到什么东西——也许我们应该找找使用匕首的刺客。"

"诚然。"阿什说，"也许您应该试试从王后那里打听点情报？如果王子真的被一个闯入者杀害了的话，她也许知道些什么。"

"我已经试过了，但是怡薰……好吧，从她身上获得情报并不难。然而，不让她转移话题却……老实说，我完全不理解她这样的女人为何会嫁给埃顿。"

"我很怀疑，小姐，"阿什说，"这场婚约更像是建立在经济基础上的，而不是感情基础。埃顿最初的政府基金大都来自怡薰的父亲。"

"说得有道理。"莎瑞娜说道。她微微一笑，很想知道埃顿现在对这笔交易的看法如何。诚然，他已经得到了他的钱，但他也不得不浪费几十年的时间听怡薰唠叨，并在她的唠叨中了此余生。也许这就是他为什么总对女人感到厌烦的原因。

"不管这些了，"莎瑞娜说，"我不认为王后知道任何关于雷奥登的情况——但我还是会继续努力的。"

阿什跳了一下，表示点头同意。"那么，还有什么需要我做的？"

莎瑞娜停下来想了一下。"好吧，我最近一直都在考虑凯隐叔叔的事。此后父亲再也没有提起过他。我很好奇——你知道凯隐是否被正式剥夺过继承权？"

"我不知道，小姐。"阿什说，"迪奥可能会知道，它在工作上和您的父亲走得很近。"

"那就要看你是否能从中挖掘出些什么了。可能会有关于这件事的传闻在阿雷伦流传。毕竟，凯隐是凯伊城里最有影响力的人物之一。"

"遵命，小姐。还有其他什么要求吗？"

"当然！"莎瑞娜皱了皱她的鼻子决定道，"叫人把这些黑裙子全拿走——我决定不再需要它们了。"

"好的，小姐。"阿什用一种痛苦的声音说道。

　　当马车逐渐靠近特瑞伊公爵的府上时，莎瑞娜透过车窗向外望去。据说，特瑞伊并不怎么限制舞会邀请的宾客，今晚路边马车的数量就能证实这一点。照明火炬在道路两旁依次排开，而宅邸边的空地上也被各种灯笼、火炬和色彩奇异的火焰所点亮。

　　"公爵可真是不惜血本啊。"舒顿指出。

　　"那些是什么，舒顿大人？"莎瑞娜边问，边向那在高高的金属杆顶部燃烧的明亮火焰点点头。

　　"来自南方的特殊石头。"

　　"会燃烧的石头？就像煤块？"

　　"它们可比煤块燃烧得快多了。"年轻的津多领主解释道，"而且它们极其昂贵。光是照亮这条道路，特瑞伊就一定花了不少钱。"舒顿皱着眉。"这太铺张浪费了，即使是对他这种人来说。"

　　"卢凯提到过公爵的浪费。"莎瑞娜边说边回忆着他们在王座厅中的谈话。

　　舒顿点点头。"但他远比别人想的要精明得多。公爵是对金钱无所谓，但在他的轻浮行为背后往往藏着一个目的。"莎瑞娜可以看出年轻的男爵的脑袋正在飞快运转着，仿佛想要猜出先前提到的那个"目的"究竟是什么。这时，马车停了下来。

　　宅邸里已是人山人海。穿着鲜亮的女士都由一位穿着时尚直筒大衣的男士陪伴着。在人群中来回穿梭的白衣侍者并不比客人少多少，他们正递送着食品和饮料，或者忙着替换灯笼。舒顿扶着莎瑞娜走下马车，然后，他迈着在海军里训练出来的标准步伐，领着她步入主舞厅。

　　"你不知道当你提出要和我一起来时，我有多高兴。"当他们进入舞厅时，舒顿吐露心声道。一支巨型乐队在走廊的尽头演奏着，而一对对男男女女们要么在舞厅的中央旋转起舞，要么就站在一边谈话。整个房间被七彩斑斓的灯光照亮了，而那些他们在外面见过的石头则在扶栏和柱子上热烈地燃烧着。柱子上还缠绕着一圈细小的蜡烛，大约每过半小时蜡烛就得重新替换一次。

　　"为什么要搞那么大的排场，大人？"莎瑞娜边问，边注视着这派五光十色的景象。即使身为公主，她也从没见过如此富丽堂皇的场面。光影声色交汇成这令人醉生梦死的夜晚。

　　舒顿跟随她的目光看去，却并没有真的在听她的问题。"这里的人永远都不会知道，这个国家正在毁灭的边缘舞蹈。"他喃喃自语道。

　　这番话仿佛丧钟一般敲响。莎瑞娜从没见过如此豪华的景象还有一个原因，它的确美得令人赞叹，却也浪费得令人难以置信。她的父亲是一个严谨的统治者，他绝不会允许如此挥霍。

"一直都是如此，不是吗？"舒顿问道，"那些最花不起钱的人，往往最想用尽身上的每一分钱来显摆。"

"说得一针见血，舒顿大人。"莎瑞娜说。

"不，我只是一个想要发现事物本质的人而已。"他说着，带着莎瑞娜来到一边的走廊，在那里他们可以喝点什么。

"你前面在说些什么？"

"说什么？"舒顿问，"哦，我正在解释为什么说今晚你能让我免于焦虑。"

"为什么？"她问道，此时舒顿递给她一杯酒。

舒顿微微一笑，啜了一口自己的饮品。"有些人，由于某些原因，会认为我很……够格。她们中很多人并不真正了解你是谁，只是站开一段距离，企图了解她们的新对手。而今晚我终于可以有时间放松一下自己了。"

莎瑞娜扬起一边眉毛。"真有这么差吗？"

"通常我不得不用棍子把她们打跑。"舒顿回答，并向她伸出手臂。

"人们肯定会认为你永远都不想结婚了，大人。"莎瑞娜笑着说，并接受他伸出的手臂。

舒顿哈哈大笑。"不，完全不是这样的，女士。我向你保证，我对这个想法非常感兴趣——至少是对它背后的理论。然而，在宫廷里找一个叽叽歪歪的愚蠢女人，而不让自己反胃，则完全是另一码事了。来吧，如果我没记错，那么我们应该能找到一个比主舞厅有趣得多的地方。"

舒顿带着她穿过参加舞会的庞大人群。不管他早先的言论，对于那些从人群中走出来欢迎他的女士们，他还是非常有礼貌的，甚至可以说是令人愉悦的。舒顿知道每个人的名字——这可能是一种外交手腕，也可能仅仅来自良好的教养。

观察着每个他遇到的人的反应，莎瑞娜对于舒顿的崇敬之情不断增长。当他靠近时，没有一个人的脸是阴沉的，几乎没人对他露出那种傲慢的表情，虽然这在所谓的上流社会很常见。舒顿是大家的宠儿，即使他绝对算不上是最活跃的那个。莎瑞娜感到他的人气不是来自于取悦他人的能力，而是来自他那让人如沐春风的真诚。舒顿说话时，他通常是礼貌而体贴的，但也很坦率。他的异国血统给了他特权，让他能说出其他人不敢说的话。

走过了一段楼梯之后，他们终于到达了楼梯尽头的一个小房间。"我们到了。"舒顿满意地说道，并带着她穿过大门。在里面，他们发现了一支更小，技艺却更精湛的乐队在演奏弦乐。房中的装修也更低调一些，但侍者提供的食物看起来却比楼下的更奇异珍贵。莎瑞娜认出了许多宫廷中人，包括最重要的那个。

"国王。"她不禁脱口而出。她看到埃顿正站在远处的角落里，穿着显瘦的绿色晚装的怡薰正陪伴在他身边。

舒顿点点头。"埃顿不会错过这样的宴会，即便那是特瑞伊大人举办的。"

"他们之间的关系不好吗？"

"他们之间的关系很好，只是他们在从事同一种生意。埃顿在运营一个商船队——他的船是在斐优旦海上航行，而特瑞伊的船队也一样。这使他们变成了竞争对手。"

"我还是认为他在这里很奇怪。"莎瑞娜说，"我的父亲从不到这种地方来。"

"那是因为他已经长大了，莎瑞娜女士。埃顿还沉浸在他的权力中，而且抓住每一个机会去享受它。"舒顿用机敏的眼睛扫视了一下周围，"就拿这个房间来说吧。"

"这个房间？"

舒顿点点头。"每当埃顿要参加一个舞会时，他总会挑选一个在主舞厅边上的小房间，并让所有重要的人物都围着他转。贵族们也都习惯了这一点。举办舞会的人通常都会请第二支乐队，也知道要在主舞厅的旁边开第二个更豪华更私密的舞会。埃顿想要人们知道，他不想和那些地位低他太多的人混在一起——这个聚会只对公爵和地位较高的伯爵开放。"

"但你只是个男爵。"当两人缓缓步入房间时，莎瑞娜指出。

舒顿笑了笑，啜了一口酒。"我是一个特例。我的家族逼迫埃顿给我们封号，当大多数人只会用金钱和乞讨的方法时。我拥有某些其他男爵所没有的自由，因为埃顿和我都清楚我曾经战胜过他。我通常只会在这里待上一小会儿——最多一个小时。不然，国王的耐心就会被我耗尽。当然，今晚并不会如此。"

"为什么呢？"

"因为我有你啊。"舒顿说，"不要忘记，莎瑞娜女士。除了国王夫妇以外，你比这房间里的任何人都要尊贵。"

莎瑞娜点点头，她已经很习惯被当作是重要人物了——毕竟，她曾是国王的女儿——但她还是不习惯阿雷伦人如此在意等级。

"埃顿的出现改变了许多事。"当国王注意到她时，她低声说道。他的双眼扫过她的裙子，明显已经注意到它不是黑色的了，然后他的脸沉了下来。

也许换衣服不是一个好主意，莎瑞娜不得不暗自承认。然而，一些别的东西迅速吸引了她的注意力。"他在这里做什么？"她低声说道。她注意到一个醒目的身影屹立在参加舞会的人群中，就像是一道刺眼的红色伤疤。

舒顿顺着她的目光看过去。"枢机主祭？自从他来的那天起，他就一直是宫廷舞会的常客。第一次，他在没有受到邀请的情况下就出现了，然后摆出唯我独尊的架势，从此往后就没人敢不邀请他了。"

拉森正在和一小群人讲话，他鲜亮的红色胸甲以及粗犷的披风与贵族浅色的服饰形成鲜明对比。枢机主祭至少比房间里的所有人都高出一头，他的肩甲向两边延伸出一尺有余。总之，他是很难被忽略的。

舒顿微笑着说道："不管我对这个人的看法如何，他的自信令我印象深刻。头一天晚上，他就这样蹚进了国王的私人聚会，然后开始和一个公爵说话——只是向国王点了点头。很显然，拉森认为枢机主祭的头衔足以让他和房间里的所有人平起平坐。"

"在东方，国王还必须向枢机主祭鞠躬呢。"莎瑞娜说，"实际上，当伟恩驾临时，他们还得匍匐在地上呢。"

"这都是因为一个老津多人。"舒顿指出，并停下来让一个路过的侍者斟上一种新酒。这是一种上乘的葡萄酒。"我一直很好奇，你们这些人是如何看待克谢格教派的教义的。"

"'你们这些人'？"莎瑞娜问道，"我是珂拉西教徒——不要把我和枢机主祭混为一谈。"

舒顿举起一只手。"我为此道歉，我并不是有意冒犯。"

莎瑞娜停了一下。舒顿住在阿雷伦，并且艾欧语说得和本地人一样好，所以她就自然而然地认为他是珂拉西教徒。然而，她完全被误导了。舒顿还是一个津多人——他的家族都笃信苏·科萨格教派，也就是珂拉西和德雷西教派的本宗。"但是，"她把心里想的脱口而出，"现在津多已经是德雷西教派的天下了。"

舒顿看着枢机主祭，面露愠色。"我很好奇，当他的两个学生——珂拉西和德雷西离开去北方传教时，宗师是怎么想的。克谢格教义的核心是'统一'。但宗师的本意究竟是什么？是思维的统一，正如我的人民所认为的？还是爱的统一，正如你们的教士所宣称的？还是统一的顺从，正如德雷西教派所相信的？最后，我还想知道人类怎么能把一个这么简单的概念变得如此复杂。"

他停了一下，然后摇摇头。"无论如何，的确如此，女士，津多现在是苏·德雷西教派的了。我的人民已经答应伟恩改信德雷西教派了，因为这总比引起战争要好。然而，如今有很多人开始质疑这个决定了，因为仪祭变得越来越难以满足了。"

莎瑞娜点点头。"我同意。苏·德雷西教派必须被禁止——它是对真理的歪曲。"

舒顿愣了一下。"我可没这么说，莎瑞娜女士。苏·科萨格教派的灵魂是接受与包容。它为所有的教义和学说提供空间。德雷西教徒只是在做自己认为对的事而已。"舒顿停下来，抬头看看拉森，然后才继续说道，"然而，那个人却很危险。"

"为什么是他而不是别人？"

"我去参加过一场他的布道会。"舒顿说，"他不是在用他的心来传教，莎瑞娜女士，而是用他的头脑来传教。他只追求改变信仰的人数，而完全不在意追随者的诚意。这很危险。"

舒顿扫了拉森的同伴一眼。"那个人也让我不舒服。"他边说，边指着一个发色浅到近乎发白的男人。

"他是谁？"莎瑞娜饶有兴趣地问道。

"瓦伦，蒂奥伦（Diolen）男爵的长子。"舒顿说道，"他本不应该出现在这间屋子里，但显然他利用了自己与枢机主祭的亲密关系混了进来。瓦伦曾经是一个虔诚得出了名的珂拉西教徒，但是他声称他看到杰德斯显灵，并命令他改信苏·德雷西教派。"

"早些时候女士们已经讨论过这件事了，"莎瑞娜看看瓦伦，说道，"你不相信他？"

"我一直怀疑瓦伦的虔诚只是一种表演。他是一个机会主义者，而他的疯狂信教只会让他臭名远扬。"

莎瑞娜打量着这个白发的男人，并为此感到忧虑。他太年轻了，却把自己伪装成事业有成、掌控一切的男人。他的皈依是一个危险的信号。这种人拉森招集得越多，他就会变得越危险。

"我真不该等这么久。"她说。

"等什么？"

"等那么久才参加这些舞会。拉森已经比我领先一个星期了。"

"你说得好像这是你们两个人之间的私人竞赛似的。"舒顿微笑着指出。

莎瑞娜并不认为这番话是在开玩笑。"是一场以国家命运为赌注的私人竞赛。"

"舒顿！"一个声音说道，"你身边竟然没有那些平时总围绕着你的仰慕者。"

"晚上好，罗艾奥大人，"舒顿说道，当这位老人慢慢靠近时，他微微鞠了一躬，"是的，多亏了我的女伴，今晚我才能避开她们中的大多数。"

"啊，可爱的莎瑞娜王妃，"罗艾奥说着，吻了吻她的手，"显然，你对黑色的偏好已经消失了。"

"其实从一开始就没喜欢过，大人。"她说着，行了一个屈膝礼。

"可以想见。"罗艾奥微笑着说。然后他又转向舒顿。"我还希望你不会发现自己的好运呢，舒顿。我都想把王妃偷过来赶走我自己身边的几只烦人水蛭了。"

莎瑞娜惊讶地看着这位老人。

舒顿咯咯笑着。"罗艾奥大人也许是阿雷伦里唯一一比我吃香的单身汉了。我倒并不嫉妒，因为大人总能从我这儿转移走不少女性的注意力。"

"你？"莎瑞娜看着这个弱不禁风的老人，问道，"女人们想要嫁给你？"然后，她想起应有的礼貌，加了一句迟来的"大人"，为她的不当言论羞得满脸通红。

罗艾奥哈哈大笑。"不用担心冒犯我，年轻的莎瑞娜。到了我这把年纪没有人是能看的。我亲爱的尤黛丝（Eoldess）二十年前就过世了，而且我也没有儿子。我的财产总得传给某个人，而国内每个未婚女孩都意识到了这点。她只需勉强服侍我几年，就可以把我埋了，再找一个精壮的年轻情人帮她花我的钱了。"

"大人太愤世嫉俗了。"舒顿指出。

"大人只是太现实了。"罗艾奥哼了一声，"虽然我必须承认，强迫那些年轻的小姐上床的想法的确很有诱惑力。我知道她们都以为我太老了，没法让她们行使做妻子的职责，但是她们全想错了。如果我真想让她们偷走我的财富，也至少会让她们为此干点活儿。"

舒顿为这番言论羞红了脸，而莎瑞娜却只是不停地大笑。"我就知道，你只是一个肮脏的色老头。"

"这点我承认。"罗艾奥微笑着同意道。然后，他抬头看看拉森，继续说道："我们全副武装的朋友又做了什么吗？"

"只是用他恼人的存在惹我厌罢了，大人。"莎瑞娜回答道。

"看看他，莎瑞娜，"罗艾奥说，"我听说我们亲爱的特瑞伊大人刚刚获得了一笔意外之财，而且靠的不单单是好运。"

舒顿的眼中充满了怀疑。"特瑞伊公爵并没有宣称效忠于德雷西教派呀。"

"没有公开宣称，的确如此。"罗艾奥同意道，"但是我的消息来源说这两个人之间有些什么勾当。只有一件事情是确定的，那就是凯伊城很少会有如此盛大的聚会，而且公爵没有什么特别的理由就举办了它。不禁让人好奇，特瑞伊究竟是在为什么东西作宣传？还有为什么他突然想向我们炫耀他多有钱呢？"

"一个有趣的想法，大人。"莎瑞娜说道。

"莎瑞娜？"怡薰的声音从房间的另一边传来，"亲爱的，你能过来一下吗？"

"哦，不。"莎瑞娜哀号道，然后抬头看着王后，她正在招手，示意莎瑞娜过去呢，"你们认为会是什么事？"

"我也很想知道答案。"罗艾奥眼里闪过一丝火花，说道。

莎瑞娜回应了王后的召唤，走向国王夫妇，然后礼貌地行了一个屈膝礼。舒顿和罗艾奥悄悄地跟在后面，待在听得到莎瑞娜他们谈话的地方。

当莎瑞娜靠近时，怡薰露出了微笑。"亲爱的，我刚刚和我的丈夫解释了我们今早想出来的主意，你知道的，有关运动的那个。"怡薰朝国王一阵猛点头。

"这无聊的游戏究竟是什么意思，莎瑞娜？"国王问道，"女人玩剑？"

"陛下不想让我们都发胖，对吧？"莎瑞娜无辜地问道。

"不，当然不，"国王说道，"但是你们可以吃得少点。"

"但是，我真的很喜欢运动，陛下。"

埃顿痛苦地深吸了一口气。"但一定还有其他更适合女人的运动可做。"

莎瑞娜眨眨眼，想要暗示她快要哭出来了。"但是，陛下，我从小就在做这项运动了。国王应该没有理由反对这种女人打发时间的愚蠢游戏吧。"

国王停了下来，看着她。在最后一刻，她装得可能有些过火了。莎瑞娜只得装出一副最最无助的白痴样，然后对着国王傻笑。

终于，他只是摇了摇头。"够了，做你想做的一切吧，女人。我可不想让你破坏我晚上的兴致。"

"国王真是英明。"莎瑞娜说着，行了个屈膝礼，然后就退下了。

"我都忘了这茬了。"在莎瑞娜重新加入他们时，舒顿悄悄地说道，"老是这样表演应该是个很大的负担吧？"

"但有时候这很有效，"莎瑞娜说道。当他们准备离开房间时，莎瑞娜突然注意到一个信使正走向国王。

莎瑞娜把手放在舒顿的胳膊上，示意她还想待一会儿，为了听到埃顿说些什么。

信使对着埃顿的耳朵低声说了些什么，接着国王的眼睛懊恼地睁大了。"什么！"

那人又靠近国王想说些什么，但被国王推开了。"你，就在这儿说，我无法再忍受这些耳语了。"

"是在这个星期发生的，陛下。"那人解释道。

莎瑞娜靠得更近了一点。

"太奇怪了。"一个略带口音的声音，突然从他们这边飘过来。原来拉森就站在不远处。他并没有看他们，但他的话语显然是说给国王听的——好像他故意要让自己的话被别人听到似的。"我还以为国王不会当着一些白痴的面讨论国家大事呢。他们只会被这些事搞糊涂，给他们这种机会只会让他们变得更笨而已。"

在她身边的大多数人看来都没听到枢机主祭的言论，然而，国王却听到了。埃顿意味深长地看了莎瑞娜一会儿，然后拉着信使的手臂快步走出房间，把惊呆了的怡薰留在身后。当莎瑞娜目送国王离开时，她的眼睛正好和拉森对视了一会儿，拉森微微一笑，然后才转过身走向他的同伴。

"你会相信吗？"莎瑞娜怒气冲冲地说道，"他是故意这么做的！"

舒顿点点头。"小姐，俗话说：'聪明反被聪明误。'"

"枢机主祭干得不错。"罗艾奥说道，"把别人的伪装转变成自己的优势加以利用，这是一种经典的战术。"

"我常常发现，不管在什么情况下，做自己往往是最有用的一种方法。"舒顿说，"你戴的面具越多，它们就变得越混乱。"

罗艾奥微微点头，笑着说："真的，虽然听起来枯燥，但是真的。"

莎瑞娜几乎没在听。她还以为只有自己会耍些操纵别人的小手段。她以前从没意识到这么做的坏处。"这个伪装太麻烦了。"她承认道。然后她叹了一口气，转向舒顿，"但我已经不能自拔了，至少在面对国王时。不过老实说，我怀疑不管我如何表演，他都不会改变对我的看法的。"

"你很可能是对的，"舒顿说，"一碰到关于女人的事，国王的目光就会变得特别短浅。"

过了一会儿国王回来了，脸色很难看，很明显，他的兴致已经完全被所听到的消息破坏了。信使带着如释重负的表情逃走了，当他离开时，莎瑞娜发现一个新的身影进入了房间。特瑞伊公爵如往常一样把自己包裹在浮华的亮红色和金黄色之中，他的手指上缀满了戒指。莎瑞娜凑近仔细观察他，但他并没有加入拉森——甚至都没承认枢机主祭的存在。事实上，他执著地想要忽略教士，作为替代，他不厌其烦地依次向房间里的每一群客人寒暄着。

"你是对的，罗艾奥大人。"莎瑞娜终于说道。

罗艾奥大人正在和舒顿说话，他抬起头来，问："什么？"

"特瑞伊公爵，"莎瑞娜朝那个人点点头，说道，"他和枢机主祭之间一定有什么问题。"

"特瑞伊是一个麻烦的家伙，"罗艾奥说，"我从来没有识破过他的动机。有时，他好像别无所求，只想用金币把他的保险箱装满，但有时……"

罗艾奥不说了。因为特瑞伊好像已经发现他们在观察他，转身面对莎瑞娜他们。特瑞伊微笑着朝莎瑞娜这边慢慢走来，阿塔拉紧随其后。"罗艾奥大人。"他用一种流畅却漠不关心的语气说道，"欢迎。还有，殿下，我相信我们还没被正式引见过。"

罗艾奥介绍两人。当莎瑞娜向他行屈膝礼时，特瑞伊啜了一小口酒，还和罗艾奥互相客套了几句。他的态度无动于衷到令人吃惊的程度。虽然几乎没有贵族会真的关心他们讨论的话题，但大多数人为了起码的礼貌还是会装作饶有兴趣的样子。特瑞伊却连这种让步都不肯作出。他的语调轻浮，虽然还没到无礼的程度，他的行为也很冷淡。除了最初的致敬外，他完全忽略了莎瑞娜的存在，显然对莎瑞娜的无足轻重很满意。

终于，公爵悠闲地踱走了，莎瑞娜恼怒地目送着他离去。如果说有什么事是莎瑞娜最讨厌的，那就是被忽略了。最后，她只是叹了口气，转向她的同伴。"好吧，舒顿大人，我想要更多的交际。拉森已经领先我一个星期了，但是我向我主赌咒，我不会让他在我前面待多久的。"

已经很晚了。舒顿在几个小时前就想离开了，但莎瑞娜决定继续努力，她像个疯女人一样跟上百个人套近乎。莎瑞娜让舒顿把自己介绍给他所认识的每个人，而这些姓名和脸孔很快就模糊了。不过，多重复几次就熟悉了，熟能生巧嘛。

终于，她同意让舒顿把她带回王宫，并对这天的行程很满意。舒顿送她下车，然后疲惫地向她道了声晚安，并宣称他很高兴下次带她去舞会的是埃汉。"您的陪伴让我很高兴，"他解释道，"我只是跟不上您的脚步。"

莎瑞娜发现有时连她自己也跟不上自己的脚步。此刻她几乎是踉踉跄跄地走向王宫，疲惫和酒精让她困得几乎睁不开眼。

喊叫声回荡在宫殿的走廊中。

莎瑞娜皱起眉头，转过一个拐角后，她看到国王的侍卫四处奔窜，互相喊叫着，制造出更多让她厌恶的噪音。

"这是怎么回事？"她抱住自己的头问道。

"今晚有人闯进了王宫。"一个守卫解释道，"还潜入了国王的寝宫。"

"有人受伤吗？"莎瑞娜突然警觉起来，问道。埃顿和怡薰比她和舒顿早离开几个小时。

"感谢我主，没人受伤。"侍卫说道。然后他转向两个士兵，"送王妃回她的房间，然后守在门口。"他命令道。

"晚安，殿下。不用担心，他们已经走了。"

莎瑞娜叹了一口气，留意着守卫们的叫喊声和喧闹声。当他们不时穿过走廊时，他们的盔甲和武器丁当作响。在如此的骚动中，莎瑞娜很怀疑自己今天是否真的能"晚安"，不管现在她有多累。

第十五章

夜幕降临，当一切都融入到完全的黑暗中时，拉森仿佛看到了伊岚翠往日的壮丽显赫。在星夜的映衬下，倾覆的楼房脱下它们绝望的斗篷变成了回忆，这些回忆属于一座精雕细琢的城市，一座每块石头都是艺术品的城市，在回忆中，尖尖的高塔直冲云霄，甚至能挠到繁星的痒痒，而圆圆的穹顶则如令人景仰的山峦连绵不绝。

而所有这一切都只是幻觉，在伟大的废墟之下，暴露出的只是一个恶心的脓疮。镀金的异教是多么容易被大众接受啊，而外部的强力又是多么简单就被说成是内在的正义。

"继续做梦吧，伊岚翠。"拉森低声细语道，转身开始在围绕城市的高墙顶端慢慢踱步。"记住你曾经的辉煌，并且设法把你的罪恶掩盖在黑暗的巨毯下吧。然而，明天太阳又会升起，所有的一切又将再次暴露出来。"

"大人，您刚才说了什么吗？"

拉森回过头，他几乎没有注意到一名守卫正从他身边经过，男人的肩头上靠着一支沉重的长矛，他那黯淡的火把就快要熄灭了。

"没什么，我只是在自言自语罢了。"

守卫点点头，继续他的巡逻。他们已经开始习惯拉森了，这周他几乎每晚都来伊岚翠，在城墙上散步思考。虽然这一次他的造访是另有目的的，但大多数夜晚他只是独自待在这儿冥想。他不确定是什么把他吸引到这座城市这儿来的，其中一部分可能是好奇心，他从没见过顶盛时期的伊岚翠，也无法理解即使这座城市再伟大，又怎么能够一再抵挡斐优旦的强力，先是在军事上，然后又在神学上。

他也感到一种责任，对于那些居住在伊岚翠中的人民——不管他们究竟是什么。他正在利用他们，把他们塑造为敌人，以此来团结他的信众。他感到内疚：他所看到的伊岚翠人并不是恶魔，不过是些为恐怖疾病所折磨的可怜人。他们理应受到同情，而不是指控。然而，他们还是要充当他的恶魔，因为他知道这是统一阿雷伦最简单，也是最无害的方法。如果他煽动人民反抗自己的政府，就像在杜拉德时做的那样，死亡便会接踵而来。这种方法同样会导致流血，但至少他认为会少很多。

哦，为了服务于您的帝国，我们还得接受多少重担啊，主上杰德斯。拉森在脑海中想着。不管他是以教会的名义行事，也不管他曾经拯救过成千上万个灵魂，拉森在杜拉德土地上造成的破坏，就像一块沉重的磨石般压在他的灵魂之上。那些曾经信赖他的人都死了，整个社会陷入一片混乱。

然而，杰德斯需要牺牲，和被他统治的无上荣耀相比一个人的良心又算得了什么呢？当看到这个国家如今在杰德斯的悉心统治下重新统一起来，那一点罪恶感又算得了什么呢？拉森将永远为他的所作所为背负污点，但一个人受苦，总比整个国家继续在异端的控制下要好得多。

拉森不再看着伊岚翠，转而望向灯火闪耀的凯伊城。杰德斯已经给了他另一个机会，这次他要用一种不同的方式行事，没有危险的革命，没有不同阶级之间的大屠杀。拉森会小心地施加压力，直到埃顿屈服，然后另一个众望所归的人会接替他的位置。这样阿雷伦的贵族就会轻而易举地改变信仰。只有少数人会真的为此受苦，而他战略中的替罪羊，就是那些伊岚翠人。

这是个好计划。他确信自己可以不费一兵一卒就粉碎阿雷伦的君权，它早已破败不堪了。阿雷伦的人民已经被压迫得忍无可忍了，在他们获悉埃顿倒台之前，他就能迅速建立一个新政府。没有任何革命，每件事都会处理得干净漂亮。

除非他犯下一个错误。他已经访遍凯伊城的农村和城市，他知道人民已经被压迫得超出他们的承受范围了。如果他给他们太多机会，他们就会揭竿而起，屠杀整个贵族阶级。这种可能性让他不安，因为他知道如果这种情况真的发生了，他就会加以利用。他心中理智的枢机主祭会熟练地驾驭这场灾难，就像它是一匹上好的牡马，并且利用它把整个国家都变成德雷西教徒。

拉森叹了口气，转身继续他的散步。守卫把城墙的走道维护得很干净，但如果他逛得太远，他就会走到覆盖着一层乌黑油垢的地方。他不太确定这是怎么造成的，但它看起来完全布满了整个城墙，除了中央城门及其周边区域。

在他快要走到那些污泥跟前时，他注意到一群人正站在城墙的走道上。他们都穿着斗篷，虽然夜晚并没冷到需要斗篷的程度。或许他们认为这身装扮能让自己不被认出来。如果这就是他们的意图，那特瑞伊公爵真该选择其他服装，而不是这件有银线刺绣的淡紫色华丽斗篷。

拉森现实地摇着头。心中默念，为了完成杰德斯的目标，我们必须和这个人合作……

当拉森靠近时，特瑞伊公爵并没有放下他的兜帽，也没有适时地鞠躬。当然，拉森也并不真的期待他会这么做。公爵朝他的守卫点点头，让他们退下以便两个人私下交谈。

拉森缓步走到特瑞伊公爵身边，倚靠着护城墙俯瞰整个凯伊城。凯伊城灯火通明，城里的有钱人是如此之多，所以到处都缀满了油灯和蜡烛。拉森曾经去过许多大城市，但当夜幕降临，这些城市就会变得和伊岚翠一样黑暗。

"你不想问我为什么要和你见面吗？"特瑞伊问。

"你对我们的计划有二心了。"拉森简单地说。

特瑞伊愣了一下，显然为拉森如此轻易就看透了他而感到吃惊。"是的，好吧，如果你已经知道的话，那么也许你对我们的计划也有二心了。"

"完全没有。"拉森说，"是你那偷偷摸摸的见面方式出卖了你。"

特瑞伊皱了一下眉头。他是那种惯于在所有谈话中占主导地位的人。难道这就是他犹豫的原因吗？因为拉森冒犯了他？不，研究过特瑞伊的眼神后，拉森能够确定并不是这样的。起先，特瑞伊非常急切地想加入与斐优旦的交易。他也非常享受那晚他举办的聚会。那究竟是什么改变了呢？

我可不能再让这个机会溜走了，拉森想。如果他有更充裕的时间就好了，现在三个月的期限只剩下不到八十天了。如果他有一年的时间，他就能做得更加从容而精确。不幸的是，他并没有这么奢侈的条件，利用特瑞伊来给阿雷伦重重一击，是他为和平的政权演变所下的最好的赌注了。

"为什么你不告诉我是什么困扰着你呢？"拉森说。

"嗯，好吧。"特瑞伊小心地说，"我只是不确定是否要和斐优旦合作。"

拉森扬起眉。"之前你可没有这种迟疑。"

特瑞伊用他藏在兜帽下的眼睛看着拉森。在昏暗的月光下，他的胎记看起来就像是阴影的延伸，这给他的外表添上了一种不祥的色彩，如果他那华丽的戏服没有破坏这种气氛的话。

特瑞伊只是皱了皱眉。"在今晚的舞会中，我听说了一些有趣的消息，枢机主祭。你真的是在杜拉德倾覆之前，就被派到那里去的？"

啊，原来是这个，拉森想道。"当时我是在那儿。"

"而现在你又到这儿来了。"特瑞伊说，"你一定在想一个贵族为什么会被这个消息弄得忧心忡忡？因为整个共和阶级——也就是杜拉德的统治者们，在革命中全被屠杀了！而且我的消息来源声称，你和这一切都有重大关系。"

也许这人并不像拉森想的那么愚蠢，特瑞伊的担忧是有根据的，拉森必须得非常周全地解释这件事。他朝特瑞伊的守卫点点头，他们就站在城墙走道的不远处。"您是从哪里得到这些士兵的，大人？"

特瑞伊愣了一下。"这又有什么关系？"

"别那么严肃。"拉森说。

特瑞伊转过身，扫了那些士兵一眼。"这些人是从伊岚翠护卫队中召募过来的。我雇用他们作为我的保镖。"

拉森点点头。"那么，您雇了多少这样的保镖呢？"

"十五个。"特瑞伊说。

"那您怎么判断他们的能力强弱呢？"

特瑞伊耸耸肩。"应该够好吧，我猜。我从没亲眼目睹他们战斗。"

"很可能是因为他们从没战斗过。"拉森说，"在阿雷伦，没有一个士兵见识过真正的战争。"

"你究竟想说什么，枢机主祭？"特瑞伊恼火地问。

拉森转过身，朝伊岚翠护卫的岗哨点了点头，它矗立在远处，被墙根的一排火炬照耀着。"护卫队到底有多少人？五百个？也许是七百个？如果你算上地方治安卫队和私人守卫，就像你拥有的那些，凯伊城总共也许有一千个士兵吧。再加上伊翁德大人的军团，在这一地区你们还是只有不到一千五百个职业士兵。"

"然后呢？"特瑞伊问道。

拉森转过身。"你真的认为伟恩需要通过革命才能控制阿雷伦吗？"

"伟恩甚至连一支军队也没有。"特瑞伊说，"斐优旦只有一支最基本的防卫部队。"

"我并没有在说斐优旦。"拉森说，"我说的是伟恩，万物之主，苏·德雷西教派的领袖。来吧，特瑞伊大人，让我们都坦率点。洛威尔（Hrovell）有多少士兵？津多呢？斯福坦呢？还有东方的其他国家呢？那里所有的人民都发誓效忠德雷西了。你难道不认为只要伟恩一声令下，他们就会奋起战斗么？"

特瑞伊沉默了。

当拉森看到公爵眼中的理解在逐渐增加时，他满意地点点头。这个男人连拉森一半的话都理解不了。其实真相是，伟恩甚至连外援都不需要就能占领整个阿雷伦。除了高级教士以外，几乎没有人知道这一点，伟恩有第二支更强大的军队随时待命——那就是修道院的僧侣。几个世纪以来，德雷西教士就在训练他们的僧侣打仗、暗杀……以及其他战斗技能。阿雷伦的防卫能力是如此虚弱，甚至单单一座修道院的僧侣就能征服这个国家。

拉森一想到……那些在达客豪修道院受训的僧侣进攻毫无防备的阿雷伦，就不禁打了个冷战，他低头看着自己的手臂，在他的护甲下还有着那时他在那里留下的伤痕。然而，这些事却不能向特瑞伊解释。

"大人。"拉森坦率地说道，"我来阿雷伦，是因为伟恩想给这里的人民一个和平改宗的机会。如果他真想要粉碎这个国家，他早就做到了。然而，他却派我来到了这里。而我唯一的目的就是想找到一种方法，让阿雷伦的人民改信德雷西教派。"

特瑞伊缓缓地点着头。

"而让这个国家皈依的第一步，"拉森说，"就是确保这个国家的政府支持苏·德雷西教派的事业。这就需要领导人的更替——就需要推一位新国王上台。"

"所以，我已经获得了你的承诺？"特瑞伊说。

"你会获得王位的。"拉森说。

特瑞伊点点头——很明显这就是他所期待的。拉森先前的承诺都有些虚无缥缈，但他已经不能再不许下承诺了。他给了特瑞伊口头的保证，拉森将会设法推翻国王——这是一招险棋，但拉森是个精于算计的人。

"会有一些人反对你的。"特瑞伊警告道。

"比如说？"

"那个女人，莎瑞娜。"特瑞伊说，"她那假装的愚钝明显是在演戏。我的探子说她对你的行程抱有不怀好意的兴趣，而在那次宴会上她整晚都在打探你的消息。"

特瑞伊的精明让拉森有些吃惊。这个人看起来是如此装腔作势而又臭名昭著，但很明显还有些能耐。这对拉森来说，可能是个可利用的优势，但也可能是个障碍。

"不用担心那个女孩。"拉森说，"只要收好我们给你的钱然后耐心等待就行了，你的机会很快就会到来。你听见国王今晚收到的消息了吗？"

特瑞伊犹豫了一下，接着点点头。

"事情正如我许诺的那样进行着。"拉森说，"现在我们所需要的只是耐心。"

"太好了。"特瑞伊说道。他还是有所保留，但拉森的解释——再加上对王位的绝对承诺，已经足以让他动摇了。公爵生疏地向拉森点点头，以表敬意。然后他向守卫挥挥手，准备离开。

"特瑞伊公爵。"拉森叫住公爵，他突然有了个想法。

特瑞伊停了下来，转过头。

"你的士兵还有朋友在伊岚翠护卫队中吗？"拉森问道。

特瑞伊耸耸肩。"我猜有吧。"

"给你的手下双倍工资。"拉森压低声音说，以免让特瑞伊的保镖听到，"对他们说些护卫队的好话，然后给他们放假，让他们和以前的同事聚一聚。这可能会……对你的未来有好处，让那些守卫认为你是一个值得效忠的人。"

"你会提供那些额外的薪酬吗？"特瑞伊小心地问。

拉森翻了翻白眼。"好吧。"

特瑞伊点点头，然后走向他的守卫。

拉森转过身，倚在墙上，重新俯瞰整个凯伊城。他必须得再等一小会儿，才能回到楼梯那边，并走下去。特瑞伊对公开宣布效忠于德雷西还是心存疑虑，不想在公开场合与拉森见面。这个人有些太杞人忧天了，但也许让他暂时表现出在宗教上的保守也好。

拉森对特瑞伊提到的莎瑞娜感到心烦意乱。出于某些原因，这个冒失的泰奥德公主决心反对拉森，虽然他并没有给她任何明显的理由这么做。但讽刺的是，她并不知道，在某种程度上，拉森才是她最重要的盟友，而不是她的死对头。她的人民终究会皈依的，不管是通过响应拉森仁慈的呼唤的方式，还是通过被斐优旦军队征服的方式。

拉森怀疑自己是否能够说服她接受这个真相。他从她的眼中看到了不信任——不管他说什么，她都会立刻认为他是在撒谎。她把一种没有道理的仇恨发泄在他身上，因为她潜意识里知道自己笃信的宗教是低级的。苏·珂拉西教派已经在东方的大多数国家衰弱了，在阿雷伦与泰奥德也快了。苏·珂拉西教派太败落了，缺乏生命力。苏·德雷西教派则强大而有力。就像在同一片土地上竞争的两株植物，苏·德雷西教派最终会用它的藤蔓绞杀苏·珂拉西教派。

拉森摇摇头，继续等待适当的时机到来。终于他转过身沿着城墙往回走，并走下通往凯伊城的楼梯。当他到达楼梯口时，听到下面传来一阵沉重的回音，他惊得停了下来。听起来好像是城门刚刚关上了。

"怎么了？"拉森边问，边走向几个守卫，他们正站在一圈闪耀的火炬中间。

守卫们耸耸肩，但其中一个指指下面的两个身影，他们正走过黑暗的广场。"他们一定是抓住了几个企图逃跑的人。"

拉森皱着眉头。"这经常发生吗？"

守卫摇摇头。"他们中大部分已经疯得不会想要逃跑了。偶尔，会有人想要溜出去，不过我们总是抓得到他们。"

"谢谢。"拉森说着，离开守卫，开始沿着长长的楼梯往下面的凯伊城走。在楼梯的尽头，他发现了卫队的主警卫室。队长就在里面，他的眼皮耷拉着仿佛刚刚睡醒。

"有麻烦了，队长？"拉森问道。

队长惊奇地转过身来。"哦，是您，枢机主祭大人。不，没啥麻烦。只是我的一个小队长做了些不该做的事。"

"让一些伊岚翠人跑回凯伊城了？"拉森问道。

队长皱起了眉头，但还是点点头。拉森见过这个人好几次，每次他都会用一些小恩小惠来滋养队长的贪欲。他几乎已经被收买了。

"下一次，队长，"拉森说着，从他的腰带里掏出一个小荷包，"我会给你一些不同的选择。"

当拉森把印着伟恩·武夫登头像的金币倒出荷包时，队长的眼睛发出了贪婪的光芒。

"我一直想近距离地研究一个伊岚翠人，出于某些神学上的原因。"拉森解释道，并把一堆金币摞在桌上。"如果下一个被抓到的伊岚翠人在被扔进去之前，能出现在我的礼拜堂，我一定会好好地感谢你的。"

"这个好安排，大人。"队长边说，边急不可待地用大手把金币一扫而空。

"当然，没有人需要知道这件事。"拉森说。

"当然，大人。"

第十六章

雷奥登曾经想要给埃恩自由。那时他还只是个小男孩，头脑简单却动机单纯。他刚从一个家庭教师那里学习到了奴隶制度的含义，不知为什么，他开始觉得拥有侍灵是违背它们意愿的。那天他泪眼汪汪地走向埃恩，希望侍灵接受它的自由。

"可我是自由的，小主人。"埃恩对这个哭泣的男孩说道。

"不，你不是！"雷奥登争辩道，"你是一个奴隶，你必须做别人要求你做的一切。"

"我做这一切是因为我想做，雷奥登。"

"为什么？你不想要自由么？"

"我想要为别人服务，小主人。"埃恩边解释，边像是安慰般地振动着，"我的自由就是在这儿，和您在一起。"

"我不明白。"

"您是从人类的角度在看待事物，小主人。"埃恩用他充满智慧、宠溺的声音说道。"您看到了阶级与区别，于是您就想为整个世界排序，让每个事物都有自己的位置，有的高于您，有的比您低。而对一个侍灵来说，世界并没有地位高低之分，只有那些我们所爱的人，而我们则为那些我们所爱的人服务。"

"可是你甚至拿不到工资！"雷奥登愤愤不平地回答道。

"我拿得到的，小主人。我的工资就是父亲的自豪与母亲的关爱。我的酬劳来源于看到您成长的满足。"

还要过很多年，雷奥登才能真正理解、明白这些话语，但这些话却一直萦绕在他的心头。长大后，雷奥登学习了很多知识，并且听过无数场珂拉西布道会——主题是关于爱有团结一切的力量，他开始用另一种新的方式来看侍灵。不是仆人，甚至不是朋友，而是某种更深刻、更坚固的关系。仿佛侍灵就是神本身的化身，反映着神对子民的爱。通过它们的服务，它们更加接近天堂，而它们所谓的主人却永远无法理解这一点。

"你终于自由了，我的朋友。"看着埃恩在空中飘浮跳动，雷奥登露出苍白的微笑。雷奥登还是无法从侍灵身上获得一丝他认出自己的迹象，虽然埃恩的确一直待在雷奥登的周围。不管宵得术法对埃恩做了什么，它不仅夺走了它的声音，也摧毁了它的理智。

"我想我知道它是哪里出问题了。"雷奥登对加拉顿说，他就坐在不远处的阴影里。他们被卡哈充满歉意地赶出他们常待的读书场所后，就待在礼拜堂附近的某个屋顶上。从到来的那天起，老人就开始疯狂打扫，终于到了最后擦拭磨光的阶段了。今天早些时候，他抱歉而又坚定地把所有人都赶出了礼拜堂，以便让他完成清洁的工作。

加拉顿从书中抬起头来。"谁？侍灵？"

雷奥登点点头，趴在曾经的花园围墙上，眼睛依旧望着埃恩出神。"它的符文不完整。"

"埃恩。"加拉顿若有所思地说道，"那是治疗符文，可啰？"

"没错，但是它的符文已经不太完整了，某一些线条上有些细小的裂口，有几处的颜色也有些暗淡。"

加拉顿嘟囔着什么，但并没有再开口提供更多的信息，他完全不像雷奥登那样对符文或侍灵如此感兴趣。雷奥登又看了埃恩好一会儿，才转过头继续研究他的艾欧铎书籍。然而，还没等他看多少，加拉顿就用自己的话题打断了他。

"你现在最思念的是什么，苏雷？"杜拉德人出神地问道。

"最思念的东西？你是说在外面的吗？"

"可啰。"加拉顿说，"如果你能把一样东西带进伊岚翠来，你会带什么？"

"我不知道。"雷奥登说，"我得好好想一想。你呢？"

"我的房子。"加拉顿用一种怀念的口吻说道，"它是我亲手造的，苏雷，我亲自砍下每一棵树，做成每一块木板，钉下每一颗钉子。它真美啊。没有一座豪宅或王宫能比得上靠自己的双手劳动造成的家。"

雷奥登点点头，在脑海中想象着那座小木屋。他曾经拥有哪些东西，其中什么又是他最最思念的呢？他是国王的儿子，并因此拥有许多。然而他最终得出的答案却把自己吓了一跳。

"信。"他说,"我要带一叠信。"

"信,苏雷?"这显然不是他所期待的答案,"谁寄来的?"

"一个女孩。"

加拉顿哈哈大笑。"一个女人,苏雷?我可不认为你是个浪漫的人。"

"只是我不像你们那些杜拉德言情小说的主角一样,整天夸张地自怨自艾,但这并不意味着我不想这类事。"

加拉顿举起手,做出一个防御的手势。"别把我和德拉斯度(DeluseDoo)扯在一块儿,苏雷。我只是有点惊奇。这个女孩是谁?"

"我本来想要娶她了。"雷奥登解释道。

"一定是个特别的姑娘。"

"绝对的。"雷奥登同意道,"我多么希望能见她一面。"

"你从没见过她?"

雷奥登摇摇头。"只有那些信,朋友。她住在泰奥德——事实上,她是国王的女儿。她大约一年前开始给我写信,她是一位出色的写作者,言词间充满了智慧,让我禁不住立刻回信。我们彼此愉快地通了五个月的信,然后她求婚。"

"她向你求婚?"加拉顿问道。

"一点也不羞怯。"雷奥登微笑着说道,"当然,这也有政治上的考虑。莎瑞娜希望泰奥德和阿雷伦之间能建立牢固的联盟。"

"然后你就接受了?"

"这是一个好机会。"雷奥登解释道,"自从灾罚之后,泰奥德就开始和阿雷伦保持距离。而且,那些信实在是让人陶醉。最近的一年……的确过得很艰难。我父亲仿佛决心要把阿雷伦带上绝路,而且他并不是一个能够耐心容忍不同意见的人。但每当我快要承受不了这些重担时,我就会收到莎瑞娜的来信。她也有个侍灵,在婚事订下来之后,我们就通过侍灵经常聊天。她通常在傍晚时联络我,她通过埃恩流泻出来的声音让我着迷,有时候我们甚至一聊就是好几个小时。"

"是谁说自己不会像言情小说的主角那样自怨自艾的?"加拉顿面带笑容说道。

雷奥登哼了一声,继续看他的书。"好啦,现在你知道了。如果我能带任何东西过来,我就会把那些信留在身边。我真的为这场婚姻兴奋,即使这种结合只是德雷西占领杜拉德后的应对措施。"

一片沉默。

"你刚刚说了什么，雷奥登？"加拉顿终于小声问道。

"什么？哦，关于那些信吗？"

"不，关于杜拉德。"

雷奥登犹豫了。加拉顿曾宣称自己来到伊岚翠才'几个月'，但杜拉德人讲话素来以保守著称。而杜拉德共和国正好在六个月前倾覆了……

"我还以为你知道呢。"雷奥登说。

"什么，苏雷？"加拉顿继续追问道，"以为我知道什么？"

"我感到很遗憾，加拉顿。"雷奥登同情地说着，然后转身坐下。"杜拉德共和国毁灭了。"

"不！"加拉顿的眼睛睁得老大，并喘息着。

雷奥登点点头。"发生了一场革命，就像阿雷伦十年前发生的那场一样，不过更加暴力血腥。共和阶级完全被毁灭了，然后一个君主政体取而代之。"

"不可能……共和国十分强大。我们是如此信赖它。"

"风向变了，我的朋友。"雷奥登说着，站起来，走过去把手搭在加拉顿的肩膀上。

"共和国绝对不可能灭亡，苏雷。"加拉顿说道，他的眼神已经涣散了，"我们大家共同挑选的统治者，苏雷。为什么要起义反对他呢？"

雷奥登摇摇头。"我不知道，还没有更多消息流出。杜拉德经历了一段混乱时期，这就是斐优旦教士能够趁机介入并且获取权力的原因。"

加拉顿抬起头。"这就意味着阿雷伦也要有麻烦了。长久以来都是靠我们阻挡才让德雷西远离你们的边界。"

"这点我很清楚。"

"那杰斯科怎么了？"他问，"我的宗教信仰，它怎么样了？"

雷奥登只是慢慢地摇摇头。

"你一定知道些什么！"

"现在苏·德雷西教派变成杜拉德的国教了。"雷奥登小声说道，"我很遗憾。"

加拉顿垂下了眼帘。"那么它已经不复存在了。"

"但还有些秘教（Mysteries）幸存下来了。"雷奥登软弱无力地安慰道。

加拉顿眉头紧锁，眼神固执。"秘教和杰斯科不是同一种东西，苏雷。秘教只是对神圣之物的一种嘲笑，一种曲解。只有那些外人——那些完全不了解铎（Dor）的人——才会修炼秘教。"

雷奥登把手从这位悲伤的男人肩头移开，完全不知道该怎么安慰他。"我还以为你知道。"他感到非常无助，只能再次重复道。

加拉顿只是呻吟了一声，用忧郁的眼神注视着虚空。

雷奥登把加拉顿留在屋顶上，这个高大的杜拉德人想要和自己的悲伤单独待一会儿。雷奥登不知道自己还能做些什么，只好回到礼拜堂，却还是被自己纷乱的思绪搞得心烦意乱。但他的烦闷并没有持续很久。

"卡哈，太漂亮了！"雷奥登惊叫道，并好奇地四处张望。

老人从他已经打扫好的角落里抬起头来。他的脸上闪现着一种深刻的自豪。整个礼拜堂里的污泥全都不见了，剩下的只有一尘不染的灰白色大理石。阳光从西边的窗户倾泻下来，反射在光可鉴人的地板上，那耀眼的光辉几乎照亮了整座礼拜堂。隐隐约约的浮雕几乎布满了教堂的每一处表面，因为只有半寸的深度，这些细节繁复的雕塑先前都被埋在了污泥中。雷奥登让自己的手指轻轻滑过这些微妙纤细的杰作，人物脸部的表情是如此细致，简直就和活人没有区别。

"简直是太惊人了。"他低声轻语道。

"我之前甚至不知道它们的存在，大人。"卡哈边说，便跟跄着站到雷奥登身边。"我一直没发现它们，直到我开始清理工作。它们一直躲藏在阴影中，直到我把地板打扫干净它们才重又出现。现在大理石光滑得就像一面镜子，而那些窗户也变得更容易透进光线。"

"浮雕遍布整个房间么？"

"是的，大人。事实上，不仅仅是整座大楼充满了浮雕。你不经意路过的一面墙壁或一件家具上都布满了类似的浮雕。在灾罚前的伊岚翠，这种浮雕大概很普遍。"

雷奥登点点头。"它毕竟曾是诸神之城啊，卡哈。"

老人微笑起来，他的双手由于积垢而发黑，足有半打清理用的抹布挂在他的腰间。但他还是很开心。

"接下来该做些什么，大人？"他渴望地问道。

雷奥登停了一下，飞快地思考着。卡哈向这些礼拜堂中的污秽宣战的架势，和一个教士消灭罪恶时的义愤填膺几乎没两样。这是几个月来，甚至几年来，卡哈第一次感到被需要。

"我们的人打算陆续住到附近的大楼里，卡哈。"雷奥登说道，"如果我们每次见面，他们又把烂泥带进来了，你把这里打扫得那么干净又有什么用？"

卡哈若有所思地点点头。"那些脏兮兮的卵石路的确是个问题。"他喃喃自语道，"这可是一项浩大的工程啊，大人。"然而，他的眼神中却没有丝毫畏缩。

"我知道。"雷奥登同意道，"但也是非常紧迫的。住在垃圾堆中的人，也会觉得自己像个垃圾。如果我们想要超越对自我的成见，我们就需要先被净化。你能做到吗？"

"遵命，大人。"

"好，我会派给你一些工人，以便加快进度。"当伊岚翠的居民听说卡拉妲的帮派与雷奥登的合并的消息后，雷奥登的团队在几天内迅速壮大起来。许多原本像鬼魅般在街上徘徊的伊岚翠人也开始想办法加入雷奥登的团体，他们把寻找团队，当成是避免疯狂的最后方法。

卡哈转身准备离去，他皱巴巴的脸最后又环顾了礼拜堂一次，并带着满足的神情欣赏着。

"卡哈。"雷奥登呼唤道。

"什么事，大人？"

"你知道它是什么吗？我是指那个秘密。"

卡哈露出微笑。"这些天里我已经不感到饿了，大人。这是世界上最令人惊喜的感觉。我甚至不再在意那些疼痛了。"

雷奥登点点头，然后卡哈就离开了。这个男人原本想为他的痛苦寻找一个魔法般的解决方法，但他最后却找到一个更简单的答案。当有其他更重要的事情要做时，痛苦就失去了它的威力。卡哈不需要什么灵丹妙药或符文来拯救，他只是需要找些事情来做。

雷奥登在熠熠生辉的房间中踱着步，欣赏着那些形态各异的雕像。然而，当他走到一个特别的浮雕下面时，他停了下来。那块石头上有一小片空白，它发白的表面被卡哈仔细地擦亮了。它是如此干净，事实上，雷奥登都能看到自己的倒影。

他被惊呆了，那张在大理石中凝望着他的脸是那么的陌生。他以前还纳闷为什么只有这么少的人认出他来。他毕竟曾是阿雷伦的王子，即使是偏远庄园的许多人也认得他。他原本以为伊岚翠人只是从没想过伊岚翠里会有王子存在。所以他们不会把"性灵"和雷奥登联系在一起。然而，现在他终于看到了自己脸部的变化，终于明白别人认不出他原来另有原因。

他的面容还是残留着一些以前的痕迹，然而改变也是巨大的。仅仅过去两周时间，他的头发就已经全部掉光了。他的皮肤上布满了伊岚翠人常见的斑点，而几个星期前还保持着原有肤色的部分，现在也变成了单调的灰白色。他的皮肤上到处都是细小的皱纹，尤其是在嘴唇周围，而且他的眼睛也开始深陷下去。

在他自己发生转变之前，他曾经把那些伊岚翠人想成是活死人，他们的肌肉会慢慢腐朽并且脱落。然而事实并非如此，伊岚翠人会继续保有肌肉和大部分外形，但他们的皮肤会起皱并变得暗沉。他们更像是干枯的豆荚，而不是腐烂的尸体。虽然转变并不像他想象的那么剧烈，但当看到这一切发生在自己身上时，他还是吓了一跳。

"我们真是一群可悲的人，不是么？"加拉顿站在门口问道。

雷奥登抬起头，露出鼓励的微笑。"并不算太糟，我的朋友。我会习惯这些变化的。"

加拉顿哼了一声，然后步入礼拜堂。"你的清洁工干得不错，苏雷。这个地方已经完全没有灾罚的痕迹了。"

"最棒的地方是，我的朋友，在这一过程中，清扫的人也获得了救赎。"

加拉顿点点头，和雷奥登一起站到墙边，并看着窗外一大群人清理礼拜堂的花园区域。"他们要么不来，一来就是一大群，不是么，苏雷？"

"因为他们听说我们能提供比在巷子里苟延残喘更好的生活。我们甚至不必再在城门口傻等着了，卡拉妲把所有她能救助的人全带过来了。"

"你打算如何让他们都有事可忙？"加拉顿问道，"这个花园虽然很大，但也快被完全清理干净了。"

"伊岚翠是一座非常巨大的城市，朋友。我们总会找到事情让他们忙的。"

加拉顿看着人们热火朝天地干活，眼神难以捉摸。他看起来已经克服了他的悲观，至少是现在。

"说到工作，"雷奥登开口道，"我有些事情需要你去做。"

"是一些能让我不再想到痛苦的事吗，苏雷？"

"你可以这么理解。不过，这个工程总比打扫烂泥重要一些。"雷奥登朝加拉顿招招手，让他跟着自己走到房间后面的角落里，找到墙上一块松动的石头。他把手伸进去，并从中拿出十多个装着谷粒的小袋子。"作为一个农民，你认为这些种子的质量如何？"

加拉顿兴味盎然地拿起一粒种子，在手中翻来覆去地看，检验着它的色泽和硬度。"不错。"他说，"不是我见过最好的，但还行。"

"播种时节也快到了吧，是么？"

"考虑到最近的温暖程度，我甚至可以说，播种时节已经到了。"

"好，"雷奥登说，"这些谷物在洞里无法保存很久，但是把它们放在外面我又不放心。"

加拉顿摇着头，说："这行不通的，苏雷。种植庄稼在获得收成前需要耗费大量时间。那些人只要看到庄稼刚发出一点小芽，就会把它们全给吃了。"

"我不这么认为。"雷奥登说着，把一些谷子摊开放在掌心中，"他们的思想已经转变了，加拉顿。他们知道自己不用再活得像只动物了。"

"这里根本没有足够的空间来种植像样的庄稼。"加拉顿争辩道，"这里只不过是个花园。"

"对这么一点种子来说，地方已经足够大了。等到了明年，我们就会有更多的种子，到那时我们再来担心空间的问题吧。我听说王宫的花园大得很，也许我们可以利用那里的空间。"

加拉顿摇摇头。"这话有问题，苏雷。关于'明年'这部分。我们这里没有'明年'，可啰？伊岚翠人可没法撑那么久。"

"伊岚翠会改变的。"雷奥登说，"就算没有的话，那些在我们之后来的人也会继续种植下一季的庄稼。"

"我还是怀疑它的可行性。"

"你大概还会怀疑太阳明天是否会升起吧，若不是每天你都被证明是错的。"雷奥登微笑着说，"就试试看嘛。"

"好吧，苏雷。"加拉顿叹了一口气，说道，"我猜你的三十天期限还没到。"

雷奥登笑笑，把谷物递给他的朋友，然后把手放在这个杜拉德人的肩上。"记住，我们的过去并不能成为我们的未来。"

加拉顿点点头，把谷物放回原来的地方。"最近几天我们还不需要这些，我先得想个办法把花园犁一遍。"

"性灵大人！"邵林的声音隐隐约约从上面传来，在那里他为自己搭了一个简易瞭望塔，"有人走过来了。"

雷奥登站起来，而加拉顿赶快把石头恢复原位。不一会儿，卡拉妲的一个手下就冲进了房间。"大人。"那人说，"卡拉妲女士请您马上过去！"

"你是个白痴，达希（Dashe）！"卡拉妲厉声叫道。

达希——帮派的二把手，一个体形硕大、肌肉强健的男人——什么也没说，只是继续绑着他的武器。

雷奥登和加拉顿困惑地站在通往王宫的门道中。至少有十多个人站在入口处——足足是卡拉妲三分之二的追随者——看起来他们正准备去参加一场战争。

"你可以继续和你的新朋友一起去做梦，卡拉妲。"达希粗暴地回答道，"但是我不能再等了，尤其是当那个家伙还在继续威胁孩子们的安全时。"

雷奥登小心地靠近争吵的两人，并停在一个名叫豪伦（Horen）的男子身边，这个男人手臂纤细，表情焦虑。豪伦是那种想要避免冲突的人，雷奥登猜他在这场争论中应该是保持中立的。

"发生了什么事？"雷奥登小声问道。

"达希的一个探子无意中听见安登计划在今晚进攻我们的王宫。"豪伦低语道，并小心地看着他的领导们的争吵。"达希好几个月前就想要给安登沉重一击了，他正需要这个借口。"

"你正在把这些人带往比死亡更糟糕的境地，达希。"卡拉妲警告道，"安登的手下比你的要多。"

"但是他没有武器。"达希一边反驳，一边把生锈的剑"嚓"的一声插进剑鞘中，"整个学院区有的只是书本，而且他已经把它们吃光了。"

"好好想想你正在做什么。"卡拉妲说。

达希转过身，在他平平的脸上，露出十分坦率的表情。"我已经想好了，卡拉妲。安登是一个疯子，与他为邻，我们永远都不得安生。但只要我们出其不意地发起攻击，就能永远地阻止他。只有这样孩子们的安全才有保障。"

然后，达希又转向他那帮表情严肃的未来士兵，并朝他们点点头。一伙人就迈着坚毅的步伐走出了大门。

卡拉妲转向雷奥登，她的表情混杂着沮丧和被背叛的痛苦。"这比自杀还糟，性灵。"

"我知道。"雷奥登说，"我们的人数太少了，失去任何一个人对我们都是沉重的打击——即使是那些跟随安登的人。我们必须阻止这件事。"

"他已经走了。"卡拉妲说着，无力地靠在墙上，"我太了解达希了。现在没有什么能阻止他了。"

"我拒绝接受这种想法，卡拉妲。"

"苏雷，如果你不介意的话，我冒昧地问一句，以杜罗肯之名，你是不是在计划着什么啊？"

　　雷奥登大步跑在加拉顿和卡拉妲身边，勉强跟上了两人。"我不知道。"他承认道，"我还在努力想呢。"

　　"我想也是。"加拉顿嘀咕着。

　　"卡拉妲，"雷奥登问道，"达希会选哪条路走？"

　　"那里有一幢房子紧挨着学院。"她回答道，"它的高墙很久前就倒塌了，落下来的石头在紧邻的学院墙壁上砸出一个大洞。我确信达希会设法从那里进入。他认为安登不知道那个入口。"

　　"把我们带到那里去吧。"雷奥登说，"但得选另一条路走，我可不想撞见达希。"

　　卡拉妲点点头，带着他们钻进边上的一条小街。她先前提到的房子是一座低矮的单层建筑。有一面墙造得离学院是如此之近，以至于雷奥登完全猜不透那个建筑师是怎么想的。这栋房子年久失修，虽然还有屋顶，却也下陷得厉害，整栋建筑看上去已经在崩溃的边缘了。

　　他们充满疑虑地接近房屋，并把头探进门里。房子的内部很宽敞。随后他们就走到这栋长方形建筑的中央。坍塌的墙壁就在他们左边不远处，而另一扇门就在右边。

　　加拉顿低声咒骂道："我觉得这座房子有问题。"

　　"我也是。"雷奥登说道。

　　"不，比这糟糕得多。看，苏雷。"加拉顿指着房屋内部的梁柱说道。靠近点看，雷奥登发现在那些已经脆弱不堪的房梁上有好几处新砍的痕迹。"整个房屋就是一个快要倒塌的陷阱。"

　　雷奥登点点头。"看来安登比达希以为的消息灵通得多。也许达希会注意到危险，从另一个入口进入。"

　　卡拉妲立即摇摇头。"达希是个好人，但头脑也非常简单。他会直接穿过房屋，甚至不会费心抬头看看。"

　　雷奥登一边咒骂，一边跪在门边思考着。很快他的时间就不够用了，他听到有响动正在慢慢靠近。不一会儿，达希就出现在远处的门道边，也就是雷奥登的右边。

　　雷奥登就站在达希与坍塌的墙壁之间，他深吸一口气，然后大喊："达希，停下！这是一个陷阱，这栋房屋被动过手脚，快要倒下来了！"

　　达希立即停下，然而他有一半的手下已经在房子里了。从靠近学院的那边突然传来一声警告般的尖叫，然后有一群人出现在碎石堆后。一张带着安登为人熟知的长胡子的脸出现在他们面前，手中拿着一柄旧的消防斧。安登大叫一声跳进房中，挥起斧头就向主梁柱砍去。

"塔安，停下！"雷奥登大喊道。

安登的斧子在半空中停下了，为听见自己的真名而感到震惊。他的假胡须无力地垂在一边，已经快要脱落了。

"不要尝试和他讲道理！"达希一边警告着，一边赶紧把他的人从房里拉出来，"他已经失去理智了。"

"不，我觉得他不疯。"雷奥登直视着安登的眼睛，说道，"这个人没有失去理智——他只是很困惑。"

安登的眼睛眨了好几次，手上的斧子握得更紧了。雷奥登孤注一掷地想要找到解决的办法，终于他的目光落在房间中央那张残留下来的巨大石桌上。雷奥登咬紧牙关，心中默念着我主的祈祷词，然后站起来，走进那栋房屋。

卡拉妲在他身后倒抽一口冷气，加拉顿则不停地咒骂着。屋顶发出不祥的呻吟声。雷奥登看着安登，他站在那里，斧子随时准备挥下去。他的双眼紧跟着雷奥登来到房屋的中央。

"我是对的，不是么？你没有疯。我听说你在你的宫廷里胡言乱语，不过任何人都能胡言乱语。一个失去理智的人不会想到把煮过的羊皮纸当作食物，一个疯子也不会如此深谋远虑地设下陷阱。"

"我不叫塔安。"安登终于开口说道，"我叫安登，是伊岚翠的男爵！"

"如果你希望这样的话，"雷奥登说着，用他残留的衣袖擦拭着已经倒塌的桌面。"虽然我想不出为什么你想当安登而不是塔安。毕竟……这里是伊岚翠。"

"我知道！"安登突然大吼道。不管雷奥登先前怎么说，这个男人的状态并不稳定，斧头随时都可能落在柱子上。

"是吗？"雷奥登问道，"你真的明白住在伊岚翠——这座诸神之城意味着什么吗？"他背对着安登，继续擦拭着桌面，"伊岚翠，壮美之城、艺术之城……同时也是雕塑之城。"他后退一步，展示出擦干净的桌面。上面布满了错综复杂的雕刻，就像礼拜堂里的那些墙壁一样。

安登的眼睛突然瞪得老大，手中的斧子垂落下来。

"这座城市是石雕艺术家的梦想，塔安。"雷奥登说道，"你听外面有多少艺术家抱怨过很多美丽的雕塑都遗留在了伊岚翠？这些建筑全是雕塑艺术令人惊叹的丰碑。我倒很想知道，在面对这样的难得良机时，有谁还会想当安登男爵，而不是雕塑家塔安。"

斧头"当"的一声落在地上，安登一脸错愕。

"看看你身边的墙壁，塔安。"雷奥登轻语道。

安登转过身，手指轻抚过埋藏在污泥底下的浮雕，他挽起袖子，用颤抖的手臂拭去上面的烂泥。"我主慈悲，"他低语道，"真是太美了。"

"考虑一下这个机会，塔安。"雷奥登说道，"在全世界的雕塑家中，只有你能够亲眼目睹伊岚翠的奇迹。只有你能够亲身体验它的美并且向这些大师级作品学习。你是全欧佩伦最幸运的人。"

安登用颤抖的手扯去了那些假胡子。"而我原本打算毁灭它，"他喃喃道，"我本来想要把它砸倒……"

就这样，安登垂下了头，颓然倒下，失声恸哭起来。雷奥登欣慰地吐出一口气，然后他很快注意到危机还没解除。安登手下那伙人还是拿着石块和铁棒，而达希和他的人马也再次走进房间，自信满满地认为这栋房子不会马上塌下来。

雷奥登径直站到这两个队伍中间。"住手！"他命令道，并向两边各伸出一只手，阻止他们靠近。他们停了下来，但仍充满戒备。

"你的人正在干什么？"雷奥登向达希问道，"塔安的顿悟难道没有教会你们任何东西吗？"

"站到一边去，性灵。"达希警告道，并且举起他的剑。

"我不会走的！"雷奥登说，"我只问你一个问题，难道从刚刚发生的事情中你没学到任何东西？"

"我们不是雕塑家。"达希说道。

"这并没有关系。"雷奥登说，"难道你还没意识到住在伊岚翠是个天赐良机么？我们有着外面的人所没有的机会——我们是自由的。"

"自由？"安登的一个手下嘲讽地说。

"是的，自由。"雷奥登说道，"自古以来，人类就为填饱肚子而挣扎求生。食物是生命中最迫切的需求，我们必须先满足对食物的欲望，然后才能考虑其他世俗欲念。在一个人学会做梦之前，他必须先吃饱；在一个人学会爱之前，他必须先填饱自己的胃。但我们不一样，只要付出一点点饥饿的代价，我们就能摆脱迄今为止限制住所有生命的枷锁。"

人们的武器都微微地垂了下来，虽然雷奥登不确定他们是否在考虑他的话语，还是只不过有些困惑而已。

"为什么要战斗？"雷奥登问道，"为什么要担心杀戮？在外面，人们为了金钱而战斗，而金钱的终极用途还是购买食物。人们为了土地而战斗，因为土地能种植食物。食物是一切争端的来源。不过，我们却不需要食物。我们的身体是冰冷的，几乎不需要衣物和住所来取暖，即使我们不吃任何东西，身体依旧能够正常运作。这是多么令人惊叹啊！"

两队人马还是紧张地对峙着。哲学思辨还是无法把他们的目光从敌人身上移开。

"你们手上的武器，"雷奥登说道，"是属于外部世界的，它们在伊岚翠中毫无用处。头衔和阶级，都是其他地方才有的概念。

"听我说！我们的人数太少了，失去你们中的任何一个人对我们来说都是一个巨大的损失。这真的值得吗？为了逞一时之快却换来永恒的痛苦？"

雷奥登的话语在安静的房间中回响。终于，一个声音打破了紧绷的氛围。

"我会加入你。"塔安站起来，说道。他的声音微微有些颤抖，但他的表情却很坚定。"我本来以为只有变疯才能在伊岚翠存活下去，但疯狂却蒙住了我发现美丽事物的眼睛。各位，放下你们的武器吧。"

他们拒不从命。

"我说把它们放下！"塔安的声音变得更加坚决，他那矮小的、有着大肚腩的身形突然变得威严高大起来。"我还是这里的首领。"

"只有安登男爵才能统治我们。"一个人说道。

"安登是个傻瓜。"塔安叹了口气，说道，"那些跟随他的人也是。听听这个人说的话吧，他的言辞比我虚假的宫廷更有皇族的尊贵。"

"放弃你们的愤怒吧。"雷奥登继续说道，"我会带给你们希望。"

金属的撞击声从他身后响起，是达希的剑掉到了碎石上。"我今天无法大开杀戒。"然后他转身离开了。他的手下看了安登他们一会儿，随后也跟着他们的首领离去了，只留下一把被遗弃的剑躺在房间的中央。

安登——也就是现在的塔安，对雷奥登露出微笑。"不管你是谁，谢谢你。"

"跟我来，塔安。"雷奥登说道，"有幢房子你必须得看看。"

第十七章

　　莎瑞娜大步走进王宫的舞厅，肩上背着一个长长的黑色袋子，这让在那里的女士们倒抽了几口冷气。

　　"怎么了？"她问道。

　　"你的衣服，亲爱的。"朵奥拉终于回答道，"这些女士们可能不太习惯。"

　　"这看起来像男人的衣服！"西登惊呼道，两侧脸颊上的肉愤慨地抖动着。

　　莎瑞娜惊讶地低头看看自己的灰白色连身装，然后再回头看看聚在一起的女人们。"好吧，你们不会真的想让我们穿着裙子战斗吧？"然而，在仔细研究了她们的表情后，她意识到她们就是这么认为的。

　　"你的工作真是任重而道远啊，堂妹。"卢凯小声警告道，他是在她后面进来的，并在远处挑了一把椅子坐下。

　　"卢凯，"莎瑞娜问道，"你在这里做什么？"

　　"这是本周最富娱乐精神的事了，我早就在翘首以盼了。"他说着，向后靠在椅背上，并把手放在后脑勺上。"就算是给我伟恩金库里所有的黄金，我也不想错过它。"

　　"我也是。"凯丝的声音宣布道。这个小女孩走过莎瑞娜身边，跑向那些椅子。然而多恩突然从一边冲出来，跳上凯丝选的那把椅子。凯丝气得直跺脚，但是在意识到墙边的每把椅子都一样后，她就另选了一把。

　　"对不起。"卢凯说着，尴尬地耸耸肩，"我甩不掉他们。"

　　"对你的弟弟妹妹好一些，亲爱的。"朵奥拉批评道。

　　"是的，母亲。"卢凯立即回答道。

　　被几个突然闯入的观众耽搁了一会儿后，莎瑞娜转身面对她将来的学生。刺绣圈子里的每个人都来了——从高贵优雅的朵奥拉到没有头脑的王后怡薰。莎瑞娜的着装和行为可能让她们感到难堪，但是她们对独立的渴望更甚于她们的愤怒。

莎瑞娜让袋子从肩上滑落到她手中，然后把袋子一边的扣子打开。她把手伸进袋子，从里面抽出一把她训练用的剑。当莎瑞娜把它从剑鞘里拿出来时，细长的剑身发出刺耳的金属刮擦声，把这群羞怯的女人都惊走了。

"这是一把犀尔剑（Syre）。"莎瑞娜说着，把剑在空中挥了几下，"也叫喀米尔剑（Kmeer）或是杰达夫剑（Jedaver），每个国家的叫法都不同。这种剑最初是津多人制造的，作为侦察兵的轻型武器，但是只过了几十年就废弃不用了。然而，这种剑很快又被津多的贵族接受了，他们喜欢这种剑的优雅和精美。决斗在津多是很普遍的，而这种迅速、利落的击剑方式能显示出高超的技巧。"

她不时中断说话，做出一些冲刺、挥舞的动作——其中大多数招式她都不会运用到实战中，尽管它们看起来很帅气。但至少，女人们都被迷住了。

"杜拉德人率先把击剑变成一种运动，而不是用来杀死争抢同一位女士的男人的方法。"莎瑞娜继续说道。"他们把一个小圆块放在剑的顶端，然后把刀刃磨钝。这种运动很快就在共和国流行起来——因为他们的中立态度总能让国家远离战争，所以这种没有实际用途的战斗方式对他们特别有吸引力。除了磨钝了刀刃和在顶端加上圆球之外，他们还对规则作了补充，禁止击打身体上的某些重要部位。

"因为伊岚翠人不支持任何模拟战斗的运动，阿雷伦人错过了这项运动。但它在泰奥德同样非常受欢迎——但也有了一个重大的改变。它变成了女人的运动。泰奥德的男人喜欢更激烈的比赛，比如马上枪术或是宽剑比武。然而，对于一个女人来说，犀尔剑再适合不过了。轻巧的剑身让我们能够充分利用自身的灵巧性，而且——"她微笑着看看卢凯，补充道，"让我们能够充分利用比男人更高级的智慧。"

随即，莎瑞娜抽出第二把剑，并抛给年轻的托蕊娜，她正好站在队伍的前面。这个赤金色头发的女孩一脸迷茫地接下了剑。

"你来防守。"莎瑞娜警告道，然后举起她的剑刃，摆出了进攻的姿势。

托蕊娜笨拙地拿起犀尔剑，努力模仿莎瑞娜的姿态。莎瑞娜一进攻，托蕊娜就惊呼一声，放弃了她的姿势，双手握剑疯狂地挥舞着。莎瑞娜很容易就把女孩的剑打掉了，然后直接用剑指着她的胸口。

"你已经死了，"莎瑞娜向她宣告，"击剑靠的不是蛮力，它需要技巧和精确度。只用单手——你会控制得更好，并能增加攻击范围。把你的身体稍微偏向一边。这让你能刺得更远，也能让你很难被击中。”

莎瑞娜说着，拿出一捆她早先做好的小细棍。当然，和真剑相比，这些只是糟糕的替代品，但在铸剑师完成练习用的犀尔剑之前，她们只能用这些对付了。当每个女人都拿到武器后，莎瑞娜开始教她们如何用剑刺。

这是一项艰巨的任务——比莎瑞娜原先想的艰巨得多。她认为自己是个相当好的击剑手了，但是她从没想过，把这些知识了然于心，和向别人解释清楚完全是两码事。这些女人总是能做出莎瑞娜本以为人类的身体根本做不出的握剑方式。她们冲刺的动作十分狂野，却会被迎面而来的剑刃吓到，最后被自己的衣服绊倒。

最后莎瑞娜让她们自己练习冲刺——在她们还没有适合的面罩和服装之前，她不能放心让她们对刺。然后，她坐到卢凯的身边叹了口气。

“这项差事很费劲吧，堂妹？”他问道，显然很享受看着他母亲穿着裙子耍剑的样子。

“你什么都不知道。”莎瑞娜边说，边擦擦额头，“你确定你不想试试吗？”

卢凯举起双手。“也许有时我的确很爱卖弄，堂妹，但是我不笨。埃顿王会把任何参加这种降低身份的活动的男人列入黑名单的。如果我是伊翁德，那就算上了名单也没什么。但是我只是一个商人，我可承受不起龙颜大怒啊。”

“我知道了。”莎瑞娜边说，边看着那些女人努力控制她们的剑，“我不认为我教得好她们。”

“已经做得比我好多了。”卢凯耸耸肩说。

“我可以做得更好。”凯丝坐在椅子上扬言道。很显然，小女孩看这种重复的训练都看烦了。

“哦，真的吗？”卢凯干巴巴地问道。

“那当然咯。她还没有教她们‘挡后还击’和‘正确的体态’呢，而且她甚至提都没提联赛规则。”

莎瑞娜扬起一边眉毛。“你也懂击剑？”

“我读过一本这方面的书。”凯丝若无其事地说道。然后，她打了多恩的手背一下，因为小男孩正用莎瑞娜那捆棍子里的一根捅她。

“最可悲的是，她很可能真的那么干了。”卢凯叹了口气说，“只是为了让你印象深刻。”

“我认为凯丝是我见过的最聪明的小女孩了。”莎瑞娜承认道。

卢凯耸耸肩，"她是挺机灵的，不过你也不用太过惊奇——她毕竟只是个孩子。她或许有大人那样的理解力，但是她的反应还是像个小女孩。"

"我还是觉得她惊人的聪明。"莎瑞娜看着两个小鬼打闹，说道。

"噢，的确如此。"卢凯同意道，"凯丝只需花几小时就能啃完一本书，她的语言学习能力更是令人难以置信。我有时甚至很可怜多恩。他尽力了，但我认为他还是感觉到了差距——凯丝总是能对他作威作福，如果你留意过的话。不过，不管机灵与否，他们还都是孩子，都很难照顾。"

莎瑞娜看着孩子们在一起打打闹闹。凯丝已经从她弟弟那里偷走了棍子，并开始追着他满屋子跑，还故意模仿莎瑞娜教的方法砍啊刺的。莎瑞娜看着他们，目光偶然落在门道上。她发现门是开着的，有两个身影正站在那里看女人们练剑。

当女士们发觉自己正被刚溜进来的伊翁德和舒顿大人看着时，都惊呆了。这两个人，虽然年纪相差很大，却被认为是忘年交。从某种意义上说，两人在阿雷伦都是局外人，舒顿，是一个皮肤黝黑的外国人，而伊翁德，由于以前是个军人，光是出现都会让旁人觉得不快。

即使伊翁德的出现让女士们反感，舒顿的出现也大大弥补了她们。当她们意识到英俊的津多领主看着她们时，在场所有击剑手的脸都"唰"的一下红了。几个年轻女孩甚至还抓着朋友的胳膊防止自己倒下，并兴奋地窃窃私语。舒顿自己都因为这些关注而不好意思起来。

然而，伊翁德却对女人们的反应视而不见。他走到这些未来的剑士中间，似乎在思索着什么。终于，他拿起一根闲置的长木棍，摆出击剑的姿式，然后开始一连串的挥舞和冲刺。试过武器之后，他朝自己点点头，把棍子放到一边，然后走向其中一位女士。

"像这样抓住木棍。"他指导着，纠正她手指的位置，"如果你抓得太紧，就会失去灵活性。现在，把你的大拇指放在剑柄的顶端，以便让剑指着正确的方位，退后一步，然后再刺。"

那位被指导的女性——阿塔拉（Atara）顺从地照办了，却还是因为伊翁德摸了她的手腕而慌乱不已。她的突刺，出乎意料地既直又准——当然，没有谁比阿塔拉本人更惊讶的了。

伊翁德在队伍中来回穿梭着，仔细地纠正她们的手势、握法和姿势。他依次指导每位女士，对她们每人的特殊问题给出建议。经过几分钟的简短指导后，这些女士的攻击变得比莎瑞娜预期的更加精准了。

伊翁德带着满足的神情从女士们中间走出来。"我希望我的指导没有让你感到难堪，殿下。"

"完全不会，大人。"莎瑞娜向他保证，虽然她的确感到一阵嫉妒的刺痛。不过她告诉自己，要展现女人宽大的胸怀，来理解、欣赏别人高超的剑技。

"你有很高的天分，"老人说，"但你似乎没什么训练他人的经验。"

莎瑞娜点点头。伊翁德曾是个司令——他很可能教了新手好几十年战斗的基本技术。"您对击剑真是相当了解啊，大人。"

"我对击剑很感兴趣。"伊翁德说，"而且我曾多次拜访杜拉德。如果一个男人不会击剑，杜拉德人就拒绝承认他的战斗能力，不管他曾打赢了多少场战争。"

莎瑞娜站起来，伸手拿过她的练习用剑。"介意过两招么，大人？"她边漫不经心地问道，边试着她手中的剑。

伊翁德看起来很惊讶。"我……我还从没和女人过过招呢，殿下。我认为这不太合适。"

"一派胡言。"她说着，抛给他一把剑，"注意防卫。"

接着，没再给他任何拒绝的机会，莎瑞娜就进攻了。伊翁德一开始被她的进攻吓到了，有些措手不及。然而，多年的战士训练很快就让他控制了全局，并开始用令人惊叹的技术挡开莎瑞娜的攻击。根据他先前说的话，莎瑞娜还以为他对击剑只是略知一二。显然，她猜错了。

伊翁德决定展开最后一击。他的剑在空中挥舞得如此之快，几乎无法用肉眼看清，莎瑞娜只有靠多年的训练经验才知道要往哪儿挡。金属撞击的声音响彻整个房间。而女人们只能傻呆着，看着两个教练在地板上来回穿梭，激战正酣。

莎瑞娜还不习惯与伊翁德这样的高手对战。不只是因为他和她一般高——这削弱了她在攻击范围上的优势，而且他还打了一辈子仗，所锻炼出来的本能反应和灵敏度也是莎瑞娜不能比的。两个人边打边穿过人群，用女士们的身体、椅子，以及其他碰到的物品，阻挡着对方的攻击。他们的剑挥舞交错着，发出噼噼啪啪的声响，突刺不断地被挡回来。

对她来说伊翁德的剑术实在太高超了。她可以抵挡住他的攻击，但却没空在防守之余进行反击。当汗水哗哗地从她的脸庞流下时，莎瑞娜敏锐地感觉到房间里的所有人都在看着她。

而此刻，伊翁德突然发生了些改变，他稍稍减弱了攻势，于是莎瑞娜就立刻条件反射般地予以回击。终于,她的圆头剑刃躲过了伊翁德的防守直抵他的喉间。伊翁德微微露出笑意。

"我别无选择只能投降,女士。"伊翁德说。

突然间,莎瑞娜感到很羞愧,是她让伊翁德陷入如此的处境——必须让她赢,以免让她在众人面前下不来台。伊翁德向她微一鞠躬,而莎瑞娜却只感到自己的荒唐可笑。

他们回到房间的角落,并从卢凯那里接过茶杯,卢凯热情称赞了他们的精彩对决。当莎瑞娜喝水的时候,突然顿悟到了什么。她把待在阿雷伦的日子看成是一场竞赛,就像她对待政治的态度一样——一场复杂却让人享受的游戏。

而阿雷伦人却不这么认为。伊翁德让她赢,是因为想维护她的形象。对他来说,这不是一场游戏。阿雷伦是他的国家,那里有他的人民,而为了保护它,他愿意作出任何牺牲。

这次不同了,莎瑞娜。如果你失败了,你失去的不只是一个商贸协议或建筑权,而是生命,那些活人的生命——这个想法让她瞬间清醒了。

伊翁德研究着他的杯子,怀疑地扬起眉毛。"只有水?"他转身对着莎瑞娜问道。

"水对您的身体才是最好的,大人。"

"我可不这么认为,"伊翁德说,"你是从哪儿弄到它们的?"

"我自己烧的开水,然后把水倒到两个桶里储存起来。"莎瑞娜说道,"我可不想让这些女士在练习的时候,醉得晕晕乎乎的,然后倒在彼此身上。"

"阿雷伦的酒可没有这么烈,堂妹。"卢凯指出。

"已经够烈的了。"莎瑞娜回答道,"把它喝光,伊翁德大人,我们可不想让你脱水。"

伊翁德只好乖乖照办了,虽然他脸上还保持着不满的表情。

莎瑞娜回头看看她的学生,打算命令她们继续练习——然而,她们的注意力已经被其他东西吸引住了。舒顿领主就站在房间的后部,他闭着眼睛慢慢移动,做出一系列优雅的动作。当他的手小心地画出一个个圆圈时,手臂上紧绷的肌肉如波浪般连绵起伏,他的身体也随之流动。虽然他的动作缓慢而精确,但他的皮肤上还是闪耀着汗水。

他的动作就像是一种舞蹈。他迈着拖长的步子,腿在空中高高地举起,脚趾紧绷,然后把它们慢慢放到地板上。他的手臂一直在移动,肌肉紧张地伸展着,好像他正在与某种看不见的力量搏斗着。慢慢地,舒顿加快了速度。好像时间紧迫一般,舒顿舞动得越来越快,他的步伐变成了跳跃,手臂不断挥舞着。

女士们默默地看着，眼睛睁得比嘴还要大。房间里唯一的声音就是他舞动时呼呼的风声和踏步声。

突然他停了下来，在最后一次跳跃后落地，双脚同时重重顿地，双臂平展，手掌与手臂平行。最后他收拢双臂，就像两扇沉重的铁门轰然关上。然后他低下头，深深地吐出一口气。

莎瑞娜沉默了一会儿后，才喃喃说道："我主慈悲，现在我永远都夺不回她们的注意力了。"

伊翁德小声地咯咯笑着。"舒顿是一个有趣的小子。他老是抱怨女人追他追得太紧，但又无法抵御炫耀的欲望。不管怎样，他毕竟是个男人，而且还很年轻。"

当莎瑞娜点头回应时，舒顿已经完成了他的仪式，当他意识到自己吸引了多少目光时，他又变得羞涩起来。他赶忙低垂着眼睛从女士们中间穿过，加入到莎瑞娜和伊翁德中间。

"这真是……让人意外呀。"当舒顿接过卢凯送来的一杯水时，莎瑞娜说道。

"我很抱歉，莎瑞娜女士。"他边咕嘟咕嘟地喝着水，边回答道，"你们的对决让我也跃跃欲试了。我还以为每个人都忙于练习，不会注意到我。"

"女人总会注意到你的，我的朋友。"伊翁德摇着他花白的头说道，"下次你再抱怨仰慕你的女性追求的方式太粗暴的话，我就会用这件小事反驳。"

舒顿低下了头表示默认，脸再次羞得通红。

"这是什么运动？"莎瑞娜好奇地问道，"我从没见过类似的运动。"

"我们称它为确身（ChayShan）。"舒顿解释道，"这是一种热身运动，能够帮你把体力和精神力准备到战斗状态。"

"这真是令人赞叹。"卢凯说道。

"我还只是一个外行。"舒顿谦逊地低下头说道，"我缺乏速度和集中力——在津多有些人能快到令你眼花缭乱。"

"好了，女士们。"莎瑞娜转身面对那些女士，宣布道，她们中大多数还在盯着舒顿看呢。"稍候再感谢舒顿大人的表演吧。现在，你们还要练习一会儿突刺呢——别以为练这么几分钟我就会让你们离开。"

当莎瑞娜拿起她的犀尔剑，重新开始下一场练习时，人群中传出几声抱怨的哀号。

"明天她们一定会浑身酸痛的。"莎瑞娜微笑着说道。

"小姐，您如此激情地说出这番话，别人一定会以为您很盼望这件事发生的。"阿什一边说，一边有规律地微微振动着。

"这对她们很有好处。"莎瑞娜说，"大多数女人都被宠坏了，从没受过比被绣花针刺更严重的伤。"

"真遗憾我错过了练习。"阿什说，"我已经有几十年没看到过确身了。"

"你以前曾经看过这个？"

"我见过的东西可多呢，小姐。"阿什回答道，"侍灵是可以活很久的。"

莎瑞娜点点头。他们沿着凯伊城的一条街道走下去，宏伟的伊岚翠城墙正在慢慢向他们逼近。在莎瑞娜经过时，十来个街边小贩热情地兜售着他们的商品，他们从衣着判断出她来自宫廷。凯伊城是为了阿雷伦贵族而存在的，因此迎合了这些人浮夸的品味。镀金的酒杯、异国香料和奢华的服饰都争相向莎瑞娜邀宠——虽然它们中大部分只会让她感到想吐。

据莎瑞娜了解，这些商贩是阿雷伦仅存的中产阶级。在凯伊城他们努力想获得埃顿王的偏祖，甚至指望得到一个头衔——这通常需要付出不少钱财、农奴，以及尊严的代价。阿雷伦很快就变成了一个狂热到恐怖的资本主义国家。成功带来的不再仅仅是财富，而失败带来的也不只是贫穷——一个人的收入决定了他离被卖为奴还有多远。

莎瑞娜挥手想要赶走那些商贩，然而她的努力并不能使他们放弃，直到转过一个拐角，看到了那个珂拉西教堂，她才终于放松下来。她抑制住自己想要冲进教堂的冲动，步伐沉稳地走到这座宽阔建筑的门前，然后才快速溜了进去。

她投了几枚硬币到布施箱中，这几乎是她从泰奥德带来的最后一点财产了，然后她开始到处寻找教士。这座教堂让莎瑞娜感觉很自在，不像德雷西教堂，挂满了盾牌、长矛和应景的挂毯，给人一种庄严而冷峻的感觉。珂拉西教堂让人更加放松。几条织锦挂在墙上——可能是德高望重的赞助人捐赠的，花花草草整齐地排列在下面，它们的嫩芽在春风中舒展着。教堂的天花板很矮，也没有弯弯的穹顶，但是窗户又宽又大，因此整座建筑给人的感觉并不压抑。

"你好，孩子，"一个声音从教堂的另一边传来。讴明（Omin）教士正站在远处的窗户后面，看着整座城市。

"你好，讴明神父。"莎瑞娜行了一个屈膝礼，并说道，"我有没有打扰到您？"

"当然没有，孩子，"讴明说着，招招手让她过去，"过来吧，近来还好么？在昨晚的布道会上我似乎没有找到你。"

"对不起，讴明神父，"莎瑞娜的脸微微泛红，"我必须参加一个重要的舞会。"

"啊，不用感到内疚，孩子。社交的重要性永远不该被低估，特别是对一个新来的人而言。"

莎瑞娜露出微笑，穿过一排排的长椅，来到矮小的教士身边。他的矮小身材通常很容易被忽略；讴明在教堂前造了一个和他身材匹配的讲坛，所以当他传教时，很难看出他的实际身高。然而，站在这个男人身边，莎瑞娜还是能明显感觉到自己比他高出了很多。即使对阿雷伦人来说，他也矮到令人发指，他的头顶大概才到莎瑞娜胸口的位置。

"你是不是有什么烦恼，孩子？"讴明问道。他几乎全秃了，穿着件宽松的袍子，系着一根白色的腰带。除了他那醒目的蓝眼睛之外，他身上唯一的色彩就是脖子上那颗珂拉西玉吊坠了，上面刻着艾欧·欧米（Aon Omi）的符文。

他是个好人——莎瑞娜不会轻易用这个词形容任何人，即使是教士。以前，泰奥德的一些教士就曾让她抓狂。而讴明，是一个如慈父般体贴细心的人，虽然他有容易走神的恼人习惯。有时候他分心得厉害，甚至在几分钟后，才意识到有人在等他把话说下去。

"我不知道还能问谁，神父，"莎瑞娜说，"我需要通过一个'寡妇的考验'，但是没人向我解释它究竟是什么。"

"啊，"讴明点点他那光可鉴人的头，说，"这的确会让新来的人感到莫名其妙。"

"但是别人为什么都不愿向我解释呢？"

"这是从伊岚翠人统治的时期传下来的半宗教性仪式。"讴明解释道，"而任何涉及那个城市的话题在阿雷伦里都是禁忌，特别是那些和信仰相关的。"

"好吧，那我怎么才能知道他们到底希望我干些什么呢？"莎瑞娜有些恼火地问道。

"别灰心，孩子。"讴明抚慰道，"这的确是禁忌，但那只是出于习惯而已，并不是一定要遵守的规则。我想主应该不会反对我稍微满足一下你的好奇心。"

"谢谢你，神父。"莎瑞娜松了口气，说道。

"你的丈夫去世后，"讴明解释道，"大家就会期待你公开表达自己的悲伤，否则人们就会认为你不爱他。"

"但我是不爱他——真的。我甚至都不认识他。"

"不管怎样，你最好还是能够完成考验。寡妇考验的重要性在于，它代表着你有多重视两人的结合，还有你有多尊敬你的丈夫。如果不这么做的话，即使对一个外乡人来说，也不是个好兆头。"

"但它难道不是一个异教仪式吗？"

"并不完全是。"讴明摇摇头说，"伊岚翠人的确是这种仪式的始作俑者，但这和他们的宗教完全没有任何关系。它只是一种从善举演变而来的、值得尊敬的慈善传统而已。"

莎瑞娜扬起眉。"老实讲，我对你如此看待伊岚翠人感到很惊讶，神父。"

讴明的眼中闪过一丝火花。"德雷西主祭恨伊岚翠人，并不意味着我主也恨伊岚翠人，孩子。我不相信他们是神，而且他们中许多人对于自身的伟大也过于自负了，但我还是有过一些伊岚翠朋友；肖得术法把好人和坏人、自私和无私的人都一起带走了。其中有些伊岚翠人是我见过的最高尚的人——目睹发生在他们身上的事让我感到非常难过。"

莎瑞娜顿了一下。"是我主干的吗，神父？就像别人说的，是他诅咒了他们？"

"所有事情都是根据我主的意志发生的，孩子。"讴明回答道，"然而，我不认为'诅咒'是一个恰当的词。有时候，我主觉得应该让灾祸降临世间，以考验世人。有时候，他甚至会让最致命的疾病降临到最无辜的孩子身上。降临到伊岚翠人身上的并不是诅咒——它们只是世界正常运转的一部分而已。所有事物都必须发展进步，而这种进步不一定是一帆风顺的。有时候我们落到低谷，有时候我们步步高升——当有人发财的时候，必然就有人吃亏，我们唯一能做的就是互帮互助。当一个人获得我主的恩宠时，他就有特权帮助那些生活得不太好的人。团结来自于灾难，孩子。"

莎瑞娜沉默了一会儿。"所以说，你不认为伊岚翠人——我指剩下的那些——是魔鬼？"

"斯弗拉之吻，就像斐优旦人所说的？"讴明打趣地问道，"不，虽然我听说新的高级仪祭是如此宣扬的。我恐怕他的宣言只会引起仇恨。"

莎瑞娜轻轻敲击着自己的脸颊，若有所思地说道："也许这就是他想要的。"

"为了达到何种目的呢？"

"我不知道。"莎瑞娜承认道。

讴明再次摇摇头。"我还是不相信一个神的信徒，即使是高级仪祭，会做这种事。"当他考虑这种可能性时，表情有些心不在焉，并且微微皱眉。

"神父？"莎瑞娜问道，"神父？"

在第二次提醒后，讴明才摇摇头，仿佛刚刚发觉她还在这儿。"对不起，孩子，我们刚才在讨论什么？"

"你还没说完呢，'寡妇的考验'究竟是什么？"她提醒讴明道，和这位小个子教士说话时，很容易跑题。

"啊，是的，寡妇的考验。简单说来，孩子，就是大家都期待你为这个国家做点事——你越爱你的丈夫，你的地位越高贵，你考验的规模就应该更宏大。大部分女人都会把食物或衣物分发给农民。你帮助的人越多，你给民众的印象就会越好。考验是一种服务的方式——是让位高权重者懂得谦逊的方法。"

"但是我能从哪里筹集到资金呢？"她还没想好要怎么向她的新父王问起有关薪俸的问题。

"资金？"讴明惊讶地问道，"为什么？你是阿雷伦最富有的人之一，你难道不知道吗？"

"什么？"

"你继承了雷奥登王子的遗产，孩子。"讴明解释道，"他是一个非常有钱的人——他的父亲会保证这一点。在埃顿王的政府体制下，王位继承人如果还没一个公爵富有那可就不好了。基于同样的原因，如果他的儿媳不是富可敌国的话，对他而言也是奇耻大辱。你只需去和皇家财务主管谈谈，我确定他会好好伺候你的。"

"谢谢你，神父。"莎瑞娜说着，给了这位小个子一个深情的拥抱。"我还有别的事要做呢。"

"这里永远欢迎你，孩子。"讴明说着，回头继续看着整座城市陷入了沉思，"我就是为此才待在这里的。"然而，莎瑞娜知道说完这话之后没多久，他就会完全忘记她的存在，再次畅游在他心中的那条漫漫长路上。

阿什在外面等着她，它以侍灵特有的超好耐心在门边徘徊着。

"我不懂你为何如此担心，"莎瑞娜对它说道，"讴明喜欢伊岚翠人，他不会阻止你进入他的教堂。"

阿什微微地振动着。自从许多年前的那天，信纳兰（Seinalan——苏·珂拉西教派的主教，把他扔出珂拉西教堂之后，他就再也没有进去过。

"这样挺好的，小姐。"阿什说，"我觉得无论教士说什么，如果我们不出现在对方视线中，对我们两个可能都好。"

"我不同意。"莎瑞娜说道，"但是我不想为此争辩。你听到我们的谈话了吗？"

"侍灵的耳朵可是很灵敏的，小姐。"

"你根本没有耳朵。"莎瑞娜指出,"那么,你有什么看法?"

"这听起来是个好主意,能够让小姐您在这座城市里流芳百世。"

"我也这么认为。"

"还有一件事情,小姐。你们两个谈到了德雷西枢机主祭和伊岚翠。在之前的某个晚上,当我搜查整个城市时,注意到枢机主祭拉森在伊岚翠的城墙上散步。之后的几个晚上我又去过那里,发现他也时常出现在那里。他看起来和伊岚翠的护卫队长挺熟络的。"

"他究竟想对那座城市做什么?"莎瑞娜懊恼地说。

"我也搞不清楚,小姐。"

莎瑞娜紧锁眉头,试图把她所知道的枢机主祭的行踪与伊岚翠联系起来,但还是一无所获。然而,她突然灵机一动,想出了另一个绝妙的主意。也许她可以同时解决麻烦的主教和她的另一个问题,来个一箭双雕。

"也许我不必知道他在做什么就能阻止他。"她说道。

"那就太好了,小姐。"

"我也没有多余的时间了。我们只要知道一件事情就行了:如果枢机主祭想要民众憎恨伊岚翠人,那我的任务就是和他对着干,让民众喜欢伊岚翠人。"

阿什沉思了一会儿。"您有什么计划吗,小姐?"

"你会知道的。"她微笑着说道,"首先,我们要先回到我的房间。我早就想和父王说说话了。"

"娜?我很高兴你来找我,我一直都在担心你呢。"伊凡提奥发光的头部影像在莎瑞娜面前悬浮着。

"您随时都可以找我的,父王。"莎瑞娜说。

"我可不想打搅你,宝贝。我知道你很看重自己的独立和自由。"

"现在和责任相比,独立也只能靠后站了,父王。"莎瑞娜说道,"这个国家正处在岌岌可危的境地——我们已经没有时间顾及对方的感受了。"

"好吧,我错了,我改还不行么?"她父亲轻笑一声,说道。

"泰奥德有什么事吗,父王?"

"不太好。"伊凡提奥警告道,他的声音变得非同寻常的阴沉,"最近的形势很危急。我刚刚镇压了另一个杰斯科秘教团体。每当月蚀临近时,他们总是特别活跃。"

莎瑞娜不禁打了个寒战。这些邪教徒都是群古怪的家伙，她的父亲并不喜欢和他们打交道。然而，国王似乎还有所保留——还有什么别的东西在困扰着他。

"还有别的麻烦，是么？"

"的确如此，娜，"她的父亲承认道，"是一些更糟糕的事。"

"是什么？"

"你知道阿什格里斯（Ashgrees），那个斐优旦大使吗？"

"是的，"莎瑞娜皱着眉头说，"他做了什么？在民众面前指责你？"

"不，比这更坏。"她父亲一副有了大麻烦的表情，"他离开了。"

"离开了我们国家？在斐优旦历尽千辛万苦把大使送进来之后？"

"是的，娜。"伊凡提奥说道，"他带着所有随行人员，在码头上作了最后一次演讲后，就离开了。留下一种一切已成定局的恐慌气氛。"

"这不是个好兆头。"莎瑞娜同意道。斐优旦很重视在泰奥德占有一席之地。如果阿什格里斯离开了，他一定是接到了伟恩的直接命令。看起来他们打算永远放弃泰奥德了。

"我很害怕，娜。"父亲的话从没让她这么寒彻心扉过——他可是她所见过的最坚强的人啊。

"您不应该说这样的话的。"

"我只对你说，娜，"伊凡提奥说道，"我想让你了解形势是多么的严峻。"

"我知道的，"莎瑞娜说，"我很理解。因为凯伊城这儿也有一个枢机主祭。"

她父亲小声咒骂了几句脏话，莎瑞娜以前从没听他这么骂过。

"我认为我能够对付他，父王。"莎瑞娜迅速地接口道，"我们已经关注对方很久了。"

"他是谁？"

"他名叫拉森。"

她的父亲再次咒骂了几句，这次更加激烈。"我主在上，莎瑞娜！你知道他是谁吗？拉森就是那个在杜拉德倾覆前六个月，被派去那里的枢机主祭。"

"我早就觉得是他了。"

"我要你马上离开那里，莎瑞娜。"伊凡提奥说道，"那个人很危险，你知道有多少人死于杜拉德革命？数以万计啊！"

"我知道的，父王。"

"我会派艘船来接你——我们退守到这里，不让任何枢机主祭进来。"

"我不想离开，父王。"莎瑞娜坚定地说道。

　　"莎瑞娜，理智些。"伊凡提奥的声音变得轻柔而略带督促，每当他想要莎瑞娜做某些事时，就会用这种语气。他通常会如愿以偿，因为他是少数几个知道应该如何动摇她的人。"谁都知道阿雷伦政府现在是一塌糊涂。而且如果这个枢机主祭能推翻杜拉德，那他也一定能轻而易举地对阿雷伦做同样的事。当整个国家都在反对你时，难道你还指望能阻止他？"

　　"我不得不留下来，父王，不管形势如何。"

　　"你凭什么要忠于他们，莎瑞娜？"伊凡提奥申辩道，"就凭一个你甚至不认识的丈夫？一群不属于你的人民？"

　　"但我是他们国王的女儿。"

　　"你也是我这个国王的女儿。这又有什么区别？而且这里的人民更了解你，更尊敬你。"

　　"他们是都了解我，父亲，但是尊敬嘛……"莎瑞娜坐回到椅子上，开始感到不舒服。那种早已被她遗忘的感觉又回来了——这种感觉曾经让她毅然决然地离开故乡，抛弃所有的一切，去支持一个陌生的国家。

　　"我不明白，娜。"她父亲仿佛受到了伤害。

　　莎瑞娜叹了口气，闭上眼睛。"哦，父王，你从来都不知道。在你眼中，我永远是快快乐乐的，永远是你漂亮聪明的女儿。没有人胆敢告诉你，他们对我真正的看法。"

　　"你是什么意思？"伊凡提奥追问道，现在是以一个国王的语气。

　　"父王。"莎瑞娜说道，"我已经二十五岁了，而且性格直率又娇纵，经常得罪人。你一定已经注意到了，没有一个男人敢追求我。"

　　她的父亲许久没有回应。"我是考虑过这件事。"终于他承认道。

　　"我曾是一个老处女公主，一个没人敢碰的悍妇。"莎瑞娜说，努力不让她的声音中透出苦涩，但还是失败了。"男人们都在背后嘲笑我。没有人敢带着浪漫的意图接近我，因为众所周知，这么做只会被他们的同伴嘲笑。"

　　"我还以为你只是独立，还以为你觉得他们中没有一个配得上你。"

　　莎瑞娜自嘲地笑道："你爱我，父亲——没有家长会承认他们的女儿没有魅力。但事实是，没有男人想要一位聪明的妻子。"

　　"这不是事实。"她父亲马上反对道，"你的母亲就很聪慧。"

　　"你是一个例外，父亲，这就是你被蒙在鼓里的原因。这个世界并不需要一个强大的女人，即使是在泰奥德，我以前还一直宣称它是整个大陆最先进的国家呢。其实它和其他地方并无二致，父亲。泰奥德男人说他们给了女人更多的自由，但是首先他们还是认为自由是他们'给'女人的。"

"在泰奥德，我是个待字闺中的女儿。而在阿雷伦，我是一个守寡的妻子。这两者之间的差别可就大了。无论我多爱泰奥德，我都不得不生活在没人要的阴影下。在这里，至少我能设法说服自己有人曾想娶我——即使只是出于政治方面的原因。"

"我们可以为你另找丈夫。"

"我认为这不可行，父王。"莎瑞娜说着，摇摇头，坐回到她的椅子里。"既然现在泰伦（Teorn）已经有了孩子，我的丈夫就不可能登上王位——泰奥德男人会考虑娶我的唯一理由也不存在了。那些在德雷西统治下的人不会考虑娶一个泰奥德人。剩下的就只有阿雷伦人了，但是我的婚约已经禁止我再嫁。所以现在没有一个人能娶我了，父王。目前我最好的选择就是好好利用我在这里的地位。至少在阿雷伦我能掌控很多事情，不用担心我的所做所为会影响我未来的'适婚能力'。"

"我明白了。"伊凡提奥说道，她能够听出他声音中的不快。

"父王，我还需要提醒你别担心吗？"她问道，"我们还有更重大的问题要解决呢。"

"我无法不担心你，小得分杆。你是我唯一的女儿。"

莎瑞娜摇摇头，决定在落泪前赶快转移话题。突然她觉得非常后悔，她完全毁了自己在父亲心中的完美形象。于是，她努力想说些什么来改变谈话内容。"凯隐叔叔也在凯伊城里。"

这句话奏效了。莎瑞娜通过侍灵听到从另一边传来沉重的吸气声。"不许在我面前提他的名字，娜。"

"但是……"

"不行。"

莎瑞娜叹了口气。"好吧，那就告诉我关于斐优旦的事吧。你认为伟恩有什么计划？"

"这次我真的不知道。"伊凡提奥说，默许了话题的转换，"一定是个庞大的计划。他们南部和北部的国境线都不再对泰奥德商人开放。我们的大使也开始无故失踪。我打算把他们都叫回来。"

"那你的密探呢？"

"几乎是以同样的速度在消失。"她的父亲说道，"我已经有一个多月无法把人送进威尔定（Velding）了，只有我主知道伟恩和枢机主祭们在里面搞什么阴谋诡计。这些天，送间谍去斐优旦简直就和送他们去死差不多。"

"但是尽管如此，你还是得这么做。"莎瑞娜冷静地说道，渐渐意识到她父亲声音中的痛苦来自何方。

"我不得不如此。因为我们发现的消息最终可能会拯救几千条人命，虽然这么想并不会让事情变得简单些。我只是希望能把密探送进达客豪。"

"那座修道院？"

"是的，"伊凡提奥说道，"我们已经知道其他修道院的秘密了——拉司伯（Rathbore）会训练刺客、斐优旦间谍和其他一般斗士。然而，达客豪最让我担心。我听说过一些关于这个修道院的可怕故事，但我还是无法理解为什么会有人，即使是德雷西人，会做出这种事。"

"看起来像是斐优旦在为战争而召集人马么？"

"我说不准——看起来不像，但谁知道呢。伟恩随时能把一支多国部队送到我们面前。唯一的安慰就是，伟恩可能并不知晓我们清楚这一事实；不幸的是，这也把我带向一个困难的境地。"

"您是指什么？"

她父亲的声音有些犹豫。"如果伟恩对我们发动圣战，就意味着泰奥德的末日要到了。我们无法抵挡所有东方国家联合在一起的力量，娜。我不会坐视我的子民被屠杀。"

"您会考虑投降？"莎瑞娜义愤填膺地问道。

"国王的职责就是保护他的子民。皈依还是看着我的人民被毁灭，当面对这种两难的抉择时，我想我不得不选择皈依。"

"您和津多人一样没有骨气。"莎瑞娜说道。

"津多是一个有智慧的民族，莎瑞娜。"她父亲的声音变得愈加坚定了，"这是他们唯一能活命的方法。"

"但这意味着屈服！"

"这只是意味着我们别无选择。"伊凡提奥说道，"现在我还不想采取任何行动。只要这两个国家还存在，我们就有希望。然而，如果阿雷伦也毁灭了，我就只能被迫投降了。我们不能与整个世界为敌，娜，一粒沙子是敌不过整个海洋的。"

"但是……"莎瑞娜的声音慢慢变弱。她能够看出父亲的尴尬处境。正式向斐优旦宣战只是徒劳无益的反抗罢了。皈依或是死亡，这两个选择都令人作呕，但皈依显然是个更理智的选择。然而，在她内心有一个冷静的声音反对道，这是值得为之付出生命的，如果死亡能够证明真理比武力更强大的话。

莎瑞娜必须确保她父亲永远不会有选择的机会。如果她能够阻止拉森，那她或许也能够阻止伟恩，至少，在一段时期内。

"我必须要待在这里，父王。"她宣布道。

"我知道，娜。但那会很危险。"

"我明白。但是，如果阿雷伦真的毁灭的话，我情愿去死，也不愿看到泰奥德跟着投降。"

"要小心啊，并且要密切关注枢机主祭的动向。哦，顺带一提——如果你发现伟恩弄沉埃顿商船的原因，告诉我。"

"什么？"莎瑞娜震惊地问道。

"你不知道？"

"知道什么？"莎瑞娜追问道。

"埃顿王几乎失去了整个商船队。官方宣称沉船事件是海盗造成的，那些德瑞克·碎喉（Dreok Crushthroat）海军的残余。然而，我的消息来源发现，沉船事件和斐优旦有关。"

"原来就是那件事！"莎瑞娜说。

"什么？"

"四天前我参加了一个舞会。"莎瑞娜解释道，"其间，有仆人给国王捎来一个口信，不管它是什么，都大大影响了国王的情绪。"

"从时间上看来，应该没错。"她父亲说道，"我自己也是两天前才得知的。"

"为什么伟恩要弄沉无辜的商船呢？"莎瑞娜很想知道，"除非，我主在上！如果国王失去了他的收入来源，他就会有失去王位的危险！"

"难道那个贵族头衔和财产挂钩的无稽之谈是真的？"

"很疯狂，但的确是真的。"莎瑞娜说道，"如果一个家族不能保持他们的高收入，埃顿就会取消他们的头衔。如果埃顿自己也失去了财产来源的话，他统治的基础就会遭到破坏。拉森就能让其他人取代他——一个更愿意接受苏·德雷西教派的人——甚至不用劳神去发动什么革命。"

"听起来行得通。埃顿制造出一种这么不稳定的统治基础，简直是自作自受。"

"那个接替的人很可能是特瑞伊，"莎瑞娜说，"这就是他花这么多钱在舞会上的原因——公爵想要展示自己的经济实力。如果没有大量斐优旦资金做他的靠山的话，我倒是会感到十分吃惊。"

"那你想要怎么办？"

"阻止他。"莎瑞娜说道，"虽然帮助埃顿会使我感到很痛苦，我真的不喜欢他，父亲。"

"不幸的是，拉森似乎已经为我们选好了盟友。"

莎瑞娜点点头。"他把我放在伊岚翠和埃顿这一边——两个完全不令人羡慕的盟友。"

"我们必须充分利用我主赐予我们的条件。"

"您说话的口气像个教士。"

"因为最近我终于找到虔诚的理由了。"

莎瑞娜轻敲着自己的脸颊，想了一会儿，才回答道，"一个聪明的选择，父王。如果我主真想帮助我们的话，现在正是时候。泰奥德的末日，也意味着苏·珂拉西教派的末日。"

"或许只是暂时的，"她父亲说道，"真理是永远不败的，莎瑞娜。即使人们偶尔会将它遗忘。"

莎瑞娜躺在床上，灯已经都关上了。阿什在房间的远处悬浮着，它的光芒变得相当黯淡，只能隐约看到它内部符文的轮廓。

在一小时前莎瑞娜就结束了和父亲的谈话，但其中牵扯的东西可能会困扰她好几个月。她从没考虑过投降这个选择，但是现在看来这无法避免。这样的前景让她感到忧虑。她知道伟恩不太可能让她父亲继续统治这个国家，即使他改变信仰；她也知道伊凡提奥为了使他的人民能够幸免甚至愿意献出生命。

她也开始考虑自己的生命，其中掺杂了对泰奥德的回忆。这个王国里有她最爱的人——她的父亲、兄弟，还有母亲。首都泰奥英（Teoin），这座被森林环绕着的港口城市，是另一个她所珍爱的回忆。她还记得雪降临这座城市时的景象。一天早晨她醒来，发现外面的所有东西都被覆盖上了一层美丽的薄冰，树木看起来就像缀满了宝石，闪烁在冬日的晨光中。

然而，泰奥德也让她回想起了往日的痛苦和孤独。让她回想起被社交圈的排挤，还有在男人面前感受到的耻辱。她很早就确立了头脑灵活、伶牙俐齿的形象。这两个特点让她与其他女性截然不同——不是说其他女性都不够聪明，她们只是明智地藏起了它们，直到结婚后才显露出来。

不是所有男性都想要一个愚钝的妻子——但同样也没有多少男性在一个比他们聪明

的妻子面前，会感到很舒坦。当莎瑞娜意识到自己哪里做错了的时候，她发现少数几个可能接受她的男士都已经结婚了。绝望之中，她到处挖掘宫廷里男性对她的看法，难堪地发现他们竟是如此嘲笑她。之后，事情只是变得更加糟糕——而她也只是变得更老。在这个国度，几乎所有女性在十八岁前起码都已订婚，而她是一个二十五岁的老女人。一个非常高瘦笨拙的、喜欢辩论的老处女。

她的自嘲被一阵噪声打断。这声音并不是来自走廊或是窗户，而是来自她的房间内部。她吓得坐了起来，大气都不敢喘，几乎准备要跳起逃走。不过她很快就意识到，这声音不是从房间里发出的，而是从房间边上的墙中发出的。她困惑地皱起眉头。但墙的另一边并没有任何房间。她住在王宫的边上，有一扇窗户可以俯瞰整座城市。

噪声并没有再次响起，而且，莎瑞娜决定暂时把焦虑放在一边，睡一个好觉，于是她告诉自己那只是房屋下沉时发出的声音罢了。

第十八章

迪拉弗走到房门口，看起来有些心不在焉。然后，他看到一个伊岚翠人坐在拉森桌前的椅子上。

这番景象差点把他吓死。

拉森露出微笑，看着迪拉弗喘不过气来的样子，他的眼睛睁得就像盾牌那么大，脸色红得堪比拉森盔甲的颜色。"Hruggath Ja！"迪拉弗惊骇地尖叫道，斐优旦语的诅咒迅速从他的唇间喷涌而出。

听到这些咒骂，拉森不禁扬起眉毛，不是因为这些话冒犯了他，而是因为迪拉弗竟然能如此流利地说出它们而感到惊讶，这位仪祭已经深深沉浸在斐优旦文化中了。

"向迪伦（Diren）打声招呼吧，仪祭。"拉森说着，指指那个脸色灰黑相间的伊岚翠人。"劳驾你克制一点，不要用杰德斯的圣名来诅咒。我真希望你没学会这种斐优旦恶习。”

“一个伊岚翠人！”

“是的。”拉森说道，“说得没错，仪祭。但是不行，你不可以用火烧他。”

拉森微微向后靠在他的椅子上，当迪拉弗对那个伊岚翠人怒目而视时，露出一个微笑。拉森召唤迪拉弗来房间时，就很清楚他会有什么反应，拉森觉得迪拉弗的这种反应实在是心胸狭窄。然而，这并不妨碍他享受这一时刻。

终于，迪拉弗用仇恨的目光瞪了拉森一眼，虽然他很快用勉强挤出的顺从掩饰过去了。“他在这里干什么，我的主上？”

“我觉得认清我们的敌人的真正面目会有好处的，仪祭。”拉森说着，站起来绕过那个受惊的伊岚翠人，来到迪拉弗面前。两位教士理所当然地用斐优旦语交谈着，而那个伊岚翠人的眼中除了大量的恐惧，也流露出一丝困惑。

拉森蹲在那个人的身边，研究着这个属于他的魔鬼。“他们全都没有头发吗，迪拉弗？”他兴味盎然地问道。

“一开始不是这样的。”仪祭板着脸回答道，“当那些珂拉西走狗准备把他们扔进去时，他们的头发还是好好的。他们的皮肤也没那么暗沉。”

拉森伸出手，抚摸着那人的脸颊，他的皮肤坚韧粗糙，而富有皮革质感。伊岚翠人用惊恐的双眼盯着他看。“这些黑色的斑点就是区别伊岚翠人的主要特征吗？”

“这是最初的征兆，主上。”迪拉弗闷闷不乐地说道。要么他已经开始习惯伊岚翠人的存在了，要么他已经克制住了最初的暴怒，并把它转化成更持久积郁的厌恶。“这通常发生在夜间。当被诅咒的人醒来时，就会发现这种黑色的斑点布满了他的全身。而其余的皮肤则会变为棕灰色，就像这个家伙，这种改变是慢慢进行的。”

“摸起来就像是经过防腐处理的尸体的皮肤。”拉森指出。他去过斯福坦大学几次，知道他们保存研究用的尸体的方法。

“十分相似。”迪拉弗小声表示同意道，“皮肤并不是唯一的征兆，主上。他们的内部也同样腐朽了。”

“你是怎么知道的？”

“他们的心脏不再跳动。”迪拉弗说道，“而他们的思维也不再运作。十年前，在他们还没有被全部关进去之前，流传着许多传闻。在几个月内他们就会不省人事，几乎无法动弹，只能用哀号表达他们有多痛苦。”

“什么痛苦？”

"他们的灵魂被杰德斯的怒火灼烧的痛苦。"迪拉弗解释道，"这种痛苦会牢牢植根在他们体内，直到耗尽他们最后一丝理智，这就是对他们的惩罚。"

拉森点点头，转身不再看那个伊岚翠人。

"您不应该接触他，主上。"迪拉弗说。

"我还以为你会说杰德斯会保护他的忠实信徒呢。"拉森说，"我有什么可害怕的？"

"您把魔鬼请进了教堂，主上。"

拉森嗤之以鼻。"你应该知道的，这座建筑并无神圣之处，迪拉弗。在一个不愿效忠苏·德雷西的国家中，是不可能存在任何圣地的。"

"那是当然。"迪拉弗说道，他的眼神出于某种原因而变得狂热起来。

迪拉弗的眼神让拉森感到不安。也许还是尽量减少仪祭与伊岚翠人共处一室的时间比较好。

"我叫你过来，是因为我需要你准备晚上的布道会。"拉森说，"我没空亲自准备，因为我想花点时间来盘问这个伊岚翠人。"

"遵命，主上。"迪拉弗回答道，他的眼睛还是盯着那个伊岚翠人不放。

"你可以走了，仪祭。"拉森坚定地说道。

迪拉弗小声咒骂着什么，然后小跑着出了房间去完成拉森的吩咐。

拉森把目光转回到那个伊岚翠人身上。这个生物看起来并不像迪拉弗说的那样"失去理智"。卫队队长带他来时，还提过他的名字，这表明他还会说话。

"你能理解我的话吗，伊岚翠人？"拉森用艾欧语询问道。

迪伦犹豫了一会儿，然后点点头。

"真有趣。"拉森若有所思地说道。

"你想对我做什么？"伊岚翠人问道。

"只是想问你几个问题。"拉森说着，踱回到他的书桌前并且坐下。他继续好奇地研究着这个生物，他游历四方却从没见过这种奇怪的疾病。

"你有什么……吃的吗？"那个伊岚翠人问道。当他提到"吃的"这两个字时，眼中闪过一丝狂野的光芒。

"如果你好好回答我的问题，我保证会把你送回伊岚翠，还附赠满满一篮面包和芝士。"

这引起了这个生物的兴趣，他用力地点点头。

他们竟饿成这样，拉森好奇地想道。但是迪拉弗刚才是怎么说的？没有心跳？也许这种疾病会对新陈代谢造成影响，让心跳快得难以察觉，并大大增加食欲？

"你在被扔进城里之前，是做什么工作的，迪伦？"拉森问道。

"我是一个农民，大人。我在奥尔（Aor）庄园的农田里干活。"

"那么，你变成伊岚翠人有多久了？"

"我是在秋收的时候被扔进来的。"迪伦说道，"已经七个月了？还是八个月？我不太记得了……"

所以迪拉弗的另一个断言——伊岚翠人会在几个月内"不省人事"，也是错误的。拉森坐着，陷入了沉思，努力考虑着这个生物还能提供什么对他有用的情报。

"伊岚翠里面是什么样的？"拉森问道。

"那里……很恐怖，大人。"迪伦低着头说道，"那里有很多帮派团伙，如果你去了不该去的地方，他们就会追赶你，甚至伤害你。没有人会告诉新人这些事，所以如果你一不小心走进市场区……结果就会很惨。而且，现在有一个新帮派兴起了，是一些街上我认识的伊岚翠人说的，这第四个帮派，比其他所有帮派都更加强大。"

帮派。这表明那里起码有最基本的社会形式。拉森对自己皱皱眉。如果帮派像迪伦暗示的那样残忍，也许他可以把他们当作斯弗拉之吻的实例，展示给他的信众们看。然而，在和安于现状的迪伦说过话后，拉森开始觉得也许自己还是该继续在远处谴责他们。只要有些伊岚翠人像这个人那样无害，凯伊城的居民就可能会对如此的伊岚翠"魔鬼"感到失望。

随着盘问的继续，拉森发现迪伦并不知道很多有价值的东西。这个伊岚翠人无法解释宵得术法是如何发生的——因为那时他在熟睡。他声称自己是个"死人"，不管这到底是什么意思，他的伤口不再自动愈合了。他甚至向拉森展示了皮肤上的割伤，然而，伤口已经不再流血了，所以拉森怀疑只是伤口没有愈合好而已。

迪伦对伊岚翠人的"魔法"一无所知。他声称看到过其他人在空中画出奇妙的图案，但迪伦自己并不知道该怎么做。他只知道自己很饿——非常非常饥饿。他多次表达了这种感受，还提了起码两次他很害怕那些帮派。

拉森感到很满意，他获得了自己想要的情报——那就是伊岚翠是一个残酷的地方。但人们表现残忍的手段却令人失望。拉森派人去叫把迪伦带来的卫队队长。

伊岚翠护卫队的队长讨好地走进来。他戴着一副厚厚的手套，然后用一根长竹竿戳戳那个伊岚翠人，督促他从椅子上站起来。队长迫不及待地从拉森手里接过一袋金币，并点头答应拉森会给迪伦买一篮子的食物。当队长押着他的囚犯离开房间时，迪拉弗出现在拉森房间的门口。那个仪祭一脸失望地看着他的猎物离去。

"一切都准备好了吗？"拉森问道。

"是的，主上。"迪拉弗说道，"人们已经陆续入场了。"

"很好。"拉森说着，靠在椅背上，手指交叠，陷入了沉思。

"您有什么可担忧的，主上？"

拉森摇摇头。"我只是在策划晚上的演说，我觉得是时候实行下一步计划了。"

"下一步计划，主上？"

拉森点点头。"我们已经成功奠定了我们反对伊岚翠的立场。群众总是很快就能发现他们身边的魔鬼，只要你给他们一些适当的刺激。"

"遵命，主上。"

"别忘了，仪祭。"拉森说，"我们煽动仇恨是有目的的。"

"为了把我们的追随者统一起来，就要给他们一个共同的敌人。"

"没错。"拉森把他的手臂放在书桌上，说道，"然而，我们还有另一个目的，一个同样重要的目的。现在我们已经给了人们仇恨的对象，但我们还要把这个仇恨对象与我们的对手联系起来。"

"苏·珂拉西教派。"迪拉弗露出一个邪恶的微笑。

"再次回答正确。那些新伊岚翠人是由珂拉西教士处理的，通过他们，这个国家表达了对昔日神明的仁慈。如果我们暗示，珂拉西的宽容使那些教士成为同情恶魔的人，那么人们就会把他们憎恶的矛头转向苏·珂拉西教派。他们的教士就只能面临两个选择：要么接受我们的指控，要么站到我们这边一起反对伊岚翠人。如果他们选择前者，那么人们就会转而反对他们；如果他们选择后者，那么他们就会完全被我们德雷西教派控制。然后，只需要再施加一点小小的难堪，他们就会显得软弱无力，无足轻重了。"

"这个计划太完美了。"迪拉弗说，"但进展的速度够快吗？我们的时间已经不多了。"

拉森突然一惊，抬头看看依然笑容满面的仪祭。这个人是怎么知道他的最后期限的？他不可能……一定是碰巧猜到的。

"这个计划会成功的。"拉森说，"再加上不稳定的君主制度和动摇的宗教信仰，人们会寻求一个新的领导者。其他教派都如流沙般必将逝去，而苏·德雷西教派才是唯一值得依靠的磐石。"

"绝妙的比喻，主上。"

拉森说不准迪拉弗是否在故意用这话嘲笑他。"我有一个任务要给你，仪祭。我想要你在今晚的传教中诱导信众，让他们转而反对苏·珂拉西教派。"

"主上不亲自发表演讲吗？"

"我会在你之后上台，我的演讲会提供解释和逻辑。然而，你的传教却要更有激情，他们对苏·珂拉西教派的厌恶首先必须发自内心。"

迪拉弗点点头，鞠了一躬表示领命。拉森挥挥手，示意谈话已经结束。仪祭退下，并在身后关上房门。

迪拉弗以他特有的激情侃侃而谈，他站在礼拜堂外面的讲坛上，因为来的人已经多到礼拜堂无法容纳了。而温暖宜人的春夜让场面更加火爆，夕阳的余晖和照明的火把交错相映，把光和影巧妙地混合在一起。

人们如痴如醉地看着迪拉弗，即使他说的大部分内容只是简单的一再重复。拉森花了好几个小时准备迪拉弗的讲稿，精心地通过反复来强调论点，同时加入一些新鲜的想法来刺激听众。迪拉弗就这样讲着，他是否又喋喋不休地重复着对伊岚翠的指责，或是对杰德斯帝国的赞美，这并不重要，不管怎样人们会听下去。在听了一星期仪祭的演讲后，拉森学会了忽略他自己的嫉妒——至少在某种程度上，他用自豪取而代之。

拉森一边听着，一边恭喜自己获得了一个这么得力的助手。迪拉弗依照拉森的命令行事，以他惯常对伊岚翠的疯狂谩骂开场，然后直接转向对苏·珂拉西教派的全面控诉，听众们也跟着他的思路，任由迪拉弗引导他们的情绪。一切都按拉森的计划进行着，他没有理由去嫉妒迪拉弗，那人的狂怒就像是一条河流，是拉森把它导向民众。也许迪拉弗有很多未被发掘的天分，但拉森才是这些天分真正的主人。

他正这么想时，迪拉弗的突然出现又吓了他一跳。传教进行得非常顺利，迪拉弗的暴怒把对珂拉西的所有仇恨灌注在每个人身上。但当迪拉弗再次把注意力转回到伊岚翠上时，形势再次失去控制。起初拉森并没多想——迪拉弗有一种屡教不改的习惯，那就是布道时喜欢在各个主题之间反复跳跃。

"而现在，看啊！"迪拉弗突然命令道，"看看这个斯弗拉之吻！看着他的眼睛，将你们的仇恨实体化！让杰德斯的愤怒在你们的身体中燃烧吧！"

拉森感到自己浑身发冷，迪拉弗指向讲台的一边，在那里有一对火炬突然点燃。在火光的照耀下，伊岚翠人迪伦被绑在一根柱子上，低垂着头，他的脸上有许多先前没有的伤口。

"看看我们的敌人！"迪拉弗尖叫道，"瞧啊！他不会流血！他的血管里没有血液在流动，他的胸膛里也没有心脏在跳动。哲人戈隆卡斯特（Grondkest）不是说，因为每个人身体中都流着同样的血，因此他们是平等的？但是那些没有血的家伙又算什么呢，我们应该叫他什么？"

"邪灵！"群众中有人喊道。

"魔鬼！"

"斯弗拉之吻！"迪拉弗尖叫道。

刹那间，人群炸开了锅，每一个人都对那个可怜的目标发出自己的诅咒。而那个伊岚翠人自己也发出狂野而激情的尖叫。这个可怜人似乎有些不一样了，当拉森和他说话时，他的回答虽然冷淡，却很清晰明了。但现在从他的眼中看不到一丝理智——只有纯粹的痛苦。这个生物的嚎叫甚至能穿过众人的狂怒传到拉森的耳中。

"毁灭我吧！"伊岚翠人哀求道，"结束我的痛苦！毁灭我吧！"

这声音震醒了拉森。他立即意识到一件事——那就是迪拉弗不能在公众面前杀了这个伊岚翠人。迪拉弗的信众变成暴民的景象突然从拉森的心头闪过，如果他们在一时的集体狂热下烧死了那个伊岚翠人，就会把一切给毁了。埃顿绝对不能容忍这种公开处决的残忍暴行，即使受害者是个伊岚翠人。这太像十年前的那场暴动，那场推翻政府的暴动。

拉森站在讲坛的一边，在一群教士们中间。急切的民众聚集在讲坛的前部推挤着，而迪拉弗则站在讲台的前面，一边讲话一边伸出双手。

"他们必须被消灭！"迪拉弗尖叫道，"他们全部！都要被圣火净化！"

拉森一下跳上讲坛。"这是他们应得的！"他大吼一声，打断了仪祭的演讲。

迪拉弗只暂停了一会儿，就转到一边，对拿着火把的初级教士点点头。迪拉弗可能还以为拉森一定没有办法来阻止行刑，至少他没有办法做到既阻止这件事，又不削弱他在群众心中的威信。

这次可不行，仪祭，拉森在心中默念，我不会让你为所欲为的。他不能当场反驳迪拉弗，不能让这看起来像是德雷西阶级内部的分歧。

不过，他却可以曲解迪拉弗的话语。这种特别的语言技巧正是拉森的特长。

"但是，这又有什么好处呢？"拉森努力对尖叫的民众喊话。他们有如汹涌的波涛般往前推挤着，迫切地想要加入这场处刑，并大声辱骂着那个伊岚翠人。

拉森咬紧牙关，推开迪拉弗，从身边的教士手中一把夺过火炬。拉森听到迪拉弗愤怒地低吼着，但他佯装未见。如果他无法控制住群众，他们就会一拥而上，亲自干掉那个伊岚翠人。

拉森把火炬举得高高的，并反复地挥舞着，这个动作让群众们高兴地大声应和，组成了一种有节奏的、反复吟诵的口号。

而且在每一次的呼喊口号的间隙，群众是保持沉默的。

"人们啊，我再次询问你们！"趁民众安静下来准备下一次高呼时，拉森大吼道。

人们愣了一下。

"杀死这个生物对你们又有什么好处呢？"拉森问道。

"他是一个魔鬼！"其中的一个男子喊道。

"没错！"拉森说，"但他已经备受折磨了。杰德斯已经亲自诅咒了这个魔鬼。听听，他正在乞求我们杀了他！这就是我们真正想做的吗？给这个生物他求之不得的死亡？"

拉森紧张地等待着。当一些群众习惯性地喊出"是的"时，其他人却一言不发。人们表现得很困惑，紧张的气氛开始缓解。

"斯弗拉之吻是我们的敌人。"拉森现在能够更冷静地说话了，他的声音中充满了坚定，而不是激情。他的话语让民众进一步冷静了下来。"不过，惩罚他们的不应该是我们。这是杰德斯的乐趣所在！我们还有别的任务要完成。"

"这个生物，这个魔鬼，正是珂拉西教士让你们去同情的东西！你们一定很好奇为什么和东方的国家相比阿雷伦要穷得多吧？那是因为你们必须忍受珂拉西教派的愚蠢。那就是你们缺乏像津多或斯福坦那样的富足和祝福的原因。珂拉西教派太过仁慈。也许消灭这些生物并不是我们的任务，但是去照料他们同样也不是！我们绝对不应该同情他们，或者容忍他们继续生活在一个如伊岚翠般伟大富裕的城市里！"

拉森熄灭了火炬，然后挥手示意教士去把照着那个可怜人的火炬也给熄了。当那些火炬黯淡下来时，这个伊岚翠人就从大家的视线中消失了，人群开始安静下来。

"请大家记住，"拉森说道，"是珂拉西教派一直在照顾那些伊岚翠人，甚至到现在，他们还在伊岚翠人是不是魔鬼这一问题上闪烁其词，因为他们害怕这座城市会重返光荣。但我们知道得更清楚，杰德斯已经降下了他的诅咒，对待那些遭天谴的就是要毫不留情！

"苏·珂拉西教派是你们痛苦的源泉，就是他们在支持、保护着伊岚翠。只要珂拉西教士继续控制着阿雷伦，你们就永远摆脱不了伊岚翠的诅咒。所以，我告诉你们，去吧！告诉你的朋友你刚刚听到的这些事吧，让他们赶快远离那些珂拉西异教徒！"

一片寂静。然后人群开始爆发出赞同的喊声，他们的不满被成功转移了。当他们呼喊着表示认同时，拉森仔细地观察着他们，终于发现他们开始散去的迹象，他们复仇的憎恨也随之烟消云散。拉森松了一口气，看来珂拉西的教士或教堂不会有被半夜突袭的危险了。迪拉弗的演讲太短也说得太快了，没有造成长期的伤害。一场灾难终于被成功避免了。

拉森转过身，注视着迪拉弗。在拉森重新掌控全局后，仪祭就走下了讲台，现在他正站在一边看着他的听众散去，显然在闹脾气。

他会把他们全部转变为他那样的狂热分子，拉森想。只是，随着时间的流逝，他们的热情会很快消失。他们需要更多，他们需要知识，而不只是歇斯底里。

"仪祭，"拉森严厉地说道，以便引起迪拉弗的注意，"我们需要谈一谈。"

仪祭克制住了没对拉森怒目而视，然后点点头。那个伊岚翠人还在寻死觅活地尖叫着。拉森转向另两个仪祭，并朝那个伊岚翠人挥挥手。"把这个生物带到花园里见我。"

接着，拉森转向迪拉弗，朝德雷西教堂后面的那扇门草率地点点头。迪拉弗听从命令，朝花园走去。拉森跟在他后面，并从那个困惑的伊岚翠护卫队长身边经过。

"大人？"队长问道，"在我回城之前，这个年轻的教士拦住了我。他说您想要回那个生物。我是不是做错了什么？"

"你没做错。"拉森简短地说道，"回到你的岗位上去吧，我们会处理这个伊岚翠人的。"

那个伊岚翠人似乎很欢迎那些火焰，尽管它们会造成非常恐怖的痛苦。

迪拉弗蜷缩在一边，热切地观望着，虽然是拉森的手——而不是迪拉弗的——把那个火炬丢在淋透了油的伊岚翠人身上。拉森看着那个可怜的生物燃烧着，他痛苦的哭喊终于在咆哮的烈火中归于沉寂。那个生物的身体似乎非常易燃——非常，只需要一点点火舌就足够了。

拉森因为背叛了迪伦而感到一阵罪恶感的刺痛，虽然他觉得这种情绪很傻。伊岚翠人也许并不是真正的魔鬼，但他的确是被杰德斯诅咒的生物。拉森不欠那个伊岚翠人什么。

然而，他还是后悔烧死了那个生物。不幸的是，迪拉弗造成的伤口显然把那个伊岚翠人逼疯了，而以他目前的状况是不可能把他送回城里的。火焰就成了唯一的选择。

拉森看着那个可怜人的眼睛，直到火焰完全将他吞噬。

"杰德斯愤怒的火焰会净化他们的。"迪拉弗低语道，他引用的是杜·德雷西经的内容。

　　"只有杰德斯拥有审判权，而只有他唯一的仆人伟恩才能执行他的判决。"拉森援引了同一本书中的其他章节，"你不应该逼我杀死那个生物的。"

　　"这是不可避免的。"迪拉弗说，"最终世间万物都将臣服在杰德斯的意志下，而烧毁整个伊岚翠就是他的意志。我只是顺应命运而已。"

　　"你的疯狂举动差点让那些民众失控，仪祭。"拉森厉声说道，"对一场暴动来说，精心严谨的策划和执行是必不可少的，否则它很可能会对抗它的创造者，就像对抗它的敌人一样。"

　　"我……确实太冲动了。"迪拉弗说，"但是，杀死一个伊岚翠人不会促使他们暴动的。"

　　"你事先又不知道。而且埃顿会怎么认为？"

　　"他怎么会反对？"迪拉弗说，"逃跑的伊岚翠人必须被烧死，这可是他亲自下的命令。他永远不会站在伊岚翠人这边的。"

　　"但他也可以站在反对我们的那一边！"拉森说，"你带那个生物来集会绝对是个错误。"

　　"人们理应看到他们憎恨的对象。"

　　"人们还没有做好准备。"拉森严厉地说道，"我们不想让他们的仇恨定型。如果他们开始破坏城市，埃顿就会下令禁止我们传教。"

　　迪拉弗的眼睛眯了起来。"听起来好像您想设法避免一些不可避免的事，主上。您培养了这种仇恨，却又不愿为它将会造成的死亡负责？仇恨与厌恶是无法长期保持不定型的，它们最终会找到一个宣泄的出口。"

　　"但那个出口将由我来决定。"拉森冷冰冰地说道，"我清楚地知道自己肩负的责任，仪祭，虽然我很怀疑你能否真正理解它的意义。你只是告诉我，杀死那个伊岚翠人是杰德斯命运的安排，而你只是通过我的手来遵从杰德斯的旨意，是这样吗？我发动的暴乱中的死亡是我的责任吗？或许只是神的旨意？当我必须为整座城市的居民负全责时，你怎么好意思做一个无辜的仆从？"

　　迪拉弗大声喘着粗气。然而，他很清楚他已经被打败了。他草率地鞠了一躬，然后就转身进入了礼拜堂。

　　拉森看着仪祭离去，怒火无声地燃烧着。这晚迪拉弗的行为既愚蠢又冲动。他是想削弱拉森的权威吗？或只是依着自己的狂热激情行事？如果是后者，那么这场险些发生的暴动就是拉森自己的错误。毕竟，他太有自信能把迪拉弗当成一件趁手的工具利用。

拉森摇摇头，终于松了一口气。今晚他挫败了迪拉弗，但两人之间的关系正在日趋紧张。他们可承担不起公开争吵的后果，德雷西内部不和的传闻会严重损害他们的声誉。

我必须得对这个仪祭采取行动，拉森无奈地想道。迪拉弗已经变成了一个巨大的累赘。

拉森决心已定，就转身准备离开。然而，他的双眼再次落在伊岚翠人烧焦的残骸上，接着他不由自主地颤抖起来。那个男子心甘情愿被烧死的模样勾起了拉森的回忆，这些记忆是他花了很久才努力忘却的，那些痛苦、牺牲和死亡的形象。

是关于达客豪的回忆。

然后他转过身，背对着那堆烧焦的骨头，走向礼拜堂。今晚他还有另一项任务要完成。

那个侍灵终于被从盒子里放了出来，回应着拉森的命令。拉森在心中暗暗自责，这已经是他本周内第二次使用这个生物了。应该避免过度依赖侍灵。然而，拉森也想不出别的方法来达到他的目的。迪拉弗是对的，时间已所剩不多。从他来阿雷伦的第一天算起，已经过了十四天了，而他先前还在路途中浪费了一个星期。离最后期限只剩下七十天了，尽管今晚聚会的规模不小，但拉森还只是影响了很少一部分阿雷伦人。

只有一件事给了他希望，阿雷伦的贵族都聚集在凯伊城，因为远离埃顿的宫廷就等于是政治自杀。国王可以随意赐予或剥夺他们的头衔，经常在他面前高调出现也是巩固地位的必要手段。伟恩并不在意拉森能否改变大众的信仰，只要贵族肯低头，这个国家就会被认定是德雷西教派的。

所以，拉森还有机会，但他还需要再接再厉。这个计划很重要的一部分取决于拉森将要唤来的那个人。由于他联络的不是另一名枢机主祭，所以拉森在使用侍灵时显得比较随意。因为伟恩并没有直接命令他不要用侍灵联络其他人，所以拉森才能够将这一行为合理化。

侍灵的反应很迅速，很快福顿（Forton）那双大耳朵，以及一脸鼠相的脸庞就出现在光芒之中。

"是谁找我？"他用一种哈维尔（Horvell）乡下特有的斐优旦方言粗鲁地问道。

"是我，福顿。"

"拉森大人？" 顿惊讶地问道，"大人，好久不见啊。"

"的确如此，福顿。我相信你过得不错。"

男子开怀地大笑起来，虽然这笑声很快就变成了一阵喘息。福顿一直被慢性咳嗽的毛病困扰着，根据多种迹象，拉森非常确信这个男人是个老烟鬼。

"当然咯，我的大人。"福顿一边咳嗽一边说道，"我什么时候不好过了？"福顿是一个很容易满足的人，而这也是由于他对吸烟的爱好所致。"您有什么需要我效劳的吗？"

"我需要你的一种药剂，福顿。"拉森说道。

"当然，当然。是做什么用的药剂？"

拉森露出微笑，福顿是个空前绝后的天才，这也是为什么拉森会容忍他的怪癖的原因。这个男人不仅拥有侍灵，还是一个秘教的忠实信徒，这种秘教是杰斯科教派堕落的分支，在乡间野地十分普遍。虽然哈维尔在官方上也是属于德雷西教派的，但它的大部分领土是原始而人迹罕至的乡村，很难管理。许多农民虽然虔诚地参加苏·德雷西教派的仪式，但也以同样的热忱参加他们那些午夜的秘教仪式。在当地，福顿就被认为是一个秘教徒，虽然当他和拉森交谈时，总是装出一副正统德雷西教徒的样子。

拉森详细说明了自己的要求，福顿又重复了一遍。福顿虽然用药成瘾，但在调制药水、毒物和丹药方面非常有造诣。在西客来大陆上拉森从没见过有谁的技术比得上福顿。多亏这个古怪男人的药剂，拉森才能在被政敌下毒后捡回一条命，而那种慢性毒药据说是无药可解的。

"没问题，大人。"福顿用他浓重的方言向拉森保证。虽然有多年和哈维尔人（Horven）打交道的经验，拉森还是听不太懂他们的话。他确信那里的大部分人并不知道还有一种纯正、正确的斐优旦语存在。

"很好。"拉森说。

"是的，我只需把两种已经调配好的方剂混合就行了。"福顿说，"您需要多少呢？"

"至少两剂。我会按标准价格付给你钱的。"

"我真正的报酬是知道我在为主上杰德斯服务。"这个男人虔诚地说道。

拉森忍住笑出来的冲动，他知道秘教已经牢牢控制住了哈维尔人的心。那是一种毫无品位的崇拜形式，十几种不同宗教的大杂烩，而且还混合着一些怪异行为，比如说献祭仪式和祈求丰收的典礼，这为它增添了更多的神秘气息。然而，哈维尔的事情可以稍后解决。那里的人民现在还是听从伟恩的命令的，而且在政治上太无足轻重了，不会给斐优旦造成大麻烦。当然，他们的灵魂还是危在旦夕——杰德斯并非以对无知者宽大而著称。

改天再说，拉森告诉自己，改天。

"大人何时需要这些药剂？"男人问道。

"你问到点子上了，福顿。我现在就要。"

"您目前在哪里呢？"

"阿雷伦。"拉森说。

"哦，很好。"福顿说，"大人终于决心改变那些异教徒的信仰了。"

"那是。"拉森微露笑意地回答道，"我们德雷西已经容忍阿雷伦够久的了。"

"嗯，阁下实在不该选上一个如此遥远的地方呢。"福顿说，"即使我今晚完成配药，然后明早送出去，也至少要花两个星期才能送到您的手中。"

拉森非常痛恨延迟，但也别无他法。"那么就这样吧，福顿。我会弥补你连夜赶工的辛苦。"

"一个杰德斯的忠实追随者会为他的帝国赴汤蹈火，大人。"

很好，至少他还记得德雷西的教义，拉森在脑海里无奈地想。

"还有别的吩咐吗，大人？"福顿边问，边小声咳嗽着。

"没有了，去干活吧，然后尽快把药剂送过来。"

"遵命，大人。我马上就开始工作。有任何需要都可以随时祈祷我。"

拉森皱起眉头，不过很快就原谅了这个小小的口误。也许福顿对德雷西教义的掌握并没他想的那么好。福顿并不知道拉森拥有一个侍灵，他只是天真地以为一位枢机主祭只要向杰德斯祈祷，杰德斯就会把他的话语通过侍灵传达出去。好像主上杰德斯是个邮递员似的。

"晚安，福顿。"拉森尽量隐藏住声音中的不悦。福顿是吸毒成瘾者、异教徒和伪君子，但他还是一个十分有利用价值的资源。拉森很久以前就认定，既然杰德斯能容忍他的枢机主祭使用侍灵交流联系，那他也肯定会容忍拉森利用福顿这样的人。

毕竟，是杰德斯创造了全体人类，连异教徒也包括在内。

第十九章

　　整个伊岚翠城散发着异彩，每一块石头都在发光，好像每一块中间都有团火焰在燃烧。破损的穹顶已经被修复，光滑的蛋形的表面盛开在地平线上，细长的塔尖如一束光柱直冲云霄。围墙不再是一道藩篱，因为伊岚翠的大门永远向所有人敞开，它的存在不是为了防守外敌，而是为了使里面的居民更有凝聚力。从某种程度来说，城墙是城市的一部分，是一个整体必不可少的组成部分，没有了它，伊岚翠就不再完整了。

　　而伊岚翠人正是沐浴在这种壮美和荣光中，他们的身体和这座城市一样由内而外散发着光芒，他们的皮肤呈现出发光的银白色，那不是金属质感的银色，而是……纯粹的银。他们的头发是纯白色的，但不是那种因年老而出现的疲软的灰色或黄色，是钢铁加热到最高温度时所呈现出来的最炽热的白色，一种纯洁无瑕的色泽，一种有力而集中的白色。

　　他们的仪态也同样引人瞩目，伊岚翠人带着一种掌控一切的气场在这座城市中行走。即使是最矮小的男性也显得英俊而高大，最相貌平平的女性也有着不容置疑的美貌。他们从来不急于做什么事。他们从不单纯地走路，而是从容地踱步，并热切地向见到的每个人打招呼。然而，他们却拥有强大的力量，这种力量从他们的眼中、从他们的举手投足中散发出来。看到这些就不难理解这种生物为何被奉若神明了。

　　同样毋庸置疑的是符文。这种古老的文字覆盖了整座城市，它们被铭刻在墙壁上，绘制在门板上，并被书写在招牌上。它们中的大部分是不会移动的，只是一种记号，并不是能达成某种神秘目的的符咒。然而，剩下的一小部分符文却显然蕴含着能量。整座城市里布满了刻着艾欧·泰亚（Aon Tia）的巨大金属盘，每隔几天就会有一个伊岚翠人把他的手放在符文的中心，然后那个伊岚翠人的身体就会闪烁着光芒，随即消失在一个光圈之中，他的身体会立即被传送到城市的另一边。

凯伊城的一个小户人家正沐浴在这样的荣光中，他们的衣着华丽而精良，谈吐也富有教养，只是他们的皮肤并不发光。城市中也有一些普通人，没有伊岚翠人那么多，但数量也不少。这让我们要说到的男孩感觉比较舒服，带给他一种熟悉的慰藉。

当时男孩的父亲正紧紧抱住年幼的他，怀疑地四下张望。不是所有人都崇拜伊岚翠人的，有些人就对他们充满怀疑。男孩的母亲则把手指深深嵌进丈夫的手臂，虽然她在凯伊城住了十多年，但还从没进过伊岚翠城。不像男孩的父亲，她的紧张多于怀疑。她担心儿子的伤口，就像每个孩子濒临死亡的母亲一样焦虑万分。

突然，男孩感到腿上传来一阵剧痛，强烈到让人几乎晕过去，这疼痛正来自于他化脓的伤口和断裂的股骨。他从高处坠落，大腿因为剧烈的撞击而断裂，碎骨撕裂了皮肤，一直伸到体外。

他父亲请来了最好的外科医生和治疗师，但他们都不能阻止感染。虽然骨头碎成了十几片，但医生们还是尽力把它们拼接起来。然而，即使没有感染，男孩也必定要瘸着走过余生了。更何况感染还很严重……截肢看来是唯一的选择了。背地里，医生们甚至认为截肢也太迟了，伤口在大腿的根部，感染很可能已经扩散到躯干。孩子的父亲已经知道了事情的真相，明白自己的儿子命不久矣。于是他前往伊岚翠城，尽管他从出生以来就不相信那些神灵。

他们带着男孩来到一座圆顶建筑，当那扇门无声无息地自动打开时，男孩惊讶得差点忘了脚上的疼痛。他的父亲突然在门口停下，好像在重新考虑自己的行为，然而他的母亲却坚持拽着丈夫的手臂向前。最终，他父亲点点头，低头钻进了那栋建筑。

室内的照明来自墙上发光的符文，一个女人走了过来，她有一头又厚又长的白发，她那银色的脸庞上露出鼓励的微笑。她并不理会男孩父亲的疑虑，从他犹疑的臂膀中接过男孩，眼中充满了同情和怜悯。她小心地把男孩放在一张软垫上，然后把一只手放在他上方的空中，她又细又长的食指则指向虚空。

这个伊岚翠人慢慢地移动着她的手，随后空气开始发光，一道光迹从她的指尖流泻而出，就像空气中的一条裂痕，它的光芒深沉而强烈，仿佛奔腾的光之河从一个狭小的裂口喷涌而出。男孩能够感受到那股力量，他能够感觉到它正咆哮着想要获得解放，但却仅仅被允许释放出一点。但仅仅是那一点就灼亮到让他无法直视。

女人小心地在空中描画着，最终画出了一个艾欧·埃恩的符文，但那只不只是艾欧·埃恩，它要复杂得多。它的中心部分是一个常见的治疗符文，但是边上多了数十条繁复的直线和曲线。男孩皱起了眉头，他的家庭教师教他学习过符文，女人如此大地改变符文的写法让他感到很奇怪。

这个美丽的伊岚翠人终于完成了她复杂图案的最后一笔，然后符文开始发出更强烈的光芒。男孩感到腿部仿佛正在燃烧，这种灼热一直蔓延到躯干。他开始呻吟，但光芒突然消失。男孩惊奇地睁开眼睛，艾欧·埃恩的残像依旧留在他的视线中。他用力眨眨眼睛，然后低头看。伤口已经消失了，甚至连一条疤痕也没留下。

但他还是能感到疼痛，火烧、刀割那样剧烈的疼痛，使他的灵魂都为之颤抖。这些痛苦本应该消失的，结果却没有。

"现在就好好休息吧，小东西。"这个伊岚翠人边用一种温暖的声音说着，边把他按回到床垫上。

他的母亲喜极而泣，甚至连他父亲都露出了满意的表情。男孩想要对他们大喊，告诉他们事情有些不大对劲。他的腿还没痊愈，疼痛依然存在。

不！事情有些不太对劲！他挣扎着想要说出这些，但是他失败了。他无法开口说话……

"不！"雷奥登大叫道，并突然坐了起来。他眨了好几次眼，黑暗让他的眼睛一下子无法适应，终于，他深深地吸了几口气，把手放在自己的头上。疼痛确实还没消失，甚至强烈到能够毁了他的美梦。虽然他来到伊岚翠才三个星期，但现在他已经是遍体鳞伤。他能够清晰地感觉到每一处伤口，而这些疼痛最终都汇集到一起，对他的理智进行一次正面的总攻。

雷奥登哀号着，蜷缩起来并紧抓住自己的腿，奋力与痛苦抗争。他的身体已不再流汗，但他还能感到身体在不住地颤抖。他咬紧牙关，默默抵抗着不断汹涌而来的痛苦。经过一个缓慢而艰辛的过程后，他又重新控制住了自己。他努力忘记疼痛，并抚慰着他倍受折磨的身体，终于，他放开了自己的腿，并且站了起来。

情况变得越来越糟，他知道不应该这么糟的，他来伊岚翠还不到一个月。他也知道过了这么久疼痛本该已经稳定下来了，至少其他人是这么说的，而他的疼痛却如波涛般阵阵袭来。它一直就在那里等待着，准备在他最脆弱的时刻猛扑向他。

雷奥登叹了一口气，推开他房间的门。他还是对伊岚翠人需要睡觉而感到奇怪。他们的心脏不再跳动了，也不再需要呼吸，那他们为什么还需要睡觉呢？然而，没有人能回答他的问题。真正的内行早在十年前就都死光了。

所以，雷奥登就睡觉了，并且还做了很多梦。他摔断腿那会儿，还只有八岁。他父亲很抵触带他进伊岚翠城。即使是在灾罚之前，埃顿也对伊岚翠充满疑虑，而雷奥登的母亲——她十二年前就已去世——却很坚持。

还是孩子的雷奥登并不能理解当时自己离死亡有多近，他只是感觉到痛苦，以及痛苦去除后的美好宁静。他还记得这座城市与其中住民的美丽。在他们离开后，埃顿说了很多伊岚翠的坏话，而雷奥登对此进行了激烈的驳斥，这是有记忆以来，雷奥登第一次反对父亲。之后，这种情况越来越多。

在雷奥登踏进主礼拜堂后，邵林就离开在雷奥登房外的随从岗位，赶忙跟在他的身边。上个星期，这个士兵征召了一批志愿者，成立了一支警卫队。

"你知道的，你的关注令我受宠若惊，邵林。"雷奥登说，"但真的需要这样吗？"

"一位领主理应得到一位荣誉守卫的看护，性灵大师。"邵林解释道，"让您独自来去实在不成体统。"

"我不是领主，邵林。"雷奥登说，"我只是一个带头的，伊岚翠里永远都不会出现贵族。"

"我明白了，领主大人。"邵林点头应道，显然没有发现自己话语中的矛盾之处，"可是，这座城市依旧很危险。"

"是啊，如你所愿，邵林。"雷奥登说，"耕种进行得怎么样了？"

"加拉顿已经把地犁好了。"雷奥林回答道，"也组织好了耕种队。"

"我真不该睡那么久。"雷奥登说着，从礼拜堂的窗户望出去，这才注意到太阳升得有多高。他离开这座建筑，邵林也紧随其后，两人走在通向花园的整洁鹅卵石路上。卡哈和他的同事们已经擦干净了路上的每一块石头，而塔安的一个手下——达哈（Dahad），则利用他的石匠技术把它们修补好。

耕种已经进入正轨，加拉顿认真地监督着大家的工作，用生硬的语气迅速指出每一处错误。然而，这个杜拉德人却显得十分平和。有些人是因为别无选择才成为农民的，但加拉顿似乎对农事活动是真正的乐在其中。

雷奥登还清楚地记得，第一天，当他用一小片肉干引诱加拉顿时，他的朋友痛苦得几乎无法自持，而在最初的那些日子里，那个杜拉德人也吓了雷奥登好多次。如今这一切恶习都已不复存在。雷奥登可以从加拉顿的眼中以及举止中看出：他已经和卡哈一样找到了那个"秘密"。加拉顿再次找回了自控能力，现在雷奥登需要担心的就只有他自己了。

他的理论比他预期的更有效，但只对别人起作用。他可以带给那几十个跟随者宁静和目标，但却无法对自己做同样的事情。痛苦还在折磨着他，从每天清晨一醒来开始，它就威胁着他，并且在他清醒的每分每秒都伴随着他。他比所有人都更坚强，也是最想要看到伊岚翠成功的人，他把自己的日程表排得满满的，几乎没有为他的痛苦留下一点时间，但这些都不起作用，痛苦继续在增加。

"大人，小心！"邵林大叫道。

雷奥登跳起来，转身看到一个胸膛袒露的伊岚翠人正咆哮着从暗巷中冲出来，直奔雷奥登而去。当这个疯子举起一根锈铁棍朝雷奥登的脸上挥去时，雷奥登几乎没有时间退避。

一根钢条不知从哪儿冒出来，原来是邵林用剑刃挡住了疯子的攻击。于是那个兽性大发的家伙停下来，转而面对新的敌人。然而，他移动得太缓慢了，邵林已经用精湛熟练的剑术刺穿了那个疯子的肚子。邵林知道这一击还不能阻止一个伊岚翠人，他反手用力一挥，让那个疯子的脑袋和身体分了家。整个过程中没有一滴血流出。

尸体轰然倒地。邵林执剑向雷奥登行礼，并冲他露出大大的牙缝，欣慰地笑起来。然后，他转过身面对一整群从附近的街道朝他们冲过来的疯子。

雷奥登受到了惊吓，踉踉跄跄地往后退。"邵林，不！他们人太多了！"

幸运的是，邵林的手下也听到了动静。在短短几秒钟内，就已经有五个守卫——邵林、达希和其他三名士兵——在抵挡攻击了。他们排成一个高效的阵形，并切断了敌人逃往花园的其他地方的去路，就像训练有素的士兵那样协同作战。

夏尔的手下虽然日益壮大，但他们再狂暴也敌不过有效率的军事组织，他们都是单独进攻的，而狂热让他们变得更加愚蠢。战斗没过多久就结束了，仅存的几个袭击者则一溜烟地撤退了。

邵林麻利地清理好他的刀刃，然后和其他人一齐转过身来，整齐划一地向雷奥登敬礼。

整个战斗的过程快得让雷奥登几乎无法跟上。"干得好。"他终于开口说道。

从他身边传来一声哼哼，加拉顿跪在第一个攻击者被斩首的尸体旁边。"他们肯定听说了我们这里有谷物。"杜拉德人嘀咕道，"可怜的鲁喽。"

雷奥登严肃地点点头，检视着那些倒在地上的疯子，一共有四个人躺在地上，身上布满了伤口，每一个伤口对普通人来说都是致命的。幸好他们是伊岚翠人，所以他们只是痛苦地哀嚎着。雷奥登感到一阵熟悉的刺痛，他很清楚那种痛苦是什么滋味。

"这种情况不能再继续下去了。"他小声说道。

"我看不出你有什么法子能阻止它，苏雷。"加拉顿回答道，"这些人是夏尔的手下，可甚至连她都控制不住他们。"

雷奥登摇摇头。"我是想拯救伊岚翠人，却不想让他们为了互相残杀而活着。我可不想要一个建立在死亡和牺牲基础上的社会。夏尔的跟随者也许忘了自己是人，但我并没有。"

加拉顿皱了皱眉。"卡拉妲和安登的手下还有可能，但夏尔就是另一回事了，苏雷。这些人已经失去了人性，你没法和他们讲道理。"

"那我只能去把他们的理性找回来。"雷奥登说道。

"怎么做，苏雷？你真的打算这么做吗？"

"我会想出办法的。"

雷奥登跪在那个倒地的疯子身边，他脑中突然有什么被触动了，他见过这个人，而且就在最近。雷奥登不太肯定，但他认为这个人曾经是塔安的手下，在达希那次未遂的突袭中，雷奥登与他打过照面。

所以，那个传闻是真的。雷奥登想着，胃部感到一阵痉挛。许多塔安以前的追随者加入了雷奥登的团队，但没加入的人更多。人们私下传言，他们在伊岚翠的市场区找到了出路，加入了夏尔的疯人团队。这并非无稽之谈，雷奥登想道，毕竟这帮人以前曾心甘情愿地跟随明显精神失常的安登，而夏尔的帮派也离精神失常不远了。

"性灵大师？"邵林踌躇地问道，"我们应该拿他们怎么办？"

雷奥登怜悯地看着地上的那些人。"现在他们已经无法威胁到我们了，邵林。把他们和其他人放在一起吧。"

在雷奥登成功吞并安登的帮派后不久，他的帮派成员就急剧增多，于是雷奥登做了一件他从一开始就想做的事。他开始把倒下的伊岚翠人收集起来。

他把他们从街道和阴沟中捡回来，并寻遍每一座倒塌或依然矗立的建筑，设法找出伊岚翠里的每个被痛苦打败的男人、女人和小孩。这座城市非常巨大，而雷奥登的人力有限，但到目前为止他们还是聚集了数百人。他下令把他们安置在卡哈清理出来的第二栋建筑中，那是一个巨大的开放式建筑，原本是打算作为会议场所的。惑伊德还是在受苦，但至少他们能更有尊严地受苦。

而且他们也不必再独自承受痛苦，雷奥登叫他手下的人轮流去看望那些惑伊德。经常有一些伊岚翠人在他们中间走来走去，对他们轻柔地说话，让他们所处的环境尽可能地舒服些。这样的照顾并不多，没人喜欢长时间待在惑伊德中间，但雷奥登设法说服自己这样做是有帮助的。他也遵从自己的规定，每天至少拜访堕落者大厅（the Hall of the Fallen）一次。在他看来他们的状况是越来越好。惑伊德们还是在哀嚎、抱怨，或者目光呆滞，但他们的声音却小了很多。这座大厅曾经充满了恐惧的尖叫和回音，而现在它只是一个有着轻声呢喃和绝望的抑郁王国。

雷奥登心情沉重地在他们中间移动，帮忙抬起一个之前袭击他的疯子。只有四个人需要被安置在这里，他下令把第五个人——就是被邵林砍下脑袋的——埋起来。人们普遍认为，当一个伊岚翠人的头被完全砍下来时，他才会死亡。如果脑袋与身体完全分离的话，他们的眼睛至少就不再转动，嘴巴也不会再说话了。

当雷奥登在惑伊德中穿行时，他听到他们在低声呢喃。

"多美丽啊，它曾经多美丽啊……"

"生命，生命，生命，生命，生命……"

"哦，我主，您在哪儿？这一切何时才会结束？哦，我主……"

一段时间后，他就尽量避免去听他们的话语，唯恐这些话会把自己逼疯，或者更糟——唤醒他体内的痛感。埃恩也在那里，飘浮在那些看不见东西的脑袋和倒下的身体之间。这个侍灵很多时候都待在市内，而且还异常地契合。

他们把大厅交给一个严谨的团队，他们安静而坚守自己的准则。当雷奥登注意到邵林袍子上的泪水时，他才开口说话。

"你受伤了！"雷奥登惊讶地说道。

"没关系的，大人。"邵林满不在乎地说道。

"这种谦逊在外面是件好事，邵林，但在这儿不是。你必须接受我的道歉。"

"大人。"邵林严肃地说道，"伊岚翠人的身份只会让我对自己所负的伤更感到自豪。我是为了保护自己的同胞才受伤的。"

雷奥登痛苦地回头看向堕落者大厅。"这只会让你更接近那里……"

"不，大人，我不这么认为。那些人屈从于自己的痛苦是因为他们没有目标。他们所受的折磨是毫无意义的，当你找不到活下去的理由，你就会放弃生活。这个伤口会很痛，但每一次刺痛都会提醒我负伤的荣耀。我认为这并不是一件很糟糕的事。"

雷奥登崇敬地看着这个老士兵。在外面，他很可能快到退役的年龄了。而在伊岚翠，在宵得术法的作用下，他看起来和其他人没两样。人们也许无法从外表看出他的年龄，但却可以通过智慧猜出来。

"你的观点很独到，我的朋友。"雷奥登说，"我以谦逊之心接受你的牺牲。"

谈话被卵石路上的一连串脚步声打断。没过多久，卡拉妲就出现在他们的视线中，她的脚上全是外面带进来的新鲜烂泥。卡哈肯定会气疯的，因为她忘了擦干净脚底，而且现在还在干净的地板上留下了泥脚印。

此时卡拉妲显然没空理会那些烂泥，她迅速审视着这群人，确定没有少掉一个。"我听说夏尔攻击了你们，有任何伤亡吗？"

"五个，都是对方的人。"雷奥登说道。

"我本该在那儿的。"她咒骂道。在最近的几天里，这个充满信心的女人正在监督她的手下迁移到礼拜堂区来，她也认为一个统一集中的团队会更有效率，而且礼拜堂区也更干净。奇怪的是，她从没想过要清理王宫区。对大多数伊岚翠人来说，烂泥早就是生活中不可改变的一部分了。

"你还有更重要的事要去做。"雷奥登说，"你不可能预料到夏尔的进攻。"

卡拉妲不喜欢这个答案，但她还是站到雷奥登身边，没有再抱怨什么。

"看看他，苏雷。"加拉顿在他身边微微一笑，"我从没想过会发生这种事。"

雷奥登抬起头，顺着杜拉德人的视线看去。塔安正跪在路边，用孩子般的好奇，仔细检查着矮墙上的雕刻作品。这位身材矮胖的前男爵花了一整周的时间给礼拜堂区的每个雕刻、雕塑和浮雕登记造册。照他的说法，他已经发现了"至少一打新技术"。塔安的改变可谓是翻天覆地，他突然对权力完全失去了兴趣。而卡拉妲还在团体中保持着一定的影响力，她接受雷奥登的最终决定权，但依然保持着自己的威信。而塔安，却再也不愿费心下达什么命令了，他的研究工作就够他忙的了。

而他的手下——那些决定加入雷奥登团队的——对此并不介意。塔安预计大约有百分之三十的"宫廷成员"会加入雷奥登的团队——以小团体的方式陆续加入。雷奥登只能祈祷剩下的大部分人能选择独立生活，塔安百分之七十的手下会加入夏尔的帮派，这一想法令他寝食难安。雷奥登拥有卡拉妲所有的手下，但她的帮派一直都是三大帮派中最小的一个，虽然也是最有效率的。而夏尔的帮派一直是规模最大的，它的成员只是缺乏凝聚力，以及攻击其他帮派的动机。那些偶尔到来的新人就足够满足夏尔手下的嗜血天性了。

这种情况再也不会发生了。雷奥登不会再和那些疯子四分天下的，也不会再让他们折磨那些无辜的新人。卡拉妲和邵林现在负责带回每一个被扔进城里的人，让他们安全地加入雷奥登的团队。迄今为止，夏尔的手下对此颇为不满，而雷奥登恐怕情况只会越来越糟。

我必须得想法儿对付他们，他想。然而，这个问题并不是当前最迫切需要解决的，他目前还有别的东西急待研究。

他们一到达礼拜堂，加拉顿就回去继续耕种了，邵林的手下则解散继续各自的巡逻，而卡拉姐则决定回到王宫，尽管她先前对它怨声载道。很快就只剩下雷奥登和邵林两个人了。

由于起得太晚和战斗的关系，大半天的光阴已经被浪费了。雷奥登决定突击研究一番，当加拉顿辛勤耕种、卡拉姐转移王宫里的手下之际，雷奥登派给自己的职责和任务就是破译尽可能多的艾欧铎。他越来越确信这种古老的魔法符号后面隐藏着伊岚翠倾覆的秘密。

他把手伸进礼拜堂的一扇窗户里，从里面的桌子上拿出一本厚厚的艾欧铎巨著，迄今为止，这本书对他的帮助并没有期待的那么大。这不是一本实用指导手册，而是一系列的案例研究，解释围绕艾欧铎发生的奇怪或有趣的事件。不幸的是，它极其晦涩难懂，书中的大部分内容都是超出常规的特殊案例，于是雷奥登只好藉此反向推理出艾欧铎的一般规律。

目前他所得出的结论还很少，唯一显而易见的是，符文只是起始的"点"而已。一种最基础的、能产生效果的符号。就像他梦中那个经过加工的治疗符文，更高级的艾欧铎是由中心的基本符文，以及四周添加的其他图案——有时只是些点和线——组成的。那些点和线通常都是有规律的，能够缩小或扩大力量的作用范围。举个例子，如果小心仔细地描绘的话，一个治疗师能指定哪条腿需要被治疗、精确的治疗方案，以及清理感染的方法。

雷奥登读得越多，他就越不会仅仅把符文当作是神秘的符号，它们更像是精确的数学计算。大多数伊岚翠人都会画符文，这只需要一只稳定的手和书写文字的基础知识就行了；但艾欧铎的大师们却能迅速而精准地勾勒出几十种围绕中心符文的不同纹饰。不幸的是，这本书的目标读者是那些拥有深厚艾欧铎学识的专家，于是跳过了大部分基本规律的介绍。书中几乎没有插图，仅存的几幅也是复杂得令人难以置信，如果不参考正文，雷奥登根本分辨不出其中的基础符文究竟是什么。

"如果它能解释'传送铎（Dor）'是什么意思就好了！"雷奥登大声抱怨道，他重新读了一遍那个特别恼人的段落，其中反复出现这个短语。

"铎，苏雷？"加拉顿在耕种之余转过头问，"听起来像是个杜拉德名词。"

雷奥登突然坐直了身体。书中用来代表"铎"的是一个不常见的单词，甚至根本不是一个符文，只是单纯地表示读音而已。仿佛这个单词是从其他语言音译过来的。

"加拉顿，你是对的！"雷奥登说，"这根本不是艾欧语。"

"当然不是，它也不可能是符文，因为其中只含有一个元音。"

"这个方法也太过简化了吧，我的朋友。"

"但却是正确的，可啰？"

"是的，我猜也是。".雷奥登说，"但现在这无所谓，真正的问题是铎。你知道它的含义吗？"

"好吧，如果我没搞错的话，这个单词和杰斯科有关。"

"秘教是怎么解释这个单词的？"雷奥登怀疑地问。

"杜罗肯啊，苏雷！"加拉顿咒骂道，"我已告诉你很多次了，杰斯科和秘教不是一回事！欧佩伦大陆上所谓的'杰斯科秘教'和杜拉德宗教毫无关系，就像它和苏·科萨格教派的关系一样，八竿子打不到一起。"

"是是。"雷奥登举起双手投降，"现在告诉我铎的事情吧。"

"这很难解释，苏雷。"加拉顿说着，靠在他的简易锄头上，那是用一根木棍和几块石头做成的，"铎是一种看不见的力量，它存在于万物之中，但却无法被触摸到。它无法产生任何影响，却又控制着万物。为什么江河会流动？"

"因为水往低处流，就像其他事物一样。山顶的积雪融化了，它总要流向一个地方。"

"没错。"加拉顿说，"现在，回答另一个问题，那么促使河水流动的是什么？"

"我从没想过它需要外力的帮助。"

"它的确需要，铎就是推动它的力量。"加拉顿说，"杰斯科的教诲说，只有人类拥有这种能力——或者说是诅咒，对铎的存在毫无察觉，你知道如果你让小鸟离开它的父母，把它带回自己的房子饲养，它还是能学会飞行吗？"

雷奥登耸耸肩。

"它是怎么学会的，苏雷？谁教它飞行的？"

"是铎？"雷奥登踌躇地问道。

"正确。"

雷奥登笑了起来，这个解释充满了宗教的故弄玄虚，毫无实用价值。但是，接着他想到自己的梦，他那尘封已久的记忆。当那个伊岚翠治疗师画出她的符文时，空气中仿佛出现了一道裂缝。雷奥登至今还能感到有一股混沌的力量在裂缝后面咆哮怒吼，那股巨大的力量正试图穿过符文扑向他。它想要征服他、击溃他，直到他成为这股力量的一部分。然而，那个治疗师小心地绘制符文，抑制那股力量，把它变成一种可利用的形式，所以它治愈了雷奥登的腿，而没有毁灭他。

那股力量，无论它是什么，是真实存在的。它就隐藏在雷奥登绘制的符文背后，虽然很微弱。"一定是它……加拉顿，这就是我们还活着的原因！"

"你在胡言乱语些什么啊，苏雷？"加拉顿说着，从忙碌的工作中抬起头，宽容地看着他。

"这就是我们的身体已经不再运作，却依旧存活下来的理由！"雷奥登兴奋地说道，"你难道还没发现吗？我们不吃不喝，却还是有能量可以四处活动。伊岚翠人和铎之间一定有什么联系，是铎喂饱了我们的身体，供给我们存活下去的能量。"

"那它为什么不提供给我们足够的能量，让我们的心脏继续跳动，让我们的皮肤不再发灰呢？"加拉顿一脸怀疑地问道。

"因为它本身就不够了。"雷奥登解释道，"艾欧铎不再工作了，这种曾经为整座城市提供能源的力量现在已经减弱成涓涓细流了。但重要的是，它并没有消失。我们还能画出符文，即使它们很微弱，什么也干不了。而且我们的思维还是很活跃，即使我们的身体已经放弃。我们只是需要找到方法，让它恢复充足的能量。"

"哦，就这些？"加拉顿问道，"你的意思是，我们只需要修补好坏掉的东西？"

"我是这么猜的。"雷奥登说，"重要的是，我们意识到了自己和铎之间的联系，加拉顿。不仅如此，这片土地和铎之间一定也有某种联系。"

加拉顿皱皱眉。"你为什么要这么说？"

"因为艾欧铎是在阿雷伦发展起来的，其他地方没有。"雷奥登说，"文献上说，一个人离伊岚翠越远，艾欧铎的能量就越弱。而且，只有来自阿雷伦的人会被宵得术法选中，它也会选上泰奥德人，但他当时一定住在阿雷伦。哦对了，它有时也会选上杜拉德人。"

"我以前怎么没注意到。"

"这片土地、阿雷伦人和铎三者之间必然有某种联系，加拉顿。"雷奥登说，"但我从没听说过斐优旦人被宵得术法选中，不管他在阿雷伦住多久。杜拉德人是一个混血种族，一半津多血统，一半艾欧血统。你的农场在杜拉德的哪里？"

加拉顿皱了一下眉。"在北方，苏雷。"

"那里离阿雷伦的边界很近。"雷奥登得意地说道，"一定是这片土地，还有我们艾欧人血统的关系。"

加拉顿耸耸肩。"这听起来有道理，苏雷。但我只是一个纯朴的农民，怎么会知道这些事情？"

雷奥登嗤之以鼻，懒得回答他。"但是为什么？这种联系究竟是什么？也许斐优旦人是对的，阿雷伦是被诅咒的民族。"

"别再假设了，苏雷。"加拉顿说完，就开始继续忙他的工作，"根据经验主义的观点，我认为这没什么好处。"

"好吧，只要你告诉我，一个纯朴的农民是从哪儿学会'经验主义'这个词的，我就停止假设。"

加拉顿没有回答，但雷奥登觉得自己听到了杜拉德人的暗自窃笑。

第二十章

"让我看看我是否真的理解你的意思，亲爱的王妃。"埃汉说着，伸出一只肥硕的手指，"你想让我们去帮助埃顿？看我多蠢哪，我还以为大伙都不喜欢那家伙呢。"

"我们是不喜欢。"莎瑞娜同意道，"但给予国王财政上的支持和我们的个人好恶无关。"

"恐怕我更同意埃汉的观点，王妃。"罗艾奥双手一摊，说道，"为什么要突然转变？现在帮助国王又有什么好处呢？"

莎瑞娜懊恼地紧咬牙关，不过她很快发现老公爵对她眨了眨眼。他是知道的。据称公爵的间谍情报网几乎和大多数国王的一样广博，他已经搞清楚了拉森的计划。他之前的问题并不是想激怒她，而是想给她一个解释的机会。莎瑞娜缓缓地呼出一口气，感谢公爵的机智帮助。

"有人弄沉了国王的商船。"莎瑞娜说，"仅靠常识都能证明我父亲间谍的情报是正确的。德瑞克·碎喉的舰队不可能弄沉这些船，因为在他十五年前企图夺取泰奥德王位时，大部分的船只就早已毁了，残余的船只也早就失去了踪影。一定是伟恩在背后搞的鬼。"

"好吧，我们接受这种说法。"埃汉说。

"斐优旦还给特瑞伊公爵提供经济支持。"莎瑞娜继续说道。

"你可没有任何证据，殿下。"伊翁德指出。

"是的，我是没有。"莎瑞娜承认道，然后在他们的椅子之间来回踱步，地面由于长出新发芽的绿草而变得松软无比。他们最终决定在珂拉西礼拜堂的花园里举行这次会议，所以这里没有桌子可以让她绕着转。会议刚开始时，莎瑞娜还打算一直坐在椅子上，但是终于忍不住站了起来。莎瑞娜发现自己站着和别人说话更容易——这是一个紧张时才有的习惯，她很清楚，但她同时也知道她的身高能带给她权威感。

"不过，我能作一个逻辑严密的推断。"她说道。伊翁德通常对一切和"逻辑"有关的事物反响良好。"一个星期前我们都参加了特瑞伊的舞会，他在这个舞会上花的钱比别人一年赚的还要多。"

"奢侈铺张并不一定是财富的象征。"舒顿指出，"我还见过一个穷得和农民一样的人举办令人眼花缭乱的派对，只是为了在破产前维持一种虚幻的安全感。"舒顿的话没错，在场的某个人——也就是伊甸男爵，就正在实践舒顿所描述的事情。

莎瑞娜皱皱眉。"我已经作了一些调查，最近一周我有许多空闲时间，因为你们没人想要再次集会，不管事态有多紧迫。"这番话一出口，就没有一位贵族敢看她的眼睛了。终于，还是她把他们聚集在了一起，但不幸的是，凯隐和卢凯因为事先有约而无法出席。"不管怎样，有传言说特瑞伊的财产在近两周内急剧增加，而且不管他运什么，从上好的香料到肮脏的牛粪，他运送到斐优旦的货物都获得了惊人的利润。"

"但事实上公爵并没有皈依苏·德雷西教派。"伊翁德指出，"他还是虔诚地参加珂拉西教派的集会。"

莎瑞娜双臂交叉，轻敲自己的脸颊，陷入了沉思。"如果特瑞伊公开效忠斐优旦，别人就会对他的收入起疑。拉森太诡计多端了，没那么容易被看透。显然让公爵和斐优旦保持距离，让特瑞伊保持虔诚保守的形象，是个更明智的选择。不管拉森最近的传教进展如何，一个传统的珂拉西教徒夺取王位，总比一个德雷西教徒容易得多。"

"他会获得王位，然后兑现与伟恩的约定。"罗艾奥同意道。

"这就是我们为什么要尽快确保埃顿重新开始赚钱的原因。"莎瑞娜说，"整个国家的财政正在枯竭，特瑞伊很可能会在下一个结算期内赚得比埃顿还多，甚至在含税的情况下。我怀疑到时国王会自动退位，不过万一特瑞伊想要政变的话，其他贵族很可能会站在他一边。"

"你一定很喜欢这样吧，伊甸？"埃汉问道，并对焦虑的男爵好一顿嘲笑，"你不是唯一一个会在几个月内失去头衔的人，老埃顿很可能会陪你呢。"

"拜托，埃汉伯爵。"莎瑞娜说，"我们有责任不让这件事情发生。"

"你想让我们做什么？"伊甸紧张地问道，"送给国王很多钱？我可是一分闲钱也没有了。"

"我们都没有，伊甸。"埃汉回答道，并把手放到他圆滚滚的肚子上，"你怎么会让钱闲着呢？那样它就没有价值了么，对吧？"

"你知道他是什么意思的，埃汉。"罗艾奥责怪道，"而且我也怀疑王妃心里想的并不是送钱。"

"事实上，我欢迎你们多提建议，先生们。"莎瑞娜双手一摊，"我是一个政客，不是一个商人。我承认在赚钱方面我很外行。"

"送钱是没有用的。"舒顿手托下巴，陷入了沉思，"国王是一个高傲的人，他是靠自己的汗水、工作和谋略来赚取每一分钱的。他绝不会接受施舍，即使是为了保住王位。而且，商人总是会对白送的东西起疑。"

"我们可以对他晓之以理。"莎瑞娜建议道，"也许他会接受我们的帮助的。"

"他不会相信我们的。"罗艾奥摇了摇他苍老的头，"国王是一个非常缺乏想象力的人，莎瑞娜。甚至比我们亲爱的伊翁德大人还要一板一眼。在情势所逼下，将军还是会用抽象思维去猜出他的对手，但是埃顿……我很怀疑他一生中是否有过抽象思维的经历。国王只能接受眼前的事物，特别是当那个事物和他自认为的形象相符时。"

"这也是莎瑞娜女士能用装傻的办法愚弄陛下的原因。"舒顿同意道，"他希望莎瑞娜是个蠢女人，而当她的表现符合他的期待时，他就能顺理成章地无视她，即使她的行为太过火也毫不在意。"

莎瑞娜决定对此不加以反驳。

"海盗是埃顿能理解的事物。"罗艾奥说，"他们出现在航运世界中是合情合理的，从某种程度上说，每个商人都认为自己是海盗。然而，从政治角度考虑就完全不同了，在埃顿眼中，斐优旦国王把满载珍贵货品的商船弄沉是不合理的。国王永远都不会去攻击商人，无论战事有多紧迫。而且就埃顿所知，阿雷伦和斐优旦之间有深厚的友谊,他是第一个让德雷西教士进入凯伊城的国王,他给予枢机主祭拉森自由接触每一个贵族的权力。我很怀疑我们能否说服他相信伟恩想要废黜他。"

"我们可以设法陷害斐优旦。"伊翁德建议道,"让下一次沉船看起来像是出自伟恩之手。"

"那要花很长时间,伊翁德。"埃汉说着,摇摇他层层叠叠的下巴,"而且,埃顿的商船已经所剩无几了。我怀疑他不会冒险让它们再次进入同一水域。"

莎瑞娜点点头。"而且把沉船事件和伟恩扯上关系也很难。他们很可能利用斯福坦的船队干这事,斐优旦自己连一支完整的海军也没有。"

"德瑞克·碎喉是斯福坦人吗?"伊翁德皱了一下眉,问道。

"我听说他是斐优旦人。"埃汉说道。

"不。"罗艾奥说,"我认为他应当是艾欧人,不是么?"

"这无所谓,"莎瑞娜失去了耐心,她在肥沃的花园草地上走来走去,试图让会议的议题步入正轨。"埃汉大人说埃顿不会冒险让他的商船再次进入那片水域,但是他总要让他的商船在某个地方航行啊。"

埃汉同意地点点头。"他承受不了现在停止生意的损失,春季一向是最好的销售旺季。人们一整个冬季都和单调乏味的颜色及更加单调乏味的亲属关在一起,一旦积雪融化,他们就会准备挥霍一番。一到这个时节,昂贵的彩色丝绸的价格就会节节攀升,而这也是埃顿最好的货品之一。"

"这些沉船事件真是一个灾难,埃顿不只是失去了他的商船,还失去了原本可以从这些丝绸中获得的利润,更别提其他货物了。每到这一时节,光是为了囤积他们知道最终一定会大卖的货品,就让许多商人濒临破产。"

"陛下太贪婪了。"舒顿说,"他购买越来越多的商船,并且倾尽财产地将它们装满绸缎。"

"我们都很贪婪,舒顿。"埃汉说,"不要忘记,你的家族是靠安排从津多出发的香料之路而起家的。你们甚至不需要用船运送任何东西,只需建造道路并且向使用它的商人收费就行了。"

"请允许我重新措辞,埃汉大人。"舒顿说,"国王让他的贪婪蒙蔽了双眼。每个称职的商人都应该对灾难的发生有所准备。永远不要运送你无法承担其损失的货物。"

"说得好。"埃汉同意道。

"不管怎样,"莎瑞娜说,"如果国王所剩的商船真的不多了,那他必须获得一些更稳定的利润来源。"

"'稳定'这个词并不恰当，亲爱的。"埃汉说，"应该用'惊人'来形容更好。埃顿需要一个能让他从这场小灾难中恢复过来的奇迹。特别是要赶在特瑞伊羞辱他之前，那样他的面子就永远无法挽回了。"

"如果他又和泰奥德建立贸易协定怎么样？"莎瑞娜问，"一项利润丰厚的丝绸贸易合同？"

"有可能，"埃汉耸耸肩，"这是一个聪明的选择。"

"但却不可能办到。"罗艾奥公爵说道。

"为什么？"莎瑞娜追问道，"泰奥德负担得起。"

"因为，"公爵解释道，"埃顿永远不会接受这一合约，他的从商经验太过丰富了，不会做这种好得超乎现实的买卖。"

"同意。"舒顿点点头说，"国王并不反对从泰奥德身上狠赚一笔，但前提是要让他认为是他骗倒了你。"

其他人也对舒顿的话表示赞同。虽然这个津多人是队伍里最年轻的，但他很快就证明自己和罗艾奥一样精明——也许还更精明，这种才能，再加上他实至名归的诚实声誉，使他获得了超越年龄的尊敬。只有真正的强者才能既诚实正直又精于算计。

"我们必须多考虑一会儿。"罗艾奥说，"但也不能太久。我们必须在结算日前解决这个问题，不然我们就得考虑如何对付特瑞伊而不是埃顿了。虽然我的老朋友和埃顿坏的程度不相上下，但我知道特瑞伊肯定更难对付，特别是当有斐优旦人做他的后台时。"

"还有，大家都照我说的去管理自己的庄园了吗？"当看到所有贵族都起身准备离开时，莎瑞娜问道。

"这并不容易，"埃汉承认道，"我手下的工头和小贵族都反对这个主意。"

"但是你做到了。"

"是的。"埃汉说道。

"我也做到了。"罗艾奥说。

"我别无选择。"伊甸嘀咕道。

舒顿和伊翁德也都安静地向她点点头。

"我们是上星期开始播种的。"伊甸说，"多久才能看到成效？"

"预计在未来三个月内，这都是为了您好，大人。"莎瑞娜说道。

"这点时间也够判断今年的收成是否好了。"舒顿说道。

"我还是不懂这又关人们认为自己是否自由什么事。"埃汉问道，"我们播下的种子是一样的，所以收成也应该是一样的。"

"您会被结果吓一跳的，大人。"莎瑞娜承诺道。

"我们现在可以走了吗？"伊甸直接问道，他还是对让莎瑞娜主持这次会议的主意不太满意。

"还有一个问题，大人们。我正在策划我的'寡妇的考验'，想听听你们的想法。"

听到这番话，男人们开始浑身不自在起来，不安地面面相觑。

"哦，说吧。"莎瑞娜生气地皱起眉头，"你们都是成年人了，收起你们对伊岚翠孩子气的恐惧吧。"

"这在阿雷伦可是一个非常敏感的话题啊，莎瑞娜。"舒顿说道。

"好吧，拉森显然并不为此担心。"她说，"你们都知道他打算干什么。"

"他打算在苏·珂拉西和伊岚翠之间划上等号。"罗艾奥点点头说，"他想方设法地让人们反对珂拉西教士。"

"如果我们不阻止他的话，他就要得逞了。"莎瑞娜说，"这需要你们克服自己的神经质，并不再假装伊岚翠不存在。这座城市是枢机主祭计划中最主要的一部分。"

在茂密的珂拉西教堂花园中，男人们都心知肚明地相互看看。他们认为她过于关注枢机主祭了，而他们认为埃顿的政府才是主要问题，而宗教并不构成实质的威胁——他们并不明白，在斐优旦，宗教和战争几乎指的是同一件事。

"你们必须得相信我，各位大人。"莎瑞娜说，"拉森的计划很重要。你们说国王只能理解眼前实实在在的事物，而这个拉森正好相反。他能看出每个事物的潜力，而他的目标是把阿雷伦变成斐优旦的另一个属国。如果他利用伊岚翠反对我们，我们就必须有所还击。"

"只要那个矮小的珂拉西教士也支持他就好了。"埃汉建议道，"让他们达成统一，那么就没有人能够利用这座城市来反对任何人了。"

"讴明不会这么做的，大人。"莎瑞娜摇摇头说，"他对伊岚翠人没有恶意，他绝不会答应给他们贴上魔鬼的标签。"

"难道他不能只是……"埃汉说道。

"我主慈悲，埃汉，"罗艾奥说，"你难道从没参加过他的布道会？那个人绝对不会这么做的。"

"我当然去过。"埃汉愤愤不平地说道，"我只是认为他也许愿意为自己的祖国效劳，我们会给他补偿的。"

"不，大人。"莎瑞娜坚持道，"讴明是个教会人员——善良而真诚。对他来说，真理不是一种可以讨价怀价——或是出卖的东西。我恐怕我们别无选择，只能站到伊岚翠这边。"

听到这话，好几个人，包括伊翁德和伊甸都变得脸色惨白。

"也许这不是个容易实现的提议，莎瑞娜。"罗艾奥警告道，"你可以认为我们孩子气，但是这四个人已经是阿雷伦最有智慧、最开明的人了。你若是觉得他们对伊岚翠太过紧张的话，那么其他阿雷伦人绝对会更加紧张。"

"所以我们必须得改变这种观念，大人。"莎瑞娜说，"而且我的'寡妇的考验'就是我们的机会。我想要分发食物给那些伊岚翠人。"

这次她甚至成功激起了舒顿和罗艾奥的强烈反对。"我没听错吧，亲爱的？"埃汉用颤抖的声音问道，"你想进入伊岚翠内部？"

"是的。"莎瑞娜说道。

"我需要一点喝的东西。"埃汉决定道，并开始拔酒瓶的塞子。

"国王永远不会答应的。"伊甸说，"他甚至不允许伊岚翠的护卫队进入其中。"

"他说得没错。"舒顿同意道，"您是永远都通不过那扇大门的，殿下。"

"我会把国王搞定的。"莎瑞娜说道。

"你的小伎俩这次不会起作用的，莎瑞娜。"罗艾奥警告道，"不管你再怎么装疯卖傻也不可能说服国王放你进城。"

"我会想别的办法。"莎瑞娜努力让自己的语气比实际上的更加确信无疑，"这不是您需要担心的，大人。我只需要你们的一句话——你们会帮助我。"

"帮助你？"埃汉犹疑地问道。

"帮助我给伊岚翠人分发食物。"莎瑞娜说道。

埃汉的眼珠都要瞪出来了。"帮助你？"他重复道，"在那种地方？"

"我的目的就是祛除这座城市的神秘感。"她解释道，"为了达成这个目的，我必须说服贵族进到里面，让他们亲眼见证伊岚翠人并没什么可怕的。"

"对不起，我的话听起来不大中听。"伊翁德终于开口道，"但莎瑞娜女士，如果伊岚翠人真的很危险呢？如果他们说的每一件关于伊岚翠的事都是真的呢？"

莎瑞娜停了一下。"我不认为他们很危险，伊翁德大人。我观察过这座城市和里面的人民。伊岚翠里没有任何恐怖的东西——除了那些人被对待的方式。我不相信那些关于怪物或伊岚翠食人族的传说。我只看到一群被错误地对待和评判的普通人。"

伊翁德看起来并没有被说服，其他人也是。

"等着瞧吧，我会首当其冲进去并亲自验证这件事。"莎瑞娜说，"我希望各位大人在随后几天内加入我。"

"为什么是我们？"伊甸抱怨道。

"因为我必须要找个开始。"莎瑞娜解释道，"如果各位大人能勇敢地面对这座城市，那么其他人就会觉得拒绝显得很愚蠢。贵族有一种群体意识，如果我能树立几个标杆，那么我也许能够拉拢大部分贵族和我一起进去。然后他们就会亲眼看见伊岚翠没有什么可怕的——伊岚翠人只是一群饥饿的可怜虫。我们光凭一个简单的真相就能挫败拉森的计划。当你馈赠给他们食物时，你可以看到他们眼中感激的泪水，你就很难再把他们妖魔化。"

"说这些都是毫无意义的。"伊甸说，一想到要进入伊岚翠，他的双手就不安地搅在一起，"国王永远都不会允许你进去的。"

"如果他同意了呢？"莎瑞娜立即问道，"那么你会去吗，伊甸？"

男爵惊讶得直眨眼，这才意识到他已被抓住了把柄。她等待着他的答复，他却执拗地拒绝回答这个问题。

"我会的。"舒顿宣布道。

莎瑞娜对那个津多人笑笑。这是他第二次首先支持她。

"如果舒顿都同意了，那我很怀疑其他人是否还有脸说不。"罗艾奥说，"先去获得批准吧，莎瑞娜，然后我们再讨论接下来的问题。"

"也许我有些太过乐观了。"当莎瑞娜真的站到埃顿的书房外时，她承认道。一对守卫就站在不远处，疑惑地看着她。

"您知道自己正在做什么吗，小姐？"阿什问道。在整个会议中，侍灵就飘浮在教堂的墙外——恰好能听见他们谈话的地方——以确保这场会议没有被偷听。

莎瑞娜摇摇头，她在面对埃汉和其他人时表现得相当勇敢，但她现在才意识到自己完全把勇敢放错了地方。她完全不知道该如何让埃顿允许她进入伊岚翠，更别提让他接受贵族们的帮助。

"你和我父亲说过了吗？"她问道。

"说过了，小姐。"阿什回答道，"他说他会无条件给你任何你需要的经济支持。"

"太好了。"莎瑞娜说，"让我们走吧。"她深吸一口气，然后走向那两个守卫。"我要和我的父王谈话。"她宣布道。

守卫互相交换了一下眼神。"唔，我们接到命令不能……"

"这规定不适用于家庭成员，守卫。"莎瑞娜坚持道，"如果王后想要和她的丈夫说说话，你们也会赶她走吗？"

守卫困惑地皱起眉，怡薰很可能从没来过这里。莎瑞娜早就注意到多话的王后想要和埃顿保持距离。即使是再愚蠢的女人也痛恨被人当面指出这一点。

"只要打开门就行了，守卫。"莎瑞娜说，"如果国王不想和我说话，他就会把我丢出来。下次你就知道不能让我进去了。"

守卫有些犹豫，于是莎瑞娜就直接挤开守卫，自己打开了房门。显然这些守卫还没习惯对付如此强势的女人——而且还是王室家族的成员——只好让她通过。

埃顿从他的书桌前抬起头来，在他的鼻尖架着一副她从没见过的眼镜。他迅速地摘下眼镜，站起身来，双手懊恼地拍在桌面上，弄乱了一堆他正在处理的票据。

"你在公开场合惹恼我还不满足么？所以还想跟着我进书房？"他愤怒地责问道，"如果我事先知道你有多高、多愚蠢，我就永远不会签下那个协议。赶快滚，女人，让我安静地工作！"

"让我告诉您吧，父王。"莎瑞娜坦率地说道，"我是能够装成一个聪明人的，足以应付这种愚蠢谈话的聪明人，就像您假装的那样。"

听完这话，埃顿睁大了眼睛，脸涨得通红。"我主会诅咒你的！"他咒骂道，这样恶劣的诅咒，莎瑞娜只听到过两次。"你在耍我，女人。光凭愚弄国王这条罪状，我就能把你的头砍掉。"

"如果你砍掉自己子女的头，父王，人们就会提出许多质疑。"她小心地观察着他的反应，希望从中找寻到一些雷奥登失踪的蛛丝马迹，但是结果令她失望。埃顿并没有在意这句话。

"我应该现在就把你送回到伊凡提奥身边。"他说。

"太好了，我很高兴能离开。"她说谎道，"不过，如果我离开了，您就会失去和泰奥德的贸易协定。这可是个问题，考虑到最近您在斐优旦的丝绸生意上似乎运气不佳。"

听到这句话，埃顿气得咬紧牙关。

"小心一点，小姐。"阿什低声说道，"不要过于激怒他，男人通常把尊严放在理智之前。"

莎瑞娜点点头。"我有办法让您走出困境，父王。我来是想和您做笔交易的。"

"我有什么理由非得接受一个女人的提议？"他哼了一声，"你到这里快一个月了，而我现在才发现你原来一直都在欺骗我。"

"您最终会信任我的，父王。因为海盗的袭击，您已经损失了百分之七十五的商船。除非你听我的，不然在短短几个月内您就会失去王位。"

埃顿为她的消息灵通而惊讶不已。"你是怎么知道这些事的？"

"所有人都知道，父王。"莎瑞娜满不在乎地说道，"整个宫廷都知道，他们都等着您在下一个征税期栽跟头呢。"

"我知道！"埃顿说，眼睛愤怒地大睁着。他开始出汗，并诅咒那些朝臣，抱怨他们只想幸灾乐祸地看着他倒台。

莎瑞娜惊讶得直眨眼，她只是随便说说，想让埃顿心理不平衡而已，却没想到埃顿的反应那么强烈。他有偏执妄想症，她这才意识到，为什么以前没人注意到这一点？然而，埃顿迅速恢复了过来，这给莎瑞娜提供了一个线索——他虽然是个偏执狂，但却掩饰得很好。她对他情绪的刺激只是减弱了他的控制力。

"你想和我做一笔交易？"国王问道。

"是的。"莎瑞娜说，"现在丝绸在泰奥德可是能卖个好价钱，父王。只要把丝绸卖给国王，就一定能赚得盆满钵满。而且，考虑到亲家的关系，您说不定还能说服伊凡提奥王，给您在他国家的独家销售权呢。"

埃顿的疑虑增加了，当他考虑某笔交易时，怒火就会渐渐平息。然而，他依靠商人的本性立刻嗅出了问题。莎瑞娜沮丧地咬紧牙齿，正如别人告诉她的，埃顿绝不会接受她的提议，这看起来太像欺诈了。

"一个很有趣的提议。"他承认道，"但是恐怕我……"

"当然，我也要求适当的回报。"莎瑞娜立即打断他。并迅速地思考着，她接下去说："就把它当成我安排您和伊凡提奥王之间交易的劳务费吧。"

埃顿犹豫了一会儿。"哦？我们谈论的劳务费究竟是指什么呢？"他小心翼翼地问道。交易和馈赠是完全不同的——它先要被斟酌、估量，然后才能在某种程度上被信任。

"我想要进入伊岚翠。"莎瑞娜宣布道。

"什么？"

"我想要进行我的'寡妇的考验'。"莎瑞娜说，"所以，我决定要带些食物给伊岚翠人。"

"你这么做的目的是什么，女人？"

"是出于宗教上的原因，父王。"莎瑞娜解释道，"苏·珂拉西教派教导我们要帮助那些最卑微的人，我敢打赌您找不到比伊岚翠人更卑微的人了。"

"不值得讨论。"埃顿说，"进入伊岚翠是被法律禁止的。"

"但法律是您制定的，父王。"莎瑞娜尖锐地指出，"因此，您可以破例，好好思考一下——想想您的财产与王位，然后再权衡您的回答。"

当埃顿思考这桩交易的时候，牙齿磨得咯咯作响。"你想带着食物进入伊岚翠？需要多长时间？

"直到我确定我履行了作为雷奥登王子之妻的职责。"莎瑞娜说。

"你打算一个人去？"

"我想带上所有愿意陪伴我的人。"

埃顿哼了一声。"我恐怕你找不到符合条件的人。"

"这是我的问题，不是您的。"

"先是那些斐优旦魔鬼想把我的人民变成暴民，现在你也想加入进来。"国王嘟囔着。

"不，父王。"莎瑞娜更正道，"我想要的正好相反，混乱只对伟恩有利。不管您信不信，但我唯一关心的就是阿雷伦的稳定。"

埃顿继续想了一会儿。"一次不能进去超过十个人，不包括守卫。"他最后说道，"我可不想人多得像去伊岚翠朝圣。你可以在午前一小时进去，然后在午后一小时出来。不准违反。"

"成交。"莎瑞娜同意道，"您可以通过我的侍灵联系伊凡提奥王，商讨交易的细节。"

"我必须得承认，小姐，您真是机智过人。"在他们走回房间的路上，阿什兴奋得上下直跳。

当埃顿和伊凡提奥商讨时，莎瑞娜还是待在一边，当双方交易的中间人。她父亲的声音中包含着一种很强烈的"我希望你知道你正在做什么，娜"的语气。伊凡提奥是一个和蔼仁慈的好国王，但他也是一个绝对失败的商人，他雇了一个舰队的会计官员来打理皇家的财政。埃顿一发现她父亲在财政上的无能，他就以一个疯狂掠食者的激情扑了上去，多亏莎瑞娜在场，才没让埃顿在狂暴的生意热情中吸干泰奥德所有的税收收入。即便如此，埃顿还是成功说服他们以高于实际价值四倍的价格买进了他的丝绸。当莎瑞娜离开时，国王浑身上下都散发着光彩，几乎忘了莎瑞娜欺骗他的不快。

"机智过人？"莎瑞娜用天真无辜的语气回答了阿什，"我？"

侍灵上下跳动着，发出咯咯的偷笑。"还有谁是您无法操控的，小姐？"

"我父亲。"莎瑞娜说，"你知道他每五次中就有三次能胜过我。"

"他也是这么评论您，小姐。"阿什指出。

莎瑞娜笑了，然后推开房门准备休息。"这其实并不需要多少智慧，阿什。我们应该早就意识到，我们的问题很可能是另一个人的解药，一个是没有陷阱的提议，而另一个是没有甜头的要求。"

阿什在房间中四处飘浮，发出不悦的"吱吱"声，好像房间的杂乱让它感到很不满。

"怎么了？"莎瑞娜问道，并解开绑在手臂上的黑缎带，这是表明她在服丧的唯一标志了。

"房间又没被打扫过，小姐。"阿什解释道。

"好吧，但是之前我绝对没把它弄得这么乱。"莎瑞娜气呼呼地说道。

"当然，殿下是一位非常爱干净的女士。"阿什同意道，"不过，宫里的女仆似乎都有些懒散马虎啊。一位王妃理应获得更多的尊重，如果您放任她们玩忽职守，那没过多久她们就不会再尊重您了。"

"我认为你想得太多了，阿什。"莎瑞娜摇摇头说，她脱下她的裙子，并准备穿上睡袍，"我才是那个公认多疑的人，还记得吗？"

"这是仆人的问题，和主人无关，小姐。"阿什说，"您是一个聪明的女性，优秀的政治家，但您无意中暴露出一个你们阶级普遍存在的弱点——您轻视仆人们的意见。"

"阿什！"莎瑞娜反驳道，"我向来对我父亲的仆人很尊重，很友善。"

"也许我该重新措词，小姐。"阿什说，"是的，也许您没有恶意的偏见。不过，您也不在意那些仆人是怎么看您的，仆人对你的看法绝对和那些贵族不一样。"

莎瑞娜把睡袍套在头上，不愿露出一丝不悦的痕迹。"我总是尽力做到公平。"

"是的，小姐。但您是个贵族出身的小孩，从小就被潜移默化，不必在意那些在您身边工作的人。我只是想建议您记住，如果那些女仆对您不敬，造成的危害可能和贵族不相上下。"

"好吧，"莎瑞娜叹了一口气说道，"算你有理。帮我把梅拉（Meala）叫过来，我会问她到底发生了什么事。"

"遵命，小姐。"

阿什向窗外飘去。然而，在它离开之前，莎瑞娜又最后说了一句。

"阿什？"她问，"民众们都爱戴雷奥登，是么？"

"大家都这么说，小姐。他以善于倾听民众的意见和需求著称。"

"他这个王子当得比我这个王妃更好，是么？"她的声音有些低落。

"我不会这么说的，小姐。"阿什说，"您是一个心地善良的女性，而且您对您的女仆也很好。不要拿您自己和雷奥登比，记住您并不需要为管理一个国家做准备，您的亲民程度也不会成为政治议题。雷奥登王子是王位的继承人，随时了解民众的感受对他来说是必不可少的大事。"

"他们说，他能给予人们希望。"莎瑞娜出神地说道，"农民之所以忍受埃顿的严苛统治，是因为他们知道总有一天雷奥登会取而代之。如果王子没和民众在一起，鼓励他们，让他们重新振作起来，这个国家早在几年前就分崩离析了。"

"现在他却一个人去了。"阿什小声说道。

"是的，他去了。"莎瑞娜同意道，语气有些超然，"我们必须快点，阿什。我还是感到自己没帮上什么忙，不管我做什么，这个国家还是在飞速地走向毁灭。就好像我站在山脚下，看着一块巨石向我砸来，而我却只能丢几块小石子来阻止它。"

"坚强一点，小姐。"阿什用它低沉稳重的声音说道，"你们的神不会坐视阿雷伦和泰奥德粉碎在伟恩的铁蹄下的。"

"我多么希望王子能知道这些。"莎瑞娜说，"他会为我感到自豪吗，阿什？"

"一定非常自豪，小姐。"

"我只是希望他们能接受我。"她解释道，突然意识到自己的话是多么傻气。她花了近三十年的时间不求回报地去爱一个国家。整个泰奥德都尊敬她，但她已经厌倦了尊敬。她想要从阿雷伦那里获得一些别的。

"他们会的，莎瑞娜。"阿什承诺道，"只要再给他们一些时间，他们会的。"

"谢谢你，阿什。"莎瑞娜小声叹了口气，"谢谢你忍受一个傻姑娘的唠唠叨叨。"

"在面对国王和教士时，我们能够变得很坚强。"阿什说，"但是生活中总是充满了忧虑和不确定。把它们憋在心里，它们肯定会毁了你，它们会让人的心灵结茧，情感再也无法在他的心底扎根。"

随后，侍灵穿过窗户，去寻找女仆梅拉。

梅拉到达时，莎瑞娜已经平静了下来。她已经不再流泪了，只是沉浸在思考中。有时当她的压力实在太大时，她的不安全感就会爆发。阿什和她父亲总会伴在她身边，支持她度过这段艰难时光。

"哦，天啊。"梅拉看到房间里的状况，不禁脱口而出。她又瘦又年轻，莎瑞娜刚进王宫时，完全没料到会有这样的女仆。梅拉更像是她父亲的一个会计官，而不是女仆主管。

"对不起，女士。"梅拉向莎瑞娜道歉，并露出一个憔悴的微笑，"我根本没有想到，今天下午我们又失去了一个女孩，我也没想到您的房间是归她负责的。"

"失去？"莎瑞娜关切地问道。

"她逃跑了，女士。"梅拉解释道，"她们本不该离开的，我们和农民一样签订了契约。然而因为某些原因，我们很难把女仆留在宫中。我主才知道为什么——这个国家中仆人的待遇没有比在王宫的那些更好了。"

"你已经丢了多少人了？"莎瑞娜好奇地问道。

"她是今年的第四个了。"梅拉说，"我会马上派另一个人顶上的。"

"不用了，今晚就不麻烦了。只要保证这事不会再次发生就行。"

"那当然，女士。"梅拉行了一个屈膝礼。

"谢谢你。"

"又来了！"莎瑞娜跳下床，兴奋地说道。阿什立刻回应以强烈的光芒，不确定地盘旋在墙边。"小姐？"

"安静。"莎瑞娜命令道，并把她的耳朵贴在窗下的石墙上，她听到了窸窸窣窣的刮擦声。"你怎么认为？"

"我认为不管小姐晚餐吃了什么，她肯定吃坏肚子了。"阿什失礼地提醒她。

"这里一定有些杂音。"莎瑞娜没在意阿什的揶揄。虽然每天早上阿什总是比她早醒，但他并不喜欢在睡着后被打扰。

她把手伸向床头柜拿了一小片羊皮纸，懒得去拿钢笔和墨水，就用一小条木炭在上面画了个记号。

"看。"她宣布道，并把纸片拿给阿什看，"声音总是出现在一周里的那两天：玫日（MaeDal）和瓯日（OpeDal）。"

阿什飘过来看看纸片,除了星光以外,它那发光的符文是房里唯一的照明光源。"您在玫日听到了两次,在瓯日也听到了两次。一共才四次。"它怀疑地说道,"这似乎无法充分证实您那'总是出现在同样几天'的结论,小姐。"

"哦,你根本没有亲耳听见那些声响。"莎瑞娜说着,把羊皮纸扔回到桌上,"我还以为侍灵应该有更好的听力呢。"

"不是在我们睡着时,小姐。"阿什说道,并且暗示这正是它现在最想做的事。

"这里一定有一条秘密通道。"莎瑞娜断定,并徒劳无益地敲击着石墙。

"随您怎么说,小姐。"

"我说得没错。"她边说边站起来研究那扇窗户,"看看窗边的石头有多厚,阿什。"她靠在墙上,努力把手臂伸出窗外,她的指尖刚能够到窗台的外缘。"墙壁真的需要那么厚吗?"

"这样就能提供更多的保护,小姐。"

"这也为秘密通道提供了空间。"

"那也只能是一条非常窄的通道。"阿什回答道。

"的确。"莎瑞娜陷入了沉思,并跪下来观察窗户的底部。"它向上倾斜,通道肯定是以一定角度建造的,通过窗户的底部向一楼延伸。"

"但是从这个方向只能到达……"

"国王的寝宫。"莎瑞娜帮阿什说完,"不然秘密通道还能通向哪儿?"

"您是说国王每周要秘密远足两次,还是在半夜,小姐?"

"精确地说是在十一点整。"莎瑞娜看看她房间角落里的老爷钟,"总是在同一时刻。"

"他为什么要这么做呢?"

"我不知道。"莎瑞娜轻敲自己的脸颊,陷入了沉思。

"哦,天哪。"阿什嘟囔道,"小姐又在计划着些什么,是么?"

"向来如此。"莎瑞娜甜甜地说道,并爬回床上,"把你的光线调暗,我们中的一个想要睡觉了。"

第二十一章

拉森坐回到椅子上，此时他身披一袭红色的德雷西长袍，代替原先的铠甲。在自己的房间里他经常是这身打扮。

敲门声如他预期地响起。"请进。"他说。

仪祭西瑞德（Thered）走了进来，他是一位拥有纯正血统的斐优旦男人，有强壮、高挑的身材，乌黑的头发，以及方正的面部轮廓，他还有一身在修道院苦练而得的强健肌肉。

"阁下。"仪祭先是鞠了一躬，接着跪下，以表示对拉森的敬意。

"仪祭，"拉森说着，同时十指交叉放于胸前。"在我来到此地的那些日子里，我观察过当地的许多教士，而你对杰德斯帝国的效忠给我留下了深刻的印象，所以我决定任命你为这座礼拜堂的首席仪祭。"

西瑞德惊讶地抬起头来。"阁下？"

"本来，我一直想要等到下一批斐优旦教士补充进来之后，再安排新的首席仪祭。"拉森说，"但是，正如我所说的，你给我留下了深刻的印象，因此我决定赐予你这个职位。"

当然，拉森在心中暗自想道，我也没有时间一直等下去了，我现在就需要有个人来管理教堂的事务，这样我才能专注其他更重要的事情。

"大人……"仪祭显然一下子无法承受这一切，"我不能接受这个任命。"

拉森愣住了。"什么？"没有一个德雷西教士会拒绝这样重要的职位。

"对不起，大人。"仪祭低下头，嘴里重复着。

"你凭什么作出这样的决定，仪祭？"拉森质问道。

"我说不上来，阁下。我只是……只是觉得不应该接下这个职位。我可以退下了吗？"

　　拉森只好懊恼地挥挥手。野心是斐优旦人的重要品质之一，像西瑞德这样有才华的人怎么会如此快地失去了信心？难道斐悠对凯伊城里教士的影响真有这么严重吗？

　　或者说……他拒绝的背后另有原因？有一个挥之不去的声音在拉森的脑中低语着，已经被驱逐的斐悠不应该为此事负责，是迪拉弗，迪拉弗才是逼西瑞德拒绝的罪魁祸首。

　　这只是一个猜测，却督促拉森赶快进行下一步计划——必须把迪拉弗处理掉。先不管他对伊岚翠人的疯狂举动，仪祭对其他教士的影响也越来越大。拉森把手伸进书桌的抽屉里，抽出一个小小的信封。他对迪拉弗的判断失误了。控制引导狂热分子的激情是有可能的，但拉森目前没有时间和精力在这上面花工夫了。整个国家的未来全系于拉森的一念之间，他已经不想耗费太多心力去关注迪拉弗了。

　　这种情况不能再持续下去了。拉森的世界必须是能掌控、可预见的，他把宗教看成是一种思维逻辑的训练。而迪拉弗就像一壶滚烫的水浇在拉森这块万年不化的冰上，最终两人只会削弱双方的实力，弄得两败俱伤。而且，如果两人都完蛋了，那阿雷伦也离毁灭不远了。

　　拉森穿上他的铠甲，离开房间进入礼拜堂。几个辅祭正跪在地上默默地祈祷着，教士们则在周围忙碌地走来走去。礼拜堂那拱形的天花板和带有宗教意味的建筑是多么亲切啊……这里应该是最让他感到舒服的地方了。但是最近，拉森发现自己频繁地逃到伊岚翠的高墙上，虽然他告诉自己，他爬上城墙只是因为从那里可以俯瞰整个凯伊城，但是他清楚自己另有原因。他去那儿的一部分理由是因为他知道伊岚翠是一个迪拉弗永远不会主动前往的地方。

　　迪拉弗的房间是一个小小的凹室，和拉森多年前还是仪祭时居住的一样。当拉森推开那个房间朴素的木门时，迪拉弗从书桌前抬起头来。

　　"主上？"仪祭惊讶地站起来。拉森很少来他的房间。

　　"我有一个重要的任务要派给你，仪祭。"拉森说道，"我不放心让别人来完成这项任务。"

　　"那是当然，主上。"迪拉弗顺从地说着，并鞠了一躬。然而，他的眼睛却怀疑地眯了起来，"我一心一意地服侍主上杰德斯，我知道自己有一部分是和他紧密相连的。"

　　"是的。"拉森淡淡地说道，"仪祭，我要你递交一封信。"

　　"一封信？"迪拉弗充满疑问地仰望他。

　　"是的。"拉森平缓地说着，"让伟恩知道我们在此的进展是很重要的。我已经写了一份报告给他，但是里面讨论的内容非常敏感，万一丢了，就会造成无法挽回的损失。而我选中了你，侍僧，去亲自送出这封信。"

　　"这要花上好几个星期呢，主上。"

　　"我知道。我必须得忍受一段没有你服侍的日子，但是只有知道这项重大的任务是由你在完成，我才会感到安心。"

　　迪拉弗垂下眼帘，他的双手无力地搭在桌面上。"谨遵主上的命令。"

　　拉森有些犹豫，微微皱起眉头。迪拉弗是不可能逃得掉的，主上和侍僧之间的关系是永恒的。当主人下了命令，侍僧就必须服从。即便如此，拉森本来对迪拉弗的期待更多，他希望他会耍些花样，尝试摆脱这项任务。

　　然而，迪拉弗却完全顺从地接下了这封信。也许这正是他所期待的，拉森突然意识到，他本来就想去斐优旦。他是枢机主祭的侍僧，这个职位在东方会给他带来权势和尊敬。也许他惹恼拉森的唯一目的就是想离开阿雷伦。

　　拉森转身离开房间，走进礼拜堂空旷的布道大厅。整件事比拉森所希望的要容易得多，他松了一口气，以更自信的步伐走回自己的房间。

　　一个声音从他身后传来。是迪拉弗的声音。声音很小，却足以让人听见。"把信差们都派出去。"迪拉弗向一位低级辅祭命令着，"我们一早就起程前往斐优旦。"

　　拉森几乎没有为此停下脚步。他才不关心迪拉弗在计划或者做些什么呢，只求他能离开就好。然而，拉森身居高位的时间太久了，当政客的时间也太久了，不会轻易放过一句这样的言论，特别是迪拉弗说的。

　　拉森转过身。"我们？我只派了你去，仪祭。"

　　"是的，大人。"迪拉弗说道，"但是您一定不希望我抛下我的侍僧吧。"

　　"侍僧？"拉森问道。作为德雷西教士的正式成员，迪拉弗可以像拉森那样招收自己的侍僧，继续把与杰德斯的关系延伸到其他人身上。但拉森还没想到，他说的是自己的侍僧。他怎么会有时间招收侍僧呢？

　　"是谁，迪拉弗？"拉森尖刻地问道，"你收了谁做你的侍僧？"

　　"好几个，主上。"迪拉弗含糊地回答道。

　　"名字，仪祭。"

　　于是，他开始报出他们的名字。大多数教士会招收一两名侍僧，一些枢机主祭则会拥有多达十名，而迪拉弗的侍僧竟然超过了三十名。拉森越听越感到惊讶，并且愤怒。

不知为什么，迪拉弗的大部分侍僧都是从拉森最坚定的支持者中挑选的，其中还包括瓦伦和许多其他的贵族。

迪拉弗念完他的侍僧名单后，谦恭地看着地面，眼神中却带着一丝违逆。

"很有意思的名单。"拉森一字一顿地道，"那你打算带谁一同前往呢，仪祭？"

"为什么这么问？当然是所有人咯，大人。"迪拉弗无辜地说道，"如果这封信正如大人暗示的那么重要，那我必须对它严加保护才行。"

拉森闭上眼睛。如果迪拉弗带上他刚才提到的所有人，并且假设他们都成行的话，那么拉森身边就一个支持者也没有了。而且他们不能违抗迪拉弗的命令。因为大多数普通德雷西信徒，甚至是许多教士，都担任所受限制较少的从者职位，从者虽然要聆听自己主上的教诲，但是并没有道德上的束缚规定从者必须遵从主上的命令。

以迪拉弗的权势，带着他所有的侍僧前往斐优旦是无可指摘的。拉森无法控制对仪祭宣誓效忠的跟随者，命令迪拉弗不要带上他们是严重违反教义的事情。然而，如果迪拉弗真要坚持带上他们每个人，这毫无疑问是一场巨大的灾难。这些人还只是新教徒——他们还不清楚自己给了迪拉弗多大的权力。如果迪拉弗硬把他们拖去斐优旦，他们很可能就不愿再信教了。

如果此事成真，拉森就得被逼把每一个人都逐出教会，德雷西教派在阿雷伦也就不复存在了。迪拉弗继续打点行装，仿佛丝毫没注意到拉森的内心斗争。其实也不算什么内心斗争，拉森已经决定该怎么办了。迪拉弗这个人是反复无常的。他很可能只是虚张声势，但也可能是存心想毁灭拉森的一切努力。

拉森紧咬牙关直到下巴发麻。也许拉森已经阻止了迪拉弗烧死伊岚翠人的企图，但是仪祭显然也对拉森接下来的行动了如指掌。是的，迪拉弗并不想去斐优旦。他的情绪也许不太稳定，但他比拉森认为的要深谋远虑得多。

"等一下，"当迪拉弗的信使准备离去时，拉森命令道。如果这个人离开教堂，那一切就都完了。"仪祭，我改变主意了。"

"主上？"迪拉弗从房间里探出头来，问道。

"你不用去斐优旦了，迪拉弗。"

"但是大人……"

"不，我不能没有你。"这句违心的话让拉森的胃都抽紧了。"找其他人去送信吧。"随即，拉森就转身快步回到自己的房间。

"我永远是主上最谦卑的仆人。"迪拉弗低语道，房间的传音效果把这些字句清清楚楚地送进了拉森的耳朵。

拉森又一次逃跑了。

他需要思考，以理清头绪。他已经花了好几个小时缩在自己的办公室里，对迪拉弗，也对自己生着闷气。最终，他再也不能忍受了，就逃进凯伊城街道上的茫茫夜色中。

如往常一样，他径直往伊岚翠城墙的方向奔去。他不断往高处爬，仿佛站得比普通人高就能让他看待人生的视角也豁然开朗。

"给我一点铜板吧，先生。"一个声音恳求道。

拉森惊讶地停下来；他太心烦意乱了，因此没有注意到有个破衣烂衫的乞丐在他脚边。这个人不仅老而且视力显然也很差，因为他在黑暗中眯着眼睛看拉森。拉森皱皱眉，才意识到这是他第一次在凯伊城看到乞丐。

一个穿着不比那个老人好多少的年轻人，从街角蹒跚而来。这个男孩看到拉森立刻僵住了，吓得脸色惨白。"不是他，你这个老笨蛋！"他低声吼道。然后，他很快转向拉森说道："对不起，大人，我父亲有时会神志不清，认为自己是个乞丐。请原谅我们。"并走过来抓住老人的手臂。

拉森威严地抓住他的手让他停止，年轻人的脸色更加苍白了。拉森跪在老人的身边，老人带着昏昏然的老态，对着他笑笑。"告诉我，老人家，"拉森问道，"为什么在城里我几乎看不到乞丐？"

"国王禁止乞丐在他的城市里行乞，好心的先生。"老人用嘶哑的声音说道，"我们在街道上有碍观瞻。他一旦发现了我们，就会把我们送回农村。"

"你说得太多了！"年轻人警告道，他惊恐的表情显示他很想马上抛下老人溜之大吉。

老乞丐还不打算停下。"是的，好心的先生，我们绝对不能让他给抓住。我们必须躲到城外。"

"城外？"拉森追问道。

"您知道的，凯伊城不是这里唯一的城市，曾经有四座城市围绕着伊岚翠，但是其他三个都渐渐没落了。他们说是因为人多地少粮食不足。我们通常都躲在废墟中。"

"人多吗？"拉森问。

"不，不多，只有那些有胆量逃出农庄的人。"老人的眼神看起来有些恍惚，"好心的先生，我不是生来就当乞丐的，好心的先生。我原来在伊岚翠有工作，是个木匠，顶尖的好木匠。但我不是个好农民。国王犯了个错误，好心的先生，他把我送到农田里，但是我的年纪已经太大了没办法干活，所以只好逃跑，来到这儿。城里的商贩有时会给我们钱，但我们只有在入夜后才能行乞，也从来不敢向贵族老爷们乞讨。不行，先生，他们会告诉国王的。"

老人眯着眼睛看着拉森，似乎意识到男孩最初为什么这么忧虑。"您看起来不太像一个商人，好心的先生。"他犹疑地说道。

"我不是，"拉森边回答，边把一袋钱币放在老人手上，"这是给你的。"然后他又放上了第二袋。"这是给其他人的。晚安，老人家。"

"多谢你呀，好心的先生！"老人哭道。

"你要感谢的是杰德斯。"拉森说。

"杰德斯是谁，好心的先生？"

拉森略一点头。"很快你就会知道的，老人家。无论以何种方式，迟早会知道的。"

伊岚翠城墙上的风势强劲迅猛，欢快地抽打着拉森的斗篷。这是一股冰冷的海风，带着海水和海中生物的咸腥味。拉森站在两个熊熊燃烧的火把之间，斜倚在护墙上遥望整座凯伊城。

和曾经人口众多的伊岚翠相比，这座城市并不算大，但其防护能力却远远不如伊岚翠。他那久远的不满又再度浮现，他痛恨待在一个无法自保的城市。这个任务带给他如此大的压力，也许有部分原因就是这个。

凯伊城此时已经是灯火通明，其中大部分是路灯，包括那些标志着城市正式边界的矮墙上的点点灯光。

这些城墙交汇形成了一个完美的圆。它是如此完美，事实上，如果这番景象出现在其他城市，拉森一定会对它大加赞赏。而在这里，它只不过是另一个伊岚翠昔日荣光的遗迹。凯伊城早已向外扩张了很多，然而这古老的边界却依然保留着，那一圈火光依然围绕着城市的中心闪耀。

"以前这里更加漂亮。"一个声音从他身后传来。

拉森惊讶地转过身。他已经听见有脚步声靠近，但他还以为是某个守卫在周围巡逻。而他看到的却是一个穿着朴素灰袍、又矮又秃的阿雷伦人。讴明，苏·珂拉西教派在凯伊城的领袖。

讴明走向城墙的边缘，停在拉森身边，研究着这座城市。"的确，只要伊岚翠人依然是这里的统治者，一切都会回来的。这座城市的倾覆对我们的灵魂来说也许是件好事。然而，我还是不禁心怀敬畏地回忆往日时光。你发现了么，整个阿雷伦里没人挨饿？因为伊岚翠人能够把石头变成粮食、把尘埃化为肉排。正视这些记忆，我变得十分好奇。魔鬼怎么会为世界做这么多的好事？魔鬼会愿意做这种事吗？"

拉森没有回答。他只是站在那里，双臂交叉放在护墙上，海风拂动着他的头发。讴明也归于沉默。

"你是怎么找到我的？"拉森终于问道。

"众所周知，你晚上喜欢待在这里。"矮胖的教士解释道。他的手臂几乎无法够到护墙。拉森还以为迪拉弗算得矮了，但和这人一比，仪祭简直是个巨人。"你的支持者们说，你来这里是为了计划如何对付邪恶的伊岚翠人。"讴明继续说道，"而你的敌人却说，你来这里是出于内心的负罪感，因为你毫无怜悯地声讨那些已经受诅咒的人们。"

拉森转过身，低头直视这个小个子的双眼。"那你怎么认为？"

"我什么都不会说的。"讴明说道，"拉森，我并不关心你为何会爬上这楼梯，不过，我真的很好奇，当你内心其实是同情那些伊岚翠人的时候，你怎么能做到四处宣扬对他们的仇恨呢？"

拉森并没有急于回答，只是用戴着护甲的手指不停地敲击着石头护墙。"这并不太难，只要你习惯就好。"他最后说道，"只要你想你就能做到，尤其当你相信这是为了成就更大的善。"

"牺牲少数人的性命，来拯救大多数人吗？"讴明的脸上露出一丝嘲讽的微笑，仿佛已经发现了这一观点的可笑之处。

"你最好放尊重点，阿雷伦人。"拉森警告道，"你别无选择，而且我们都很清楚，为了把伤害降到最低，你会做出和我一样的举动来。"

"宣扬对我本不仇恨的东西的仇恨？我永远不会这么做的，拉森。"

"那你永远成不了大事。"拉森简单地说道。

"那么，一定要这么做吗？"

"苏·珂拉西教派太驯顺畏缩了，教士。"拉森说道，"而德雷西教派则充满野性和活力。就像咆哮的激流冲进一潭死水，它会把你踢出局。"

讴明又笑了起来。"你似乎在说，只有能坚持到最后的才是真理，拉森。"

"我并不是在谈论真理或谬误，我只是在谈论不可避免的现实。你们绝对不可能抵挡得住斐优旦，而只要是斐优旦统治的地方，就会有苏·德雷西教派在传播。"

"拉森，没有人能把真理和行为分开。"讴明摇着他的秃头说道，"无论现实能否避免，真理永远在一切之上。无关谁的军事实力更强大、谁的宗教传播的时间最长，或谁拥有最多的教士。真理也许会暂时被压制，但总会浮出水面。你永远都恐吓不了真理。"

"那要是苏·德雷西教派就是真理呢？"拉森追问道。

"这是一个普遍的观点。"讴明说，"但我不是来和你辩论的。"

"哦？"拉森扬起眉毛。

"是的。"讴明说，"我是来问你一个问题的。"

"那么问吧，教士，然后就立刻离开。"

"我想知道发生了什么。"讴明推测道，"发生了什么，拉森？你的信仰出了什么问题？"

"我的信仰？"拉森震惊地反问道。

"是的。"讴明轻声漫语道，"你必定笃信某个观点，不然你就不会一直坚持到成为枢机主祭。然而，最近你把它遗失了。我曾经听过你传教，我听到的是逻辑和条理以及透彻的理解，当然还有坚定的决心。但我从中就是听不出你的信仰，而我想知道你的信仰出了什么问题。"

拉森从牙缝间慢慢地深吸了一口气。"走开。"他下达了最后通牒，甚至不愿再看那教士一眼。

讴明没有回答。拉森转过身去，发现这位阿雷伦人已然离去，踏着闲散的步伐踱下城墙，似乎根本忘了拉森的存在。

那个晚上，拉森在城墙上站了很久很久。

第二十二章

雷奥登亦步亦趋地前进，小心地从拐角探出头来。他本该大汗淋漓的——事实上并没有，但他还是不断地抬起手来擦他的额头，虽然这个动作只会让伊岚翠的烂泥涂满他的额头罢了。当他蜷缩在腐烂的木围栏边上，焦虑地搜寻着十字路口潜在的危险时，他的膝盖紧张得直哆嗦。

"苏雷，你的后面！"

在加拉顿的警告下，雷奥登吃惊地转过头，被泥泞的卵石路滑了一下，然后摔倒在地。这一摔救了他一命。当他踉跄着想要抓住什么的时候，雷奥登感到有什么东西"嗖"的一下从他头顶掠过，然后，腐朽的木片在空中分崩离析。突然冲出的疯子沮丧地嚎叫着，他错过了目标，只砸碎了篱笆。

雷奥登挣扎着站起来，但疯子的行动快得多。这个几乎衣不蔽体的秃子，就像一只发狂的猎犬般咆哮撕扯着剩下的围栏，向他扑来。

加拉顿扔出的木板正好砸中疯子的脸。趁他头昏脑涨之际，加拉顿抓起一块卵石，就往那人的脑门上砸。然后，那个疯子就轰然倒地，再也没有起来。

加拉顿挺直了身板。"不知为什么，他们好像变得更强悍了，苏雷。"他扔掉手上的鹅卵石，说道，"他们似乎连疼痛的感觉也没有，可啰？"

雷奥登点点头，让自己渐渐冷静下来。"他们已经有好几周没能抓住一个新来者了。他们变得越来越绝望，越来越像失去理智的野兽。我曾听说，战士们在战斗中一旦被真正激怒，甚至会不顾最致命的伤口拼命进攻。"雷奥登停了下来，看着加拉顿用一根棍子戳着那个偷袭者的身体，以确定他没有装死。

"也许他们发现了抑止疼痛的终极奥秘。"雷奥登平静地说道。

"他们只是屈从于人性的弱点而已。"加拉顿摇着头说道，他们正悄悄向伊岚翠曾经的市场区进发。他们路过成堆刻着符文的废铜碎陶，这些破烂曾经能产生神奇的魔力，每一个都价值连城。而现在它们只不过是一堆雷奥登需要避开的障碍物，不然它们就会在他脚下吱嘎作响。

"我们应该带邵林来的。"加拉顿小声嘟囔着。

雷奥登摇摇头，"邵林是一个优秀的士兵，也是个好人；但他完全没有潜行的天分，即使是我都能听到他靠近的声音。而且，他会坚持要带上一群人马。他不相信我能保护好自己。"

加拉顿瞥了地上的疯人一眼，然后回过头轻蔑地看着雷奥登。"随你怎么说吧，苏雷。"

雷奥登微露笑意。"好吧，"他承认道，"也许他会很有用。然而，他的手下会坚持对我过度保护。老实说，我还以为自从离开我父亲的王宫后，就再也不会碰到这种事情了呢。"

"人们会保护他们认为重要的东西。"加拉顿耸耸肩说，"如果你不愿如此，就不该让自己如此无可替代，可啰？"

"算你有道理。"雷奥登叹了一口气说，"走吧。"

于是，他们安静地继续前行。当雷奥登向加拉顿解释潜入市场区，与夏尔当面对峙的计划时，他反对了好几个小时。这个杜拉德人声称这是一个有勇无谋、毫无意义、异常危险，而且根本愚蠢透顶的计划。然而，他并没有让雷奥登独自前来。

雷奥登知道加拉顿很可能说得没错。夏尔的手下肯定会立刻想把他们撕成碎片——考虑到他们现在的精神状况的话，根本可以把"想"这个词都省了。然而，在最近的一周里，夏尔的手下曾经企图攻占花园超过三次了。邵林的卫兵所受的伤越来越多，而夏尔手下的疯狂残暴却变本加厉了。

雷奥登摇了摇头，虽然他的队伍在逐渐壮大，但他的大部分追随者在体力上处于弱势。而夏尔的手下却强壮得令人害怕——他们都曾是战士。他们的愤怒给予他们力量，雷奥登的追随者们已经抵挡不住了。

雷奥登必须找到夏尔。只要能和这个人说上话，他相信他们能够达成和解。据说夏尔本人从不参加抢夺。每个人都称那伙人为"夏尔的手下"，但几乎没人见过夏尔的真面目。当然，夏尔很可能只是另一个疯子，和其他人没什么区别。这个人也可能在很久以前就加入了霍伊德的行列，而整个帮派则在群龙无首的情况下继续为非作歹。

然而，某些迹象让雷奥登相信，夏尔还活着。或许，这只是雷奥登的一厢情愿罢了。雷奥登需要一个与之对抗的敌手；那些疯子太分散了，无法有效地溃击他们，而且他们的人数大大超过了雷奥登手下的士兵。除非夏尔真的存在，除非夏尔能被说动，除非夏尔还能控制他的手下，否则雷奥登的团队就有大麻烦了。

"我们快到了。"当他们靠近最后一条街道时，加拉顿低语道。对面有些动静，所以他们谨慎地停下来，直到响动过去。

"银行。"加拉顿朝街对面的一栋大型建筑点点头。那是一栋方方正正的巨大建筑，墙壁比一般的烂泥墙更黑更脏。"伊岚翠人建造这个地方给当地的商人保管财富。那时伊岚翠的银行远比凯伊城的安全。"

雷奥登点点头。有些商人，比如他父亲，并不信赖伊岚翠人。他们坚持把财产存在城外，最终事实证明这个决定是明智的。"你认为夏尔就住在这儿？"

加拉顿耸耸肩。"如果让我选择一个总部的话，我就选这里。足够大，好防守，又有气势。对一个军阀来说简直是完美的。"

雷奥登点点头。"那我们就走吧。"

银行里肯定充满了人。前门周围的污泥被频繁往来的脚步磨得干干净净，他们还能听到从建筑物后面传来的声音。加拉顿询问地看看雷奥登，雷奥登点点头。然后他们进入其中。

银行的里面和外面一样灰扑扑的——即使是在倾覆的伊岚翠，依然够得上陈旧脏乱。金库的大门敞开着，周围刻着一圈繁复的符文，声音就是从里面传来的。雷奥登深吸一口气，准备面对这最后一个帮派首领。

"给我食物！"一个尖锐的声音抱怨道。

雷奥登呆住了。他伸长了脖子偷偷往金库里面看去，然后惊讶地缩了回来。在房间的后部，坐在一堆如金条般熠熠生辉的东西上，那是一个穿着崭新整洁的粉色裙子的小女孩。她拥有一头长长的艾欧式金发，但她的皮肤和其他伊岚翠人一样灰黑相间。八个衣衫褴褛的男人跪在她面前，崇拜地伸出他们的手臂。

"给我食物！"女孩再次要求道。

"好吧，砍了我的头，把我送去见杜罗肯吧。"加拉顿在他身后咒骂道，"这是什么鬼东西啊？"

"夏尔。"雷奥登惊讶地脱口而出。然后他定睛一看，意识到那个女孩也在盯着他看。

"杀掉他们！"她尖叫道。

"我主保佑！"雷奥登大喊着四处乱转，最终夺门而出。

"如果你不是已经死了，苏雷，我真想杀了你。"加拉顿说道。

雷奥登点点头，疲惫地靠在墙上。他变得越来越虚弱了。加拉顿曾经警告过他——伊岚翠人的肌肉在第一个月的末尾会萎缩得很厉害，再多的锻炼也无法阻止。虽然意识还很清醒，肉体也未腐烂，他们的躯体还是渐渐变得死气沉沉。

还是老把戏最好用——他们爬上一堵断壁残垣，然后躲到屋顶上，终于甩掉了夏尔的手下。这些疯人像猎狗一样凶猛，但是他们肯定没有猎狗那么好的嗅觉。他们路过雷奥登和加拉顿躲藏的地方五六次，从没想过要抬头看看。这些人很有激情，但却不够机灵。

"夏尔只是一个小女孩。"雷奥登还是感到十分震惊。

加拉顿耸了一下肩。"我也不能理解，苏雷。"

"哦，我明白了——但我还是不敢相信。难道你没看见他们跪在她面前吗？那个女孩，夏尔，是他们的神——一个活的偶像。他们退化到了原始社会，因此也开始信奉原始的宗教。"

"小心点，苏雷。"加拉顿警告道，"很多人把杰斯科秘教也叫作'原始的宗教'。"

"好吧。"雷奥登说着，挥挥手示意他们应该继续行动了。"也许我该称它为'简单的信仰'。他们找到一个与众不同的东西——一个有着长长金发的小孩——然后决定要崇拜她。他们把她供上神坛，然后她可以对他们下任何命令。女孩想要食物，他们就设法给她弄食物。她就会做做样子祝福他们。"

"那头发是怎么回事？"

"只是假发而已。"雷奥登说，"我认识她。她是阿雷伦最有钱的一个公爵的女儿。她从没长过头发，所以她父亲就让人为她做了一顶假发。我猜教士们在把她丢进来之前，没想到要把它拿下来。"

"她是什么时候被宵得术法选中的？"

"两年多前，"雷奥登说，"她的父亲，特瑞伊公爵，设法不透露一点风声。他一直宣称她死于多尼亚症（dionia），但是关于这件事的传闻却很多。"

"显然这些传闻都是真的。"

"显然，"雷奥登摇摇头说，"我只见过她几次。我甚至记不起她的名字——只知道它源自符文艾欧·索（Aon Soi）。索妮（Soine）或类似的名字——我只记得她是我见过的最难以忍受的、被宠坏的小孩。"

"也许是块当女神的料。"加拉顿说着，做了一个挖苦的鬼脸。

"至少有一件事你是对的，"雷奥登说，"和夏尔谈判是没有意义的。她在外面时就不讲道理，现在她可能还要坏十倍。她只知道她非常饿，而那些人会给她弄来食物。"

"晚上好，大人。"当他们转过一个拐角，接近自己的地盘时，一个哨兵问候道。人们开始称他们的地盘为新伊岚翠（New Elantris）。这个哨兵名叫迪奥（Dion），是个粗壮的小伙子，当雷奥登接近时，他正站在高处，紧紧握住他的简易长矛。"您的突然失踪让邵林队长很担心呢。"

雷奥登点点头。"我肯定会去道歉的，迪奥。"

雷奥登和加拉顿脱下他们的鞋子，把它和其他脏鞋子一起放在墙边，然后再换上事先准备好的干净鞋子。旁边还有一桶水，用来尽可能地洗掉身上的烂泥。他们的衣服还是很脏，但他们也别无他法；尽管雷奥登搜集到了数目可观的有用之物，衣服还是很缺。

他们找到的东西数量惊人。当然，大多数已经生锈或正在腐烂，但是伊岚翠很大。靠着良好的组织协调和积极的行动力，他们找到了许多可用的东西，从金属矛头到还能放点东西的家具。

在邵林的帮助下，雷奥登从城里划出一小块容易防守的区域作为新伊岚翠。只有十一条街道通向这一地区，甚至还有一堵矮墙把大半块地区都围了起来，他们完全不知道这墙本来是干什么用的。雷奥登在每一个街口都布置了哨兵，能够察觉任何靠近的掠夺者。

这个系统让他们免于崩溃。幸运的是，夏尔的手下习惯以小分队的方式发动攻击。只要雷奥登的守卫足够警惕，他们就能集合起来击溃任何一个小团队。然而，如果夏尔组织一场更大的多方进攻，结果就是灾难性的。雷奥登手下的那些老弱妇孺绝对抵挡不住那些野兽。邵林已经开始教那些有能力的人一些简单的战斗技巧，但他只能运用那些最安全、最基础的训练方式。以免他们训练对战时造成比被夏尔的手下攻击还要严重的伤害。

然而，人们并不认为战况会如此严峻。雷奥登听到他们是这么谈论他的——他们认为"性灵大师"会想办法说服夏尔加入他们，就像他对付安登和卡拉妲那样。

当他们走向礼拜堂时，雷奥登开始感到不舒服，他身上的几十处瘀擦伤变得更加疼痛了，压得他快要窒息了。仿佛整个身体都被炽热的火焰包裹着——他的血肉、骨头和灵魂都在烈焰中燃烧殆尽。

"我辜负了他们。"雷奥登小声说道。

加拉顿摇摇头。"我们不可能每次都一击必中，可啰？你会找到办法的——我原先根本没想到你能走到现在这一步。"

我只是侥幸而已。一个幸运的傻瓜。当痛苦再次重击雷奥登时，他想着。

"苏雷？"加拉顿突然关切地看着他说，"你还好吧？"

我必须变强。他们需要我变得更强。雷奥登在内心发出一声反抗的嚎叫，努力驱散痛苦的迷雾，挤出一个虚弱的微笑。"我很好。"

"我从没见你这样过，苏雷。"

雷奥登摇摇头，靠在附近一栋建筑的石墙上。"我没事——我只是在思考该拿夏尔怎么办。我们没法跟她讲道理，也没法用蛮力打败她的人马……"

"你总会想出些办法的。"加拉顿说道，为了鼓励同伴振作，他甚至收起了他惯常的悲观态度。

不然我们就全都得死，雷奥登想着。他的手紧紧握住墙角。这次是真的会死。

雷奥登叹了一口气，从墙面上把身子撑起来。碎石在他的指间纷纷落下。他转过身诧异地看看墙面。卡哈刚刚才把这里弄干净，白色的大理石在阳光下熠熠生辉，除了雷奥登用手指捏碎的那一部分。

"你比你想象的要厉害吧？"加拉顿傻笑着说。

雷奥登扬起眉毛，用手掌轻拂过破损的石块，它们很快就化成了粉末。"这石头和火山浮岩一样松！"

"在伊岚翠。"加拉顿说，"任何东西都会很快腐朽。"

"是的，但这可是大理石啊！"

"不管是什么东西都一样，包括人。"

雷奥登捡起另一块岩石敲了敲已经破碎的石头，在撞击下，大量的石屑和碎片纷纷落地。"这些事情之间一定有某种联系，加拉顿。铎一定和伊岚翠有什么关联，就像铎和阿雷伦之间一样。"

"但是铎为什么会这么做，苏雷？"加拉顿摇摇头问，"为什么要摧毁这座城市？"

"也许不是铎干的，"雷奥登说，"也许是因为铎突然消失了。伊岚翠的魔法——也就是铎，曾经是这座城市的一部分。那时每一块石头都会发出自己独特的光芒。当这种力量突然消失时，整座城市就变成了一具空壳，就像爬行动物蜕下来的皮一样。这些石头是空的。"

"一块石头怎么会是空的呢？"加拉顿怀疑地问道。

雷奥登敲了敲另一块大理石，并在指间把它捏碎。"就像这样，我的朋友。这些石头长期被铎填满着，所以一旦灾罚降临，它们就变得脆弱不堪，且无可挽回。现在，这座城市是一具彻彻底底的尸体——因为它的灵魂已然失却。"

讨论被筋疲力尽的玛睿希打断了。"性灵大师！"他边跑边急切地说道。

"怎么了？"雷奥登担心地问道，"他们又来进攻了？"

玛睿希摇摇头，眼中充满着困惑。"不，是别的事情，大人。我们不知道该怎么办。我们被入侵了。"

"被谁入侵了？"

玛睿希欲笑还休，最后耸了耸肩。"我们认为她是个王妃。"

雷奥登蹲在屋顶上，加拉顿紧随其后。这幢楼房已经被他们改造成了瞭望台，用来观察城门口是否有新来者到来。从这个有利地势，他能够纵览广场上发生的所有事情。

伊岚翠的城墙顶上聚集着一群人。而城门是敞开的，光凭这点就够让人惊奇的了，在平常，只要新人一被扔进来，城门就会立即关闭，仿佛就是让它多开一会儿都让那些守卫感到害怕。

然而，洞开的城门前的景象更让人瞠目结舌。一辆巨型马车停在广场的正中央，而一群衣着鲜亮的人则缩在车旁。只有一个人对面前的一切毫不畏惧——一个有着长长金发的高个女子。她穿着光滑的棕色连身长裙，右手臂上系着一根黑丝巾。她就站在那里，不时伸出手拍拍其中一匹马的脖子，安慰着这匹紧张的动物。她尖削的脸庞上有着一双精明强干的眼睛，用一种精于算计的表情研究着这个肮脏泥泞的广场。

雷奥登大惊。"我只通过侍灵见过她。"他喃喃自语道，"我从不知道她有这么美。"

"你认识她，苏雷？"加拉顿吃惊地问道。

"我……我想我已经和她结婚了。那只可能是莎瑞娜，泰奥德伊凡提奥王的女儿。"

"她在这里干吗？"加拉顿问道。

"我认为更重要的是，"雷奥登说，"她和几十个全阿雷伦最有影响力的贵族在这里干吗？后面那个年纪大的是罗艾奥公爵——他在这个国家中可是一人之下万人之上的人物。"

加拉顿点点头。"那我猜那个年轻的津多贵族就是舒顿，卡埃庄园（Kaa Plantation）的男爵？"

雷奥登露出笑容。"我还以为你只是个农民呢。"

"舒顿的商队会直接横穿杜拉德的中心地区，苏雷，只要是活着的杜拉德人都知道他的名号。"

"啊，"雷奥登说，"埃汉伯爵和伊翁德也在这里。以我主之名，这个女人到底在计划些什么？"

似乎是对雷奥登问题的回应，莎瑞娜王妃停止了对伊岚翠的审视。她转过身，走到马车的后部，不耐烦地用手挡开那些关心她的贵族们。然后她伸出手，揭开了覆盖在马车后部的一块布，露出了下面的东西。

一马车堆得满满的食物。

"我主在上！"雷奥登咒骂道，"加拉顿，我们有麻烦了。"

加拉顿看着他，眉头紧锁，眼中充满了饥渴。"以杜罗肯之名，你到底在说什么胡话，苏雷？那是食物，而且我的直觉告诉我，她会把它们分送给我们。这有什么不好的吗？"

"这一定是她的'寡妇的考验'。"雷奥登说，"只有外乡人才会想到伊岚翠来做这些。"

"苏雷，"加拉顿立即回应道，"告诉我你正在想什么。"

"她来得太不巧了，加拉顿。"雷奥登解释道，"我们的人刚刚开始有了点独立自主的感觉，他们刚刚开始重视未来，并且忘记他们肉体的痛苦。如果有人现在给他们食物，他们就会忘记其他的一切。在短期内他们的确能填饱肚子，但是'寡妇的考验'只会持续几个星期。之后，痛苦、饥饿和自怨自艾就会卷土重来。我的王妃可能会把我们为之努力的一切都轻易毁灭。"

"你说得没错，"加拉顿恍然大悟，"在看到这些食物以前，我几乎都快忘了饥饿是怎么一回事。"

雷奥登懊恼地哀嚎一声。

"怎么了？"

"如果夏尔听说这件事的话会怎么办？她的手下会像群饿狼般猛烈攻击马车。没人知道万一他们杀了一两个伯爵、男爵的话，会造成什么严重的后果；我父亲容忍伊岚翠，只是因为他不愿为它多费心。然而，如果伊岚翠人杀了他的一个贵族的话，情况就不同了，他很可能会决心把我们赶尽杀绝。"

人群开始从广场四周的小巷里慢慢涌出。没人看起来像是夏尔的手下，他们都是那类疲惫而可怜的伊岚翠人，他们仍旧独自生活，像幽灵一样在城市里游荡。他们中有越来越多的人已经加入到雷奥登的团队中，但是现在有了免费的食物，他永远都没法争取到剩下的这些人了。他们会继续浑浑噩噩，迷失在他们自己的痛苦和诅咒中。

"哦，我可爱的王妃，"雷奥登低语道，"你的初衷也许是好的，但给这些人食物是一种最糟糕的表达方式。"

玛睿希在楼梯底下等着。"你们看见她了吗？"他焦虑地问道。

"我们看见了。"雷奥登回答道。

"她到底想干吗？"

雷奥登还没来得及回答，一个坚毅的女声从广场上传来。"我想和这座城市里的暴君们谈谈——自称为安登、卡拉妲和夏尔的人，请现身。"

"她是从哪里……？"雷奥登惊讶地问道。

"消息真是灵通啊，不是吗？"玛睿希指出。

"虽然还是有点过时。"加拉顿补充道。

雷奥登边磨着牙齿，边快速地思考着。"玛睿希，赶紧派人去通知卡拉妲，告诉她我们在学院区那里碰头。"

"是的，大人。"这个男人招呼过来一个送信的男孩。

"哦，"雷奥登说，"叫邵林也带上一半的兵力到这里和我们会合。他必须盯住夏尔的手下。"

"如果大人愿意的话，我可以亲自去跑趟腿。"玛睿希早就等着这次表现机会了。

"不行，"雷奥登说，"你必须在这里练习假扮安登。"

第二十三章

伊翁德和舒顿都坚持要与她同去。伊翁德一只手总放在剑上，随时待命——他经常会无视阿雷伦的礼仪随身携带武器。此时，他用同样怀疑的眼神审视着他们的向导和伊岚翠城的守卫。那守卫故作轻松，仿佛进入伊岚翠是每天的例行公事。不过，莎瑞娜还是能够感受到他们的焦虑。

一开始，每个人都反对这个计划，因为让莎瑞娜自己作为诱饵进入伊岚翠城的深处，去会见那些暴君，简直令人无法想象。然而，莎瑞娜下定决心要证明这座城市是无害的。如果她想要说服其他贵族进入那扇大家讳莫如深的大门，那么她对于这趟小小的旅行，就不能有丝毫畏缩和迟疑。

"我们快到了。"向导说道，他长得挺高挑的，大概和穿上高跟鞋的莎瑞娜差不多高。他皮肤上灰色的部分看起来比莎瑞娜以前见过的伊岚翠人淡一些，然而，她不知道这表明他之前有着苍白的肤色，还只是表明他刚成为伊岚翠人不久。他有一张鹅蛋脸，在宵得术法毁了他之前，他应该还挺帅的。他以前肯定不是仆人，从他自信满满的步态中就可以看出。莎瑞娜猜测，虽然现在他看上去只是一个无关紧要的信差，但他很有可能是某个伊岚翠帮派老大最信任的得力助手。

"你叫什么名字？"莎瑞娜问道，小心地保持语调中立。这个人属于伊岚翠城三大帮派中的一个，根据阿什的情报，这些帮派像军阀那样统治着这座城市，奴役那些刚刚被扔到城里的新人。

这男人没有立即回答。"他们都叫我'性灵'。"最后他才说道。

很贴切的名字，莎瑞娜想，这个人一定从以前开始就像个鬼魅般苍白飘忽。

他们走近了一幢巨型大楼，那个叫"性灵"的男人告诉她这里以前是伊岚翠的大学。莎瑞娜用挑剔的目光审视着这座建筑。它同样被古怪、棕绿色的烂泥覆盖着，如同这城市的其他部分一样。不管这座建筑曾经有多么辉煌，现在它只不过是另一座废墟而已。当那个向导走进那座大楼时，莎瑞娜迟疑了一下，按照她的判断，他们头顶上的天花板简直是摇摇欲坠了。

她看了伊翁德一眼，老人领会了她的意思，并若有所思地摩挲着下巴。然后，他耸耸肩，对莎瑞娜点了点头，似乎在说，我们到都到这儿了……

于是，莎瑞娜努力不去想那快要分崩离析的天花板，带着她的朋友和士兵走进了大楼。幸运的是，他们不用走得太远，一群伊岚翠人就站在第一个房间的后部，他们肤色晦暗的脸庞在微弱的灯光里几乎看不清。其中有两个人站在一堆像是崩塌桌子的瓦砾上，站得比其他人高几尺，高昂着头，鹤立鸡群的样子。

"安登？"莎瑞娜问道。

"还有卡拉姐。"第二个身影回答道，明显是位女性的声音，虽然她光秃的头顶和爬满皱纹的脸和男人没有多大分别，"你想从我们这里得到什么？"

"以前有人告诉我你们两位应该是敌人。"莎瑞娜怀疑地说。

"我们最近刚刚意识到结盟的好处。"安登回答说。他是一位有着机警眼神的矮小男子，他的小脑袋已经萎缩得如耗子一般。不过，他唯我独尊的傲慢态度和莎瑞娜之前所猜想的差不多。

"那个叫夏尔的头领呢？"莎瑞娜继续发问。

卡拉姐微笑道："这也是之前提到的好处之一。"

"他死了？"

安登点点头。"现在伊岚翠由我们两个统治，王妃。你究竟想要什么？"

莎瑞娜没有立刻回答。她原本计划能挑起三个帮派老大的内斗，然后她再来坐收渔翁之利。然而，面对达成同盟的敌人，她必须采用一种不同的方式介绍自己。"我想要贿赂你们。"她直截了当地说。

那个女首领饶有兴趣地挑起一边眉毛，矮个男人则气呼呼的。

"我们为什么会需要你的贿赂，女人？"

莎瑞娜太会玩这种游戏了，安登这种政治白痴通常会采取漠不关心的态度对待自己不懂的问题。以前在她父亲的外交团队中工作时，经常会碰到这种人——而且她对他们感到非常厌烦。

"听着。"莎瑞娜说，"让我们打开天窗说亮话，冗长的谈判只会浪费时间，你们明显不擅此道。我想要给伊岚翠人发放食物，这样做可能会削弱你们的统治，如果你们打算因此而阻挠我的话，我要劝你们好好想想，到底谁会从我的分发行为中获利，而谁又不会。"

男人不舒服地扭动了一下，莎瑞娜继续微笑道："这就是我要贿赂你们的原因。你们想要开价多少，才能让人民可以自由获取食物？"

安登犹豫了，明显不知道该如何继续，一边的女子却异常坚定地说："你有纸可以写下我们的要求吗？"

"我有。"莎瑞娜说着，向舒顿做了个手势，请他摆好纸和炭笔。

名单很长，甚至比莎瑞娜想的还要长。她本来猜测他们可能会索要武器，甚至是金子。然而，卡拉姐的要求却从衣物开始，接着是各类谷物、金属薄板、木条、稻草，最后以油脂收尾。其中传达的信息很清楚——统治伊岚翠人靠的不是武力或财富，而是控制住他们的基本需求。

莎瑞娜爽快地答应了这些条件。如果她这次只需要对付安登，她就会想法压低贿赂条件，可这个卡拉姐是个直接、坚定的女子——这种人没有耐心和你讨价还价。

"这就是所有的条件吗？"当舒顿写下最后的要求时，莎瑞娜问道。

"开始几天应该够了。"卡拉姐答道。

莎瑞娜眯起眼睛。"好，但是我有条规矩你们必须遵守，你们不能禁止任何人来广场。你们依然可以随心所欲地统治这里，但至少让这些人吃饱。"

"我向你保证，"卡拉姐说，"我不会赶走任何一个人。"

莎瑞娜点点头，示意会议结束。卡拉姐派另一位向导带他们走回门口——这次不是"性灵"。当莎瑞娜离开大楼时，看到他正站在那两位"暴君"的身后。

"我演得够好吗，大人？" 玛睿希急切地问。

"玛睿希，你演得简直是完美。"雷奥登回答道，满意地看着他的王妃离开。

玛睿希谦逊地微笑道："噢，大人，我尽力了。我并没有太多演戏的经验，但是我想我成功扮演了一位既权威又吓人的领袖。"

雷奥登与卡拉姐的目光对接。这位原本严肃的女人正努力不笑出声来，因为那个自大工匠的表演离完美差远了，既不权威也不吓人。伊岚翠城外的人们都把这座城市看作是一个没有秩序的国度，被残酷又卑鄙的暴君统治着。玛睿希和卡拉姐扮演的正是王妃和她的同伴想要看到的东西。

"她起疑心了，苏雷。"加拉顿从房间的阴影里走出来，指出。

"没错，但是她并不知道哪里出了问题。"雷奥登说，"就让她怀疑'安登'和卡拉妲正在和她耍花招吧，这没什么关系。"

加拉顿微微摇了摇头，他的光脑袋在微弱的光线下闪耀着。"为什么要这样做？为什么不带她去教堂，让她看看我们真正的样子？"

"我也想，加拉顿，"雷奥登说，"但是我们承受不起秘密泄露的后果。阿雷伦的人民能容忍伊岚翠是因为伊岚翠人太可怜了，如果他们发现我们正在建立一个文明社会，他们的恐惧就会浮上水面了。一堆只会哀嚎的废物是一回事，一个杀不死的怪物军团又是另外一回事了。"

卡拉妲点点头，没有再说什么。加拉顿这个永远的怀疑论者，只是简单地摇摇头——仿佛他还不确定要怀疑些什么。

"好吧，她的确很有决心，可啰？"他最终如此评价莎瑞娜。

"的确有很决心。"雷奥登表示同意，然后，自嘲地继续说，"而且我不认为她喜欢我。"

"她认为你是暴君的走狗。"卡拉妲指出，"难道她应该喜欢你吗？"

"没错。"雷奥登说，"不过，我想在我们的规则中再多加一条：我能够参加她的所有发放活动。我要注意着点我们好心的王妃——我认为她不是那种做事情毫无理由的人，而且我一直在思考，为什么她决定在伊岚翠进行她的试炼呢？"

"事情进行得挺顺利的。" 伊翁德看着向导消失在伊岚翠城门之后，说。

"全身而退，"舒顿同意道，"他们的要求也并不高。"

莎瑞娜微微点头，手指摩挲着货车的木头边缘，"我只是讨厌与那种人打交道。"

"你对他们太严苛了，"舒顿说，"他们看起来不像暴君，倒像一群可怜人努力设法在困苦的环境中生存下去。"

莎瑞娜摇摇头，"你应该听听阿什告诉我的那些故事，舒顿。守卫说，当有新伊岚翠人被扔进城里时，那些帮派分子就会像闻到血腥味的鲨鱼一样攻击他们。那些少得可怜的资源最后都落入头领的腰包里，其他人则在饿死的边缘挣扎。"

舒顿挑起一边眉毛，打量着伊岚翠护卫队，莎瑞娜的消息来源。这群人懒散地靠在他们的长矛上，用兴趣缺缺的眼神看着贵族们从车上卸下货物。

"好吧，"莎瑞娜承认道，爬上货车，递给舒顿一箱蔬菜。"也许他们不是最可靠的消息来源，但是现在证据就摆在我们眼前。"她向那些聚集在街边的瘦弱身影挥手。

"看看他们空洞的眼神和不安的步伐。他们是一群活在恐惧中的人，舒顿。我曾经在斐优旦、哈维尔，还有许许多多的地方看到过这样的情形，我知道被压迫的人民是什么样子的。"

"没错。"舒顿承认道，并从莎瑞娜手里接过箱子，"但是，在我看来，这些'头领'也没有好到哪里去。也许他们并不是压迫别人的人，只是像其他人一样受到压迫而已。"

"或许吧。"莎瑞娜说。

"殿下。"当莎瑞娜搬起另外一只箱子准备交给舒顿时，伊翁德开口了，"我希望你能退开一步，让我们来处理就可以了。你这样做不太合适。"

"没关系的，伊翁德。"莎瑞娜边说边把一只箱子交给他。

"我不带仆人来的原因就是——我希望我们全都能亲力亲为。这也包括你，大人。"莎瑞娜补充道，并对埃汉点头示意，那个人刚在门旁找了块阴凉处准备休息。

埃汉叹了口气，重新站起身，蹒跚地走到太阳底下。今天的气温对于早春而言，实在是太热了，太阳在大家的头顶上肆无忌惮——即便如此，这艳阳还是没能晒干那无处不在的伊岚翠烂泥。

"我希望你会感激我的牺牲，莎瑞娜。"肥胖的埃汉大喊道，"这些烂泥早就把我的披风毁了。"

"活该。"莎瑞娜说着，交给伯爵一箱熟马铃薯，"我早就跟你说过要穿便宜点的衣服来这里了。"

"亲爱的，我没有便宜的东西。"埃汉回答道，一脸不悦地接过箱子。

"你是说你穿去参加尼奥登（Neoden）婚礼的那件长袍真是你用钱买的？"罗艾奥笑着靠近他们，插话道，"我都不知道这世界上居然还有那种橘黄色呢，埃汉。"

伯爵皱着眉，用尽全力地把箱子搬到货车前面去。莎瑞娜没给罗艾奥任何一只箱子，而他也没有上前去拿。几天前，宫廷里的大新闻就是有人注意到公爵走起路来一跛一跛的。谣言说他在某天早晨起床时摔断了腿，罗艾奥活泼的性格经常会让人忽略一个事实——他已经老了。

莎瑞娜有节奏地来回搬运着箱子——这让她没能及时注意到有位新朋友加入了他们的行列。在最后还剩下几只箱子的时候，她突然抬起头来看了一眼接箱子的人。当她认出他的脸时，吓得箱子差点掉到了地上。

"是你！"她惊讶地说道。

　　这个叫做"性灵"的伊岚翠人微笑着，从震惊的她手中接过箱子。"我还在想，你到底要过多久才会发现我在这里。"

　　"你在这里多久了？"

　　"大概十分钟吧，"他回答道，"我在你开始卸货的时候就到了。"

　　"性灵"搬起箱子，把它和其他的那些堆在一起。莎瑞娜站在货车上，陷入一种无声的麻木惊慌状态——她刚才一定是把他的黑手看成舒顿棕色的手了。

　　有个人在莎瑞娜面前清了清喉咙，然后她惊慌地发现是伊翁德在她面前等箱子。她急急忙忙地递过一只。

　　"他为什么会在这里？"她边说边把箱子丢到伊翁德的手上。

　　"他说是他的主人命令他来这里监督分发的。显然，安登相信你的程度大概就跟你相信他的差不多。"

　　莎瑞娜递出最后两只箱子后，就跳下货车。她落地时没站稳，脚在烂泥里一滑，突然向后倾倒，她紧张得一边挥手，一边大叫。

　　幸好，有双手抓住她，然后把她扶起来。"小心点，""性灵"的声音从身后响起，"在伊岚翠行走，需要一点时间适应。"

　　莎瑞娜将她的手臂从那双帮忙的手中抽回。"谢谢你。"她用一种非常不像公主的语气喃喃道。

　　"性灵"抬了抬眉毛，然后站到阿雷伦贵族们的身旁。莎瑞娜叹了口气，搓着刚才被"性灵"触碰过的手肘。不知道为什么，他的碰触似乎带着一种古怪的轻柔。莎瑞娜摇摇头，赶走这些奇怪的念头。还有更重要的事情需要引起她的注意——伊岚翠人并没有靠近。

　　那些人开始越聚越多，大概有五十个，像是鸟一般迟疑地聚集在阴影中。有些看起来明显是小孩子，但是大多数人看不出年纪：伊岚翠人那皱巴巴的皮肤让他们看起来都如罗艾奥一样老。而且，他们中没有人敢接近食物。

　　"他们为什么不过来？"莎瑞娜困惑地问道。

　　"他们太害怕了。""性灵"回答说，"还有，不信任。这么多食物看起来就像幻觉一样——像是魔鬼在他们心中玩过无数次的把戏。"他轻柔地说着，甚至带有一点同情。他的言语听起来不像是出自专制的军阀。

　　"性灵"屈身从货车里选了一根萝卜，轻轻地握住它，看着它，像是不确定它是真的一样。他的眼中闪烁着饥饿——这样的眼神只有好几个礼拜没吃过一顿正餐的人才会有。莎瑞娜这才发现，虽然他可能身处高位，但他也和其他伊岚翠人一样饱受饥饿之苦，尽管如此，刚才他还是很有耐心地帮助大家卸下许多的货物。

"性灵"最后终于拿起萝卜，咬了一口。蔬菜在他嘴中碎裂，莎瑞娜可以想象那是一种什么滋味——又生又苦。但是，在他眼中所反映出的却是一顿大餐。

"性灵"的动作就像是给其他伊岚翠人下了一道许可令，人群向前涌来。这时，伊岚翠的护卫队终于打起精神，他们很快地在莎瑞娜和其他贵族身旁围成圈，长矛尖端威胁地向外伸出。

"在箱子前面留点空间出来。"莎瑞娜命令护卫们。

护卫们在箱子前散开，让伊岚翠人可以接触到食物，莎瑞娜和贵族们站在箱子后面，分发食物给那些筋疲力尽的哀求者。即使是埃汉，也不再抱怨更多，而是在一种严肃的沉默中分发着食物。莎瑞娜看着他递了一袋食物给一个应该是小女孩的人——她的头已经秃了，嘴唇上爬满了皱纹。小女孩回应他一个不相称的天真微笑，接着蹦蹦跳跳地走开了。埃汉停了一会儿，才又继续他的工作。

这个计划看来行得通，莎瑞娜宽慰地想道。如果她能感动埃汉，那她也就有可能感动全宫廷的人来做一样的事情。

当她工作时，莎瑞娜注意到"性灵"就站在人群的后方。"性灵"好像在研究她，他的手若有所思地托着下巴。他看起来……很担心。但是为什么？他在担心什么呢？接着，当她和他的眼眸对视时，莎瑞娜知道她发现真相了。他不是走狗，他才是领导者。而且可能是为了某些原因，他觉得自己需要对她隐藏这个事实。

所以，莎瑞娜对那些试图在她面前隐藏真相的人做了她平常一直会做的事——她会尝试找出他们在隐藏什么。

"他不是寻常人物，阿什。"莎瑞娜站在王宫旁看着空空的食物货车被拉走，终于下了这个结论。很难相信一整个下午，他们只分发了供他们食用三餐的量。而这些东西大概在明天中午之前就会被全部吃完……可能现在已经被吃光了。

"谁，小姐？"阿什问道。他之前一直在城墙上观察他们分发食物，而在他身旁不远就站着埃顿国王。阿什当然希望能够陪伴莎瑞娜，但莎瑞娜回绝了。侍灵是她关于伊岚翠和其领导者的主要情报来源，而莎瑞娜并不想让大家发觉其中的关联。

"向导。"莎瑞娜边解释，边转身走上长长的地毯——这是从国王的王宫门口一直铺过来的。埃顿对于织锦的喜爱早已远远超过了她的品位所能承受的限度。

"那个叫'性灵'的男人？"

莎瑞娜点点头。"他假装听命于别人，但他并不是仆人。安登在谈判时一直看他，好像要和他确认什么似的。你觉得我们有可能搞错那些老大的名字吗？"

"有可能，小姐。"阿什附和道，"不过，跟我说的伊岚翠人看起来非常确定。卡拉姐、安登和夏尔是我在里面听到最多的名字，好像没有人提起过一个叫'性灵'的人。"

"你最近跟这些人说过话吗？"莎瑞娜问。

"事实上，我最近正专心向伊岚翠城的守卫打探消息。"阿什正说着，突然有个信差急急忙忙地朝它冲过来，它顺势往旁边一闪。人们通常都会粗鲁地忽略侍灵的存在，如果人类被如此对待恐怕早就大发脾气了，但阿什却默默地承受下来，甚至连对话都没中断。

"伊岚翠人只愿意说名字，小姐，守卫们则没有任何顾忌，他们除了看守伊岚翠城以外无事可做。我将他们的观察和我所收集到的姓名结合在一起，就成了我告诉你的东西。"

莎瑞娜停了下来，靠在一旁的大理石柱子上。"他肯定隐瞒了一些事情。"

"惨了。"阿什嘟囔着，"小姐，您不觉得您太过操劳了吗？您要对付枢机主祭、要解放被男性压迫的宫廷女性、要拯救阿雷伦的经济、然后还要去喂饱伊岚翠人……也许您不应该再去探索这个男人的秘密了。"

"你说得对，"莎瑞娜说，"我可没空理'性灵'，所以你得帮我找出他的底细。"

阿什认命地叹了口气。

"回伊岚翠城去，"莎瑞娜继续说道，"你应该不用走太远——很多伊岚翠人都在大门附近游荡，去问问他们有关'性灵'的事，然后再看看你还能不能找出有关安登和卡拉姐结盟的任何消息。"

"是的，小姐。"

"我在想我是不是误判了伊岚翠人。"莎瑞娜喃喃自语道。

"我不知道，小姐。"阿什说，"那是个非常野蛮的地方，我自己就曾在那里亲眼目睹过几桩暴行，看到过那些人的下场。那座城市里的每个人都带有某种伤，而且从他们的悲叹声听来，很多人的伤势都很严重。可以肯定，野蛮的打斗一定经常发生。"

莎瑞娜恍惚地摇摇头。但是，她不能阻止自己去想"性灵"的事，他和野蛮一点也扯不上关系。他能轻易就让贵族们放松心情，易如反掌地融入他们之中，仿佛他从未受到过诅咒，而他们也不是一些把他关起来的人。她发觉自己仅仅一个下午就几乎喜欢上了"性灵"，她对这个男人的一切充满好奇，虽然她也担心他只是在玩弄她。

所以莎瑞娜决定继续对"性灵"保持冷漠，甚至冰冷——她必须时刻提醒自己，许多暴君和谋杀者，只要他们愿意，就可以表现得很友善。不过，她的心却告诉自己这个人是真诚的。他和所有的人一样，只是在隐藏某些东西，但他的确是真心想要帮助伊岚翠人。而且不知为何，他似乎特别在意自己对他的看法。

然后，在回房间的路上，莎瑞娜努力地告诉自己，她真的不在意他是怎么想她的。

第二十四章

拉森穿着血红色的盔甲，暴晒于烈日之下，感到酷热难耐。他自我安慰道，穿着在阳光下如此闪耀的盔甲站在城墙上，一定显得非常庄严肃穆，令人印象深刻。当然，并没有人看他一眼。民众都在看高大的泰奥德公主分发食物。

她进入伊岚翠的决定震动了全城，随后，国王的允许又造成了另一波骚动。一大清早，伊岚翠的城墙上就挤得人山人海，贵族和商人们涌上城墙顶端的开放式走道。他们的脸上带着观看斯福坦斗鲨鱼比赛的神情，极力把脑袋伸出城墙，以便获得最佳视角欣赏这场万众期待的恐怖灾难——大家普遍认为，在王妃进入的几分钟内，伊岚翠的野蛮人就会把她撕成碎片，然后风卷残云地吃个精光。

然而，拉森遗憾地发现，伊岚翠的怪物们只是安静地走过来，甚至连一个守卫都没有吞掉，更别提公主了。他的魔鬼们拒绝表演，他可以看出民众脸上的失望。公主的这一举动堪称经典，用真相这把无情的镰刀一下子割掉了拉森苦心营造的魔鬼形象。如今，莎瑞娜和她的贵族朋友们通过进入伊岚翠来证明了他们的勇气，之后，其他贵族碍于面子也会加入他们。然后，对伊岚翠，仇恨将会烟消云散，因为人们对他们同情的对象往往恨不起来。

一旦发现王妃今天不会被吞掉，人们就失去了兴趣，鱼贯地走下了长长的城墙楼梯，形成一条失望的人流。拉森加入其中，走下楼梯准备回到凯伊城中心的德雷西礼拜堂。然而，在途中，一辆马车突然停在他身边。拉森认出了马车外壳上的符文：艾欧·瑞（Aon Rii）。

马车停稳后，车门被打开了。拉森迟疑了片刻才上车，和特瑞伊公爵相对而坐。

公爵显然很不高兴。"我警告过你有关那个女人的事情。人们不会去恨伊岚翠了，而不恨伊岚翠，人们也就不会连带地去恨苏·珂拉西教派。"

拉森挥挥手，不置可否地说："这女孩不会有那么大的影响力。"

"我可看不出来。"

"她能撑多久？"拉森问公爵，"几个星期？最多一个月。现在，她的造访只是一时兴起，这种热度很快就会消退的。也许她本人还会想继续布施，但是我很怀疑将来还有哪些贵族会愿意参与其中。"

"伤害已经造成了。"特瑞伊坚持道。

"微乎其微，"拉森安慰他道，"特瑞伊大人，我来到阿雷伦不过才几周时间。是的，这女人让我们的计划受阻，但这只是小小的麻烦罢了。你我都知道，贵族心性不定，你认为他们要多久才会忘记造访伊岚翠的事？"

特瑞伊好像没被说服。

"此外，"拉森换了种说法，"在我们的计划中，伊岚翠所扮演的角色并不重要。埃顿的权势不稳——下个税期他将持续窘困——那才是我们该全神贯注的。"

"国王最近和泰奥德订立了一些契约。"特瑞伊说。

"那些是不够弥补他的损失的。"拉森轻蔑地说，"他的财务已经陷入困顿，到时候，贵族们是绝对不会支持一个坚持所有人的地位与财富状况挂钩，却不以同样标准自律的国王的。"

"很快，我们就可以散布国王财政缩水的谣言。绝大多数高级贵族本身就是商贾，他们有本事得知对手的动态。他们会发现埃顿受到的损失有多严重，然后他们就会怨声载道。"

"抱怨并不能将我推向王座。"特瑞伊说。

"你会对结果感到意外的。"拉森说，"同时，我们还会暗示众人，如果让你坐上王位，你会给阿雷伦带来充满蓬勃生机的东方贸易协定。我能为你提供合适的文件，大家都有钱赚——这也是埃顿做不到的。你的人民会发现这个国家濒临财务危机，斐优旦则能带领你们远离危机。"

特瑞伊缓缓地点着头。

很好，特瑞伊。拉森暗松一口气，这样说你就能听懂了吧。如果我们没办法同化贵族，我们就只好收买他们。

这个计划并未如拉森所说般的确定，但可以先拿来搪塞一下特瑞伊，直到拉森想出其他计谋为止。一旦国王破产的风声走漏，而特瑞伊巨富依旧，毫无疑问，其他加诸政府的压力将会轻易地将权力转移，就算有点唐突也无所谓。

王妃的算计显然没能找对目标，即使她自以为聪明地破坏了拉森的计划，分送食物给伊岚翠人，不过埃顿的王座仍然岌岌可危。

"我警告你，拉森，"特瑞伊突然开口道，"不要以为我只是一颗德雷西的棋子，我之所以愿意附和你的计划，完全是因为你有能力为我带来你之前所承诺给我的财富。不过，不要因为这样就以为我会毫无作为地坐在那里任你摆布。"

"大人，这我想都不敢想。"拉森圆滑地回应道。

特瑞伊点点头，呼唤车夫停下。这里还不到前往德雷西礼拜堂路程的一半。

"我的宅邸在那个方向。"特瑞伊心不在焉地说着，朝街的另一边指了指。"接下去，你得步行回礼拜堂了。"

拉森咬紧牙关忍住怒气，总有一天这个人得重新学习该如何尊敬德雷西官员。但是现在，拉森只能顺从地走下马车。

他宁愿走路也不愿和他同车。

"我从未见过阿雷伦人会有这种反应。"一位教士评论道。

"我同意。"他的友人说，"我在凯伊城为帝国服务十多年了，以前，即使花上一年时间也不可能聚集到这么多信徒。"

当拉森回到德雷西礼拜堂时，正好和这几位教士擦肩而过。几位初级的一般神职人员并没注意到他，但他却注意到他们了，那是因为迪拉弗和他们在一起的缘故。

"好长一段时间了，"迪拉弗开口附和道，"我记得曾经有段时间，正好是海盗德瑞克·碎喉袭击泰奥德之后，阿雷伦也曾发生过一波信教风潮。"

拉森皱起眉头，迪拉弗的见解困扰着他。他逼自己别停下来，但还是瞥了迪拉弗一眼。十五年前的小迪拉弗可能记得德瑞克·碎喉攻击泰奥德的历史，但是那时候的他怎么可能连阿雷伦人信仰比率的改变都那么清楚呢？

　　仪祭迪拉弗一定比拉森猜测的还要年长——年长很多。拉森在脑海中研究迪拉弗的表情时，突然睁大了眼睛。他误以为迪拉弗不到二十五岁，但现在他可以从迪拉弗的脸上辨认出岁月的痕迹。虽然只是些隐形的痕迹。他可能就是那种少见的、看起来比实际年龄年轻许多的人。这"年轻的"阿雷伦教士假装缺乏经验，但是他的深思熟虑却暴露了他的成熟。迪拉弗比人们以为的更老练。

　　但，这又代表了什么？拉森摇摇头，推开门走进房间。当拉森正困扰着要任命谁当新的首席仪祭时，迪拉弗在礼拜堂的影响力也在与日俱增。又有三个人拒绝了这个职务。拉森已经深信不疑了，这绝对与迪拉弗脱不了干系。

　　他比你想的要年长许多，拉森心想。他一定对凯伊城的教士施加影响很长时间了。

　　迪拉弗曾经说过，凯伊城原本的德雷西信徒都是从阿雷伦南方他个人的礼拜堂中一同跟随前来的。他来凯伊城多久了？迪拉弗来的时候斐悠才当上首席仪祭，但斐悠统治这座城市已经有一段时间了。

　　迪拉弗也许在城里待了好几年的时间，他可能和其他教士一直保持着亲密的关系，在那段时间里，他可能一直在学习如何影响他们，并获得对他们的控制力。而且，从迪拉弗信仰德雷西教派的热情来看，他还挑选了最保守也最具影响力的仪祭们来培养亲密关系。

　　而那些人正是拉森当初抵达凯伊城时，决定留下来的人。他送走了较不热切的信众，而他们正是会对迪拉弗的狂热感到不堪承受的人。在不知情的情况下，拉森将礼拜堂的人员结构改变成了有利于迪拉弗的局面。

　　拉森坐在桌前，这个新的发现困扰着他。难怪这段时间以来他寻找新的首席仪祭会如此困难。留下来的人很清楚迪拉弗的为人——这些人不是害怕从他手上拿走这个位置，就是受过他的贿赂有意退让。

　　他不可能影响所有人，拉森不服输地对自己说，我只要继续找下去，终究能找到一位教士来取代这个职务的。

　　然而，他仍然忧心迪拉弗惊人的影响力。这位仪祭的左右手正紧紧掐着拉森：一只手是迪拉弗依旧能掌控宣誓追随拉森的忠实信众；而另一只手则是这位仪祭非官方认可的领导权，正悄悄地在整座礼拜堂里日渐壮大。还未确认首席仪祭，与此同时拉森则花费了许多时间在传教和与贵族会面上，这些都让迪拉弗有了可趁之机，能够不紧不慢地地从阿雷伦的德雷西教会日常工作中，一点一滴地榨干所有权势。

此外，还有个更严重的问题，某个令拉森头疼到不愿正视、比莎瑞娜的试炼或是迪拉弗的手段更严重的问题。拉森自信完全有能力面对来自于外界的阻力——就像上述的这些——并在最终获得胜利。

然而，他内心的犹豫，则全然不同。

他从书桌里找出一本小书。在无以计数的整理中，他记得每次开箱后都会把这本书先放进抽屉里，这是他每次搬迁时的习惯动作。他没有多少自己的东西，所以也从不觉得东西多到得扔了这本书，纵使几年来都没再翻看过它了。

终于，他找到了，从泛黄的书页中挑出他想要的东西。书上写着：

我找到了目标。在这之前，我活着，却不知为何而活，现在，我有了方向。它让我所做的一切充满荣耀，我为主上杰德斯的国度服务，我直接服务于他。我举足轻重。

经过训练的德雷西教士能记录下圣灵体验，但是拉森对这一特殊领域并不热心。他的私人记录文字只有聊聊数行，这就是其中一段。那是许多年前写的了，那是他决定加入教士阶级后的几周，当时他正打算前往达客豪修道院。

拉森，你的信仰出了什么问题？

讴明的问题折磨着拉森，他听见这个珂拉西教士在他的脑海里低语，质问他的信仰出了什么问题，质问他传教的真实动机。难道拉森越来越玩世不恭，只因为熟门熟路才履行职责？难道他的传教只是出于对逻辑的挑战，而非灵魂的诉求？

他知道，他心中有一部分的确是这样。他享受策划、对峙的过程，以及思考如何改变一整国异教徒的信仰。尽管迪拉弗的问题分散了他的注意力，拉森还是觉得阿雷伦的挑战令人精神振奋。

但是，那个血气方刚的年轻拉森去哪儿了？他曾拥有的不假思索的热情和信念去哪儿了？他几乎快将它们遗忘了。他生命中的这一页很快便被翻过去了，他的信念从燃烧的火焰转化成了舒适的温暖。

为什么拉森想在阿雷伦取得成功？为了名声？令阿雷伦改变信仰的人，将被永远铭记在德雷西教会的史册中。为了服从？当然，毕竟他受伟恩的直接领导；难道真是因为他认真地觉得改变信仰能帮助百姓？拉森下决心这次在阿雷伦要兵不血刃，获得成功，不再引发像杜拉德那样的大屠杀。然而，他再一次扪心自问，他这么做真是为了拯救生命吗？或者，还是因为他觉得温和的征服更加困难，会带来更多的挑战和乐趣？

拉森的心如同烟尘滚滚的斗室般迷茫，连他自己也看不清。

迪拉弗慢慢地掌握了控制权，但并没有拉森自己预期的那么可怕。如果迪拉弗驱走拉森、以自己的方式行事才是正确的呢？如果迪拉弗更适合领导阿雷伦呢？迪拉弗从不担心血腥革命带来的死亡；他早已确定人民信仰苏·德雷西教派才会更加幸福，即便他们改变信仰需要以屠杀作为序幕。

迪拉弗拥有信念。迪拉弗相信他的所作所为。拉森拥有什么？

他不再确定了。

第二十五章

"我想，她看上去跟我们一样需要食物。"雷奥登用怀疑的眼神打量着瘦弱的托蕊娜。这位埃汉的女儿此刻正身穿一件朴素的蓝色连衣裙，并用一条丝巾包裹住她那微微有些发红的金发。按照阿雷伦贵族奢华的穿衣标准，估计她如此打扮很可能是向侍女借的衣服。

"请对她温柔一点儿，"莎瑞娜一边从车上搬起一个箱子交给雷奥登，一边提醒他，"她是唯一一个有勇气跟我来这儿的女性——虽然是我叫舒顿出面邀请她，她才答应来的。但是如果你把她给吓跑了，估计以后就再也不会有其他女性敢跟我来了。"

"遵命，我的殿下，"雷奥登微微鞠躬应承道。虽然他们俩在一起分发食物一个星期，似乎让她的态度有所软化，但是莎瑞娜对他依旧冷淡。她会回应他的评论，甚至和他交谈片刻，但她显然不愿意和他成为朋友。

这一个星期让雷奥登格外紧张，自从他进入伊岚翠城以后，他把所有的时间都花在了习惯新奇事物上，但是这个礼拜以来，他却又被迫要重新了解那些曾经非常熟悉的事物。就某方面而言，这种情况更糟。因为他可以把伊岚翠当作痛苦来忍受，却没有办法用同样的方法来看待他的故友。

　　就像现在，舒顿正站在托蕊娜身旁，扶着她的手臂鼓励她靠近等待食物的人群。过去舒顿是雷奥登最好的朋友——他和这个认真的津多人经常要花上好几个小时，一起讨论阿雷伦的内政问题。现在舒顿根本就没有注意到他的存在。不仅如此，在场的其他人，包括伊翁德、凯隐、罗艾奥，甚至连卢凯也都没能发现他。他们都曾是英俊的雷奥登王子的同伴，但绝不会是这个名叫"性灵"的被诅咒的陌生生物的伙伴。

　　即使如此，雷奥登也无法表现出任何不满。他无法责怪他的朋友不认得他，就连他自己也不认得那具布满皱缩皮肤的孱弱躯体，甚至连他的声音都变了。在某种层面上，他对自己身份的隐瞒比朋友们的忽视更令他难受。他不能向自己的朋友透露自己的身份，否则他还活着的消息将会毁了整个阿雷伦。雷奥登很清楚他比自己的父亲还要受欢迎，甚至可能会有人不管他是不是伊岚翠人而坚定地追随他——掀起内战对谁都没有好处，而且结果很可能会以他被送上断头台而告终。

　　不，他得继续把自己藏起来。让他的朋友知道他的处境，只会带给他们痛苦和困扰。不过，要隐瞒他的身份需要格外的谨慎。虽然他的容貌和声音改变了，但他的行为举止没变。他决定要和那些太过熟识的人保持距离，他会试着表现得开朗友善，但绝不和众人亲近。

　　这也是他接近莎瑞娜的理由之一，她之前从未见过他，所以他在她身边不必演戏。另一方面，这也是一种试探。他很想知道，如果没有政治上的需要，作为单纯夫妇的他们能不能相处愉快。

　　他当初的感觉似乎是对的，他喜欢她。她曾经在信里透露出的特质，如今都一一在她身上显现。她和阿雷伦宫廷里的所有女人都不一样，自信而坚定。不论和她说话的男人身份地位如何高贵，她都不曾为此而把视线垂下。她轻松而自然地下达命令，而且绝不假装脆弱来吸引男人的注意。

　　即便如此，这些王公贵族领主们还是跟随着她。伊翁德、舒顿，甚至连罗艾奥公爵也一样。他们听从她的指示，像是对国王一样地服从她的命令。他们的眼里没有一丝不甘。她礼貌地下达命令，而他们也很自然地回应。雷奥登不无惊讶地微笑着旁观这一切。他花了好多年的时间才获得了这些人的信任，然而，莎瑞娜仅仅花了几个星期就办到了。

　　她的每项特质都令人印象深刻——聪慧、美丽，而且坚强。他只希望能够说服她不要讨厌自己。

　　雷奥登轻叹一声，重新专注在工作上。除了舒顿以外，今天在场的贵族都是第一次来这里。大多是些不重要的小贵族，但也有几个大人物，比如特瑞伊公爵，他正站在一旁用慵懒的眼神注视着他们卸货。他并不亲自参与，不过他带了一位仆人来帮忙，显然公爵本人并不愿参加实际的劳动。

雷奥登摇摇头，他一向不喜欢特瑞伊公爵。曾经有一次他试着接近这个男人，希望特瑞伊能加入他这边。公爵的回应是——打着呵欠反问雷奥登愿意付多少钱来争取他的支持，然后在雷奥登离去的时候放声大笑。雷奥登从未真正弄清楚过，特瑞伊当时的回答究竟是出于纯粹的贪婪，还是对雷奥登会作出的反应心知肚明。

雷奥登转头看看其他贵族，和往常一样，这些第一次访问伊岚翠城的人们无不惊恐戒备地聚集在被卸空的车子旁。现在轮到雷奥登上场了，他带着微笑靠近他们，向他们作自我介绍并且半强迫地和他们握手。仅仅几分钟之后，他们便逐渐放松了戒备——至少，有一个伊岚翠人不会扑上来啃咬他们，而且迄今为止还没有任何曾参与分派食物的人被宵得术法影响，所以他们也渐渐卸下了可能会被感染的担心。

这群人开始放松，并慢慢融入雷奥登风趣的谈话中。雷奥登自愿担负起让贵族适应伊岚翠的工作。从分发食物的第二天开始，就能很明显地看出莎瑞娜在阿雷伦的其他贵族社交圈里，不如第一天在雷奥登故友的那个小圈子里那么有影响力。假如雷奥登没有加入的话，那群贵族可能到现在还僵立在货车旁边不动。莎瑞娜并没有直接开口感谢他，不过她微微地朝雷奥登点了点头来表达谢意。从那天之后，由雷奥登负责应付新来的贵族就成了他俩的默认共识。

对他来说，如此心甘情愿参与一项能摧毁他之前对伊岚翠所有付出的活动，实在很奇怪。然而，除非制造一场激烈的意外事件，估计也没有什么办法可以阻止莎瑞娜了。此外，玛睿希和卡拉妲通过这次"合作"也获得了许多有用的物资。等到莎瑞娜的试炼结束之后，雷奥登估计自己得花更大力气在重建伊岚翠上。但暂时的延误是值得的，如果他能因此而活得足够久的话。

这些轻松的想法忽然间唤醒了他的疼痛，它们一如往常地烧灼他的肉体，啃蚀他的决心。他已经放弃去计算伤口的数量，然而每一次的疼痛都是独立的，是一次加倍的无以名状的痛苦。他只知道他的疼痛加剧的速度比其他任何一个人都要快。他左手臂上的一个擦伤痛得仿佛要从肩膀裂到手指一样，而脚趾上的那处疼痛则一直炽烈地烧到了膝盖上。他感觉自己仿佛已经在伊岚翠待了整整一年，而不是短短的一个月。

或许他的疼痛并不比别人剧烈多少，或许他只是比别人更脆弱。无论如何，他已经撑不了多久了。或许再过一个月，最多两个月，总有一天他将不会在疼痛中醒来，然后他们就会把他安置在堕落者大厅。在那里，他终于可以全心专注于无尽的痛苦之中。

雷奥登强迫自己把思绪转开，开始分派食物。他试图让这项工作转移自己的注意力，这样做似乎有点效果。然而，剧痛依旧潜伏着，像是躲在阴暗处的野兽，饥饿的眼里闪烁着红色的火焰。

每个伊岚翠人都可以领到一个小袋子，里面装满了即食的食物。今天的分量就跟往常一样，不过雷奥登惊讶地发现这次还多了些津多酸瓜。这种拳头大小的鲜红水果，正在雷奥登身旁的货车上微微地反光闪耀着，那骄傲的姿态仿佛是要挑衅此时不是盛产季的事实。他在每个袋子里面放进一颗，然后放进一些蒸过的玉米、几种蔬菜，还有一小块面包。伊岚翠人感激而贪婪地收下这些食物。大多数人一拿到食物就急忙从马车旁跑开，躲起来独自进食。虽然已经过去一周时间，但是他们依旧不敢相信没有人会来抢走他们的食物。

一张熟悉的脸孔出现在雷奥登面前，加拉顿穿着他的伊岚翠破布袍，以及他们用四处收集来的碎布拼凑出的斗篷。杜拉德人递出他的袋子，雷奥登则悄悄把它换成可以装下五倍配给大小的袋子。他不停地往袋子里塞食物，直到那袋子被撑得光凭一双虚弱的伊岚翠手臂几乎难以举起的程度。加拉顿伸出手臂拿回食物袋，把它藏在斗篷底下，然后消失在人群中。

邵林、玛睿希和卡拉妲也会过来，他们三个都会得到一只像加拉顿一样满的袋子。他们会尽可能地把它们储藏起来，然后剩下一些分配给惑伊德。那些倒下的人之中有一些还认得出食物，雷奥登希望规律的进食可以帮助他们回复神智。

不过，这个方法至今未见起效。

城门关上的时候发出钝钝的响声，让雷奥登想起他刚到伊岚翠的第一天。当时他的痛苦只是情绪上的，相比之下非常轻微。如果当时的他能预见自己将踏进怎样的境地，或许他会当场选择蜷缩起来加入惑伊德的行列。

雷奥登转过身，把背靠在城门上。玛睿希和加拉顿正站在广场的中央，看着莎瑞娜依照卡拉妲的要求留下的几个箱子。

"拜托，请告诉我，你们已经想到要怎么搬运这些东西了吗？"雷奥登一边说，一边走向他的朋友。之前几次，他们得一人扛着一只箱子走回新伊岚翠，那样做的结果是耗尽了他们虚弱的躯体里仅存的力气。

"当然，我已经想好了，"玛睿希用力地吸了吸鼻子，"应该会奏效。"

这个矮小的男人从碎石堆后面拿出一大块金属薄片，那薄片的四个角微微翘起，前面则被绑着三条绳子。

"拖橇?"加拉顿问。

"底下抹了油,"玛睿希解释道,"我找不到任何没生锈或者还没烂掉的轮子。不过,这样应该没问题,街上的烂泥可以提供足够的润滑度让它前进。"

加拉顿咕哝了一声,显然努力在忍住已经滑到嘴边的讽刺。不论玛睿希的拖橇有多糟糕,比起要在大门和礼拜堂之间来回搬上几十趟应该好多了。

事实上,这个拖橇比他们想象的强多了。虽然到最后因为润滑油耗尽而磨坏了,而且狭窄的街道也让他们没有空间避开那些因为鹅卵石破损而翻起的地方,再加上最后拖着它经过没有污泥的新伊岚翠街区时所面对的加倍困难。整体而言,连加拉顿也不得不承认这拖橇替他们节省了不少时间和力气。

"他总算做了点有用的事。"加拉顿在他们回到礼拜堂前时咕哝了一句。

玛睿希冷冷地哼了一声,不过雷奥登还是看出了他眼神中掩饰不住的愉快。加拉顿固执地拒绝承认这个矮小男人的灵巧,他还抱怨过不该再让玛睿希自我膨胀了,但雷奥登觉得这很难做到。

"让我们来看看,这次王妃给我们带来了些什么。"雷奥登说着,打开第一只箱子。

"小心有蛇。"加拉顿半开玩笑地警告道。

雷奥登咯咯轻笑着,把盖子扔在鹅卵石路面上。箱子里装着几大捆布料——全都是恶心的亮橘色。

加拉顿阴沉地说:"苏雷,这是我一生中见过的最糟糕的颜色。"

"我同意。"雷奥登微笑着附和道。

"你好像不怎么失望。"

"噢,我是很反感,"雷奥登说,"我只是很欣赏她刁难我们的方式。"

加拉顿又咕哝了一句,一面走向第二只箱子。雷奥登拉起一块布料的边缘,仔细地审视着。加拉顿说得没错,这块布料的确是鲜艳过头了。莎瑞娜和这些"帮派首领"之间的交易,逐渐演变成一种针锋相对的游戏——玛睿希和卡拉妲要花上好几个小时来决定他们要求的细节,但是每次莎瑞娜又总能找出方法来给他们添堵。

"哦,你一定会爱上这个的。"加拉顿正看着第二只箱子摇头。

"什么?"

"我们要求的铁,"杜拉德人解释道,上一次他们要求了二十片铁片,结果莎瑞娜给他们送来了二十片薄到几乎可以飘起来的铁片。看来下一次他们得注明具体的重量才行。

加拉顿伸手从箱子里捞出一把铁钉，一把弯曲的铁钉。"这里面一定有几千根。"

雷奥登大笑起来。"我们总能找出方法让它们发挥作用的。"幸运的是，铁匠翁尼克（Eonic）是少数几个仍对雷奥登效忠的伊岚翠人之一。

加拉顿把铁钉放回箱子里，怀疑地耸耸肩。其余的补给品并不算太糟。食物不太新鲜，但卡拉妲有注明要求是还能吃的。那些油烧起来会发出刺鼻的味道，雷奥登甚至搞不懂她是从哪里弄来这些油的。还有那些刀子都很锐利，但是却没有手柄……

"至少她没有发现，我们为什么要求她用木箱来装这些东西。"雷奥登低声说着，一边检查着箱子，它们木质良好而且坚硬。这些箱子可以被拆开来用于各种不同的用途。

"如果她为了想让我们被刺伤而故意不打磨这些，我也不会感到太惊讶。"加拉顿寻找着绳尾，试图把整捆绳子分开。"如果跟那个女人结婚是你的命运的话，我主把你送进这里真可以算是一种祝福了。"

"她没那么糟。"雷奥登一面说，一面看着玛睿希把他们的货物载列清单。

"我觉得很奇怪，大人。"玛睿希说，"为什么她要大费周章地找我们的麻烦？她不怕破坏我们的协议吗？"

"我想她是在怀疑我们是否真的有那么虚弱，玛睿希。"雷奥登摇摇头说，"她遵守了之前的约定，这么做只是因为不想背弃她的诺言，但是她不觉得自己有必要让我们高兴。她知道我们无法阻止伊岚翠城里的人们接受她的食物。"

玛睿希点点头，继续写他的清单。

"来吧，加拉顿。"雷奥登拿起要给惑伊德的食物袋子，"我们去找卡拉妲。"

新伊岚翠现在看起来空荡荡的。就在莎瑞娜到来之前，他们曾聚集了超过一百个人。现在留下来的不到二十个，如果不算孩子和惑伊德的话。其中大多数留下来的是新伊岚翠人，都是被雷奥登"拯救"过的人，就像邵林和玛睿希那样。他们不知道在新伊岚翠以外的地方该如何生存，所以犹豫着没有离开。而剩下的人，那些自己糊里糊涂加入新伊岚翠的人，对雷奥登的忠诚度非常低。莎瑞娜一旦给予他们"更好"的生活，他们就立刻离开了。现在，他们中的大多数正在城门附近的街道上排队，等待着下一次的食物分发。

"真是悲哀，可啰？"加拉顿看着干净而空荡荡的房子。

"是的。"雷奥登无奈地回应，"本来很有发展的潜力，即使只维持了一周。"

"我们会再次成功的，苏雷。"加拉顿说。

"我们费尽力气才使他们再次成为人类，现在他们又放弃了所学到的一切。他们只会张着嘴等待——我怀疑莎瑞娜是否知道她提供的食物只在这些人手里逗留了几分钟。她试图阻止饥饿，但人们吃得如此迅速，以至于让他们在几个小时之内饱到想吐，然后挨饿一整天。伊岚翠人的身体和普通人运作的方式不同。"

"正如你提出的理论，"加拉顿说，"这是心理上的饥饿。我们的身体并不需要食物；铎会供给我们养分。"

雷奥登点点头。"好吧，至少他们不会撑破肚子。"他曾经担心吃太多会让伊岚翠人的胃爆炸，幸运的是，伊岚翠人的肚子一旦填饱，他们的消化系统就会开始工作。就像伊岚翠人的肌肉一样，会对刺激做出正确的反应。

他们继续走着，经过正在满足地刷洗墙面的卡哈，用的正是他们上次要求的刷子。他的神情是如此平和泰然，似乎还没注意到他的助手已经跑路了。然而，他却用挑剔的眼光看着雷奥登和加拉顿。

"为什么大人您还是老样子呢？"他直言不讳地问。

雷奥登低头看了看他的伊岚翠破袍子。"我还没时间换，卡哈。"

"您知道玛瑞小姐花了多少时间来替您缝制一套合适的衣服吗，大人？"卡哈继续责难道。

"好啦，"雷奥登微笑着说，"你看到卡拉妲吗？"

"她在堕落者大厅里，大人，跟惑伊德们在一起。"

遵照他们的清洁主管的要求，雷奥登和加拉顿在去找卡拉妲之前换了身衣服。雷奥登很高兴他们照做了，他几乎忘了穿上干净清洁、闻起来不臭、没有沾满污泥的新衣服是什么感觉了。当然，颜色不是很令人满意，因为莎瑞娜照例耍了点小聪明。

雷奥登拿起一块被擦亮的金属照看自己的模样：他的衬衫是印有蓝色条纹的黄色，裤子则是亮红色，背心是一种恶心的绿色。这些颜色组合到一块儿，让他觉得自己看起来就像是一只困惑的热带鸟。唯一让他觉得安慰的是，虽然他看起来很蠢，但加拉顿看上去比他更糟糕。

高大黝黑的杜拉德人认命地看着自己粉红色和浅绿色的装扮。

"别这么难过，加拉顿。"雷奥登笑着说，"你们杜拉德人不是很喜欢颜色鲜艳的衣服吗？"

"那是贵族，城市人和共和阶级。我只是个农民，我不觉得粉红色是种讨人喜欢的颜色，可啰？"加拉顿眯着眼睛说，"如果你敢说我看起来像个卡莎雷（Kathari）水果的话，我就把这件上衣脱下来勒死你。"

雷奥登毫不在意地大笑。"总有一天，我要把那位曾经告诉我杜拉德人脾气都很好的学者找出来，然后把他和你丢进同一间房间里，一起关上一星期，朋友。"

加拉顿哼了一声，拒绝回答。

"来吧。"雷奥登说着，一边走向礼拜堂的后室，看到卡拉妲坐在堕落者大厅外面，手中拿着针线。邵林则坐在她面前，卷起了袖子，手臂上有一道巨大的割伤。没有血流出来，但是肌肉变得发黑而滑腻。卡拉妲正迅速地把伤口缝起来。

"邵林！"雷奥登惊叫道，"发生了什么事？"

战士尴尬地低下头。虽然伤口深到普通人早该昏过去的程度，但他看起来并不痛苦。"我滑了一跤，大人，然后……他们抓住了机会。"

雷奥登愤怒地看着邵林的伤口，邵林的卫兵不像其他伊岚翠人那样快地背弃新伊岚翠，他们是少数非常坚定的一群人，并没有放弃他们的新职责。但是他们的人数不够，无法守住从夏尔的领土通往广场的每条街。当其他伊岚翠人日复一日地轻松领取莎瑞娜的食物充饥时，邵林的手下们正在艰难地防范夏尔的野蛮手下冲进广场。有时候广场上甚至都可以听到远处传来的嚎叫声。

"对不起，邵林。"雷奥登轻声说。

"不用在意，大人。"战士勇敢地说。然而，这个伤口跟其他的伤口不一样，这是他持剑的手。

"大人……"他开口道，躲避着雷奥登的目光。

"怎么了？"

"今天我们又失去了一个人手。我们勉强能挡住他们，可现在没有了我……我们的日子会更加难过，大人。我的小伙子们都是最优秀的战士，而且全副武装，可是我们无法抵挡他们多久了。"

雷奥登点点头。"我会想点办法出来的。"邵林充满希望地点点头。雷奥登则带着负罪感继续说道："邵林，你怎么会受这种割伤？我从没见过夏尔的手下挥舞过除石头和木棒之外的武器。"

"他们已经改变了，大人。"邵林说，"他们中的有些已经有剑了，而且每次我的人倒下，他们就会抢走他的武器。"

雷奥登惊讶地挑起眉毛。"真的？"

"是的，大人。这很重要吗？"

　　"非常重要。这意味着夏尔的手下并不像他们试图让我们认为的那样野蛮。至少他们有足够的智慧来适应环境。他们的疯狂，很可能只是在演戏。"

　　"以杜罗肯之名，演戏？"加拉顿嗤之以鼻。

　　"也许不是演戏。"雷奥登说，"他们表现得如此，是因为这比忍受痛苦要容易得多。然而，如果我们给他们别的选择，他们很可能会接受。"

　　"也许我们可以放他们进广场，大人。"邵林有些犹豫地提议道。当卡拉妲完成缝合的时候，他微微地哼了一声。这个女人的技术十分精湛——她是在一个小雇佣兵团当护士时，认识她丈夫的。

　　"不行。"雷奥登说，"即使他们没有杀死一些贵族，伊岚翠的守卫也会反过来屠杀他们的。"

　　"这难道不是我们想要的吗，苏雷？"加拉顿问道，眼中闪烁着邪恶的光芒。

　　"绝对不是。"雷奥登说，"我想莎瑞娜王妃的试炼背后另有目的。她每天都带不同的贵族来，似乎想要让他们适应伊岚翠。"

　　"这么做有什么好处呢？"卡拉妲放下她的缝纫工具后，第一次开口问道。

　　"我不知道，"雷奥登坦白说，"但是这对她来说很重要。如果夏尔的手下袭击了贵族，会毁了她努力想实现的计划，不管它是什么。我曾试图警告她，不是所有的伊岚翠人都像她看到的那样驯服，但我不认为她会相信我。我们一定得努力将夏尔挡在外面，直到莎瑞娜完成她的计划。"

　　"到什么时候为止？"加拉顿发问。

　　"只有我主知道。"雷奥登摇摇头回答道，"她不会告诉我的，每次我试图从她那里打探消息，就会让她更加提高警惕。"

　　"好吧，苏雷，"加拉顿边说，边注视着邵林受伤的胳膊，"你最好想办法让她快点结束，不然就想办法教她如何应付几十个饥饿疯汉的袭击，可啰？"

　　雷奥登点点头。

　　中间先画一个点，在其之上几寸的地方画出一条横线，然后在它的右边再画下一条线——这就是艾欧·艾欧（Aon Aon），每个符文的起点。雷奥登继续画着，他的手指优美而迅速地移动着，在空中留下一条发光的轨迹。最后，他在中心点四周画了一个类似盒子的方形，然后在四周画了两个更大的圆形。艾欧·泰亚（Aon Tia），移动的符文。

　　雷奥登没有停下来。他从方形的四个角出发，画了两条延伸的长线，限制符文只对他本人发生效果。然后他又在下面画出四个较小的符文描述传送的具体距离。穿过上方的一系列线条要求符文必须等到他轻敲符文中心，表示他已经准备好了，才会起效。

他精准地画出每一个点和线，长度和大小都要经过精确计算。这还只是一个相对简单的符文，不像书中描述的治疗符文一样复杂得不可思议。然而，雷奥登还是对他的进步感到自豪。他花了好多天来完善这四个符文系列，它们能让艾欧·泰亚精确地将他的身体传送到十步之外。

他看着这个发光的图形，露出满意的微笑，直到它开始闪烁，然后消失为止。它完全没有起效。

"你画得越来越好了，苏雷。"加拉顿说，他靠在窗台上，凝视着礼拜堂里面。

雷奥登摇摇头，"我还差得远呢，加拉顿。"

杜拉德人耸耸肩，加拉顿已经放弃说服雷奥登别再练习艾欧铎符文了，那根本不管用。可不管结果如何，雷奥登还是每天花上几个小时来练习画符文。至少，这能让他更舒服，当他绘制符文时，会感到疼痛减轻了，而且这短短数小时所带来的平静要远远超过其他任何时候。

"庄稼怎么样了？"雷奥登问道。

加拉顿转身看着花园：玉米秆子依旧很短，比刚抽芽的时候高不了多少。雷奥登看得出它们的茎叶正在枯萎。上周，大部分加拉顿手下做农活的人手都离开了，现在只剩下加拉顿还在这片微薄的农田里劳动。每天他都长途跋涉到井边带水回来浇灌庄稼，但他没办法一次搬运太多，而且莎瑞娜给他们的水桶是漏的。

"它们会活的。"加拉顿说，"记得叫卡拉妲在下一次的贿赂中多要一点肥料。"

雷奥登摇摇头。"我们不能这么做，朋友。国王肯定会发现我们正在种植自己的食物。"

加拉顿有些不开心。"好吧，要不你向他们要一些粪便。"

"这太明显了。"

"那就要一些鱼吧，就说你突然很想吃鱼。"

雷奥登叹了一口气，点点头。当他决定把花园安排在他屋子后面之前，真该多考虑一下。腐鱼的味道显然不是他想要的。

"那个符文是你从书上学来的？"加拉顿问道，并以一个更休闲的姿势靠在窗台上，"它本该起什么作用？"

"艾欧·泰亚？"雷奥登问道，"它是一个起传送作用的符文。在灾罚之前，这个符文可以把人从伊岚翠传送到世界上任一角落。书中提到它，因为它是最危险的符文之一。"

"危险？"

"你必须非常精准地确定传送的距离。如果你要它把你传送到十尺远的地方，它就会照做，不管十尺外有什么东西，所以你很可能会出现在一道石墙之中。"

"看来你从书上学到了很多嘛？"

雷奥登耸耸肩。"学了一些。大多只是暗示。"他把书翻到他做了记号的一页，"比如这个例子，大约在灾罚之前十年，有个男人带着他妻子来伊岚翠治疗瘫痪。然而，这个伊岚翠治疗师稍微画错了一点艾欧·埃恩（Aon Ien）。符文没有消失，而是开始闪烁，将那个可怜的女人笼罩在红光中。她的皮肤上出现了黑色的斑点，稀疏的头发很快全部掉光了。听起来很耳熟吧？"

加拉顿饶有兴趣地挑起一边眉毛。

"没多久她就死了。"雷奥登说，"她自己跳楼了，还尖叫着说疼死了。"

加拉顿皱起了眉头。"那个治疗师做错了什么？"

"比起错误，更应该说是遗漏。"雷奥登说，"他忘记了三条基本线中的一条。一个愚蠢的错误，但不应该产生如此严重的后果。"雷奥登停下来，若有所思地研究着这一页。"这几乎就像……"

"像什么，苏雷？"

"就像那个符文不太完整，是吧？"

"可啰。"

"所以，也许治疗已经开始了，只是无法完成，因为符文没有得到完整的指令。"雷奥登继续道，"如果这个错误仍然构成了符文，启动了铎，却没有足够的能量来完成整个程序呢？"

"你到底在暗示什么，苏雷？"

雷奥登的双眼突然睁大了。"我的意思是，我们还没死，朋友。"

"没有心跳，没有呼吸，没有血液。我可不这么认为。"

"不，是真的。"雷奥登说道，脸上闪烁着兴奋的光芒，"你难道看不出来吗？我们的身体被困在某种转变的中途。整个转变的过程开始了，但是有什么东西阻碍了它，就像那个女人的治疗过程一样。铎还在我们的体内，等待指示和能量来完成这个转变。"

"我有点跟不上你的思维了，苏雷。"加拉顿犹豫地说。

雷奥登没有在听。"这就是为什么我们的身体永远不会愈合的原因，它被冻结在某个特定的时刻，就像是一条鱼冻在冰块里一样。我们的伤痛不会消散，是因为我们身体以为时间并未流逝。它们卡住了，一直在等待着转变的结束。因此，我们的头发掉落，却长不出新的来取代它们；我们的皮肤从宵得术法开始起效的地方开始变黑，变得斑斑驳驳。然后当能量用尽的时候，它就停在那里……"

"你的思维太快了，这对我真是个挑战，苏雷。"加拉顿说。

"是有点，"雷奥登同意道，"但我确定这是真的。有什么东西阻碍了铎，我可以通过我画的符文感觉到。能量想要被释放出来，但有什么东西挡在中间，就好像符文图案搭配错误一样。"

雷奥登抬头看着他的朋友。"我们还没死，加拉顿，而且我们也没有被诅咒。我们只是还没完成转变而已。"

"干得好，苏雷。"加拉顿说，"现在你只要找出原因就行了。"

雷奥登点点头。他们终于知道了更多，然而真正的谜团——伊岚翠倾覆的原因仍然没有解开。

"不过，"杜拉德人边说，边再次回头走向他的庄稼，"我很高兴那本书有用。"

当加拉顿离开时，雷奥登歪着头思考着，突然叫住他："等一下，加拉顿。"

杜拉德人困惑地转过身。

"你其实并不真的关心我的研究，是吗？"雷奥登问，"你只是想知道你的书是否有用。"

"我为什么要在意这些？"加拉顿嘲笑道。

"我不知道，"雷奥登说，"但是你总是对你的书房爱护有加，从不向任何人展示，连你自己也从不去那儿。为什么这么紧张那个地方和那些书？"

"没什么，"杜拉德人耸耸肩说，"我只是不想看到它们被毁掉。"

"那你究竟是怎么发现那个地方的？"雷奥登问道，并走向窗户，也靠在窗台上，"你说你来伊岚翠才几个月，但你似乎认得每一条道路、每一个小巷。你带着我直接来到夏尔的银行，可是市场区并不是那种容易找到路的地方。"

雷奥登说得越多，杜拉德人就变得越不自在。终于，他喃喃道："一个人难道就不能保有自己的秘密吗，雷奥登？你非得把我剥光不可吗？"

雷奥登往后靠了靠，被他朋友突然变重的语气吓到了。"对不起……"他结结巴巴地说，意识到自己刚才的口气有多像责难。自从他来到伊岚翠以来，加拉顿一直给予他全力的支持。雷奥登尴尬地离开了加拉顿，让他独自冷静一会。

　　"我的父亲是伊岚翠人。"加拉顿安静地说道。

　　雷奥登呆住了，从眼角看着他的朋友。这个高大的杜拉德人坐到刚浇过水的土堆上，凝视着面前的一株玉米苗。

　　"我小时候一直都和他住在一起，直到我能够独立生活才离开。"加拉顿继续说，"我一直认为一个杜拉德人远离他的同胞和家庭，住在阿雷伦是不对的。我猜这就是为什么铎会决定给我同样诅咒的原因。"

　　"人们总是说，伊岚翠是一座至福的城市，可是我的父亲在这里从没有快乐过。我想即使是天堂，也会有人无法适应。他变成了一位学者——我让你看的书房就是他的。然而，他从未忘掉过杜拉德，因此他研究农耕和灌溉。即使这两个学科在伊岚翠毫无用武之地。当你能把垃圾变成食物的时候，为什么还要种地呢？"

　　加拉顿叹了口气，伸出手指捏起一小撮泥土，他将它们揉搓到一起，然后松手让它们重归土地。

　　"当某个早晨，他起床发现我母亲在他身边奄奄一息的时候，他恨不得自己研究的是治疗术。有些疾病发作得太快，连伊岚翠人都无法阻止。我父亲成了我知道的唯一一个忧郁的伊岚翠人。那时，我终于意识到他们不是神，因为一个神不可能如此痛苦。他无法回家，以前的伊岚翠人其实和我们一样，也是一群被放逐的人，不管他们的外表有多么光鲜。因为人们不喜欢与比自己优秀的存在生活在一起，他们无法忍受会让自己自卑的存在。

　　"当我要回杜拉德的时候，他很高兴，他叮嘱我要成为一个农民。我把他这个可怜而孤独的神灵留在这座神之城中，离开时满脑子都是对普通人的自由的期许和向往。我离开大约一年后，他就去世了。你知道伊岚翠人也会死于心脏病这样的小问题吗？他们比普通人活得更久，但他们还是会死。特别是当他们想死的时候。我父亲知道心脏病的征兆，他可以在发病前就治好，但他还是选择待在书房里，直到慢慢消亡，就像你愿意花大把时间画符文一样。"

　　"所以你恨伊岚翠？"雷奥登问道，安静地钻过打开的窗户，走近他的朋友。他也坐了下来，越过那颗幼小的植物看着加拉顿。

　　"恨？"加拉顿重复着这个词，"不，我并不恨它，仇恨并不是杜拉德人的作风。当然，跟一个痛苦的父亲在伊岚翠长大，我只能算是一个糟糕的杜拉德人。你已经发现了，我不能像我的同胞那样轻松看待事物。我在每件事物上都能看到污点，就像伊岚翠的烂泥一样。我的同胞因为我的态度而避开我，当宵得术法选中我时，我几乎为此感到高兴。不论我多么享受耕种，杜拉德都不适合我。我这种烂人就适合这座烂城，而这城市也适合我，可啰？"

雷奥登不太确定该如何回答。"我猜，现在，一句乐观的鼓励应该没什么帮助。"

加拉顿微微一笑，"显然没用。你们这些乐观主义者其实不懂忧郁的人不需要你们的鼓励，这反而使我们更不舒服。"

"那我就说些实在话，我的朋友。"雷奥登说，"我很欣赏你，我不知道你是否适合这里，我怀疑根本就没人适合。可是你的帮助对我很重要。如果新伊岚翠有朝一日成功了，那都是因为你的功劳，有你在我身旁支持我，我才不至于从楼顶跳下去。"

加拉顿深吸一口气。他的脸上完全没有喜色，但他的感激显而易见。他微微点头，然后站起来，伸出一只手拉起雷奥登。

雷奥登在床上辗转反侧。他的床其实根本不像样，只是堆在礼拜堂后屋里的一叠毯子。然而，不舒服并不是他睡不着的原因，还有另一个问题——在他内心深处的某种担忧，深深萦绕着他。他觉得似乎漏掉了什么重要环节。之前他已经接近它了，他的潜意识正催促着他，要求他把各个环节联系起来。

但是，他究竟漏掉了什么呢？到底是什么线索在困扰他？在和加拉顿谈过之后，雷奥登又回到绘制符文的练习上。然后他快速地巡视了一下城市。到处都很安静，夏尔的手下已经停止攻击新伊岚翠了，转而将注意力放在莎瑞娜所带来的更有吸引力的礼物上。

可能跟他与加拉顿的讨论有关，雷奥登觉得。肯定跟符文，或者加拉顿的父亲有关。灾罚前作为一个伊岚翠人生活在这城中是什么感觉？住进如此壮丽到令人惊叹的城墙中，真会有人变得抑郁吗？有谁愿意用这种能够创造奇迹的力量交换简朴的农民生活？以前这里一定很美，非常美……

"我主慈悲！"雷奥登突然大喊，掀开了他的毯子。

几秒钟后，睡在礼拜堂大厅的邵林和玛睿希冲进门来，加拉顿和卡拉妲紧跟其后。他们发现雷奥登呆呆地坐在那里，一脸震惊的表情。

"苏雷？"加拉顿小心翼翼地问道。

雷奥登站起来大步走出房间，其他人疑惑地跟着他。雷奥登都没来得及停下来点一盏灯，莎瑞娜的灯油所散发的辛辣气味，甚至都没有引起他的注意。他大步流星地走入黑夜，径直来到堕落者大厅。

那个人还躺在那里，像许多惑伊德一样，即使连夜晚还在喃喃自语。他的身材矮小而布满皱纹，皮肤遍布折痕，层层叠叠，令他看起来足足有一千岁那么老。他的低语就像是一种安静的祷告。

"美啊……"他用沙哑的声音说道，"这里曾经是多么的美啊……"

暗示并不是来自于他和加拉顿的对话，而是来自于他来分发食物给惑伊德的时候。雷奥登无数次听过这个人的自言自语，却从来没有将他说的内容与符文联系起来。

雷奥登把一只手放在他的肩膀上，"什么东西这么美？"

"美啊……"那个人咕哝着。

"这位老人，"雷奥登恳求他，"如果你的身体里还残留着一点灵魂，即使是最后一丝理性也好，请你告诉我，你说的到底是什么？"

"曾经是那么美……"他继续呢喃，眼睛呆呆地盯着空气。

雷奥登举起一只手，开始在老人的面前勾画符文。在他还未来得及画完艾欧·雷奥之前，老人伸出一只手穿过符文的中心，雷奥登倒吸一口冷气。

"我们曾经是那么美，曾经——"他低语道，"我的头发曾经是那么闪耀，皮肤熠熠生辉。符文曾飘荡在我的指尖。它们是如此美丽……"

雷奥登听到背后传来几声惊叹。"你是说，"卡拉妲靠向前，"曾经……？"

"十年前。"雷奥登用手支撑老人的身体，替大家说出了答案，"这个人是灾罚前的伊岚翠人。"

"这不可能，"玛睿希说，"那得过了多长时间啊。"

"他们还能去哪儿？"雷奥登问道，"我们知道有些伊岚翠人在城市和政府的倾覆中存活下来，他们就被锁在伊岚翠城里。其中一些人自焚身亡，一些人逃跑了，而剩下的还留在城中。他们会成为惑伊德，在几年后失去了他们的心智和力量……然后被遗忘在大街上。"

"十年，"加拉顿低语道，"十年的痛苦折磨……"

雷奥登深深看进老人的眼睛里，这双眼睛遍布裂口和皱纹，有些晕眩迷茫，似乎被某种剧烈的光芒照过。艾欧铎的秘密就藏在这个人脑中的某个角落。

老人突然紧紧抓住雷奥登的手，虽然实际的握力轻得几乎无法察觉，他的整个身体因为这个剧烈的动作而颤抖着。他那双承载着极大痛苦的眼睛牢牢盯着雷奥登，用嘶哑的声音从唇中吐出三个变调的字。

"带、我、去。"

"哪里？"雷奥登困惑地问，"城外？"

"湖。"

"我不明白你的意思，老人。"雷奥登低语道。

那人的眼睛微微一动，看着大门。

"卡拉妲，提着那盏灯。"雷奥登命令道，然后架起老人，"加拉顿，和我们一起去。玛睿希和邵林，留在这里，我不希望任何人醒来后发现我们全都走了。"

"但是……"邵林开口，但是并没有继续说下去，他意识到这是一个不容争辩的命令。

这是一个明亮的夜晚，一轮满月当空挂，几乎不需要提灯。雷奥登小心地背着这个老伊岚翠人。显然这个人已经没有力气移动手臂指出方向了，所以雷奥登必须在每个路口停下来，仔细搜索老人的眼睛，看看是否有转弯的示意。

这是一个漫长的过程，当他们抵达伊岚翠边缘的一栋倒塌建筑时，已经接近清晨。这栋房子看起来和城中其他建筑没什么区别，除了屋顶几乎完好无损以外。

"你知道这栋建筑曾经是做什么用的吗？"雷奥登问。

加拉顿想了一会儿，将他的记忆翻了个遍。"说真的，我想我知道，苏雷。这是伊岚翠人的某种聚会场所。我父亲偶尔也会来这里，虽然他从不带我一起进去。"

听了这个解释，卡拉妲惊讶地看着加拉顿，但她还是决定改天再刨根问底。雷奥登把老伊岚翠人背进已经人去楼空的建筑里，里面空荡荡的，没有明显特征。雷奥登仔细审视着老人的表情——他正盯着地面看。

加拉顿蹲下来扫开地面的碎片残骸，搜寻着，"这里有一个符文。"

"什么符文？"

"我觉得是雷奥。"

雷奥登皱起眉。艾欧·雷奥的含义很简单，它代表"性灵"或者"精神的能量"。然而，那本关于艾欧铎的书不常提到它，而且从未解释过它能产生什么样的法力。

"按一下。"雷奥登建议道。

"我正在试，苏雷。"加拉顿不满地咕哝道，"我不觉得这样有啥用……"地面的一部分突然开始下沉，打断了杜拉德人的话。他尖叫着赶忙爬回来，看着巨大的石块缓缓下沉，发出刺耳的声音。卡拉妲清了清喉咙，指着墙上被她按过的一个符文。艾欧·泰伊（Aon Tae）——代表"开启"的古老符号。

"里面有楼梯，苏雷。"加拉顿把头伸进洞里说。他爬下楼梯，卡拉妲提着灯跟在后面。把老惑依德送下去后，雷奥登也加入了他们。

"精巧的机关。"加拉顿指出，研究着把这块巨石降下的一系列齿轮，"玛睿希看到这个一定会发疯的，可啰？"

"我对这些墙壁更感兴趣。"雷奥登说，看着那些精美的壁画。这个房间呈矮而宽的长方形，不到八尺高，但是却装修得耀眼夺目，有着一墙的壁画和两行雕花圆柱。"把灯举高些。"

墙上画满了白发银肤的人物，画中的他们正在从事着各种活动。有些跪伏在巨型符文前，有些低着头列队前行。这些人物都给人以一种仪式感。

"这里是圣地。"雷奥登说，"某种祭坛。"

"伊岚翠人的宗教？"卡拉妲问。

"他们总会信仰些什么的。"雷奥登说，"也许他们并不像阿雷伦人那样确信自己的神性。"他向加拉顿投来询问的目光。

"我父亲从不谈论宗教，"杜拉德人说，"但是伊岚翠人有许多秘密，即使对同族也毫不泄露。"

"那边。"卡拉妲指向长方形房间的另一端。那堵墙上仅绘有一幅壁画，上面描绘着一个巨大的、类似镜子的蓝色椭圆形。一个伊岚翠人面对椭圆形站立着，手臂展开，双目紧闭。他看起来似乎打算飞进那个蓝色碟子里。墙的其余部分都是黑色的，除了在蓝色椭圆的另一边有一个巨大的白色球体。

"湖。"老伊岚翠人的声音很小，却十分坚定。

"应该横过来看，"卡拉妲突然明白了，"看，他正在坠入湖中。"

雷奥登点点头。画中的伊岚翠人不是在飞，而是在坠落。蓝色的椭圆形就是湖面，它周围的一些线条就代表湖岸。

"看起来，这潭水似乎被当成了某种通道。"加拉顿歪着头说。

"而且他想要我们把他投入湖中。"雷奥登忽然意识到，"加拉顿，你以前看过伊岚翠人的葬礼吗？"

"从来没有。"杜拉德人摇头回答道。

"来吧。"雷奥登说着，低头看着老人的眼睛，它们坚定地看着边上的一个通道。

通道后的房间比第一间更令人惊叹。卡拉妲用颤抖的手举起了灯。

"书！"雷奥登兴奋地低语道，他们的灯光照在一排又一排的书架上，这些书架一直延伸到遥远的黑暗中。他们三个人漫步在这巨大的房间中，感受着不可思议的岁月沉淀。书架上覆满灰尘，他们背后也留下一串清晰的脚印。

"你注意到这地方有什么怪异之处了吗，苏雷？"加拉顿轻声问。

"没有污泥。"卡拉姐突然注意道。

"没有污泥。"加拉顿赞同道。

"你说得对。"雷奥登惊奇地说。他太习惯于新伊岚翠整洁的街道了，以至于差点忘记保持清洁耗费了他们多少精力。

"我从未发现城市里有哪个地方不被污泥覆盖的，苏雷。"加拉顿说，"就连我父亲的书房，在我清扫之前也堆满了泥巴。"

"还有别的奇怪之处，"雷奥登转过头看着房间后面的石墙，"抬头看看。"

"灯笼。"加拉顿惊讶地说。

"沿着墙排列了一圈。"

"但为什么不使用符文照明？"杜拉德人问，"他们在每个地方都用啊。"

"我不知道，"雷奥登说，"我也很好奇入口处的构造。既然他们能够用符文在城中瞬间移动，当然也能用符文让巨石下沉，为什么还要用机械装置呢？"

"你说得对。"加拉顿说。

"这里一定禁止使用艾欧铎，出于某种理由。"当他们到达图书室的尽头时，卡拉姐猜测道。

"没有符文，没有烂泥。这难道是巧合吗？"加拉顿问。

"也许。"雷奥登说着，再次检查老人的眼睛。他的眼神正坚定地看向墙上的一个小门，门上雕刻着与第一间房间类似的壁画场景。

加拉顿推开门，一条长长的、似乎没有尽头的通道出现在大家面前。"杜罗肯啊，这玩意儿究竟通向哪里啊？"

"外面。"雷奥登说，"这个老人请求我们把他带出伊岚翠。"

卡拉姐走进通道，用手指摸索着雕刻有花纹的光滑墙壁，雷奥登和加拉顿紧跟其后。路很快变得陡峭起来，他们不得不常常停下来小憩片刻，让他们虚弱的伊岚翠身体恢复过来。当斜坡开始逐渐变成楼梯时，他们开始轮流背那个老人。他们花了一个多小时才到达通道的尽头——那是一扇简单的木门，没有雕刻、也没有装饰。

加拉顿推开它，然后步入微弱的晨光之中。"我们在山上！"他兴奋而惊讶地大叫道。

雷奥登也走了出来，走到半山腰的一个小平台上，平台之上有一个陡峭的斜坡。但雷奥登看出来那是一条通往山脚的之字形小道。小道的底端就是凯伊城了。而在它背后矗立的庞大巨石就是伊岚翠城了。

他以前从没有真正意识到伊岚翠有多么巨大，在它的映衬下，凯伊城看起来就像一座小村庄。在伊岚翠四周还如幽灵般围绕着三座外城的废墟，就像凯伊城一样，它们也曾经蜷缩在那座宏伟城市的阴影下。这些城市现在都被废弃了。没有了伊岚翠的魔法，阿雷伦无法供养如此密集的人口。这三座城市的居民被迫背井离乡，沦为埃顿的工人和农民。

"苏雷，我想我们的朋友开始不耐烦了。"

雷奥登低头看着那个伊岚翠人，他的双眼坚定地来回转动，指向一条宽敞的道路，从平台通向上方。"还得爬高点……"雷奥登叹了口气说。

"不远了。"卡拉姐站在道路的顶端说，"上来就到了。"

雷奥登点点头，走完这一小段路，在平台上方的山脊与卡拉姐汇合。

"湖……"男子疲惫而满足地低语着。

雷奥登皱起了眉。这个所谓的"湖"不到十尺深，更像一个小小水池。湖水如水晶般湛蓝闪耀，雷奥登没有发现进水口或出水口。

"现在怎么办？"加拉顿问。

"把他放进去。"雷奥登猜测道，然后跪下来把那个伊岚翠人放入池中。男子在蓝宝石般的湖水中漂浮了一会儿，然后发出一声极其幸福的叹息。这声音在雷奥登心中也激起一种渴望，迫切想要从身心的巨大痛苦中摆脱出来。老伊岚翠人的脸看起来平静了一些，他的双眼也重新焕发生机。

那双眼睛与雷奥登对视一会儿，散发出感激的光芒。然后那个人就融化在湖水中。

"杜罗肯！"看到那个老伊岚翠人像倒入热茶中的砂糖那样溶化时，加拉顿咒骂道。不到一秒钟，那个人就完全消失了，没有剩下任何的肌肉、骨头和血液。

"如果我是你，就会当心点，我的王子。"卡拉姐建议道。

雷奥登往下看，这才意识到自己离那个池子有多近。突然，痛苦尖锐地撕扯着他，他的身体颤抖着，仿佛知道自己已经接近了解脱的边缘。他要做的只是跳下去……

雷奥登站起来，当他想离开那个诱人的池子时还差点绊倒。他还没准备好，除非痛苦已经完全控制了他，只要他还有要离开的信念，他就要继续战斗到底。

他把一只手放在加拉顿肩上，"如果我变成了惑伊德，就把我带到这里来。不要让我生活在痛苦中。"

"你在伊岚翠算是年轻的了，苏雷。"加拉顿嘲笑道，"你还能撑上好几年。"

痛苦在雷奥登体内肆虐，让他的膝盖不住地颤抖，"答应我，我的朋友。发誓你会带我过来。"

"我发誓，雷奥登。"加拉顿严肃地说，他的眼中充满了忧虑。

雷奥登点点头。"来吧，回到城中我们还有很长一段路要走呢。"

第二十六章

当莎瑞娜的货车驶回凯伊城后，伊岚翠的大门再次轰然关闭。"你确定他是掌控大局的人了吗？"她问。

阿什微微地上下跳动，说："您是对的，小姐。我有关帮派老大的信息已经过时了。他们称那个新来者为'性灵大人'。他的崛起是最近的事——在一个月前大多数人都还根本没有听说过他呢。虽然有人声称性灵大人与夏尔是同一个人。他们说他打败了卡拉妲和安登。很显然，第二次冲突引发了大范围的战争。"

"所以我见到的人都是骗子。"莎瑞娜气愤地说，边轻敲脸颊边坐到货车的后部。这并不是一个适合王妃乘坐的交通工具，但是今天来的贵族中根本没有人愿意邀请她乘坐他们的马车。她本来想请舒顿帮忙，但是他早就消失了——那位年轻的托蕊娜小姐显然比莎瑞娜抢先了一步。

"这是显而易见的，小姐。您生气了吗？"阿什小心翼翼地问。它还是觉得莎瑞娜完全没有必要分心去思考"性灵"的事。

"不，不完全是。在政治事务上有所隐瞒是很正常的。"不过，虽然她这么说，不管是否与政治有关，她在内心深处还是希望"性灵"能对她坦承。她才刚开始想要信任他的，意识到这点令莎瑞娜很伤心。

出于某些原因，他不得不瞒着莎瑞娜。与其他人相比，他看起来更睿智，又令人愉快，但他不可能一直这么乐观——当他只面对莎瑞娜说话时，看上去是那么的坦率。但是，莎瑞娜可以看出他眼中的痛苦，那是种无需言语粉饰的哀伤与担忧。这个人，不管他是不是帮派首领，他才是那个真正地关心着伊岚翠的人。

和其他伊岚翠人一样，他看起来比较像是一具尸体而不是一个活生生的人——皮肤干燥且毫无血色，头发和眉毛都快掉光了。但是莎瑞娜感觉到自己的嫌恶却随着时间的流逝而在渐渐减少，因为她开始熟悉这座城市了，这并不是说她觉得伊岚翠人有多美丽，但是至少她不会再对他们产生嫌恶的情绪了。

但是，她对"性灵"的主动示好还是刻意保持着冷漠。她花了太长时间在政治圈里打滚了，这些经验让她无法对敌人产生好感。这个人，毫无疑问是她的敌人——不论他表现得多么友善，她都清楚那只是在演戏，他带她去见假帮派老大，分散她的注意力，然后他自己就能自由地出现在她面前，监督她的一举一动。莎瑞娜甚至不能确定他是不是会遵守之前的协议，因为就她所知，上一次和她达成协议准许她分发食物的人其实是"性灵"的手下。也许他现在看起来这么乐观，就是因为莎瑞娜在毫无知觉的情况下帮助了他，让他能够顺利地统治整座城市。

货车因为地上的石头震了一下，莎瑞娜也因此撞上了木头隔板，许多空箱子随即倒塌了下来，差点砸到莎瑞娜的头上。

"下次再看到舒顿时，"她不高兴地喃喃自语，揉着她的屁股，"记得提醒我踹他一脚。"

"是的，小姐。"阿什安抚地说。

这个机会并没有让她等太久，不幸的是，莎瑞娜也并没有什么空闲能去踢这位英俊的绅士。虽然莎瑞娜也许可以像她所假想的那样把舒顿刺穿，但这只会招致宫廷里那些女人们的怨恨。今天刚好是女士们练剑的日子，舒顿也像往常一般出现了——虽然他很少下场。令人感激的是，他克制住自己没有下场作近身练习。显然，在场的大多数女人已经够为他失魂落魄的了。

"她们的确进步了。"伊翁德赞赏地说，看着女士们出招。每个人都举着一把钢制的练习剑，身穿着某种制服——就是那套莎瑞娜曾经穿过的连身衣，所不同的是上边有一小圈围边从腰际垂了下来，像是在模仿裙子一样。这圈衣服又薄又没有用，但是至少能让这些女人们心里舒服一点，所以莎瑞娜也没多说什么——即使她觉得这样愚蠢至极。

"你似乎觉得很惊讶，伊翁德。"莎瑞娜说，"你是在质疑我的教学吗？"

这位威严的战士此刻显得非常不自在。"没有，殿下，绝对没有……"

"她只是在调侃你，大人。"卢凯说，一边靠近莎瑞娜用卷轴轻轻地敲了敲她的头。"你不应该让她得逞。这只会助长她的气焰而已。"

"这是什么？"莎瑞娜说着，从卢凯手上抢走了卷轴。

"我们亲爱国王的收入表。"卢凯解释着，从口袋里拿出一只亮红色的酸瓜，咬了一口。他并没有解释自己是如何在水果收成季开始前整整一个月，就拿到那满满一船水果的，这简直快要让其他商人嫉妒得口吐白沫了。

莎瑞娜快速地浏览过图表。"他能撑得过吗？"

"勉强。"卢凯微笑着说，"他从泰奥德赚到的钱跟赋税收入应该可以让他脱离困境。恭喜你，堂妹，你拯救了王权。"

莎瑞娜将纸重新卷上。"嗯，这是我们唯一需要担心的事情。"

"唯二。"卢凯纠正她，一滴粉红色的果汁从他的脸颊上流下。"我们亲爱的朋友——伊甸大人逃往国外了。"

"什么？"莎瑞娜无法置信地反问。

"这是真的，殿下。"伊翁德说，"我是在今早得到消息的。伊甸男爵的领地靠近阿雷伦南方的峡谷不远，而近来雨势造成的泥石流恰巧波及到他的农田。伊甸决定要减少损失，然后就逃往杜拉德了。"

"等到了那里，他就会发现他的新国王看不起阿雷伦的头衔。"卢凯补充，"我觉得伊甸或许可以成为一位好农民，你们说呢？"

"嘴巴擦干净。"莎瑞娜略带责备地看着他，"拿别人的不幸开玩笑一点儿都不仁慈。"

"不幸也是我主的旨意。"卢凯反驳她。

"你从一开始就不喜欢伊甸。"莎瑞娜说。

"他是墙头草、自大狂，如果他再无耻一点可能就会背叛我们了。这些有什么值得我喜欢的吗？"卢凯继续咬着水果嘻嘻笑着。

"嗯，有个人今天下午好像非常得意啊。"莎瑞娜有意指出。

"他在做了一笔好买卖之后，总是这个样子，殿下。"伊翁德说，"而且，他至少会保持这副讨人厌的样子一个星期。"

"啊，就等着去阿雷伦市场（Areleon Market）了，"卢凯说，"我一定要扫荡一番，大赚一笔。埃顿正忙着寻找有钱到买得起伊甸领地的人，所以你暂时不用担心他回来烦你了。"

"我真希望自己也能对你说同样的话。"莎瑞娜回答道，把她的注意力转回到那些还在练习对战的学生们身上。伊翁德是对的：她们有进步了，即使年长的那些贵妇也看起来精力充沛。莎瑞娜举起手，让她们的注意力集中到自己身上，比试立刻停止了。

"你们做得很好，"等房间一安静下来，莎瑞娜就说道，"你们中的一些已经比我认识的许多泰奥德女性更厉害了，这令我印象深刻。"

当这些女人听到莎瑞娜的夸奖时，房间里充满了一种满足的氛围。

"然而，有件事一直困扰着我。"莎瑞娜边说边踱起了步，"我以为你们这些女人想要证明你们的力量，想要证明你们不只会做做绣花枕套而已，你们在其他方面更为优秀。但是，到今天为止，你们中只有一个人真的向我证明了她想改变阿雷伦的现状，托蕊娜，告诉她们今天你都做了些什么。"

当莎瑞娜叫到她的名字时，纤瘦的女孩小声地惊呼了一下，然后羞怯地看着她的同伴们。"您是指我今天跟你去伊岚翠城这件事情吗？"

"对。"莎瑞娜说，"我已经邀请在场的各位女士很多次了，但只有托蕊娜有勇气陪我去伊岚翠。"

莎瑞娜停止踱步，看向这些忸怩不安的女性。没有一个人敢和她对视——连托蕊娜也是，罪恶感正明明白白地写在她的脸上。

"明天我还会去伊岚翠，这次，除了平时的护卫以外，我不会带任何男人同行。如果你们真的想在这座城市里证明自己和你们的丈夫一样有能力，你们就会和我一起去。"

莎瑞娜站着不动，看着眼前的这群女人。她们迟疑地抬起头，凝视着她。她们会来的。她们虽然都快吓死了，但是她们会来的。莎瑞娜微笑着在心里对自己说，站在她们面前，就像是一位将军站在他的军队面前。她突然意识到某些事情又发生了。

这就像在泰奥德一样。她可以从她们的眼里读出尊敬。现在，即使是王后，也会向莎瑞娜寻求建议。不过，这或许也只是出于尊重而已，她们永远都不会接受她成为她们其中的一分子了。每次，当莎瑞娜走进房间时，人群顿时一片沉寂；但是，只要她一离开，房间里马上又会恢复欢声笑语。或许她们觉得以莎瑞娜的身份、地位是不会喜欢那些日常繁琐的对话的。莎瑞娜为了成为她们的楷模，渐渐地拉开了自己和她们的距离。

莎瑞娜转过身去，留下她们继续练习。那些男人们也一样，舒顿跟伊翁德同样尊敬她——甚至把她当成朋友——但是他们不会对她抱有浪漫的幻想，虽然莎瑞娜经常声称自己受不了宫廷里的婚姻配对游戏。舒顿对于托蕊娜的追求已有了正面回应，可他一次也没有正视过莎瑞娜。伊翁德比她老太多了，但是莎瑞娜依然可以感觉到他对她的看法——尊敬、仰望，甚至是顺从，但就是没有把她当成女人看待。

莎瑞娜知道她已经结婚了，不应该再想这些乱七八糟的东西，可是她很难意识到她的已婚身份。没有仪式，她甚至不知道丈夫长什么样。她渴望着一些事情——至少能有一位男性觉得她是有魅力的，虽然她永远也不能回应什么了。不过这样的事情估计也不会发生了——阿雷伦男人尊敬她的程度就跟害怕她的程度一样深。

她成长的环境中没有家庭以外的情感，现在看起来依然如此。至少，她有凯隐和他的家人。不过，如果她来阿雷伦是为了寻找接纳的话，她失败了。从此，她必须满足于只被尊敬。

此刻，一个深沉、嘶哑的声音在她身旁响起，莎瑞娜转身发觉凯隐加入了卢凯和伊翁德。

"叔叔？"她问，"你在这里做什么？"

"我回家然后发觉家里空无一人。"凯隐说，"而且，我知道只有一个人敢偷走我的家人。"

"她没有偷走我们，父亲。"卢凯调侃，"我们只是听说你要做哈吉许（Hraggish）杂菜汤。"

凯隐看了他异常开心的儿子好一会儿，然后摩擦着已长出胡子的下巴，不紧不慢地下了个判断，"他做了桩好买卖，对吧？"

"一桩非常好的买卖。"伊翁德说。

"我主保佑。"凯隐咕哝着，将他结实的身体塞进一旁的椅子里，莎瑞娜则在他身旁的位置坐下。

"你听说过国王今年预期的收入了吗，娜？"凯隐问。

"是的，叔叔。"

凯隐点点头。"我还以为我永远不会为埃顿的成功而高兴呢。你的计划救了他一命。而且据我所知，伊翁德和其他人将有望大获丰收。"

"那你为什么看起来如此忧心忡忡？"莎瑞娜反问。

"我老了，娜，老人就喜欢杞人忧天。最近我很担心你的伊岚翠之行。如果你出了什么事情，你父亲永远都不会原谅我的。"

"就算没发生这件事，他也不会原谅你的。"莎瑞娜不客气地回答道。

凯隐嘟哝了一声。"这倒是。"他突然意识到了什么，停下来，用怀疑的目光看着莎瑞娜。"你是怎么知道的？"

"我什么都不知道。"莎瑞娜承认道，"但我希望你能纠正我的无知。"

凯隐摇摇头。"有些事情还是不要纠正得好。你父亲和我年轻的时候就是两个傻蛋。伊凡提奥也许能够成为一个伟大的国王，却只能当个差劲的哥哥。当然，我这个弟弟也当得不怎么样。"

"但是，到底发生了什么？"

"我们……有一个分歧。"

"关于什么的分歧？"

凯隐哈哈大笑起来，一种嘶哑的笑声。"不，娜，我可没有这么容易就被你玩弄于股掌之间。你继续猜吧，而且不准撇嘴。"

"我从不撇嘴。"莎瑞娜说道，努力不让自己的声音听起来像个小孩。确定从她叔叔口中再也套不出什么信息后，莎瑞娜最终转换了话题。"凯隐叔叔，埃顿的宫殿里有什么秘密通道吗？"

"如果没有的话，我大概会像三个处女（Three Virgins）一样惊讶。"他回答道，"埃顿是我认识的最严重的被害妄想狂，在那个他称之为家的堡垒里，至少有十多个逃跑路线。"

莎瑞娜阻止自己指出，凯隐的家也是半斤八两。当他们的谈话陷入沉默时，凯隐转而开始向伊翁德询问有关卢凯的酸瓜生意。最后，莎瑞娜站起来，取回她的犀尔剑，离开这里，前往训练场。她有意识地让自己沉浸在一种有规律的、单一的训练模式中。

她举剑挥舞，训练有素的动作已经熟练到如例行程序般挥洒自如了，她的思绪也开始翻腾——是不是阿什才是正确的？她是不是让自己被伊岚翠，还有那个谜一般的领导者分心太多了？她不能停止那些更重要的工作——拉森还在计划某些事情，而特瑞伊也不可能像他所表现出来的那样置身事外。她得关心很多事情，她有足够的政治经验能告诉自己，当一个人想过分多线并进的结果将会如何。

不过，她无法抑制自己的心逐渐对"性灵"感兴趣。很难找到一个人的政治手腕能如此高超到吸引她的注意力，不过，在阿雷伦她一次就找到了两个。某种程度上，"性灵"比枢机主祭更令人着迷。当拉森和她明显地表达着对彼此的敌意时，"性灵"则对她进行操控和欺骗，而同时他却又表现得如知交老友一般。最令人担心的是，她对这些竟然完全不在意。

尽管她用一些没用的东西来应付他的要求，他却一点也不生气，反而像是大为佩服。他还称赞了莎瑞娜的节俭美德，说她捐献的衣物，看颜色就知道都是折价后才买的。在所有事情上，他对她一直都表现得很友善，仿佛完全不会受她的戏弄和挖苦的影响。

她感觉到自己在回应他。在那里，在那座被诅咒的城市中央，她找到了一个能够正视她的人。莎瑞娜多么希望自己能够因为"性灵"机智的话语而随性大笑，同意他的细微观察，并分享他的烦恼。可现实的情况是，莎瑞娜越反抗，他看起来就越自在，他似乎欣然接受着她的反抗。

"莎瑞娜，亲爱的？"朵奥拉平静的声音打断了她的思绪。莎瑞娜挥出最后一剑，接着突然站直身子，感到一阵晕眩。汗水从莎瑞娜的脸上淋漓而下，渗入领子里，她没想到自己会进行如此剧烈的运动。

她放松下来，将犀尔剑的尖端放在地板上，朵奥拉的头发被绑成了髻状，她的制服没有被汗水浸湿。如同往常一样，这个女人优雅地做着所有的事情——连运动也是。

"你想要谈谈吗，亲爱的？"朵奥拉用哄小孩的语气对着她说。她们正站在房间的一旁，脚步声和剑刃挥舞声已足够遮盖住她们的声音。

"谈什么？"莎瑞娜困惑地反问。

"我曾经看到过那种表情，孩子。"朵奥拉安慰着莎瑞娜，"他不是合适的人选，但当然，你早就发现了这点，对吧？"

莎瑞娜脸色苍白。她怎么会知道的？难道这个女人会读心术吗？接着，她随着她婶婶的眼神望过去。朵奥拉正望着舒顿跟托蕊娜，当舒顿秀了几个突刺之后，两个人笑成一团。

"我知道这很难，莎瑞娜。"朵奥拉说，"被困在婚姻里，找不到情感的出口……从未见过你的丈夫，更别提感觉到他对你的感情。或许再过几年吧，当你在阿雷伦的地位稳固之后，你可以有一段……台面下的关系。但是，现在还太早。"

当看见舒顿笨拙地把剑掉到地上，朵奥拉的眼神变得很温柔。那个平日里保守的津多人此刻正形象全毁地为自己的错误而放声大笑。"除此之外，孩子，"朵奥拉继续说，"他是别人的。"

"你以为……？"莎瑞娜迟疑地开口道。

朵奥拉将手放在莎瑞娜的胳膊上，轻轻捏了捏，然后笑道："我最近总能在你的眼睛里看到那种神情，同时我也看到了失意。这两种情绪总是在年轻人的心中如影随形。"

莎瑞娜摇摇头，轻轻地大笑。"我向你保证，婶婶。"她真诚而坚定地说，"我对舒顿大人没有兴趣。"

"当然，亲爱的。"朵奥拉说着，拍拍她的胳膊，然后离开。

莎瑞娜摇摇头，走过去拿起一杯饮料。到底朵奥拉在她身上看到的"征兆"是什么？这个女人的观察通常细致入微，不过很抱歉这次她判断失误了。莎瑞娜当然喜欢舒顿，但那与爱情无关。他太安静了，而且对她来说，这个男人和伊翁德一样太死板了。莎瑞娜知道她要的是一个愿意给她空间的男人，而且也不会对她言听计从的男人。

莎瑞娜耸耸肩，决定将朵奥拉的猜测扫出脑海，然后坐下来好好想想她应该要怎么曲解"性灵"最新的、巨细靡遗的要求清单。

第二十七章

拉森瞪着眼前的报告书很久很久。那是埃顿王的财务结算报告——当然是通过那些德雷西间谍才搞到手的。因为某些原因，埃顿居然从船只和货物的损失中恢复过来了，特瑞伊没有称王的机会了。

拉森此刻正坐在他的书桌前，身上依旧穿着他刚走进房间时的那身盔甲。报告书一动不动地躺在他僵硬的手指边，要不是他已经面对够多问题了，这个消息也许不会对他产生太大的挫败感，他要应付太多的意外情况了，除了这个报告之外，他已经向每一个当地的仪祭提出过成为首席仪祭的邀请了，可每一个人都婉拒了他。现在，只剩下一个人可以坐上那个位子了。

埃顿的恢复只是从即将倾覆的城墙上坠落的一块砖头，那片城墙就是拉森最后的一点自制力。如今，除了在名义上，在实际上迪拉弗已经控制了整座礼拜堂，以前大多数由拉森召集举行的聚会和传教活动，迪拉弗甚至都不再通知拉森，自行举办了。迪拉弗报复般地从拉森手里夺走了控制权。也许仪祭依旧在为那个伊岚翠犯人的事而生气，又或许是迪拉弗将莎瑞娜带给他的所有怒气和焦躁全都转移到了拉森身上。

无论如何，迪拉弗已经一点一点地获得了权力，这看来有些令人难以置信，却又似乎无法避免。这个狡猾的仪祭声称，这些仆人组织是"不配占用我尊贵的主上的时间的"，在某种程度上，这话非常合理，枢机主祭很少管理礼拜堂的日常运作，而且拉森的确也无法亲力亲为。迪拉弗趁机填补了这一空白。即使拉森没有屈服，至今仍未作出任命迪拉弗为首席仪祭的明确决定，不过终究殊途同归。

拉森已经失去了对阿雷伦的掌控，贵族们现在都追随迪拉弗而不是他。虽然德雷西教徒的数量依然在持续增长，但速度还不是很快。莎瑞娜以某种方法破坏了把特瑞伊推上王位的计划，而在她拜访过那座城市之后，凯伊城的人民已经不再视伊岚翠人为魔鬼了。拉森为他在阿雷伦的活动立下了一个糟糕的先例。

而在这一切灾难背后，是拉森自己摇摆不定的信仰，现在的确不是对自己的信仰产生怀疑的时候。拉森非常清楚他现在的处境，然而理解和感觉是两码事——这也正好就是问题的根源。如今不确定的种子已经在他的心中生根发芽，他已无法轻易地将它连根拔除了。

这实在太沉重了。他突然觉得整个房间都向他倒来，墙壁和天花板越压越近，仿佛要将他压扁在这些千斤巨石之下。拉森跌倒在大理石地板上，挣扎着想要逃脱。但一切挣扎都是徒劳的，已经没有东西可以帮助他了。

他哀嚎着，感到盔甲刺在皮肤的痛苦，他挪动着膝盖，开始祈祷。

作为一个苏·德雷西教派的教士，拉森每一周都花很多时间在祷告上，然而他的祈祷有所不同，更像是一种冥想而非与神沟通，只是一种整理思绪的方法。然而这一次，他衷心地乞求。

许多年来这是第一次，他发现自己在请求帮助。拉森向他长久以来所侍奉的神祇伸出手，久到他几乎忘了该如何与他沟通。那个曾被他掩埋在逻辑与理解之下的神祇，那个在他生命中渐渐苍白无力的神祇，然而现在他正在向这个神祇寻求帮助。

这一次，拉森发觉自己已无法独自完成任务；这一次，他承认自己极度需要帮助。

他不知道自己跪了多久，全心全意地祈求帮助、同情与怜悯。最后，一阵敲门声将他从恍惚的祈祷中惊醒。

"进来。"他心烦意乱地说。

"抱歉打扰了您，大人。"一个初级教士迅速地打开门说，"这是刚刚送来要交给您的。"教士把一个不大的箱子搬进房内，接着关上房门退下了。

拉森摇摇晃晃地站起来，外面天已经黑了——他在中午之前就开始祈祷。他真的在恳求帮助上花了这么多的时间吗？一阵晕眩袭来，拉森搬起箱子把它放到书桌上，用匕首撬开盖子。里面塞满了干草，还有一个装着四个小玻璃瓶的架子。纸条如此开头：

拉森大人：

这是您所要求的毒药。所有效果完全符合您的要求。这些液体必须喝下去才能产生效果，而受害者要过八个小时后才会产生症状。

一切皆赞扬主上杰德斯。

福顿，药剂师与伟恩忠实的仆从

拉森拿起一个玻璃瓶，好奇地审视着里面的黑色液体。他几乎快忘记那次与福顿的深夜交谈了。他隐约记得他本来想把这个药剂用在迪拉弗身上。如今这个计划不再适用，他需要一些更令人惊讶的手段。

拉森摇晃了一会儿瓶中的毒药，然后拔掉瓶塞，将它一饮而尽。

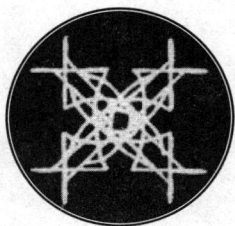

第二部

PART TOW

伊岚翠的呼唤

第二十八章

　　最困难之处就是决定从哪里开始读起。书架一直延伸到视线外，仿佛包涵了无穷无尽的信息。雷奥登确定他所需要的线索就隐藏在这浩瀚无垠的书海中的某个角落，但是，找到它却真是一项令人望而却步的任务。

　　卡拉妲有一双善于发现的眼睛，她发现房间边缘正对入口的地方有一个矮书架。上面摆了一套约三十本的丛书，在灰尘中等待赏识它们的人。它们记载了整个图书馆的目录索引系统，能帮你找到其中任意一本书。凭借它，雷奥登很容易地就找到了关于艾欧铎的书。他挑出所能找到的最简单的那本，开始阅读。

　　雷奥登确保除了加拉顿、卡拉妲还有他本人，没人知道图书馆的存在，不仅是因为害怕又出现类似"安登煮书"的事件，还因为他感受到这栋建筑的神圣性。塔不是一个可以被访客随意侵扰的地方，那些无知的手指会弄乱书籍的排序，打破这里的宁静。

　　他们也把那个水池当成一个不能说的秘密，只给玛睿希和邵林一个简化的解释。雷奥登自己的渴望警告他这个水池有多危险。他心中的某一部分还是想要找到它，接受致命的拥抱，在毁灭中重生。如果人们知道有一种容易而无痛的方法可以逃避苦难的折磨，很多人都会毫不犹豫地跳下去。城市的人口会在几个月内锐减。

　　当然，人们有权作出自己的选择。他有什么权力阻止人们寻求永远的安息呢？不过，雷奥登还是觉得现在就放弃伊岚翠还太早。在莎瑞娜开始分发食物前几个星期，他就觉得伊岚翠有希望忘记痛苦和饥饿。伊岚翠人能够战胜他们的冲动行事，他们还有希望逃离毁灭之路。

　　然而，他大概没有希望逃离了。随着时间的流逝，疼痛愈演愈烈。痛苦从铎中获取能量，它的每一次袭击都让他离崩溃放弃又更近了一步。幸运的是，他还可以靠书本来转移注意力。他把阅读当成一种麻醉剂，并且终于发现他寻觅已久的答案原来竟是如此简单。

现在，他开始阅读复杂的符文组合如何运作。把一条线按比例稍微延长一点，整个符文就会产生戏剧性的变化，两个符文组合可以同时开始运作，但是，就像两块同时从山顶滚下的石块那样，滚下的路径会有所不同，因此产生的效果也截然不同。而只需要改变一些线条的长度，就能改变符文的效果。

他开始逐渐掌握艾欧铎的原理，铎正如加拉顿所描述的——是普通人无法感知的能量储存库。它唯一的渴望就是被释放。书中解释道：铎存在于一个充满压力的空间，因此只要有任何可能的出口，能量都会喷涌而出，从能量集聚的地方往能量稀少的地方移动。

然而，由于铎的性质，它只能通过一定大小和形状的通道才能进入物质世界。而伊岚翠人可以通过绘制图案创造出缝隙，为铎提供释放的途径。这些图案决定了铎释放的形式。然而，就算是其中一条线画错了，铎就不能进入——就像一个正方形想挤过一个圆形的洞口一样徒劳无益。某些理论家会用一些不常用的词形容这个过程，比如"频率"或"波长"。雷奥登这才开始理解这个图书馆泛黄的书页中，隐藏了多少浩瀚无边的科学智慧。

令人失望的是，他研究到现在，还是没有发现究竟是什么让艾欧铎无法发挥作用。他只能猜测，铎不知怎么地产生了变化，也许现在，铎不再是方形的，而是三角形的了。不管雷奥登画出多少个方形的符文，能量就是无法通过。又是什么导致了铎的突然改变呢？更是让他摸不着头脑。

"它是怎么跑进这里来的？"加拉顿问道，打断了雷奥登的思绪。杜拉德人指的是侍灵埃恩，它正沿着书架的顶端飘浮，光芒洒在书本上，拖出长长的影子。

"我不知道。"雷奥登回答，看着埃恩转了好几个圈。

"我必须承认，你的侍灵令人不寒而栗。"

雷奥登耸耸肩，"所有疯侍灵都是这样。"

"的确，但是其他的通常都会远离人类。"加拉顿看着埃恩，微微有些发抖。这个侍灵则一如既往地无视加拉顿，它似乎只喜欢待在雷奥登身边。

"好吧，不管它了。"加拉顿说，"邵林正在到处找你。"

雷奥登点点头，合上书，从小书桌前站起来，图书馆后面有很多这样的小桌子。他在门道边赶上了加拉顿，杜拉德人在关上门之前，又不舒服地看了埃恩最后一眼，然后把侍灵锁在黑暗之中。

"我不知道，邵林。"雷奥登犹疑地说。

"大人，我们别无选择。"邵林说，"我手下受了太多的伤。今天实在不应该继续跟夏尔硬碰硬，那些野蛮人越来越疯狂了，将我们逼得人仰马翻。"

雷奥登点点头，叹了口气。邵林是对的，他们不可能一直让夏尔的手下远离莎瑞娜。虽然邵林已经变得很擅长用左手战斗，但是能够保护广场的士兵已经所剩无几了。而且，夏尔的手下正变得越来越凶暴危险。他们显然闻到了广场上食物的味道，但却无法得到，这让他们陷入更深的疯狂之中。

雷奥登曾经试着留给他们一些食物，但是这种分散注意力的行为只在短时间有效。他们把食物胡乱地塞入嘴里，然后又再次冲出来寻找食物，比之前更加狂暴。他们一根筋地执著于一个目标：靠近广场上装满食物的货车。

要是我们有更多的士兵就好了！雷奥登沮丧地想道。为了莎瑞娜的善举，他已经牺牲很多人了，而与此同时，夏尔的手下却还是人数众多。雷奥登和加拉顿都主动要求加入邵林的军队，但是这位头发斑白的队长却完全听不进去。

"领导者不能亲自战斗。"那个鼻梁被打断的男人只是简单地说，"您太重要了"。

雷奥登知道这个男人是对的。雷奥登和加拉顿不擅长战斗，他们只会打乱邵林精心训练的军队。他们别无选择，邵林的计划显然是仅有的几个糟糕选项中最好的那个了。

"好吧，"雷奥登说，"就这样做。"

"很好，大人。"邵林微微鞠躬说，"我现在就开始着手准备，王妃马上就要来了，我们只有几分钟时间了。"

雷奥登点点头让邵林离开。这位军人的计划是孤注一掷的背水一战。夏尔的手下每天都会走同一条路来，然后才分散开来，设法闯入广场。而邵林的计划是，当他们靠近时伏击他们。这很冒险，却是他们唯一的机会。士兵们已经无法像以前那样持续战斗了。

"那么，我想我们该走了。"雷奥登说。

加拉顿点点头，当他们转身走向广场时，雷奥登不禁对自己所作的决定感到恶心。如果邵林失败了，那些疯子就会突入广场。如果邵林成功了，就意味着又有几十个伊岚翠人死去或者残废——而两边的人，雷奥登都应该保护。

不管结果如何，我都失败了。雷奥登心想。

莎瑞娜可以感觉得出有些事情不太对劲，但她不确定是怎么回事。"性灵"显得很紧张，他善意的逗趣调侃没有了，不是因为她，而是因为一些别的原因，也许是某些领导上的困境。

　　她很想问他究竟是哪里不对劲了，却没有开口，转而继续进行如今已十分熟练的食物分配流程，"性灵"的忧虑让她也紧张起来。每次他来到货车边领取食物时，她都可以从他的眼中看出那种紧张。她无法逼自己提出内心的疑问，她已经故作冷淡太久了，也粗暴回绝他的友情太多次了。就像在泰奥德，她将自己锁在一个固定的角色里。就像以往一样，她开始诅咒自己，却不知道该如何逃离她自己构建的冷漠外壳。

　　幸运的是，"性灵"没有像她那样压抑自我。当贵族们聚集在一起开始发放救济品时，他把莎瑞娜拉到一边，离开大部队一些距离，单独谈话。

　　她好奇地打量着他，"怎么了？"

　　"性灵"回头瞥了瞥那群贵族，甚至还有些贵妇夹杂其中，他们正等着伊岚翠人靠近来领取食物。最终，他把头转回来，面对莎瑞娜。"今天可能会发生一些事。"他说。

　　"什么？"她皱着眉问道。

　　"你还记得我曾告诉过你，不是所有伊岚翠人都像这里的那样驯服吗？"

　　"是的。"莎瑞娜慢慢地说。你在耍什么花样，性灵？你在玩什么把戏？他看起来那么诚实，那么真挚。可她还是忍不住担心他只是在耍她。

　　"嗯，只要……"性灵说，"只要做好准备就行，让守卫离你近一些。"

　　莎瑞娜皱起眉头，她从他的眼中看出了一种新的情绪———一种她从未在他眼中看到过的情绪：内疚。

　　然后，他转过身面对领取食物的队伍，而他不祥的话语却萦绕在莎瑞娜心中久久不散，她内心的一部分突然庆幸自己与这个人保持了距离，他果然对她有所隐瞒——隐瞒了一件很重要的事。她的政治敏感警告她要小心。

　　然而，不管他预言会发生的是什么，最后并没有发生。当发放开始的时候，"性灵"显然已经放松了许多，还说了一些鼓舞人的话，让莎瑞娜开始觉得他是雷声大，雨点小。

　　然后，喊叫声响起了。

　　当雷奥登听见嚎叫的时候，他开始咒骂，并一把丢下装着食物的袋子。声音很近，太近了。没多久，他看见邵林被包围的手下出现在一条巷子口，那个士兵狂野地挥舞着长剑，以一敌四。其中一个暴徒用棍子打在他腿上，接着那个士兵跌倒了。

　　夏尔的手下开始占据上风。

　　他们的人从每一条巷子里冲出来，足足有二十多个叫嚣着的疯子。伊岚翠护卫队惊跳起来，从他们的岗位上冲过来，但他们的速度太慢了。夏尔的手下已经冲向了那些贵族和一般的伊岚翠人，他们张着野蛮的血盆大口。

然后，伊翁德出现了，出于一些原因，他选择在这天陪伴莎瑞娜前来，而且一如既往地，他习惯性地佩带着自己的剑——并不是为了众人所强调的安全性。不过，就此刻而言，他的习惯是正确的。

夏尔的手下并没有预计到会遭到抵抗，在将军挥舞的长剑面前，他们惊得被自己绊倒。伊翁德的动作和他的年龄并不相称，他的反应积极而敏捷，一口气便砍下了两名疯子的脑袋。伊翁德的武器也因为他训练有素的肌肉而获得了加倍的强化效用，轻易地砍斩着伊岚翠人的血肉。他的攻击减缓了疯子们的行动，这给了守卫们足够的时间赶上来加入战局，他们已经在将军前面排成一列。

贵族们这时才猛然意识到他们陷入了何种危险的境地，于是尖叫声此起彼伏。所幸的是，他们离城门并不远，近到可以让他们轻易地逃离混乱。很快就只剩下雷奥登和莎瑞娜还身处混乱之中，彼此对望。

夏尔的一个手下摔倒在他们脚下，顺带撞倒了一整锅麦片粥。那个生物的肚子已经被整个划开，从腰一路剖开到脖子，他的手臂无助地拍打着混杂着麦片粥的烂泥。当他抬起头向上看时，他的嘴唇害怕地颤抖着。

"食物，我们只是想要一点食物，食物……"那个狂人开始像惑伊德那样自言自语。

莎瑞娜看着脚边的生物，不禁后退一步。接着她把头转向雷奥登，眼中充满了遭到背叛的冰冷狂怒。

"是你不让他们拿到食物，是不是？"她问道。

雷奥登慢慢地点点头，没有辩解。"是的。"

"你这个暴君！"她生气地骂道，"冷血的独裁者！"

雷奥登转过头看着夏尔那些不顾一切的手下，从某些方面来说，她是正确的。"对，是我。"

莎瑞娜又后退一步，却不小心被什么东西绊了一下。雷奥登伸手稳住她，然后便看到是什么绊倒了她——一整袋食物，那是雷奥登原本要给惑伊德的，几大袋装得满满的食物。莎瑞娜也看到了，她突然领悟到了什么。

"我都快要开始相信你了。"莎瑞娜痛苦地说道，接着她转身离去，跟着士兵快步跑向城门。夏尔的手下并没有跟上去，他们一拥而上扑向那些贵族所留下的食物。

雷奥登就站在那里，夏尔的手下完全没有注意到他，他们只是冲向那些食物，用脏污的手把食物不停地塞进嘴里。雷奥登用疲惫的眼神看着他们。一切都结束了，那些贵族不会再进入伊岚翠了，幸运的是，他们中没有人被杀。

雷奥登想起了邵林，快步跑过广场，蹲在他的朋友身边。那位老士兵眼神空洞地看着天空，他一边自言自语，一边前后摆动着脑袋。"失败了，大人。失败了，'性灵'大人。失败，失败，失败……"雷奥登痛苦万分地哀嚎起来，然后绝望地低下头。我都做了些什么？他扪心自问，无助地抱着那个新的惑伊德。

雷奥登就待在那儿，迷失在无尽的哀伤之中，直到夏尔的手下带走剩余所有的食物。最后，一个声音突然将他从他的沮丧中唤醒。

伊岚翠的城门再度被打开了。

第二十九章

"小姐，您受伤了吗？"阿什深沉的声音充满了关切。

莎瑞娜设法擦干她的眼泪，但泪水却流个不停。"没有。"她轻轻地啜泣着说，"我很好。"

这句话显然毫无说服力。侍灵围着她缓慢地绕圈飘浮着，寻找任何受外伤的迹象。马车载着他们一路往王宫飞奔而去，车窗外，房屋和商店飞快闪过。而伊翁德，马车的主人，却还留在城门后面。

"小姐。"阿什坦率地问道，"发生了什么事？"

"我是对的，阿什。"她说，设法在满泪眼朦胧中对自己的愚蠢自嘲一番，"我应该快乐一点，一直以来我对他的看法都是对的。"

"'性灵'？"

莎瑞娜点点头，接着将头靠在椅背上休息，凝视着马车的顶部。"他没让人们拿到食物。你真应该看看他们，阿什，他们都快饿疯了。'性灵'的打手不让他们进入广场，但他们最终受不了饥饿决定反抗。我无法想象他们是怎么做到的，他们都没有盔甲或刀剑，只有饥饿。他甚至都没有试图否认。他只是站在那儿，看着他的阴谋破灭，脚边躺是他私藏的食物。"

莎瑞娜伸手托脸，感到十分沮丧。"我怎么会这么笨？"

阿什关切地振动着。

"我知道了他在做什么。为什么到最后我总是被证明是对的，而我却又如此难受？"莎瑞娜想深吸了一口气，却如鲠在喉。阿什是对的——她太放任自己随意接近"性灵"和伊岚翠了。她太依照自己的怀疑行事，太情绪化了。

这样的结果是一场大灾难。虽然在最初，贵族对伊岚翠人的痛苦和不幸有所动容，长期以来的偏见也随之缓和。而现在，贵族们只会记得自己曾被攻击，莎瑞娜只能感谢我主至少没有人因此受伤。

莎瑞娜的思绪被窗外盔甲的碰撞声所打断，她努力让自己的情绪平复下来，然后把头探出窗外，两列穿着链衫与皮甲的士兵正巧从她的马车旁经过，他们穿着黑红相间的制服，那是埃顿的近卫队，他们正朝伊岚翠前进。

莎瑞娜望着那些士兵脸上冷酷的表情，忍不住打了个冷颤。"我主慈悲。"她低语，那些士兵的眼神十分强硬——他们正准备去参加一场屠杀。

看到这场景，莎瑞娜马上命令马车加快速度赶回王宫，那马车夫起初还想违抗莎瑞娜的命令，但谁又能真正违抗这位泰奥德来的王妃呢？他们一抵达王宫，莎瑞娜就立刻跳下马车，甚至等不及让车夫把踏脚梯给放下。

如今，这位新任王妃的名声早已在王宫工作人员中迅速传开，大多数人都知道当她在走廊上快步前行时一定要回避给她让出路来。而国王书房门口的守卫也已开始习惯她的不请自来，他们能做的只是顺从地叹息，然后帮她推开书房的门。

当她走进房间时，国王马上沉下脸。"不管什么事，都得等。我们正有个危机……"

莎瑞娜"砰"的一声用力地拍在埃顿的书桌上。整张书桌跟着震动起来，甚至连笔筒也倒了下来。"以我主的圣名，你以为你在做什么？"

埃顿气得满脸通红，立刻站了起来。"我的廷臣被攻击了！反击是我的职责。"

"别和我讲什么职责，埃顿。"莎瑞娜反唇相讥，"你从十年前就一直在寻找借口毁灭伊岚翠，只不过人民的迷信阻碍了你了行动。"

"你的重点是？"他冷冰冰地问。

"我不要成为那个给你借口的人！"她说，"把你的手下给撤回来！"

埃顿轻蔑地哼了一声。"你和所有人民都应该感谢我的迅速反应，王妃。在这场攻击中受损最严重的应该是你的尊严。"

"我完全可以保护我自己的尊严，埃顿。那样的部队行动会直接破坏我过去几周所作的一切努力。"

"不管怎样，这是个愚蠢的计划。"埃顿断言，把一叠报告丢到桌上。最上面那张因为这个动作而皱起来，但莎瑞娜还是可以看见上面潦草的命令。"伊岚翠"和"灭绝"这两个字眼显得突出而鲜明，隐隐透出不详的预感。

"回你的房间去，莎瑞娜。"国王说，"大约几小时之后，一切就会结束了。"

莎瑞娜刚刚意识到自己现在是一副什么模样，她满脸通红，布满泪痕，她身上那件简单的单色连衣裙早已沾满了汗水和伊岚翠的烂泥，她那原本被绑得一丝不苟的发辫也凌乱地散开了。

在那一瞬间所有的不安都消失了，她看着国王，察觉到他眼中的兴奋。他会把那些身处伊岚翠城中饥饿无助的人全部屠杀殆尽，他会杀死"性灵"……而这些全都是因为她。

"听我说，埃顿。"莎瑞娜冷静地开口，她的声音尖锐而冰冷。她盯着国王的眼睛，以她近六尺的身高俯视着眼前这个矮小的男子。"你必须把你的部队从伊岚翠撤回来。你必须放过那些可怜的人。不然的话，我就会把你的秘密公诸于世。"

埃顿嗤之以鼻。

"觉得无所谓，埃顿？"她反问道，"等所有人都知道真相之后，你就不会这么认为了。大家早已经觉得你是个傻瓜了，他们假意顺从你，但你知道——你明明知道的，他们只是表面上装得顺从。你以为他们会不知道你损失了船只？你以为他们不会讪笑着讨论一个国王居然变得和最微末的男爵一样穷？噢，他们都知道得一清二楚。不过，当他们知道你是如何逃过一劫之后，你要怎么面对他们，埃顿？我会告诉他们我是怎样帮助你与泰奥德签订协约，又是怎么挽救你的收入和你头上的王冠的。"

她每说一句话，就用手指戳一下埃顿的胸口。他的额头冒出一颗颗的汗珠，原本不愿屈服的眼神也在一点点地瓦解。

"你是个傻瓜，埃顿。"她不屑地说，"我知道，你的臣民也知道，全世界都知道。你窃取了一个伟大的国家，然后用你的贪婪把它碾碎。你奴役你的人民，你玷污了阿雷伦的名誉。你的国家正在日渐贫弱。也包括你，一国之君，如果没有泰奥德的援助，你根本就无法保住你头上的王冠。"

埃顿怯弱地向后退让。他看上去就像是泄了气的皮球，所有傲慢的行径早已在她的怒气面前萎缩殆尽。

"真相大白后会是怎么样的情景呢,埃顿?"她低声说,"如果整个宫廷都知道你受惠于一个女人,那将是一种什么样的感觉?而且还是那样一个愚蠢的女孩?你的一切都会被揭穿,每个人都会知道你真正的模样。一个不可靠、没有价值、无能的废物。"埃顿"砰"的一声跌回座位上,怔怔地看着莎瑞娜递给他一支笔。

"撤回这项命令。"她命令道。

他的手指在他签下撤回命令时不停地颤抖,最后,他在上面盖上了他的个人玺印。

莎瑞娜一把抓过那张旨令,冲出房间。"阿什,阻止那些士兵!告诉他们国王有最新命令。"

"是,小姐。"侍灵回答,同时从走廊飞射出去,穿窗而出,那速度比一匹急驰的马还要快。

"你!"莎瑞娜命令道,把卷成一卷的旨令推到一个守卫胸前。"把这个带去伊岚翠。"

那个人迟疑地接下命令。

"跑啊!"莎瑞娜怒喝道。

那人赶紧开始狂奔。

莎瑞娜交叉着手臂,看着那名守卫跑过走廊。然后,她又转身看着另一名守卫。在她的瞪视下,那人正紧张地抽搐着。

"呃,我……我去……确保他……能……顺利完成任务。"男子结巴着说,紧跟着冲出去找他的同伴。

莎瑞娜在原地站了一会儿,接着转过身去面对国王的书房,把门关上。她最后看了埃顿一眼,他正瘫软在椅子里,手肘撑着书桌,两手抱头,无声地啜泣着。

当莎瑞娜再次抵达伊岚翠时,新的命令早已送达。埃顿的近卫队犹豫地站在城门边。莎瑞娜命令他们离开,但队长拒绝了她的指示,他宣称只收到停止攻击的命令,但那命令并没要他回去。又过了一会儿,一个信差抵达,下达了撤军的命令。那队长愤愤地看了她一眼,接着便下令收队返回王宫。

莎瑞娜又在那儿多待了一会儿,她费了好大力气爬上了城墙,想看看城墙那一边的广场。那辆她用来装载食物的篷车还静静地站在广场的中央,破损的木箱散落一地。箱子旁边躺满了尸体,那些攻击者,在污泥之中等着肉身腐烂。

眼前的场景让莎瑞娜整个人陷入震惊,那里面甚至还有一具垂死挣扎的人体在动。她靠上城垛,瞪着这吓人的景象。距离太远了,但她还是可以看见那个人的脚,断落在离他胸口十几尺远的地方，他的身体自腰部以下被人斩断了……没有人能够在这样严重的伤势下继续存活，然而，现在他的手还在无助地伸向空中胡乱挥舞。

"我主慈悲。"莎瑞娜低语，她的手伸向胸前，手指紧扣着她的珂拉西护符。她不可置信地看着广场，发现地上躺着的那些残破身体也一样在动，即使他们的伤势无比严重。

人们说伊岚翠人都已经死了——终于她了解了。他们的身体已死，但心灵却拒绝安息。她的双眼大睁，终于了解到为什么那些伊岚翠人没有食物依旧可以存活这么久——因为他们不需要吃东西。

但是，他们又为什么要争夺那些食物呢？

莎瑞娜摇摇头，试着从迷惘与那些挣扎的尸体之中厘清她的思绪。接着她的目光注意到另一个人影，他正蹲在伊岚翠城墙的阴影里，那身影分明地传达出莫大的哀痛。莎瑞娜发觉自己的目光顺着阶梯一路往下，一直扑到了那个人身上。她的双手紧抓着城垛，目光紧随着他。

不知为何，她很确定那就是"性灵"。他正用双手抱着一具尸体，低着头前后摆动。他所传达出的讯息非常的明显——即使是位暴君，他也真诚地爱着那些跟随他的人。

我救了你。莎瑞娜心想。国王本来要消灭你，但是我救了你的命。这么做并不是为了你，"性灵"。是为了你所统治的那些可怜人。

"性灵"并没有注意到她。

她试着想继续对他生气，然而就这样看着他，感受到他的悲痛。她发现自己无法再生气了——即使这样骗她自己。白天的事让她心烦不已——她因为自己的计划被打乱而气恼，她懊悔着也许再也没办法继续替那些挣扎中的伊岚翠人提供食物了，她因为贵族们可能会对伊岚翠产生的新误解而不悦。

但同时她也为自己可能再也见不到"性灵"而感到难过，不管他是不是一个暴君，至少他看起来像个好人。也许……也许只有暴君才能领导像伊岚翠这样的地方，也许他是那些人能有的最好选择。

不管怎样，她可能再也见不到他了，再也见不到那双深邃的眼睛，尽管他的身体憔悴、衰弱，但是他的眼神依旧灵动而活跃，那眼神透出的讯息，复杂得仿佛她永远也解不开。

现在，这一切都结束了。

最后，她决定到凯伊城中唯一能给她安全感的处所寻求庇护与安慰。凯隐把她迎进屋内后，紧紧地以双臂环抱着她，在这极度情绪化的一天中，这绝对是个令人觉得丢脸的结尾。但是这个拥抱价值非凡，她从孩提时代就觉得她的叔叔能给人绝佳的拥抱，他宽大的手臂和厚实的胸膛，甚至让她这个高挑瘦长的女孩都无法挑剔。

当莎瑞娜站直身子后，她擦了擦眼睛，对自己再次落泪感到不满。凯隐依旧把宽厚的手掌放在她的肩上，一边带她走进餐厅，家里的其他人都已在桌边落座，甚至连阿蒂恩也在。

卢凯正兴致勃勃地高谈阔论，但当他一看见莎瑞娜就停了下来。"说出狮子的名字。"他引述了一句津多的谚语。"那么他将来参加盛宴。"

阿蒂恩飘忽而有点迷离的双眼正盯着莎瑞娜的脸庞。"从这里到伊岚翠要走六百七十二步。"他低声说。

突然间，屋子里安静了下来。接着凯丝在椅子上跳着。"莎瑞娜！他们真的打算要吃了你吗？"

"没有，凯丝。"莎瑞娜回答，给自己找了个位子。"他们只是想和我们要一些食物。"

"凯丝，别烦你的堂姐。"朵拉坚定地说，"她已经累了一整天了。"

"我却错过了。"凯丝不高兴地说，"砰"的一声坐回椅子上。接着她怒气冲冲地看着她弟弟。

"为什么你非要生病？"

"这又不是我的错。"多恩仰着有些苍白的脸抗议说。对于错过战斗，他看来倒没有太失望。

"安静点，孩子们。"朵拉又重复了一次。

"没关系。"莎瑞娜说，"我可以讨论那件事。"

"那好吧。"卢凯说，"那是真的吗？"

"是。"莎瑞娜说，"有些伊岚翠人攻击我们，但没有人受伤，起码不是我们这边的人。"

"不。"卢凯说，"不是这个——我是说国王的事情。你真的对他大吼，让他屈服？"

莎瑞娜差点因此而昏倒。"这件事泄漏出来了？"

卢凯大笑。"他们说你的声音大到连主厅都听得见。埃顿到现在都还把自己关在书房里呢。"

"我可能有点过于激动了。"莎瑞娜说。

"你做得很对，亲爱的。"朵拉鼓励道，"埃顿已经习惯了所有人都对他毕恭毕敬的。不过我倒觉得，如果真的有人敢公开反抗他，他也许根本不知道该怎么办。"

"这没什么难的。"莎瑞娜摇摇头说，"撇开那些叫嚣，其实他非常没有安全感。"

"大部分的人都是，亲爱的。"朵拉说。

卢凯咳了一声。"堂妹，我们怎么能少得了你啊？我们的生命在你决定飘洋过海来此捣乱一切之前显得多么无聊啊。"

"我宁可没有捣乱那么多事情。"莎瑞娜咕哝着，"等埃顿回复过来，他恐怕不会太高兴。"

"反正如果他再越界，你还是可以再对他大吼一次。"卢凯说。

"不。"凯隐粗哑的声音显得有点严肃，"她是对的。元首无法忍受被公开斥责。等这事情平息后，我们恐怕得面对一段难熬的时期。"

"如果不是这样的话，恐怕他就会放弃一切，然后让位给莎瑞娜。"卢凯笑着说。

"就像您父亲所担心的一样。"阿什低沉的声音突然响起，它从窗户飘了进来。"他总是害怕阿雷伦人会没有办法应付您，小姐。"

莎瑞娜无力地笑笑。"他们都回去了吗？"

"都回去了。"侍灵回答。莎瑞娜已经派他跟着埃顿的守卫，以防他们玩忽职守。"队长马上去见国王了。可陛下拒绝为他开门，所以，他又回来了。"

"埃顿可不想让他的士兵看见他们的国王哭得像个小孩。"卢凯指出。

"无论如何，"侍灵继续道，"我……"

他被一阵急促的敲门声打断了。凯隐出去了，接着和焦急的舒顿大人一起回到屋里。

"女士。"他说，向莎瑞娜微微鞠躬。接着，他转向卢凯："我刚听到一些非常有趣的消息。"

"那全都是真的。"卢凯说，"我们问过莎瑞娜。"

舒顿摇摇头。"不是关于那件事的消息。"

莎瑞娜关心地抬起头。"今天还可能发生什么别的大事？"

舒顿眨眨眼睛。"你永远猜不到昨晚宵得术法选中了谁。"

第三十章

　　拉森并没有试图掩盖他的转变，他庄严地从自己的房间里走出来，向整个礼拜堂展示自己所遭到的天谴。迪拉弗正在进行他的早祷。拉森觉得能看到这个矮小的阿雷伦教士因为恐惧和震惊而踉跄后退，就算头发脱落、皮肤变色，也值回票价了。

　　没过多久，一群珂拉西教士就来找拉森了。他们给了他一件宽大得能遮盖全身的白袍，以便隐藏他面目全非的外表，然后将他带出已经变得空荡荡的礼拜堂。看见困惑的迪拉弗从自己的房间里偷看时，拉森对自己笑了笑。迪拉弗的眼中露出从第一次见到拉森起就毫不掩饰的仇恨。

　　珂拉西教士将他带到了他们的礼拜堂。脱光他的衣服，用阿雷德的河水清洗他如今布满黑色斑点的身体。然后，他们给他裹上一件用白色丝带织成的、像破布条似的厚长袍。在为他沐浴及更衣之后，教士们退下，让讴明上前。这个珂拉西教派的领导是个矮小秃顶的阿雷伦人，他安静地为拉森祈福，并在自己胸口画着艾欧·欧米（Omi）的符号。然而，那个阿雷伦人的眼中泄露出一丝满足。

　　之后，他们一边吟诵着圣歌，一边带着拉森穿过城市的大街小巷。不过，在伊岚翠城门前，他们却遭到了一队穿着埃顿护卫制服的士兵的阻拦。士兵们手持武器站成一排，粗鲁地呵斥着。拉森惊讶地打量着他们——他看得出他们是要去打仗。讴明与伊岚翠护卫队的队长争执了一会儿，其他教士则把拉森推进守卫营旁边的一个小单间，一间刻着艾欧·欧米符文的拘留室。

　　拉森从房间的小窗户看见两名风尘仆仆的守卫骑马飞奔而来，交给埃顿的士兵一卷羊皮纸。队长读完后，皱皱眉，转而与信使争论。一切都结束后，讴明回来了，解释说他们必须得等一会儿。

　　他们就这么等了两个小时。

　　拉森静静地听着教士们的讨论——他们只在一天中的某个时间把人丢进伊岚翠，但很显然地，这时间是随意挑选的，并非什么特殊的时辰。最后，教士把一小篮食物塞进拉森手中，对他们可怜的神作了最后一次祷告，接着便把他推过城门。

　　此刻，他正站在伊岚翠城里，头发落尽，皮肤上有着黑色的斑块。他成了一个伊岚翠人。这个城市看起来和他从城墙上观察到的一样，污秽、腐败而堕落。他转了一圈，接着把那一小篮食物丢到一旁，然后跪下。

　　"噢，杰德斯，万物之主。"他开口道，声音响亮而坚定，"请聆听您帝国的一个仆人的祈愿吧。请净化我血液中的污秽，让我重获新生，我向您祈求，用我神圣枢机主祭的力量与地位。"

　　没有回应。于是他重复着祷告词。一次又一次，一次又一次……

第三十一章

　　当邵林沉入水池时，他的眼睛并没有睁开，但他的呢喃声停止了。他在池子里沉浮了一阵子，然后深吸了一口气，把手伸向天际。最后，他完全融化在蓝色的液体之中。雷奥登庄严肃穆地目睹了整个过程。他们等待了三天，希望这位头发灰白的战士能够重新恢复活力，但是他并没有醒来。于是，他们把他带到这里，一部分原因是他的伤势实在太重，另一部分的原因则是雷奥登知道自己无法踏入有邵林的堕落者大厅，听他哭喊："我让'性灵'大人失望了。"这样的情景实在太过沉重。

　　"来吧，苏雷。"加拉顿走上前，"他已经走了。"

　　"是的，他走了。"雷奥登说。而这都是我的错。有那么一瞬间，他身体上的痛苦，与他心灵的痛楚相比简直轻若鸿毛。

　　那场暴乱之后，很多伊岚翠人又回来找他了。一开始像是涓涓细流，接着有如山洪暴发。因为他们等了好几天才明白，并且确信，莎瑞娜不会再回来了。再也没有救济和施舍了——再也没有吃饭，等待，然后再吃。于是，他们回到雷奥登身边，仿佛突然从梦中惊醒一般，想起就在不久之前，自己的生活也曾拥有的目标。

雷奥登把他们送回原来的工作岗位——清扫、耕种和盖房子。有了适合的工具和材料，这些工作不再是打发无聊时间的练习，而更像是重建新伊岚翠的生产性工作。坏掉的屋顶被换上更坚固耐用的材料。多余的种子提供了种植第二批粮食的机会，这将是比第一次更大规模、更有野心的种植活动。虽然这段时间夏尔的手下很老实，保护新伊岚翠的矮墙还是被加固和延伸了。雷奥登知道，他们从莎瑞娜那里抢来的食物撑不了多久。那些狂人还会再回来的。

莎瑞娜事件之后加入他的人数比以前多了很多。雷奥登必须承认，尽管莎瑞娜的来访造成了暂时倒退，他们终究是对伊岚翠有益的。她向伊岚翠人证明了，不管他们有多饥饿难耐，单单填满他们的肚子是不够的，不适的消失并不等于喜悦的到来。

所以，这次他们回来后，不再只是为食物而工作了，他们工作是因为害怕自己如果不这么做的话，就会失去活下去的希望，变成一堆行尸走肉。

"他不应该在这里，加拉顿。"雷奥登从花园屋顶上的观察点研究着这个斐优旦教士。

"你确定他是枢机主祭？"加拉顿问。

"他在祷词中这么说的。而且，他肯定是斐优旦人。他的体形比艾欧人高大太多了。"

"但是斐优旦人不可能被宵得术法选中。"加拉顿固执地说，"只有阿雷伦人、泰奥德人或部分杜拉德人才会被选上。"

"我知道。"雷奥登说，沮丧地坐下来，"也许只是概率问题，毕竟在阿雷伦没有多少斐优旦人——也许这就是为什么他们从没被选上的原因。"

加拉顿摇摇头，"那为什么津多人也从没被选上呢？整条香料之路上充满了他们的身影。"

"我也不知道。"雷奥登说。

"听听他的祷告，苏雷，"加拉顿嘲笑道，"好像我们其他人都没尝试过这么做似的。"

"我很好奇他能撑多久。"

"已经过了三天了。"加拉顿说,"他一定开始饿了吧,可啰?"

雷奥登点点头。不过,即使经过连续三天的不断祷告,枢机主祭的声音仍然十分坚定。考虑到他的处境,雷奥登对这个人的决心肃然起敬。

"好吧,等他终于意识到他哪儿也去不了之后,我们再去邀请他加入我们吧。"雷奥登说。

"有麻烦了,苏雷。"加拉顿警告说。雷奥登顺着杜拉德人的手势,看清有几个蜷缩的身影正躲在枢机主祭左边的阴影里。

雷奥登咒骂了一声,看着夏尔的手下偷偷从小巷中溜出来。显然,他们的食物的消耗速度比雷奥登猜想的还要快。他们可能想回到广场寻找一些残羹剩饭,但他们发现了比预期更好的东西,一整篮没动过的食物就放在枢机主祭的脚边。

"来吧。"雷奥登催促道,转过身爬下屋顶。以前夏尔的手下都会直接奔向食物,然而最近情况改变了,他们开始伤害被抢者,似乎是意识到越少人反抗他们,他们拿到食物的机会就越大。

"居然去帮助一个枢机主祭,杜罗肯会因此烧死我的。"加拉顿发着牢骚,但还是跟着雷奥登跑。不幸的是,他和雷奥登来得太晚了。他们来不及……去拯救夏尔的手下。

当第一个狂人跳到枢机主祭的背上时,雷奥登还在建筑物的边缘附近。那个斐优旦人一下跳起来,以非人类的速度旋转着,然后抓住那个狂人的头。只听"喀啦"一声,枢机主祭拗断了对手的脖子,然后把他扔到木门上。接着,另两个狂人一起袭击了他,其中一个吃了一记有力的回旋踢,踹得他像团破布一样飞过整个广场,而另一个则是脸上连中三拳,然后被一脚踢中胸口。枢机主祭又在他的头部狠狠踢了一脚,随着一声哀嚎,狂人狂怒的吼叫声就这么中断了。

雷奥登看到这番景象,踉踉跄跄地停下来,嘴巴半张。

加拉顿冷哼一声,"早该知道了,德雷西教士能够照顾好自己,可啰?"

雷奥登缓缓地点点头,看着教士优雅地恢复跪姿,继续他的祷告。雷奥登听说过,所有的德雷西教士都在斐优旦臭名昭著的修道院中接受过艰苦的体能训练。然而,他并没有想到,这位中年枢机主祭的功夫居然不减当年。

剩下两个狂人还能勉强爬行,而第一个被枢机主祭扭断脖子的人则躺在原地,可怜地抽泣着。

"这是一种浪费。"雷奥登低语道,"这些人在建设新伊岚翠时还有用。"

"我看不出来他们有什么用。"加拉顿摇摇头说。

雷奥登站起来，把头转向伊岚翠的市场区。"我能看出来。"他充满决心地说。

他们快速地直接穿过夏尔的领地，在被发现前就到达了银行附近。当夏尔的手下开始咆哮时，雷奥登没有理睬——他继续奔跑着，坚定不移地专注于他的目标。陪着雷奥登同行的有加拉顿、卡拉姐和达希——卡拉姐以前的二把手，也是雷奥登这边仅存的经验丰富的战士。每个人手里都紧张地拎着一个中等大小的麻袋。

夏尔的手下在后面追他们，阻断了他们的后路。过去几周伤亡惨重，夏尔的银行里只剩下二三十个人手，但那些人在阴影的衬托下显得数量倍增。

加拉顿不安地看了雷奥登一眼，雷奥登知道他在想什么——你最好像杜罗肯一样明白你在干什么……苏雷。

雷奥登坚定地咬紧牙关。他只有一个希望——他对人类理性本能的信任。

夏尔看起来和之前差不多，虽然她的手下应该早已把战利品带给她了，不过从她疯狂的叫喊声中却完全听不出来。

"带给我食物！"她尖叫着，在他们进入建筑之前就听到了她的声音，"我想要食物！"

雷奥登带着他的小队进入银行，夏尔剩下的跟随者在后面排成一行，一点一点靠近。他们正等待着他们的女神下令把这些入侵者杀死。

雷奥登第一个移动，他对其他人点点头，然后每个人都把他们的袋子扔到地上。谷粒滚落在银行凹凸不平的地面上，混合着烂泥滚入到缝隙中。嚎叫从他们身后响起，雷奥登对他的手下挥挥手，替夏尔的手下让开一条路，让他们扑向那些谷粒。

"杀死他们！"夏尔这才大喊，但她的手下正忙着填满他们的嘴。

雷奥登和其他人就这样径直离去，就像他们来时一样。

没过几个小时，第一个狂人就走向新伊岚翠，雷奥登就站在一个巨大的火堆旁边。他们在每个较高的建筑物上都燃起了火堆，火焰消耗了他们不少珍贵的木材，加拉顿从开始就反对。雷奥登没有理睬那些反对意见，夏尔的手下需要看到火焰才能产生联想，这能让他们恢复理智。

第一个狂人出现在夜晚的黑暗中。他鬼鬼祟祟地移动，动作紧张而野蛮。他紧紧抓着破麻袋，里面还有几把谷子。

雷奥登示意他的战士退下。"你想要什么？"他问那个疯子。

那人不说话，只是看着雷奥登。

"我知道你听得懂我的话。"雷奥登说，"你来这里没那么久——顶多六个月。还不足以让你忘记语言，即使你想要说服自己忘记它。"

那人举起麻袋，他的手因为糊满烂泥而闪着光。

"想要什么？"雷奥登坚持问道。

"煮。"那个人终于说道。

他们丢在那里的谷物都是当做种子的玉米，为了春天播种而留着的，都在冬天变硬了。夏尔的手下肯定尝试过，但这些人绝不可能毫无痛苦地咀嚼或吞咽这么硬的东西。因此，雷奥登希望，在他们已经放弃的心智中，还有一个地方记得他们曾经是人。希望他们还能回忆起文明世界，以及煮饭的能力。希望他们能够回复人性。

"我不会帮你烹饪你的食物。"雷奥登说，"但我可以教你自己煮。"

第三十二章

"因此，你又开始穿黑色丧服了，是吗，亲爱的？"罗艾奥公爵在帮莎瑞娜进入马车时，问道。

莎瑞娜低头看看她的裙子，那不是怡薰送给她的，而是她让舒顿让他的商队从杜拉德捎来的。不像阿雷伦当今的时尚款式那样宽松，而是完美地贴合了她的身材，柔软的天鹅绒上绣满了细小的银色图案，这件衣服没有披风，而是采用短披肩的设计，能够遮住她的肩膀和上臂。

"其实它是蓝色的，阁下。"她说，"我从不穿黑色。"

"噢。"这位老人则穿着白色的套装，里面衬着紫褐色的上衣。与他精心打理的白发造型非常搭配。

车夫关上门，爬上他的位置。没过多久，他们就在前往舞会的路上了。

莎瑞娜向外看着凯伊城黑暗的街道，她的心情还没差到无法忍受的程度，但也不是很开心。当然，她无法拒绝出席这场舞会——罗艾奥是在她的建议下才同意举办的。然而，这个舞会的计划是她在一周前提出的，那时还没有发生伊岚翠事件。最近的三天里她都在深刻地反省自己，整理自己的情绪并重构自己的计划。她并不想被一个享乐的夜晚打扰，尽管其背后另有深意。

"你看起来不太好，殿下。"罗艾奥说。

"我还没有从前几天发生的事情中恢复过来，阁下。"她向后靠在座椅上说。

"那天的事没人承受得了。"他同意道，然后把头靠在车窗上，观察着天色。"以我们的目的而言，这是一个美妙的夜晚。"

莎瑞娜心不在焉地点点头，能否观测到月食，对她来说已不重要。自从她正面对抗埃顿之后，整个宫廷开始慢慢在她周围发生变化。埃顿并没有像凯隐预期的那样暴怒，只是避开她。不过，此后，每当莎瑞娜走进一个房间，人们都会转过头去，或者看着地板，仿佛她是一只怪物——一个复仇的斯夫拉之吻，专门赶来折磨他们。

仆人们也是差不多的态度，他们以前只是服从，现在则是畏惧。她的晚餐推迟了，虽然厨子坚称是因为某个女仆的突然失踪所造成的，莎瑞娜则认定那只是因为没人敢面对可怕王妃的怒火。这样的情形持续了几天，快要把莎瑞娜给逼疯了。以我主之名啊，这究竟是为什么？她想知道，难道这个国家的每个人都觉得，太过主动的女性是个威胁？

当然，这次她必须承认，不管是不是女性，她对国王所做的一切的确太过分了。莎瑞娜必须为她的情绪失控付出代价。

"一切都会好的，莎瑞娜。"罗艾奥宣布道，"够了。"

莎瑞娜抬头看着老公爵严肃的脸庞，开口道："请您再说一遍，阁下？"

"我说，够了。恕我直言，你已经花了三天时间躲在房间里唉声叹气，我不管那场发生在伊岚翠的攻击给你造成了多大的情绪困扰，你都应该克服它——越快越好。我们快要到达我的宅邸了。"

"抱歉，您说什么？"莎瑞娜再次问道，显得很迷惑。

"莎瑞娜。"罗艾奥继续说道，声音变得温柔了些，"我们从没有要求你的领导，而你却靠你的实力和努力加入进来，并且掌握主导权。现在你同样能做到，不要只因为一点情感创伤就丢下我们不管。当你接受那些权力，你就必须为它负责，每时每刻——即使在你并不想这么做的时候。"

公爵的智慧突然让莎瑞娜感到窘迫，羞愧地垂下眼帘，"对不起。"

"噢，王妃。"罗艾奥说，"最近几周，我们的确太依赖你了。你就这样走进了我们的心里，做了许多其他人做不到的事。即使是我也做不到——你把我们团结在一起。舒顿和伊翁德全心地崇拜你，卢凯和凯隐则像两块坚定的磐石毫不动摇地支持你，我都没能完全弄清楚你那些精密的计划，甚至连埃汉都把你形容为他所见过的最令人愉快的年轻女性。不要在此时丢下我们——我们需要你。"

莎瑞娜的脸微微有些泛红，当马车停在了罗艾奥大宅的门前时，她摇摇头，"那还剩下什么事没有解决呢，阁下？以我的愚见，德雷西枢机主祭已经被排除了，埃顿显然也被我们压制。我觉得危机已经解除了。"

罗艾奥挑起他浓密的白眉，"也许如此，但埃顿比我们预计的要更聪明；这位国王的确有一些致命的盲点，但他毕竟有足够的实力在十年前夺取政权，并且一直牢牢地控制贵族们。至于那个枢机主祭……"

罗艾奥透过车窗看出去，一辆马车就停在他们边上。里面坐着一个矮小的男人，穿着一身红色。莎瑞娜认出这个年轻的艾欧教士就是拉森的助手。

罗艾奥皱起眉，"我认为我们把拉森换成了另一个同样危险的敌人。"

"他？"莎瑞娜惊讶地问道。她曾经见过这个年轻人和拉森在一起，当然——带着他招摇的狂热外表。然而，他怎么可能和处心积虑的枢机主祭同样危险呢？

"我一直在注意那个家伙。"公爵说，"他的名字是迪拉弗——他是阿雷伦人，这表明他可能是在珂拉西的环境下长大的。我注意到，如果一个人放弃了一种信仰，他肯定比一般人更仇恨这种信仰。"

"您也许是对的，阁下。"莎瑞娜承认道，"我们必须改变计划，我们不能用对付拉森的方法来对付他。"

罗艾奥露出微笑，双眼微微闪光，"这才是我认识的那个女孩。来吧，我可不能在自己举行的宴会上迟到。"

罗艾奥决定在他宅邸前的空地上举行一场月食观赏大会——因为他的宅邸容量有限。就阿雷伦排名第三的有钱人的身份而言，公爵是非常节俭的。

"我只不过当了十年公爵而已，莎瑞娜。"罗艾奥在她首次拜访他家时解释道，"但我一辈子都是商人，浪费是无法赚钱的。这座房子正适合我——我担心房子再大一点，自己就会在里面迷路了。"

然而，房屋周围的草地却十分宽阔——罗艾奥也承认这有点铺张浪费。公爵热爱花园，他在外面花园里散步的时间比待在房子里的时间要多得多。

幸运的是，老天决定配合公爵的计划，从南方送来温暖的微风，还提供了一个晴朗无云的夜空。繁星布满天空，就像黑色帆布上泼洒的颜料，莎瑞娜忍不住辨认起主要符文的星座来。雷奥就在她头顶上闪耀，一个巨大的方形，周围有四个圆圈，中心有一个点。而她自己的符文——艾欧·伊尼（Aon Ene）则躲在地平线边上，几乎看不见。满月笨重地向它轨迹的最高点移去，再过几个小时它就会完全消失——至少，天文学家是这么宣称的。

"所以，"罗艾奥走到她身旁，挽着她的手臂说，"你想告诉我这是为什么吗？"

"什么为什么？"

"这个舞会。"罗艾奥说，"你要我举办这场宴会一定有什么奇怪的设想——你还设定了特别的日期和地点。你到底在计划些什么？"

莎瑞娜露出微笑，重新燃起对今晚计划的热情。她都快忘了这场舞会，但现在她越想越兴奋。在今晚结束之前，她希望能够找到那个问题的答案，那个问题从她抵达阿雷伦起就一直困扰着她。

"我只是想和大家一起观赏月食而已。"她露出一个狡猾的微笑，回答道。

"噢，莎瑞娜，演得太好了。你真是入错行了，亲爱的，你真该去当演员。"

"事实上，我的确考虑过。"莎瑞娜怀念地说，"当然，那时我只有十一岁，一个剧团在泰奥德巡回演出，在看过他们的表演之后，我就告诉我父母，我长大之后不想当公主了，而要当个女演员。"

罗艾奥大笑。"我真想看看当老伊凡提奥的宝贝女儿告诉他说想当个巡回艺人，他是什么表情。"

"你认识我父亲？"

"当然，莎瑞娜。"罗艾奥有点气愤地说，"我不是一直都这么老年痴呆的。当年我也曾游历四方，而每个成功的商人在泰奥德都会有几个联系人。我见过你父亲两次，而每次他都嘲笑我的服装。"

莎瑞娜咯咯笑道："他总是对来访的商人特别刻薄。"

罗艾奥的庭院围绕着一个巨大广场般的中庭，铺满了草地，上面还有木制的舞池。树篱围成的小径从舞池延伸出去，通向新芳吐艳的花圃，以及小桥流水的池塘，还有各种雕像艺术品。火把环绕在舞池周围，提供足够的照明。当然，月食开始时，那些火把全会被熄灭。然而，如果事情按照莎瑞娜的计划发展，那么到时候她应该不在那里，也看不到这番景象。

"国王！"莎瑞娜突然兴奋地喊起来，"他在这儿吗？"

"当然。"罗艾奥说着，指向舞池边上的一个封闭的小花园。莎瑞娜几乎看不清里面埃顿的身影，怡薰似乎就在他身边。

莎瑞娜松了一口气，埃顿是今晚行动的中心。当然，国王的自尊不会允许自己错过任何一场由手下贵族举办的宴会。如果他出席了特瑞伊的宴会，他就得出席罗艾奥的。

"国王和小莎瑞娜的计划有什么关系呢？"罗艾奥沉思道，"也许她想派人趁国王不在的时候潜入他的房间。也许是她的侍灵？"

然而，此时阿什正好飘进他们的视线中，莎瑞娜狡黠地看了罗艾奥一眼。

"好吧，也许不是侍灵。"罗艾奥说，"不管怎样，这么做太明显了。"

"小姐。"阿什跳跃着致意道。

"你发现了什么？"莎瑞娜问。

"今天下午厨子的确丢了一个女仆，小姐。他们声称她逃出去见自己的哥哥了，那个人最近刚搬到国王在外省的行宫，可是他发誓说很久没有见过他妹妹了。"

莎瑞娜皱起眉头，也许她对厨子和他下属的事太早下结论了。

"好吧，做得好。"

"什么事啊？"罗艾奥怀疑地问。

"没什么。"莎瑞娜诚实地回答。

罗艾奥却理解地点点头。

太过聪明的结果就是，莎瑞娜叹着气想，每个人都以为你对任何事都有所计划。

"阿什，我希望你盯着国王。"莎瑞娜说，注意到罗艾奥好奇的笑容，"他大概会把大部分的时间都花在自己的小花园里，如果他打算行动，立刻通知我。"

"是的，小姐。"阿什说，飘动地靠近能让它不那么显眼的地方，就在火把的旁边，火焰能够掩蔽他的光芒。

罗艾奥再次点点头，很显然，猜测莎瑞娜的计划让他度过了一段快乐时光。

"所以，您打算去加入国王的私人聚会吗？"莎瑞娜问，想要分散公爵的注意力。

罗艾奥摇摇头，"不，我很喜欢和你一起看着埃顿在那里可怜地蠕动，我从不赞成他与人群保持距离的态度。拜你所赐，我是宴会的主人，一个主人必须与客人打成一片，而不是缩在小花园里。而且，今晚待在埃顿的身边会很难过——他正打算要找人接替伊甸男爵的位置，今晚参加宴会的每个低等贵族都会各显所能争取那个头衔。"

"如您所愿。"莎瑞娜说，让罗艾奥领着她走向开放式舞池，那里有一个乐队正在演奏，有几对情侣在翩翩起舞。不过大部分人都站在舞池边说话。

罗艾奥咯咯笑起来，莎瑞娜顺着他的目光看去。舒顿和托蕊娜此时正在舞池的中央旋转起舞，完全被对方迷住了。

"你在笑什么？"莎瑞娜问，看着火红色头发的女孩和年轻的津多人。

"我这把老骨头的最大乐趣之一，就是看到一个年轻人终于被证明是伪君子。"罗艾奥邪恶地一笑，"毕竟这么多年来，舒顿一直发誓不会让自己陷入爱情的圈套。可是，在多不胜数的舞会之中抱怨对他百般讨好的女子之后，他的心，他的理智，还是像普通男人那样变成了一团糨糊。"

"你真是个尖酸刻薄的老人，阁下。"

"就该这样。"罗艾奥告诉她，"刻薄的年轻人往往无足轻重，而慈祥的老人则都很无聊。等等，让我去拿点喝的过来。"

公爵漫步离开，莎瑞娜留下来看年轻的情侣跳舞。舒顿的眼神梦幻得令人反胃，莎瑞娜不得不别过头去。也许朵奥拉的话比莎瑞娜愿意承认的要准。她嫉妒了，虽然不是因为对舒顿有什么浪漫的企图。然而，自从她抵达阿雷伦以来，舒顿一直是她最热心的支持者之一，很难接受他把注意力转到另一个女人身上的事实，即使这两种关注的目的完全不同。

当然，还有另一个原因——更深层、更坦诚的原因。她嫉妒舒顿的眼神。她羡慕他有机会求爱，坠入爱河，然后在令人陶醉的浪漫爱情中随波逐流。

这也是莎瑞娜从少女时期就梦寐以求的。随着年龄的增长，莎瑞娜终于意识到这种东西永远都不属于她。她从一开始就叛逃了，然后只会抱怨自己得罪人的性格。她知道自己令宫廷里的男人感到威胁，因此，在很短的一段时间内，她强迫自己采取一种更顺从温驯的态度，这么做的结果就是她订了婚，甚至差点结婚，嫁给一个名叫格瑞奥（Graeo）的年轻伯爵。

她有时还会记起那个男人——或者说更像一个男孩——带着怜悯而不是爱意。只有格瑞奥愿意尝试与这个全新的、好脾气的莎瑞娜相处——冒着被他的同龄人嘲笑的风险。这种结合并不是出于爱情，但莎瑞娜还是喜欢格瑞奥的，除了他的薄弱意志。他有一种稚气的优柔寡断，过分勉强自己去做对的事情，以便能在其他人都懂得比他多的世界里获得成功。

最后，莎瑞娜主动解除了婚约——倒不是因为和无趣的格瑞奥共同生活会把她逼疯，而是因为她意识到了不公平。自己这么做对格瑞奥不公平，她利用了他的单纯天真，让他陷入他无法处理的境地。让他在最后一刻承受被拒绝的难堪，总要好过一生都生活在一个比他强的女人的阴影下。

这个决定使她成为嫁不出去的老处女的命运成为定局。传言说，她跟格瑞奥在一起，只是为了愚弄他，而尴尬的年轻人离开了宫廷，之后的三年内都躲在自己的土地上过着隐居生活。此后，就没有人敢再追求国王的女儿了。

她也在那个时候逃离了泰奥德，让自己沉浸在她父亲的外交事务中。她作为一个公使，在欧佩伦的各个主要城市活动，从斐优旦到斯福坦的首都瑟拉梵（Seraven）。有段时间她非常沉迷于前往阿雷伦的想法，但她父亲的禁令毫无回旋余地。他几乎都不派间谍进入那个国家，更不要说他唯一的女儿了。

不过，莎瑞娜叹了口气想，她最终还是这么做了。她觉得这么做很值得。她与雷奥登的订婚原本是个好主意，不管它后来变得有多糟。当他们开始互相写信时，她一度又再次怀有希望，但那个承诺最终还是破灭了。但她还拥有了对于希望的记忆，这比她期待得到的还要多。

"你看起来像是刚失去了最好的朋友一样。"罗艾奥指出，他回来时交给她一杯蓝色的津多酒。

"不，是我的丈夫。"莎瑞娜叹口气说。

"啊，"罗艾奥理解地点点头。"也许我们应该到别处走走——到一个看不到发春的年轻男爵的地方。"

"一个绝妙的主意，阁下。"莎瑞娜说。

他们沿着舞池的外围散布，罗艾奥向那些称赞他舞会办得好的人点头致意。莎瑞娜大大咧咧地走在老人身旁，对于那些经过时对她报以白眼的贵妇感到十分困惑。过了一会儿，莎瑞娜才意识到这些敌意背后的原因——她完全忘记了罗艾奥是全阿雷伦最炙手可热的单身汉了。今晚的很多女人都虎视眈眈地等着公爵落单。她们也许早就做好了严密周全的计划，比如该如何堵住老人，如何趁机讨好他。可是莎瑞娜毁了所有的机会。

罗艾奥打量着她的脸，咯咯笑道："你终于懂了，是吧？"

"这就是你为什么从不举办宴会的原因，是吧？"

公爵点点头，"虽然在别人的宴会上应付她们也同样困难，但有这些狐狸缠着，根本不可能当好一个合格的宴会主人的。"

"小心点，阁下，"莎瑞娜说，"舒顿第一次带我去舞会时，也抱怨过同样的事情，看看他现在的结局吧。"

"舒顿用了错误的方式来对付她们。"罗艾奥说，"他只会逃跑——但谁都知道不管你跑得有多快，总是有人比你跑得更快。而我，则完全相反，就留在原地。我发现逗弄她们贪婪的小脑袋更有趣。"

莎瑞娜本想反驳几句，但一对熟人的接近却打断了她。卢凯穿得如往常一般时髦，绣着金线的蓝色马甲配上褐色的裤子；而佳拉，他黑发的妻子，则穿着简单的薰衣草色裙子——从高领的剪裁中就能看出是津多服装。

"哎呀，如果我没看错的话，这里好像有一对配错对的情侣。"卢凯大笑着说，然后向公爵鞠了一躬。

"什么？"罗艾奥问，"你是说一位暴躁的老公爵和他可爱的年轻伴侣？"

"我说的是身高的差距，阁下。"卢凯哈哈大笑。

罗艾奥挑起眉毛朝边上一瞥，莎瑞娜足足比他高一个头。"到我这个年纪，只能来者不拒了。"

"我想不管您几岁，这句话都是真理，阁下。"卢凯说着，低头看着他黑眼睛的美丽妻子，"我们只能接受上天赐予我们的女性，然后感激上苍的恩赐。"

莎瑞娜感到一阵恶心——先是舒顿，现在又是卢凯。她今晚完全没有心情应付傻瓜情侣。

公爵感觉到了莎瑞娜的情绪，向卢凯告别，说他得去其他地方看看食物是否安排妥当。于是，卢凯和佳拉回去继续跳舞，而罗艾奥领着莎瑞娜走出了亮堂的舞池，回到黑暗的天空和闪烁的火把底下。

"你必须克服这种情绪，莎瑞娜。"公爵说，"你不能每次见到有稳定感情关系的人都逃开。"

莎瑞娜忍住不乌鸦嘴，这种年轻人的感情是很难稳定的。"我不总是这样的，阁下。只是这周过得有些艰难。再给我几天时间，我会恢复到平常那个铁石心肠的莎瑞娜的。"

罗艾奥听出她话语中的苦涩，明智地决定不回答这个敏感话题。一个熟悉的笑声传来，他顺着声音的方向看去。

特瑞伊公爵显然不想加入国王的私人聚会。事实上，正好相反，他在埃顿举行私人聚会的小花园对面，聚集起一大群贵族，谈笑风生。看来他已经开始组织自己专属的私人小聚会了。

"这可不是个好现象。"罗艾奥小声说出了莎瑞娜的心声。

"我同意。"莎瑞娜说。她大致数了数特瑞伊的追随者，努力辨认着他们的头衔，然后又回头看看埃顿的小花园。两边的人数差不多，但是埃顿似乎掌控了一群更为重要的贵族——当然是暂时的。

"这也是你当面顶撞埃顿所带来的结果。"罗艾奥说，"埃顿变得越不稳固，其他的选择就越诱人。"

当特瑞伊再次大笑时，莎瑞娜皱起了眉头，他的声音是那么快乐和无所顾忌，听起来完全不像刚失去一个最重要的支持者——枢机主祭拉森。

"他到底在打什么算盘？"莎瑞娜想，"现在他想如何夺取王位？"

罗艾奥只是摇摇头。在沉思了一会儿之后，他抬起头，对着空气说道："什么事？"

莎瑞娜转过头，看到阿什来了。然后她吃惊地发现那不是阿什，而是另外一个侍灵。

"园丁们报告说您的一个客人掉进池塘里了，大人。"侍灵边靠近，边振动着行礼。它的声音清脆，不带一丝感情。

"谁？"罗艾奥边笑边问。

"雷帝姆（Redeem）大人，阁下。"侍灵解释道，"显然他有点喝多了。"

莎瑞娜眯着眼，努力看向光球的深处，设法辨认出其中发光的符文，她猜是欧帕（Opa）。

罗艾奥叹了口气："他也许把鱼都吓得跳出池子了。谢谢你，欧帕。确保雷帝姆上来时有毛巾，而且有人送他回家，如果他需要的话。也许下次他就不会往池塘里掺酒精了。"

侍灵再次正式地行了个礼，然后离开，去执行主人的吩咐。

"你从没告诉过我你有侍灵，大人。"莎瑞娜说。

"很多贵族都有，王妃。"罗艾奥说，"不过现在已经不流行把它们随身携带了，侍灵会让人想起伊岚翠。"

"所以它现在只能待在你的屋子里？"

罗艾奥点点头，"欧帕帮我监督花园里的园丁。我觉得它很适合——毕竟，它名字的含义就是'花朵'。"

莎瑞娜轻拍脸颊，想着欧帕严谨而正式的声音。她在泰奥德认识的侍灵对主人可要亲切得多了，不管它们的个性如何。而在这里，在这个被认为创造了它们的国度里，侍灵却往往会遭到怀疑和嫌恶的对待。

"来吧。"罗艾奥说着，挽起她的手臂，"当我说想确认食物是否安排妥当时，我是认真的。"

莎瑞娜让罗艾奥带着她走。

"罗艾奥，你这个老糊涂。"当他们接近餐桌时，一个聒噪的声音响起，"我真是太惊讶了，你真的知道该如何举办一场宴会！我还害怕你会试着把我们全都塞进那个箱子里——那个你所谓的家。"

"埃汉，"罗艾奥说，"我早该料到，会在餐桌旁找到你。"

肥胖的公爵身上裹了一件黄色长袍，手里正抓着满满一盘脆饼和贝类。而他妻子的盘子里，却只装了几片水果。自从西登参加了莎瑞娜的击剑课程以来，已经减去了相当多的体重。

"当然——这是宴会最棒的部分！"伯爵大笑道。然后，他对莎瑞娜点点头，继续说道："殿下，我必须警告你不要被这个老不正经的带坏了，不过我也担心你会带坏他。"

"我？"莎瑞娜假装生气地说，"我有什么危险的？"

埃汉哼了一声，"去问国王吧。"说着，把一块华夫饼塞进嘴里，"事实上，你也可以问我——看看你对我可怜的妻子做了什么。她竟然拒绝吃东西！"

"我正在享受我的水果，埃汉。"西登说，"我认为你也应该试试。"

"也许我把这些东西吃完后会去拿一盘。"埃汉气呼呼地说，"你现在知道自己都做了些什么了吧，莎瑞娜？我如果先前知道你的'击剑课'会毁了我妻子的身材，我是绝对不会同意的。"

"毁了？"莎瑞娜惊讶地问。

"我是来自阿雷伦南部的，公主。"埃汉边说，边伸手去拿更多的蛤蜊，"对我们来说，圆润就是美。不是每个人都希望他们的老婆看起来像永远吃不饱的小男生。"埃汉突然意识到自己说得太过了，停了下来，"当然，并没有冒犯你的意思。"

莎瑞娜皱了皱眉。埃汉是个讨人喜欢的家伙，但他总是说话做事不经大脑。莎瑞娜完全不知道该如何回答，愣在那里。

这时敬爱的罗艾奥公爵赶来救场，"好吧，埃汉，我们得走了——我还有许多客人要招呼呢。噢，顺便说一句，你也许得催你的商队走快一点了。"

当埃汉抬起头来时，罗艾奥正准备带着莎瑞娜离开。"商队？"他突然非常严肃地问，"什么商队？"

"当然就是你那个把酸瓜从杜拉德运往斯福坦的商队呀。"公爵随口说道，"一周前我也送了一船过去，明天早上应该就到了。朋友，我恐怕你的商队将面对的是一个饱和的市场，更别提你的果子已经有点熟过头了！"

埃汉咒骂了几句，他手中的盘子没端稳，一些贝类滚落到草地上，他一点都没发觉。"你怎么能以我主的名义做这种事？"

"哦，你不知道吗？"罗艾奥问，"我是卢凯的半个合伙人。我从他上周运来的货物里分到了所有还未成熟的果实——它们到斯福坦的时候应该都熟了吧。"

埃汉摇摇头，苦涩地笑道："又被你抢先了，罗艾奥。但是看着吧，总有一天我会超过你，然后你会羞愧得一周都无法正视自己的脸！"

"我期待着这一天。"罗艾奥说着，转身离开餐桌。

莎瑞娜咯咯笑着，身后响起西登责备她丈夫的声音。"你真的像他们说的那样是个好商人吗？"

罗艾奥谦虚地扬了扬手，接着说："对，从头到脚都是好人。"

莎瑞娜大笑起来。

"不过，"罗艾奥接着说，"你年轻的堂兄还是狠狠地羞辱了我一番。我不知道他是如何把一整船酸瓜给藏起来的——我在杜拉德的办事员甚至都没能提醒我，后来，我能和他做成这笔交易完全是因为他需要筹集一笔资金。"

"这总比他去找埃汉好吧。"

"这倒是真的，"罗艾奥想了想，表示同意，"如果他真这么做了，我恐怕自己的耳根子绝对不得清静。埃汉在过去二十年里一直想要超越我——不过总有一天，他会发现我其实只是在假装聪明，如果那一天真的到来，那时估计我人生的趣味就会减少一半。"

他们继续散步，不时停下和客人谈天，享受着罗艾奥漂亮的花园。花园被火把、油灯，甚至是蜡烛精心点亮。更惊人的是那些十字树（crosswoord tree），它们正盛开着粉红色和白色的小花，娇嫩的花瓣正映着火光，透出惊人的美。莎瑞娜忘情地享受着眼前的美景，几乎忘了时间，直到阿什的出现提醒她今晚来此的真正目的。

"小姐！"阿什惊呼，"国王马上就要离开宴会了！"

"你确定？"她惊讶地确认，这才勉强把注意力从花丛中转回。

"是的，小姐。"阿什说，"他鬼鬼祟祟地离开了，说是要去厕所，却悄悄招来了他的马车。"

"抱歉，阁下。"莎瑞娜快速地对罗艾奥说，"我想我也得走了。"

"莎瑞娜？"当莎瑞娜走向房子时，罗艾奥惊讶地喊道，"莎瑞娜，你不能走。"

"我很抱歉，阁下，但是我不得不离开了，事关重大！"

他尝试着跟上他，但是莎瑞娜走得太快了，而且，公爵作为宴会的主人，怎能在宴会中途消失呢？

莎瑞娜在大门口眼睁睁地看着国王坐上了他的马车。她咒骂了几句——她怎么没想到要为自己准备交通工具呢？她着急地环顾四周，希望可以找到任何交通工具。在她好不容易找到一辆时，国王的马车已经走出很远了。

"小姐！"阿什警告道，"国王并不在马车里。"

莎瑞娜一时没反应过来，"什么？"

"他刚才从另一边偷偷溜走了，我看着他消失在道路另一头的阴影中。那马车应该只是个幌子。"

莎瑞娜不假思索地相信了侍灵的话——它的感官远比一般人要来得灵敏。"走吧。"她说，立刻朝着阿什所指的方向前进。"我没有穿适合潜行的衣服。你得盯紧他，告诉我他往哪边去了。"

"是，小姐。"阿什说，同时减弱它的亮光，隐匿在黑暗中悄悄靠近了国王，莎瑞娜则跟在它身后不远处。

他们继续前进，阿什紧紧地跟着国王，而莎瑞娜则隔着一段不易被察觉的距离。他们迅速地离开罗艾奥宅邸的范围，接着进入凯伊城中。埃顿机警地转入小巷之中，直到这时莎瑞娜才意识到她可能正在让自己陷入危险之中。女性根本不应该在入夜之后独自行走——即使在凯伊城中，虽然这里可算是欧佩伦最安全的城市之一了。好几次她都考虑要回头，当一名醉汉从黑暗中倒向她身旁时，她几乎就想转身逃跑了。可是最终，她选择继续走下去，因为她好不容易才等到这样一次机会，可以探明埃顿到底在做些什么，此刻，她的好奇心压倒了她的恐惧……起码现在这个时候是这样。

阿什也察觉到危险的临近，他建议莎瑞娜让他一个人跟踪国王。但是却被固执的王妃坚决地拒绝了，侍灵早就习惯了莎瑞娜的脾气，放弃了进一步的争执。他飞回去继续近距离跟踪国王，尽力地一边照看莎瑞娜，一边跟踪埃顿。

终于，侍灵放慢了速度，带着忧虑回到了莎瑞娜身边。

"他刚刚进入了下水道，小姐。"

"下水道？"莎瑞娜不可置信地问。

"是，小姐。而且不只他一个人——他离开宴会之后，就和两个披着斗篷的人会面，接着在下水道的入口又加入了五六个人。"

"而你没有跟进去？"她失望地说，"我们可能永远也追不上他了。"

"真是不幸，小姐。"

莎瑞娜沮丧地咬咬牙。"他们会在泥巴上留下脚印。"她还是决定继续向前，"你应该可以循着这些足迹找到他们。"

阿什有些犹豫："小姐，我还是坚持让您回到公爵的宴会去。"

"想都别想，阿什。"

"保护您的安全是我的首要职责，小姐。"阿什说，"我不能让您爬下去，尤其是这样的深夜——让您走这么远已经是我的错误了。我有责任要终止这个错误。"

"你想怎么做？"莎瑞娜不耐烦地问。

"我可以呼唤您的父亲。"

"我的父亲住在泰奥德，阿什。"莎瑞娜指出，"你又能做些什么？"

"我可以去找伊翁德大人或者其他人。"

"然后把我丢在这里，任由我在下水道里迷路？"

"您永远也不会做出如此愚蠢的举动，小姐。"阿什说。接着它停了一下，不确定地在空中盘旋。它的符文变得如此微弱，几乎接近半透明。"好吧。"它终于承认道，"您有时候的确会犯傻。"

莎瑞娜露出微笑。"来吧——我们动作越快，你就越容易跟上他们。"

侍灵不高兴地带路，很快就在一个肮脏发霉的地方找到了下水道入口。莎瑞娜坚定地走向前，丝毫不在意那些烂泥会毁了她的裙子。

月光只能照到第一个拐角处，莎瑞娜在那令人窒息的潮湿黑暗中站了一会儿，不得不对自己承认，就算是鲁莽如她，也绝对不会在没有向导的情况下，进入这样一个不辨方向的迷宫。所幸，她的虚张声势骗倒了阿什——虽然她并不确定是不是该为它相信自己是那种傲慢白痴而感到生气。

阿什微微地调亮了他的光芒，他们可以看到下水道其实是一根中空的管子，是过去伊岚翠魔法用来提供凯伊城房舍活水所留下的遗迹。现在下水道则是用来堆放垃圾和排泄物的，这些污物会被定期转向的阿雷德河水冲走——不过，现在这里看起来应该是许久没有被清理过了。这些堆积起来的泥泞污物几乎已经快盖过她的脚踝了。她根本不敢想这些泥巴是由什么构成的，其实刺激的恶臭早已提供了压倒性的线索。

对莎瑞娜来说，这里的每一条通道看起来都一样。好在，有一件事情可以令她宽心——侍灵的方向感。只要有阿什在，就绝对不可能迷路。这种生物总是知道它们身处何方，并且指出他们应该要前进的方向。

阿什在前面带路，低低地飘浮在烂泥上方。"小姐，我想问您为什么会知道国王会从罗艾奥的宴会上溜走？"

"你一定想得出来，阿什。"她带点责怪地说。

"容我向您保证，小姐，我想过了。"

"嗯，那么今天是一周的哪一天？"

"玫日？"侍灵回答道，带领她绕过一个转角。

"没错，那么每一周的玫日会发生什么事呢？"

阿什并没有立刻回答。"您父亲和欧丹大人玩游戏？"它不自信地回答，声音中带着一种不常有的沮丧。听得出来，阿什惊人的耐性正在被消磨殆尽。

"不。"莎瑞娜说，"每周的玫日晚上十一点的时候，我都会听见有人走过的怪声——那声音是从我房间的墙壁里传出来的，而那个通道只通往国王的寝室。"

侍灵恍然大悟地"噢"了一声。

"我偶尔也会在其他日子听到那种噪音。"莎瑞娜解释说，"但玫日是唯一能肯定的固定日期。"

"所以您让罗艾奥在今晚举办这场宴会，并期待国王会持续他的动作。"侍灵这下明白了。

"没错。"莎瑞娜说，同时试图不让自己在烂泥中跌倒。"而且必须是一场在深夜举行的宴会，让宾客起码要待到午夜——所幸今天的这场月食提供了一个完美的理由。国王必须要出席宴会，他的自尊不可能让自己被摒除在外。然而，他每周的固定活动也必定很重要，重要到他必须得冒险偷溜出来参加。"

"小姐，我不喜欢这个。"阿什说，"一个国王半夜待在下水道里会做什么好事？"

"这正是我要查出来的。"莎瑞娜说，一边拨开一个蜘蛛网。有一个想法正支持着她，让她穿过这些泥巴和黑暗——一种她几乎不敢相信的可能性——也许雷奥登王子还活着。也许埃顿王并没有把他关在地牢里，而是关在了下水道。也许她莎瑞娜并不是个寡妇。

一阵喧闹从前头传来。"调暗你的光线，阿什。"她警告侍灵，"我想我听到了什么。"

阿什消失在了黑暗中。前头有一个交叉路口，在笔直的通道那边正闪着火把的亮光。莎瑞娜缓缓地靠近转角，试着想要偷看一下。不幸的是，她没有注意到那个转角带着轻微的斜坡，害她毫无预兆地滑了一跤。她拼命地挥舞着手臂，却完全无法稳住自己，一路滑了好几尺才停下。

这个动作让她直接停在了交叉路口的中心，莎瑞娜紧张地缓缓抬起头。

埃顿王正不可思议地瞪着她，感觉和她一样震惊。

"我主慈悲！"莎瑞娜低语。国王站在她面前，身后是一个祭坛，一把红色条纹匕首此刻就握在他的手中。他全身赤裸，鲜血染红了他的胸膛。一个年轻女性被开膛破肚摊开在祭坛上，尸体从脖子到下腹被整个切开，内脏就散落在祭坛的旁边。

匕首从埃顿的手中掉落，"扑通"一声掉进泥巴里。莎瑞娜这时才注意到有十几个穿着黑袍的神秘人物正和他站在一起，杜拉德符文绣在他们的衣服上。他们每个人都握着一把长匕首。顷刻之间，好几个人迅速向她扑了过来。

莎瑞娜极力挣扎着，她感到极度反胃不适，而她的心却只想尖叫。

最后，她放声尖叫起来。

她踉跄地后退，接着整个人滑倒在烂泥中。那些人匆忙地向她跑过来，兜帽下的眼睛闪着热切与渴望。莎瑞娜在泥巴中又踢又打，不停地尖叫，试着让自己站起来。这让她几乎没有听见从右边传来的脚步声。

突然之间，伊翁德出现了。

这位年长将军的长剑在昏暗的光线中闪烁着，他利落地砍下一只正伸向莎瑞娜脚踝的手。而那些穿着伊翁德军团制服的士兵也跟着冲进走道。最后还跟着那位穿红袍的仪祭迪拉弗，那个德雷西教士。他并没有加入战斗，只是站在一旁满脸的着迷。

早已目瞪口呆的莎瑞娜试着再次站起来，但却又一次跌回污泥之中。有人伸手拉住她的手臂，帮助她站了起来。罗艾奥满是皱纹的脸庞此刻正安慰地对她微笑，一边把莎瑞娜拉起来站好。

"也许下一次你会提前告诉我，你正在计划些什么了，王妃。"他说。

"你告诉他了？"莎瑞娜对阿什投去责难的目光，怪他多事。

"我当然要告诉他了，小姐。"侍灵理所当然地回答，轻微地在空中颤动。此刻，她正和阿什还有卢凯坐在罗艾奥的书房中。莎瑞娜穿着从公爵女侍那儿借来的袍子，虽然并不合身，但总好过沾满污水的丝绒洋装。

"你是什么时候对他说的？"莎瑞娜质问道，疲倦地靠在罗艾奥柔软丰厚的绒布沙发上，把自己包在毯子中。公爵刚命人伺候她入浴，此刻她的头发还湿漉漉的，在夜风中感觉到一阵凉意。

"你一离开我的宅邸，他就通知欧帕了。"罗艾奥一边解释，一边走进房间，手里端着三个冒着热气的杯子。他把杯子递给莎瑞娜还有卢凯，然后坐下。

"速度还真快呀。"莎瑞娜惊讶地低声说。

"我知道不管我怎么说，你都绝对不会回头的。"阿什辩解。

"你太了解我了。"她咕哝着，啜吸一口饮料。那是斐优旦的一种饮料，叫作嘎哈（garha）——这非常好——经历了那么恐怖的场景之后，她可没法入睡。

"我不会为此作任何辩解，小姐。"阿什说。

"那你为什么还试着阻止我，在你带我进下水道之前？"她问。

"我是在拖延时间，小姐。"阿什解释说，"公爵坚持要亲自赶来，但他的队伍移动得很慢。"

"我的速度可能很慢，但我不会错过你的任何计划，莎瑞娜。"罗艾奥说，"人们都说年龄会带来智慧，但它只带给我折磨人的好奇心。"

"伊翁德的士兵是怎么回事？"莎瑞娜问。

"他们本来就在宴会现场。"卢凯回答说。当他看到莎瑞娜偷偷摸摸又沾满泥水地回到罗艾奥的宅邸时，他就坚持一定要知道全部详情。"我看到他们中的一些人在和贵族们交谈。"

"我邀请了伊翁德的军官们。"罗艾奥解释道，"或者说，是这城里半数的军官都接到了我的邀请。"

"好吧。"莎瑞娜说，"所以当我跑掉之后，阿什通知你的侍灵，告诉你我正在跟踪国王。"

"'那个傻女孩快要把自己给害死了。'我想他的原话应该是这样的。"罗艾奥笑着说。

"阿什！"

"我道歉，小姐。"侍灵尴尬地振动着，"我那时候已经慌张到口不择言了。"

"总之，"莎瑞娜继续道，"阿什通知了罗艾奥，然后罗艾奥便从宴会上召集了伊翁德还有他的士兵。接着，你们全都跟着我进了下水道，并且还用你的侍灵替你引路。"

"直到伊翁德听到你的尖叫声。"罗艾奥继续说道，"你是个幸运的女孩，能拥有那个男人的忠诚，莎瑞娜。"

"我知道。"莎瑞娜说，"这周已经是第二次证明了他配剑的好处。下次让我再看见埃顿，记得提醒我踹他一脚，他说贵族接受军事训练是下等人才会有的主意，无稽之谈！"

罗艾奥轻笑出声。"我怕你得排队才能踢到他了，王妃。我认为此时此刻城里所有的教士——不论是德雷西还是珂拉西教派的——都想要狠狠地把这个杰斯科秘教徒给踢飞。"

"他还把那个可怜的女人给献祭了。"阿什低声沉重地说。

他们显然都想起了那场景，气氛突然沉重了起来。莎瑞娜颤抖地回想起那个染满鲜血的祭坛，还有躺在上面的人。阿什是对的，她阴沉地想。这可不是开玩笑的事，她差点就没命了。

"全部过程就是这样？"卢凯问。

莎瑞娜点点头。"秘教有时候会牵扯到献祭。埃顿一定是非常渴望某种东西。"

"我们的德雷西友人宣称他对此有点了解。"罗艾奥补充说，"他认为国王是在向杰斯科圣灵祈求，替他毁灭某人。"

"我吗？"莎瑞娜问，尽管裹着毛毯，她还是感觉到身体一阵发寒。

罗艾奥点点头。"迪拉弗仪祭说过，祈祷文就是用那个女人的鲜血写在祭坛上的。

莎瑞娜止不住地颤抖。"至少我们现在知道那些女侍和厨子为什么会从王宫里消失了。"

罗艾奥再次点头。"我猜他已经加入秘教相当长时间了——甚至有可能是在灾罚之前。他很显然是那个团体的领袖。"

"在场其他人都有谁呢？"莎瑞娜问。

"都是一些低等贵族。"罗艾奥回答说，"埃顿不可能让任何可能挑战他权势的人加入的。"

"等一下。"莎瑞娜皱起眉头，"那个德雷西教士是从哪里跑来的？"

罗艾奥不安地看着自己的杯子。"这都是我的错。他看到我在召集伊翁德和他的手下——我那时有点匆忙——就自说自话地跟在我们后面来了，我根本没有时间和他多扯。"

莎瑞娜不快地又喝了一口饮料。今晚这整件事的结果，完全和她的计划背道而驰。

埃汉突然摇摇晃晃地走进房间。"该死的我主，莎瑞娜！"他大声说，"你先是反对国王，然后又去挽救他，现在却要罢免他了。拜托你拿定主意好不好？"

莎瑞娜双手抱膝，把头靠在膝盖上呻吟道："现在就没有办法把这件事情压下去了吗？"

"没办法。"罗艾奥说，"那个德雷西教士看到了一切——他已经通知了半座城市的人。"

"看来，特瑞伊现在毫无疑问要获取权力了。"埃汉摇摇头说。

"伊翁德在哪里？"莎瑞娜问，她的声音隔着毛毯显得模模糊糊的。

"他去关押国王了。"埃汉说。

"那舒顿呢？"

"还在送那些女人安全回家，我猜。"卢凯说。

"好吧。"莎瑞娜说着，抬起头，拨开眼睛前面的头发，"不管他们了，我们必须立刻采取行动。先生们，恐怕我刚刚毁了来之不易的短暂平静。我们还有一些重要的计划要实施，希望能把伤害减少到最小。"

第三十三章

有些事情改变了。拉森眨眨眼睛，挥去白日梦的残余碎片。他甚至不能确定时间过去了多久。天色还是一片漆黑。无边的黑暗中只有几根火把还在高高的伊岚翠城墙上燃烧着。甚至连月光也没有。

他最近越来越频繁地陷入恍惚状态，当他保持着忏悔的跪姿时，他的神智也随之模糊了起来。整整三天的祷告的确是有些太长了。

他感到又渴又饿，他期待着这种状态——他曾经禁食斋戒过，但这次有所不同。他的饥饿感比以往任何时候都更加强烈，仿佛他的身体正试图向他发出警告。他知道伊岚翠已经让他感到够多的不适了，这座城市充斥着绝望的情绪，甚至每块肮脏破裂的石头都散发着一种焦虑的气息。

突然，天空中出现光芒。拉森敬畏地抬起头，眨了眨疲惫的双眼。月亮缓缓地从黑暗中显现出来，先是如镰刀般的弦月，闪烁着尖锐的银色光芒，接着在拉森的注视下，那光芒一点一点地扩大，他不知道今天晚上会发生月食，自从他离开杜拉德之后，就不再关心这种事。杜拉德曾经盛行一种异教信仰，非常重视天体的运动，而秘教的仪式也往往在有月食的夜晚举行。

跪在伊岚翠的广场上，拉森终于明白了为什么杰斯科秘教会以崇拜自然来作为他们的宗教信仰。在那苍白的光芒之中蕴藏着某种美丽——那是天界的女神借由月食所展示的无上神秘。仿佛它真的消失了一段时间，去别处旅行，而不是如斯福坦科学家所宣称的那样，只是落入了这颗星球的阴影之中。此刻，拉森几乎可以感觉到它的魔力。

只是几乎，拉森如今能够理解，一种原始宗教为什么崇拜月亮——虽然他无法参与到那样的膜拜之中，但他也在思考——他面对自己的神祇时，是否也应该拥有这种敬畏之心？难道他的信仰有瑕疵了？是不是就因为他对他的神祇杰德斯无法产生同样好奇又畏惧的崇敬心情，就和杰斯科的信徒望着月亮时的心情一样？

他永远也不会产生这样的情绪，因为他无法接受非理性的敬畏。他嫉妒那些人能够在不理解他教诲的情况下，依旧从内心深处涌出对神的赞美，拉森自己却仍然无法将宗教信仰和真相区分开来。杰德斯将力量赋予那些他认为适合的人，而拉森获得了逻辑的智慧，他永远都无法满足于单纯的奉献。

这也不是拉森所期待的，不过这是个答案，他从中获得了安慰与力量。他不是个狂热的信徒——他永远也不可能成为拥有极端热情的男子。最终，他选择跟从德雷西就是因为其合理性，这样就够了。

拉森舔了舔他干裂的嘴唇，他不知道还要过多久他才能离开伊岚翠，他的放逐可能还会持续很多天。他不想表现出任何生理需求，但他现在的确需要一些给养品。他四下搜索，终于找到了他的祭品篮——此刻正倒卧在烂泥之中。那些祭品已经开始腐烂变质，但拉森还是把它们都吃了下去。当他最终决定要进食时，他的自制力也随之崩溃，他把全部食物都吃了下去——腐烂的蔬菜、发霉的面包和肉片，还有一些玉米和那些被伊岚翠污泥泡软的坚硬谷粒。最后，他一口气灌下了一整瓶葡萄酒。

然后，他把篮子扔在一边，至少现在他不用再担心那些饿死鬼来抢他的食物了，不过自从上一次的袭击之后，他还没见过任何一个人。他由衷地感谢杰德斯，因为此刻的他已经虚弱到脱水，估计无法再应付任何攻击了。

月亮已经完全显露出来了，拉森抬头凝望，重拾了决心。他也许缺乏激情，但他有着丰富的经验和坚定的决心。拉森舔了舔已经变得湿润的嘴唇后，重新开始祈祷。他会一如既往地继续他的事业，尽自己最大的努力来为杰德斯帝国服务。

这就是神对他的所有期待。

第三十四章

雷奥登的判断出现了偏差。那晚夏尔的几个手下前来烹煮食物，他们的眼中闪烁着微弱的理智之光。不过，夏尔的其他手下还是疯狂依旧，他们别有所图地偷偷来到新伊岚翠。

雷奥登看到这些野人们推来巨大的石块，挡住玛睿希的长橇。他们早已丧失了心智，理性思考的能力似乎随着兽性的疯狂发展而逐渐萎缩。他们无法将火焰和烧煮联系在一起，他们只会对着那些坚硬的谷物咆哮、暴怒并为自己无法吞下那些东西而感到困惑。

不，虽然那些人还没有中他的计谋，但至少他们来了——雷奥登已经颠覆了他们原来的神。

雷奥登进入了夏尔的领地，并且毫发无伤地逃了出来。他向那些人证明，他拥有控制食物的力量——他能够让食物变得干硬得无法下咽，又能让它们变得柔软好嚼。雷奥登的士兵已经击退了夏尔的手下们好几次。对于这些极其简单的心智而言，当遇到一个比他们所崇拜的神更强大的力量时，只剩下一个选择：皈依。

在雷奥登试图让他们恢复心智的努力失败后，次日早上野人们又再次来找雷奥登。他走到新伊岚翠的防护墙边上，看见野人们鬼鬼祟祟地走在城市的主干道上，他赶紧敲响警钟，沮丧地想，他们终于决定发起总攻了，一场大战在所难免。

但夏尔的手下却不是来打架的，他们给他带来一样礼物——他们过去神灵的头颅，或者说，至少是她的头发。带头的狂人把那团金色的头发丢在雷奥登脚边，上面还有伊岚翠人半凝固的黑色血液。

无论怎么搜索，雷奥登的手下都没能找到夏尔的尸体。

他们倒台神祇的头发此刻就躺在雷奥登跟前的泥地上，野人们弯下腰，乞求似地把他们的头贴在地上。他们现在任凭雷奥登指挥了，而相对的，雷奥登则要提供他们食物，这就像是宠物与主人之间的关系。

这样的结局让雷奥登感到有些不安——像对待野兽那样地驱使利用人类，并不是他的本意。他想用其他办法恢复他们的心智，但在两天的努力之后，他终于明白一切都只是徒劳。那些人已经放弃了像人类那样思考——不论是心理治疗或是铎的力量，都不能让他们的理智再回来了。

但他们的表现还是非常好——极其容易被控制，疼痛对他们似乎也没有太大影响，他们愿意执行任何任务，不管那些工作有多么辛苦，多么卑贱。如果雷奥登叫他们把一幢建筑推倒，几天后，会发现他们还在推同一堵墙——他们赤手空拳地对付那些顽固的石头。不过，不论他们表面如何顺从，雷奥登都无法完全信任他们。他们杀死了邵林，他们甚至杀死了前一任主人。他们眼前的顺从，可能只是因为他们暂时有求于他。

"咔哑讷。"加拉顿靠近雷奥登说道。

"没剩下多少了，是吗？"卡拉妲也同意道。

咔哑讷是加拉顿给他们起的名字，意思是"狂人"。

"可怜的灵魂。"雷奥登低语道。

加拉顿点点头，"你找我们吗，苏雷？"

"对，跟我来。"

咔哑讷的到来所增加的人手，帮助玛睿希和他的工人们实现了修复石材家具的可能，这样正好节省了他们珍贵的木材资源。雷奥登在礼拜堂的新桌子就是他曾经用来勾起塔安对伟大时代的雕刻艺术无限憧憬的那张，桌子中间曾经有过的大裂缝现在已经用水泥糊了起来，除此之外简直完好如初，桌子表面的雕刻虽有点磨损，仍纹饰仍然很清晰。

桌上放着好多书，近来新伊岚翠的重建需要雷奥登的指挥，这让他很难抽空悄悄前往那个秘密图书馆学习，于是他只好从其中带了几本书出来。人们也都习惯于看到他随身携带书本，也没人想起要问问他书的来源——即使那些书本都非常完好地保有着皮革封面。

他越发迫切地需要研究艾欧铎，他的痛苦正在持续地增长。好几次疼痛猛烈到几乎让他崩溃，他不停地与痛苦抗争着。目前这一切都还在可控的范围内，不过雷奥登心里明白他的抵抗已经越来越勉强了，而且情况越来越糟糕。算算日子，他来到伊岚翠城已经超过一个半月了，他暗自怀疑自己是否还能够看到下个月的来临与结束。

"我不知道你为什么要坚持与我们分享艾欧铎的细节，苏雷。"加拉顿边说边叹气，雷奥登正伸手去取一本打开的书。"你讲的东西，我连一半也听不懂。"

"加拉顿，你必须强迫自己记住这些东西。"雷奥登说，"不管你表面上怎么说，我知道你具备学习这些知识的能力。"

"也许吧，"加拉顿说，"但这并不表示我要喜欢它。艾欧铎是你的兴趣，不是我的。"

"听着，朋友。"雷奥登严肃地说，"我知道艾欧铎中埋藏着有关于我们的诅咒的秘密。只要一直认真地研究下去，我相信总有一天我们可以从中找出治愈的方法。但是……"他举起一根手指，然后继续道，"如果我出了什么事，必须有人继续我的研究。"

加拉顿不以为然地说："拜托，你离变成惑伊德的距离，大概和我变成斐优旦人的距离一样远。"

那只是我隐藏得好。"这不重要。"雷奥登说，"没有备份是很愚蠢的行为，我把那些东西都写了下来。但我要你们好好听我说。"

加拉顿叹了口气，"好吧，苏雷。你又发现了什么？另一个增加符文效果范围的方法？"

雷奥登露出微笑，"不，这个更有趣。我知道伊岚翠为什么被烂泥覆盖了。"

卡拉妲和加拉顿听到这儿都打起了精神。"真的吗？"卡拉妲问，看着那本摊开的书，"原因都写在这里了？"

"不，原因是由好多状况累积形成的。"雷奥登说，"不过，关键的部分确实在这里。"他指着其中一个图案解释道。

"艾欧·阿什？"加拉顿顺着雷奥登所指看了一眼。

"对。"雷奥登说，"你们知道伊岚翠人的皮肤原本是纯银色的，甚至有人认为他们会发光。"

"的确是会发光……"加拉顿说，"虽然不是很亮，但当我父亲走进黑暗的房间时，你可以清楚地看见他的身影。"

"嗯，这也是铎造成的。"雷奥登解释道，"每个伊岚翠人的身体都无时无刻与铎相连。同样的连接也存在于伊岚翠城与铎之间，虽然学者们并不明白其中的原因。但是铎的确充斥于整座城市，这也让石头和木材发出了类似火焰在里面燃烧般的光芒。"

"这样一定很难入睡吧。"卡拉妲说。

"其实你还是可以遮蔽那些光线的。"雷奥登说，"但让整座城市发光的效果是如此的壮丽，以至于许多伊岚翠人都主动地去适应如何在那样的光芒中生活，他们不舍得遮住那光芒，学者们都能在发光的地方入睡。"

"真有趣。"加拉顿冷淡地说，"所以，这和烂泥有什么关系？"

"你知道吗，有些霉菌依赖光源生存，加拉顿？"雷奥登继续解释道，"铎的光与一般光源不同，却能吸引另一种菌类。很显然，那些半透明的软体生物生长在大部分东西上，伊岚翠人并没有费心地去清理它们，因为它们几乎无法被察觉。事实上，它们还会强化亮光。这些菌类十分顽强，也不太会造成脏乱，除非它们死亡。"

"光芒消失了……"卡拉妲说。

"于是，那些菌类也随之死亡腐烂了。"雷奥登点头说，"由于那些菌类覆盖了整座城市，所以现在四处都是烂泥。"

"那么，重点是？"加拉顿打着呵欠说。

"这只是其中一条线索，"雷奥登接着说，"帮助我们发现灾罚出现时到底发生了什么。我们需要向后倒推，我的朋友。我们才刚开始了解这个十年前发生的事件的一些表面现象而已。当我们彻底了解灾罚所造成的每一个影响，也许我们就能推理出造成这一切的原因了。"

"烂泥的解释很合理，王子殿下。"卡拉妲说，"我总觉得那些烂泥有点不同寻常。我曾经站在雨中，看着雨水滑过石墙，却洗不去上面的污痕。"

"烂泥是油性的，"雷奥登说，"所以它不溶于水。你有没有听到过卡哈曾经抱怨那些东西有多么难以清洗？"

卡拉妲点点头，随手翻阅着那本书。"这些书包含了许多讯息。"

"的确。"雷奥登说，"不过写下它们的学者真讨厌，他们语焉不详，我得花费许多力气才能找到特定问题的答案。"

"比如说？"卡拉妲问。

雷奥登皱起眉头。"嗯，譬如说，目前为止，我还没有找到任何一本提到过侍灵的书。"

"一本也没有？"卡拉妲惊讶地问。

雷奥登摇摇头，"我一直以为侍灵是艾欧铎的产物，但如果真是如此，却没有一本书解释制造的具体方法。许多书都曾提到过著名的侍灵被传给另一个人，但也只此而已。"

"传给另一个人？"卡拉妲不解地皱眉问。

"就是把侍灵让给另一个人。"雷奥登说，"如果你有一个侍灵，你可以把它让给别人——或者你也可以在自己大限将至时，告诉它应该去服侍谁。"

"所以，一般人也有机会拥有侍灵？"她问，"我以为这只是贵族的特权。"

雷奥登摇摇头，"这要看前一任拥有者的意愿。"

"只不过贵族不会随随便便地把他的侍灵传给一个农夫。"加拉顿说，"侍灵就像财产，通常只在家族内流传，可啰？"

卡拉姐再次皱眉。"所以……如果拥有者死去，却没有告诉侍灵接着该去服侍谁呢？"

雷奥登停下来，耸了耸肩，看着加拉顿。

"别看我，苏雷。"加拉顿说，"我可从来没拥有过侍灵。"

"我也不知道。"雷奥登坦率地说，"我猜它会自己选择下一个主人。"

"即使它不愿意？"卡拉姐问。

"老实说，我不认为它们会去选择。"雷奥登说，"侍灵和它们的主人之间有一种……联系。如果侍灵的主人被宵得术法选中，它就会跟着疯掉。我认为它们是被创造出来提供服务的——一种魔法。"

卡拉姐点点头。

"'性灵'大人！"一个逐渐靠近的声音喊道。

雷奥登挑起一边眉毛，合上书本。

"大人。"达希突然冲进门说，这个高大的伊岚翠人看起来与其说是担忧，不如说是困惑。

"什么事，达希？"雷奥登问。

"是那个枢机主祭，大人。"达希一脸激动地说，"他痊愈了。"

第三十五章

"才不到一个半月，你就推翻了一个国王。没有人能说你手脚不够利索啊，莎瑞娜。"虽然她父亲用词轻松，但那张发光的脸庞还是背叛了他，透露出关切。他们都清楚，政府被推翻后可能会导致各种骚乱，不论是对平民还是贵族，这都是相当危险的。

"呃，这并不是我的计划。"莎瑞娜抗议道，"我主慈悲，我只是想拯救那个傻瓜，没想到他居然牵扯上秘教。"

她的父亲略略笑道："我真不该把你送到那里去，当初你作为使节去拜访我们的敌人时，你就已经够坏了。"

"你并没有把我'送'到这里，父亲。"莎瑞娜说，"这完全是我自己的主意。"

"我很高兴地知道，自己的意见在女儿眼中原来一文不值。" 伊凡提奥说。

听到这话，莎瑞娜的态度软了下来。"对不起，爸爸。"她叹了口气，"自从我看到那副景象后就一直神经过敏……你不知道那场面有多恐怖。"

"哦，很不幸，是吗？我明白。以我主之名，这世上怎么会有像秘教这样丑恶的东西，而且它还是源自如杰斯科一般纯净的宗教？"

"同样地，苏·科萨格教派与苏·珂拉西教派，也都来自于一个默默无闻的津多男子的教诲。"莎瑞娜摇头回答道。

伊凡提奥叹了口气："所以，埃顿王死了？"

"你已经听说了？"莎瑞娜惊讶地问。

"最近我在阿雷伦安插了几个新间谍，莎瑞娜。"她父亲说，"我可不会把女儿独自留在一个濒临毁灭的国家，至少得看着点她。"

"那些间谍是谁？"莎瑞娜好奇地问。

“你不需要知道这些。”她的父亲说。

“他们肯定有侍灵。”莎瑞娜若有所思地说，“不然你就不会这么快知道埃顿王的事——他昨晚才上吊自杀。”

“我才不会告诉你呢，莎瑞娜。”伊凡提奥用好笑的口气说，“如果你知道了那是谁，肯定会把他占为己有。”

“很好。”莎瑞娜说，“但当这一切都结束时，你最好告诉我他是谁。”

“你不认识他……”

“很好。”莎瑞娜故作满不在乎地重复了一遍。

她的父亲大笑道：“还是多告诉我一些关于埃顿王的事吧。以我主之名，他是怎么拿到绳子的？”

“一定是伊翁德伯爵策划的。”莎瑞娜把手肘搁在书桌上，如此猜测道，“伯爵总是像战士一样思考，而且这也的确是一个非常有效的解决办法。我们不需要公开逼他退位，而且自杀也挽回了王族最后一丝尊严。”

“你今天下午显得很嗜血啊，莎瑞娜？”

莎瑞娜颤抖地说：“你没有亲眼看见，父亲。国王并不是仅仅杀死那个女孩，他……在享受杀戮的过程。”

“啊。”伊凡提奥说，“我的情报显示，特瑞伊公爵可能将继承王位。”

“我们绝不能袖手旁观。”莎瑞娜说，“特瑞伊甚至比埃顿更糟。即使他最后没有成为德雷西教徒，也还是一个糟糕的国王。”

“莎瑞娜，一场内战毫无益处。”

“我不会让局势发展到那个地步的，父亲。”莎瑞娜保证道，“你不知道，这儿的人居然毫无半点军事概念。他们在伊岚翠人的保护下生活了几个世纪——他们居然天真地相信在城墙上放几个发福的卫兵就足以吓退所有的入侵者，他们仅有的真正能用来作战的军队只有伊翁德伯爵的军团，此刻他命令士兵们集结在凯伊城下，我们或许能在其他人反应过来之前，先把罗艾奥推上王位。”

“所以你们决定一致拥护他？”

“他是唯一富有到足以对抗特瑞伊的人。”莎瑞娜解释道，“现在没有足够的时间去扭转埃顿王那个财富和头衔挂钩的愚蠢体系，这里的人民早已习惯这种制度，目前只能暂时使用它了。”

一阵敲门声响起，一个女仆端着午餐走进房间。不顾朋友们的关切，在罗艾奥庄园待了仅仅一夜之后，莎瑞娜决定重返王宫，王宫是一个象征，她希望这个象征能为她树立起一些威信。女仆把盘子放在桌上后退下。

"那是午餐？"她父亲似乎拥有对食物的第六感。

"是的。"莎瑞娜说着，为自己切了一片玉米面包。

"好吃吗？"

莎瑞娜微笑着说："你不应该问的，父亲，这只会让你感到烦恼。"

伊凡提奥叹了口气："我知道，可是你的母亲又迷上了一种新菜——哈吉许杂菜汤。"

"好吃吗？"莎瑞娜问。她母亲是泰奥德外交官的女儿，自幼在津多长大。结果，她染上了一些非常奇怪的饮食偏好，而且她还会强迫整个宫廷和她一样。

"难吃死了。"

"真可怜。"莎瑞娜说，"对了，我的黄油放哪儿了？"

她的父亲发出一阵呻吟。

"父亲，"莎瑞娜责怪道，"你知道你需要减肥。"虽然国王无论在肌肉还是脂肪上，都不如他兄弟凯隐那么多，但他绝对不能算是结实，而是肥胖。

"我不认为。"伊凡提奥说，"你知道吗，杜拉德人认为胖子很有魅力，他们才不在乎津多人的健康观念，并且他们都活得很开心？而且，有什么证据能证明黄油会使人发胖？"

"你知道津多人的俗语，父亲。"莎瑞娜说，"凡是可燃物，必有碍于健康。"

伊凡提奥叹了口气："我已经整整十年没喝过一杯酒了。"

"我知道，父亲。我之前一直和你生活在一起，记得吗？"

"是啊，但她并没有让你远离酒精。"

"我可没有超重。"莎瑞娜指出，"酒精是可燃物。"

"哈吉许杂菜汤也是可燃物，"伊凡提奥回答道，语调中透出些许顽皮，"至少在你把它弄干的时候，我试过了。"

莎瑞娜大笑起来："我很怀疑母亲会为这项小实验叫好。"

"她只是瞪了我一眼——你知道她会做出什么样的表情。"

"是啊。"莎瑞娜说，忆起她母亲的音容笑貌。莎瑞娜近年来花费了太多时间在外交事务上，甚至都无暇顾及自己的思乡之情。但是，如果能回泰奥德一趟她还是非常高兴的——特别是在经历了过去几周里那一连串似乎永无止尽的惊奇和灾难之后。

"啊，莎瑞娜，我得回去上朝了，"她的父亲最后说道，"我很高兴你偶尔肯花时间与你可怜的老父亲交谈，特别是让他知道你已推翻了一整个国家。噢，还有一件事。我们一发现埃顿王自杀，信纳兰（Seinalan）就强征了我最快的一艘船，起航前往阿雷伦。他几天之内就会到达。"

"信纳兰？"莎瑞娜惊奇地问，"主教和这一切有什么关系？"

"我不知道——他不肯告诉我。但是，我真的得走了，娜。我爱你。"

"我也爱您，父亲。"

"我从未会见过主教。"罗艾奥坐在凯隐的餐厅里坦白道，"他和讴明神父差不多吗？"

"不，"莎瑞娜坚定地说，"信纳兰是个狂妄自大、自我中心的利己主义者，傲慢到足以让德雷西枢机主祭显得谦逊。"

"王妃！"伊翁德愤慨地说，"你污蔑的可是我们教会的主父！"

"这并不意味着我必须喜欢他。"莎瑞娜说。

伊翁德顿时脸色刷白，用手下意识地碰了碰挂在他颈上的艾欧·欧米吊坠。

莎瑞娜皱皱眉，说："你不需要驱魔，伊翁德。我没必要因为我主挑一个白痴去管理他的教会，就反对他——白痴也需要机会为我主服务呀。"

听了她的话，伊翁德低头注视着自己的双手，然后尴尬地放下手。罗艾奥则在一旁无声地笑了。

"怎么了？"莎瑞娜追问道。

"我只是在思考一些事，莎瑞娜。"这位老人微笑着说，"我以前从没见过像你这么有主见的人，无论是男是女。"

"那是因为你一直生活在温室中，公爵大人。"莎瑞娜提醒他，"不过话说回来，卢凯去哪儿了？"

凯隐的餐桌并不如罗艾奥的书房舒适，但出于某种原因，大家都觉得凯隐的餐厅更有家的感觉。当多数人忙着装饰书房或客厅时，凯隐却只钟情于他的食物，而这个餐厅正是他展现烹饪天分的地方。这个餐厅的装修看起来是那么舒适而亲切，其中的装饰品大都来自凯隐从旅途中带回的纪念品，小如风干蔬菜，大到巨型装饰斧，包罗万象，应有尽有。当他们需要会面时，都会不约而同地相聚在这个餐厅。

他们必须再等一会儿，等待卢凯回来。终于，他们听到大门打开又关上的声音，然后她堂哥那张和蔼温和的脸出现在门口。与他同行的还有埃汉和凯隐。

"怎么样？"莎瑞娜问道。

"特瑞伊确定想要登基。"卢凯说。

"有我的军队给罗艾奥撑腰，他就别想！"伊翁德说。

"不幸的是，我亲爱的将军，"埃汉说着，把自己巨大的身躯塞进椅子里，"你的军队并不在那里，现在你身边只有十多个人可供差遣。"

"还是比特瑞伊的军队要多。"莎瑞娜指出。

"再也不是了，情况变了。"埃汉说，"伊岚翠护卫队已经离开了他们的岗位，在特瑞伊的宅邸外安营扎寨了。"

伊翁德嗤之以鼻："那些守卫只是一群乌合之众，一群虚张声势的草包。"

"的确如此。"埃汉说，"不过他们有超过六百人，这可是五十比一的优势啊，就算是我都会选择跟你的军队打的，目前权势的天平恐怕已经偏向特瑞伊那边了。"

"真糟糕。"罗艾奥同意道，"特瑞伊的财富优势已经是个很大的问题了，但现在……"

"肯定会有办法的。"卢凯说。

"我可不那么认为。"罗艾奥坦白。

男人们都皱着眉，陷入沉思。然而，他们已经琢磨这个严重问题两天了，还是毫无结果。即使他们保有军事优势，其他贵族还是会迟疑是否要支持罗艾奥，毕竟他的财力没有特瑞伊雄厚。

莎瑞娜依次仔细地打量每个领主，她的视线最终落到舒顿身上。除了忧虑，他似乎在犹豫着什么。

"怎么了？"她轻轻地问。

"我想，我有个办法。"他试探性地说。

"说吧。"埃汉说。

"嗯，莎瑞娜依然很富有，"舒顿解释道，"雷奥登留给她至少五十万德奥（deos）的遗产。"

"我们讨论过这个，舒顿，"卢凯说，"她很有钱，但还是比罗艾奥的少。"

"的确，"舒顿同意道，"但是他们俩的财富加起来要远远超过特瑞伊。"

房间里突然变得异常沉默。

"您的婚约在法律上已经失效，小姐。"阿什在后面说，"埃顿王自杀，并把他的家系从王位继承人名单上移除，婚约就等于作废了。一旦其他人登上王位，无论是特瑞伊或罗艾奥，婚约就解除了，你就不再是阿雷伦的王妃了。"

舒顿点点头。"如果将你的财富与罗艾奥大人的合并，你将不仅得到对抗特瑞伊的财力支持，也会让公爵继承王位的要求合法化。别以为在阿雷伦家系出身是无关紧要的，贵族们会更愿意效忠于埃顿王的亲属。"

罗艾奥就像一个慈祥祖父般注视着莎瑞娜。"我承认，年轻的舒顿说到点子上了。这将是一场纯粹的政治婚姻，莎瑞娜。"

莎瑞娜深吸一口气，事情发生得太快了。"我能够理解，大人，我们会根据需要做该做的事情。"

于是，在短短的两个月内，莎瑞娜第二次订下了婚约。

"这恐怕真的不太浪漫。"罗艾奥向莎瑞娜道歉。会议结束后，罗艾奥低调地提出由他护送莎瑞娜回宫。其他人，包括阿什，都意识到这两个人需要单独谈谈。

"没关系的，大人。"莎瑞娜微微一笑，说道，"政治婚姻就是这样的——枯燥、勉强，但相当有用。"

"你很务实。"

"我必须这样，大人。"

罗艾奥皱了皱眉，"我们必须如此客套地用'大人'称呼吗，莎瑞娜？我还以为我们的交情很深呢。"

"我很抱歉，罗艾奥。"莎瑞娜说，"我只是很难将自我意识和政治意识区分开来。"

罗艾奥点点头。"我刚才所说的话都是认真的，莎瑞娜，这将仅仅是个为了一致的利益而达成的结合——别担心你自己在其他任何方面需要履行什么义务。"

莎瑞娜沉默了一会儿，聆听马蹄的嘚嘚声在他们前方响起，"这个国家需要继承人。"

罗艾奥轻轻地笑道："不，莎瑞娜，谢谢你，但是不用。即使我的身体还行，我也不会这么做的。我是个老头子，活不了多久了，这次的婚约不会再禁止你在我死后再婚。等我走了之后，你就能按照自己的意愿挑选男人，而到了那个时候，我们也早已用更稳固的系统取代埃顿之前所使用的愚蠢体系了，而你和你的第三任丈夫所生的小孩将会继承王座。"

第三任丈夫。罗艾奥说得好像他已经死了，而她也当了两次寡妇。"好吧，"她无奈地说，"如果事情都如你所预期的，至少我以后就不会再有找不到男人的困扰了。王位应该是个很有价值的奖赏，即使附带条件是我。"

罗艾奥脸色一正。"我一直要和你谈这个问题，莎瑞娜。"

"什么事？"

"你对自己的评价过于苛刻了，我听到了你的说法，你认为自己是没人要的。"

"事实的确如此，"莎瑞娜冷漠地说，"相信我。"

罗艾奥摇摇头。"你对人的评断相当精准，莎瑞娜，但除了对你自己。人们对于自己的看法往往是最不切实际的，你把自己看成是老处女，孩子，但你年轻、貌美。你过去的不幸，并不意味着你必须放弃未来。"

他直视着她的双眼，虽然罗艾奥经常捉弄她，但他其实是非常睿智的。"你会找到对的人来爱你的，莎瑞娜。"罗艾奥向她保证道，"你自己就是个奖赏，而且绝对比你身后的王位更有价值。"

莎瑞娜满脸通红地盯着地上。尽管如此，他的话依然令人欢欣鼓舞，也许她是有希望的，或许可能要等到她三十几岁的时候，但她至少还有最后的机会找到真正属于她的如意郎君。

"总之，"罗艾奥说，"如果我们要击垮特瑞伊，那婚礼就必须要快点进行。"

"你有什么建议？"

"在埃顿王葬礼当天。"罗艾奥说，"从技术上来说，埃顿的王朝，直到他下葬才算真正结束。"

四天。这的确是个非常仓促的订婚过程。

"我只担心将你所有的一切投入于此的必要性。"罗艾奥说，"决定与我这样一个垂暮之年的老人结婚，的确不容易。"

莎瑞娜将她的手放在公爵的手上，他的话令她听了心中一甜，露出微笑。"总的来说，大人，我认为我是相当幸运的，世界上很少有男人让我觉得能够被迫嫁给他是一种荣幸呢。"

罗艾奥露出一个满脸皱纹的微笑，他眨眨眼睛。"真可惜埃汉已经结婚了，是吧？"

莎瑞娜收回她的手，在他的肩上重重一击。"这一周我已经受够了情感冲击，罗艾奥，请你不要再恶心我了，非常感谢！"

公爵大笑了很久，然而，当他的欢乐平静下来时，另一个声音取而代之——一种呐喊。莎瑞娜紧张起来，不过这种呐喊不是由于愤怒或痛苦，听起来甚至有点喜悦和兴奋。她困惑地从车窗里看出去，一群人正如波涛般涌向一个十字路口。

"以我主之名，那是什么？"罗艾奥问。

他们的马车越驶越近，让莎瑞娜辨识出人群的中心有一个高大的身影。

莎瑞娜脑子一片空白。"但是……但是这不可能！"

"什么？"罗艾奥眯着眼睛问道。

"是拉森！"莎瑞娜瞪大双眼，说，"他离开伊岚翠了！"然后她意识到其他的变化，枢机主祭的脸上毫无斑点，呈现出皮肤正常的肉色。

"我主慈悲，他被治愈了！"

第三十六章

黎明宣告了拉森的流放已经到达第五天，他知道自己可能已经犯下了严重的错误。他会死在伊岚翠里。五天内滴水未沾，实在太久了，他知道在这座被诅咒的城市中完全没有可以喝的水。

他对自己的行为并不后悔，他的所作所为都是合乎逻辑的，虽然可能只是走投无路的逻辑，却依然合理。如果他继续待在凯伊城里，他将会日复一日变得越来越无力。不，即使死于脱水都比那样苟延残喘要好得多。

等到第五天结束时，他的神志已经变得越来越恍惚。有时候，他仿佛看见了迪拉弗在嘲笑他；有时，又仿佛看到了泰奥德王妃也在讥笑。他甚至觉得自己看见了杰德斯本人——无上的神低头望着他，脸上流露出的强烈失望让拉森的脸灼烧起来。但是，他看见的幻象不久后又改变了。他不再看见那些面孔，不再感到羞耻或轻视，他开始面对某些更可怕的事物。

对于达客豪的记忆。

记忆中，黑暗又空洞的修道院小房间又一次俘获了他，尖叫声在黑色石头砌成的走廊里回响，庄严的吟唱混杂着兽性狂野的痛苦哀嚎，仿佛吟唱也拥有某种特殊的力量。

当时，还只是个男孩的拉森跪在那里等待着，在一个比衣柜大不了多少的斗室里缩成一小团。汗水流过充满恐惧的眼睛，他知道他们最终会找到他的。

拉司伯（Rathbore）修道院是用来训练刺客的，斐优德（Fjeldor）修道院则训练间谍。而达客豪……达客豪修道院里训练出来的是魔鬼。

到了下午，他的幻觉消失了，只是暂时的——就像猫在给予猎物致命一击前，会放任猎物自由玩耍一样。拉森努力唤醒虚弱的身体，想用手把身体撑离坚硬的地面。肮脏而纠结的衣服粘在滑腻的皮肤表面，他甚至不记得自己是从何时起开始蜷卧在地上的。拉森叹了一口气，用他肮脏污秽的手拍了拍头顶，徒劳地想要拍去一些尘土。他的手指刮在某种粗糙刺人的东西上——那是他短硬的发须。

拉森笔直地正坐起来，突然而来的震惊提供了他瞬间爆发的力量。发抖的手从身上摸索出那个曾用来装祭祀酒水的小瓶，接着他用脏污袖子的一角尽力地擦拭着玻璃，然后竭力想从那里面看到自己的倒影。那影像虽然扭曲而又模糊，但是对他而言已经足够了。他身上的污点消失了，他的皮肤尽管脏污不堪，但又和五天前一样完好无瑕了。

福顿的药剂终于失效了。

就差那么一点，他几乎要认为这件事永远也不会发生了——可能福顿忘了他只需要暂时性的效果。这个哈维尔人调制出了一种能使人的身体产生出类似伊岚翠人受感染状况的特别药剂，但拉森误判了药剂师的能力——药力比他预期的稍微久了点，但确实达到了他的要求。

当然，如果拉森没能让自己尽快离开伊岚翠的话，他可能还是会死。拉森竭力站起来，一边聚集起仅存的力量混合着激动又兴奋的肾上腺素。

"看呐！"他对着城墙上方的警卫室尖声叫喊，"来目睹主上杰德斯的能力和光荣吧！我被治好了！"

没有回应。或许对于他目前虚弱无力的状况而言，那城墙实在是太高了。他继续沿着墙看去，注意到了某些事情——城墙上面一个守卫也没有，没有巡逻士兵来回走动，也没有那些代表他们存在的矛尖。他们前天还在那里的……或者……是大前天？过去三天的记忆像是一团迷雾——过长时间的祈祷、幻觉和间歇的虚弱昏睡混乱了他的记忆。

那些守卫都跑去哪里了？他们愚蠢地认为看守伊岚翠是他们庄严的职责，仿佛这座腐烂的城市能够对他们造成任何威胁似的。伊岚翠护卫队只有一个无用的功能，但也是因为这个功能才让他们声名显赫，那些守卫是绝不会轻易放弃他们的岗位的。

只是此刻，他们已经走了。拉森再次开始尖叫，感到力量正从他的身体里一点一点地流失。如果守卫没有打开城门，他就彻底完了。他在心里讽刺地想着——唯一一个被治愈的伊岚翠人，却死于守卫的疏忽与怠惰。

突然"啪"的一声城门被打开了。这难道是另一个幻觉吗？一个脑袋从缝隙间伸进来窥探——那是拉森长期收买的贪婪的队长。

"大人……？"守卫犹豫地问道。在瞪大眼睛上下打量了一番拉森后，他的呼吸开始急促。"仁慈的我主啊！这是真的，您被治愈了！"

"主上杰德斯听到了我的祈求，队长。"拉森用尽他剩下的所有力气宣布道，"我身上的伊岚翠污点已经全部消除了。"

队长离开了一会儿。然后，城门被慢慢地完全打开，一队警觉的守卫出现在拉森面前。

"来吧，大人。"

拉森站起来——他甚至没注意到自己是何时跪下的，然后摇晃着向城门走去。他转过身，将手搭在木制的城门上——门的一边是肮脏污秽的烂泥，另一边则明亮而干净，然后他回望伊岚翠。几个蜷缩着的身影正从一栋大楼的顶端望着他。

"享受你们的诅咒吧，我的朋友们。"拉森喃喃低语着，然后示意守卫关上城门。

"我真的不该这么做，您懂的。"队长说，"一旦有人被扔进伊岚翠……"

"杰德斯会奖赏那些服从他的人，队长。"拉森说，"并且常常会经由他仆人的手转交赏赐。"

队长的眼睛突然一亮。拉森突然非常高兴自己曾经贿赂过这个人。"你的其余手下在哪儿，队长？"

"都去保护新的国王了。"队长自豪地说。

"新的国王？"拉森问道。

"您错过了很多事，大人。现在阿雷伦由特瑞伊大人统治了——或者说，至少，一等埃顿的葬礼结束，他就能登基了。"

拉森是如此虚弱，只能在震惊中呆立在原地。埃顿死了？特瑞伊掌权了？才五天时间，怎么可能发生如此戏剧性的变化？

"跟我来。"拉森坚定地说，"你可以在我们回礼拜堂的路上原原本本地解释给我听。"

当他行走在路上的时候，人们开始在他的周围聚集。队长没有马车，而拉森也懒得去等一台马车来接他。这一刻，计划顺利完成的喜悦足以支撑着他继续走下去。

那些人群也给了他很大的帮助，随着消息逐渐被传开，仆人、商人和贵族们全都跑来看这个获得痤愈的伊岚翠人。人们为他让路，震惊进而崇拜地看着他，甚至有人敬畏地触摸他脏污的伊岚翠长袍。

一路上非常拥挤，但却没有发生任何事情——除了某一刻他抬头望过小巷，刚好看见那个泰奥德王妃也正从马车中偷看他。有那么一刻，拉森觉得自己仿佛又重新回到了刚成为枢机主祭的那一天。他的痤愈不仅不可预期，甚至可以说是深不可测的。莎瑞娜绝对不可能预见到这件事，终于，第一次，拉森占有了完全的优势。

当拉森抵达礼拜堂后，转过身面对跟在他身后的大批群众，举起手。他的衣服还是沾满烂泥，但他仿佛把这些污迹转化成了一种骄傲的勋章。尘土表明他所遭受的苦难，证明了他曾经到天谴的深渊走了一遭，并带着他完整的灵魂回来了。

"阿雷伦的人民！"他吼道，"今天你们应该知道谁才是支配者了！让你的全副身心接受一个真正能扶持你的宗教，主上杰德斯是这个大陆唯一的真神。如果你们想要证明，那就看看我的手从腐败到洁净的转变吧！我的脸是如此纯净无瑕，还有我重新长出短发的头皮。主上杰德斯考验了我，由于我全心地仰赖他，现在，他赐福予我，而我已经获得治愈！"

他把手放下，人群喊叫着支持他。之前，许多心存怀疑的人曾因为拉森的倒下而离去，但是他们将会带着全新的信心回来。他们改宗皈依的渴望将会比之前任何情况下都来得更强烈。

拉森进入礼拜堂，激动的人群依旧在外头聚集。拉森疲惫且麻木地走着，过去五天的疲惫终于耗尽了他最后激发出来的一点儿能量。他在祭坛前跪下，低下头进行虔诚的祷告。

此刻的他一点儿也不觉得奇迹来自于福顿的药剂有何不对——拉森认为最具有说服力的奇迹，可以来自于自然现象或是人为操控，因为杰德斯无处不在，一如他存在于万物，用自然现象增强人的信仰。

拉森真心赞美神赐予了他谋划的智慧，以及能顺利执行这个计划的幸运。队长的出现更加证明了这一切完全是神的旨意。这个人会在拉森最需要的时候出现，离开特瑞伊的处所，又刚好听到拉森的声音穿过厚重的木门，这些实在是超过了所谓"巧合"的范畴。杰德斯也许没有以"宵得术法"来诅咒拉森，但他绝对和这个计划的成功有关。

筋疲力竭的拉森完成了他的祷告，摇晃着站起来。与此同时，他听到礼拜堂的门被打开了。当他转身的时候，迪拉弗已经站在他的身后。拉森暗自叹息，他一直希望能在自己获得一点休息之前，避免这样的对质。

然而迪拉弗却在拉森面前跪下。"主上。"他低声说。

拉森惊讶地眨了眨眼。"怎么了，仪祭？"

"我曾经怀疑过您，主人。"迪拉弗承认道，"我认为主上杰德斯是因为您的不称职在诅咒您。而今我发现您的信仰比我知道的还要坚强许多。我现在知道您为什么会被选为枢机主祭了。"

"我接受你的道歉，仪祭。"拉森说，努力地压抑声音中的疲惫，"每个人都会有怀疑的时候。在我被流放时，你和其他的教士一定经历了许多困难。"

"我们本该更有信心的。"

"吸取这个事件的教训，仪祭，下次别再让自己陷入怀疑。你可以退下了。"

迪拉弗转身准备离去。当他站起来的时候，拉森打量着他的眼睛。他的眼中有着尊敬，但却没有像表面展现出的那么多忏悔。他的神情看起来更像是困惑、惊讶和不安，而且还透露着不悦。看起来他们之间的战斗还远远没有结束。

拉森实在是太过于疲倦了，甚至已经完全无法集中精力去担心迪拉弗了，他拖着脚步回到自己的房门口，然后推开房门。他的东西都被堆到了房间的一个角落，像是要等着被处理掉。一阵惶恐向他袭来，拉森冲了过去。他在一大堆衣服底下找到了藏有侍灵的箱子，上面的锁已经被破坏了。拉森焦虑不安地打开盖子，并且从中取出了金属盒。铁盒上面布满了抓痕、擦伤与凹痕。

拉森匆忙打开铁盒，盒子的一些杠杆有点儿弯曲变形，而且表盘也有些被卡住了。当他听到锁打开的声音，这才感到整个人松了一口气。侍灵正在盒子里面飘浮，似乎没有受到任何扰乱。剩下的三瓶药剂也完好地躺在旁边，其中两个已经破了，液体渗透进箱子的底部。

"自从我最近一次用你通话之后，有人打开过盒子吗？"拉森问。

"没有，大人。"侍灵用它忧伤的声音回答道。

"很好。"拉森说着，咔哒一声扣上盒盖。之后，他从那堆东西中拿出一瓶酒，喝了经过精确测算的量后，倒在床上迅速进入梦乡。

当拉森醒来时，天色已晚。他的身体还是疲乏酸软，可他仍强迫自己起床。他计划中有个关键步骤亟待解决，刻不容缓。他招来一位特别的教士，他刚刚抵达这里，名叫多西根（Dothgen），有着高大魁梧的斐优旦体型，肌肉甚至从他的红色德雷西衣袍中暴突出来。

"什么事，大人？"多西根问。

"你曾在拉司伯修道院受训，是吧，仪祭？"拉森问。

"是的，大人。"那人用低沉的声音回答道。

"很好。"拉森说，然后伸手拿起最后一小瓶毒药，"现在，我需要你的特殊能力。"

"目标是谁，大人？"教士问。和每个拉司伯的毕业生一样，多西根被训练成一名刺客。他所受的专业训练要比拉森在戈罕金（Ghajan）修道院中学到的要多得多。拉森在无法承受达客豪的训练后去的就是戈罕金。然而，只有枢机主祭或大主祭才能不经伟恩的允许就使用拉司伯的教士。

拉森露出微笑。

第三十七章

雷奥登正在研究符文的时候，它突然来袭，雷奥登听不见自己因为极度疼痛的冲击而发出喘息，也感觉不到自己因为痉挛性麻痹而从椅子上跌落下来。他所感觉到的只有纯粹的痛苦，一种突然降临到他身上的报复性折磨，就像有几百万只小虫在他的身体里钻进钻出，活生生地将他蚕食殆尽。很快，他就觉得自己的身体仿佛不存在了，痛苦就是他的身体，是他唯一的感觉、唯一的养料，而尖叫是他唯一的产物。

然后，他感觉到了它，那个东西就像是一个巨大的光滑表面，没有一丝缝隙或凹痕，就藏在他的意识之后，紧紧地压迫着他，将痛苦灌输进他身体的每一根神经，就像工人往地板上钉钉子一样。它巨大无边，让人类、山峦，甚至是整个世界都显得可怜而渺小。它不邪恶，甚至没有意识。它既不迅速蔓延也不翻滚，它是静止的，被自己巨大的压力压得动弹不得。它想要移动——去任何地方都行，寻找任何能释放压力的通道，但却没有找到出口。

当这股力量退去，雷奥登的视野也开始慢慢清晰起来。他发现自己正躺在礼拜堂冰冷的大理石地板上，凝视着桌子的底部。两张模糊的脸正紧张地看着他。

"苏雷？"一个焦急的声音问，仿佛来自非常遥远的地方，"杜罗肯啊！雷奥登，你听得到我说话吗？"

他的视力开始清晰起来。卡拉妲以往那张严肃的脸上满是担忧，而加拉顿则是怒气冲冲。

"我很好。"雷奥登用粗哑的声音说道，有些不好意思。他们已经发现他的身体有多脆弱了，他甚至承受不了待在伊岚翠城仅一个月的痛苦。

两个人帮他坐起来，他在地上坐了好一会儿，才表示想要坐回到椅子上。他浑身酸痛，就好像要同时抬起十几个不同重量的东西。当他坐进那把不舒服的石椅后，发出一声呻吟。

"苏雷，发生了什么？"加拉顿问，犹豫地坐回到自己的椅子里。

"疼痛。"雷奥登说，用手抱住头，将手肘放在桌子上，"有一阵子疼得我难以承受，现在好多了，它已经退去了。"

加拉顿皱皱眉，"你在说什么，苏雷？"

"疼痛！"雷奥登被激怒了，"我那些割伤、淤青的疼痛，伊岚翠人的最大克星。"

"苏雷，疼痛不会像波浪那样一阵阵地来。"加拉顿说，"它是持续平稳的。"

"对我来说，它就像波浪。"雷奥登疲惫地说。

加拉顿摇摇头，"这不可能，可啰？当你坠入痛苦的深渊，你会倒下，随后失去理智。通常都会这样。而且，你的伤势还没有严重到把你变成惑伊德。"

"这些你以前都说过了，加拉顿，但我身体的状况就是这样。它就这么突然来了，好像要摧毁我，然后又消失了。也许我只是比其他人忍受痛苦的能力更弱。"

"我的王子，"卡拉妲犹豫地说道，"你在发光。"

"什么？"雷奥登震惊地抬头看她。

"是真的，苏雷。"加拉顿说，"你倒下之后就开始发光，就像符文，几乎就像是……"

雷奥登惊讶得目瞪口呆。"……就像是铎设法通过我的身体钻出来。"这股力量在寻找一个出口，一条出去的路。它把他当成符文来使用。"为什么是我？"

"一些人比普通人更接近铎，苏雷，"加拉顿说，"在伊岚翠，一些人创造的符文比其他人的更强大，他们看起来……与力量的关系更亲密。"

"而且，我的王子，"卡拉妲说，"你难道不是这里最了解符文的人吗？我们看到你每天都在练习。"

雷奥登慢慢地点着头，已经快忘了那种痛苦。"在灾罚发生的时候，他们说最强大的伊岚翠人最先倒下。甚至当暴民们焚烧他们时，都没有反抗。"

"就像被某种东西击垮了，可啰？"加拉顿问。

突然，一股具有讽刺意味的释然让雷奥登平静下来。随着疼痛的递增，他的不安全感也越来越强烈。他还没有获得完全的解脱。"疼痛正变得越来越严重，如果这样持续下去，它终究会击垮我。如果这种情况发生……"

加拉顿严肃地点点头，"你就会加入惑伊德的行列。"

"铎会毁了我。"雷奥登说，"它徒劳的努力，会把我的灵魂撕得粉碎。它不是活的——只是一股力量，我不是一个可行的通道，可它才不管呢。如果有一天它真的征服了我，记住你们的誓言。"

加拉顿和卡拉妲点点头。他们会把他带到山中的一个水池里。知道在他倒下之后他们会照顾他，并履行他们的誓言，雷奥登就能安心地继续前进了——甚至有短暂的一瞬，他暗暗地期待他的末日不会太远。

"并不一定会这样，苏雷。"加拉顿说，"我的意思是，枢机主祭就被治愈了。也许发生了什么事，也许情况已经不同了。"

雷奥登停顿了一下，"如果他是真的被治愈的话……"

"你的意思是？"卡拉妲问。

"把他带出城的时候，场面有些小题大做了。"雷奥登说，"如果我是伟恩，不会希望一个曾经受伊岚翠诅咒的德雷西教徒在外面四处乱逛，让我教蒙羞。我会派一位公使把他接回来，并告诉每个人他被治愈了，然后把他藏回斐优旦。"

"他被'治愈'后，我们都还没有机会好好看看他呢。"卡拉妲承认道。

这番谈话让加拉顿显得垂头丧气的。他，就像其他伊岚翠人一样，从拉森的治愈中看到了一线希望。雷奥登没有再说什么，以免打击大家的乐观态度，但在内心深处，他对此还是有所保留的。枢机主祭离开后，并没有其他人被治愈。

这是一个充满希望的象征，但不知为何，雷奥登却怀疑这件事是否能为伊岚翠人带来改变。他们需要靠努力工作来改善他们的生活，而不是坐等某种外来的奇迹降临。

他转过身继续他的研究。

第三十八章

莎瑞娜用不满的眼神看着枢机主祭，拉森不再在德雷西礼拜堂发表演讲了，因为参加的人实在太多了。他转而在城市的边缘组织了一系列布道会。这样他就能站在凯伊城的五尺围墙上，让他的追随者坐在他的脚边聆听教诲。枢机主祭的宣讲比以往更加富有活力和热情。现在，他是一个圣人，他承受了宵得术法带给他的苦难，并最终证明他能够战胜这种诅咒。

他的确做到了，莎瑞娜不得不承认，他是一个令人钦佩的对手。他穿着全套红色盔甲，就像一尊鲜血染成的金属雕像矗立在人群之上。

"其中必定有诈。"她指出。

"那是当然，堂妹。"卢凯站在她身旁说，"如果我们不是这么想的，早就加入苏·德雷西教派了。就我个人而言，我实在不适合穿红色的衣服。"

"是啊，你的脸已经太粉红啦。"莎瑞娜随口说道。

"如果那是骗人的把戏，莎瑞娜，"舒顿说，"我还真看不出其中的破绽。"他们三人站在晨祷会的边缘，他们是来亲眼验证拉森的大会是否真能吸引到如此惊人的人数，即使今天将举行国王的葬礼。

"可能是化妆。"莎瑞娜说。

"化妆怎么可能在受洗仪式后依然存在？"舒顿问。

"也许珂拉西教士里有内鬼。"卢凯说。

"你曾经成功贿赂过他们吗，卢凯？"舒顿尖锐地问道。

卢凯不自在地左顾右盼，"我不想回答这个问题，谢谢。"

"你似乎快要相信那是个奇迹了，舒顿。"莎瑞娜说。

"我并不完全否认奇迹。"舒顿说，"神为什么不保佑自己的信徒呢？宗教的排他性可不仅仅是珂拉西教派加上德雷西教派等于科萨格教这么简单。"

莎瑞娜叹了口气，点头示意她的朋友们跟上，然后从外围的人群中挤出一条道，走向等候着他们的马车。不管是不是圈套，拉森已经令人不安地牢牢控制住了大众。如果他再把一个支持者送上王位，那一切都完了。阿雷伦将会沦为一个德雷西教派的国度，而泰奥德就成了仅存的珂拉西教派国家——可能也维持不了多久了。

她的同伴们无疑也想到了这一点——卢凯与舒顿的脸上都带着不安而凝重的神情。他们若有所思地默默钻进马车，但是终于，卢凯转向她，鹰般的脸庞上充满了困扰。"你说我的脸太粉红是什么意思？"他用受伤的语气问道。

船桅上有泰奥德的皇家纹章——蓝色的背景上有一个金色的艾欧·提奥（Aon Teo）。得益于狭长的船形，大海上没有比泰奥德直船更快的船了。

莎瑞娜觉得她有责任好好接待教长，至少比她当初抵达这个港口时受到的待遇要好。她并不喜欢这个人，但这并不能作为失礼的借口，所以她带着舒顿、卢凯和伊翁德，还有伯爵的几个士兵组成了欢迎仪仗队。

窄长的船体优雅地滑入港口，一等到船只停稳，水手们就放下踏板，一个穿着蓝袍的身影从水手们身边穿过，用坚定的步伐走下踏板，有十多个随从和初级教士跟在他的身后，因为教长喜欢得到精心的服侍。当信纳兰走近时，莎瑞娜戴上礼貌的面具笑脸相迎。

教长身材高挑，有着精致的容貌，他金发留得非常长，就像女人一样，与他迎风翻飞的金色披风融为一体。蓝色袍子上密布着金色刺绣，有时甚至让人很难辨认出下面布料的材质。他的笑容带着虚假的仁慈和宽容，仿佛想让你知道，他正以无比的耐心忍受你们这些下等人。

"殿下！"信纳兰边走过来边说，"我这双老眼已经很久没有看见您甜美的容颜了。"

莎瑞娜尽自己最大的努力挤出笑容，在教长和他的"老眼"面前行了个屈膝礼。信纳兰不会超过四十岁，但他却努力让自己显得比实际年龄更加德高望重。

"圣座，"她说，"整个阿雷伦都为您的到来而感到荣幸。"

他点点头，仿佛在说他知道他们有多么幸运。然后，他转向舒顿和其他人。"你的同伴们都是谁？"

"我的堂兄卢凯，还有舒顿男爵和伊翁德伯爵，圣座。"当她介绍时，每个人都依次鞠了躬。

"只是男爵和伯爵？"信纳兰失望地问道。

"罗艾奥公爵让我转达对您最诚挚的欢迎，阁下。"莎瑞娜说，"他正忙于筹备埃顿王的葬礼。"

"哦，"信纳兰说，他那头奢华闪耀的头发不染霜白，此刻正随着海风轻轻飘动。莎瑞娜曾不止一次想，只要自己的头发有教长的一半好，她就满足了。"我想我应该还没有错过葬礼吧。"

"没有，圣座。"莎瑞娜说，"仪式将在今天下午举行。"

"很好。"信纳兰说，"来吧，你现在可以带我去下榻的房间了。"

"这真是……令人扫兴。"他们一回到马车上，卢凯就坦率地说道。教长有自己专用的交通工具，那是罗艾奥出于礼貌的赠予，而这份礼物也浇息了他对公爵缺席的不满。

"他和你预期的不完全一样，是吧？"莎瑞娜问。

"卢凯不是这个意思，莎瑞娜。"舒顿说。

莎瑞娜瞥了卢凯一眼，"那你是什么意思？"

"我只是想找更多的乐子。"卢凯耸耸肩说，他中分的头发在脸颊边顽皮地跳动着。

"自从他听到你对教长的形容后，就很期待这次会面，殿下。"伊翁德不满地解释道，"他以为你们会……吵起来。"

莎瑞娜叹了口气，瞪了卢凯一眼，"堂兄，我不喜欢这个男人，并不代表我会当面令他难堪。记得吗，我可是我父亲的重要外交官之一？"

卢凯遗憾地点点头。

"我必须承认，莎瑞娜，"舒顿说，"你对教长的性格分析简直入木三分。我只是好奇，这样一个家伙，如何会被选中，坐上如此重要的位置。"

"的确是个错误。"莎瑞娜简短地说，"信纳兰大约在十五年前坐上那个位子，当时他应该比现在的你还年轻，当时武夫登才刚成为伟恩，苏·珂拉西教派的领导者们因为他的年富力强而倍感威胁。不知道为什么，他们居然认为必须选出一个和武夫登一样年轻的教长才行，要不然就得更年轻些。信纳兰就是因此被挑选出来的。"

舒顿不可置信地挑了挑眉毛。

"我完全了解。"莎瑞娜说，"但是我必须说，他们的决定也并非完全没有道理。

武夫登被称为有史以来最英俊的斐优旦国王，所以珂拉西的领导者们也希望己方有个人能与之媲美。"

卢凯哼着鼻子说："英俊和美貌完全是两回事，堂妹。有半数的女人看到这样的男人会爱上他，但剩下的一半，却只会觉得妒忌。"

在他们议论的过程中，伊翁德的脸色变得越来越苍白，最后，他不得不开口表示他的愤怒："注意，先生们，女士们，你们在讨论的那位是我主所遴选出来的神圣引导者。"

"而他估计也挑不出比自己更美丽的引导者了。"卢凯讽刺道——这为他赢得了莎瑞娜对他肋骨的一记肘击。

"我们会试着作出更恭敬的评论，伊翁德。"她道歉道，"其实教长的外貌如何，只是无关紧要的小事。我更感兴趣的是，他为何而来。"

"国王的葬礼还不足以成为理由？"舒顿问。

"或许吧，"莎瑞娜怀疑地说，此时马车停在珂拉西教堂外，"来吧，让我们尽快把圣座给安顿好。距葬礼只剩不到两小时了，而在那之后似乎就是我的婚礼。"

因为没有继承人，怡薰也因丈夫的失势和死亡而陷入了精神崩溃，因此，罗艾奥公爵一手扛起了葬礼的全部事务和责任。

"无论他是否成为异教的杀人犯，埃顿王都曾是我的朋友，"公爵解释道，"他在国家最困难的时候，为它带来了稳定。这样的功勋，至少能让他得到一场荣耀的葬礼。"

讴明要求他们不使用珂拉西教堂来举行仪式，因此罗艾奥只能选择了王座厅。这个选择让莎瑞娜很不自在——王座厅也是他们将要举行婚礼的地方。不过，罗艾奥却觉得，使用同一个房间来举行先王的葬礼与新王的登基，这样的安排将十分具有象征意义。

仪式雅致而低调。向来节俭的罗艾奥特意安排了同样适用于葬礼与婚礼的布置和用色——房间的柱子上包裹着白色的缎带，并且摆放着各种各样的花朵——大多是白色的玫瑰或亚伯丁花。

莎瑞娜走进房内，微笑着看向一边。那是近旁的一根柱子——就是她一开始放置画架的地方。虽然只是一个月前的事，但感觉已经过去了很久似的。和羞耻一起被遗忘的是她被认定为没大脑的形象，如今贵族们都以几近敬畏的态度看待她。大家都知道这名女子曾经蒙蔽了国王，并让他难堪出糗，最后更把他赶下了王位。他们是不会如爱戴雷奥登般地敬爱她了，她只能退而求其次地接受他们的敬畏。

　　在柱子的旁边，莎瑞娜看见了特瑞伊公爵。这个穿着过于正经的秃顶，看起来不仅心不在焉，而且非常不高兴。罗艾奥刚刚才宣布了他与莎瑞娜的婚事，这让浮夸的特瑞伊根本来不及思考对策。莎瑞娜与特瑞伊目光相对，她从这男人的肢体语言中感觉到了……焦躁。她正在期待着他会作出一些反应——例如试图阻止他们的婚礼什么的。但是，他并没有任何动作。难道有什么东西阻止他这么做？

　　当罗艾奥出现在大厅，代表仪式的正式开始时，人们安静了下来。罗艾奥沉稳地走到国王密封的棺材前，开始发言。

　　那是一段简短的悼词，罗艾奥叙述了埃顿王是如何从伊岚翠的灰烬中让一个国家稳步前进的事迹，以及他如何赐予他们头衔。最后，他警告大家别再犯下与国王相同的错误，并建议他们不要在富裕和舒适中忘记了我主。最后，他提醒众人勿论亡者是非，要谨记我主将照看埃顿的灵魂，逝者的一切都已与他们无关。

　　接着他示意让伊翁德的几个士兵抬起棺材。然而，他们才踏出几步，就被一个人挡住了去路。

　　“我有些话要补充。”信纳兰当众宣布。

　　罗艾奥在惊讶中犹豫着。信纳兰保持微笑，对他们露出完美的牙齿。他已经换了一套衣服，袍子的款式大致相同，所不同的是，这件袍子上并没有刺绣，而是多了一条宽松的金色锦带，从他的背后一直拖到前胸。

　　“当然，圣座。”罗艾奥回应说。

　　“这是怎么回事？”舒顿低声问莎瑞娜。

　　莎瑞娜摇摇头，疑惑地看着信纳兰走上前，站到棺木前方，他志得意满地微笑着看向人群，并以夸张的动作从袖子中取出一个卷轴。

　　“十年前，就在埃顿王刚登基之后，他曾经来找过我，并写下了这封声明。”信纳兰说，“你们可以在这底下看到他的印鉴，以及我的。他指示我有朝一日在他的葬礼上，或是在这文书写成十五年后，就要对阿雷伦宣布这一声明。”

　　罗艾奥穿过房间，站到莎瑞娜与舒顿的身旁。他的目光中写满了好奇与关切。在房间的那头，信纳兰正打开卷轴上的封蜡，并将它展开。

　　“我阿雷伦的子民啊，”信纳兰将卷轴高举到身前，那庄严肃穆的态度仿佛他正手握着一件闪光的圣物，“让你们初代君王，凯伊城埃顿王的意志得以传达吧。我在我主、我的先祖以及所有见证的神明前起誓，这份文件是合法的。若我死去，或由于其他原因而无法继续担任你们的国王，那么请明白我是在神智清醒的情况下写下这份声明的，而这份声明根据我国法律将具有约束力。

　　"我下令所有的贵族头衔阶级都将被冻结，维持原状，然后代代相传，就如同别的国家一样。财富不再成为衡量贵族阶级的标准——那些维持自己地位这么久的人已经证明了他们的价值。附上以泰奥德法律为蓝本的继承法。谨让这份文件成为我们国家的法律。"

　　信纳兰放下了纸卷，房内一片肃静。除了莎瑞娜身旁的一点呼吸声，整间房内寂静无声。然后，人们开始以兴奋的语调低声谈论着。

　　"所以，这就是他一直以来所计划的事。"罗艾奥缓慢地开口，"他非常清楚自己创立的体系是多么的不稳定，他是故意的。他让贵族们互相斗争，只是为了看看谁更强壮，或更狡猾，足以在这场竞争中幸存。"

　　"这是个好计划，虽然不太厚道。"舒顿说，"或许我们低估了埃顿的智商。"

　　信纳兰依旧站在那儿，用心照不宣的眼神望着贵族们。

　　"可是为什么是他？"舒顿说出了他的疑惑。

　　"因为他具有无上权威。"莎瑞娜说，"甚至连拉森都不敢质疑教长所说的话——至少到目前为止还没有。如果真如信纳兰所说，这个声明是在十年前写下的，那么阿雷伦的所有人都必须遵守。"

　　舒顿点点头。"这个插曲会改变我们的计划吗？"

　　"不完全会。"罗艾奥说着，并瞄了特瑞伊一眼，他的表情变得比先前更加阴沉了，"它强化了我们的主张——我与埃顿家族的结合将变得更为可信。"

　　"可是特瑞伊仍然使我感到不安。"莎瑞娜说，教长又继续添加了几条陈词滥调，主要是关于沿用继承体系的睿智。"他的权益会因为这个声明而损失不小——他会心甘情愿地同意吗？"

　　"他必须接受。"罗艾奥微笑着说，"从现在开始不会再有贵族追随他了。埃顿的声明已经授予了他们一直所期望的东西——稳固的头衔，贵族们不会愿意冒着失去现有头衔的危险去推举一个没有确切血统保证的人登上王位的，埃顿王的声明是否合法并不重要，所有人都会把它当作是教会的旨意。"

　　伊翁德的士兵终于被允许走上前去抬棺木。由于没有先例可循该如何安葬一位阿雷伦王，罗艾奥只好依循最为相近的泰奥德文化。泰奥德倾向于举行一场盛大的仪式，通常他们会将最伟大的国王与整整一船舱的财富一起烧掉，但不包括船本身。但这对埃顿来说是不合适的，因此罗艾奥必须想出其他的适宜方式。泰奥德风格的葬礼是一场冗长乏味的游行，通常需要参与者走一个小时或更久，以到达准备好的场所。罗艾奥加入了这项传统，但是作了些微更动。

一长列的马车在王宫外等待，对莎瑞娜来说，乘坐交通工具似乎有些失礼，但舒顿却有着不同的看法。

"罗艾奥计划在今天下午就要取得王位。"津多人解释道，"他现在可不能冒险触怒阿雷伦那些习惯了舒适生活的领主和女士们，强迫他们要一路步行出城。"

更何况，莎瑞娜在心底补充，何必担心不敬呢？毕竟，对象是埃顿。

马车只花了十五分钟就来到了下葬的地点。起初那个地方看起来更像是一个刚挖好的大洞，但仔细观察之后就会发现这其实是一个自然的凹洞被进一步挖深。罗艾奥的节俭再一次得到了充分展现。

罗艾奥不想浪费时间，他直接下令将棺木放入洞中。一大群工人开始把土填上，造出土堆。

莎瑞娜讶异地发现许多贵族都留下来观看这个过程。最近阿雷伦的天气已开始转凉，从山上不时地吹来阵阵冷风。天空中还下起了零星小雨，乌云早已遮蔽了太阳。她原本以为大多数的贵族会在雨滴开始落下之前就离去的。

但他们大多数人还是静静地待着，安静地看着整个工程进行。莎瑞娜再次穿着素黑，为了保暖她拉紧了围巾。那些贵族的眼神中传递出某种东西。埃顿是阿雷伦的第一位国王，他的统治——尽管短暂——开启了一个传统。或许，好几个世纪之后，人们依旧会记住埃顿的名字，孩子们会被教导有关他的荣耀事迹，说他如何在一片诸神死去的土地上建立起新的政权。

如此想来，他改信秘教应该是意料中的事。他亲眼见过那些灾罚前的伊岚翠荣光，并且目睹了一个永恒时代的终结，在经历了这一切之后，想要通过密术获得力量来统治这曾经的神之国度，不也是理所当然？站在冰冷的细雨中，看着泥土一点一点地盖过他的棺木，莎瑞娜觉得她又多了解了埃顿一些。

当最后一铲土被撒下去之后，土堆的最后一部分已经全部完成了，那些阿雷伦贵族终于转身散去。他们安静地离去，甚至连莎瑞娜没有注意到。她又站了一会儿，在罕见的午后雨雾中看着国王的坟墓。埃顿去世了，而阿雷伦也该有个新的领袖了。

一只手掌轻搭在她的肩膀上，她转头看向罗艾奥充满温暖慰藉的双眼。

"我们该准备了，莎瑞娜。"

莎瑞娜点点头，让他带着自己离开。

莎瑞娜再次跪在祭坛前，这里是低矮的珂拉西礼拜堂。她独自一人跪在这里，这是习俗上新娘在许下婚姻誓约前，与我主私密沟通的时间。

此刻的她从头到脚一身雪白，这是她第一次婚礼时穿着的白纱——是父亲为她挑选的，象征贞洁的高领长礼服，长达肩膀的白色丝质手套，脸上遮着厚重的面纱——这也是传统的一部分，直到她走入新郎等待的大厅时，面纱才会被掀起。

她不确定该祈祷些什么。莎瑞娜认为自己是有信仰的，虽然她也不像伊翁德那样虔诚。她为泰奥德而战的目的，其实也是为了珂拉西而战。她相信我主并且崇敬以对。她相信那些教士教导她的信条——虽然这么做也许有些太过固执。

现在，显然我主终于回应了她的祈祷。他赐给她一位丈夫，虽然他并不完全是她所期待的样子。或许，她在心底想，当初我在祈祷的时候应该要求得更具体一点的。

然而，这些想法却没有一点苦涩。她一直都知道自己将会为了政治而结婚，而不是为了爱情。罗艾奥已经算是她见过的人中最正派的——即使他的年纪足以当她的父亲，甚至是祖父。但她也曾经听到过比这更夸张的政治联姻，许多津多国王都以迎娶十二岁的少女新娘而闻名。

所以她的祈祷中也存有感谢。她觉得能以罗艾奥为夫，是我主的一种祝福，她将会成为阿雷伦的王后。也许几年后我主打算将罗艾奥带离她身边，她知道公爵的承诺是真的。到那时，她将会有别的选择。

拜托，她在她简单的祈祷中又多加了一句。让我们快乐就好。

她的伴娘此刻就在外头等候，她们大多数是贵族的女儿。凯丝也在其中，庄重地穿着小小的白纱，就像托蕊娜一样。她们将在她登上马车和走进王宫的时候，替她拎起白色的长裙摆。

王座厅的大门敞开，罗艾奥穿着白色的礼服正站在房间前端靠近王座的地方。这也是他的主意——希望能在仪式结束后直接坐进王座。如果公爵不以这样强硬的方法登上王位，可能特瑞伊仍旧会谋划夺取权力。

矮小的讴明神父站在王座的旁边，拿着大本的杜·珂拉西经（Do-Korath）。他的脸庞看起来像是在做梦，这个小个子教士显然非常享受婚礼的气氛。信纳兰就站在他的旁边，一脸的任性不悦，因为莎瑞娜没有请他来证婚。新任王后根本不在意这些，生活在泰奥德时，她一直以为自己只能选择教长替她证婚。但现在在阿雷伦，她有机会找一个她真心喜欢的教士为自己证婚，她才不会轻易放弃这个机会。

她一步步走进房间，所有的人都转身看着她。许多贵族都来参加婚礼——就和刚才的葬礼一样。埃顿的葬礼是一项重要的政治事件，但罗艾奥的婚礼显然更加重要。贵族会重视它的理由是，他们已经开始对罗艾奥表现出适当的奉承了。

甚至连枢机主祭拉森也在这里。这就有些奇怪了，莎瑞娜心想，那张脸庞此刻显得非常冷静。她和罗艾奥的婚礼应该是他改宗计划的主要妨碍。然而这一刻，莎瑞娜决定把斐优旦教士赶出她的脑海。她已经等待这天等得够久了，即使这不是她曾经所希望的，但她仍会尽力做到最好的。

终于发生了，在那么多的等待，还有两次的擦肩而过之后，她终于要结婚了。想到这里，她感到既害怕又兴奋，以至于主动掀起了自己的面纱。

尖叫声在四周响起。

困惑、窘迫和震惊让莎瑞娜决定伸手拉下整个面纱，一边想着可能是面纱出了什么问题。当扯下面纱的时候，她的头发也跟着落下。莎瑞娜惊骇麻木地看着满地的长发。她的双手开始发抖。她抬起头，看到罗艾奥也表现出同样的震惊，信纳兰则愤怒万分，甚至连讴明都惊愕地紧抓住他的珂拉西吊坠。

莎瑞娜疯狂地转过身，她的目光找到了王座厅两旁的镜子。镜子里的那张脸不是她，那是一个带着黑色斑点的恶心生物，在那一身白纱下显得更加刺目。只剩几缕头发还挂在她病态光秃的头皮上。

虽然令人无法理解和不可思议，但是，宵得术法的确找上她了。

第三十九章

拉森看着几个珂拉西教士带着吓呆的王妃离开鸦雀无声的房间。"这是神圣杰德斯的审判。"他宣告众人。

罗艾奥公爵坐在王座台的边缘，双手抱头。年轻的津多男爵看起来似乎想跟着那些教士，要求他们释放莎瑞娜，而身经百战的伊翁德伯爵放声大哭。拉森惊奇地发现这些人的悲伤对他来说毫无乐趣可言。莎瑞娜王妃必须被击垮，但此事与她的朋友们无关——至少，他们不该哭得如此伤心。然而，当拉森自己被宵得术法击垮时，却没人为他落泪，为什么他会突然如此在意这一点呢？

拉森之前还担心毒药会起效得太迟，这场莎瑞娜和罗艾奥之间的闪婚会毫无阻碍地顺利进行。当然，莎瑞娜在婚礼后发生转化，同样是一场灾难，除非罗艾奥决定今晚就登基。这种可能性令人担忧。幸运的是，拉森永远都没机会看到它实现了。

现在，罗艾奥还没有戴上王冠，不仅是因为他缺少合法的权利，也因为他目前的财富还是比特瑞伊的少一些。拉森已经仔细审读过婚约协定了——一方的死亡能够终止婚约的履行。

拉森挤过震惊的群众，走向出口。他必须迅速行动，毒药将会在五天之内失效。特瑞伊公爵经过拉森身边时，向他使了个眼色，并点点头，向他露出一个尊敬的微笑。他之前已经收到拉森的口信，因此没有采取破坏婚礼的举动。他的忠诚将会得到回报。

占领阿雷伦指日可待了。

第四十章

"一定有办法能上到那边去。"雷奥登说着，手搭凉棚，看着伊岚翠城墙。不久前太阳刚刚现身，晒退了晨雾，却并没有带来多少温暖。

加拉顿皱皱眉。"我可看不出有什么办法，苏雷。这些城墙相当高。"

"你忘了，我的朋友。"雷奥登说，"这些城墙不是为了把人关在里面而建造的，更不是为了抵御外敌。以前的伊岚翠人在墙的外部建造了楼梯和观景台以远眺风景，所以墙的内部应该也有一些类似装置。"

加拉顿小声嘟囔着。自从守卫从墙头神秘消失之后，雷奥登一直想要找个办法爬上去。这些城墙属于伊岚翠，而不是外部的世界。站到这些城墙上去，他们也许就能知道凯伊城究竟发生了什么。

守卫的漫不经心困扰着他。从某个角度来说，他们的消失是件好事，这样可以减少新伊岚翠被发现的可能性。然而，对于那些士兵为什么要离开城墙上的岗位，雷奥登只能想出几种答案，可能性最大的一种也是最令人担心的一种——难道东方诸国终于入侵了？

雷奥登知道入侵的可能性太高了。伟恩是个机会主义者，不可能放过灾罚后的阿雷伦这颗宝石。斐优旦最终会发起攻击。如果阿雷伦在伟恩的圣战中陷落，那么伊岚翠也会被毁灭。德雷西教士肯定在翘首以待。

雷奥登没有对别的伊岚翠人说出他的恐惧，但他已经在恐惧的驱使下采取行动了。如果他能够在城墙上设置岗哨，那么他就能在军队靠近时收到预先警报。如果能够预先发现，雷奥登也许还有时间把他的人民藏起来。在伊岚翠城外有三个废弃的空城，其中的某个就是他们最大的希望之源。只要有任何机会，他都会不顾一切地带领他们逃到那里。

没有别人的帮助，他很难完成这个艰巨的任务。在过去的四天里，铎已经袭击他两次了，所幸的是，当痛苦变得越来越强大时，他的决心也同样变得越来越坚定，至少现在他理解了疼痛的原因。

"那边。"加拉顿指着一个凸出墙面的东西说。

雷奥登点点头，有可能那个石柱后面就是个楼梯井。"走吧。"

他们离新伊岚翠已经非常远了，新伊岚翠掩藏在城市的中心，以便躲开城墙上窥伺的目光。然而，在这里——旧伊岚翠中，污泥仍旧覆盖着万物。雷奥登露出微笑：现在，这些灰尘和烂泥又让他感到反胃了，在泥中打滚的生活让他几乎忘记了那些东西有多么令人作呕了。

他们没走多远，加拉顿指出楼梯井的位置没多久，一个从新伊岚翠来的信使就出现在他们身后的小巷。那个人快步走近他们，并向雷奥登挥挥手。

"'性灵'大人。"那个人说。

"什么事，谭拉奥（Tenrao）？"雷奥登转过身问道。

"一个新来的被扔进了城，大人。"

雷奥登点点头，他喜欢亲自迎接每一个新人。"我们去看看？"他问加拉顿。

"城墙又没有长腿。"杜拉德人同意道。

新来者看起来是个女性。这个女人背靠城门坐着，她的双手抱膝，头埋在祭袍中。

"她看起来很焦躁，大人。"达希说，他负责观察那些新来的人。"在她被丢进来之后，她对着城门整整喊了十分钟。接着她把祭品篮丢向城墙，然后就像那样坐着直到现在。"

雷奥登点点头。大多数的新来者都因为太过震惊而只会漫无目的地游走。这个人显然更坚强。

雷奥登示意其他人留在原地，他不想带着一大群人让她感到紧张。他悠闲地走到她面前，接着蹲下身子和她平视。

"嗨，你好。"他亲切地说，"我猜你刚过了很糟糕的一天。"

那女人抬起头。当他看到她的脸时，雷奥登差点惊讶得失去平衡。她的皮肤上全是斑点，她的头发也几乎掉光了。但他还是能看清她细瘦的脸庞和浑圆淘气的眼睛。莎瑞娜王妃，他的妻子。

"比你想象的还要惨几倍，'性灵'。"她唇边露出一个微弱而嘲讽的笑容。

"我打赌自己知道的比你以为的多。"雷奥登说，"我只是希望事情不要那么令人沮丧。"

"干吗？"莎瑞娜问，她的声音突然变得更加苦涩，"你是要来偷走那些教士给我的祭品吗？"

"嗯，如果你真是如此希望的话，我是可以这么做。"雷奥登说，"虽然我不觉得我们需要它。有人很好心地在好几周前，给了我们一大堆食物。"

莎瑞娜警惕地望着他，她还没有忘记雷奥登的背叛。

"跟我来。"他催促着，伸出他的手。

"我已经不再信任你了，'性灵'。"

"你真的信任过我吗？"

莎瑞娜顿了一下，接着摇摇头。"我曾经试着想要信任你的，但我知道我不该信任你。"

"所以你从来没有给过我一次机会，不是吗？"他又把手伸得更近了些，"跟我来吧。"

她看了他一会儿，仔细端详他的眼睛。终于，她第一次把自己修长的手交到雷奥登手中，让雷奥登把自己从地上拉起来。

第四十一章

这突如其来的改变让莎瑞娜彻底震惊了，她觉得自己仿佛一步就从黑暗踏进了光明，从苦涩的水底一下子上浮到了温暖的空气中。伊岚翠的污泥和尘灰在某条清晰的界线前止步了，之后便是纯白的鹅卵石路。在其他地方，这样简单干净的街道只能算是美观大方，不能算是特别突出伟大。然而，在这里，在莎瑞娜身后腐坏的伊岚翠的衬托下，她觉得自己简直是突然跌入了天堂。

她在石门前停下脚步，打量着这座城中之城，然后不敢相信地睁大了眼睛。人们在其中交谈和工作，虽然他们有着伊岚翠人被诅咒的肤色，但每个人脸上都挂着愉快的笑容。没有一个人披着破布，她之前还以为那是伊岚翠人唯一能找到的服装呢。他们穿着衬衫，配着简单的裙子或裤子，衣服的颜色都非常鲜艳夺目。莎瑞娜惊奇地发现那是她之前给伊岚翠给养的时候挑选出来的颜色。然而，就是这些她不喜欢才送给伊岚翠人的颜色，这里的人们却非常愉快地穿着它们——明亮的黄色、绿色和红色正突出了他们的愉悦心境。

他们已经不再是莎瑞娜几周前看到的那群人了——可怜无助，四处乞讨。他们看起来就像是生活在童话中的仙境，以前莎瑞娜认为在现实世界中不切实际的好脾气和开朗在这里随处可见。而且他们还生活在众人皆知的、比现实世界更为糟糕的地方。

"什么……？"

"性灵"露出一个大大的微笑。他拉着她穿过城门进入村庄，之后仍然牵着她的手，"莎瑞娜，欢迎来到新伊岚翠。你的一切既定思维都已经不再适用。"

"我看得出来。"

一位矮胖敦实的伊岚翠妇女向他们走来，她裙子的颜色介于亮黄与亮绿之间。她挑剔地打量着莎瑞娜，然后说："我怀疑我们是否有她这个尺码的衣服，'性灵'大人。"

"性灵"大笑起来，打量着莎瑞娜的身高。"尽你所能就行了，玛瑞。"他说着，走进城门边的一间低矮房屋。房屋的门是开着的，莎瑞娜可以看到有成排的衣服挂在里面。她突然尴尬地意识到自己的穿着——她的白色袍子上已经沾满了泥巴和灰尘。

"过来，亲爱的。"玛瑞说着，带她走进第二座房子，"看看我们能做些什么。"

这位散发着母性光芒的妇女最后为莎瑞娜找到了套还算适合的服装——一条只到她膝盖的蓝色裙子，配上一件亮红的短上衣。甚至连内衣都有——虽然它们也是用鲜艳的布料制成的。莎瑞娜没有抱怨，再怎么说，这些都好过她沾满烂泥的袍子。

穿上衣服之后，莎瑞娜站在穿衣镜前打量自己。她身上一半的肤色仍是肉色的，但这只是让暗色的斑点更加明显。她觉得自己的肤色应该会随着时间的推移而变得更加暗淡，最后就像其他伊岚翠人一样变成灰色。

"等一下，"她迟疑地问，"这面镜子是从哪里来的？"

"这不是镜子，亲爱的。"玛瑞边挑选着鞋袜，边回答道，"我想它只是一张石头桌子较为平坦的部分，上面再包裹上一片片的薄铁皮。"

靠近仔细观察，莎瑞娜可以看到薄铁皮相叠的痕迹。在这种环境下，这可算是制作精良的镜子了，估计原本的石面也一定非常光滑。

"但这是从哪里——"莎瑞娜停下了，她太清楚他们是从哪里弄来这些细铁皮的了。上一次，在"性灵"提出要求一些金属条的时候，莎瑞娜故意曲解他的意思而给了他们这些。

玛瑞离开了一下，然后给莎瑞娜带来袜子与鞋子，和她的衣服又是完全不同的颜色。"好了。"玛瑞说，"我必须得从男人那边偷来这些。"

莎瑞娜在收下这些时脸红了起来。

"别在意，亲爱的。"玛瑞笑着说，"你当然得有双大脚，我主知道要支持你这样的身高，在脚底下就需要更多！噢，这是最后一件。"

玛瑞拿起一条长围巾样式的橘色布料。"戴在头上。"玛瑞说着，指指跟她头上很相似的布，"它可以帮助我们忘记头发的事情。"

莎瑞娜感激地点点头，接过头巾，试着把它包在头上。"性灵"还在外面等她，穿着红色的长裤与黄色的衬衫，在她靠近时对她微笑。

"我觉得我像是发了疯的彩虹，"莎瑞娜坦率地说，低头看自己这一身的颜色。

"性灵"大笑，伸出他的手带她更深入这座城市。她发现自己下意识地打量着他的身高。

他对我而言够高了，她几乎是不由自主地想到，虽然只是勉强和我一样高……她随即发觉自己在做什么，不由自主地翻翻白眼。她的世界已经天翻地覆，结果她只想着要打量身边的这个男人。

"……你要习惯我们看起来像是春天的鹊鸟，"他说，"只要你穿久一点，这些颜色就不会让你感到不适应。事实上，在看过旧伊岚翠单调沉闷的色彩之后，我觉得这些颜色令人耳目一新。"

他们一边走着，一边由"性灵"向她介绍新伊岚翠。它并不大，大概只是由五十栋建筑组成，但那紧密的特性让它看来更整齐划一。虽然这里并没有太多的居民——最多只有五六百人，但在她周围总是有人来来去去。男人在屋顶上或墙边工作，女人则在忙着缝纫或打扫，还有小孩在街上奔跑。以前她根本没有想过霄得术法也会选上小孩。

在他们经过时，每个人都会向"性灵"致敬，带着欢迎的微笑向他问好。他们所表现出的真诚的接纳和爱戴，是莎瑞娜从未见过的，甚至是对她的父亲。她父亲在自己的国家也受到广泛的爱戴，但那里仍有他的反对者，所以这一切让她印象深刻。

然后，他们经过一位看不出年龄的男士——在伊岚翠，很难由脸孔判断年龄。他正坐在石块上，他的身材矮小而且肚子很大，这个男人没有和其他人一样向他们打招呼。他的忽视并不是因为没礼貌，而是因为他正专心于手中的一个小东西。几个小孩正站在他身旁围观，看着他专注地加工手上的东西。当莎瑞娜和"性灵"经过时，他把手上的东西递给其中的一个小孩子。那是一件美丽的石雕马。小女孩惊叹地拍起手来，兴奋地接过它。孩子们在他从地上挑选另一颗石头时离开。他继续用一把小工具雕刻着石头，当莎瑞娜靠近看他的手时，才意识到那是什么。

"我送来的钉子！"她说，"他用的是我送你的弯钉子中的一根。"

"嗯？"性灵说，"噢，是啊。我必须要告诉你，莎瑞娜，我们花了很多时间思考要拿那箱钉子怎么办。如果把它们全部熔掉的话要花掉太多燃料，而且，在那之前我们还得先有熔铸工具才行。这些钉子是你最聪明的曲解之一。"

莎瑞娜脸红了。这些人在这个缺乏资源的城市里挣扎着生存，而她却小心眼到送了他们一整箱弯钉子。

"我很抱歉，我怕你们会用金属制造武器。"

"你的担心是正确的。"性灵说，"毕竟最后我背叛了你。"

"我确定你有好理由。"她很快地回答。

"我是有，"他点头说，"但在那个时候并不重要，不是吗？你对我的想法是正确的。我曾经是，而且仍是个暴君。我从人民那里克扣食物，我破坏我们的盟约，而且一些好人因我而死。"

莎瑞娜摇摇头，她的声音转为坚定。"你并不是暴君。这里的人民证明了一切。他们爱你，而且有爱的地方不可能有暴政。"

他似笑非笑，眼神显示他并没有被说服。随后，他对她露出一个难解的表情。"我想你的试炼并不是完全的浪费，我在那几周里得到了许多非常重要的东西。"

"那些补给品？"莎瑞娜问。

"那也算。"

莎瑞娜停下来注视他的双眼，然后回头看看那位雕刻家。"他是谁？"

"他的名字是塔安，""性灵"说，"你可能比较知道安登这个名字。"

"那个帮派头领？"莎瑞娜惊讶地问。

"性灵"点点头。

"在宵得术法找上他以前，塔安是阿雷伦最有成就的雕刻家之一。来到伊岚翠之后，他迷失了一阵子，最后恢复了神智。"

他们让雕刻家继续他的工作，"性灵"向她展示了城市的最后几个区域。他们经过一座被他称为"堕落者大厅"的大型建筑。虽然她看见几个失去心智的侍灵在天花板上方飘浮，但"性灵"言语中的忧伤让她不敢发问那是什么样的地方。

　　莎瑞娜被那悲伤刺痛。阿什现在一定也成了这样，她想。她想起那些在伊岚翠四周飘浮的疯侍灵。先不论她眼前的这些，她那天晚上一直在等待阿什来找她。珂拉西教士把她关在一间小房间里。新的伊岚翠人现在只在一天中某个特定的时间被丢进城里。她一直站在窗边，等待他的到来。

　　她的等待是徒劳的。在经历了婚礼的混乱之后，她甚至不记得最后一次看见自己的侍灵是什么时候了。它那时没有进入礼拜堂，而是先去了王座厅。当她到达的时候，也没有看到它在房间里。她是不是在震惊的婚礼宾客叫喊间错过了它的声音，抑或她只是被希望蒙蔽了记忆？

　　莎瑞娜摇摇头，在"性灵"带领她离开"堕落者大厅"时叹息。她不断地抬头，希望会再次看到阿什。它以前总是在那里。

　　至少它还活着，她想，强迫自己把哀伤放在一旁。它可能正在城里的某处，我一定可以找到他……或许多少能帮帮它。

　　他们继续走着，莎瑞娜故意让自己分心去看景色。她没办法忍受再去想阿什的事了。接着，"性灵"带她穿过一片空旷地带，仔细一看，她发现那原来是田地。新芽被细心地排列在泥土里，有几个男人在田地周围走动，寻找杂草。空气中有股特殊的气味。

　　莎瑞娜问，"是鱼的味道吗？"

　　"是肥料，""性灵"咯咯地笑，"有一次我们想反将你一军。我们要求了一些鱼，而且心知肚明你肯定会送一桶死掉的鱼来，那些正好给我们当肥料用了。"

　　"看起来你们将了我好几军呢。"莎瑞娜说，羞愧地想起当初她是如何对于自己的曲解而感到洋洋得意。可是，现在看来，无论她再怎样努力地扭曲，新伊岚翠对于她的无用赠予，似乎总能找到合适的用途。

　　"我们没有什么选择，王妃，灾罚之后的伊岚翠，任何东西都是腐烂或污损的，就算是石头也开始碎裂。无论你觉得这些补给品有多少缺陷，它们仍然比这城市里的任何东西都有用。"

　　"对不起。"莎瑞娜情绪低落地说。

　　"又来了，""性灵"说，"如果你开始感到自怜，我会把你和加拉顿关在一起一个小时，那样你就会知道什么才是真正的悲观了。"

　　"加拉顿？"

　　"就是那个你曾在城门口遇到过的大家伙。""性灵"解释。

　　"那个杜拉德人？"莎瑞娜惊讶地问，她想起那个高大的方脸伊岚翠人，满口浓重的杜拉德口音。

　　"就是他。"

　　"悲观的杜拉德人？"她重复，"我从没听说过这样的事。"

　　"性灵"哈哈大笑着领她进入一栋高大而庄严的建筑。这美丽的建筑让莎瑞娜不禁深吸了一口气——精致的螺旋纹饰拱门整齐地排列着，地上则铺着雪白的大理石，墙上的浮雕比泰奥拉斯（Teoras）的珂拉西圣堂还要精致。

　　"这是间礼拜堂。"她说，她的手指抚过精致的大理石图案。

　　"它确实是，你怎么知道的？"

　　"这些图案里的部分场景出自于杜·珂拉西经。"她解释说，抬头用责备的眼神看着他，"有人显然没有用心去上主日学。"

　　"性灵"尴尬地轻咳两声。

　　"别告诉我你根本就没去过啊。"莎瑞娜说，转过身去面对浮雕。"你很明显是个贵族。就算你不虔诚，你也应该常常去教堂露面。"

　　"小姐真是非常聪明。我当然是我主谦逊的仆人——不过我承认自己在听传教的时候常常会分心。"

　　"那么，你到底是谁呢？"莎瑞娜接着这个话题问，终于问到了她从几周前第一次遇到"性灵"时，就很想了解的问题。

　　他顿了一下，"我是埃恩庄园（Ien Plantation）领主的第二个儿子。在阿雷伦南方有一片非常小的领地。"

　　应该是真的，她从不麻烦自己去记那些小贵族的名字，要记住那些公爵、伯爵、男爵的名字就已经够困难的了。不过这也可能是谎话。"性灵"看起来是名优秀的政治家，他知道如何编造听上去真实可信的谎言。无论他是谁，他确实拥有优秀的领导技巧——她觉得他所拥有的大部分特质是阿雷伦的贵族们所没有的。

　　"有多久……"她还想往下问，不过她停了下来，问题全都卡在了喉咙里。

　　因为"性灵"正在发光。

　　一道奇特的光正在"性灵"体内逐渐变强，她可以看见在他胸口有一团巨大的光正在燃烧，那光芒照亮了他整副骨架的轮廓，"性灵"张大嘴，发出无声的尖叫。然后他倒下，随着那光线的明灭而颤抖不已。

　　莎瑞娜跑到他身边，被吓得不知所措。她咬着牙，抓住他的身体，并抬起他的头以免他因为抽搐而撞到地板。接着她感觉到了什么。

她的双臂感觉到一阵冲击，冷颤传导至她的身体。某种很大的东西——一个不可思议、广大无垠的东西开始压向她。她已经看不见"性灵"的骨架，因为光芒实在是太强烈了，他好像融化在了那片纯粹的白色当中。如果不是因为他的重量还压在她的手臂上，她会以为"性灵"已经消失了。他的挣扎在颤动后停止，整个人瘫软在那里。

接着，他开始放声尖叫起来。

那是一个单音，冰冷而一致。从他的嘴中不断地飞出。光芒几乎是立刻消失不见，只留下莎瑞娜与她快速的心跳。她的手因为紧张而满是汗水，她的呼吸变得深重而急促。

过了好一会儿，"性灵"缓缓地眨了眨眼。随着意识逐渐恢复，他露出苍白的微笑，把他的头靠回她的手臂上。

"当我张开眼睛的时候，我差点以为我已经死了。"

"这是怎么回事？"她紧张地问，"我该找人来吗？"

"不，这个情况最近发生得越来越频繁了。"

"频，繁？"莎瑞娜一字一句地问，"对……我们全部？"

"性灵"虚弱地笑着，"不，只有我。铎想要摧毁的是我。"

"铎？"她问，"杰斯科和这有什么关系？"

他微笑。"看来美丽的王妃也是一位宗教学家？"

"美丽的王妃知道很多事情的。"莎瑞娜淡淡地说，"我想知道为什么一个'我主的谦逊仆人'会认为杰斯科想要摧毁他。"

"性灵"试着想要坐起来，莎瑞娜在一旁帮他。"这和艾欧铎有关。"他用疲累的声音解释。

"艾欧铎？那个异教徒传说？"在看过刚才发生的事情之后，她的话语已经没有太多信心了。

"性灵"扬起他的眉毛，"如果我们拥有被诅咒而不会死的身体是件合理的事，那么我们古老的魔法会发生作用又有什么好奇怪的？我还看到你和一位侍灵在一起，不是吗？"

"那不一样……"她的声音逐渐变小，心思又转回到阿什身上。

然而，"性灵"又再度引起她的注意。他扬起他的手，开始画线。随着他的手指移动，一条发光的线条出现在空中。十年来，珂拉西的教育竭力贬低伊岚翠的魔法。当然，侍灵除外，它们是种魔法宠物，就像是我主为了保护与安慰人类而送来的友善灵魂。莎瑞娜曾被教导，并且深信不移伊岚翠的魔法大部分都是骗人的。

但她现在面对着一个可能性——这些故事可能是真的。

"教我，"她轻轻地说，"我想知道。"

在夜幕落下时，莎瑞娜终于允许自己哭泣。"性灵"把这天剩下的时间，都用在解释他所知道的艾欧铎符文上，看起来他对此已作过相当深入的研究。莎瑞娜因为他的陪伴，才能够分心不去想阿什的事。在他们注意到之前，夜幕已在礼拜堂的窗外降临。"性灵"则为她准备好了落脚处。

现在她正蜷曲地躺着，在寒冷中颤抖。房间里的其他两个女人则睡得很甜，大家都没有毯子可盖。其他伊岚翠人似乎不像莎瑞娜那样能明显感觉到气温的变化。"性灵"宣称他们的身体进入了一种静止状态，在铎完成对他们身体的转化前，这种状态将一直持续。但是，对莎瑞娜来说，这种不愉快的寒冷却是最真实直接的感受。

阴冷的气温并不能帮助她平复情绪。当她靠在坚硬的石墙上，她想起了那些眼神，那些可怕的眼神。大部分的伊岚翠人都是在晚上被秘法选上的，他们被安静地发现，又被安静地送走。但莎瑞娜却被展示于所有贵族的面前，而且是在她自己的婚礼上。

这真是令人难堪的事实。唯一令她感到欣慰的是，从今以后她大概不会再见到他们之中的任何一位。不过，因为同样的原因，她应该也无法再见到她的父母或兄弟了。思乡病以前从没在她身上发生过，现在却以一辈子的压抑来攻击她。

接着她又想到了今天的失败。"性灵"曾问起她关于外界的事，但这个主题对她而言太痛苦了。她估计特瑞伊现在应该已经当上国王了，这就表示拉森将可以轻易地让阿雷伦的其他区域改宗。

她的眼泪安静地往下流。她为婚礼而哭泣，为阿雷伦而哭泣，为阿什的疯狂而哭泣，也为亲爱的罗艾奥所要面对的羞愧而哭泣。而她的父亲则是其中最糟的，一想到自己将再也不能感受到他温和玩笑中的关爱，将再也不能感受到他无与伦比、无条件的认同，她的心感到无比惧怕。

"小姐？"一个低沉迟疑的声音响起，"是你吗？"

她含泪震惊地抬起头。她刚才听到某些声音了吗？她一定听到了，但那是……

"莎瑞娜小姐？"

是阿什的声音！

她看见它正从窗口飘进来，身上的符文十分微弱，几乎都看不见了。"阿什？"她迟疑地问道。

"噢,感谢我主!"她的侍灵惊叹道,快速地飞近。

"阿什!"她说,用颤抖的手擦干眼泪,惊讶不已,"你不应该使用我主之名!"

"如果他带我找到您,他就有了第一位侍灵信徒。"阿什说着,兴奋地振动着。

她几乎没办法阻止自己伸出手去拥抱那颗光球。

"阿什,你在说话!你应该不会说话的,你应该……"

"疯了。"阿什说,"是啊,小姐,我也知道。不过我觉得我现在与之前没两样。"

"这真是奇迹。"莎瑞娜说。

"至少是个奇观。"侍灵说,"也许我应该考虑改信珂拉西教派了。"

莎瑞娜笑了。"信纳兰是绝对不会同意的。当然,他的反对从来没办法阻止我们,对吧?"

"的确是这样,小姐。"

莎瑞娜靠回墙边,单纯地享受着阿什的声音所带来的熟悉和满足。

"你绝对想象不到能找到您让我觉得多么庆幸,小姐。我足足找了两天了。我真的非常害怕会有什么不好的事情发生在您身上。"

"它确实发生了,阿什。"莎瑞娜说,不过当她说这句话时,却是面带微笑。

"我是说一些更可怕的事,小姐。"侍灵说,"我们见过这地方可以孕育出的邪恶。"

"它变了,阿什。"莎瑞娜说,"我不是很清楚他是如何办到的,不过'性灵'为伊岚翠带来了秩序。"

"无论他做了什么事,如果他做的事能让您安全的话,我会为他祈祷的。"

莎瑞娜突然想到了什么。如果阿什活着……她就能与外界保持联系了,这样她就并不是与外界完全隔绝的。

"你知道大家在做什么吗?"她问。

"我不知道。婚礼解散之后,我花了一个小时要求主教放了您。我不觉得他对您的转化感到失望。在那之后我知道我失去您了,于是就来到伊岚翠城门前,但似乎没来得及看到您被丢进城里。而且当我向守卫问起您时,他们也拒绝告诉我任何事。他们说谈论那些被诅咒的人是一种禁忌。当我告诉他们,我是您的侍灵之后,他们突然变得非常不安,而且再也不和我说话了。我只能在没有任何消息的情况下进入了这座城市,然后一直在找您。"

莎瑞娜笑了,想象着她严肃的侍灵与珂拉西的宗教领袖争论的场景。"阿什,你并不是来得太晚，才没看到我被丢进城里。你可能是来得太早了。他们只在一天中的某个特定时间把人丢进城，婚礼很晚才开始，我一整个晚上都被关在礼拜堂，他们是今天下午才把我带来伊岚翠的。"

"啊。"侍灵说，因为理解而上下浮动。

"以后你大概可以在这里找到我，在这座城市中最干净的这块区域。"

"这是个有趣的地方。"阿什说，"我从来没来过这里，它被小心地隐藏着。这里与城里的其他区域有什么不同？"

"你会知道的。"她说，"明天再过来吧。"

"再过来，小姐？"阿什愤慨地说，"我根本没打算离开您。"

"只是一会儿，我的朋友。"莎瑞娜说，"我需要知道凯伊城里的消息，而且你必须让其他人知道我现在的情况。"

"是的，小姐。"

莎瑞娜停了一下。"性灵"花了很大的力气才得以隐瞒新伊岚翠。就算她信任阿什通知的人，但她不能如此轻易就把他的秘密说出去。

"只需要告诉他们你找到我了，不过别说出你在这里所看到的一切。"

"是的，小姐。"阿什狐疑地说，"等一下，小姐。您父亲想和您说话。"侍灵开始振动，它的光渐渐流转，慢慢组成伊凡提奥的头像。

"娜？"伊凡提奥的语调充满惊讶。

"父亲大人，我在。"

"噢，感谢我主！"他说，"莎瑞娜，你没有受伤吧？"

"我很好，父亲大人。"她向他保证，感觉全身的气力都回来了。她立刻觉得自己可以做任何事、去任何地方了——只要她能听到伊凡提奥的声音。

"我诅咒那个信纳兰！他根本没有尝试要解救你。如果我不是那么虔诚的话，我会想都不想就砍下他的脑袋。"

"我们必须公正，父亲大人，"莎瑞娜说，"如果一个农民的女儿会因为诅咒被放逐到伊岚翠，为何国王之女能例外？"

"如果我收到的那些报告是真的，那么没有人应该被丢进那个深渊里。"

"这里不像你想的那么糟，父亲。"莎瑞娜说，"我现在无法解释，不过现实变得比预期更有希望。"

"不管有没有希望，我要把你弄出来。"

"父亲大人，不要这样做！"莎瑞娜说，"如果你带兵到阿雷伦来，那么你就会让泰奥德失去防卫，也会失去我们唯一的盟友。"

"如果我的间谍的预测是正确的，他们当我们的同盟也不会太久了。"伊凡提奥说，"特瑞伊公爵还在等待以便更稳当地得到权位，不过每个人都知道他快要坐上王位了。而且他对枢机主祭拉森也非常友善。你已经试过了，娜，不过我们还是失去阿雷伦了。我要来接你，这并不需要太多人，然后我会撤退，准备抵抗入侵。无论伟恩带多少人来，他都没办法通过我们的舰队的。泰奥德有整片海洋中最好的船舰。"

"父亲大人，你可以放弃阿雷伦，但我不可以。"

"莎瑞娜，"伊凡提奥告诫道，"不要再这样了。你和我一样都不是阿雷伦人……"

"我是认真的，父亲大人。"莎瑞娜坚定地说，"我不会离开阿雷伦的。"

"我主在上，莎瑞娜，你简直是疯了！我是你的父亲，也是你的国王。不管你愿不愿意，我都会带你走。"

莎瑞娜让自己冷静下来。伊凡提奥是吃软不吃硬的，对着干绝对适得其反。

"父亲大人，"她说，让自己的声音中充满爱与尊敬，"您曾教导我要勇敢。您让我变得比普通人更坚强。偶尔我会抱怨您的严厉，但大多数时候，我对您的激励心怀感激。您给了我做我自己的自由。然而，现在您打算背弃这些来剥夺我选择的权利吗？"

她父亲白发苍苍的脑袋沉默地挂在黑暗的房间里。

"只有放手，我才能真正学会您教我的一切，父亲大人。"莎瑞娜安静地说道，"如果您真的相信您教给我的那些思想，您就会让我自己做决定。"

伊凡提奥终于开口了，"你真的这么爱他们，娜？"

"他们已经变成我的子民了，父亲大人。"

"可才不到两个月的时间……"

"爱与时间无关，父亲大人。我必须与阿雷伦同在。如果它沦陷，我必须与它一起沦陷，但我不认为它会这样。一定会有办法阻止特瑞伊的。"

"但你被困在伊岚翠城中，莎瑞娜，"她父亲说，"在里面你能做些什么？"

"阿什可以充当信使。我已经无法再领导阿雷伦人民了，但我还可以帮助他们。即使我不能，我还是要待在这里。"

"我知道了。"最终，她父亲说道，并深叹一口气，"你的人生由你掌握，莎瑞娜，我一直如此坚信——即便偶尔会忘记。"

"那是因为您爱我，父亲大人。我们都会保护各自所爱的东西。"

"而且我的确做到了，"伊凡提奥说，"永远不要忘记这一点，我的女儿。"

莎瑞娜露出微笑："我保证。"

"阿什。"伊凡提奥命令道，让侍灵的意识也参与谈话。

"是，我的国王。"阿什的声音说，它深沉的嗓音恭敬而虔诚。

"你要看着她，并保护她。如果她受伤了，立刻通知我。"

"一如既往，坚守使命，我的国王。"阿什回答道。

"莎瑞娜，我还是会让舰队保持戒备模式。告诉你的朋友们，任何靠近泰奥德水域的船舶都将不问来由，直接击沉。就算这么做引起整个世界的公愤，我也不愿拿泰奥德人民的安全冒险。"

"我会警告他们的，父亲大人。"莎瑞娜保证道。

"那么晚安，娜，愿我主保佑你。"

第四十二章

拉森重新掌控了局面，现在的他就像古老斐优旦史诗中的英雄，曾经坠入地狱——在身心上和精神上——然后以更强大的形象归来。迪拉弗的大权已经分崩离析。直到现在拉森才看出来，迪拉弗用来绑住自己的锁链，正是由他自己的嫉妒和不安全感铸就的。他觉得迪拉弗的热情威胁到了他，其实是因为他觉得自己的信仰没以前强烈了。然而现在，他的决心重又变得坚定——就像他刚抵达阿雷伦时那么坚定。他将会成为这些阿雷伦人的救星。

迪拉弗心有不甘地让步了，并不情愿地保证，没有拉森的公开许可，决不再举行任何集会或传教演说。为了被正式任命为礼拜堂的首席仪祭，迪拉弗也同意解除他手下众多侍僧的誓约，并让他们担当没有那么多约束的跟从者（krondet）职位。然而，目前最大的改变不是在于仪祭的行为，而是在于拉森的自信。一旦拉森知道自己的信念和迪拉弗的一样强大，那么迪拉弗就无法再操纵他了。

然而，迪拉弗仍然无法平复他毁灭伊岚翠的激情。"他们是不洁的！"当他们一起走向礼拜堂时，仪祭还是坚持道。今晚的传教极其成功，拉森已经说服四分之三的当地阿雷伦贵族加入德雷西教派，或者至少赞成德雷西教派。特瑞伊在本周就会加冕，一旦他的统治稍加稳固，他就会宣布自己皈依了苏·德雷西教派。阿雷伦已是拉森的囊中之物了，而此时离伟恩的最后期限还有整整一个月的时间。

"我们的目的已经达到了，伊岚翠人已经没有利用价值了，仪祭。"拉森边走边向迪拉弗解释。今晚天气稍凉，但还没有冷到会呼出白气。

"为什么您禁止我散播反对他们的言论，大人？"迪拉弗的声音中带着苦涩——现在拉森完全禁止他说起伊岚翠，这使仪祭的传教仿佛被阉割了一样，失去了最激动人心的部分。

"宣扬反对伊岚翠已经毫无意义了。"拉森说道，用逻辑与迪拉弗的愤怒抗衡，"不要忘记我们的仇恨是有目的的。现在我已经证明了杰德斯的至高力量超过伊岚翠，我们已经有效地展现了我们的神才是真正的神，而珂拉西的我主是假的。人们已经在潜意识中认同了这一点。"

"可伊岚翠人仍然是不洁的。"

"他们卑鄙无耻、亵渎神灵，当然也是不洁的。但现在，他们同样也是无足轻重的。我们需要把精力集中在德雷西教派本身，向人们展示，如何通过向某个仪祭宣誓效忠，让他们与杰德斯相连。我们的职责就是让他们感受到我们的力量，并教导他们如何参与其中。"

"然后让那些伊岚翠人逍遥自在？"迪拉弗追问道。

"不，当然不是。"拉森说，"当这个国家——以及它的君主都牢牢掌握在杰德斯手中之后，我们有的是时间去对付他们。"

拉森对自己笑笑，转身离开了面色阴沉的迪拉弗。

一切都结束了，他想，我真的做到了，我不靠血腥的革命，就转变了这些人的宗教信仰。然而，他还不想停下脚步。阿雷伦已经是他的了，但有一个国家还没有。

拉森开始打泰奥德的主意了。

第四十三章

这扇门从里面完全锁住了，其精美的木制门板还残存着昔日伊岚翠的痕迹——当然，现在也和这座城市的其他部分一样腐朽不堪。加拉顿说，这堆烂东西只要稍微碰一下就会从合页上轰然崩落。黑暗的楼梯井就藏在门背后，楼梯上堆积了十年的尘埃。只有孤单单一行足迹印在灰尘上，这种脚印也只有像加拉顿那样的大脚才能留下。

"一直通到上面？"雷奥登问，穿过那扇已经破烂不堪的木门。

"可啰。"加拉顿说，"整条楼梯都是直接嵌在石壁中的，偶尔有几个采光用的开口。我猜只要踏错一步，你就得从一整条又臭又长的石梯上一路滚到底。"

雷奥登点点头，开始往上爬，杜拉德人紧跟其后。在灾罚之前，这座楼梯一定是用伊岚翠人的魔法照明的，现在光线只能从零星散落的开口中透进来。楼梯绕着石墙盘旋而上，从中心往下看，底下的弧形楼梯只是隐约可见，而楼梯原来的扶手，早已腐朽脱落了。

他们需要经常停下来休息，他们的伊岚翠身体根本承受不了激烈或是长时间的运动。最后他们终于爬上了顶端。上面的木门看起来比较新，也许是守卫们把原本腐烂的门换掉了。上面没有门把手，实际上，它几乎不算是扇门，只是一个堵住入口的障碍物而已。

"这里就是我能够到达的最远的地方，苏雷。"加拉顿说，"爬了这么一大段该死的楼梯，才发现我们还需要一把斧头。"

"这就是我带这个东西的原因。"雷奥登说着，拿出当初塔安想要用来砍倒梁柱、压死雷奥登的那把斧子。接着，两人开始干了起来，轮流砍着那扇木门。

即使拥有工具，砍穿一扇木门依然是一项严峻的任务。雷奥登试了好几次，每次只在木板上留下些许轻微的痕迹。终于他们找到了一块松动的木条，成功地开出一个大到能够让他们挤过去的破洞。

眼前的景象让刚才的努力变得值得。雷奥登曾登上过伊岚翠的城墙几十次，但凯伊城的景色从来没有现在看到的这么美妙。整座城市显得十分安详宁静，他所担心的侵略还没有发生。雷奥登露出微笑，享受着他刚获得的成就感，感觉自己像是刚刚登上了一座高山，而不是城墙的楼梯。伊岚翠的城墙再次回到了他们的创造者的手中。

"我们做到了。"雷奥登说着，坐在城垛边休息。

"也花了够久的时间了。"加拉顿站在他身旁说。

"只不过几个小时而已。"雷奥登轻松地说道，成功的喜悦冲淡了前面的辛劳。

"我不是说砍穿那扇门，而是说，为了上到这里，我们花了整整三天时间。"

"我很忙的。"

加拉顿嗤之以鼻，低声地咕哝了些什么。

"你说什么？"

"我说：'成双的飞翎（Ferrin）绝不愿意离开自己的巢穴。'"

雷奥登笑了，他知道这句津多俗语。飞翎是一种善于鸣叫的鸟，经常能在津多的沼泽里看见它们对唱。这句俗语是用来形容一个人找到了新的爱好，或是新的恋情。

"噢，拜托。"雷奥登白了加拉顿一眼说，"我没有那么坏。"

"苏雷，过去三天里，我看你们两个除了去厕所的时候，基本都黏在一起了。要不是我趁着没人看到的时候把你拖走，她现在大概也在这里了。"

"要知道。"雷奥登戒备地说，"她是我的妻子。"

"那么你打算要告诉她这件事了吗？"

"也许，"雷奥登轻描淡写地说，"但我不想让她觉得有什么责任。"

"不，当然不会。"

"加拉顿，我的朋友。"雷奥登说道，完全不受杜拉德人言论的影响，"你的同胞会因为你这么不浪漫而声誉受损。"杜拉德是一个以戏剧化的罗曼史与禁忌之爱的温床而闻名遐迩的地方。

加拉顿对他的回答只回应了一声哼，明确地表现出他对一般杜拉德人浪漫偏好的态度。他转身看着凯伊城。

"好了，苏雷，我们上来了。那么现在我们要做什么？"

"我不知道。"雷奥登承认道，"是你逼我上来的。"

"没错。不过，是你先说要找到上来的楼梯的。"

雷奥登点点头，回想他们三天前的短暂对话。真的有那么久了吗？他好奇地回想。

他几乎完全没有注意到。也许他真的多花了一点时间和莎瑞娜在一起，但他仍然觉得一点都不够。

"那里。"加拉顿边说，边眯起眼指着城市。

"什么？"雷奥登说着，顺着杜拉德人的手势看去。

"我看见一面旗子。"加拉顿说，"那是我们失踪的守卫。"

雷奥登几乎看不清楚远方的红点——那一面旗子。"你确定？"

"没错。"加拉顿说。

雷奥登眯起眼睛，认出旗子所在的建筑。"那是特瑞伊公爵的宅邸，伊岚翠护卫队和他在一起做什么？"

"也许他被逮捕了。"加拉顿说。

"不。"雷奥登说，"卫队并不是警察。"

"那他们为什么要离开城墙？"加拉顿反问。

雷奥登摇摇头。"我也不确定。有些事情，非常不对劲。"

雷奥登与加拉顿撤回到楼梯下，两个人都陷入了沉思。

只有一个办法可以知道卫队发生了什么事。莎瑞娜是唯一一个在卫队消失之后进入城市的伊岚翠人。只有她清楚现在凯伊城的具体情况。

然而，莎瑞娜却至今都不愿讨论外面的情形。在她被放逐的前几天里一定经历了令她不堪回首的事。雷奥登感受到她的痛苦，不愿再多打听，也不愿冒被她疏远的风险。实际上，他真的非常享受和莎瑞娜在一起的时间，她的风趣机智常常让他开怀大笑，她的聪敏也令他着迷，而她的个性则令他备受鼓舞。在跟那些只在意自己形象和衣着的女性交往了十年之后，雷奥登一直都期待遇到一个不会稍有冲突就想退缩的勇敢女性，一个能让他想起已逝母亲的女性。

可就是这种不屈服的顽固性格，让他无法得知外面的情况。不管是拐弯抹角的劝说还是直接的命令，都不能从莎瑞娜的嘴里套出一点她不愿说的情况。他已没有耐心循循善诱了，卫队的奇怪行动令他烦躁不安，任何权力的更替都可能严重危及到伊岚翠的安全。

他们回到楼梯井的底部，然后朝着城市的中心走去。这段路相对较长，但雷奥登因为在思考刚刚看到的事，觉得一会儿就到了。伊岚翠倾覆后，阿雷伦过了十年相对和平的日子——至少就国家层面而言。依靠与南方国家的盟约、在北海巡逻的泰奥德舰队，以及东边的山脉屏障，即使是弱小的阿雷伦也几乎没有受到什么外部威胁。而在内部，埃顿牢牢地抓住了军队的控制权，鼓励贵族进行政治斗争而非军力竞赛。

　　然而，雷奥登一直清楚和平不会持续很久，即使他父亲不愿面对现实。雷奥登决定迎娶莎瑞娜，很大程度上也是为了有机会与泰奥德建立正式盟约——让阿雷伦至少能获得泰奥德舰队的支持。阿雷伦并不习惯于战争，他们在伊岚翠人的羽翼下繁衍了好几个世纪，是十足的和平主义者。现任的伟恩绝对会尽快攻击，除非他是个傻子，他所需要的只是一根导火索。

　　一场内斗就是一根完美的导火索。如果卫队决定背叛国王，内战会让阿雷伦再次陷入混乱，而斐优旦在利用内战获利方面臭名昭著。雷奥登必须知道城墙外到底发生了什么。

　　终于，他和加拉顿到达了目的地，不是新伊岚翠，而是那座通往圣地的不起眼的建筑。当加拉顿发现雷奥登把莎瑞娜带进图书馆时，他没有说什么，那个杜拉德人似乎早料到事情会发展成这样。

　　一会儿之后，雷奥登和加拉顿走进了地下图书馆。墙上只有几盏灯亮着——为了节省燃料——但是雷奥登很容易就辨认出了莎瑞娜坐在后面小隔间中的身影，她就留在先前他们离开时她待的地方，沉浸在一本书中。

　　随着他们的靠近，她的脸庞变得越来越清晰，雷奥登不由自主地再次为她的美丽而惊叹。伊岚翠人布满暗色斑点的皮肤对他来说早就习以为常了，他几乎完全忽略了那些污痕。事实上，莎瑞娜的身体看起来已经很好地适应了宵得术法。一般来说，几天后进一步的退化就会显现——例如皮肤的起皱和萎缩，剩余肉体的颜色也会逐渐变得苍白黯淡。可莎瑞娜却完全没有上述症状，她的皮肤与她刚来伊岚翠那天几乎一样，依然光滑而充满活力。

　　她声称她的伤口不会像他们说的那样持续疼痛，不过雷奥登却认定，那只是因为她从没在新伊岚翠以外的地方生活过。许多最近的新来者根本没有体验过伊岚翠的最可怕之处，工作和积极的氛围让他们忽略了伤痛。她也从来没有体验过饥饿——她很幸运地来对了时间，她来时大家每天至少有机会吃到一餐。他们的食物储备最多只能撑一个月了，不过也没有囤积粮食的必要。饥饿对伊岚翠人来说，并不是致命的，只是感觉有点不舒服而已。

　　噢，最美丽的就是她的眼睛——敏锐而好奇地研究所有事物的眼神。莎瑞娜不只是单纯地看，还会仔细检验。当她开口时，一字一句背后都充满了思想，雷奥登发现，这种智慧正是他的泰奥德王妃最吸引他的地方。

　　当他们靠近时，莎瑞娜抬起头，脸上挂着兴奋的微笑。

"'性灵'！你永远猜不到我发现了什么。"

"没错。"雷奥登微笑着承认道——不知道如何将话题引向关于外界的信息，"所以，你还是直接告诉我吧。"莎瑞娜举起那本书，把封面拿给他看，上面写着《希尔的政治神话百科》（Seor's Encyclopedia of Political Myths）。虽然雷奥登把莎瑞娜领进图书馆，是为了满足她对艾欧铎的兴趣。可当她发现这里有一整个书架的政治理论书籍时，立刻把对艾欧铎的研究抛到了脑后。她兴趣转变的原因，一方面是对艾欧铎的厌倦，另一方面，她无法在空中画出符文，甚至无法在指尖移动后留下可见的线条。一开始雷奥登被搞糊涂了，但后来加拉顿解释道，这种事并不少见。即使在灾罚前，有些伊岚翠人也要花费数年时间才能学会艾欧铎——如果某些人连第一条线都画不好，接下来就什么都不会发生。雷奥登的速成才是罕见的特例。

然而，莎瑞娜并不这么认为，她是那种无法忍受比别人学得慢、没别人学得好的人，她声称她画的符文完美无缺——而事实上，连雷奥登也看不出她的符文有任何瑕疵，可这些发光的文字就是不出现——无论王妃如何生气都无法让它们乖乖听话配合。

因此，莎瑞娜的兴趣又转回到政治上——虽然雷奥登早就料到事情会变成这样。她对艾欧铎只是感兴趣，对政治则是深深沉迷。每当雷奥登来图书馆练习或者研究符文时，莎瑞娜都会挑上一本古代历史学家或外交天才的著作，坐在角落里开始阅读。

"……真令人惊讶，我从未读过如此彻底揭穿斐优旦的花言巧语和操纵技巧的文章。"

雷奥登摇摇头，发现自己只是呆呆地盯着她看，欣赏她的容貌，完全没注意到她究竟在说什么。他只知道，她似乎在谈论一本书——关于如何揭露斐优旦的政治谎言的书。

"每个政府都会说谎，莎瑞娜。"在她停下来的时候，雷奥登说道。

"的确。"她说道，哗哗地翻着那本书，"但没有哪个政府会如此厚颜无耻，近三百年来，从斐优旦接受苏·德雷西教派开始，历代伟恩就明目张胆地窜改他们国家的历史和文学，谎称这个帝国一直都代表了神的旨意。看看这个。"她再次举起书，指着某一页的诗文。

"那是什么？"

"《圣王伟恩》——一首三千行的长诗。"

"我以前读过。"雷奥登说。这首诗据说是全世界最古老的文学作品，甚至比苏·科萨格教派的圣典——杜·坎多经（Do Kando）还要古老。而苏·科萨格教派正是苏

·德雷西教派和苏·珂拉西教派的源头。

"你读的只是《圣王伟恩》的其中一个版本。"莎瑞娜摇摇头说，"但这个版本你肯定没读过。现代的版本完全用德雷西的方式来描述杰德斯。而这本书中的版本，完全揭露了教士们如何将原始版本改写成现在这个样子，把伟恩说成是德雷西教徒，但伟恩早在苏·德雷西教派建立前就已经存在很长时间了。回到杰德斯这个话题——或者说那个被苏·德雷西教派盗用的同名神灵，他原本只是一个不那么重要的神，负责照看地底下的岩石。"

"现在的斐优旦是个宗教国家，他们无法接受他们历史上最伟大的国君竟然是异教徒，于是只好让教士审查并改写整首诗。我不知道这个名叫希尔的人是从哪里弄到《圣王伟恩》的原始版本的，但如果这本书流传出去，一定会给斐优旦带来极大的难堪。"她的双眼闪烁着淘气的光芒。

雷奥登叹了一口气，走过去蹲在莎瑞娜的书桌边，平视着她的眼睛。换在别的时候，他很喜欢什么都不做，就是坐在那里听她说话。但不幸的是，他现在有更紧急的事情要考虑。

"好吧。"她眼神黯淡地说，并把书放下，"怎么了？我真的那么乏味吗？"

"完全不。"雷奥登说，"只是时间不对。你看……加拉顿和我刚刚爬上过伊岚翠的城墙。"

她有些困惑："然后呢？"

"我们发现伊岚翠护卫队包围了特瑞伊公爵的宅邸。"雷奥登说，"我们希望你能告诉我们为什么。我知道你不太愿意谈论外面的事情，但是我很担心。我需要知道外面究竟发生了什么。"

莎瑞娜坐下来，一只手肘撑在书桌上，用食指轻敲脸颊，她思考时经常这么做。"好吧。"她终于叹了一口气说，"我知道我这么做有点不公平。我只是不想让外面的事情烦到你。"

"有些伊岚翠人可能不关心，莎瑞娜。"雷奥登说，"但那只是因为，他们觉得我们无法改变凯伊城正在发生的事。然而，我还是很想知道外面的情况——即使你有点不愿意谈起它们。"

莎瑞娜点点头。"没关系——我现在可以讲了。我猜一切都是从我废黜埃顿王开始的——当然，那也导致了他最后上吊自杀。"

雷奥登一屁股跌坐在椅子上，双眼睁得大大的。

第四十四章

　　即使莎瑞娜已经说出来了，她还是很担心"性灵"刚刚说的话——没有了她，其他人也就没有了合法获得王位的权力，甚至连罗艾奥都无计可施——他们只能无助地看着特瑞伊巩固加强对贵族的控制。她预计今天结束前就能收到特瑞伊加冕的消息了。

　　她过了一会儿才意识到，刚刚那番话对"性灵"造成的巨大冲击。他跌坐到一把椅子上，双眼圆睁。她暗骂自己说得不够婉转，无论如何，她谈论的都是"性灵"的国王。最近几周宫廷里发生了太多事情，都让她有些麻木了。

　　"对不起，"莎瑞娜说，"我讲话太直接了，是吗？"

　　"埃顿死了？""性灵"小声问道。

　　莎瑞娜点点头。"最后他被证明与杰斯科秘教有牵连。事情败露后，他没脸见人，就上吊自杀了。"她没有详细说明自己在整件事中扮演的角色，没必要把事情变得更加复杂。

　　"杰斯科？""性灵"重复道，然后他的脸色阴沉下来，牙关紧咬，"我一直认为他是个傻瓜，但是……他与这件事……牵扯到底有多深？"

　　"他拿自己的厨子和女仆来献祭。"莎瑞娜说，感到一阵恶心，所以她一直想避免讨论这件事。

　　"性灵"显然注意到了她脸色的苍白。"对不起。"

　　"没关系。"莎瑞娜说。然而她知道不管以后还会经历多少事，不管走到生命的哪个阶段，埃顿献祭的恐怖画面将会永远扎根在她的心中。

　　"所以特瑞伊当上了国王？""性灵"问。

　　"快了。"莎瑞娜说，"也许现在他已经加冕了。"

　　"性灵"摇摇头，"那罗艾奥公爵呢？他比特瑞伊更有钱，也更受人爱戴。他应该登上王位。"

"他已经不如特瑞伊有钱了。"莎瑞娜说，"斐优旦在财政上暗中支持特瑞伊，他已经是苏·德雷西教派的支持者了，恐怕这会使他的社会地位更高。"

"性灵"眉头紧皱，"支持苏·德雷西教派会让一个人更受欢迎？难道我离开太久，已经跟不上时代潮流了？"

"你来到这里多久了？"

"一年。"性灵随口答道，这与其他新伊岚翠人告诉她的情况相符。没人确切知道"性灵"在城里待了多久，但他们都觉得至少有一年。他是最近几周才取得敌对帮派的控制权的，但这样的成就必定需要长久的计划和努力。

"我猜这就是特瑞伊获得守卫队支持的原因。""性灵"嘀咕道，"他们总是太渴望讨好那些看起来最受欢迎的人。"

莎瑞娜点点头，"在我被扔到这里来后不久，他们就进驻了公爵的宅邸。"

"好吧。""性灵"说，"你必须从头开始说起，我需要你能提供的一切信息。"

于是，她开始解释。她从杜拉德共和国的灭亡和斐优旦日益增加的威胁开始说起，还讲了她与雷奥登王子的婚约，德雷西教对阿雷伦的渗透。她一边说，一边意识到"性灵"远比她预想的更了解阿雷伦的政治气候。他迅速抓住了埃顿死后遗言的重点，他对斐优旦也很了解，虽然他并没有意识到那些教士有多么危险，他更担心伟恩控制的军队。

最令人印象深刻的是，他非常了解阿雷伦为数众多的贵族和领主，莎瑞娜完全不需要解释他们的性格和脾气，"性灵"仿佛早就认识他们了。事实上，他看起来比莎瑞娜还要了解他们。当莎瑞娜问起时，他只是解释，在阿雷伦了解所有男爵以上的贵族是十分必要的。很多时候，低等贵族发迹的唯一机会就是与更有权势的贵族做生意，因为他们控制着整个市场。

只有一件事情比国王的死更令他震惊。

"你要嫁给罗艾奥？"他难以置信地问道。

莎瑞娜露出微笑："我自己也不敢相信，不过计划赶不上变化。"

"罗艾奥？""性灵"又问了一次，"这个老流氓！他一定为这个提议暗爽不已吧。"

"我觉得公爵是个货真价实的绅士。"莎瑞娜说。

"性灵"用一种鄙视的眼神看着她，仿佛在说"我还以为你很会看人呢"。

"而且，"她继续说道，"这建议不是他提出来的，而是舒顿。"

"舒顿？""性灵"说。思考了一会儿后，他点点头，"是，这的确像他的思路，虽然我从没听他提起过'结婚'这个词，他可是对婚姻这种观念避之唯恐不及的。"

"不再如此了。"莎瑞娜说，"他和埃汉的女儿的关系已经非常亲密了。"

"舒顿和托蕊娜？""性灵"目瞪口呆地问。然后他眯起眼睛看着莎瑞娜，"等等，你怎么能嫁给罗艾奥？我以为你已经结婚了。"

"嫁给一个死人。"莎瑞娜气呼呼地说。

"但你的婚约上说你不能再嫁给别人了。"

"你怎么知道这些的？"莎瑞娜眯起眼睛问。

"你几分钟前刚刚解释过。"

"我没有。"

"你绝对有。是吧，加拉顿？"

那个高大的杜拉德人正在翻阅莎瑞娜的政治书籍，头也没抬地说："别看我，苏雷。我可不想被卷进去。"

"不管怎样，""性灵"说，把头从他的朋友那里转回来，"你为什么要嫁给罗艾奥？"

"为什么不？"莎瑞娜问道，"我根本就不了解这个雷奥登。每个人都说他是个好王子，但我又欠他什么吗？埃顿一死，我和阿雷伦的合约就失效了。而且当初，我订下这个婚约的唯一原因，就是为了让阿雷伦和我的祖国结盟。如果我能和阿雷伦未来的国王订下更有保障的合约，为什么还要继续遵守和死人的约定呢？"

"所以你同意嫁给王子只是出于政治上的考虑？"不知为何，他的语调听起来有些受伤，仿佛她和阿雷伦王储赤裸裸的利益关系令整个贵族阶级都蒙羞了。

"当然。"莎瑞娜说，"我是政治动物，性灵。我的目标就是让泰奥德的利益最大化——这也是我同意嫁给罗艾奥的原因。"

他点点头，看起来还是有点伤心。

"因此，我来到王座厅，准备嫁给罗艾奥公爵。"莎瑞娜继续说道，忽略"性灵"的不悦。他有什么权利质疑她的动机？"而就在那时，肖得术法选中了我。"

"就在那时？""性灵"问，"就发生在你的婚礼上？"

莎瑞娜点点头，突然感到非常没有安全感。每当她快要接受现实了，那种灾难般的疏离感又会再次来袭。

加拉顿哼了一声："好吧，现在我们知道她为什么不想谈这件事了，可啰？"

"性灵"把手搭到她的肩膀上，"对不起。"

"现在一切都结束了。"莎瑞娜摇摇头说，"我们要担心的是特瑞伊的加冕仪式，有斐优旦的支持……"

"我们是可以担心特瑞伊，但恐怕我们什么忙都帮不上。除非我们有办法与外界取得联系！"

莎瑞娜突然感到一阵羞愧，目光投向躲在房间阴影里的阿什，在黑暗中几乎看不见它的符文。"这也许是个办法。"她承认道。

"性灵"抬起头，看到莎瑞娜正向阿什招手。阿什开始发光，符文的光芒逐渐扩散成一颗光球笼罩着它。当侍灵飞下来在她的书桌上盘旋时，莎瑞娜尴尬地看了 "性灵"一眼。

"一个侍灵？"他激动地说。

"我把他藏起来没告诉你，你不生气吧？"莎瑞娜问。

"性灵"略略笑着："老实说，莎瑞娜，我早就料到你背着我藏了什么。你看起来就像那种需要秘密的人，是什么秘密并不重要，只要拥有一个秘密你就满足了。"

这个一针见血的评价让莎瑞娜微微脸红。"阿什，跟凯隐他们联系一下，我想要知道特瑞伊称王的时间。"

"是，小姐。"阿什说着，飘走了。

"性灵"陷入沉默，对于为何阿什没有因为宵得术法而发疯，他没有发表自己的看法。当然，"性灵"还没有确定阿什就是莎瑞娜拥有的侍灵。

他们在沉默中等待着，莎瑞娜没有去打扰"性灵"的思绪。她刚刚给他灌输了令他无法承受的海量信息，她几乎能透过"性灵"的眼睛看到他的大脑正在急速运转。

他依然对她有所保留，不是因为他们互不信任，而是因为他觉得有很好的理由不告诉别人，不管他的秘密是什么。她涉足政坛太久了，不会再认为保守秘密是对他人的冒犯。

当然，这并不意味着她不会尽其所能将秘密给找出来。不过到目前为止，阿什还无法找出任何关于这位埃恩庄园领主次子的情报，但阿什的行动是受到限制的。她目前只让它在凯隐他们面前现身，她不知道为什么阿什逃过一劫，而其他侍灵则没有。但她不想失去阿什可能提供的任何帮助。

加拉顿意识到他们暂时哪儿都不会去，就拖了一把椅子坐下来。然后他闭上眼睛，看起来好像是睡着了。尽管他是族群中少见的悲观主义者，但他还是个杜拉德人。人们都说杜拉德人非常懂得放松，能在任何时候、任何地点入睡。

莎瑞娜看着那个大块头。加拉顿看起来不太喜欢她，不过他对谁都是一副不耐烦的样子，所以这也很难说。有时候他看起来博学多才，而在某些领域却又是完全无知——而且还对此满不在乎。他总是毫不犹豫地接受每件事，却又同时不停地抱怨。

当阿什回来时，莎瑞娜已重又沉浸在政治书籍的海洋中。侍灵发出一种清喉咙的声音，莎瑞娜这才看到它。"性灵"也抬起头，而杜拉德人继续打着呼噜，直到他的朋友用手肘顶了顶他的胃。然后，三双眼睛齐齐看向阿什。

"怎么样？"莎瑞娜问。

"仪式已经完成了，小姐。"阿什告知他们，"特瑞伊已经是国王了。"

第四十五章

月光下，拉森站在伊岚翠的城墙上，好奇地研究着一个破洞。某个堵住楼梯井的路障被砸开了，周围伤痕累累，碎裂的木板也都被收拾干净了。这个破洞俨然就像被耗子啃过的——那些伊岚翠耗子正在寻找逃离巢穴的通道。这是一直有守卫清扫的墙面，现在却有许多泥脚印从楼梯井中延伸出来，足以证明，底下的人已经爬到城墙上好多次了。

拉森慢慢地踱步离开了楼梯井。他可能是唯一知道破洞存在的人，伊岚翠现在仅被两三个守卫看着，而且他们现在从不到城墙上巡逻。目前，他还不想告诉守卫破洞的事情，他一点也不在意那些伊岚翠人是否已经溜出城。他们哪儿也去不了，他们的特征太明显了。而且，他也不想让百姓转而担心伊岚翠人，他希望他们能够将注意力一直放在新国王身上，以及新国王很快就要发布的效忠宣言。

拉森漫步在城墙上，伊岚翠在他的右边，而凯伊城在他的左边，一小束集中的光线在黑暗的夜色中闪烁——是王宫，如今也是特瑞伊的家。阿雷伦的贵族急于向他们的新王表达忠诚，几乎全体出席了他的加冕仪式，每个人都争先恐后地证明他们的效忠。而这位自负的前公爵显然很享受这种万众瞩目的感觉。

拉森继续在宁静夜色的掩护下漫步，脚踩在石板上铿锵作响。特瑞伊的加冕礼和他预期的一样。这位前公爵、现国王是个非常容易被看透的人，而容易被看透的人也容易被操纵。就让他尽情享受此刻的浮华吧，明天就是他支付报酬的时候了。

毫无疑问，特瑞伊会向拉森索要更多的钱财，才肯加入苏·德雷西教派。特瑞伊这是自作聪明，还以为王冠会给他更多与斐优旦讨价还价的筹码。当然，拉森会假装被他的贪婪激怒，同时心知肚明一件特瑞伊永远也不会明白的事情，权力并不在于财富，而是在于控制——如果一个人拒绝被收买时，金钱也就一文不值了。国王永远也不会明白，他索要的那些伟恩金币不会带给他力量，相反，只会让他被别的力量所控制。在他一手捞取金币的同时，阿雷伦也渐渐从他的另一只手中溜走。

拉森摇摇头，感到些微的罪恶感。他利用特瑞伊，是因为国王让自己变成了一个太趁手的工具。然而特瑞伊的心还是永远也不会皈依——他不会真心接受杰德斯及其帝国。特瑞伊的承诺就像他手中的王权一样空虚。然而，拉森还是会利用他。因为这合乎逻辑，拉森开始明白，他信仰的力量就是来自于逻辑。特瑞伊也许不会真的信教，但他的孩子一定会，因为他们从小生长在德雷西教派的氛围中。一个人虚假的皈依，却能拯救一整个国家的灵魂。

当拉森散步的时候，他注意到自己的目光一直盯着伊岚翠黑暗的街道。他努力精神集中想特瑞伊的事，还有对阿雷伦即将来临的征服，但另一件事却在撩拨着他的心。

拉森不情愿地承认，自己今晚想在伊岚翠城墙上散步还有别的原因——他在担心王妃，当然，这种情绪困扰着他，但他并不否认它的存在。莎瑞娜是一个绝妙的对手，而且他也知道伊岚翠城里有多危险，在他给出下毒的命令时，就意识到了这一点。但在权衡利弊后，他还是决定这么做。然而，在三天的等待之后，他的决心开始动摇，他有不止一个理由希望她还活着。

于是，拉森搜索着街道，傻傻地希望能够看到莎瑞娜在下面，看到她毫发无伤，以缓解良心的不安。当然，他没有找到她，实际上，今晚他还没有看到任何一个伊岚翠人。拉森不知道他们只是搬到城市的其他地方去了，还是他们已经残暴到自我毁灭的地步。为了王妃，他希望后者不会发生。

"你是枢机主祭拉森？"一个声音突然说道。

拉森立即转过身，搜寻着那个无声无息靠近他的人。只有一个侍灵在他面前盘旋，在黑暗中发出耀眼的光芒。拉森眯起眼睛，辨认出它中心的符文——迪奥。

"我就是。"拉森谨慎地说。

"我遵从我主人之令前来，泰奥德的伊凡提奥王。"侍灵用抑扬顿挫的声音说道，"他希望和你谈谈。"

拉森露出微笑，他前面还在想伊凡提奥要过多久才会和他联系。"我急切地渴望听到陛下的金玉良言。"

侍灵振动起来，把光芒收拢在中心，逐渐勾勒出一个有着鹅蛋脸和宽厚下巴的男子形象。

"陛下，"拉森微微点头说道，"有什么能为您效劳的吗？"

"不需要无谓的客套，枢机主祭。"伊凡提奥直截了当地说，"你知道我想要什么。"

"您的女儿。"

国王点点头。"我知道你有治愈这种疾病的力量，你要怎样才肯治疗莎瑞娜？"

"我本身没有什么力量。"拉森谦卑地说，"主上杰德斯才是真正治好我的人。"

国王停了一下，"那么，你的杰德斯要怎样才肯治疗我的女儿？"

"如果您能给上主某种形式的鼓励，他也许会被说服。"拉森说，"不信者无奇迹，陛下。"

伊凡提奥缓缓地低下头——他很清楚拉森要的是什么，可他也非常爱他的女儿。

"如你所愿，教士。"伊凡提奥承诺道，"如果我的女儿能够从那座城市平安归来，我就会改信苏·德雷西教派。我知道这一天终究会到来。"

拉森开怀大笑："我看看我能否……说动主上杰德斯让公主归来，陛下。"

伊凡提奥点点头，他的脸色就像一只斗败的公鸡。侍灵切断了通话，一声不响地飘走了。

拉森露出微笑，他计划的最后一块拼图也终于放在了正确的位置上。伊凡提奥作出了一个明智的决定。他这样做至少能用他的改信换取一点回报——即使这所谓的回报是他原本就拥有的。

拉森低头俯瞰整个伊岚翠，更加焦急地期盼莎瑞娜能够安全地回到他身边。如果一切顺利的话，在接下来的几个月内，他将奉献给伟恩不止一个异教徒国家，而是两个。

第四十六章

雷奥登也曾经暗自希望父亲能够早点儿归西，因为他曾亲眼目睹百姓所遭受的苦难，而这一切的始作俑者就是他的父亲。埃顿以欺诈的方法获得了王座，面对一切阻碍力量，手段又是那么的残酷无情，他甚至以观赏贵族之间的争斗为乐。雷奥登一直觉得如果阿雷伦没有埃顿王一定会更好。

但当父亲去世的消息真的传来时，雷奥登发现他的情感背叛了他，他陷入了无尽的悲伤。他的心试图忘却过去五年里国王的所作所为，取而代之的是雷奥登小时候所记得的父亲的模样。那时候他的父亲是全阿雷伦最成功的商人，被他的同胞所尊敬，也被他的儿子所崇拜。那时候的埃顿是个充满荣誉和力量的人，雷奥登天真地认为父亲是世界上最伟大的英雄。

如今，他只能靠两件事来忘却失去亲人的痛苦——莎瑞娜与符文，他整天与这两者为伴，产生了强烈的依赖感。新伊岚翠如今已可以自行运作了，人们可以自己找到忙碌的目标，已不需要整天吵嚷着得到他的关注。于是，他把越来越多的时间花在图书馆，他在那里练习符文，而莎瑞娜就在他旁边看书。

"这里居然没有任何关于当代斐优旦的信息。"莎瑞娜边说，边翻阅着一本大到需要雷奥登帮忙才能抬起的书。

"说不定那只是因为你还没找到正确的那本。"雷奥登边说边画着艾欧·伊赫（Aon Ehe）。莎瑞娜坐在常坐的书桌旁，一摞书堆放在她座椅旁边；而雷奥登站在她的身后，背靠墙壁练习新的符文修饰方法。

"可能吧，"莎瑞娜不太确定地说，"这里的每本书都是讲古代帝国的，只有整理过的历史书籍才会提到百年前的斐优旦。我认为伊岚翠人曾经认真地研究过其他宗教——只是为了对可能到来的交锋做准备。"

"就我所知，伊岚翠人并不太在意竞争这种事情。"雷奥登说，在他讲话的时候手指轻微偏离了既定轨道，这个动作破坏了线条的连贯性。符文在空中待了一会儿，然后便消失不见了，他的失误让整个符文结构失去了法力。他叹了一口气，再次开口说道："伊岚翠人认为他们高高凌驾于万物之上，根本不用去担心其他国家和宗教。其中的大多数人甚至根本不在意自己是否被崇拜。"

莎瑞娜思考着他的评论，接着又转回头继续看书，一边顺手把空餐盘推开。雷奥登并没有告诉她，他悄悄增加了她的食物配给量——就像他对每个初到此地第一周的人那样。经验告诉他，先让她吃得比较饱，再循序渐进且不被察觉地慢慢减少食物量有助于在心理上抵抗饥饿。

他又再次开始绘制符文。一会儿后，图书馆的门被打开了。"他还在上面？"雷奥登询问刚走进来的加拉顿。

"可啰，"杜拉德人回答道，"依然对着他的神哀嚎。"

"你的意思是'祈祷'？"

加拉顿耸耸肩，漫步过来，找了把椅子坐在莎瑞娜边上。"不管他的声音有多轻，你都会觉得神能听到他的祈祷。"

莎瑞娜从她的书中抬起头来，"你们是在谈论那个枢机主祭吗？"

雷奥登点点头。"从清晨开始他就一直站在城门上方。很显然，他正在祈求他的神治愈我们。"

莎瑞娜开口道："治愈我们？"

"或者诸如此类的说法，"雷奥登说，"我们听不太清楚他在说什么。"

"治愈整个伊岚翠？他的转变也太大了吧。"莎瑞娜的眼里充满了怀疑。

雷奥登耸耸肩，继续画他的符文。加拉顿则找了一本关于农业的书，开始搜寻所需的知识。最近几天他一直在尝试设计一种新的灌溉方式，来适应他们目前的特殊环境。

几分钟之后，就在雷奥登快要完成符文和辅助修饰时，他发现莎瑞娜已经放下书本，正饶有兴趣地看着他。这种凝视让他的手再次一滑，还没来得及明白自己做了什么之前，符文就消失了。当雷奥登举起手再次开始画艾欧·依希时，她还是继续凝望着他。

"怎么了？"他终于问道。他的手指几乎是条件反射地画出了最开始的三笔，线条先是横越上方，然后直直往下，中间再加上一点，这就是每个符文的基本笔画。

"你从一个小时前，就在画同一个符文。"她说。

"我想把它画得更准确些。"

"但是你至少已经画对十几次了。"

雷奥登耸耸肩，"这能帮助我思考。"

"思考什么？"她好奇地问，显然对书中古老帝国的历史暂时没了兴趣。

"最近在思考艾欧铎本身，现在我了解了大多数理论，但对于是什么阻挡了铎，我还是一筹莫展。我觉得是符文改变了，古老的图案模式有了些微错误，但为什么会这样？我甚至猜都不知从何处猜起。"

"也许是土地本身发生了改变。"莎瑞娜随口一说，靠在椅背上，双腿离地。

"你的意思是？"

"嗯。"莎瑞娜思索着说，"你是不是曾经说过符文与土地是连结的……或者，是我曾经说过？"

"哦？"雷奥登问，一边微笑一边继续画，"难道你在接受公主训练的时候，也曾接受过伊岚翠魔法的秘密课程？"

"没有。"莎瑞娜夸张地甩甩头，"不过的确是包含了有关符文的课程。要开始画每个符文，你得先画出一幅阿雷伦的图案。关于这个，在我还是小女孩的时候就学过了。"

雷奥登一动不动地僵在那儿，手指停留在空中，"再说一次。"

"嗯？"莎瑞娜问，"噢，那只是我老师想出来希望能引起我的兴趣，让我专心听课的蠢方法。你瞧，每个符文都以同样的开始方式，横越顶端的一条线代表着海岸线，由上而下的线条则象征着阿塔德山脉（Atad），而中间的那一点就是埃隆诺湖（Lake Alonoe）。"

加拉顿站起来，好奇地看着雷奥登持续发光的符文。"她说得对，苏雷。这样子看起来的确很像阿雷伦，你的那些书里讲过这件事吗？"

"没有。"雷奥登惊讶地表示，"嗯，他们确实谈论过符文与阿雷伦之间的连结，但他们从来没有提到过那代表土地——也许就是因为这个常识太过基本且显而易见了，以至于不必被反复提起。"

加拉顿拿起他的书，把某个折起来的东西从书背后拿出来——那是一张阿雷伦的地图。"继续画，苏雷。不然这个符文就要消失了。"

雷奥登照着他的话，强迫他的手指继续移动。加拉顿拿起地图，莎瑞娜也跟着站到了杜拉德人的身边。他们透过薄薄的纸片看着那个发光的符文。

"杜罗肯啊！"加拉顿惊呼，"苏雷，比例几乎是一样的，甚至连歪斜的地方都一样。"

雷奥登完成了符文的最后一画,也跟着他们一起端详地图。接着他看了看莎瑞娜。"但是问题出在哪里呢?山脉还是在那边,一样的海岸,一样的湖泊……"

莎瑞娜耸耸肩说:"别看我,你才是专家。我甚至都画不对第一条线。"

雷奥登转身面对符文。几秒钟之后它开始闪烁,然后消失,它的潜力因为某种神秘的原因被阻挡住了。如果莎瑞娜的假设是对的,那么符文与阿雷伦之间的联系就比他猜测的更为紧密。不管是什么阻止了艾欧铎,它肯定也同样影响了这片土地。

他转过身,想要表扬莎瑞娜提供了如此重要的线索。然而,话到嘴边却说不出来。有什么地方不太对劲,王妃皮肤上的深色斑点颜色不对,呈现出蓝色和紫色的混合色,就像瘀青,而且正慢慢从他的眼前消失。

"我主慈悲!"他激动地大喊,"加拉顿,看看她!"

杜拉德人警觉地转过身,他的神情立刻从担心转变为敬畏。

"怎么了?"王妃紧张地看着两人,追问道。

"你做了什么,苏雷?"加拉顿问。

"什么也没做!"雷奥登坚持道,看看符文消失的地方,"一定是别的什么治好了她。"

接着他想通了。莎瑞娜始终无法画出符文,她还抱怨过这里太冷了,并坚称她的伤口没有一直疼痛。雷奥登伸出手去抚摸莎瑞娜的脸庞,她的身体是温暖的——太温暖了,即使对一个身体还未完全冷掉的新伊岚翠人来说,也太温暖了。他用颤抖的手指拿掉包裹在莎瑞娜头上的围巾,触碰到头皮上那几乎看不见的金色发茬。

"我主在上。"他低语。接着他拉着莎瑞娜的手,一路把她拉到图书馆外。

"'性灵',我不懂。"莎瑞娜一路挣扎着,然后他们走近了伊岚翠城门前的广场。

"你从来都不是个伊岚翠人,莎瑞娜。"他说,"这是个阴谋——和枢机主祭上一次用来蒙骗所有人说他被秘法诅咒一样。拉森似乎用了某种方法,让你看起来像是被宵得术法所选中,但实际上你并没有。"

"但是……"她想反对。

"想一想,莎瑞娜!"雷奥登坚定地说,拉住她看着他的眼睛。枢机主祭就在城墙上传教讲经,他洪亮的声音在一段距离外被风吹乱。"你和罗艾奥的婚礼将会让德雷西教的敌人登上王位,拉森一定要阻止那场婚礼,显然他采取了最卑鄙的手段。你,不属于这里。"

他再次拉住她的手臂，想要把她拉到城门边。但是她却开始反抗，用同样的力量往回拉。"我不走。"

雷奥登惊讶地转过身，"但你必须得走——这里是伊岚翠，莎瑞娜。没人想要留在这里。"

"我不在乎。"她坚持道，声音坚定而挑衅，"我想要待在这里。"

"阿雷伦需要你。"

"阿雷伦没有我会更好。如果我不插手的话，埃顿就不会死，特瑞伊就不会夺取王位。"

雷奥登僵在那里。他想要她留下——他渴望她留下。但为了让她离开伊岚翠，他愿意做任何事。这是一座死亡之城。

城门还未完全打开——枢机主祭就已经认出他的猎物了。

莎瑞娜瞪大双眼看着雷奥登，她正在慢慢伸向他。现在这些斑点几乎完全消失了，她看起来非常美丽。

"你以为我们养得起你吗，王妃？"雷奥登说，强迫自己用冷酷的语调说话，"你以为我们会浪费食物在一个非我族类的女人身上吗？"

"没用的，'性灵'。"莎瑞娜回喊道，"我可以看到你眼中的真实。"

"那就相信那些真实。"雷奥登说，"即使有那些不甚丰厚的配给，新伊岚翠的食物也只够再吃几周了。我们种植庄稼，但是还要等好几个月才能有收获。在这之前我们都要挨饿。我们所有人——包括男人、女人，还有孩子。我们都得挨饿，除非外面有人给我们更多补给……"

她迟疑了。突然，雷奥登把她拥入怀中，紧紧地抱在胸前。"诅咒你，"她低泣道，"我主诅咒你。"

"阿雷伦真的需要你，莎瑞娜。"他也用低语回应她，"如果你说得没错，一个斐优旦的支持者已经登上王位。留给伊岚翠的时间不多了，你知道一旦有机会德雷西教士会怎么对付我们。阿雷伦的情况已经十分危急了，莎瑞娜，而且你是我唯一信任能够解决这件事情的人。"

她审视着他的眼眸，"我会回来的。"

穿着黄褐相间制服的守卫已经团团围住了他们，并把两个人分开。他们把雷奥登推到一旁，他的背撞在光滑的鹅卵石上。然后他眼睁睁看着那些身影拖走了莎瑞娜。雷奥登仰躺在地上，感受着身后压扁的烂泥，然后他抬起头，看到一个穿血红色盔甲的男人。枢机主祭已经在那里安静地站了一会儿了，然后转身跟着莎瑞娜他们出了城。城门在拉森身后轰然关闭。

第四十七章

城门"砰"的一声关上了。这一次，他们不是要把莎瑞娜关进伊岚翠，而是把她释放出来。她灵魂深处的情绪就像一群愤怒的恶狼，每一只都嚎叫着渴望她的关注。五天前，她还以为自己的生活就此被毁，她曾经希望，祈祷，恳求我主能够治愈她。但是如今，她却疯狂地想要回到那个被诅咒的地方——只要"性灵"还在那里。

然而，我主替她作出了决定。"性灵"是对的，她无法继续留在伊岚翠，就像他无法待在城外。这两个世界，还有他们的身体需求，实在是太不同了。

一只手突然落在莎瑞娜的肩上，打断了她的沉思。她转过身，在这里没有几个人需要她抬头仰视的，毫无疑问是拉森。

"杰德斯保护了你，王妃。"他略带口音地说。

莎瑞娜甩开他的手。"我不知道你是怎么做到的，教士。但我很确定一件事，我并没有欠你的神什么。"

"你父亲可不这么认为，王妃。"拉森厉声说道。

"作为一个宣称要传播真理的教派，教士，你的谎言真是粗陋得可怕。"

拉森微微一笑。"谎言？不如你去和他当面对质？从某方面而言，是你亲手把泰奥德交给了我们。先改变国王的信仰，也就能改变整个国家的信仰。"

"不可能！"莎瑞娜喊道，同时心中升起一股不确定。枢机主祭太狡猾了，通常不会如此直接地撒谎。

"你以智慧和聪颖应战，王妃。"拉森缓缓地上前一步，伸出他覆着铁甲的手，"但如果你拥有真正的智慧，应该明白继续抵抗是毫无意义的。我已经拥有了泰奥德，而阿雷伦也马上就要属于我了。不要像石鹭那样，永远在靠近海边的沙滩上筑巢挖洞，让自己的努力一次次被潮汐毁灭。投入苏·德雷西教派的怀抱吧，它能让你的本事不只是徒有虚名。"

"那我情愿去死！"

"你已经死过一次了。"枢机主祭指出，"而我把你救了回来。"他又向前踏了一步，莎瑞娜警惕地向后退，把手举到胸前。

金属划过阳光，一瞬之间，伊翁德的长剑已经架在了拉森的脖子上。莎瑞娜突然感到自己被一个巨大有力的臂膀抱住了，听到一个粗糙沙哑的声音在她身边喜极而泣。

"赞美我主！"凯隐抱着她，把她高高举起。

"请赞美杰德斯。"拉森说，长剑依然压在他的脖子上，"你们的神任由他的人民腐烂。"

"闭嘴，教士。"伊翁德说，举起剑威胁他。

拉森哼了一声，然后快速移动起来，比莎瑞娜的目光还快。转瞬之间，枢机主祭已经全身而退，远离长剑的攻击范围。接着他踹出一脚，击中伊翁德的手，把长剑踢飞。

接着，拉森旋转起来，猩红色的披风也随之舞动，血红色的手一把从空中接住长剑。长剑在拉森挥舞时反射出刺眼的光芒，然后他猛地将剑头抵在鹅卵石路上折断。他握着剑的样子就像是国王握着他的权杖。接着，他把剑丢还到仍然震惊的伊翁德手上。教士径直向前走去，把一脸茫然的将军留在身后。

"时间的流逝就像大山，莎瑞娜。"拉森低语道，他靠得如此之近，他的胸甲都快要贴到凯隐的手臂了，"它移动得如此缓慢，甚至让人无法察觉它的流逝。然而，它却能压碎挡在它面前不愿移动的一切。"

他转过身，披风随着他的移动在伊翁德和凯隐面前飞扬飘舞，然后他大步离去。

凯隐看着拉森离开，眼中充满了恨意。最终，他把头转向伊翁德说："走吧，将军，让我们带莎瑞娜回家休息。"

"没时间休息了，叔叔。"莎瑞娜说，"我需要去召集我们的盟友。我们需要尽快会面。"

凯隐挑起一边眉毛。"这个可以以后再说。娜，你的情况并不适合……"

"我过了一个很不错的假期，叔叔。"她说，"现在还有许多工作正等着我们处理，也许等所有这些事情结束后，我会回到伊岚翠去。但现在，我们需要考虑如何阻止特瑞伊把这个国家献给伟恩。派人去找罗艾奥和埃汉，我想要尽快与他们会面。"

他叔叔的表情看起来极度惊愕。

"嗯，她看起来还挺好的。"伊翁德微笑着说。

她父亲的厨师非常了解一个事实——当莎瑞娜想吃的时候，她其实非常能吃。

"你的动作最好快一点，堂妹。"卢凯在她吃完第四盘的时候调侃她，"你刚才似乎多花了点儿时间在那道菜上。"

莎瑞娜不理会他，示意凯隐再拿另外一盘来。她听别人说，一个人如果挨饿太久，他的胃就会萎缩，进而食量变小。不过如果那些人看到莎瑞娜现在的模样，大概会绝望地举手投降。

她和卢凯、罗艾奥同桌而坐，老公爵才刚刚抵达，当他刚看见莎瑞娜的时候，有那么一刻，她以为罗艾奥几乎要惊讶得摔倒了。不过，很快他开始深呼吸，向我主祈祷，然后默默地在莎瑞娜身边坐下。

"我得承认，我从来没见过一个女人能吃那么多。"罗艾奥公爵赞赏地说。他看着她的眼神仍满溢着不可思议的赞叹。

"她是个泰奥德女巨人。"卢凯说，"我觉得把普通女性和莎瑞娜放在一起比较实在太不公平了。"

"要不是我忙着吃东西，我一定会拿这个回应你的话。"莎瑞娜一边说，一边挥舞着叉子。一直到进入凯隐的厨房前，她都不知道自己到底有多饿，当那些宴会残留的气味飘荡在空中时，仿佛是另一种令人愉悦的迷雾。她现在才明白有一个精通世界美食的厨师当叔叔该有多好。

凯隐端着一锅微微沸腾着的肉和蔬菜走了进来，上面充满着红色的酱汁。"这是津多美食雷多莫·玛依（RaiDomo Mai）。意思是'带着火焰外皮的肉'。你很幸运，我手边刚好有合适的材料。津多的雷德（RaiDel）上一季的收成很差。还有……"他一边说，一边看着莎瑞娜把成堆的肉排放进盘子里。"你根本不在意，对吧？"他叹着气问，"我就算拿洗碗水煮来给你喝，估计这会儿对你而言也是一样的。"

"我都明白，叔叔。"莎瑞娜说，"你正为了你的作品不被赞美而痛苦。"

凯隐坐下，看着堆在桌子上的空盘子。"嗯，你确实继承了我们家的好胃口。"

"她是个大女孩。"卢凯说，"得需要很多补给才能保证身体的持续运转。"

莎瑞娜一边咀嚼一边不忘瞪他一眼。

"她开始减缓速度了吗？"凯隐问，"我的食材快用光了。"

"事实上，"莎瑞娜说，"我觉得应该差不多了。你不了解那里面的情况，先生。

我虽然还算过得怡然自得，但里面真的没有多少食物。"

"我倒是很惊讶里面还会有任何食物剩下来。"卢凯说，"伊岚翠人都喜欢吃的吧。"

"但他们其实并不是真的需要。"凯隐说，"所以他们可以囤积食粮。"

莎瑞娜继续进食，并不去看她的叔叔与堂兄。她的意识却停顿了一下。他们是从何得知有关伊岚翠人的事情的？"不论情况如何，王妃。"罗艾奥说，"我们都非常感谢我主能让你平安归来。"

"这并不是什么表面上所看到的奇迹，罗艾奥。"莎瑞娜说，"你们有人算过拉森在伊岚翠里待了几天吗？"

"四天或五天。"卢凯想了想之后回答。

"我猜就是五天。也正好和我被丢进城里，然后被'治愈'的时间一样。"

罗艾奥点头。"枢机主祭与这件事情有关，你和你父亲谈过了吗？"

莎瑞娜突然感到胃有些纠结。"没有。我……很快就会和他联络。"

外面突然传来一阵敲门声，然后伊翁德走了进来，舒顿就跟在他身后。这位年轻的津多人和托蕊娜一起乘坐马车来的。

当他走进来的时候，男爵的脸上闪耀着非比寻常的笑容。"我们早就知道你会回来，莎瑞娜。如果有人被送下地狱，然后又能毫发无伤地回来，那个人一定是你。"

"并非完全毫发无伤。"莎瑞娜摸了摸她光秃秃的头顶，"你找到了吗？"

"这里，女士。"伊翁德说着，拿出一顶金色的短假发，"这是我所能找到的最好的，其他的都又粗又厚，我觉得可能是用马鬃制作的。"

莎瑞娜挑剔地看着那顶假发，它的长度甚至还不到她的肩膀。但起码比光头好。她的头发是这次放逐中最大的损失，估计得花去她好几年的时间才能长回那样的长度。

"可惜没有人把我的头发给收起来。"她说，接着把假发塞进衣服里，等她有时间再来好好戴上。

"我们并没有真的预期你能回来，堂妹。"卢凯说，用叉子戳了几块肉。"它大概就粘在那顶头纱上，被我们一起烧掉了。"

"烧掉了？"

"阿雷伦的传统，娜。"凯隐解释道，"当有人被送进伊岚翠，他们就把他的所有物品给烧掉。"

"每样东西？"莎瑞娜虚弱地问。

"恐怕是的。"凯隐窘迫地说。

莎瑞娜闭上眼睛，呼出一口气。"算了。"她看着他们问，"埃汉呢？"

"在特瑞伊的王宫里。"罗艾奥说。

莎瑞娜皱皱眉。"他在那里做什么？"

凯隐耸耸肩。"我们觉得起码要派一个人，向新国王表示一下。我们得和他接触，才能知道接下去该如何预期协调与合作。"

莎瑞娜看着她的伙伴们。除了看到她的喜悦之外，她还感觉到了一些别的情绪——挫败。他们曾那么努力地阻止特瑞伊登上王位，但是他们失败了。当然，莎瑞娜没有意识到，她其实也在经历了同样的情绪。她觉得很难受，不知道下一步该作何打算，每件事情看起来都是那么的混乱。所幸的是，她的责任感为她提供了引导，"性灵"是对的——阿雷伦陷入了极大的危机中。她不愿意去想，拉森到底对她父亲说了什么，她只知道无论如何她都会保护阿雷伦。而这都是为了伊岚翠。

"你们刚才的话好像在说我们已经对特瑞伊登位的现实无计可施了。"莎瑞娜对着一片沉默的房间说。

"我们还能做什么？"卢凯说，"特瑞伊已经加冕，而贵族们都支持他。"

"而且伟恩也支持他。"莎瑞娜提醒道，"派埃汉去是个好主意。但我怀疑你们能从特瑞伊的统治中发现一点仁慈——不管是对我们，还是对阿雷伦的其他人民。各位大人们，雷奥登才是真正的国王，而我是他的妻子。我对他的人民负有责任。他们曾在埃顿的压迫下受苦。如果特瑞伊把这个王国拱手献给伟恩，那么阿雷伦就会沦为斐优旦的一个省。"

"你在暗示什么，莎瑞娜？"舒顿问。

"我们必须采取行动反对特瑞伊——用尽所有解数。"

一桌人立即陷入沉默。终于，罗艾奥开口道："这和我们以前的抵抗活动不一样，莎瑞娜。我们反对埃顿，但从未计划推翻他。如果现在我们采取直接行动反对特瑞伊，那我们就成了叛国者。"

"背叛国王，但不是背叛人民。"莎瑞娜说，"在泰奥德，我们尊敬国王，是因为他保护了我们。这是一种等价交换——一项正式的协议。埃顿从没做过什么来保护阿雷伦，他没有建立军队来抵御斐优旦的侵扰，也没有制定任何法律体系来确保他的国民被公正对待，他对这个国家的宗教事业也没有做过任何贡献。我的直觉警告我，特瑞伊是个更加糟糕的领导者。"

罗艾奥叹了口气："我不知道，莎瑞娜。埃顿是推翻了伊岚翠人才掌权的，而现在你却建议我们做同样的事。在这个国家分崩离析前，它还能承受多少暴乱和革命呀？"

"那你觉得国家还能承受多少拉森的兴风作浪？"莎瑞娜一针见血地问道。

在座的贵族们面面相觑。

"让我们睡一觉后再谈吧，莎瑞娜。"舒顿请求道，"你讨论的话题非常困难复杂，没有缜密清醒的思维是无法深入思考这件事情的。"

"我同意。"莎瑞娜说。她自己也开始期待柔软的被窝了。这是一周以来的第一次，她能够真正温暖地入睡。

贵族们点点头，站起来各自回家。罗艾奥犹豫了一会儿，说："现在看起来似乎没有理由继续我们的婚约了，是吧，莎瑞娜？"

"我也这么认为，大人。如果我们现在想取得政权，只能通过武力，而非政治手段。"

这位长者忧愁地点点头，"哎，反正这件事本来就好得不像是真的，亲爱的。那么，晚安。"

"晚安。"莎瑞娜说，在老公爵离开时，对他露出可爱的微笑。三次订婚却没有成功结婚过一次，她真是创造了一项很糟糕的纪录。她叹了一口气，看着罗艾奥关上门，然后转向凯隐，他正在仔细清理她的碗碟。

"叔叔。"她说，"特瑞伊搬进了宫殿，并烧掉了我的所有家当，我突然无家可归了。我可以接受你两个月前的邀请，搬到你家住吗？"

凯隐咯咯笑着说："如果你不搬进来，我妻子真会生我的气的。娜，她已经花了好几个小时为你准备房间了。"

莎瑞娜坐在她的新床上，穿着她婶婶的睡衣。她双手抱膝，悲伤地低着头。

阿什微微振动了一会儿，她父亲的脸庞正在慢慢消失，侍灵又恢复到平时的样子，它沉默了很久才开口道："我很抱歉，小姐。"

莎瑞娜点点头，她的光头在膝盖上摩擦着，拉森没有说谎——甚至没有夸张一丝一毫。她父亲已经改信苏·德雷西教派了。

仪式还没有举行，因为泰奥德没有德雷西教士。不过，显然，拉森只要一办完阿雷伦的事，就会立即前往她的故乡，亲自接受她父亲的宣誓效忠。这个誓言会把伊凡提奥置于德雷西教派阶级的底端，强迫他遵从任何一个德雷西教士的颐指气使。

　　再多的指责或解释都不能改变她父亲的决定。伊凡提奥是一个诚实的人。他已经向拉森发誓，只要莎瑞娜能够安全回家，他就会改变信仰。不管枢机主祭在莎瑞娜的诅咒和痊愈上耍了什么诡计，国王一定会履行他的诺言。

　　只要伊凡提奥带头，整个泰奥德都会追随他。当然，这需要时间。泰奥德的人民不是任人宰割的羔羊。然而，当仪祭们如潮水般涌入她的故乡，百姓们最开始也许会奉上拳头激烈抗拒，但最终会奉上耳朵聆听教诲，因为他们知道自己的国王就是德雷西教徒。泰奥德就会这样被永远改变。

　　伊凡提奥这么做全是为了她。当然，他也声称自己也知道，这样做对国家最好。不管泰奥德的海军有多优秀，斐优旦军队有着压倒性的数量优势和坚定的信念，最后还是会把泰奥德的舰队击得粉碎。伊凡提奥说他不会打没把握的仗。

　　然而，那个教导莎瑞娜"原则永远值得捍卫"的人也是伊凡提奥。他曾说：真理是永恒不变的，而没有一场捍卫真理的战争是徒劳无益的，即使这场战争毫无胜算。不过，很显然，在他心中爱比真理更加重要。莎瑞娜被深深鼓舞了，但这种情绪同时令她难受。泰奥德即将倾覆，沦为斐优旦的辖区，它的君王也将成为伟恩的仆人，这些全都是因为她。

　　伊凡提奥还暗示她，她应该像他对待泰奥德那样对待阿雷伦，但当她拒绝时，她可以听出父亲语气中的骄傲。她会保护阿雷伦，以及伊岚翠。她会奋战保卫自己的宗教信仰，因为阿雷伦，可怜的阿雷伦，现在已经是苏·珂拉西教派的最后避难所了。阿雷伦一度是诸神居住的国家，今后将会成为我主最后的天堂。

第四十八章

拉森坐在宫廷的等候室中，不满情绪随着秒针的滴答不停增长。在他周围，政权更替的征兆已非常明显。一个人竟能拥有如此数量众多的挂毯、绣帷和锦缎真是令人印象深刻。整个等候室里充斥着琳琅满目的奢华布料，拉森被迫推开那些堆成小山似的枕头，才找出一条石凳坐下。

他坐在石砌的壁炉旁边，看着那些聚集起来的贵族们，他微微咬牙。不出所料，特瑞伊突然变成了一个大忙人。城中每个贵族、领主和有野心的商人都争着向这位新国王表达"敬意"。现在，有十几个人在会客室等候，其中很多都没有得到确切的答复。他们拙劣地掩盖着自己的不耐烦，但没人有勇气抱怨这样的对待。

他们的不满无关紧要，最令人无法忍受的是，拉森也不得不与他们同流合污。那些自以为是的贵族乌合之众只会溜须拍马、趋炎附势，都是些好逸恶劳之辈。然而，拉森却有伟恩的王国和杰德斯的帝国作为后盾——正是这些力量给了特瑞伊足以获得王位的财富。

可如今，拉森也被迫等在这里。这实在是令人发狂，极端失礼，简直让人难以置信。而拉森别无选择，只能忍受这一切，虽然有伟恩的力量作为后盾，但他没有部队，没有能够胁迫特瑞伊的武力。他不能公开指责这个人——虽然他对这个新国王满腹牢骚。拉森的政治嗅觉太过敏锐，不可能做出任何冲动之举。他费尽周折才让一个未来的德雷西支持者登上王位，只有傻瓜才会让自己的傲慢毁了这个机会。拉森会等下去的，暂时忍受这种不敬，只为赢得最终的胜利。

一位随从走进房间，身穿上好的丝绸衣服——迎合特瑞伊个人口味的夸张制服。房间里的所有人都再次振作精神，有几个人甚至站起来整理他们的衣服。

"枢机主祭拉森。"侍从宣布道。

那些贵族们又沮丧地坐下，拉森则站起来，不屑地从他们身边挤过。时间也该到了。

特瑞伊在房里等着，进门时，拉森停了一下，不悦地打量着这个房间。这房间曾经是埃顿的书房，那时候这里设计得充满商人的高效。每样东西都放置得井然有序，家具舒适，却也不过分奢华。

而现在，特瑞伊已经改变了一切，屋子的四边都站满了侍从，他们身边的小推车上堆满了异国食物，都是从阿雷伦市场的外国商贩那里买来的。特瑞伊斜倚在一大堆垫子和丝绸上，有紫色胎记的脸上露出愉悦的笑容。地上到处铺着地毯，墙上的挂毯层层叠加，几乎把所有墙壁全都覆盖住了。

我竟然被迫和这种人合作……拉森在心中叹了口气。至少埃顿更精明而有效率。

"噢，拉森。"特瑞伊微笑着说，"欢迎。"

"陛下，"拉森掩饰住自己内心的恶心，说道，"我希望我们可以私下谈谈。"

特瑞伊叹了口气。"行呀。"他说，挥手让那些随从退下。他们离开时带上了门。

"现在可以说了。"特瑞伊说，"你此行的目的是什么？难道你对你们商人进入阿雷伦市场的收费表感兴趣吗？"

拉森皱皱眉，"我有更重要的事要关心，陛下，此事对您来说同样重要。我来是希望您履行我们结盟时的承诺。"

"承诺，拉森？"特瑞伊懒散地说，"我没有做过任何承诺。"

于是，游戏开始了。"你承诺加入德雷西教派。"拉森说，"这就是我们的交易。"

"我是不会做这种交易的，拉森。"特瑞伊说，"你提供我资金，我接受了它们，这就是交易的全部。我很感谢你的支持，我想你应该知道。"

"我不会为了这种小事和你争论，商人。"拉森说，很好奇特瑞伊要多少钱才会"记起"他们的约定，"我不是任你勒索的谄媚者。你如果不按照杰德斯的意愿行事，那我就去找别人。不要忘记发生在你前任身上的事。"

特瑞伊冷哼一声，"不要拿你办不到的事来威胁我，教士。据我所知，埃顿的失势是由于那个泰奥德公主，那时你还在伊岚翠里哭爹喊娘呢。现在，如果斐优旦希望有个德雷西教徒能统治阿雷伦，这个也好商量。当然，你得出个好价钱。"

终于发生了，拉森想。他咬紧牙关，假装生气的样子，并沉默了一会儿。然后叹了口气："好吧，要多少——"

"只不过，"特瑞伊打断他，"你肯定付不起这个价钱。"

拉森呆住了，"你说什么？"

"你没听错。"特瑞伊说，"我要的价钱只有一个比你还要更有……权力的人才能付得起。你是知道的，我听说教条规定，德雷西教士无法任命一个人担任和自己等级相同的职位。"

当拉森终于理解特瑞伊话中的含义时，感到心中一凉。"你绝对不是认真的。"他低语道。

"我知道的比你以为的多，拉森。"特瑞伊说，"你认为我是个白痴，对东方的做法一无所知吗？国王得向枢机主祭俯首称臣。如果我任由你把我变成一个德雷西奴隶，我还有什么权力可言？不，这招对我没用。我可不打算向你们派到这里的任何一个教士点头哈腰。我可以改信你们的宗教，但只有在我得到和我的国家地位匹配的宗教地位时。不仅是特瑞伊国王，还是特瑞伊枢机主祭。"

拉森惊叹地摇摇头。这个人如此轻易地宣称自己对东方的做法并非"一无所知"，可就连一个斐优旦小孩凭他对教义的理解，都会嘲笑这个荒谬的要求。"特瑞伊大人。"他说，心中感到好笑，"你不知道……"

"我说，拉森，"特瑞伊打断了他，"你已经没什么可以帮我的了，我要和权力更高的人直接谈。"

拉森的担忧重新出现，"你在说什么？"

"伟恩。"特瑞伊露出一个大大的微笑说，"几天前我就派了一个信使去见他，告诉他我的要求。你已经没用了，拉森。你可以退下了。"

拉森瞠目结舌地站在那里。这个男人居然给伟恩本人送信……特瑞伊竟然向万物之主提要求？"你这个愚蠢的家伙，蠢到家了。"拉森低语道，终于明白了问题的严重性。如果伟恩收到那封信……

"出去！"特瑞伊指着门重复道。

拉森带着轻微的晕眩，依从命令退了下去。

第四十九章

　　一开始雷奥登想远离图书馆，因为那个地方会让他想起莎瑞娜。然而，他发现自己还是不自觉地被吸引回去，因为那个地方会让他想起她。

　　不愿沉浸在失去的痛苦中，雷奥登将注意力集中在与莎瑞娜建立的联系上。他一个字一个字地研究符文，从中又找出一些代表阿雷伦地形的图案。艾欧·伊诺（Aon Eno），水的符文，其中有一条蜿蜒的曲线，与阿雷德河的曲折完全吻合。艾欧·迪（Aon Dii），树的符文，其中有几个圆圈代表着南方的森林。

　　符文就像是一张地图，每一个符文都是一整幅地图中的某个不同的片段，而且每个符文都有三个基本笔画——海岸线、山脉线和代表埃隆诺湖的点。许多符文在底部还会有一条线代表喀罗摩河（Kalomo River），这条河是阿雷伦与杜拉德的边界。

　　然而，有些图案则完全把他搞糊涂了。为什么艾欧·米雅（Aon Mea）——深思的符文会有一个十字交叉在伊翁郡（Eon County）的中心呢？为什么艾欧·瑞上会分布着二十四个看似随意的圆点？答案也许就藏在图书馆的某部巨著中，但他至今还没找到门道。

　　现在铎每天至少侵袭他两次，每一次的跤力都让他觉得这是最后一次了，而且每次战斗后，他都觉得自己又更虚弱了一些——好像他的能量是一口有限的井，每一次较量之后，水位又下降了一些。问题的关键不在于他是否会崩溃，而在于他能否在倒下之前找出秘密的答案。

　　雷奥登沮丧地敲击着地图，这是莎瑞娜离开后的第五天，他还是没有找到任何答案。他开始感到他会这样永远研究下去，最令人痛苦的是，他会无限接近艾欧铎的秘密，却一辈子也无法解开它。

那幅巨大的地图现在就挂在他书桌旁的墙壁上，在他边抚平它边研究上面的线条时，发出哗哗的响声。地图的边缘已经有了岁月的痕迹，纸上的墨水也开始褪色。这张地图见证了伊岚翠的辉煌和覆灭，他多希望这张地图会说话，向他娓娓道来它所知晓的一切秘密。

他摇摇头，坐在莎瑞娜常坐的椅子上，把脚跷在她的一个书堆上。他叹了一口气，向后靠在椅背上，开始胡乱涂画——从符文中寻求慰藉。

最近，他开始转向一种更先进的艾欧铎技术。书上解释说，如果绘制时不只注意线条的长度和倾斜角度，同时也留心线条的粗细，符文的效果就会更强有力。虽然宽度一致的符文也能产生效果，但如果在适当的位置增加一些变化，将使符文的力量更加强大，也更容易控制。

于是，雷奥登按照书本的指导练习，用小指画纤细的线条，而用拇指画更粗的线条。他有时也会使用工具——树枝或鹅毛笔来绘制线条，用手指画虽然是常规方法，但符文形状的完美远比使用何种工具重要得多。毕竟，伊岚翠人也曾经把艾欧铎永远铭刻在岩块和石头之上，他们甚至用金属丝、木条或是其他材料来制做实体符文。很显然，用各种材料来制作实体艾欧铎图案并不容易，但是这样制成的符文还是会产生同样的效果，不管它们是被画在空气中还是由钢铁锻造而成。

他的练习并没有取得应有的效果，无论他的符文画得有多快多完美，却没有一个能起效。他还用自己的指甲画出符文，线条精巧细致到几乎看不见。他甚至可以同时用三根手指画出三个并排的相同符文，完全符合书上的指导。而这一切都毫无意义——包括他所有的研究，所有的努力。为什么他还要浪费时间在这件事上？

走廊上传来一阵脚步声，那是玛睿希在制鞋工艺上的最新发明——用一片镶有鞋钉的厚皮鞋底造成的。雷奥登呆呆地看着他的符文逐渐变得透明，此时门开了，加拉顿走了进来。

"她的侍灵又来了，苏雷。"杜拉德人说。

"它还在吗？"

加拉顿摇摇头，"它马上就离开了——它让我告诉你，她终于说服那些贵族起来反抗特瑞伊王了。"

莎瑞娜派她的侍灵来向他们报告她每天的活动——这种行为令他喜忧参半。雷奥登知道他应该多听听外面发生的事，但他现在更想念先前那种没有压力的无知状态。那时候，他只需要担心伊岚翠，现在他却必须为整个阿雷伦发愁——实际上，他只是被各种坏消息搞得愁肠满肚，却又无能为力。

"阿什有没有说下一批补给何时到达？"

"今晚。"

"很好。"雷奥登说，"那有没有说她会亲自来？"

"就和先前约定的一样，苏雷。"加拉顿摇摇头说。

雷奥登点点头，努力想驱散脸上的愁云。他不知道莎瑞娜是用什么方法运来这些补给品的，不知为何，雷奥登和其他人只有在送货人离开后，才被允许出去收下那些箱子。

"不要唉声叹气了，苏雷。"加拉顿咕哝着说，"你并不适合这样，想要展现出高贵的忧郁气质，你得先对悲观有彻底而详细的理解。"

雷奥登不禁笑了出来。"对不起，只是不管我怎么努力解决我们的问题，它总会朝相反的地方发展。"

"艾欧铎的研究还是没有进展？"

"是的。"雷奥登说，"我比对了新旧地图，研究海岸线或山脉的自然变迁。不过至今还没有看出什么变化。我也尝试过对基本线条的角度进行微调，但是毫无结果。除非我正确地画出来，否则线条根本不会出现——倾斜的角度也要与原来一模一样。甚至连湖泊都还在原来的位置上，没有改变。我实在看不出哪里有变化。"

"也许基本线条都未改变，苏雷。"加拉顿说，"只是需要再加上一点什么。"

"我也考虑过这点——但是要加什么呢？我不知道有什么新的河流或湖泊，阿雷伦当然更不可能冒出什么新山脉了。"雷奥登顺手完成了他的符文——艾欧·伊赫——不过，最后用拇指画的一笔不太令人满意。他看着符文的中心，其核心部分代表了阿雷伦和它的地形，没有任何改变。

除非，当灾罚降临时，大地崩裂了。"大裂谷！"雷奥登兴奋得大叫。

"大裂谷？"加拉顿怀疑地说，"那是由于灾罚造成的，苏雷，不可能有别的原因。"

"但如果不是呢？"雷奥登兴奋地说，"如果有一场地震正好发生在灾罚前呢？它造成了向南的开裂，然后突然间所有符文都失效了——它们都需要新的线条才能继续运作。所有的艾欧铎因此失效，伊岚翠也就立即覆灭了。"

雷奥登专注于飘浮在眼前的符文，伸出犹豫的手，用手指重重地划过发光的图案，就画在那个裂谷所处的大概位置上。什么都没发生——没有线条出现。符文闪烁着，然后慢慢消失。

"我猜就会这样，苏雷。"加拉顿说。

"不对。"雷奥登说着，又开始画一个符文。他的手指，挥舞旋转着，以他本人都无法想象的速度移动着，在几秒钟内就再次创造了一个符文。最后，他停了一下，手指在底部徘徊着，在三个基本笔画下，他几乎能够感觉到……

他将手指插入符文，然后猛地在空中一挥。一个小小的线条出现在符文上。

然后，它击中了他。铎以一种汹涌澎湃的力量向他袭来，这一次，它正中目标，直接冲向雷奥登，像激越的河水一样流过他全身。他喘息着，一瞬间完全沐浴在这种巨大的力量之下。这种爆发就像一头被长久禁锢在狭小空间里的困兽，终于被释放了出来。他几乎感到一种……喜悦。

然后它消失了，雷奥登跌跌撞撞地跪倒在地。

"苏雷？"加拉顿关心地问道。

雷奥登摇摇头，无法解释原因。他的脚趾仍然在灼烧，他依旧还是个伊岚翠人，但铎已经被释放了。

他……修复了某种东西——铎再也不会侵袭他了。

接着他听见了一个声音——像是火焰燃烧的声音，是他刚才所画的符文，那符文正强烈地发出光芒。雷奥登大喊，示意加拉顿弯下腰躲避那个正在自行弯曲的符文，线条扭曲起来并且在空中飞快地旋转，直到它变成一个碟子。稀薄的红光自碟子的中心散发出来，不断延展，燃烧的声响越来越大，直到变成一种喧闹的噪音。最终，符文转变成一整团火焰。雷奥登可以真实地感觉到它的热度，整个人向后扑倒。

它爆裂开来，喷发出一个水平方向的火柱，直接从加拉顿的头顶上横扫过去，火柱冲向不远处的一个书架，爆炸把木材家具全部卷入了火焰之中。书本和燃烧的书页在爆炸中被抛向半空，巨大的冲击力把它们甩向墙壁。

巨大的火柱消失，热气也随之消失。雷奥登感觉皮肤上一阵发冷湿黏，几片燃烧的纸片飘落在地上，而那个可怜的书架如今只剩下一团闷烧的木炭。

"那是什么？"加拉顿问道。

"我想我刚刚毁了生物学的书架。"雷奥登惊叹地回答道。

"下一次，苏雷，我建议你不要用艾欧·伊赫来试验你的理论，可啰？"加拉顿坐在一大堆烧焦的书本上。他们花了一个小时来清理图书馆，一一确认，他们浇灭了每个闷烧着的东西。

"同意。"雷奥登说，高兴得完全不想反驳，"那只是碰巧发生在我练习的时候——本来不会这么戏剧化的，如果我没有添加那么多变化进去的话。"

加拉顿回首环顾图书馆，书架被烧毁的地方还留着一个焦黑的痕迹，好几本半焦的书凌乱地散落在地上。

"我们要来试试别的吗？"雷奥登问。

加拉顿哼了一声。"只要与火焰无关。"

雷奥登点点头，举起手开始画艾欧·阿什。他完成了符文由两个方形组成的主体结构，然后加上裂谷的线条。接着，后退一步，焦急地等待着。

符文开始发光，光线从海岸线的一端开始亮起，接着就像火焰引燃了一整池灯油般蔓延到整个符文。线条起初时是红色的，然后就像熔炉中的金属般，转变成耀眼的白色。颜色逐渐变得稳定，整个图书馆沐浴在柔和的光线之中。

"成功了，苏雷。"加拉顿低语道，"以杜罗肯之名，你真的办到了！"

雷奥登兴奋地点点头。他略带犹豫地靠近符文，伸手去触摸它。那符文没有丝毫热度——就像书本中说的那样。但有件事情与书上并不一致。

"它似乎没有本该有的亮度。"他说。

"你确定吗？"加拉顿问道，"这应该是你见过的第一个成功的符文吧？"

雷奥登摇摇头。"我研究得够久了，这样大小的艾欧·阿什应该能够照亮整个图书馆，可这个顶多只有一盏提灯的亮度。"

他伸出手，轻触符文的中心。光芒立刻暗淡下来，符文的线条也随之消失，仿佛一只隐形的手将符文抹去了。然后他又画了一个艾欧·阿什，这次加入了所有他知道的强化力量的修饰。当符文终于稳定下来后，它只比之前那个稍微亮了一点，完全没有应有的强度。

"有些地方还是不对劲。"雷奥登说，"那个符文本该亮到让我们根本无法直视。"

"你认为是裂谷线画错了？"加拉顿问。

"不是，但显然也是问题的关键所在。艾欧铎已经可以运作了，但它的力量却仍然有缺陷。一定还有一些别的东西——也许还要加上其他线条。"

加拉顿低头看看自己的手臂。即使在杜拉德人暗棕色的皮肤下，那些恶心的伊岚翠斑点依然清晰可辨。"试试治疗符文，苏雷。"

雷奥登点点头，在空中描绘出艾欧·埃恩。他加上了以加拉顿的身体为目标的修饰符文，也同时强化了力度。最后以短短的裂谷线收尾，但是，符文只是闪烁了一会儿，然后就消失了。

"你有什么感觉吗？"雷奥登问。

杜拉德人摇摇头，抬起他的手臂，检查手肘上的割伤——那是他某天在耕地时弄出的小伤。疼痛感丝毫没有改变。

"疼痛依旧存在，苏雷。"加拉顿失望地说，"而且我仍然没有心跳。"

"那个符文没有正常运行。"雷奥登说，"铎无法找到释放力量的目标，因此它像以前我们不知道裂谷线时那样消失了。"

"这样做有什么用呢，苏雷？"加拉顿的语气带着沮丧的苦涩，"我们依然在这座城市中慢慢腐朽。"

雷奥登用一只手拍拍加拉顿的肩膀，安慰他。"这怎么会没用呢？加拉顿。我们拥有伊岚翠人的力量——其中有些力量还无法起效，但那只是因为我们尝试得还不够多。仔细想想！这力量曾经令伊岚翠如此美丽，并且滋养了整个阿雷伦。我们已经如此接近了，千万不能放弃希望！"

加拉顿看看他，然后无奈地笑了，"有你在身边，没有人会放弃希望的，苏雷。你对绝望完全免疫。"

他们尝试的符文越多，越发显示出有某种东西还在阻碍着铎。他们可以让一沓纸飘浮在空中，却无法让整本书浮起来。他们可以把一面墙变蓝，再把它变回原样。雷奥登还能够把一堆煤炭变成一把谷粒。这些成果令人鼓舞，然而许多符文的使用还是完全失败了。

例如，任何符文只要以他们两人为目标，就会失效并且消失。他们身上的衣物是一个有效目标，但他们的肉体却不是。雷奥登折了一小块自己的拇指指甲，并设法令它飘浮，但完全失败了。而雷奥登所能给出的唯一解释就是他早先说过的那点。

"我们的身体被卡在某种转变的过程中，加拉顿。"他解释道，看着在面前旋转的一张纸，然后让它化为一团火焰。连接符文看来也能起效。"宵得术法在我们身上没有完成——不管那种阻止符文完全发挥作用的东西是什么，它也同样阻止了我们变成真正的伊岚翠人。除非我们的转化完成，不然任何符文都不能直接作用于我们。"

"可我还是不明白第一次符文起效时的爆发是怎么回事，苏雷。"加拉顿说着，在自己面前画起了艾欧·阿什。这个杜拉德人只认识一些符文，而且他粗壮的手指也很难精确地画出它们。就在他说话的时候，他犯了一点小错误，符文直接消失不见了。他皱起眉头，然后继续问他的问题："那次的力量是如此强烈，为什么其他符文都不像它发挥得如此淋漓尽致？"

"我不确定。"雷奥登说。就在刚才，他犹豫地以同样的强化符文再次画了艾欧·阿什，描绘出了同样复杂的符文应该会引发同样大小的火柱，然而，那符文制造出的火焰却只够烧热一杯茶。他开始怀疑第一次的爆炸和铎对他的侵袭有关……一种漫长等待后的爆发。

"也许铎需要某种积累。"雷奥登说，"像是堆积在洞穴顶端的气体，我画的第一个符文吸光了之前储存的所有能量。"

加拉顿耸耸肩，他们知道的还是太少了，雷奥登坐了一会儿，目光落在面前的一本书上，突然灵光闪现。

他立刻跑到他的艾欧铎书堆里，拿出一本画满符文列表的书。话说到一半就被丢在一边的加拉顿，则有点不高兴地从雷奥登的肩膀后面偷看他正在看的那页。

雷奥登看的那个符文规模庞大又复杂难记，他得往边上多走几步才能画完，调整和约束符文都离中央符文很远，当他终于全部画完时，手臂酸得厉害，浮在空中的整个结构就像一堵发光的线条织成的墙。然后，它开始闪光，整片繁复的符文开始扭曲，旋转，然后包裹住雷奥登，突然的闪光让加拉顿惊叫出来。

几秒钟过后，光芒消失了。雷奥登从加拉顿目瞪口呆的神情中能够看出，他做到了。

"苏雷……你做到了！你治愈了自己！"

"恐怕还没有。"雷奥登摇摇头说，"这只是一个幻象，看。"他举起双手，它们还是灰色的，而且布满了黑斑。然而他的脸庞却焕然一新。他走过去，看着自己在书架抛光表面中的倒影。

这是一张模糊而陌生的脸——的确没有任何斑点，却也完全不像他被宵得术法选中前的真正面容。

"一种幻象？"加拉顿问道。

雷奥登点点头，"它以艾欧·宵（Aon Shao）为基础，但混合了非常多的修饰和限制符文，所以几乎与基本符文毫不相干了。"

"但它应该对你不起效。"加拉顿说，"我以为我们已经确定，符文无法作用于伊岚翠人。"

"的确不能。"雷奥登说着转过身，"但它能作用在我的衬衫上，这个幻象就像一件衣服，只不过它覆盖在我的皮肤上。它只是掩盖，并没有改变任何东西。"

"那这有什么用处呢？"

雷奥登露出微笑："能帮助我们离开伊岚翠，我的朋友。"

第五十章

"你怎么这么久才回来？"

"我找不到'性灵'，小姐。"阿什解释道，飘进她的马车窗户，"所以我不得不请加拉顿先生帮我转达。此后，我去看了一下特瑞伊王的情况。"

莎瑞娜有些生气地敲打着自己的脸颊，"那么，他现在在做什么？"

"你是说加拉顿呢，还是国王，小姐？"

"当然是国王。"

"陛下正忙着巡视他的王宫呢，虽然还有大半个阿雷伦的贵族在外面等候他的召见。"侍灵用一种不赞同的语气说，"我相信他目前最大的不满就是宫中的年轻女性不够多。"

"我们刚赶走一个傻瓜，就又来了一个。"莎瑞娜摇摇头说，"这个人到底是如何获得那么多财富成为一名公爵的？"

"他并没有做什么，小姐。"阿什解释道，"这都是他哥哥的功劳。特瑞伊只是在他兄长死后继承了那些财产。"

莎瑞娜叹了口气。马车这时撞上了路边的石头，跳了一下。"拉森也在那里吗？"

"经常在，小姐。"阿什说。

"很显然，他已将觐见国王作为每日的例行公事了。"

"他们还在等什么？"莎瑞娜沮丧地问，"为什么特瑞伊不直接改信呢？"

"没人知道，小姐。"

莎瑞娜皱皱眉。这场陷入僵局的游戏令她困惑，特瑞伊出席德雷西教派的会议已经是众所周知的事情了，他没有任何理由继续维持珂拉西教徒的伪装。"枢机主祭没有发布任何新消息吗？"她不安地问。

"没有，小姐。"真是个神赐的答案。谣言四起，声称拉森签下了一纸契约，要让整个阿雷伦都改信苏·德雷西教派，反抗的人将会被抓起来。虽然商人们一如既往地参加春季阿雷伦市场，但整座城市已经陷入了一种紧张焦虑的情绪之中。

莎瑞娜很容易就能想象出未来的景象：很快，伟恩就会派一个舰队的教士入驻阿雷伦，他的那些战士僧侣紧随其后。特瑞伊先是支持德雷西教派，然后再皈依此教，最后变得连个傀儡都不如。不用几年，阿雷伦将不仅成为一个充满德雷西教徒的国度，还会成为斐优旦实际上的新领地。

一旦拉森设定的期限过去，教士就会毫不犹豫地拘捕莎瑞娜和其他人。他们会被关进监狱，更有可能会被处死。此后，就没有人敢反对斐优旦了。这是成就他古老帝国梦想的最后一步，此后整个文明世界都将属于伟恩。

似乎嫌麻烦还不够多，她的盟友们还在不停地争吵讨论。没人相信特瑞伊真会签署强制改信的公文，这种暴行绝不可能发生在他们的世界里。阿雷伦是一个和平的国家，即使是十年前那场所谓的灾罚也并不是那么具有毁灭性——除非你是一个伊岚翠人。她的朋友们想要谨慎行动，他们的警惕可以理解，甚至值得赞赏，但他们的时间观念简直糟透了。今天她有机会练习击剑真是件好事，她需要释放一些躁狂情绪。

一辆马车在罗艾奥的庄园前停下，就像在回应她的想法似的。特瑞伊一搬进王宫，女士们就把她们击剑练习的地点改到了老公爵的花园中。最近的天气很温暖，微风习习，仿佛春天打算长居于此，罗艾奥公爵也很欢迎她们的到来。

莎瑞娜对于那些女士们愿意继续击剑练习的决定感到万分惊讶，而且这些女士也展现出了她们的决心。于是这个聚会就持续了下去，每两天练习一次，到今天，已经整整持续了一个月。很显然，莎瑞娜并不是唯一一个需要通过练剑来释放压力的人。

她走下马车，身上穿着她的白色紧身服，还戴着她的新假发。当她穿过建筑物时，能够听见从后院传来的犀尔剑交锋的撞击声。遮荫和木质地板让罗艾奥花园中的庭阁成为一个完美的练习场所。大多数的人都已经到了，她们微笑地行屈膝礼欢迎莎瑞娜的到来。虽然她们还未习惯她突然从伊岚翠归来的现实，不过现在她们看着她的目光也增添了更多的崇敬——还有恐惧。莎瑞娜礼貌地点头回应，她喜欢这些女性，即使她永远也无法成为她们中的一员。

可是每当这样看着她们，就会让她想起自己因为必须离开伊岚翠而感到的莫名遗憾。那不只是因为"性灵"，伊岚翠是一个让她可以无条件接受和真心热爱的地方；在那里，她不是王妃，不是公主，而是拥有某种更美好的身份——一个人人平等的社群中的成员。她从那些皮肤丑陋的伊岚翠人身上感受到了温暖，他们非常乐意接受她进入他们的生活，并且慷慨地和她分享一切。

在那里，在那座被认为是全世界最堕落、最可悲的受诅咒的城市中心，"性灵"建立起了一个珂拉西信仰教导下的理想社会。教会本应该倡导协调与齐一的福祉，然而讽刺的是，现在唯一能实现这理想的，居然是那些遭受天谴的人。

莎瑞娜摇了摇头，向前举起剑练习她的突刺，作为暖身。她几乎花费了全部的年轻时光去寻找接纳与被爱。到最后，她终于找到了这两者，却又不得不忍痛抛下它们。

她不确定自己练习了多久，从暖身结束之后，她就沉浸在招式练习中。她的思绪一直围绕着伊岚翠、我主和她的私人感受，还有那些生命中难解的讽刺打转。当她终于发觉其他女性早已停止对打时，她已经满身是汗了。

她惊讶地抬起头，发现所有人都聚到了亭阁的一侧，一边谈天一边注意着某些莎瑞娜还未注意到的事情。在好奇心的驱使下，她走到另外一边，以她出挑的身高轻易地找到了人群注意的焦点。一名年轻男子。

他穿着精致的蓝绿色丝绸衣服，戴着一顶插着羽毛的帽子。他有着杜拉德贵族的褐色皮肤——既没有舒顿那么黑，也不如莎瑞娜那么白。他有一张欢快的鹅蛋脸，还有着一种花花公子般轻浮随性的气质，典型的杜拉德人。他身旁暗色皮肤的仆人长得粗壮而高大，和大多数出身低微的杜拉德人一样。她从来没有见过这两个人。

"这是怎么回事？"莎瑞娜问。

"他的名字是卡鲁（Kaloo），小姐。"阿什飘浮在她身旁解释道，"他不久前刚到这里，很显然他是去年大屠杀中少数幸存的杜拉德共和阶级。他一直躲藏在阿雷伦南部，直到最近，当他听说埃顿王正在找人接手伊甸男爵的产业就赶来了。"

莎瑞娜皱起眉头，这个男人有些地方让她觉得不舒服。那群女人此时正因为他的某句话而哄堂大笑，她们全都围着那个杜拉德人殷勤地咯咯傻笑，仿佛他是宫廷里最受欢迎的常客。当笑声停下，那个杜拉德人注意到了莎瑞娜。

"噢。"卡鲁边说，边向她致以繁复的问候礼节，"这位一定是莎瑞娜王妃，他们说您是全欧佩伦最美丽的女人。"

"您不应该相信别人告诉你的一切，大人。"莎瑞娜缓慢地回答道。

"的确。"他同意道，抬起头直直地看进她的双眼中，"我只相信真话。"

莎瑞娜的脸不禁涨得通红。她不喜欢别人这么对待她。"恐怕您让我们有些措手不及了，大人。"莎瑞娜眯着眼睛说道，"我们紧张地训练了一下午，无法像淑女般得体地接待您。"

"我对我的突然来访感到抱歉,殿下。"卡鲁说。虽然用词礼貌客气,但他看起来毫不关心自己是否打断了一场私人聚会。"一来到这座荣耀之城,我首先就去了王宫,但别人告诉我必须至少等上一周才能见到国王本人。我只好把名字登记在预约名单上,然后让我的车夫载着我在您可爱的城中四处转转。我听说过著名的罗艾奥公爵,于是决定前来拜访他,却在他的园子里惊喜地发现了这么一群可爱的花朵!"

莎瑞娜嗤之以鼻,她刚想反驳,就被罗艾奥公爵的到来打断了。很显然,这位老人终于发现他的领地被这个流浪杜拉德人入侵了。当公爵靠近时,卡鲁又像之前那样愚蠢地鞠了一躬,低下头让他巨大松软的帽子垂到面前,接着他口若悬河地赞美起公爵,告诉罗艾奥,能见到如此德高望重的长者,他感到多么的荣幸。

"我不喜欢他。"莎瑞娜小声地对阿什说。

"当然,小姐。"阿什说,"您一向和杜拉德贵族处不来。"

"不只是那样。"莎瑞娜坚持地说,"他有些地方感觉很假,他甚至没有口音。"

"很多共和公民的艾欧语都讲得非常地道,尤其是如果他们就住在边境的话。我就曾经遇到过好几个说话完全没有口音的杜拉德人。"

莎瑞娜皱起眉头,当她默默地观察着那个杜拉德人的一举一动时,她终于明白是哪里出了问题。卡鲁太程式化了,他代表着杜拉德贵族在人们印象中的经典形象——愚蠢的傲慢、过度的打扮和夸张的理解,还有那种对所有事情表现出的漠不关心。这个卡鲁就像是一张脸谱,一个只存在于书中的范例,他完全就是个标准杜拉德贵族的活体样本。

卡鲁终于完成了他的介绍,然后又开始戏剧化地描述着他来到阿雷伦的经过。罗艾奥只是微笑地听着。公爵曾和杜拉德人做过许多生意,很清楚和他们打交道最好的办法就是微笑,并且偶尔配上点头以示回应。

有位女士递给卡鲁一个酒杯,他微笑地谢过,然后将葡萄酒一饮而尽,所有动作完全不打断他的故事,并且他还能立刻回到之前的对话中。杜拉德人不光只用他们的嘴说故事,他们还用上整个身体当作说故事的工具。在卡鲁形容他有多震惊于埃顿王驾崩以及新王登基时,他全身的丝绸和羽毛都夸张地随之颤动着。

"也许大人会乐于加入我们。"莎瑞娜出声打断了卡鲁,这也是加入一个杜拉德人谈话的唯一办法。

卡鲁惊讶地眨了眨眼睛。"加入你、们?"他迟疑地问,他行云流水的话语突然停顿了一下。当他重新恢复镇定时，莎瑞娜已经发现他性格中的破绽。她越来越确定这个人不是他自己所宣扬的那样。幸运的是，她已经想出了一个测试他的办法。

"当然，大人。"莎瑞娜说，"大家都说杜拉德人是这个大陆上最棒的击剑手，他们甚至比津多人还厉害。我想这里的女士们肯定很想亲眼见识一下真正的大师风范。"

"我非常感谢您的邀请，亲爱的殿下。"卡鲁开口道，"但我穿着如此……"

"我们只是简短地切磋一下，大人。"莎瑞娜说着便捡起她的袋子，从中抽出两把最好的犀尔剑——不是顶端有小球的钝剑，而是剑头削尖的利剑。她拿起一把在空中娴熟地挥舞着，然后对那个杜拉德人露出微笑。

"好吧。"杜拉德人回应说，同时把他的帽子随意地丢到一旁，"那就让我们来比试一下吧。"

莎瑞娜犹豫了一下，试图判断他是否只是虚张声势。她并未打算真的与他较量，不然她也不会选择如此危险的剑刃。她想了一会，然后漫不经心地耸耸肩，将一把剑抛给对方。如果他只是装装样子，那么她会让他非常难堪——说不定还会很痛。

卡鲁脱下他亮绿色的外套，露出底下有着波浪褶皱的绿色衬衫。令人讶异的是，他摆出了标准的击剑姿势——他的手高举在后，防御地举起他的犀尔剑。

"好吧。"莎瑞娜在说话之间已经出剑攻击。

卡鲁在猛击之下向后跳了一步，绕着吓坏了的罗艾奥公爵快速旋转，一边格挡住莎瑞娜的攻击。好几位女性开始尖叫，莎瑞娜挤过她们，毫不含糊地追击着那个招架中的杜拉德人。很快，他们就打到了大太阳底下，从木台上跳下，一直缠斗到柔软的草地上。

尽管所有人都觉得这场打斗非常的不合时宜，但那些女人们没有一个愿意错过观赏任何一次攻击，莎瑞娜从眼角看见她们紧跟着两个人的打斗，一路从平坦的亭阁跑到罗艾奥庭园的中心。

这个杜拉德人的剑术出乎意料地优秀，但他并非一位大师。他花了太多时间来格挡她的攻击，显然除了防御之外什么也来不及回应。就算他真的是一位杜拉德贵族，那他也一定是他们中比较差劲的一位。莎瑞娜曾经遇到过几个比她的剑术要差劲的杜拉德人，但是总体来说，他们中的四分之三应该都能击败她。

卡鲁最终抛弃了他毫不在乎的浮夸态度，敛起心神专心避免着不让莎瑞娜的犀尔剑轻易把他给砍成碎片。他们在整个庭园中四处穿梭，每一次擦身而过之后卡鲁就会退后几步。他似乎很惊讶地发现脚下踩的不是草地而是砖块，不久，他们来到了罗艾奥庭园的喷水池区域。

当卡鲁被砖砌阶梯绊倒的时候，莎瑞娜趁机攻击得更加猛烈了。她逼迫他退后，直到大腿撞上喷水池。他几乎无路可退——至少她是这么以为的。接着她惊讶地看着那个杜拉德人跳入水中，突然他的脚一踢，激起一阵水花向她溅洒过来，趁着她避让的空当便从喷水池中跳到了她的右边。

莎瑞娜的犀尔剑只来得及刺中一片水花，她感觉到剑尖戳到了某种柔软的东西。接着那个贵族发出一阵小声的、几乎不可闻的痛苦哀叫。莎瑞娜旋身，举起她的剑想要再次攻击，但卡鲁已经跪了下来，他的犀尔剑插在地上。手里举起一朵亮黄色的花正要献给莎瑞娜。

"啊，女士。"他以一种戏剧化的声调说道，"你已经发现了我的弱点，我无法在战斗中面对如此美丽的女性。我的心都快融化了，我的膝盖在发抖，而我的剑也抗拒着不肯攻击。"他低下头，高举着花朵。身后迅速地聚集起女性梦呓般的叹息。

莎瑞娜迟疑地放下她的剑，他是什么时候，从哪里弄到这花的？她叹了口气，收下礼物。他们都知道这只是他偷偷摸摸地想要逃避难堪的借口，但莎瑞娜还是很敬佩他的机智。他不光避免自己出丑，同时还让那些女性因为他宫廷式的浪漫而印象深刻。

莎瑞娜再一次仔细打量着眼前这个人，想在他身上找出伤口。她很确定刚才她的剑刃应该划伤了他的脸颊——在他跳出喷水池的时候，但是现在看来却没有一点被击中的痕迹。而她的犀尔剑尖上也没有一点血迹，或许刚才她并没有命中吧。

那些女人为了这场表演而用力地鼓掌叫好，接着她们力劝这位花花公子回到亭阁那边。当他离开时，卡鲁转身对她露出微笑——不是先前那种愚蠢、做作的笑容，而是某种心照不宣的狡猾笑容。一个让她觉得出奇熟悉的笑容。然后他又一次表演了那种滑稽的鞠躬，接着便让她们领着他离开了。

第五十一章

　　市场中的商铺顶篷，就像城市中心的一朵朵鲜艳烟火，拉森穿行其中，不满地注意到那些未售出的货品和空空如也的街道。这里的商人大都来自东方，为了参加春季市集，他们花费了大量钱财用船把货品运到阿雷伦。如果他们无法卖出货品，可能会造成无法弥补的巨大财产损失。

　　大多数拥有斐优旦深色皮肤的商人，在拉森经过时，都会崇敬地低下头。拉森已经太久没回斐优旦了——先是杜拉德，接着是阿雷伦——让他几乎忘记了人们应该对他表现出的恭敬态度。即使这些人低垂着头，拉森依旧可以看见他们眼中的紧张情绪。他们为了这个市集已经筹备了好几个月，这些货物和旅途几乎是早在埃顿王去世前就已经准备好了的。如今突遭巨变，他们别无选择，只能尽可能地将商品卖掉。

　　当拉森在市集中行走时，他的披风在身后翻飞，每走一步，他的盔甲都会发出悦耳的丁当声。他努力展现出一种自己从未感到过的自信，试图给予那些商人某种安全感。但实际上，情况并不好，一点也不好。他通过侍灵紧急联络到伟恩的时候已经太迟了，特瑞伊的讯息早已经抵达。所幸，伟恩只对特瑞伊的放肆表现出隐忍的怒气。

　　时间越来越紧迫了。伟恩指出他对笨蛋没有什么耐心，而他也绝对——这是理所当然的——不可能任命一个外国人为枢机主祭。不过，拉森与特瑞伊此后的会面也进行得非常不顺利，尽管比起把拉森撵出去的那天，特瑞伊的表现可算是理性很多了，不过国王拒绝以任何金钱上的补偿作为交换，来履行诺言，他对改宗的懒散态度已经向其他阿雷伦人传达出一种复杂的讯号。

　　空荡荡的市集表现出了阿雷伦贵族的困惑，一时间，他们也闹不明白继续表现出支持苏·德雷西教派是不是一个好的选择——于是他们干脆躲起来。接着，舞会和宴会也减少了，男人们对造访市集感到迟疑，只想等着看他们的元首如何采取下一步行动。整个国家、所有的事情都等着特瑞伊来决断。

他们终究会来的，拉森。他告诉自己。你还有一个月，你还有时间去劝告、诱骗和威胁。特瑞伊最终会明白自己的要求是多么的愚蠢，然后他就会改宗皈依。

虽然有着这样的自信，但拉森还是觉得自己如临深渊。他在玩一个非常危险的平衡游戏，阿雷伦的贵族并没有真的被他掌控，还没有；他们大多数依旧重视外表胜过实质。等到他把阿雷伦交给伟恩的时候到来，最好的情况，他也最多只会有一群半信半疑的改宗追随者。不过，他觉得如果到时候能够达到这样就够了。

拉森停了下来，注意到身旁飘动的帐篷。这个帐篷有一个巨大的蓝色篷顶，上面带有大量奢侈的刺绣，帐篷侧边有着凉亭翼状的结构。吹拂过来的风中带着香料与薰烟的气味——这应该是一个香料商的铺位。

拉森皱起眉头，他很确定刚才看见有人穿着特制的德雷西红袍在帐篷中躲闪。这个时刻，仪祭们应该正在独自冥想，而非闲晃逛街。他决定要找出是谁违背了他的命令。拉森直接穿过通道，走进帐篷之中。

帐篷中很昏暗，厚实的帆布遮蔽了阳光。一盏提灯正挂在篷中的一侧，偌大的空间里堆满了箱子、盒子与大桶，拉森举目所及都是阴影。他在原地站了一会儿，等待眼睛适应昏暗的光线。没有任何一个人在帐篷里，甚至没有一个商人。

他向前踏出一步，穿过一团刺激而诱人的香味，甜腻、芬芳还有各种精油浓郁的气息飘散在空中，缠绕混合着许多种独特气味，令他心智迷乱。而在帐篷底端，他又看见另一盏提灯孤零零地挂在一盒粉末旁边，那应该是某种香料燃尽后的粉末。拉森脱下他的金属手套，伸手一捞，柔软的粉末就在他的指间滑落。

"这些灰烬就像你权力瓦解后的碎片，不是吗，拉森？"一个声音问道。

拉森被那个声音吓了一跳，猛一回头。一个鬼魅般的身影站在帐篷里，就在拉森背后，一个穿着德雷西祭袍的熟悉轮廓。

"你在这里做什么？"拉森问迪拉弗，然后又转过身背对仪祭，拂净双手，重新戴上防护手套。

迪拉弗没有回答。他依旧站在黑暗中，拉森虽然看不见他的脸，却能感到他正用一种令人闻风丧胆的眼神凝视着自己。

"迪拉弗？"拉森再次重复道，转过身去，"我在问你问题。"

"你会在这里失败，拉森，"迪拉弗低语道，"特瑞伊那个白痴在耍你。你！是一位苏·德雷西教派的枢机主祭！没人能向斐优旦帝国提要求，拉森，没人能够。"

拉森感到自己脸红了。"你懂什么？"他厉声说道，"退下，仪祭。"

迪拉弗没有动。"你快接近成功了，这点我承认。但是你的愚蠢会毁了它。"

"呸！"拉森粗鲁地撞开黑暗中的小个子，走向出口，"我的战斗还远未结束，我还有时间！"

"你真的有吗？"迪拉弗问道。拉森用眼角的余光看到迪拉弗靠近那些灰烬，用手指抓弄着它们。"它们全部都溜走了，不是吗，拉森？在你的失败的映衬下，我的成功是多么甜美啊。"

拉森停了一下，然后大笑，回头问迪拉弗："成功？你获得过什么成功？什么……？"

迪拉弗只是笑而不语，在微弱的灯光下，他的脸庞被阴影吞没了，只剩下微笑。那个表情，充满了激情、野心和狂信，拉森早在第一次见到他时就看到过，这表情如此令人不安，甚至让拉森的问题消失在唇边。在闪烁摇曳的灯光下，仪祭看起来完全不像个人，而是一个斯弗拉之吻，专门被派来折磨拉森。

迪拉弗放开他手中的灰烬，走过拉森身边，直接甩开帐篷的门帘，大步走到阳光下。

"迪拉弗？"拉森用小到仪祭根本无法听见的声音问道，"你说的成功到底是什么？"

第五十二章

"噢！"当加拉顿把针扎到雷奥登的脸颊时，他呻吟道。

"别再鬼叫了！"杜拉德人命令道，并把线拉紧。

"卡拉妲比你做得好多了。"雷奥登坐在镜子前说，他们正在罗艾奥宅邸的某个房间里。他的头歪向一边，看着加拉顿缝合他脸上的剑伤。

"好吧，那就等到我们回伊岚翠再说。"杜拉德人不耐烦地说，并再次将针扎进雷奥登的脸，来打断他的抱怨。

"不，"雷奥登叹了口气说，"我已经等得太久了。每当我微笑的时候，都能感到伤口又裂开了一点。她为什么不去攻击我的手臂呢？"

"因为我们是伊岚翠人，苏雷。"加拉顿解释道，"坏事总是发生在我们身上。你已经够幸运的了，只带了这么点伤就脱身。事实上，你还能用这副孱弱身躯继续战斗已经是万幸了。"

"这可真不容易。"雷奥登边说，边保持头部静止不动，以方便杜拉德人的缝合。"这就是我速战速决的原因。"

"好吧，你打得比我预料的要好。"

"我曾经接受过伊翁德的指导。"雷奥登说，"当时我正在设法证明我父亲制定的法律是荒谬的，伊翁德决定教我击剑，因为他认为这项运动对我这种政治家是最有帮助的。但我从没想到，最后我竟然会用它来阻止我的妻子把我切成碎片。"

加拉顿戏谑地哼了一声，继续用针扎雷奥登的脸孔，而雷奥登只能咬牙忍痛。房门全被紧紧闩上了，所有的窗帘都被拉起来，因为雷奥登必须卸下他的幻象面具，才能让加拉顿缝合。公爵好心地留他们过夜——在雷奥登的所有旧友中，似乎只有罗艾奥对卡鲁的性格不觉得反感，反而感到好奇。

"好了，苏雷。"加拉顿说着，收紧最后一针。

雷奥登点点头，看着镜子中的自己。他几乎开始认为那副英俊的杜拉德脸孔就是他本人了。这很危险，他必须记住自己是伊岚翠人，拥有这一种族所特有的虚弱和痛苦，不管他扮演的角色有多么满不在乎的性格。

加拉顿还是戴着他的幻象面具，只要雷奥登不去碰它，符文所创出的幻影就不会有问题。不管符文是被画在空气中还是泥巴上，只有另一个伊岚翠人能够破坏它。书本宣称，画在灰尘上的符文就算是被蹭到，甚至被完全擦掉，也还能继续运作。

幻影是附在他们的内衣上的，因此他们能每天更换外衣而不用重新绘制符文。加拉顿的幻象是一个没什么特征的宽脸杜拉德人，是雷奥登照着某本书封底的一张图片画的。雷奥登的脸则要难选得多。

"我演得怎么样？"雷奥登边问，边拿出艾欧铎的书籍开始重新绘制他的幻象，"可信吗？"

加拉顿耸耸肩，在雷奥登的床边坐下。"是我的话，绝不相信你是杜拉德人，但他们看起来都信了。无论如何，我想你也没有更好的选择，可啰？"

雷奥登边画边点头。阿雷伦贵族太出名了，而莎瑞娜能够立刻戳穿任何企图冒充泰奥德人的家伙，因为他想说艾欧语，剩下的唯一选择就只有杜拉德人了。但雷奥登明显学不来加拉顿的口音，因此也无法成功地扮演杜拉德的下层阶级。即使像"可啰"这种简单词语的发音都能引来加拉顿的一阵狂笑。幸运的是，还有许多默默无闻的杜拉德公民——那种小城市长大的人，或者无足轻重的地方议会成员，他们都讲着一口完美无缺的艾欧语。雷奥登曾见过不少这种人，模仿他们只需要表现出一种浮夸的感觉和漠不关心的态度。

弄到适合的衣服则要更困难些——需要雷奥登戴上另一张幻象面具，去阿雷伦市场买回来。在他正式亮相后，就能买一些剪裁更考究的套装了。他觉得自己演活了一个杜拉德人，虽然没有骗过所有人。

"我觉得莎瑞娜起疑了。"雷奥登说着，画完了符文，并看着它绕着自己旋转，最后重塑他的脸。

"她原本就比大部分人要多疑一些。"

"的确如此。"雷奥登说。他打算一有机会就告诉她真相，但是她却拒绝了"卡鲁"任何想要跟她独处的企图。她甚至拒收他送来的信件，原封不动地退回来。

幸运的是，其他贵族要好相处得多。自从雷奥登两天前离开伊岚翠，把新伊岚翠托付给卡拉姐照看后，他就决定要打入阿雷伦的上流社会，可没想到这容易得令人吃惊。贵族们忙于担心特瑞伊的统治，都没空去质疑卡鲁的背景。实际上，他们以令人惊讶的精力黏上了他，显然，他把一种洒脱无畏的傻气带到宴会上，让贵族们有机会可以好好大笑一场，暂时遗忘最近几周的混乱。因此，他很快变成所有宴会的必请宾客之一。

当然，真正的考验才刚刚开始：如何加入罗艾奥和莎瑞娜的秘密集会。如果他还想为阿雷伦做点什么，就必须被这个特殊团体所认可。他们是决定这个国家命运的一群人。加拉顿很怀疑雷奥登是否有机会加入——当然，加拉顿怀疑一切。雷奥登自嘲地笑笑，他是这个集会的创始人，可如今却必须加倍努力才能重新获得认可，真是讽刺。

雷奥登重新戴上卡鲁的面具，并套上绿色的手套——上面也附有幻象，能够让他的手臂看起来完全没有伊岚翠人的痕迹，然后他在加拉顿面前迅速地旋转。"华丽的卡鲁又回来啦。"

"拜托，苏雷，私底下就别来这套了。刚才我差点想当众掐死你。"

雷奥登咯咯笑道："噢，多么美好的人生啊，被所有的女人爱慕，被所有的男人嫉妒。"

加拉顿嗤之以鼻："除了一个女人之外。"

"好吧，但是她的确邀请我可以在任何时候和她进行击剑比赛。"雷奥登笑着说，然后走过去拉开窗帘。

"她只是想找另一个机会来把你刺穿而已。"加拉顿说，"你应该感到庆幸，她只击中了你的脸，幻影盖住了伤口也没关系。如果她刺穿了你的衣服，就很难解释你的伤口为什么不会流血了，可啰？"

雷奥登轻轻地打开阳台门，走出去俯瞰罗艾奥的花园。当加拉顿来到他身边时，他叹了一口气："告诉我，为什么每次我遇到莎瑞娜，她都下定决心要恨我？"

"那一定是因为爱。"加拉顿说。

雷奥登苦笑道："好吧，至少这次她恨的是卡鲁，而不是真正的我。我想我可以原谅她。我也快要开始讨厌卡鲁了。"

突然响起一阵敲门声，吸引了他们的注意力。加拉顿看看他，雷奥登点点头，他们的服装和面具都准备好了。加拉顿扮演起仆人的角色，走过去打开门。站在门外的是罗艾奥。

"大人。"雷奥登说着，展开双臂走了过来，并露出一个大大的笑容，"我相信您今天过得和我一样愉快！"

"是啊，卡鲁公民。"罗艾奥说，"我能进来吗？"

"当然，当然。"雷奥登说，"毕竟，这是您的府邸。我们对您慷慨友善的感激简直无法用语言来表达，这份恩情我一辈子也还不清。"

"这点小事不足挂齿，公民。"罗艾奥说，"既然说到回报，我要告诉你一个好消息，我把你给我的那些灯座卖了一个好价钱。我把这些钱都存进了银行的一个账户上，足够让你舒舒服服地过上好几年了。"

"太棒了！"雷奥登大声说道，"我们会马上去找别的住处的。"

"不，不。"老公爵举起双手阻止道，"只要你愿意，想在这里住多久都行。我已经老了，没有多少访客了，即使连这间小房子也显得太大了。"

"那我们就待到您吃不消为止！"雷奥登宣布道，带着杜拉德人特有的轻浮。据说，如果你邀请一个杜拉德人住在你家，那你就永远摆脱不了他——或者是他的家族。

"告诉我，公民。"罗艾奥说着，踱到阳台上，"你是从哪里弄来这十几个纯金灯座的？"

"都是我们家的传家宝。"雷奥登说，"人们把我家房子烧毁后，我从坍塌的墙壁上撬下来的。"

"当时的景象肯定很恐怖。"罗艾奥靠在阳台的栏杆上说。

"比恐怖要糟糕多了。"雷奥登的脸阴沉下来，然后他又露出微笑，"但是，现在一切都过去了，大人。我拥有了新的祖国和新的朋友！您已经是我的家人了！"

罗艾奥心不在焉地点点头，然后警觉地回头看了加拉顿一眼。

"我看出您似乎有些心事，罗艾奥大人。"雷奥登说，"别怕，说出来吧——我的好登多（Dendo）从我出生起就跟着我了，他值得任何人的信赖。"

罗艾奥点点头，转身环顾着他的产业。"我并不是无意间提起你家乡的艰难岁月的，公民。你说一切都已经结束了，但我恐怕对我们来说，噩梦才刚要开始。"

"噢，您说的是王位的问题。"雷奥登恍然大悟地说。

"是的，公民。"罗艾奥说，"特瑞伊不是一个强大的领导者。我担心阿雷伦会很快重蹈杜拉德的覆辙，那群斐优旦恶狼正虎视眈眈地看着我们，已经闻到了血腥味。但我们的贵族却视若罔闻，只把他们当成一群驯服的猎犬。"

"哦，太可怕了！"雷奥登说，"我在哪儿才能找到永久的和平呢？"

"有时候，和平得靠我们自己去创造，公民。"

"您的意思是？"雷奥登问，努力压制声音中的兴奋。

"公民，我希望我这么说不会伤害你，事实上，其他人都觉得你只是个轻浮愚蠢的小丑。"

雷奥登大笑道："我就是希望他们这么看我，大人。我也不愿意毫无目的地装傻。"

罗艾奥露出微笑："我可以感觉到你花花公子面具之下的睿智，公民。告诉我，你是怎么逃出杜拉德的？"

"恐怕这是一个不能说的秘密，大人。"雷奥登说，"如果那些参与我逃跑计划的人被公开了，他们将会遇到很大的麻烦。"

罗艾奥点点头。"我理解。重要的是，你劫后余生，而你的同胞却没有。你知道在共和国灭亡时，有多少难民越过边境逃进阿雷伦吗？"

"恐怕我不知道，大人。"雷奥登回答道，"那时候我有点忙。"

"没有，"罗艾奥说，"据我所知一个都没有——你是个例外。我听说共和国的人民太震惊了，甚至没想过要逃跑。"

"的确，我的人民动作很慢，大人。"雷奥登举起手说，"在这件事情中，我们懒散的行事方式导致了我们的覆灭。当革命碾过我们的时候，我们还在讨论晚餐该吃什么。"

"但你却逃出来了。"

"我是逃出来了。"雷奥登同意道。

"你已经经历了我们可能会遭遇到的苦难,这使你的建议很有参考价值——不管别人怎么想。"

"有一个方法可以避免重蹈杜拉德的覆辙,大人。"雷奥登谨慎地说,"可能会冒一些风险,因为牵涉到……领导人的更替。"

罗艾奥会意地眯起眼睛,然后点点头。两人之间无声地传递了一些信息——公爵的邀请和雷奥登的同意。

"你所谈论的事情很危险。"罗艾奥警告道。

"我已经经历了很多危险,大人。我不介意再多冒一点风险,如果这么做能让我的余生都在和平中度过。"

"我不能保证会发生什么。"罗艾奥说。

"我也不能保证这个阳台不会突然崩塌,把我们两个送上西天。我们只能依靠运气,还有我们的智慧,来保护我们自己。"

罗艾奥点点头,"你知道商人凯隐的房子在哪里吗?"

"是的。"

"今晚落日之时,在那里等我。"

雷奥登点点头,公爵就退下了。大门关上之后,雷奥登向加拉顿使了个眼色,"你还以为我做不到?"

"我永远都不会再怀疑你了。"加拉顿干巴巴地说道。

"罗艾奥就像是一个谜,我的朋友。"雷奥登说着,关上阳台门,走回到房间里,"他能看穿大多数的骗局——然而他与莎瑞娜不同,他考虑的主要问题不是'为什么这个人要欺骗我',而是'我该怎么利用我所知道的事情'。我给了他一些暗示,而他也做出了回应。"

加拉顿点点头,"好吧,你总算入伙了。下一步你打算怎么做?"

"想个方法让罗艾奥代替特瑞伊登上王位。"雷奥登说着,拿起一件衣服和一罐棕色的粉底。他把一些粉底抹在衣服上,然后把这件衣服塞进他的口袋里。

加拉顿挑起一边眉毛。"那是什么?"他向那件衣服点点头,问道。

"一样我希望不会用到的东西。"

第五十三章

"他在这里做什么？"莎瑞娜站在通往凯隐厨房的走廊上，质问道。那个傻瓜卡鲁就坐在里面，穿着一身色彩艳俗的红橘拼接的衣服，正在跟凯隐和罗艾奥进行热烈的谈话，显然没有注意到她的到来。

卢凯在她身后关上了门，然后瞥了那个杜拉德人一眼，明显带着对他坏品味的不满。众所周知，她的堂兄是凯伊城最机智幽默且衣着光鲜的男士之一，然而，卡鲁的名声却异军突起，迅速盖过了卢凯的风头，让这位年轻商人尝到了屈居第二的苦涩。

"出于某种原因，罗艾奥邀请了他。"卢凯抱怨道。

"罗艾奥疯了吗？"莎瑞娜问道，音量似乎有些过大了，"万一这个该死的杜拉德人是间谍呢？"

"谁的间谍？"卡鲁欢乐地问道，"我可不认为你们自负的国王有足够的政治智慧去雇用间谍——我向你保证，不管我多么惹您生气，公主，我肯定更让斐优旦讨厌。那个枢机主祭宁可把剑刺进自己的胸膛，也不可能付钱买我的情报。"

莎瑞娜尴尬得脸色发红，而卡鲁只是发出一阵洪亮的笑声。

"我认为，莎瑞娜，你会发现卡鲁公民有不少有用的意见。"罗艾奥说，"这个人看问题的角度和阿雷伦人不一样，而且他对凯伊城目前的事态有全新的见解。我刚想起来，你当初也是用相同的理由据理力争，才得以加入我们的。不要因为卡鲁的古怪举动让你不舒服了，就贬低他的价值。"

莎瑞娜皱起眉头，但还是忍了下来，并没有反驳。公爵的观察力不容小觑，从一个新的角度看问题的确会有所帮助。出于某些原因，罗艾奥看起来信任卡鲁，她可以感觉出来他们互相之间的尊重。她很不情愿地承认，也许公爵从卡鲁身上看到了某些她没看到的东西，毕竟，这个杜拉德人在罗艾奥家里留宿好几天了。

埃汉一如既往地迟到了，舒顿和伊翁德则在桌子的另一端安静地交谈，他们克制的谈话和卡鲁手舞足蹈的演讲形成鲜明对比。凯隐已经准备好了开胃点心——涂着白色奶油的脆饼。虽然莎瑞娜坚持让他不要准备晚餐，但凯隐显然觉得让那么多人聚集在家里，却不提供一点吃的，简直令人无法忍受。莎瑞娜露出微笑，她怀疑其他谋反者也都很享受这些美食家级别的小点心。

又过了一会儿，埃汉才摇摇摆摆地走进来，连门都没敲。他扑通一声坐进他常坐的椅子里，二话不说地向那些食物发起进攻。

"现在，人到齐了。"莎瑞娜用尖锐的语调打断了卡鲁的长篇大论，当她站起来的时候，所有人都看向她，"我相信各位都好好思考过我们当前的困境，有人打算先说吗？"

"我来吧。"埃汉说，"也许我们能说服特瑞伊不要改信苏·德雷西教派。"

莎瑞娜叹了一口气，"我以为我们已经讨论过这个问题了，埃汉。特瑞伊并不是在盘算是否要改变信仰，他只是在考虑能从伟恩那里榨出多少钱来。"

"如果我们有更强的军力就好了，"罗艾奥摇摇头说，"只要有足够数量的军队，我们就能要挟特瑞伊。莎瑞娜，我们有多少机会能获得泰奥德的援军？"

"机会不大。"莎瑞娜坐下来说道，"还记得吗，我父亲已经宣誓皈依苏·德雷西教派了。更何况，泰奥德虽然拥有优秀的海军，但几乎没有陆军。我国的人口很少，只是靠在敌人登陆之前击沉他们来求得生存。"

"我听说杜拉德也有些反抗力量。"舒顿建议道，"他们偶尔会骚扰商队。"

所有目光都看向卡鲁，他举起双手，手掌向前。"相信我，我的朋友，你们不会想要他们帮助的。你说的那些人大都是过去的共和成员，就像我自己。他们能够以华丽的剑术与贵族阶级对战，但一把犀尔剑对一个训练有素的士兵却起不了什么作用，特别是当他身边还有五个朋友需要保护的时候。反抗军之所以能幸存到现在，只是因为斐优旦人懒得把他们赶出沼泽。"

舒顿皱皱眉，"我还以为他们躲在杜拉德草原的洞穴里呢。"

"狡兔三窟嘛。"卡鲁流利地回答，虽然莎瑞娜侦查出他眼中有一丝不确定。你究竟是谁？当会议继续向前推进时，她想道。

"我认为我们应该让普通民众参与进来。"卢凯说，"特瑞伊已经表示他想要维持庄园制度，如果我们鼓励一些普通百姓加入我们的事业，他们应该愿意揭竿而起，反对特瑞伊。"

"这也许行得通。"伊翁德说，"莎瑞娜女士的与农民分享粮食的计划，已经让他们尝到自由的甜头，最近的几个月中他们变得更有自信了。但是这要花费大量的时间——你无法一夜之间把他们训练成战士。"

"同意。"罗艾奥说，"等我们完成这些计划，特瑞伊早就成为德雷西教徒了，到时候拉森的命令就是法律。"

"我可以假装皈依德雷西教派一阵子。"卢凯说，"前提是我们在计划谋杀国王。"

莎瑞娜摇摇头，"如果我们让德雷西教派在阿雷伦找到一个落脚点，就永远摆脱不了他们。"

"这只是一种宗教，莎瑞娜。"埃汉说，"我想我们应该把注意力放在真正的问题上。"

"你不认为苏·德雷西教派是个'真正的问题'，埃汉？"莎瑞娜问道，"你为什么不去对津多人和杜拉德人这么说呢？"

"她是对的。"罗艾奥说，"斐优旦一直把苏·德雷西教派作为侵略统治的手段。如果那些教士让阿雷伦改变信仰，那么不管我们把谁推上王位，伟恩都是真正的统治者。"

"因此培养一支农民起义军的计划出局了？"舒顿问，把讨论带回主题。

"太花时间了。"罗艾奥说。

"而且，"卡鲁指出，"我不认为你们想让这个国家卷入战争，我已经亲眼见证了一场血腥革命对一个国家造成的巨大伤害——它会破坏人的心灵，让他们互相残杀。那些伊岚翠护卫队里的人也许是傻瓜，但他们也是你们的同胞。他们的血将会染红你们的双手。"

听到这句话，莎瑞娜抬起了头，这句话里没有一丝卡鲁平常的轻浮。有些东西让她起疑。

"那该怎么办呢？"卢凯懊恼地说，"我们不能向特瑞伊开战，我们也不能等着他改信。那我们该怎么办？"

"我们可以杀死他。"伊翁德平静地说。

"大家觉得如何？"莎瑞娜问道，她没想到这个建议会这么早被提出来。

"有点道理。"凯隐同意道，表现出一种冷静得甚至有点冷酷的态度，莎瑞娜从没见过他这样，"暗杀特瑞伊能够解决很多问题。"

整个房间陷入沉寂。当莎瑞娜逐个打量这群人时，嘴里感到一阵苦涩。他们都明白她心里在想些什么。早在会议开始前很久，她就认定这是唯一可行的方法。

"噢，一个人的死亡可以拯救整个国家。"卡鲁低语道。

"这看起来是唯一的选择。"凯隐摇着头说。

"也许是这样。"杜拉德人说，"虽然我觉得我们不应该如此低估阿雷伦的人民。"

"我们已经讨论过这个了。"卢凯说，"我们没有足够的时间来召集训练那些农民。"

"不只是农民，小卢凯，"卡鲁说，"也包括贵族。难道你没发现他们对支持特瑞伊感到犹豫吗？难道你没看出他们眼中的勉强吗？一个没人支持的国王根本什么都不是。"

"那护卫队怎么办？"凯隐一针见血地问。

"我想，如果我们不能改变他们，"卡鲁说，"我们至少可以让他们知道自己做出了错误的决定。"

"你们"已经变成"我们"了。莎瑞娜紧蹙眉头，她快要猜出来他是谁了。他的话语中有些熟悉的东西……

"这个建议很有趣。"罗艾奥说。

"护卫队和贵族支持特瑞伊，是因为他们没有别的选择。"卡鲁解释道，"罗艾奥大人因为失败的婚礼而颜面尽失，莎瑞娜女士被扔进了伊岚翠。然而现在，所有的尴尬都已过去。也许，如果我们告诉护卫队他们这么做的最终后果——国家被斐优旦占领，人民被奴役——他们就会意识到自己选错了支持对象。只要给人们一个真诚可信的选项，我相信他们会做出明智的选择。"

就是这个！莎瑞娜以前听过这种论调——如此单纯地相信人性本善。当她突然想起是在哪里听到的时候，不禁跳了起来，惊讶得大叫。

雷奥登身体一缩，立即意识到了自己的失误。他太快放弃了卡鲁的角色，展现出太多的真实自我。别人也许还没有注意到他的改变，但莎瑞娜——他亲爱而多疑的莎瑞娜——不可能如此松懈。他看着莎瑞娜因震惊而大睁的眼睛，知道她已经全明白了。不知为何，虽然他们只相处了很短的时间，她却如此迅速地认出了他，而他那些最好的朋友们都还被蒙在鼓里呢。

糟了。他心想。

"莎瑞娜？"罗艾奥问，"公主，你还好吧？"

莎瑞娜发现自己已经从椅子上站了起来，不好意思地环顾四周。然而，当她的目光落到鬼鬼祟祟的卡鲁上时，很快就忘记了自己的尴尬。

"不，大人，我没事。"她说，"我觉得我们应该休息一下。"

"我们才开始没多久……"卢凯说。

莎瑞娜立刻用眼神让他闭嘴，没有人敢再惹毛她了。

"现在是休息时间。"罗艾奥慢慢地说道。

"很好。"凯隐说着从椅子上站起来，"我有一些哈吉许肉卷在后面凉着，我去拿过来。"

莎瑞娜是如此慌乱，完全没想到要责怪她的权叔准备了晚餐，她明明叫他不要准备的。她向卡鲁使了个眼色，然后大步离开桌子，装出要去洗手间的样子。她在凯隐的书房里等了一会儿，直到那个倒霉的骗子终于溜达到屋子的角落。

莎瑞娜一把抓住他的衬衫，步步紧逼，就差把他扔到墙上了。

"'性灵'？"她质问道，"以仁慈的我主之名，你在这里做什么？"

"性灵"不安地左顾右盼。"不要这么大声，莎瑞娜！如果那些人发现自己刚刚和一个伊岚翠人共处一室，你觉得他们将作何反应？"

"但……你是怎么做到的？"她问，当她发现真的是他，怒气马上转变成了兴奋。她伸手捏了捏他的鼻子，这比他原来的鼻子长多了。她惊奇地发现自己的手指穿过了他的鼻尖。

"你对符文的看法是正确的，莎瑞娜。""性灵"迅速地说道，"它们的确是阿雷伦的地图——我所要做的只是再加上一条线，整个系统就又能运作了。"

"一条线？"

"大裂谷。""性灵"解释道，"是它引起了灾罚。它属于改变地貌的重大变化，它的位置必须被反映在符文上，符文才能运作。"

"它起作用了！"莎瑞娜说。然后，她放开他的衬衫，然后给了他重重一拳，"你竟然敢骗我！"

"噢！""性灵"抱怨道，"拜托，不要揍我，我的身体没有自愈能力，记得吗？"

莎瑞娜喘息着："你并没有……？"

"没有随着艾欧铎的修复而恢复？""性灵"问道，"没有，在这层幻象下，我依然是伊岚翠人。艾欧铎有其他问题没有解决。"

莎瑞娜忍住再给他一拳的冲动，"你为什么要骗我？"

"性灵"露出微笑："噢，你不觉得这样做更有趣吗？"

"有道理……"

他大笑起来。"只有你才会认为这个理由够充分，我的公主。事实上，我只是没有找到机会告诉你。这些天每当我企图接近你，你都会迅速避开——你还对我送去的信置之不理。我不可能当众跳到你面前，然后脱掉幻象，告诉你真相。事实上我昨晚还跑到凯隐家来，希望能透过窗户看你一眼。"

"你真的这么做了？"莎瑞娜问，暗自窃喜。

"去问加拉顿，"雷奥登说，"他已经回到了罗艾奥的住处，吃光了公爵所有的津多糖果。你知道他对甜食没有抵抗力吗？"

"你是说公爵还是加拉顿？"

"都是。看，他们肯定开始怀疑，我们为什么那么久还不回去了。"

"让他们怀疑去。"莎瑞娜说，"所有女人都对卡鲁如痴如醉，现在也该轮到我了。"

"性灵"开怀大笑，然后他注意到她那生气的眼神，赶紧忍住不笑。"这真的是唯一的方法，莎瑞娜。我没有太多选择，我不得不扮演那个角色。"

"我看你是演得有点太好了。"她说，接着她笑了出来，根本无法继续生他的气。

他显然抓住了她眼神的中软化的迹象，放松下来。"你不得不承认，这真的很有趣。我完全不知道你如此擅长击剑。"

莎瑞娜狡黠地一笑："我可是多才多艺的，'性灵'。很显然你也是如此——我也完全不知道你居然如此擅长演戏。我恨你！"

"被表扬的感觉真好。""性灵"张开手臂拥住了她。

突然她感到他的亲近举动，他的身体和室温差不多，这种不自然的冰冷感令人不安。然而，她并不想逃开，反而把自己的头靠在他的肩膀上。"那么，你为什么要到这里来？你应该回到新伊岚翠，训练你的人民，为什么要冒险逃出伊岚翠，进入凯伊城？"

"为了找到你。"他说。

她露出微笑，这是正确答案。

"并且，"他继续说道，"我要防止你们互相残杀，这个国家已经够乱了，不是吗？"

莎瑞娜叹了口气："而且部分原因在于我的失误。"

"性灵"伸出双手放在她的脖子边上，把她的头转过来，以便与他四目对望。他的脸庞虽然不同了，但眼神还是与以往一样，深邃而湛蓝。之前她怎么会没有把他认出来呢？

"你不要再自责了，莎瑞娜。"他说，"这种话我在加拉顿那里已经听够了，你在这里取得了了不起的成绩——甚至超越我的想象。我还以为在我离开之后那些人会停止会议。"

莎瑞娜愣了一下，用力摇摇头，让自己不要迷失在这双令人恍惚的眼睛中。"你刚才说什么?在你离开之后……?"

从别的房间传来呼唤声，"性灵"对她眨眨眼，眼睛闪闪发光。"我们必须得回去了。但是……我还有一些事情需要告诉你，等会议一结束，我们再私底下好好聊聊。"

她有些晕眩地点点头："性灵"在凯伊城，艾欧铎起作用了。她先回到餐厅，在桌边坐下，而过了一会儿"性灵"才进屋。然而，还有一把椅子空着。

"埃汉在哪儿?"莎瑞娜问。

凯隐皱起眉。"他走了。"他用苦涩的声音宣布。

卢凯突然大笑起来，并对莎瑞娜咧嘴一笑："伯爵宣称他吃了一些他不太习惯的食物。他……暂时离开一下。"

"这不可能。"凯隐嘟哝道，"那些脆饼里没有什么会让他的胃难受。"

"我敢肯定不是脆饼的错，叔叔。"莎瑞娜微笑道，"肯定是他在来之前吃了什么。"

卢凯大笑着同意道："我主知道，根据概率法则，那个人吃那么多东西，不每天晚上闹肚子才怪呢。"

"好吧，我们应该继续开会了。"罗艾奥说，"谁知道他的胃病什么时候会好。"

"同意。"莎瑞娜说，准备再次开始发表演说。

然而，罗艾奥却拍了她一下，他缓缓地站起来，老朽的身躯看起来惊人地虚弱。公爵叹了一口气，摇摇头说："如果你们不介意，我有些话要说。"

贵族们点点头，感觉到了公爵的认真。

"我不想骗你们，我不止一次考虑过是否要采取行动来对抗特瑞伊。我和他在过去十年就是商场上的对手。他是个心狠手辣且挥霍无度的人——他会成为一个甚至比埃顿还糟糕的国王。他居然会认真考虑拉森的愚蠢提议，这是我需要的最后证明。

"不，我要求会议延期的理由，并不是因为还在犹豫是否应该罢免特瑞伊，而是为了等待一些……帮手就位。"

"帮手?"莎瑞娜问。

"刺客，"罗艾奥说，"我从斐优旦雇来的。那个国家也不是所有人都完全忠于他们的神——其中有一些人更忠于黄金。"

"他们现在在哪里？"莎瑞娜问。

"就待在不远处的旅馆里。"罗艾奥说。

"但是，"莎瑞娜困惑地说，"上周你还警告我们不要以流血牺牲为代价来发动叛乱。"

罗艾奥低下头，"我说谎了，亲爱的莎瑞娜，那时候我已经派人去召集人手了。然而现在，我又改变主意了。这个来自杜拉德的年轻人……"

突然从入口的门廊上传来沉重的脚步声，打断了罗艾奥的话：是埃汉回来了。真奇怪，莎瑞娜边想边转过身来，我怎么没听到前门关上的声音。

当她转过身后，看到站在门廊上的不是埃汉。取而代之的是一整队全副武装的士兵，站在队伍最面前的是一名衣着考究的男子——特瑞伊王。

莎瑞娜跳了起来，然而她的惊叫声却被其他人类似的呼喊完全掩盖了。特瑞伊站到一旁，让十几个穿着伊岚翠守卫制服的人占领整个房间。跟在他们身后的正是肥胖的埃汉伯爵。

"埃汉！"罗艾奥说，"你都做了什么？"

"我终于抓住你了，老家伙。"伯爵欢饮鼓舞地说，他肥厚的脸颊一颤一颤的，"我告诉过你我会这么做的。你现在尽可以嘲笑我在斯福坦的商队了，你这个该死的老白痴。让我们来看看你的商队会有什么下场，如果你的下半身都在监狱里度过的话。"

罗艾奥哀伤地摇了摇他那白发苍苍的脑袋。"你这个傻瓜……难道你不知道这已经不再是场游戏了吗？我们的赌注不再是那些水果或丝绸了。"

"尽管抗议吧，如果你想的话。"特瑞伊胜利地摇动着手指，"但你不得不承认，我抓住你了！我为了这一刻已经等了好几个月——以前埃顿根本不相信我。你敢相信吗，他真心认为你不会背叛他，因为他觉得你们的友谊太深厚了？"

罗艾奥叹了口气，看着特瑞伊。他放声大笑，显然很享受这场对话。"噢，埃汉。"罗艾奥说，"你总是做事不经大脑。"

莎瑞娜震惊得无法移动，甚至不能说话。叛徒应该是那些眼神阴暗和性格阴郁的人。她无法把这一形象和埃汉联系起来，他傲慢而鲁莽，但她就是喜欢他。她喜欢的人怎么会做出如此可怕的事？

特瑞伊打了个响指，一个士兵走上前，猛地将剑直接插进罗艾奥公爵的肚子里。罗艾奥喘息着，然后呻吟着缩成一团。

"这就是你们国王的判决。"特瑞伊说。

埃汉尖叫起来，他胖脸上的双眼瞪得大大的。"不！你说的是监禁！"他冲过去推开特瑞伊，跪倒在罗艾奥的身边，泣不成声。

"我说过吗？"特瑞伊问，接着他指指手下的两个士兵，"你们两个，召集一些人去找出那些刺客，然后……"他若有所思地用手指轻敲下巴，"……把他们从伊岚翠的城墙上丢下去。"

那两人敬了个礼，然后列队走出房间。

"你们剩下的人，"特瑞伊说道，"杀死这些叛徒，就从亲爱的公主开始。让大家都知道，这就是企图篡位者的下场。"

"不！"舒顿和伊翁德同时大喊。

士兵们开始行动，莎瑞娜发现自己被由舒顿、伊翁德和卢凯组成的人墙团团围住。只有伊翁德一个人带着武器，然而他们要对付的却是十个人。

"真有趣，你还敢提到'篡位者'，特瑞伊公爵。"一个声音从桌子的另一边响起，"我还以为王位是属于埃顿家族的。"

莎瑞娜顺着声音的方向看去，是"性灵"——或者说，是一个穿着"性灵"衣服的人。他有苍白的艾欧人肤色、沙褐色的头发和敏锐的蓝色眼眸——那是属于"性灵"的双眼。但他的脸却完全没有黑斑的痕迹。他把一团破布扔到桌上，她能看到上面棕色的污迹——他似乎想藉此让别人相信他只是抹去了脸上的化妆品，露出底下完全不同的一张脸。

特瑞伊大口喘着气，跟跟跄跄地跌坐在墙边。"雷奥登王子！"他快要窒息了，"不！你已经死了。他们告诉我说你已经死了！"

雷奥登？莎瑞娜脑中一片空白。她凝视着那个叫"性灵"的男人，想弄清他究竟是谁，她是否真的了解他。

"性灵"看着那些士兵。"你们竟敢谋害阿雷伦真正的国王？"他质问道。

那些守卫向后退去，满脸的困惑和恐惧。

"你们这些人，快点保护我！"特瑞伊尖叫，转身连滚带爬地从房间里逃出去。士兵们看到他们的头儿跑了，立刻作鸟兽散地加入他，将这群共犯撇在身后。

"性灵"，也就是雷奥登跳过桌子，绕过卢凯，把还在哭泣的埃汉直接推开，跪到凯隐身旁，他是唯一还能想到要赶快救治罗艾奥的人。莎瑞娜默不作声地在后面看着，她的知觉已经完全瘫痪了。很显然，凯隐的照顾不足以救回公爵的性命。剑已经完全贯穿了老人的身体，留下一个绝对致命的伤口。

"雷奥登！"罗艾奥公爵喘息着，"你终于回来了！"

"别乱动，罗艾奥。"雷奥登说着，手指伸入空中，开始画符文，光芒从指尖慢慢散发出来。

"我早该知道是你了，"公爵呓语道，"那些关于相信人民的傻话。你能相信吗？我真的开始认同你的看法了。我应该在那些刺客抵达的时候，就派他们去执行任务。"

"你太好了，不适合做这种事，罗艾奥。""性灵"的声音因为激动而哽咽了。

罗艾奥这才看到"性灵"在他身体上方画出的符文。他专注地看着，敬畏得大口呼气。"你也把那座美丽的城市带回来了？"

"性灵"没有回答，而是继续专注地绘制符文。他画符文的方式与先前不同，他的手指移动得更灵活敏捷。他以符文底部的一条短横结束了绘制。接着，符文开始散发出温暖的光，笼罩着罗艾奥。莎瑞娜看到，罗艾奥伤口的边缘似乎开始微微愈合，脸上一道擦伤也消失了，甚至他头皮上的一些老人斑也变得淡了些。

然后，光芒消失了。随着公爵垂死心脏每一次徒劳的跳动，鲜血依然从伤口中喷涌而出。

"性灵"咒骂着。"这力量太微弱了。"他说，孤注一掷地又开始画符文，"而且我还没有学过治疗的修饰符文！我不知道该如何将力量集中在身体的某个特定部位上。"

罗艾奥伸出颤抖的手臂，紧抓住雷奥登的手，公爵的动作导致"性灵"犯了个错误，那个完成了一半的符文立即消失了。"性灵"没有再画下去，只是低着头，好像在哭。

"不要哭，孩子。"罗艾奥说，"你的归来就是我主莫大的赐福了。你救不了这具疲惫老朽的身躯，但你却能拯救整个国家。知道你会留在这里保护它，我也就能安详地离去了。"

"性灵"用手捧住老人的脸庞。"你把我教导得很好，罗艾奥。"他低语道，莎瑞娜突然强烈地感到自己在这里是多余的，"如果没有你照顾我，我很可能会变得和父亲一样。"

"不，孩子。"罗艾奥说，"从一开始你就更像你母亲。我主保佑你。"

公爵的死亡时刻逐渐临近，莎瑞娜难受地别过头去。他的身体抽搐着，鲜血从嘴边流出来。当她把头转回来时，眼泪终于忍不住流下来。雷奥登还是跪在老人的尸体旁，最终，他深吸一口气，站了起来，转过头用悲伤而坚定的眼神看着其他人，莎瑞娜感到身边的舒顿、伊翁德和卢凯全都跪了下来，虔诚地鞠了一躬。

"吾王。"伊翁德代表他们所有人说道。

"我的……丈夫。"莎瑞娜震惊地意识到。

第五十四章

"他做了什么？！"拉森难以置信地问。

教士被拉森突如其来的反应吓到了，结结巴巴地重复了一次刚才的消息，拉森却又在他说到一半的时候就打断了他。

埃奥庄园的公爵死了？是特瑞伊下的命令？这是什么样的行动啊？拉森可以从使者的脸上体会出他还没有把所有的情况都讲出来，于是示意那个人继续往下说。然后，拉森了解到特瑞伊的行为完全不是个随便的决定——那完全是合情合理的。事实上，拉森几乎不敢相信特瑞伊的运气有那么好，罗艾奥是个既狡猾又诡计多端的人，能够当场抓到他叛国的证据，这可是多么惊人的运气啊！

不过，使者接下来所说的事情，却更加令人震惊——他说雷奥登王子可能死而复生了。

拉森目瞪口呆地坐在他的书桌后，愣愣地看着使者关上房门离去，墙上的挂毯随之飘动。

镇定！他在心里对自己说。你一定可以应付这件事情的！关于雷奥登复生的传言一定是假的。当然，拉森必须承认这是一个非常聪明的反击。即使是他也曾多次听说这位前王子像圣人一样的名声，这里的人们大多对雷奥登极度敬慕，这样的情感表现通常只会出现在那些死去的圣徒身上。看来那些人马上又想出了新的对策——罗艾奥死了，但是只要莎瑞娜有办法找到一个长相和雷奥登相似的人，她就可以假称他为丈夫，继续参与到争夺王位的斗争中。

她行动可真够快的，拉森微笑着想，笑容中流露出一种敬意。

不过，特瑞伊杀死罗艾奥的事依旧令拉森感到心烦，国王能如此随性地不经过任何审判或监禁就杀死一位公爵，这样的行为很可能会引起贵族们的恐慌。拉森站起来，也许现在补救还来得及，现在他所要做的是去说服特瑞伊同意让他即刻起草一份处决诏书，如果贵族们看到这样一份文件，说不定就能够减缓他们的忧虑情绪。

没想到，特瑞伊竟然拒绝接见他。拉森又一次站在等候间里，充满怒气地瞪着特瑞伊的两名守卫，两手交叉抱在胸前。那两个人怯懦地不敢回视，只能怔怔地看着地面。很显然，特瑞伊感到不安，他甚至不愿意和任何廷臣面对面讨论。

拉森不打算任由自己被忽视，虽然他不能强行闯入房间，但他却可以另想办法逼特瑞伊不得不接见他。于是，他在接下去的整整一个小时里，每五分钟就要求参见一次。

不一会儿，再一次要求参见的时间又到了。

"士兵。"他命令道，"去问问国王是不是打算要见我。"

守卫叹了一口气——拉森已经这样不停地问了十几次了，但他不得不恭敬从命地打开门，走进去找他的指挥官。过了一会儿之后，士兵回来了。

拉森的质问卡在了他的喉咙里。因为出来的不是同一个人。

那个"守卫"拔出长剑飞快地攻向另一名守卫。金属剧烈撞击的声音也跟着从国王的房间里传出。有人开始尖叫——那些声音里充满了愤怒和痛苦。

拉森懊恼地咒骂着——那么不凑巧，居然选在他把盔甲留在礼拜堂里的时候发生这样的事情。他咬紧牙关，飞一般地绕过打斗的守卫，冲进房间。

墙上的挂毯全都着了火，人就在不远处绝望地挣扎着，好几名守卫瘫倒在几米外的另一处门口。房间里还有很多人，他们中有的穿着棕黄相间的伊岚翠卫队制服，还有一些穿的则是银蓝交错的制服——那是伊翁德伯爵的军团。

拉森躲过了几次攻击，他专注地闪避那些剑刃或是直接把他们的武器从手中打飞。他必须找到国王。特瑞伊对他而言实在太重要了……

当拉森从激烈的打斗以及燃烧着的锦缎中发现国王的身影，时间仿佛凝固住了一般。特瑞伊的眼中充满了疯狂和恐惧，他正挣扎着想要逃往后面的房间。伊翁德的长剑却在国王才踏出几步时找上了他的脖子。

　　特瑞伊无头的尸体"砰"的一声倒在了伊翁德伯爵的脚边。伯爵无情地看着它，然后跟着倒下，一手还按住身上的一处伤口。

　　拉森沉默地站在战场之中，完全无视眼前的混乱，眼睛里只有那两具尸体。

　　无血政变是不可能了，他无奈地心想。

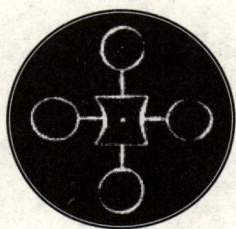

第三部

PART THREE

伊岚翠之心

第五十五章

再次从外面远眺伊岚翠似乎是件很不自然的事情。雷奥登早已把自己和那座城市紧紧联系在一起了，现在的感觉就仿佛是他的灵魂正站在自己的身体外面，从另一个角度看着自己。他不应该离开伊岚翠，就像他的灵魂不应该离开身体一样。

在正午的阳光下，雷奥登和莎瑞娜一起站在凯隐如要塞般防守严密的宅邸之上。这位商人从十年前的大屠杀之后，就展现出一种深谋远虑，以及轻微的被害妄想，他把自己的府邸修得更像是一座堡垒而非普通宅院。这是一座紧实严密的正方形建筑，有笔直的石墙和狭窄的窗户，坐落在一座小山丘上。屋顶的边缘装饰有一圈石块，极像城墙上的城垛。雷奥登现在就靠在这样一个石块边上，莎瑞娜紧紧靠在他身边，手臂环绕在雷奥登的腰间，两人一起看着伊岚翠。

在罗艾奥去世的当晚，凯隐立即就封锁大门，并告诉大家他有足够支撑一年的食物补给。虽然雷奥登暗自怀疑那扇大门是否真能撑过时间如此之长的攻击，但他还是非常感激凯隐那么慷慨地提供了庇护所。没有人知道特瑞伊会对雷奥登的出现作何反应，很有可能会促使他放下所有虚伪矫饰，直接寻求斐优旦的帮助。伊岚翠卫队也许不敢攻击雷奥登，但斐优旦部队可不会有这种迟疑。

"我早该猜到的。"莎瑞娜在雷奥登身边嘟囔着。

"什么？"雷奥登挑起一边眉毛问道。此刻，她正穿着朵奥拉的裙子——对她来说实在太短了些，不过雷奥登其实很喜欢她露出腿的模样。她戴着的那顶金色短假发，让她看起来比实际年龄小了许多，就像个还在念书的小女生，而非成年女性。嗯，雷奥登在心底修正了一下，一位身高六尺的年轻女孩。

莎瑞娜抬起头，凝视着他的双眼。"我不敢相信自己居然没联想起来。我曾经怀疑过你的——我是说雷奥登的——失踪。当时我猜测可能是国王杀害了你，或是把你给放逐了。"

"他一直很想这么做。"雷奥登说，"他有数不清的理由要把我送走，但我通常都能找到办法脱身。"

"这实在是太明显了！而我竟然完全没发觉！"莎瑞娜说着，把头亲昵地靠在他的肩膀上。"伪装、难堪……这样一切就说得通了。"

"当谜底揭晓时，总是能够轻而易举地看出关联，莎瑞娜。"雷奥登说，"我并不意外没有任何人把我的失踪和伊岚翠联系起来——那不是一个阿雷伦人会有的假设。人们不愿谈论伊岚翠，他们更不会把自己所爱的人和它扯上关系。坦白地说，他们宁愿相信我死了，也不愿接受我被宵得术法选中的事实。"

"但我不是阿雷伦人。"莎瑞娜说，"我没有那种偏见。"

"但你生活在他们之中。"雷奥登说，"你无法避免会受到他们性格的影响。更何况，你也不曾和伊岚翠人一起生活成长，你甚至不知道宵得术法是如何发挥作用的。"

莎瑞娜不服气地哼了一声。"于是你就任由我一无所知，亏你还是我的丈夫。"

"我曾经给过你暗示！"他抗议道。

"是啊，大概在表露自己身份前五分钟。"

雷奥登大笑出声，把自己的妻子抱得更紧了些。不管以后将会发生什么事，他都不会为自己离开伊岚翠的决定而后悔。光是想到能这样和莎瑞娜相处就已经值得了。

过了一会儿，他又想起某些事情。"我还不是，你懂吗？"

"不是什么？"

"你的丈夫。起码，我们的关系还有值得商榷的余地。订婚的婚约上说，如果我们双方有任何一个人死去的话，我们的婚姻也依旧有效。但我并没有死——我被放逐去了伊岚翠。虽然大家把它们视为同一种情况，但其实它们并不完全相同，婚约上的文字表述是非常精准的。"

莎瑞娜着急地抬起头，想要弄明白他到底是什么意思。

他轻声地笑着。"我不是打算要逃婚，莎瑞娜。"他说，"我的意思是，我们应该举办一场正式的婚礼，这或许能为这儿的每个人带来一点喜悦。"

莎瑞娜想了一会儿，接着用力地点点头。

"绝对要。我在过去的两个月里两次订婚，却没有一次结成婚。一个女孩应该要有一场正式的婚礼。"

"是的，一场属于王后的婚礼。"雷奥登同意。

莎瑞娜叹息着回头看着凯伊城。整个城市看上去是那么的冰冷、没有生气，仿佛无人居住似的。政治上的不稳定已经足够摧毁阿雷伦的繁荣，就像是埃顿的统治偷走了阿雷伦的灵魂。这里本应该充满繁忙的交易，现在却只有寥寥几个勇敢的行人偷偷摸摸地穿过街道。唯一的例外就是大城区，那个充满了阿雷伦市场的帐篷。虽然有些商人已经打算减少他们的损失——转道去泰奥德，尽量把剩下的货物卖掉——但大多数的人还是留了下来。他们要怎么向那些根本不愿意花钱的人们推销那些囤积已久的货品呢？

另一个还表现出一点儿活力的地方就是王宫。伊岚翠护卫队整个早上就像是发愁的蚂蚁一样在那里忙进忙出。莎瑞娜派出了她的侍灵去侦察，但它到现在还没有回来。

"他真的是个好人。"莎瑞娜轻柔地说。

"罗艾奥？"雷奥登问，"是呀，他的确是。当我觉得我父亲根本不值得我效法的时候，公爵对我来说就是榜样。"

莎瑞娜温柔地笑着。"当凯隐第一次介绍罗艾奥给我认识的时候，他说他不确定公爵愿意帮助我们是因为他爱阿雷伦，还是因为他只是觉得生活很无聊。"

"很多人把罗艾奥的多谋当成是狡猾的象征。"雷奥登说，"但他们都错了，罗艾奥很聪明，他也喜欢耍点手段，但他是真心热爱这个国家的。即使在经历了那么多的挫折和失败之后，他依旧教导我要热爱阿雷伦。"

"他是个狡猾的老祖父。"莎瑞娜说，"而他还差点成了我的丈夫。"

"我还是不太能相信这件事。"雷奥登说，"我爱罗艾奥……但是要我想象他结婚，而且还是跟你？"

莎瑞娜笑了出来。"我也不觉得我们自己会相信。当然，这并不表示如果需要的话，我们就不会那么走下去。"

雷奥登叹了一口气，轻抚着她的肩膀。"如果我知道我把阿雷伦托付给了一个多么有能力的人，我也就不必那么担心了。"

"可是，新伊岚翠呢？"莎瑞娜问，"现在是卡拉妲在管理它吗？"

"新伊岚翠已经能够完全自己运作了。"雷奥登说，"但我今天早上还是让加拉顿先回去了，我希望他能去指导大家如何使用艾欧铎。如果我们在这里失败，我不希望新伊岚翠毫无防御。"

"我们可能没剩下多少时间了。"

"光是这样，就已经够让他们学会一两个符文了。"雷奥登说，"也是时候应该要让他们了解自己力量的秘密了。"

莎瑞娜微笑。"我一直都相信你会找出答案的。我主不会任由你的努力白费。"

雷奥登也跟着微笑。昨天晚上，她要求他画出十几个符文，好向她证明这个方法真的行得通。当然，这符文不足以拯救罗艾奥。

沉重的罪恶感如巨石般压在雷奥登的胸口，如果他当时知道正确的强化和调整符文，也许就有机会救回罗艾奥的性命。腹部的伤口通常要过一段时间才会致命，雷奥登本该分别治疗每一个受伤的内脏，然后再让皮肤愈合。但是他却只会画影响罗艾奥全身的基本符文。那些本就非常微弱的力量被分散到全身之后，几乎起不了什么作用了。

雷奥登熬到很晚。记忆治疗的变化符文，艾欧铎的治疗法术非常复杂，是一门精密且高难度的艺术，但他决心不再让别人由于他的无能而死去。虽然他有可能花上好几个月去熟悉和记忆，但他决定学会所有治疗内脏、肌肉和骨头的变化符文。

莎瑞娜转回头继续凝视这座城市。她的手依旧紧紧搂着雷奥登的腰——莎瑞娜不喜欢高处，特别是当她完全没有东西可以抓牢的时候。雷奥登低头看着莎瑞娜的头顶，突然间他想起了昨晚研读过的某样东西。

他伸手拿下她的假发，虽然胶水有点碍事，但最终还是被取了下来，下面短短的发根暴露在阳光下。莎瑞娜困惑地转过头看他，眼神中充满了怀疑和不满，但雷奥登已经开始绘制符文了。

这并不是个复杂的符文，只需要规定一个目标，还有目标被影响的方式，以及影响的时间。当他完成的时候，她的头发突然开始不断地生长起来，它们就像缓缓吐出的呼吸一般从她头顶懒洋洋地延伸出来，没过几分钟，整个过程已然完成——她再次拥有了一头金色的披肩长发。

莎瑞娜难以置信地抚摸着自己的头发，然后热泪盈眶地看着雷奥登。"谢谢你。"她小声地说，依偎得更紧了，"你不知道这对我有多重要。"

过了一会儿，她退后一步，用她银灰色的眼睛热切地看着他。"让我看看你。"

"我的脸？"雷奥登问道。

莎瑞娜点点头。

"你以前见过的。"他犹豫地说。

"我知道，但我看这张脸太久了，都快习惯了。我想看看你真正的样子。"

她眼神中的决心让他放弃了争辩，他叹了一口气，伸出手，用食指轻敲他里面衬衣的领口。对他来说，什么都没有改变，但他可以感觉到当幻象逐渐消散时，莎瑞娜的身体也变得越来越僵硬。他突然感到一阵羞愧，连忙又开始画符文，但她阻止了他。

"这并没有你想的那么恐怖，雷奥登。"她说，一边用手指轻轻抚过他的脸庞。"他们说你们的身体就像尸体一样，那不是真的。你的皮肤也许灰白还有一点点萎缩，但是底下依旧是血肉。"

她的手指在他脸颊上的割伤处停下，她轻轻地倒抽一口气。"是我做的，对不对？"

雷奥登点头。"我说过了，我完全不知道你的剑术会那么厉害。"

莎瑞娜的手指滑过那道伤痕。"我那时候真的非常困惑，因为我找不到伤口。为什么幻象能够传递你的真实表情，却不会显露出伤痕？"

"这个过程很复杂。"雷奥登说，"你必须把脸部的每条肌肉和幻象相应的部分连结起来，我自己绝对想不出这种办法，全靠我书里的那些方程式。"

"但你昨晚那么快就改变了幻象的外貌，从卡鲁变成了雷奥登。"

他微笑地说道："那是因为我准备了两种幻象，一个与我的衬衣相连，另一个与我的外套相连。一旦我解除外面的幻象，里面的那层就会浮现出来。我很高兴自己的幻象做得很成功，每个人都认出了我。当然，没有任何公式可以教你如何复制自己的脸——我不得不自己设计一个。"

"你做得很好。"

"我是从我的伊岚翠脸庞重新推断出自己原本的长相，并告诉幻象以此作为蓝本。"他微笑道，"你真是个幸运的女人，有个可以随时变换外貌的丈夫。这样，你就永远也不会感到无聊了。"

莎瑞娜哼了一声。"我很喜欢现在这张脸。就是这张脸，在我还是个没有头衔没有地位的伊岚翠人时，也依然爱着我。"

"你能够习惯这张脸？"雷奥登问道。

"雷奥登，上周我原本都要嫁给罗艾奥了。他是个可爱的老家伙，但他的外表实在平凡到连石头都比他英俊的地步。"

雷奥登大笑起来。尽管发生了这么多事情——特瑞伊、拉森，还有可怜的罗艾奥的去世——但是现在，他的心仍然充满了喜悦。

"他们在做什么？"莎瑞娜看着远方的王宫。

雷奥登转身随着她的视线望去——却一不小心把莎瑞娜轻轻往前撞了一下，她立刻死命地抓住雷奥登的肩膀，手指因紧张而掐进了他的肉里。"别这样！"

"噢。"他连忙用手环住她的肩膀，"我忘了你恐高。"

"我不是恐高。"莎瑞娜还是紧紧抓住住他的手，"我只是有点头晕。"

"当然。"雷奥登说着，眯起眼睛看着远处的王宫。他依稀看见一群士兵正在建筑物前的空地上做某件事情——他们似乎正在把某些类似毯子或是床单的东西放在地上。

"太远了。"莎瑞娜自言自语道，"阿什在哪里啊？"

雷奥登伸出手画出艾欧·奈（Aon Nae）——一个大大的圆形文字。当他完成的时候，艾欧·奈的圆形图案像是水面一般荡出涟漪，接着圆圈里便出现了城市被放大的细节画面，那样清清楚楚地展现在他们面前。雷奥登把手掌放在圆圈的中心，这样他就可以把符文的视角调整到王宫的位置。画面是如此清楚，他们甚至可以看到士兵身上的阶衔。

"这可真实用。"莎瑞娜看着雷奥登稍微调整了符文的角度。士兵们确实是在抬床单——那里面显然裹着一具具尸体。当雷奥登把视线调整到尸体上的时候，猛然感到浑身一阵发冷。其中有两具尸体让他们觉得非常眼熟。

当伊翁德和特瑞伊的面容出现在画面当中时，莎瑞娜惊恐地倒吸了一口冷气。

第五十六章

"他是在昨天深夜发动进攻的，小姐。"阿什解释说。

他们这个小团体剩下的成员——凯隐、卢凯和舒顿此刻全都聚集在屋顶上。雷奥登将符文望远镜瞄准了王宫广场上的火葬柴堆。

舒顿男爵忧愁地坐在石头屋顶上，不敢相信地摇着头。莎瑞娜握住那个年轻津多人的手，想安慰安慰他，却痛苦地意识到，最近几天舒顿才是他们之中最难过的人。他未来的岳父竟然背叛了他们，而爱人托蕊娜不知所踪，而如今连他最好的朋友也死了。

"他是个勇敢的人。"凯隐站在雷奥登身旁说。

"这是毫无疑问的。"雷奥登说，"但不管怎样，他的这一行为还是愚蠢的。"

"他是为了荣誉而战，雷奥登。"莎瑞娜从沮丧的舒顿身边抬起头，"昨晚，特瑞伊谋杀了一个伟大的人，伊翁德是为了替公爵复仇才这么做的。"

雷奥登摇摇头，"报复永远都是愚蠢的行为，莎瑞娜。现在我们不仅失去了罗艾奥，还失去了伊翁德。而我们的人民在短短几个星期内失去了两位国王。"

莎瑞娜放弃了争论，雷奥登是作为一个统治者在说话，而非一个可亲的朋友。即使伊翁德已经牺牲了，雷奥登因为伯爵所造成的糟糕情势，依旧不能认同他的偏激行为。

士兵们并没有准备豪华的火葬仪式，只是简单地点燃火堆，然后他们一齐向尸体的灰烬敬礼。不管别人怎么评论护卫队，这次他们还是庄严而荣耀地完成了他们的使命。

"看那边。"雷奥登说着，指着他的符文，有大约五十名士兵离开了火堆，开始向凯隐的宅邸前进。他们全都身穿棕色的斗篷，遮住了他们伊岚翠护城队的制服。

"这下可糟了。"凯隐说。

"也可能是好事。"雷奥登说。

凯隐摇摇头，"我们应该要堵住入口，看他们有什么办法冲破门后一吨重的石块。"

"不行，"雷奥登说，"把我们自己关在里面也没有任何好处。我倒想要会会他们。"

"我们还有别的方法能够逃出屋子。"凯隐说。

"还是一样，等我下令，再把你的入口给堵住，凯隐。"雷奥登严肃地说，"这是命令。"

凯隐沉吟了一会儿，才点头答应。"好吧。雷奥登，但不是因为这是你下的命令，而是因为我信任你。我的儿子也许会称你为王，但我不接受任何人的统治。"

莎瑞娜用震惊的眼神看着她的叔叔。她从来没有见过他那样讲话，他总是愉快可亲的，就像一只快乐的马戏团大熊。而此刻的他脸上写满了果决和严肃，上面布满了杂乱的短须，自从埃顿死后就没有再理过。那个莽撞却温和的厨师已经消失了，取而代之的人更像是她父亲舰队中威严的海军将领。

"谢谢你，凯隐。"雷奥登说。

她叔叔点点头。与此同时，骑兵正在快速地接近，它们迅速地包围了凯隐的堡垒，注意到雷奥登就站在屋顶上，一位士兵策马前进了几步。

"我们听到传言了，雷奥登大人——阿雷伦的王储依然健在。"那个人宣布道，"如果这是事实，请他走上前来。我们的国家需要一位国王。"

凯隐显然松了一口气，雷奥登则轻轻一叹。卫队的军官站成一排，依然骑在马上，虽然他们离王储的距离已经非常近了，雷奥登甚至能够看到他们脸上的表情——焦急、困惑，也充满着希望。

"我们得尽快行动，在枢机主祭反应过来之前。"雷奥登对他的朋友说，"派人去通知所有的贵族——我将会在一个小时内举行加冕仪式。"

雷奥登直冲进王宫的王座厅。正站在王座台旁的是莎瑞娜，还有那位看起来很年轻的珂拉西教长。雷奥登只和这个人打过照面，但莎瑞娜对他的描述却很精确——长长的金发，假装洞悉一切的微笑，而他最大的特征还要算那种唯我独尊的气势。然而，此刻雷奥登需要他，选择由苏·珂拉西教派的教长为他加冕是一个重要的宣言和示范。

当雷奥登靠近时，莎瑞娜露出鼓励的微笑。他很感激她的付出与支持，尤其是在连番经历了那么多事情以后。他牵着她一起走到高台上，接着转身面对阿雷伦的贵族。

他认出了其中大多数的脸庞，许多人在他被放逐之前就支持他。现在他们大多数人的脸上写满了疑惑，他的出现是如此突然，就像特瑞伊的死亡一样。甚至，在暗处正有谣言在散播着，指出就是雷奥登在幕后策划了这场暗杀，但大多数人看起来并不在意。他们的眼睛因震惊而变得麻木，他们开始对这样持续不断的冲击感到疲倦了。

现在一切将会改变。雷奥登在心底地对众人许诺。不再有疑问，不再有彷徨。我们将会团结起来，和泰奥德一起面对斐优旦。

"各位大人与女士，"雷奥登说，"阿雷伦的人民。在过去十年里，我们这个可怜的国家经历了太多的苦难。让我们再一次让它踏入正轨。以此王冠为证，我向你们承诺……"

突然，他僵住了——他感觉到……一股力量。起初，他以为是铎在攻击他。然而，他却发现是其他东西——一种他从来没有体验过的感觉。某种外在的力量。

有其他人正在操控铎。

他在人群中搜索，竭力掩饰自己的惊讶。他的目光最后落在了一个穿着红袍的矮小身影上，在众多贵族中那人简直像个隐形人。但那股力量就是来自于他。

一个德雷西教士？雷奥登怀疑地想。那个人在微笑，而且他兜帽下的头发是金黄色的。

什么！

集会群众的情绪突然骚动起来，好几个人甚至昏厥过去，但多数人只是瞪大双眼，满脸震惊。然而他们并不惊慌失措，或许是因为已经被打击过太多次，他们早就预感到会有更恐怖的事情发生。不需要检查，雷奥登就已经知道自己身上的幻象已经失去作用了。

教长开始大口喘气，王冠从他的手中滑落，他整个人也差点摔倒在地上。雷奥登看着群众，他的胃一阵纠结。就差这么一点……

一个声音从他的身边传来。"看看他，阿雷伦的贵族！"莎瑞娜高声宣布道，"看看这个原本要成为你们国王的人。看看他黑色的皮肤还有伊岚翠人的面孔！然后，告诉我，这真的重要吗？"

人群沉默了。

"十年来，你们之所以被暴君统治，是因为你们抛弃了伊岚翠。"莎瑞娜说，"你们有特权有财富，但从某个方面来说，你们也是最受压迫的一群人，因为这个制度让你们永远无法获得真正的安全感。难道你们的头衔真值得你们付出自由的代价吗？"

"当别人只想着如何把你们的尊严给偷走时，这个人却一直深爱着你们。我想问问你们——当个伊岚翠人，会因此就让他成为一个比埃顿或特瑞伊更糟糕的国王吗？"

她在他面前跪下。"我，我个人，接受他的统治。"

雷奥登紧张地看着眼前的人群。然后，一个接着一个，他们开始跪下。从站在最前面的舒顿和卢凯开始，很快在人群中扩散开来，就像波浪一般。下跪的方式也是各种各样的——有人恍惚，有人像放弃，也有人异常高兴地跪下。

莎瑞娜捡起掉在地上的王冠。它只是个简单的饰品——是一个仓促制作的金环——但却象征了很多意义。当信纳兰仍然在一旁震惊无措时，泰奥德的公主取代了他的职责，伸出手将王冠放在了雷奥登的头上。

"看呐，你们的国王！"她高喊起来。

一些人真的跟着喝彩欢呼起来。

有一个人没有欢呼，而是气得像蛇一样嘶嘶作响。迪拉弗整个人看上去就好像迫不及待地想要越过群众，徒手把雷奥登撕成碎片。群众们的反应从零星喝彩到齐声高喊，这阻止了他继续上前。教士嫌恶地向四处张望，然后强迫自己穿过人群夺门而出，逃进逐渐昏暗的城市中。

莎瑞娜无视那名教士的行为，只是专注地凝视着雷奥登。"恭喜您，陛下。"她说着，轻轻地吻了他一下。

"我简直不敢相信，他们竟然接受了我。"雷奥登感觉就像在做梦。

"十年前，他们排斥伊岚翠人。"莎瑞娜说，"后来却发现不管一个人外貌如何都可能成为怪物。他们最终准备好接受这样一个统治者，不是因为他是神或者他的财富，而是因为知道他会带领他们创造更美好的生活。"

雷奥登微笑着说："当然，这主要得归功于这个统治者背后的好妻子，能够在这千钧一发的关键时刻发表如此富有感染力的演讲。"

"当然略。"

雷奥登转过身，越过人群看到正准备溜走的迪拉弗。

"他是谁？"

"只是拉森手下的一名教士。"莎瑞娜鄙视地说，"我可以想象他有多不爽——迪拉弗对伊岚翠人的仇恨众人皆知。"

雷奥登看起来并不觉得她的蔑视是公平的。"出问题了，莎瑞娜。为什么我的幻象在慢慢消失？"

"不是你自己干的？"

雷奥登摇摇头。"我……我认为是那个教士干的。"

"什么？"

"在我的符文消失之前，我感受到了铎，它来自那个教士。"他停了一会儿，咬紧牙关，"我能借阿什用一下吗？"

"当然。"莎瑞娜说着，挥手让侍灵靠近。

"阿什，你愿意为我传个口信吗？"雷奥登问。

"当然，大人。"侍灵振动了一下说。

"去新伊岚翠找加拉顿，告诉他刚刚发生了什么。"雷奥登说，"并警告他做好准备。"

"准备什么，大人？"

"我不知道。"雷奥登说，"就告诉他做好准备，并告诉他我很担心。"

第五十七章

　　拉森看着"雷奥登"大步走进王座厅。没人反对这个冒牌货的要求——这个人不管是不是雷奥登——都很快会成为国王。莎瑞娜的行动是一次漂亮的反击。暗杀特瑞伊，让一个冒名顶替者登上王位……拉森的计划岌岌可危。

　　拉森看着那个冒牌货，当他看见莎瑞娜望着那个男人的眼神，一股奇怪的仇恨喷涌而出。拉森可以从她的眼中看出浓浓的爱意。这样愚蠢的崇拜难道是认真的？这家伙到底是从哪里突然冒出来的？他是如何虏获向来头脑清晰的莎瑞娜的芳心的？

　　无论如何，显然她已经把心献给了那个人。拉森知道自己的嫉妒是多么愚蠢，他与那个女孩从一开始就是敌对关系，他为什么还会去嫉妒靠近她的其他男性呢？不，他需要冷静。距离德雷西的联军前来攻打阿雷伦只剩下一个月的时间了，他们会杀死所有的人，包括莎瑞娜。拉森告诉自己必须尽快行动，他仅剩下一点点时间来改变这个国家的信仰了。

　　当雷奥登准备加冕时，拉森也准备转身离开。许多国王的第一道命令，往往就是把他的政敌扔进监狱，他可不想留在现场提醒那个骗子。

　　然后，他就站在足够近的地方亲眼目睹了那场转变。拉森对眼前的景象感到困惑——宵得术法会突然降临，但也不会如此突然。这种奇怪的现象让他重新思考起自己的假设——如果雷奥登真的没死呢？如果他一直都躲在伊岚翠里面呢？拉森有办法假扮成伊岚翠人，难道别人就不能吗？

　　拉森惊讶地看着那场转变，但令他更惊讶的是，阿雷伦人居然对此毫不在意。莎瑞娜发表演说的时候，人们只是傻傻地站在原地，他们完全没有想到要去阻止她替一个伊岚翠人加冕。

　　拉森只感到一阵恶心。他转过身，碰巧看到迪拉弗正准备溜出人群。拉森跟了上去

——有一段时间，他理解了迪拉弗对伊岚翠人的反感。他惊讶于阿雷伦人的行为竟然如此不合逻辑。

就在此时，拉森意识到自己的错误。迪拉弗是正确的：如果拉森当初花费更多精力在伊岚翠上，激起民众对伊岚翠人的极度憎恨和反感，现在雷奥登就完全没有机会登上王位了。拉森忽视了将杰德斯的神圣意志灌输进他的追随者脑中，他一向用个人声望和利诱来吸引民众皈依，而不是用教义来彻底改变人们的信仰。这样做的结果就是产生了眼前这样摇摆不定的信众，民众随时都能回到他们的老路，就像他们当初离开加入德雷西那样迅速。

该死的期限！拉森心想，并快速地穿过凯伊城傍晚昏暗的街道。三个月绝对不够建立起稳固的信众队伍。

在他前面的迪拉弗转进了一条小巷，拉森迟疑了一下，这不是通向礼拜堂的路——而是通向城市中心的路。好奇心终于战胜了疑虑，拉森继续跟踪着仪祭，他拉开相当远的距离，防止让迪拉弗听到他踩在卵石路上发出的声响。其实他完全不必担心，因为此刻仪祭正专心地在暮色中快步穿行，完全没空回头张望。

黄昏的最后一点余光也快要消失了，黑暗笼罩了整个市场区。在昏暗的光线中，拉森跟丢了迪拉弗，只得停下来在那些静悄悄的帐篷间四处打探。

突然间，他的四周都亮起了光线。

一百支火炬突然在几十个帐篷里闪烁亮起。拉森皱皱眉。而当看到人群不断从帐篷中涌出来，火炬的光芒照亮了他们赤裸流汗的背脊，他惊得目瞪口呆。

拉森惊惧得踉跄后退。他认识那些扭曲的身影，手臂就像多节的树干，皮肤由于塞满奇怪的突起和无法言表的符号而紧绷。

夜晚虽然安静，那些痛苦的回忆还是在拉森耳边咆哮。那些帐篷和商人只是个幌子，这也是为什么那么多斐优旦商人无视政治混乱、来到阿雷伦做生意的原因；这也是为什么当别人都走了，他们却依然留下来的原因。他们根本不是商人，而是战士。对阿雷伦的侵略提前了一个月。

伟恩派出了达客豪僧侣。

第五十八章

　　雷奥登被一些奇怪的声音吵醒了，迷迷糊糊之间，他在罗艾奥的宅邸中有点摸不清方向。婚礼的日期直到当天下午才确定下来，于是雷奥登临时决定住回到罗艾奥宅邸，在他作为卡鲁时住过的房间过夜，而没有留在凯隐家中，因为莎瑞娜已经占用了他们唯一的客房。

　　那些奇怪的声音又传了过来——是搏斗的声音。

　　雷奥登从床上跳起来，冲过去推开阳台门，俯瞰下面的花园和凯伊城。浓烟遮蔽了夜空，火焰在整座城市里蔓延。尖叫声不绝于耳，在黑夜中升腾回响，仿佛来自于地狱深渊的哭喊，而一阵阵的金属撞击声就从不远处传来。

　　雷奥登随手披上一件外套，冲出宅邸。经过一个拐角时，他撞见一群守卫正努力地奋战求生，而他们的对手却是一群……魔鬼。

　　他们祖露着胸膛，双眼像火一样地燃烧；他们看起来像人，但是他们的血肉之躯上却有奇怪的脊状突起，像是在皮肤下面嵌入了雕刻精美的金属片一样。一个阿雷伦的士兵砍中了目标，但是武器却只在对方身上留下一道浅浅的痕迹，原本要被砍开的地方却只有一道轻微的刮伤。已有十几名阿雷伦士兵躺在地上奄奄一息，而五个魔鬼却是以一敌百，毫发无伤。剩下的士兵见此情景全都惊恐万分，他们手中的武器根本毫无作用，他们的同伴正一个接一个地倒下。

　　雷奥登恐惧地退后一步，看着带头的魔鬼跳到一名士兵面前，以非人的速度闪开对方的进攻，紧接着用一把形状恐怖的长剑直接刺穿了那名士兵。

　　雷奥登整个人呆在那里，他认识那个魔鬼。虽然他的身体和其他人一样恐怖扭曲，但雷奥登认出了他的面容——是迪拉弗，那个斐优旦教士。

　　迪拉弗抬起头看着雷奥登微笑。雷奥登慌忙捡起一把掉在地上的武器，但他的动作太慢了。迪拉弗箭一般地直冲过来，瞬间挥出一拳揍在雷奥登的肚子上。雷奥登痛苦地喘息着，跪倒在地。

"带他走。"那个魔鬼如是命令道。

"你得向我保证今晚就会把这些送进去。"莎瑞娜说着，把最后一箱补给品的盖子合上。

乞丐点点头，惊恐地看了一眼几尺外的伊岚翠城墙。

"你不需要害怕，霍德（Hoid）。"莎瑞娜说，"你现在有了一位新国王。阿雷伦会开始改变的。"

霍德不置可否地耸耸肩。尽管特瑞伊已经死去，这名乞丐依然拒绝在白天和莎瑞娜会面。霍德和他的同伴们在过去的十年时间里一直生活在埃顿的恐怖阴影之下，然后是特瑞伊。所以，现在不管他们的意图有多么合法，他们仍不习惯在没有夜色的保护下行动。莎瑞娜其实还可以利用其他人去运送这些补给品，但霍德和他的手下已经对去新伊岚翠的路线非常熟悉了，而且也对该如何处理这些箱子十分清楚。更何况，她并不希望阿雷伦的一般平民发现这样特别的运输。

"这些箱子比前一趟还重，女士。"霍德很精明，他能够在凯伊城的街道中存活十几年而不被逮到，的确是有些理由的。

"箱子里装了些什么不关你的事。"莎瑞娜冷淡地回答，一边递给他一袋钱币。

霍德点点头，他的脸隐藏在兜帽的阴影中。莎瑞娜从没看过他的脸，但从他的声音判断，他有点年纪了。

她在夜色中颤抖着，真想马上飞回到凯隐的宅邸。明天婚礼就要举行了，有段时间，莎瑞娜几乎难以抑制自己的兴奋。经历了那么多考验、困苦和挫折，阿雷伦的王位上终于迎来了一位可敬的国王。而在等待了那么多年之后，莎瑞娜终于找到了一位与她的心灵和头脑都契合的灵魂伴侣。

"那么，晚安了，女士。"霍德说完，跟着一队乞丐缓缓地鱼贯爬上伊岚翠城墙的阶梯。

莎瑞娜对阿什点点头。"去告诉他们补给品已经来了，阿什。"

"是，小姐。"阿什振动了一下说，盘旋着跟上那队乞丐。

莎瑞娜拉紧了她的披巾，爬回马车，命令马车夫送她回家。她很希望加拉顿和卡拉姐能明白她为什么要送上整箱的剑与弓。先前雷奥登忧虑的警告深深困扰着莎瑞娜。她一直在担心新伊岚翠，以及其中聪明包容的人们，因此最终她决定做点什么。

当马车转进一条安静的街道时，莎瑞娜叹了口气。那些武器可能派不上啥用场，新伊岚翠的人们并不是士兵。但这是她唯一能做的事。

马车突然停了下来。莎瑞娜皱起眉头，开口想要询问马车夫。接着她顿住了——那些车轮滚动的声音停止了，不过，她可以听见一些其他的声音，从远方传来模糊而微弱的声响。

像是……尖叫。下一秒钟她开始闻到烟熏火燎的味道。莎瑞娜拉开马车上的帘子，从窗户探出头去张望。接着，她看见了一幅地狱般的景象。

马车就停在一个十字路口，其他三条街道都显得寂静无声，但她眼前的那条此刻却被火光映得通红，火焰在人的身体上翻涌着，无数的尸体瘫倒在石子路上。男女老幼哀嚎着在街上逃窜，余下的人则完全震惊地呆立在原地。在他们之间耸立着那些赤裸着上身的魔鬼，他们身上的汗水正在火光下闪闪发光。

这根本是在屠杀。那些诡异的战士不带感情地见人就砍，男人、女人，甚至是小孩，没有人能逃过他们的剑刃。莎瑞娜震惊了好一会儿才对着马车夫尖叫，让他赶紧转向逃走。马车夫这才从万分惊恐中被唤醒，快马加鞭地想要转向。

突然，其中一个魔鬼注意到了这辆马车，只见他飞快地冲了过来，而这时马车才刚要转向。莎瑞娜刚想开口警告马车夫的时候已经太迟了。那名诡异的战士起身跳跃，越过了一段不可思议的距离之后，直接落在了马车上。莎瑞娜这才第一次看清了他们扭曲非人的形体，还有他们眼中令人畏惧的火焰。

那人身体轻轻一跃，就直接跳上了马车顶。车辆也跟着左右摇晃起来，车夫开始紧张地尖叫。

莎瑞娜毫不迟疑地打开车门直接跳了出去。她连滚带爬地穿过石子路，一边慌张地踢掉她的鞋子，她已经什么都顾不上了，只想着赶紧逃离那条街道，逃离那些火焰，跑回到凯隐家中，如果她可以的话……

车夫的尸体"砰"的一声直接被甩到她身旁，尸体头颈歪垂地倒在地上。莎瑞娜惶恐地尖声叫喊起来，摇摇晃晃地后退，差点儿就被绊倒了。另一边，那个魔鬼般的生物映着火光的黑色剪影缓缓地一步步靠近着。莎瑞娜可以清楚地看见他身上不自然的阴影和他皮肤下的奇怪突起，仿佛他的骨骼曾被扭曲重组过一样。

咬牙忍住另一次叫喊，莎瑞娜仓皇地爬行着，奋力想要跑上她叔叔家的小丘。但是她的速度不够快，对于那个生物来说，抓住她根本就像是在玩一场游戏，她可以听见身后持续响着的脚步声，不断靠近，越来越快。她几乎可以看见身后跟上来的光线，但……

有个东西抓住了她的脚踝。当那个生物以惊人的力气猛拉的时候，莎瑞娜也跟着剧烈地摇晃起来。她的脚一扭，整个人猛地摔倒在地上。莎瑞娜痛苦地翻滚着，大力地喘着气。

那个扭曲的身影就在她身后，她甚至可以听见他的低语——他在说斐优旦语。

突然，某个巨大的身影猛力撞上了那个怪物，把他向后甩。两个身影在黑暗中扭打着。那个生物咆哮着，但新出现的那个人怒吼得更大声。莎瑞娜茫然地抬起头，看着身后的阴影。一束靠近的光线照亮了他们的面目，是那个赤裸的魔鬼，还有一个意想不到的人。

"凯隐？"莎瑞娜问。

她叔叔此刻正拿着一把巨大的斧头——几乎和那个男人的胸膛一样大小。他猛力地把斧头砍进那个生物的背部，那怪物只能在石子路上挣扎扭动，想要伸手去拿他的剑。他痛苦地咒骂着，但斧头并没有完全穿透他的身体。凯隐拔出斧头，然后全力一挥，直接把斧头砸进了魔鬼的脸上。

那个生物哀嚎着，但仍没有停下来。而凯隐也没有，他不停地猛攻，一次又一次地挥砍着那个怪物的头部，用他嘶哑的嗓音怒吼出泰奥德的战斗口号。可以听到骨头嘎吱作响的声音，终于……那个生物不再动弹了。

有东西碰了下她的手臂，莎瑞娜大声尖叫起来。是卢凯，就跪在她身旁，举起提灯。"快来！"

他催促着，一把拉起莎瑞娜拖着她前进。

他们快步走进凯隐的宅邸，他叔叔笨重地跟在后头。他们仓促地穿过房门，差一点跌倒在厨房的地板上，而屋子里正聚集着一群满脸惊恐的人，大家正在等着他们回来。朵奥拉匆忙地抱住她的丈夫，而卢凯"砰"地关上大门。

"卢凯，把大门堵住。"凯隐下令说。

卢凯走过去，拉动那根莎瑞娜一直以为是火把架的杆子。一秒钟后，她听见从入口处传来的轰然巨响，灰尘一路飘进了厨房。

莎瑞娜跌坐在一张椅子上，转头看向众人。舒顿也在这里，他找到了托蕊娜，此刻她正缩在他的怀中啜泣。多恩、凯丝、阿蒂恩全都躲在转角边，和卢凯的妻子依偎在一起。而雷奥登不在这里。

"那些……那些是什么东西……？"莎瑞娜疑惑地问，抬头看向卢凯。

她的堂兄摇摇头。"我不知道，攻击不久之前才开始，我们担心你会出事，于是就到外头等你——所幸父亲从山丘上看见了你的马车。"

莎瑞娜点点头，仍然有点反应不过来。

凯隐搂着他的妻子，看着另一只手上染血的斧头。"我曾经发过誓，永远不再拿起这件受诅咒的武器。"他低声说。

朵奥拉拍拍她丈夫的肩膀，无声地安慰着。尽管莎瑞娜非常震惊，她还是认出了这把斧头，它原本就挂在厨房的墙壁上，和凯隐其他的旅游纪念品放在一起。可是，莎瑞娜没想到权叔能以如此精湛的技艺使用这把斧头，显然它可不是莎瑞娜以为的单纯纪念品。靠近点看，她还可以看见斧刃上的裂口和刮痕。还有一个符文镌刻在上面——艾欧·里欧（Aon Reo），意思是"惩罚"。

"为什么一个普通的商人会需要知道如何使用这样的东西？"莎瑞娜轻声问，仿佛在自言自语。

凯隐摇头答道。"普通商人当然不会。"

在莎瑞娜的印象里，只有一个人使用过艾欧·里欧，但他与其说是个人，不如说是个传说。"他们叫他德瑞克。"她低声说，"那个海盗——碎喉。"

"他们总是搞错。"凯隐用沙哑粗糙的声音说道，"他真正的名字是德瑞克·喉碎（Dreok Crushedthroat）。"

"他想要从我父亲的手上夺取泰奥德的王位。"莎瑞娜一边说，一边抬起头看入凯隐的眼底。

"不。"凯隐转身说，"德瑞克只想拿回属于他的东西。他只是想拿回被弟弟伊凡提奥偷走的王位，就在德瑞克把生命浪费在四处寻欢的旅途上时，他弟弟悄悄地偷走了他的王位。"

迪拉弗大步蹚进礼拜堂，他的脸庞因为满足而放光。他手下的一名僧侣把失去知觉的雷奥登丢到了墙边。

"我亲爱的拉森。"迪拉弗说，"这才是你对待异教徒该有的样子。"

拉森惊骇地把头从窗边转开。"你这是在屠城！迪拉弗！这有什么意义呢？这件事哪里体现了杰德斯的荣光呢？"

"不要质疑我！"迪拉弗尖叫，他的眼睛燃烧着怒火。他疯狂暴怒的信仰热情终于释放了出来。

拉森转过身。在所有德雷西教派的阶级等级中，只有两种人的地位高于枢机主祭：伟恩和教长——修道院的领袖。教长很少被提及，因为他们通常很少关心修道院之外的俗世。很显然这个传统已经改变了。

拉森上下打量着迪拉弗裸露的胸膛，发现那些一直隐藏在仪祭袍下错综复杂的图案。拉森的胃开始弯曲打结，扭曲得就像那个人皮肤下隆起的血管。那其实是骨头，拉森明白，是坚硬不屈的骨头。迪拉弗不只是个僧侣，也不只是个教长，他是斐优旦最臭名昭著的修道院的僧侣和教长。达客豪修道院，也被称为骨之教团。

用来制造达客豪僧侣的祈祷和咒语一直是个秘密，即使是枢机主祭也不知道。在一个男孩加入达客豪教团的几个月后，骨骼就会开始生长、扭曲，构成一个奇怪的图案，就像迪拉弗皮肤里清晰可见的图案那样。由于某种未知的原因，每个图案都会给予拥有它的人独特的力量，比如，强化速度和力量。

这些恐怖的魔鬼形象迅速涌入拉森的脑海，那些教士围绕着他吟唱的景象，那些极度痛苦的记忆，他的骨骼被重组的剧痛……太多太多了——黑暗、尖叫、折磨。在那儿没待几个月，拉森就离开了，加入了其他修道院。

然而，他无法逃离那些梦魇与回忆，一个人很难忘掉达客豪。

"所以你一直都是斐优旦人？"拉森小声说。

"你从没怀疑过，是吧？"迪拉弗微笑着反问道，"你本该料到的，模仿带有阿雷伦口音的斐优旦语很容易，比找一个把神圣语言学得如此精湛的真阿雷伦人要容易得多。"

拉森低下头。他的权限很清楚，迪拉弗是他的上级。他不知道迪拉弗到底在阿雷伦待了多久——达客豪僧侣们都有着违背常理的长寿——不过显然，迪拉弗谋划凯伊城的覆灭已经很长很长时间了。

"噢，拉森。"迪拉弗大笑道，"你从来都没有真正明白你的地位，对吧？伟恩不是派你来改变阿雷伦的信仰的。"

拉森惊讶地抬起头。他从来没有告诉过别人他有伟恩的亲笔信。

"是，我知道你拥有命令，枢机主祭。"迪拉弗说，"有空再重读一遍那封信吧。伟恩派你来不是让阿雷伦改变信仰，他派你来只是要你告诉这里的人灭亡即将降临。你只是被派来让他们分心的。这样一来，像伊凡提奥这类人就会把注意力集中在你身上，而我则可以全力准备入侵这座城市。你的确把你的工作做得很完美。"

"分心……？"拉森问，"但那些人……"

"他们永远也不会得救的，拉森。"迪拉弗说，"一直以来，伟恩就是想毁灭阿雷伦。他需要这样一场伟大的胜利来确保他对其他国家的掌握——尽管你很努力，但我们对杜拉德的控制依然很薄弱。这个世界需要知道亵渎杰德斯会有怎样的下场。"

"那些人并没有亵渎。"拉森坚定地说，他感觉到自己的怒火在聚集，"他们甚至不认识杰德斯！如果我们不给他们一个机会皈依，又怎能随意判断他们的行为！"

迪拉弗抬起手，飞快地甩了拉森一个耳光。拉森向后跌去，脸颊因为那一击而痛得像火在烧——那种违背常理的力量，透过额外骨骼得到了强化，不是普通人可以承受的。

"你忘了你在和谁说话，枢机主祭。"迪拉弗嗤之以鼻，"这些人都是不洁的。只有阿雷伦人和泰奥德人能成为伊岚翠人。如果我们灭绝了他们，那我们就能永远地终结伊岚翠异端！"

拉森没有理会自己被打肿的脸庞，随着惊讶和麻木的逐渐递增，他终于意识到迪拉弗的积怨有多深，"你想把他们全杀光？你想杀死整个国家的人？"

"这是我唯一能想到的办法。"迪拉弗说着，露出了一个诡异的笑容。

第五十九章

雷奥登由于新的疼痛而醒来。最疼痛的地方就在他的后脑上，但其他地方也毫不示弱——划伤、瘀青以及遍布整个身体的割伤。

这些疼痛实在是太过猛烈了，每个伤口都如万针穿心那般疼，没有停顿间隙，也不会减弱。所幸的是，他曾经花了好几周来对付铎的全力进攻，与那些令人崩溃的痛苦相比，此刻的痛苦——无论有多么严重——都显得那么微不足道。而讽刺的是，如今那股几乎毁了他的力量反而帮助他得以保持头脑清醒。

虽然晕头转向的，他仍然能够感觉到自己被拖起来，丢到了某种坚硬的东西上——是一副马鞍。当马飞奔的时候，他已经失去了感知时间的能力，还要被迫与昏厥作斗争。他能够听到周围有些声音，但说的都是斐优旦语，他完全听不懂那种语言。

马突然停下了。雷奥登呻吟着睁开眼睛，有一双手把他拖下马，扔在地上。

"醒醒吧，伊岚翠人。"一个声音用艾欧语说道。

雷奥登抬起头，眨眨迷惑的眼睛。还是晚上，他能够闻到浓重的烟味。他们在一个小丘下——凯隐家所在的山丘。那座被封锁的大宅就矗立在几码远的地方，但他几乎看不见。他的视线游离，眼前模糊一片。

我主慈悲，他在心底祈祷，拜托要让莎瑞娜平安无事。

"我知道你听得到我说话，王妃。"迪拉弗对着丘顶大喊，"看看我抓住了谁。让我们来做个交易吧。"

不！雷奥登试图喊叫，但却只能发出一点沙哑的杂音。刚才对他后脑的那记重击肯定造成了某些严重的伤害，他甚至无法靠自己的力量站直，也无法开口说话。更糟糕的是，他知道这次重创也许无法恢复了。

他不会痊愈——这些晕眩会一直缠着他，永远也不会离去。

"你知道不能和他做交易。"凯隐安静地说道。他们透过凯隐家狭长的窗户看着迪拉弗，还有蹒跚的雷奥登。

莎瑞娜默默地点点头，感到一阵寒意。雷奥登看起来并不好，他摇摆不定地站着，在火光中晕头转向。"我主慈悲，他们都对他做了些什么？"

"不要看，娜。"凯隐说，转头离开窗户。他那把巨斧——海盗喉碎的斧头——就放在角落里随时待命。

"我不能转过头去。"莎瑞娜低语道，"我至少得和他说话——和他永别。"

凯隐叹了口气，然后点点头。"好吧，我们去屋顶吧。但一看到射箭的指令，我们就要马上躲进来。"

莎瑞娜严肃地点点头，然后两人顺着梯子爬上屋顶。她来到屋顶的边缘，向下俯视着迪拉弗和雷奥登。如果她能说服教士用自己交换雷奥登，她肯定会这么做的。然而，她怀疑迪拉弗要拿下整座房子，这是莎瑞娜绝不会答应的。朵奥拉和小孩们全都躲在地下室，由卢凯照顾着。莎瑞娜不能背叛他们，不管迪拉弗拿谁当人质。

她开口说话，心里清楚这可能是雷奥登最后一次听她说话了。

"上！"迪拉弗命令道。

拉森就站在一边，眼睁睁地看着莎瑞娜落入了迪拉弗的圈套。达客豪僧侣从房子下面的藏身处冲出来，他们的脚像钉子一样准确地插入砖缝间，从而能轻易地跳上围墙。好几个僧侣早已经埋伏在屋顶边缘，他们就这么轻易地翻身跳上来，截断了莎瑞娜的退路。

拉森听到莎瑞娜和她的同伴发现自己被围困时的尖叫。一切都太晚了，一个达客豪僧侣从屋顶上跳下来，手上抓着正在挣扎的王妃。

"拉森，把你的侍灵交给我。"迪拉弗命令道。

拉森只能遵从，他打开金属盒子，放出那颗光球。拉森根本不用问他怎么会知道侍灵的存在。达客豪是伟恩最宠爱的战士，他们的领袖一定清楚地知晓所有的秘密。

"侍灵，我要和伊凡提奥王对话。"迪拉弗说。

侍灵颤动着，很快它的光芒幻化成一个肥胖男人的脸庞，带着骄傲的神色。

"我不认识你。"伊凡提奥说，"为什么在半夜呼唤我？"

"我是那个掌握着你女儿性命的人，国王。"迪拉弗说，同时重重地戳了莎瑞娜一下。尽管不情愿，公主还是叫出声来。

伊凡提奥的头转动着，仿佛在寻找声音的来源，虽然他只能看见迪拉弗的脸。"你是谁？"

"我是迪拉弗，达客豪修道院的教长。"

"我主慈悲……"伊凡提奥低语着。

迪拉弗眯起眼睛，露出邪恶的微笑。"我想你已经皈依了，伊凡提奥。不管怎样，叫醒你的士兵，让他们在船上集合。我会在一个小时内抵达泰奥德，如果到时他们没有准备好一个正式的投降仪式，我就会杀了这个女孩。"

"父亲不要！"莎瑞娜大喊道，"你不能相信他！"

"莎瑞娜？"伊凡提奥焦急地问。

"一个小时，伊凡提奥。"迪拉弗说一不二，他对着空中一挥手。国王彷徨的脸庞逐渐消失，恢复成侍灵原本光滑的球形。

"你会杀死所有的泰奥德人？"拉森以斐优旦语说。

"不。"迪拉弗说，"其他人会替我办好。我只会杀死他们的国王，然后把泰奥德的舰队连人带船地全部烧光。一旦他们的舰队没了，伟恩就可以轻而易举把他的军队送上泰奥德的海岸，利用那个国家来展现他的武力。"

"你知道这并不是必需的。"拉森说，明显感觉到一阵反胃，"我已经掌握他了——伊凡提奥已经皈依了。"

"他也许皈依了，拉森。"迪拉弗说，"但你实在太单纯了，你以为他会让我们的部队登上他的土地吗？"

"你是个怪物。"拉森低语道，"你需要血洗两个国家来满足你的偏执。到底发生了什么样的事情才让你如此憎恨伊岚翠？"

"够了！"迪拉弗尖啸，"别以为我不敢杀你，枢机主祭。达客豪不受律法限制！"僧侣威胁地瞪着拉森。接着慢慢冷静下来，深吸了一口气，然后注意到他的俘虏。

依旧晕眩的雷奥登摇摇晃晃地站在他妻子的旁边，而莎瑞娜正被一名沉默的达客豪僧侣紧紧抓着，王子颤抖地对她伸出手。

"噢。"迪拉弗说，拔出他的剑，"我差点忘了你。"

迪拉弗凶残地微笑着，然后一剑插进了雷奥登的腹部。

疼痛冲击着雷奥登，就像一道突如其来的闪光。他甚至没有看到攻击的剑刃。

然而此刻他却感觉得到冰冷的剑身在他的身体里。他痛苦地呻吟着，踉跄地跪倒在地。即使这两个月来都身处在痛苦之中，但此刻这伴随着死亡召唤的疼痛还是超过了雷奥登的所有想象。他颤抖地按住腹部，他几乎可以感觉到铎，如此……之近。

这实在太难以承受了，他所爱的女人身处险境，他却无能为力。那些疼痛、铎、失败……在它们的合力重压下，雷奥登的灵魂慢慢地扭曲变形，发出最后一声放弃的叹息。

在这之后就没有任何痛楚了，也没有了自我。什么都没有了……

看到雷奥登倒在地上，莎瑞娜放声尖叫。她能够看出他脸上的痛楚，她能够感受到那把剑插进腹部的感觉，就像插在她自己身上。她颤抖着，流泪看着雷奥登挣扎了一会儿，然后，双腿抽搐，接着……不动了。

"失败……"雷奥登低语道，他的嘴唇流出惑伊德的呢喃，"令吾爱失望了……失败……"

"带她走。"迪拉弗说。那些用斐优旦语说出的话完全没有进入莎瑞娜的意识中。

"其他人呢？"一个僧侣问。

"让这些人把这座受诅咒的城市的剩余居民全都关进伊岚翠。"迪拉弗说，"你会在城市的中心找到那些伊岚翠人，在一个看起来更干净的地方。"

"我们会找到他们，教长。"那个僧侣说，"我们的人已经开始进攻了。"

"噢，很好。"迪拉弗发出愉悦的嘶嘶声，"尸体也要收集起来——伊岚翠人不像普通人那么容易死，我可不想让其中任何一个逃走。"

"是，教长。"

"等你把他们全部集中在一个地方后，包括那些尸体、伊岚翠人，还有未来的伊岚翠人，为他们举行一场净化仪式。然后把他们烧得一干二净。"

"是，教长。"战士说，鞠了一躬。

"来吧，拉森。"迪拉弗说，"你要陪我去泰奥德。"

当他们把莎瑞娜拖走时，她已经陷入了一种不敢相信的恍惚状态，呆呆地看着雷奥登，直到他倒下的身影慢慢消失在夜色之中。

第六十章

加拉顿躲在阴影里，小心地不敢移动半分，直到枢机主祭和他那些祖露胸膛的奇怪同伴们离去。然后，他朝卡拉妲做了个手势，并小心翼翼地爬到雷奥登身边。"苏雷？"

雷奥登躺在那里动也不动。

"杜罗肯啊，苏雷！"加拉顿激动得都哽咽了，"别这样对我！"

突然，一个微弱的声音从雷奥登的嘴里发出，加拉顿立即俯身倾听。

"失败……"雷奥登低语道，"令吾爱失望了……"是堕落者的呢喃——雷奥登已经加入了惑伊德的行列。

加拉顿沮丧地坐在鹅卵石地面上，浑身颤抖，却流不出眼泪。过去的一个小时就像一场噩梦。加拉顿和卡拉妲当时正在图书馆商量要如何带领大家离开伊岚翠，接着他们就听见尖叫从远处传来，但是当他们回到新伊岚翠的时候，除了惑伊德之外已经没有一个人在那里了。据他所知，目前他和卡拉妲可能是最后两个清醒的伊岚翠人。

卡拉妲把手搭在他的肩上。"加拉顿，我们应该走了，这个地方并不安全。"

"不，"加拉顿说着，站起身来，"我还有一个承诺需要履行。"他抬头看着凯伊城外那座山的斜坡，那个特殊的水池就在那斜坡上。然后，他弯下腰，用自己的外套包扎好雷奥登的伤口，再把他的朋友扛在肩上。

　　"雷奥登曾经要我发誓，在他的最后时刻来临时，让他安息。"加拉顿一字一句地慢慢说道，"我决定送他最后一程，然后随他而去。因为，我们是最后的伊岚翠人了，卡拉妲，这世界上再也没有我们的容身之处了。"

　　女人点点头，靠过去分担雷奥登的重量。两个人就这样合力背着雷奥登朝那个被遗忘的终点走去。

　　卢凯没有作过多的挣扎，因为他知道这并没有多大作用。而他的父亲却正好相反，对方集三人之力才打倒了凯隐，把他捆住丢上一匹马。即使是这样，他一路上仍不停地挣扎乱踢。

　　最后，有人拿石头用力砸在他的后脑上，凯隐才昏了过去。

　　他们被一路带进了伊岚翠，卢凯握住他母亲还有妻子的手，他们的前面排着长长一列人——都是来自凯伊城的贵族，此刻，他们的衣服看起来都已残破不堪。士兵们正警戒地看着他们的俘虏，以防他们趁乱逃跑。而大多数人被推上街的时候，甚至连头都不敢抬起来。

　　凯丝和多恩紧紧地拉住卢凯，他们睁大的双眼里写满了恐惧。阿蒂恩就跟在他们身后，看起来毫不在意。他一边走一边缓缓地数着步子。"三百五十七，三百五十八，三百五十九……"

　　卢凯知道他们正在走向死亡，一路上，他看见尸体横七竖八地倒在路上，他明白这些人并没有打算要来统治这个国家。他们是来执行一场大屠杀的，而历来没有一场屠杀会让受害者存活。

　　他也曾考虑过反抗，抓起剑展现出一点点无用的英雄气概。但最后，他放弃了，只是拖着沉重的步伐跟着其他人一起前行。他知道自己就要死了，他知道无论他再做什么也阻止不了这一切了。他不是一名战士，所以只能期望这一切尽快结束。

　　拉森就站在迪拉弗的身旁，就那么笔直完美地站着，一如他从小所受的教导。他们和另外五十个达客豪僧侣围成一圈站着，还有莎瑞娜。一名僧侣站在圈子的中央，达客豪僧侣举起他们的手，两旁的人把手搭在拉森的肩膀上。当那些僧侣开始发光的时候，他的心脏忍不住猛烈地跳动起来。他们的皮肤下那形状诡异的骨骼正一点一点地发出光芒。当一阵刺目的强光爆发，凯伊城就在他们周围消失了。

　　当光芒熄灭的时候，他们已置身于另一座城市。紧邻街道的房舍高峭而彼此紧挨着，不像凯伊城里的建筑是分散而方正的。是的，他们已来到了泰奥德。

一群人依旧站成个圈，但拉森注意到原来站在中间的那名僧侣已经消失了。拉森惊恐地颤抖起来，刚才站在中间的那名僧侣已经被当成燃料牺牲了，他的血肉、他的灵魂全被燃烧殆尽——作为他们瞬间转移到泰奥德所要付出的代价。

迪拉弗上前一步，带着他的手下走上街道。拉森估计，迪拉弗带着大批的僧侣和他一起来到了这里，只留下少数普通斐优旦士兵和达客豪监督者在阿雷伦善后。阿雷伦和伊岚翠都已经被击败了，下一场将轮到泰奥德。拉森可以从迪拉弗的眼中看出，那个僧侣如果不能亲眼看到每个艾欧血脉都死去，是不会满足的。

迪拉弗选择了一栋平顶的建筑物，然后示意他的手下爬上去。这个命令对于达客豪僧侣而言非常简单，他们经过特殊强化的力量与敏捷度能让他们轻松地向上跳跃，并且在常人站不住脚的平面上也能任意攀爬。拉森突然发觉自己被一个僧侣抓起来抛向空中，接着在墙的另一端又被接住——他盔甲的重量对这些人而言仿佛不存在似的。达客豪僧侣早已被训练成非人类的怪物，但仍然让人不得不敬佩他们的力量。

那个接住拉森的僧侣随手就把他往地上一扔，盔甲"砰"的一声撞在了石头上。当拉森好不容易站直身体后，他的视线正好对上了王妃。莎瑞娜的脸上带着暴风般的仇恨，她在责怪他。当然。她并不明白，事实上，拉森现在的身份、地位其实也和莎瑞娜一样，是个囚犯。

迪拉弗站在屋顶的边缘，仔细地观察这座城市。整个舰队正停靠在泰奥德巨大的港湾中。

"我们来早了。"迪拉弗开口说，接着蹲下，"让我们等一下吧。"

看着眼前安静的城市，加拉顿几乎无法想象昨夜的血腥与疯狂。此刻，他正站在山顶的大石块上，看着清晨的阳光洒向凯伊城——仿佛有只看不见的手揭去了所有的黑暗与阴影。他几乎可以让自己相信那些上升的烟雾是从厨房升起的炊烟，而非失火残破的建筑；他几乎可以让自己相信那些散落在街上的斑点不是尸体，而只是些箱子或小树丛；而街上的那些血红色则是晨曦在水塘里的反射。

加拉顿转身背对城市，凯伊城或许非常平静，但那并不是安详，而是属于死亡的寂静。欺骗自己并没有什么好处。可是，如果不是因为他自欺欺人的倾向，他就不会默许雷奥登把他从伊岚翠的贫民窟中拉出来；他也会让那个人单纯的乐观主义蒙蔽他的心灵，轻易地相信在伊岚翠的生活并不是完全痛苦的；他也就不会傻傻地怀着不切实际的幻想。

不幸的是，他听进去了。他就像是个白痴一样，让自己投入了雷奥登虚幻的美梦。曾经，他以为自己永远都不可能会再感受到希望了，他也曾追寻了很久，后来才意识到它的变化无常和冷酷。他应该要放弃的，不抱有希望，那样他也就完全不用担心会失去希望。

"杜罗肯啊，苏雷。"加拉顿小声嘀咕着，看着丧失理智的雷奥登，"你真是把我弄得一团糟。"

但更糟的是，现在的他依然抱有希望。雷奥登所点燃的希望之火依然在加拉顿的胸中燃烧着——无论他多么努力地想要熄灭它。新伊岚翠毁灭的景象像梦魇一样纠缠着他——玛睿希，一道巨大的撕裂伤口将他的胸膛完全剖开；那个安静的雕塑家塔安，他的整个脸都被石头砸烂，而手指还一直抽搐着；老卡哈——那个亲手清理了新伊岚翠每一块石头的老人——失去了一只手和两条腿。

加拉顿站在大屠杀后的废墟中，哭喊着雷奥登为什么丢下他们，离他们而去。为了莎瑞娜，他们的王子背叛了他们。

然而，即便如此，他仍然抱着希望，就像是一只老鼠，瑟缩在他灵魂的角落，尝尽了愤慨、狂怒与绝望。每当他想要一把抓住它的时候，它就会溜到他心中的某个角落里躲藏起来。但它就是不想让他放弃，催促着他赶快逃出伊岚翠去寻找雷奥登，为了一些完全不合理的理由，坚信王子能够让所有的事情都变得更好。

你才是个笨蛋，加拉顿，不是雷奥登。加拉顿痛苦地告诉自己。雷奥登不明白他无法改变自己的身份，但是你应该清楚这一点，应该比他更清楚这点。

然而他还是怀抱着希望。加拉顿的心里还是有一部分选择继续相信雷奥登可以用任何办法让事情得到改善；这是他的朋友对他所设下的诅咒，那个邪恶的乐观种子就是拒绝被拔除。加拉顿依旧抱着希望。他也许会一直这样怀抱着希望，直到走进那个池子。

加拉顿静静地对卡拉妲点头，接着他们抬起雷奥登，准备走完距离池塘的最后一小段路。几分钟之后，他就可以从这混乱的希望和绝望中解脱了。

即使已经破晓，伊岚翠城里看起来依旧昏暗。高耸的城墙洒下一片巨大的阴影遮挡着阳光，把黑夜尽量拉长。就在广场入口的一边，斐优旦士兵们正把卢凯还有其他贵族聚在一起，所有的斐优旦士兵都在忙着堆砌一个巨大的柴堆。一车又一车的木材从城市的建筑和家具中被拆下运送到这里。

令人意外的是，广场上只有三名强壮的魔鬼士兵，他们正在负责指挥所有的工作。

剩下的都只是些普通士兵，他们的盔甲外覆盖着德雷西僧侣的红色外衣。他们的动作非常迅速，眼睛不敢看向他们的囚犯，心里也不愿去想这些木头到底是要用来做什么的。

卢凯也强迫自己不要去想这件事。

佳拉靠近他，她的身体因为害怕而微微颤抖着。卢凯曾试图安慰她——她可能会因为她的斯福坦血统而被释放，但她不愿离开。她是那么的安静而谦逊，以前很多人都因此误认为她是个软弱的人，如果那些人可以看看现在她是如何坚定地和她的丈夫一起面对即将到来的死亡，他们就会明白自己的判断是多么的可笑。而卢凯自己则一直坚信，在过往他所达成的所有交易中，赢得佳拉的心是最成功、最有价值的一次。

他的家人此刻都和他靠得很近，朵奥拉和孩子们没有别人可以依靠，凯隐依旧昏迷不醒。阿蒂恩愣愣地站在一旁，看着那一整堆的木材，嘴中依旧咕哝着一些数字。

卢凯看向身边的人们，试着用微笑给他们一点鼓励，尽管他自己也没有什么信心。伊岚翠将会是他们的墓地。当他往四周张望的时候，卢凯注意到一个身影，就躲在人群之后。那身影移动得很慢，手在身前不断地微微挥舞着。

舒顿？卢凯想着。津多人的眼睛是闭上的，他的手仿佛正依着某种图案在挥动。卢凯困惑地看着他的朋友，以为津多人已经发疯了。接着他想起了舒顿在莎瑞娜第一次击剑课上所作的奇怪的舞蹈——确身。

舒顿缓缓地移动着手，丝毫没有透露出他接下来要做些什么。卢凯更加仔细地观察着，带着某种理解。舒顿并不是一名战士，他练习这种舞蹈是为了运动而非战斗。然而，此刻这位津多人看起来并不打算任人宰割——他宁愿在反抗中死去也不愿意坐以待毙，同时也期待着命运会让奇迹降临。

卢凯深吸了一口气，心底感到一阵羞愧。接着，他往四处张望，最后目光落在了一根被斐优旦士兵随手丢弃的桌腿上。至少，到时候，舒顿不会孤军奋战。

雷奥登飘浮着，没有任何感知。时间对他而言毫无意义——他就是时间，时间就是他的本质。偶尔他也会飘向那曾被称为清醒知觉的表面，但光是靠近，就会让他感到彻骨的疼痛，于是又退后。痛楚就像是一片湖面，如果他试图冲破它，那么痛苦就会回来并且淹没他。

有好几次，当他靠近了痛苦的表面，就能看见一些影像。那些影像或许是真实的，但也有可能只是他记忆的影子。他看见了加拉顿的脸，同时显露出开心和愤怒的表情。他看见了卡拉姐，她的眼神沉重而绝望。他看见了起伏的山峦，上面覆盖着树木和岩石。

然而，这些对他来说都已无关紧要。

"我常常希望他们干脆让她死掉。"

拉森抬起头。迪拉弗的声音像是在喃喃自语，然而，教士的眼睛此刻却紧紧地盯着拉森。

"什么？"拉森迟疑地问。

"如果他们让她死去……"迪拉弗拖长了尾音。他正坐在屋顶边缘，看着船只在下面集结，满脸是对过去的怀念。他的情绪总是不太稳定，没有人能像迪拉弗那样维持如此强烈的激情，而不损害到自己的心灵。再过几年，迪拉弗可能就会因此发疯。

"那时候我已经五十岁了，拉森。"迪拉弗说道，"你知道吗？现在我已经快七十岁了，虽然我的身体看起来仍像二十岁不到，尽管我的身体为了要符合阿雷伦人的体型而经过刻意的扭曲变形，但她还是认为我是她见过的最英俊的男人。"

拉森努力让自己看上去保持平静，他曾经听说过这类事情——达客豪的咒语甚至能够改变一个人的外表。这个过程无庸置疑是非常痛苦的。

"当她生病的时候，我带她去了伊岚翠。"迪拉弗咕哝着，他的双脚紧紧地靠在胸口。"我知道他们是异教徒，而求助于异教徒无疑是种亵渎的行为，但四十年的达客豪生涯也不能够阻止我……当我想到伊岚翠可以救她的时候——他们说伊岚翠人能治疗别人，而达客豪却不能。于是我带她去了那里。"

僧侣不再看着拉森，他的双眼一片空洞无神。"他们改变了她。"他继续低声说着，"他们说是法术出了错，但我知道真相——他们认出了我的真实身份，他们恨我，想要报复我。但为什么，为什么要把诅咒施加在希拉（Seala）身上？她的皮肤变黑，头发全部脱落，痛苦不断地折磨着她。她哭喊了一整晚，哀嚎着她体内的痛苦正在吞噬她。最后，她从城墙上跳下以寻求解脱。"

迪拉弗的声音转为深切的悲痛。"我在底下找到了她，她还活着。从那样的高处跳下来，依然活着，她甚至无法求得一死。最后，是我亲手烧死了她。可是，自那以后，她的哭嚎声仍在继续，她一直在那儿哭喊，我可以听得见。所以，只有把伊岚翠彻底毁灭了，她才能停止哀嚎。"

他们走到了水池边，加拉顿把雷奥登放下。王子一动不动地低着头靠在石块上，他的头微微地挂在悬崖边，没有焦点的双眼望着凯伊城。加拉顿也靠在石头上，就在通往伊岚翠的通道旁边。卡拉妲筋疲力尽地坐在他身边。他们会休息一下，然后就会让自己解脱，忘记这一切。

木材收集好之后，士兵们开始搭造一个新的柴堆——用尸体堆成的柴堆。士兵们到这座城市各处去收集尸体，寻找那些被他们杀死的伊岚翠人。卢凯看着那些尸体才发现，他们并非都是死人，事实上，他们中的绝大部分都还活着。

大多数的伊岚翠人伤势严重到光是看着都让人觉得反胃，但他们的手脚还在抽搐，嘴唇还在抖动。伊岚翠人，卢凯震惊地想着，心灵死去，身体却依旧活着。

尸体越堆越高，足有好几百人，十年来所有因诅咒而成的伊岚翠人可能都在这儿了。他们之中没有一个人站起来抵抗，任由自己被拖来堆砌成堆，他们的眼神涣散，直到尸体堆得比木材还高。

"二十七步通往尸体。"阿蒂恩突然开口了，他从贵族群中走出来。卢凯正想伸手拉住他的弟弟，但是太迟了。一名士兵高声喝止阿蒂恩叫他站回去，但阿蒂恩没有反应。

愤怒之下，那士兵挥剑砍向阿蒂恩，在他胸口留下了一道很长的伤痕。阿蒂恩绊了一下，但还是继续往前走，那伤口竟没有流出一滴血。那士兵看到这样的情景，眼睛惊恐地睁大，他迅速向后跳开，嘴里还念着驱邪的咒语。阿蒂恩靠近伊岚翠人的尸堆，爬上阶梯，"扑通"一声和他们躺在了一起。

阿蒂恩身上五年来一直隐藏着的秘密终于被揭开了——他加入了他的同胞。

"我记得你，拉森。"迪拉弗再一次露出邪恶扭曲的微笑，就像个魔鬼，"当你来我们这儿时，还是个孩子，就在我启程前往阿雷伦之前。那个时候你很害怕，就像你现在一样。你最终落荒而逃，而我看得心满意足。你本来就没有资格当一个达客豪——你实在太软弱了。"

拉森浑身发冷，"你也在那里？"

"我那时候就是教长了，拉森。"迪拉弗说道，"你还记得我吗？"

看着那个人的眼睛，拉森脑中突然闪过记忆的碎片。他想起了那个身材高大的男人，想起了那双邪恶的眼睛，毫无怜悯之心的男人。他记起了那些吟诵，那些火焰，还有那些尖叫——他自己的尖叫——还有一张总在他面前晃动的脸庞。他们都有着同样的眼睛。

"是你！"拉森倒抽一口冷气。

"你记起来了。"

"我记得。"拉森用麻木而冰冷的声音说道，"是你促使我产生了离开的念头。当我在那儿待到第三个月的时候，有一天，你命令一名僧侣用他的法力把你送回伟恩的王宫。那个僧侣遵从了命令，付出了生命的代价，把你传送到一个只要步行十五分钟就能到达的地方。"

"绝对的服从是必需的，拉森。"迪拉弗低语道，"偶尔的考验和示范会让其他人变得更忠诚。"接着他停下来，俯视着下面的海湾。舰队已经集合下锚，仿佛就等迪拉弗的一声令下。拉森看向远方的地平线，一些黑色的船帆与桅杆已经清晰可辨。伟恩的军队马上就要抵达了。

"来吧。"迪拉弗下令道，一边站起身，"我们已经成功了，泰奥德舰队已经下锚入港。他们无法阻止我们的船舰登陆。我只剩下最后一项任务——杀死伊凡提奥王。"

一个影像滑进了雷奥登麻木的心灵。他想要忽略它，然而由于某些原因，那个影像就是挥之不去。他透过苦痛闪烁不定的表面，看着它——是一个简单的图案。

那是艾欧·雷奥。一个正方形，有四个圆圈同时围绕着它，还有四条直线将圆圈连结在一起。这是个使用广泛的符文——特别是在苏·珂拉西教派中——因为它的含意是性灵、精神与灵魂。

飘浮在白色的永恒中，雷奥登的心灵试图甩掉艾欧·雷奥的影像。那只是一些属于过去的东西，无足轻重，而且已经被他遗忘。他已经完全放弃了。但无论他如何努力地想要抹去这个图案，另一个类似的图案又主动出现在他面前。

是伊岚翠！四面围墙所组成的正方形。四座外城围绕着它，而它们的城墙都是圆圈。四条笔直的大道从四座城市通向伊岚翠。

我主慈悲！

士兵们打开一桶桶油，卢凯心潮起伏地看着他们把油倒在堆积的尸体上。三个赤裸胸膛的战士站在一旁，口中吟唱着某种异国颂歌，听起来太粗糙生疏了，简直不像是斐优旦语。卢凯知道——下一个就要轮到他们了。

"别看。"卢凯命令他的家人。当士兵准备开始点燃那些伊岚翠人时，他不忍地转过身去。

伊凡提奥王远远地站着，一小群守卫团团围绕着他。当迪拉弗靠近的时候，他低下了头。僧侣微笑着，手上拿着他事先准备好的匕首。伊凡提奥以为他只是将自己的王国投降奉上——他所不知道的是，他自己才是这场献祭仪式的真正祭品。

拉森走在迪拉弗身旁，思考着他的职责和使命。人终有一死，这是真理，但他们的离去并不是毫无意义的。整个斐优旦帝国会因为在泰奥德的胜利而变得更为强大，人们心中的信念也会变得愈加强烈。这和拉森在阿雷伦做的事没什么两样。出于政治原因，他努力想要改变人们的宗教，用尽了各种政治和煽动群众的手段。他曾靠着贿赂使特瑞伊改信，却丝毫不管他的灵魂是否受到拯救。当时的情况与现在类似，和整个苏·德雷西教派相比，这个充满异教徒的国家又算什么？

然而，即使他努力使其合理化，他的胃仍然感到一阵恶心。

我是被派来拯救这些百姓的，而不是屠杀他们！

迪拉弗勒住莎瑞娜公主的脖子，她的嘴被堵住了。当他们靠近时，伊凡提奥还抬起头，露出了一丝欣慰的微笑。他没有看见迪拉弗手中的匕首。

"我一直在等这一天。"迪拉弗轻柔地低语道。一开始，拉森以为教士指的是泰奥德的灭亡；但是迪拉弗并没有看国王，他正在看莎瑞娜，匕首的刀刃压近公主的脖子后边。

"你，公主，是一种疾病。"迪拉弗在莎瑞娜的耳边低语，拉森几乎听不到他在说什么，"在你来到凯伊城之前，阿雷伦人都恨伊岚翠。是你让他们忘记了仇恨，你和那些不洁的东西混在一起，自己也堕落到和他们一样的水平，你甚至比他们更糟——你没有遭到诅咒却寻求天谴的降临。我考虑过先杀了你的父亲，让你眼睁睁地看着他死。但现在我认为有一种更好的方法。想象一下老伊凡提奥亲眼看着你死去的模样，公主。带着这幅画面坠入杰德斯永劫不复的折磨深渊吧。"

莎瑞娜哭喊着，泪水沾湿了她口中塞着的破布。

雷奥登挣扎着想要恢复清醒。痛苦就像一块的巨石压在他身上，不让他前进，他的心智也在痛楚中动摇畏缩。他不顾一切地抵抗这种折磨，而它又总是再次将他淹没。但他还是一点一点地强迫自己冲破一切阻力，用尽全力去感知外面的世界。

他想要尖叫，永远不停地尖叫。疼痛的强度简直令人难以想象。然而，除了疼痛，他还感觉到了别的什么东西，他的身体。他在移动，在地面上被拖行。当视力恢复了一些之后，眼前的景象让他惊呆了。他看见自己正在被拖向一个蓝色的圆形物体。

那个水池。

不！他绝望地想着，还不要！我知道答案了！

雷奥登突然尖叫起来，开始扭动。加拉顿吓得把他的身体摔了下来。

雷奥登向前跌去，努力想要站稳脚跟，却因为惯性直接跌入池中。

第六十一章

迪拉弗把王妃拉近身边，将一把匕首抵在她的脖子上。伊凡提奥惊恐地睁大眼睛。

拉森看着匕首一点点地滑进莎瑞娜的皮肤。他想起了斐优旦，想起了他以前做过的那些努力，那些被他拯救的人。他还想起了那个小男孩，急于想加入教士阶级证明自己的信仰——往事翻涌，瞬间全部融合在了一起。

"不！"拉森一个回旋，挥出一拳，重重地砸在迪拉弗脸上。

迪拉弗踉跄着退后两步，惊讶地放下他的武器。然后，这位达客豪僧侣愤怒地抬起头，将匕首直接刺向拉森的胸膛。

匕首滑过拉森的盔甲，只在上漆的钢铁上划出一道不痛不痒的痕迹。迪拉弗惊讶地打量着拉森的胸甲，不敢相信地低语道："但是，那盔甲应该只是炫耀用的……"

"现在你应该知道了，迪拉弗。"拉森说着，举起他覆盖着盔甲的右拳猛击僧侣的脸。虽然那些扭曲的骨骼暂时抵挡住了拉森的拳头，但也因为钢铁的冲击发出"嘎吱"的声响。"我所做的每一件事都不是为了炫耀。"

迪拉弗摔倒在地，拉森从剑鞘中拔出他的配剑。"派出你的舰队，伊凡提奥！"他大喊道，"斐优旦的军队来到这里不是为了统治你们，而是为了把你们赶尽杀绝。如果你还想拯救你的人民，就马上行动起来！"

"我主诅咒你！"伊凡提奥对着迪拉弗高声咒骂，召唤集结起他的军队。不过，他马上又迟疑了起来，"可我女儿……"

"我会去救她的！"拉森哼了一声，"快去拯救你的王国，你这个傻瓜！"

虽然达客豪僧侣们的身体有着惊人的速度和力量，不过他们的头脑运转的速度还是与常人无异。他们的震惊给了拉森宝贵的几秒钟，他一边挥剑一边把莎瑞娜推进了一条小巷，自己则堵住了小巷的入口。

池水用冰凉的臂腕拥住了雷奥登。这池水是有生命的，他可以听见它在他心中呼唤——来，它说，我会让你解脱的。那温柔的抚触，仿佛是要融化他所有的苦难与悲伤，这让雷奥登想起了母亲。

来，它又说了一次。你真的可以放弃了。

不。雷奥登想道，还不行。

斐优旦士兵终于把所有的伊岚翠人都洒上了油，准备好了他们的火把。就在这个过程中，舒顿克制地移动他的手臂，似乎在画圆圈，幅度不大，速度也没有加快，仿佛他还有足够充裕的时间，简直就像是在做击剑课前的准备动作。卢凯甚至怀疑舒顿可能并不打算展开攻击，而只是单纯地挥动手臂以减少恐惧。

舒顿突然采取行动。年轻的男爵猝不及防地冲向前去，像一个舞者般地回旋，然后踢向一位正在吟诵的僧侣战士的胸口。一声清晰的碎裂声响起，然后舒顿再次旋转，一掌抽打在僧侣的脸上。这个魔鬼的脑袋居然不可思议地转了三百六十度，他的双眼暴突，强化过的脖子应声折断。

更让人觉得不可思议的是，从头到尾整个过程中，舒顿的眼睛竟然一直是闭着的，卢凯不能确定，但他觉得自己看到了某种东西——在拂晓的阴影中，舒顿的动作仿佛散发着微弱的光芒。

接着，卢凯发出一声支援的嚎叫——激励自己同时也为了让敌人恐惧——他抓起那根桌腿，用力地扔向其中一名斐优旦士兵。木头从那个人的头盔上被弹开，不过那一击已足以让他晕眩，卢凯跟上去就是一记更猛力的打击砸向那个人的脸。那名士兵应声倒下，卢凯则顺利夺走了他的武器。

现在他用一根桌腿换来了一把剑。看来似乎战果不错，不过他只希望自己能知道该怎么使用它。

达客豪僧侣的速度更快，力量更大，身体也更强韧，但拉森却比他们更加坚决。这是这么多年来头一次，他真切地感觉到自己的理智与心灵真正地合二为一，他感觉得到身体里爆发出的力量———正如他第一天踏上阿雷伦时所感受到的力量，那种自信他能够拯救当地人民的力量。

他成功地击退了他们，虽然只是勉强支撑，但毕竟是暂时抵挡住了。拉森或许不是一个达客豪僧侣，但他是一位真正的剑术大师。他所缺乏的力量与速度，可以用技巧来弥补。他不停地挥舞，然后一个成功的突刺把剑戳进了一名达客豪僧侣的胸膛，就插在两根肋骨之中。剑刃滑过变宽变厚的肋骨直戳进心脏。那个达客豪僧侣大口喘着气，在拉森拔出剑的同时他也跟着倒下。不过，与此同时，僧侣的同伴也迫使拉森退入巷子中。

他感觉到莎瑞娜就在他身后，正从口中拿出碎布。"他们人数太多了！"她气息不稳地说，"你不可能一个人应付他们所有人。"

她是对的。所幸，他们的敌人发生了一些变化，拉森听见不远处的另一头传来了打斗的声音——伊凡提奥的近卫队也加入了战局。

"跟我来。"莎瑞娜说着，猛拉他的肩膀。拉森冒险回头看了一下背后。公主指着旁边半掩着门的一栋建筑。拉森点点头，格挡开另一次攻击，接着转身就跑。

雷奥登一下子冲出了水面，本能地挣扎着呼吸。加拉顿和卡拉妲吓得惊跳起来。雷奥登感觉到那冰冷的蓝色液体流过他的脸庞。这不是水，是一种特别的东西，某种更浓稠的东西。他没有时间多犹豫，赶紧爬出水池。

"苏雷！"加拉顿惊讶地大叫起来。

雷奥登摇摇头，无法出声回答。他们以为他会被溶解——但他们所不知道的是，除非他愿意，不然池水不会带走他。

"来吧。"他终于嘶哑地说道，摇摇晃晃地迈出步伐。

尽管有卢凯活力充沛的突袭和舒顿的有力攻击，但现场的其他市民仍然只是麻木地呆在原地看着眼前的一切。卢凯发觉自己只能绝望地和三名士兵战斗，他还活着的唯一原因只是因为他不顾一切地拼命闪躲逃跑，而不是因为任何有效的攻击。渐渐地，他发现援军终于出现了，不过并不是正规军队，而是一群完全出乎他意料的人——女人。

好几个莎瑞娜的击剑学生捡起木条或是掉落在地上的剑，加入了卢凯的反击行动，而且比他更熟练且更有技巧地挥舞起那些剑。她们的加入让卢凯感到非常惊讶和意外，有那么一瞬间他甚至觉得他们可能有机会获胜。

不过情势瞬息万变，不一会儿舒顿哀叫着倒下，剑刃划伤了他的手臂。津多人的专注一旦被打破，他的战舞也跟着失效，只需要一根木棍往头部的简单一击就让他无法继续战斗。然后，前王后怡薰也跟着倒下，一把长剑刺穿了她的胸口。她可怕的哀嚎，还有鲜血溅满衣裙的恐怖景象让其他女性也跟着害怕起来，最后她们只能挫败地丢下武器。卢凯的大腿被划开一道长长的口子，他的对手也终于明白他丝毫不知道该怎么使用手上的武器。

卢凯痛苦地倒在石子地上，大叫着抱膝缩成一团。那些士兵甚至不屑于杀死他。

雷奥登以令人害怕的速度冲下山去，一路上，王子又跳又爬，不知道的人根本无法将他和那个几分钟前还处于昏迷状态的阿雷伦王子联系起来。不过他此刻的动作实在是让人看得心惊肉跳，如果滑一跤，或者只是踏错一步，他就会立即滚下去直到撞到下面的山壁。

"杜罗肯啊！"加拉顿紧张地叫喊着，努力地扶稳他。以这样的速度，几分钟内他们就能抵达凯伊城。

莎瑞娜躲在这个意外出现的避难所，在黑暗中完美地保持着静止不动。

拉森透过地板往上望，刚才是他机敏地发现了一扇地窖门，并且当机立断把它打开，接着把莎瑞娜推了进去。在底下他们找到了惊恐万分的一家人，在黑暗中依偎成团。他们安静而紧张地等着，最后终于听到那些达客豪僧侣走进房子又从前门离去。

终于，拉森点点头确认。"我们走吧。"他说着，伸手去撑起地窖门。

"待在这里。"莎瑞娜告诫那一家人。"除非必要，否则千万别出来。"

在爬楼梯的时候，枢机主祭的盔甲铿锵作响，他警惕地扫视了一圈房间，接着才示意莎瑞娜跟上来，他们躲进房子后头的小厨房里。拉森在那里开始脱下他的盔甲，一块块放在地上。虽然他没有解释，这身血红色的枢机主祭盔甲的确太过显眼了，即使它有非常好的防护能力，不过如果穿上它会招来更多的追杀，似乎也就不值得了。

当他进行的时候，莎瑞娜惊讶地发现那些金属盔甲的实际重量。"你这几个月就一直穿着这样一身沉重的盔甲四处行走？那样不会很难受吗？"

"这是我职责所应承受的重担。"拉森说着，脱下最后一片护腿。血红色的盔甲涂漆上满是刮伤和裂痕。"如今，我已经不配再拥有这样的职责了。"他毫不犹豫地丢下了它。

他看看那护腿，然后摇摇头，接着继续脱下他的厚棉内衣，类似盔甲下的衬垫。最后他赤裸着胸膛站立在那里，身上只剩下一条及膝的薄裤子，以及一件被当作绷带包裹右臂上的无袖上衣。

为什么要包住手臂？莎瑞娜好奇地想着。难道是某种特殊的德雷西装束？不过现在这个时刻，其他的问题显然更加重要。

"你为什么要这么做，拉森？"她问道，"为什么要对抗你的同胞？"

拉森停顿了一下，接着他看向远方。"迪拉弗的行为太邪恶了。"

"但你们的信仰……"

"我的信仰是杰德斯，一个教导人们自我奉献的神，一场大屠杀并不是他所希望的奉献。"

"伟恩似乎不这么认为。"

拉森没有回答，随手从一旁拿起一件斗篷，把它递给莎瑞娜，然后自己也披上一件。

"我们走吧。"

雷奥登的脚上布满了瘀青、割伤和擦伤，他都快要认不出来这是他肉体的一部分了，仿佛它们只是一团聚集在他脚上的痛苦混合体。

但他还得继续走下去，他知道如果一旦停下来，痛苦就会再次征服他。他并不是真的挣脱了——他的心灵只是从虚无中短暂地溜了回来，借用他的身体进行最后一搏。等他完成任务，白色的虚无将会再次把他吞噬，遗忘一切。

他摇晃着向凯伊城前进，凭着感觉前进。

当佳拉把卢凯拉回到充满恐惧的民众中时，他感到一阵晕眩。他的腿部抽痛，随着上面一条大伤口中血液的流失，他可以感觉到自己的身体正在逐渐变得虚弱。她的妻子尽最大努力为他包扎伤口，但卢凯知道这样做毫无意义。即使她真能止住血，过不了多久，那些斐优旦士兵还是会杀死他们。

他绝望地看着其中一个胸膛赤裸的战士将一个火把丢到伊岚翠人的尸堆上，浸着油的尸体立即爆发出巨大的火焰。

那个魔鬼对几个普通士兵点点头，然后他们就拔出武器，无情地靠近那群缩成一团的群众。

"他在做什么？"当他们到达斜坡的底部时，卡拉妲忍不住问。雷奥登还是跑在他们前面，跌跌撞撞地奔向凯伊城的护墙。

"我不知道。"加拉顿老实地说。雷奥登开始抓起路旁的树枝，接着他开始奔跑起来，一边跑一边还在身后拖着根木条。

你到底想做什么，苏雷？加拉顿无法抑制好奇地想着。同时，他可以感觉到那个顽固的希望之苗又再次从他的心底冒芽了。"不管是什么，卡拉妲，这一定很重要。我们一定要守护他完成他想做的。"说完，他跟在雷奥登后头跑了起来，追随着王子的路径。

几分钟之后，卡拉妲突然伸出手指着前头。"那边！"是六名斐优旦士兵，他们可能是在搜索这座城市里剩下的流浪汉，此刻正绕着凯伊城的城墙巡逻。领头的士兵注意到了雷奥登，举起了一只手。

"快来。"加拉顿说，突然发力冲向雷奥登，"不管发生什么事，卡拉妲，都不能让他们阻止他。"

雷奥登几乎没有听到有人靠近他，他只隐约地感受到加拉顿和卡拉妲正跑在他后头，不顾一切地冲向士兵的方向。他的朋友们赤手空拳，头脑中有个声音告诉他，他们无法为他争取多少时间。

雷奥登继续跑着，紧紧抓着手中的树枝。他不确定自己是否找到了正确位置，但他确实找到了——他感觉到了。

没剩几步了。最后的几步了。

突然，一只手从旁边伸出抓住了他，对他呼喊着斐优旦语。雷奥登被绊倒在地上——但他依旧牢牢地抓着那根树枝，不让它滑落一寸。一阵纷乱过后，那双手放开了他。

只剩几步了！

人们继续在他身边打斗着，加拉顿和卡拉妲的出现吸引了士兵们的注意。雷奥登发出一声挫败的哭喊，像个孩子似的一边在地上爬一边画出线条。一只靴子重重地踩在雷奥登手边的地上，只差几寸就要踩扁他的手指了。但他还是浑然忘我地继续移动。

他看着那近在咫尺的终点，看着一名士兵挥出长剑，让卡拉妲的头颅和身体分了家，看着加拉顿被两把剑插进了腹部然后瘫倒，然后，一名士兵把剑指向了雷奥登。

雷奥登咬紧牙关，痛苦地在泥土上完成了他的线条。

与此同时，加拉顿巨大的身体倒在地上，卡拉妲的头颅滚到了石墙边。士兵踏前一步，正要对雷奥登动手，突然一道巨大的亮光从地上喷发出来。

亮光爆发出来，让尘土有如银河般闪烁，亮光射向空中，绕着雷奥登画出了线条。那亮光包裹住他——但那不只是光，那是一种绝对纯净的、精练的能量，是铎——它正在冲刷着他，包围着他，有如温暖的液体一般。

两个月来第一次，身上的痛苦正在渐渐退去。

亮光持续地顺着雷奥登所画的线条奔驰，慢慢沿着凯伊城的矮墙连接起来，然后顺着城墙喷射到地面上。最后，一个亮光圆圈完整地围住了凯伊城。不过，它并没有因此停下来，能量在连接着凯伊城与伊岚翠的道路上奔驰喷射，渐渐延展到那座伟大城市的外墙之上。然后再从伊岚翠连结到其他三座外城——那些从十年前就已经倾覆直到几乎被遗忘的城市。很快的，这五座城市的轮廓同时喷发出光芒——那是五根灿烂夺目的能量光柱。

城市与城市之间错综复杂地组成了一个庞大的符文——那是伊岚翠人力量的核心。这一切都只需要加上裂谷线来让它重新运作。

一个正方形，四个圆圈。艾欧·雷奥。伊岚翠之心。

雷奥登站在光芒的洪流中，他的衣服因为这股独特的力量而上下翻飞着。他觉得自己的力量全都回来了，他的痛苦则像是无关紧要的记忆般地蒸发不见了，他的伤口已全部愈合。他不需要看，也不需要摸，就知道柔软的银发已经从头皮里长出来了，他皮肤上的斑点也已全部消失，取而代之的是精致耀眼的银色光泽。

他正体验着一种从未有过的狂喜和极乐，他的心脏再次在胸口中跳动，如同雷鸣般的鼓声。宵得术法，转变，在此刻终于全部完成了。

雷奥登发出一声赞叹，从光芒中走出来，他看起来就像一种不属于这个世界的生物。加拉顿震惊地从地上爬起来，他的皮肤现在也闪耀着暗银色的光芒。

惊恐的士兵们跌作一团，好几个人开始默念驱魔咒语，想要呼唤他们的神。

"你们还有一个小时。"雷奥登说着，举起他发光的手指对着港口，"滚。"

卢凯紧紧抓住他妻子的手，看着火焰逐渐吞噬那些鲜活的生命。他对佳拉低声诉说着他的爱，而那些士兵则继续冷漠地靠近，准备执行他们邪恶的使命。讴明神父正在卢凯背后低声祈祷，请求我主宽恕他们的罪行，拯救他们的灵魂。

然后，就像一盏灯突然被点亮，伊岚翠城突然喷发出一道巨大的光芒。整座城市随之震动起来，城墙也仿佛因为某种惊人的力量延展扭曲着。城中的人们仿佛被困在一场能量风暴之中，突如其来的旋风席卷了整座城市。

他们就像站在巨大的白色暴风眼中，围绕城市的城墙突然散发出惊人的光芒，而能量则在其中奔涌咆哮。人们恐惧得尖叫起来，斐优旦士兵们开始咒骂，困惑无比地看着那闪闪发光的城墙。卢凯并没有看着城墙，他的嘴巴因为惊讶而微微张开，因为他发现了更令人震惊的事情——在那堆伊岚翠人的尸体中，有些阴影正开始移动。

一点一点地，他们的身体闪耀出光芒，甚至比他们身旁的火焰更加明亮、更加有力，然后，伊岚翠人从火焰中走了出来，他们丝毫没有受到火焰的伤害。

人们震惊地瘫坐在地上，只有两个魔鬼教士似乎还有行动能力。其中一个尖叫起来，拔剑冲向伊岚翠人。

一阵闪光就在此时穿过广场，直接击中了那名僧侣的胸膛，把那个生物卷入了巨大的能量之中。长剑应声掉落在石子路上，冒着烟的骨头和焦黑的肉块纷纷落下。

卢凯惊讶地看向攻击光束的来源——雷奥登此刻正站在敞开的伊岚翠大门口，他的手抬起在半空，这位国王的全身正散发着光芒，仿佛从坟墓中归来的鬼魂，他的皮肤闪烁着银色的光芒，他的头发亮白得刺眼，而他的脸上则洋溢着胜利的光辉。

余下的魔鬼教士用斐优旦语对着雷奥登尖叫着，咒骂他是斯夫拉之吻。雷奥登轻轻举起手，在空中迅速地挥舞着，他的手指留下一道白色的线条，那线条绽放着与伊岚翠城同样强烈的光芒。

然后一个发光的符文出现在他身旁——艾欧·达（Aon Daa），那是力量的符文。国王透过那个闪亮的符印看向对方，眼神挑衅地盯着那个德雷西战士。

僧侣再一次不甘地咒骂，随后放下了他的武器。

"带着你的手下离开这里，僧侣。"雷奥登命令道，"搭上那些船，然后永远地滚离这片土地。任何德雷西的事物，人或是船舰。一个小时后如果还待在我的国家里，将会面临我愤怒的力量。我很怀疑你有足够的胆量留下来面对我的愤怒。"

斐优旦士兵开始溃逃，他们已无需任何人下达指令，整齐划一地飞快逃离这座城市，而他们的首领则跟在他们后面。在雷奥登所显示出的威力面前，僧侣骇人的身体正令人同情地打着冷颤。

雷奥登目送着他们离去的身影，接着他转身看向卢凯还有其他人，宣布："阿雷伦的人民，伊岚翠已经重生了！"

卢凯晕眩地眯起眼睛，有那么短暂的一刻，他甚至怀疑眼前的一切是不是他恐惧和疲惫过度的心灵产生出的幻觉，但是当欢呼声最终在他耳边响起，他才敢相信这一切全都是真的——他们得救了。

"真是出人意料啊。"他自言自语道，然后因为失血过多而昏迷。

迪拉弗轻轻地碰了碰他那被打断的鼻子，忍住大喊的冲动。此刻，他手下的达客豪僧侣正在他身边等待着下一个命令。他们轻松地杀死了国王的守卫，但是在刚才的战斗中他们不光让伊凡提奥逃脱，连王妃也逃走了，甚至连那个可恶的叛徒拉森也逃之夭夭。

"把他们找出来！"迪拉弗咆哮着站起身来。激动、愤怒充斥着他的身体，他死去妻子的哀嚎依然在耳边回荡，哭喊着要他为她报仇。他会报仇的！伊凡提奥不可能那么及时地派出他的舰队。更何况，五十名达客豪僧侣已经占领了泰奥德的首都。这些僧侣的威力等同于一支军队，他们一个人就比一百个普通人还要强大。

他们终究会征服泰奥德。

第六十二章

莎瑞娜和拉森小心翼翼地走在城市的街道上，他们用不起眼的斗篷紧紧包裹住自己。拉森戴上兜帽以隐藏他的黑发。泰奥德的人民已经聚集在街道上，好奇他们的国王为何会召集舰队停驻在港湾边，许多好奇的群众已经涌向港口。莎瑞娜与拉森就混迹在其中，弯着腰、低着头，尽力不引起别人的注意。

"等到达了港口，我们要设法搭上一艘商船。"拉森小声说，"只要舰队一起航，他们会立即逃出泰奥德。在哈维尔有好些地方几个月都看不到一个德雷西教士。我们可以先躲到那里去。"

"你说话的口气就像泰奥德快要陷落了一样。"莎瑞娜不满地小声答道，"你可以逃走，教士。但我绝对不会离开我的祖国。"

"如果你真的在乎你祖国的安危，你就会听我的。"拉森冷哼一声，"我了解迪拉弗——他是个执著的家伙，如果你继续待在泰奥德，那么他也会留在这里。如果他知道你离开了，或许就会追着你而离开。"

莎瑞娜恨恨地咬紧牙关。枢机主祭的话听起来很有道理，但他也有可能是在混淆视听，好让她与自己一起行动。当然，现在的他看起来似乎没有理由做这种事情。可是，他为什么那么在乎莎瑞娜呢？之前，她可是他最棘手的敌人啊。

他们缓慢地移动着，不愿意随意加快脚步而脱离人流的掩护。"你并没有真正回答我的问题，教士。"莎瑞娜低声说，"你背叛了你的宗教，为什么？"

拉森沉默着走了一阵子。"我……我不知道，女人。我从孩童时代起就追随苏·德雷西教派——它的结构和形式一直吸引着我。后来，我升入了教士阶级。我……我以为我有信仰，但结果却并非如此。或许，我开始怀疑我一直深信不疑的东西根本就不是苏·德雷西教派。我也不知道那到底是什么。"

"苏·珂拉西教派吗？"

拉森摇摇头。"不，这想法太简单了。这个世上的信仰并非只是珂拉西或德雷西，答案也并非如此简单的非此即彼。我依旧相信德雷西的教导，我的问题是伟恩，而不是神。"

拉森惊恐地发现自己竟然把弱点暴露给了这个女人，他很快让自己的心硬起来，避免和她讨论进一步的问题。是的，他背叛了苏·德雷西教派；是的，他是个叛徒。但是，由于某些原因，在作了这个决定之后，他反而觉得自己的内心平静了许多。他已经在杜拉德造成了太多的血腥和死亡，他不会再让这种事情发生了。

他曾经说服自己相信共和国的覆灭是一场必然的悲剧。但是，现在他自己亲手戳穿了这个谎言——他在杜拉德的所作所为并不比迪拉弗现在的行为更高尚。他在让自己接受真相的同时，也开始意识到自己过去的暴行是一种怎样的罪恶。

然而有一件事情让他免于绝望——那就是承认。不管他曾经做了什么，他都可以勇敢地说现在的他是忠于自己的良心的。即使他现在立刻就死去，他也可以带着这份勇气和尊严面对杰德斯。

这些想法刚刚闪过他的脑海，接着他就感觉到胸口一痛。他惊讶地伸手一摸，再举起手来看时，他的手指上已沾满了鲜血。他突然感觉到双脚一阵无力，不由自主地靠向身边的房子，莎瑞娜在他身后惊恐地尖叫起来。困惑、迷惘，他转头看向人群，接着他看到了凶手的脸庞——他认得那个人，他的名字是斐悠——拉森在抵达凯伊城当天赶走的那名教士。这已经是两个月之前的事了，斐悠怎么会找到他的？怎么会……？这不可能。

斐悠阴险地微笑着，然后消失在人群之中。

当夜幕降临，拉森放弃了所有的思考。他把视线和注意力集中在莎瑞娜忧虑的脸庞上。这个导致他走向毁灭的女人，就是因为她，他最终舍弃了那些他相信了一辈子的谎言。

她永远也不会知道自己已经爱上她。

别了，我的公主，他在心里念着。杰德斯，请怜悯我的灵魂。我已经尽力做到最好。

莎瑞娜看着拉森眼中的光芒逐渐消失。

"不！"她喊叫着，双手紧紧压住他的伤口，徒劳地想要止住流血，"拉森，你不能把我抛在这里！"

他没有回应。他们两个一直以来分别为着两个国家的命运而彼此对抗，但她却从来不明白他到底是个怎样的人。如今，她永远也不会明白了。

另一声尖叫将莎瑞娜惊回到现实。人群开始在她身边聚集，因为看到倒在街头的垂死男人而骚动起来。莎瑞娜这才惊觉自己已成为众人目光的焦点。她松开手，想冲出人群躲藏起来，但一切都太晚了。几个胸膛赤裸的身影出现在街口，查看着骚动的原因。其中一个脸上还带着血迹和一个断裂的鼻子。

斐悠从人群中溜走，为他轻松杀死了第一个人而感到欢呼雀跃。他们告诉他这很简单——他只需要将匕首插进一个人的胸口就行了。这样他就可以获得加入拉司伯修道院的许可，在那里他会被训练成一名刺客。

你是对的，拉森，他想道，他们的确给了我一种新的途径来服侍杰德斯的帝国——一种更重要的方式。

这是多么讽刺啊，他所奉命杀死的这个人竟然是拉森。伟恩怎么会知道斐悠会在这里找到拉森，就在泰奥德的某条大街上？斐悠也许永远都不会明白，主上杰德斯能以凡人无法理解的方式行事。无论如何，斐悠终于完成了他的使命。他的忏悔期已经结束了。

踏着欢快的步伐，斐悠回到他下榻的旅店，并点了一份早餐。

"离我远一点。"卢凯痛苦地说，"我快要死了——你还是去看看其他人吧。"

　　"别抱怨了。"雷奥登说着，在受伤的卢凯面前画出了艾欧·埃恩符文。当他画完那条裂谷线，商人脚上的伤口立刻缩小了一点。如今雷奥登不只知道如何正确地调整与强化符文，他的符文本身也已经具有了伊岚翠真正的力量。随着整座伊岚翠城被修复，艾欧铎也重新获得了它奇迹般的力量。

　　卢凯惊讶地往下看去，试着抬了抬自己的腿，他发现自己完全感觉不到伤口的存在，就好像它完全不曾出现过。然后他不满地皱眉对雷奥登说："其实你大可以给我留下道疤痕什么的，那可是我经过了殊死的奋战才得到的呀——你真应该看看刚才的我有多英勇，可是现在疤痕没了，以后我的子孙一定会很失望，居然连一道疤也没办法给他们看，他们甚至可能会认为我在说谎。"

　　"他们会活得好好的。"雷奥登说完便直接站起身走开。

　　"你怎么了？"卢凯问，"我以为我们已经赢了。"

　　我们是赢了，雷奥登想，但是我失败了。他们已经找遍了整座城市——到处都没有莎瑞娜、迪拉弗或是拉森的踪迹。雷奥登抓住了一个挣扎着想逃脱的德雷西士兵，质问他们的下落，但那个人哭喊着表示他什么也不知道，雷奥登只能无奈地带着厌恶释放了他。

　　他忧郁地看着人们欢欣鼓舞地庆祝这来之不易的重生。尽管历经浩劫，又有那么多人牺牲，尽管凯伊城几近全毁，但是人们看上去还是很高兴。斐优旦人终于被赶走了，而伊岚翠也荣耀复归。诸神的时代再次来临。不幸的是，雷奥登完全无法享受到胜利的甜美。因为，没有了莎瑞娜，这一切对他而言只是枉然。

　　加拉顿缓缓地靠近他，从一群伊岚翠人中穿过。那一大群银色皮肤的人们就站在那里，其中的大多数仍一脸茫然。他们中的好些人早在多年前就已经沦为惑伊德，所以完全不知道最近发生了什么。

　　"他们打算要……"杜拉德人开口。

　　"雷奥登大人！"一个声音突然打断了他——一个雷奥登认得的声音。

　　"阿什？"他焦躁地回应，四处寻找侍灵的踪影。

　　"陛下！"阿什说，从广场呼啸而过，"一个侍灵刚刚告诉我。王妃！她此刻正在泰奥德，大人。我的国家正在遭受攻击！"

　　"泰奥德？"雷奥登目瞪口呆地问，"以我主之名，她是怎么能在这么短的时间内跑到那里去的？"

　　莎瑞娜退后几步，不顾一切地想寻找到一件武器。人们终于注意到迪拉弗和他的魔鬼战士，注意到了那些斐优旦人怪异扭曲的身体和残酷的眼神，然后害怕得四处逃散。莎瑞娜的本能反应是加入他们，但这一动作只会让她一头栽进迪拉弗的手掌心。这个矮小僧侣的手下们很快分散开来，截住了莎瑞娜的退路。

迪拉弗慢慢走近——他的脸上还沾着干涸的血迹，在泰奥德冰冷的空气中，他祖露的胸膛仍不停地冒汗，他手臂和胸膛的表皮层下布满了错综复杂的图案，如青筋般暴起。他的嘴角露出一丝邪恶的微笑。此刻，莎瑞娜知道眼前的这个男人就是她此生见过的最恐怖的东西。

雷奥登很快爬到伊岚翠城墙的顶部，三步并两步地迅速移动，他的伊岚翠肌肉已经完全恢复，行动起来比他受到诅咒前都要更加迅速和持久。

"苏雷！"加拉顿关切地叫道，冲过去追他。

雷奥登没有回答，他登上了城墙顶部，从观望凯伊城废墟的人群中挤出一条路。当他们意识到是谁来了的时候，都尊敬地散开，有些人甚至跪下来，默念着："陛下。"他们的声音充满了敬畏。从雷奥登身上，他们看到了过去生活的回归——充满希望和富足的生活，有丰足的食物和充沛的时间，那种已经在十年暴政中被他们遗忘的生活。

雷奥登毫无所觉，看也不看他们一眼，径直走到北边城墙上，在那里他能够远眺宽广湛蓝的斐优旦海，而在海水的另一端就是泰奥德——那里有莎瑞娜。

"侍灵，"雷奥登命令道，"告诉我从这里到泰奥德首都的确切方向。"

阿什晃动了一会儿，接着移动到雷奥登面前，指出了地平线上的某一点。"如果你打算前往泰奥德，大人，您要沿着这个方向前进。"

雷奥登点点头，完全相信侍灵对方向的直觉。接着他开始绘制符文，他发狂似地建构着艾欧·泰亚——之前无数次他的手指通过反复绘制死记硬背下来的图案，甚至完全没有想过这么做到底能带来什么好处。而现在，这个符文似乎就要发挥作用了，随着伊岚翠增强了符文的力量，线条不单单只是浮现在空中——当光芒从符文中流泻出来，不停地持续喷射，仿佛他的手指在一个巨大的水坝上戳出小洞一样，让某些东西从里面喷洒出来。

"苏雷！"终于赶上他的加拉顿喊道，"苏雷，这是怎么回事？"然后他认出了那个符文，惊恐地咒骂起来，"杜罗肯！雷奥登，你知不知道自己在做什么？"

"我要去泰奥德。"雷奥登一边说着，一边继续着手上的动作。

"但，苏雷，"加拉顿抗议着，"你自己告诉过我的，艾欧·泰亚有多危险。你是怎么说的？你如果不能确定正确的方向，你可能会死。你不能这样莽撞行事，可啰？"

"这是唯一的方法，加拉顿。"雷奥登坚定地说，"我起码得试试。"

加拉顿摇摇头，把手放在雷奥登的肩膀上。"苏雷，这种毫无意义的尝试除了证明你的愚蠢之外，什么也证明不了。你知道泰奥德距离这里有多远吗？"

雷奥登把手慢慢放下。他并不是个地理学家，他知道从这里去泰奥德大约需要四天的航程，但他并不知道精确的实际距离。按照书本的范例，他必须先画一个艾欧·泰亚的框架，并给它加上具体的距离限制，然后它才知道具体要把他传送到多远的地方。

加拉顿点点头，拍了拍雷奥登的肩膀。"准备一艘船！"杜拉德人命令一群士兵——他们是伊岚翠护卫队仅存的最后几名成员。

这样就太迟了！雷奥登悲伤地想。如果我无法保护我所爱的人，这么强大的力量又有什么用？伊岚翠又有什么用？

"一百三十二万七千零四十二。"一个声音从雷奥登身后响起。

雷奥登惊讶地转过头，阿蒂恩就站在他身后不远的地方，他的皮肤正闪耀着伊岚翠人的银色光泽。他的眼中不再有一丝智力缺陷的茫然，此刻这双眸子正清晰地凝视着雷奥登。

"阿蒂恩。"雷奥登惊讶地说，"你这是……"

那个年轻人就像卢凯一样地直视着雷奥登，他向前一步，继续说："我……我觉得我的一生就像是一场梦。雷奥登，我记得每一件发生过的事情。但我没办法作出任何反应——我什么话也说不出来。但现在不同了，而且有一件事情还是和从前一样，始终未变。就是我的心智……我总是有办法把数字搞清楚……"

"是步数吗？"雷奥登沉思着低语。

"一百三十二万七千零四十二步。"阿蒂恩重复了一次，"就是从这里去泰奥德的距离。根据我的测量，然后以你的脚步为单位。"

"赶快，大人！"阿什惊恐地大喊，"莎瑞娜遇到危险了，玛依（Mai）——它正在看着公主，它说她已经被包围了。噢，我主！快啊！"

"在哪里，侍灵！"雷奥登跪下来开始测量自己的脚长。

"靠近港口，大人。"阿什说，"她站在通往港口的主要街道上！"

"阿蒂恩！"雷奥登在他的符文上又加了一条直线，表示男孩所说的距离。

"一百三十二万六千八百零五步。"阿蒂恩说道，"这就是你和港口之间的距离。"他抬起头，皱着眉说："我……我也不确定自己怎么会知道这些，我只在很小的时候去过一次，但是……"

这就足够了，雷奥登心想。他伸出手，在符文边上又做了些修饰，指示符文将他传送到一百三十二万六千八百零五步的距离外。

"苏雷，这太疯狂了。"加拉顿说。

雷奥登看着他的朋友，赞同地点点头，然后在符文上添加一笔粗重的裂谷线。

"在我回来之前，伊岚翠就交给你管理了，我的朋友。"雷奥登刚说完，艾欧·泰亚就开始震动，在他面前喷涌出强烈的光芒。他伸出手，抓住颤动的符文中心，他的手牢牢握住符文，仿佛它是实体一般。

我主在上，他祈祷道，如果您听到我的祷告，请为我指引道路吧。希望阿什有着正确无误的方向感。他感到符文的力量向他席卷而来，紧紧包裹住他的身体。不一会儿，他眼前的世界就消失了。

莎瑞娜的背靠着厚厚的砖墙，无奈地看着迪拉弗的眼神中闪着欢乐的神采，正在向她一步步地靠近。他站在前面，他的僧侣则围在四周。

一切都结束了。我已经无处可逃了。

突然之间，一道光芒冲向其中一名僧侣，将那个生物抛向空中。莎瑞娜愣愣地看着那名僧侣的身体呈一条抛物线被腾空抛出去，然后砰然落下。其他的僧侣全都因为震惊停止了所有的动作。

一个身影猛地冲过一整排僧侣，站到莎瑞娜面前。他的皮肤闪着银色的光泽，还有一头银白的头发，而他的脸庞……

"雷奥登？"她惊讶地出声大喊。

迪拉弗咆哮着，以一种超越常人的速度冲向雷奥登，莎瑞娜在旁边惊叫起来。然而雷奥登的反应也同样迅速，他在迪拉弗发动攻击前就旋转、退后着躲开了，同时，国王的手在空气中迅速挥就一个潦草的符文。

一股强烈的光芒从符文中散发出来，周围的空气仿佛都随之扭曲变形。然后，光球将迪拉弗的胸口炸开，将教士整个人腾空抛起向后撞去。迪拉弗被那冲击力直直地抛进了一栋房子里，过了很久，才听到他呻吟着挣扎地爬起来。

雷奥登咒骂了一声，他靠过来搂住莎瑞娜。"抓紧。"他边说，边用空着的另一只手画出一个新的符文。雷奥登这次的艾欧·泰亚更加复杂了一些，但他的手指却依然灵巧。他刚好在迪拉弗的手下靠近他们之前完成了符文。

莎瑞娜感觉到自己的身体在瞬间腾空，就好像迪拉弗把他们带到泰奥德的那次一样。光芒围绕着她，然后是不停的摇晃和振动。下一秒，一切回复平静。莎瑞娜发现自己摔倒在泰奥德熟悉的石子路上。

她惊讶地看着远方，大约在五十尺开外，她可以看见赤裸着胸膛的迪拉弗和他的僧侣们正混乱地站成一圈。其中一个人高举起手，指着雷奥登和莎瑞娜。

"我主在上！"雷奥登咒骂起来，"我忘了那本书上说过！符文离伊岚翠越远，效力就越弱。"

"那你没办法带我们回家？"莎瑞娜爬起身问。

"不能靠符文了，看来我办不到了。"雷奥登承认。于是他拉起她的手，开始狂奔。

莎瑞娜心里仍然充满了各种问题，仿佛在转瞬之间，整个世界完全颠倒了过来。到底雷奥登发生了什么事？他是怎么从迪拉弗那致命的一剑中恢复过来的？她忍着满腹的疑问，只是暗自庆幸着，只要他平安完好，能够像此刻这样站在她面前，那就已经足够了。

雷奥登发狂地想寻找一个新的逃脱办法，如果是他一个人可能还有机会摆脱迪拉弗的手下，但现在和莎瑞娜在一起就是另一种状况了。往码头去的路上空无一物，泰奥德的大型战舰正在沉重缓慢地驶离海湾，准备迎战斐优旦的舰队。一个穿着王室绿色长袍的人正站在码头的远处，和其他几个人对话。那是伊凡提奥王——莎瑞娜的父亲。国王并没有看见他们，而是转身匆忙地走进一旁的小巷。

"父亲！"莎瑞娜大喊起来，但距离实在太远了。

雷奥登可以听见身后传来的急促的脚步声，他转身把莎瑞娜推到后面，举起双手同时画出艾欧·达符文。符文的功效在泰奥德明显减弱了不少，但也不是完全失去了效果。

迪拉弗抬起手，让他的战士放慢脚步。雷奥登也停顿下来，不愿意由自己首先挑起最后的决战。迪拉弗到底在等什么呢？

胸膛赤裸的战士们从小巷和街道中蜂拥而出。迪拉弗微笑着，等待他的战士们聚集起来。不消几分钟，他身边的人手就会从十二个增加到五十个，而雷奥登的生存几率也从渺茫骤然下降至无望。

"你带来的援兵也太少了。"莎瑞娜抱怨着，走出来站到雷奥登身边，轻蔑地瞪着前方的那一群怪物。

她的挖苦调侃让雷奥登的嘴角不自觉地上扬。"下次，我会记得带一整支军队来的。"

迪拉弗的僧侣开始冲锋，雷奥登的双手则同时完成了一个复杂的符文，两波强大的能量攻击并行出击，紧接着雷奥登又迅速地开始画出下一个符文。莎瑞娜紧紧地搂着雷奥登的腰，她看得出来，无论雷奥登再怎么赶，都来不及在那些有超人速度和力量的怪物抵达前完成了。

港口因为巨大的冲击波而剧烈摇晃起来，木头破碎，石头断裂，一场巨大的暴风冲击从她身后飞了过去，她牢牢地抓着雷奥登才勉强没有让自己被震飞。当她终于能够张开眼睛的时候，他们已经被数百个银色肌肤的人包围了起来。

"艾欧·达！"加拉顿以响亮的声音下令。

几百只手同时举向空中，描绘着同一个符文，他们中有一半的人画错了线条，符文凭空消失，但剩下的人顺利完成了符文，那些符文攻击已经足以对迪拉弗的手下送出一次毁灭性的冲击波，那攻击强烈到足以当场把排在前面的几个僧侣的身体撕碎。

尸体落在地上，其他的人则被远远地抛飞，剩余的僧侣被这场面吓得呆立在原地动弹不得，傻傻地看着眼前的那群伊岚翠人。

接着达客豪僧侣也开始混乱地发动反攻，他们转身背向雷奥登和莎瑞娜，开始攻击这群新到的敌人。

迪拉弗是其中唯一一个想到要弯腰的人，其他的僧侣因为太过傲慢、自负于自己的力量而直挺挺地任由那些强力的冲击波击中他们。

一群傻瓜！迪拉弗一边滚地逃开一边暗骂着。每个达客豪僧侣都受过特殊力量与技巧的祝福。他们全都拥有被强化的力量与几乎无法被破坏的骨骼，但只有迪拉弗拥有能降低铎影响的力量，这是牺牲了五十个僧侣才被创造出来的力量。他趴在地上不敢抬头，隐隐感觉到，他的手下正一个个地在伊岚翠人的攻击之下被撕得四分五裂。

剩下的僧侣人数少得可怜，但他们还是在负隅顽抗，希望能至少杀死一个伊岚翠人。他们被训练得很好，无论遇到多么强大的敌人都会誓死作战。迪拉弗也渴望加入他们。

但他不会那么做。可能有人觉得他是个疯子，但他绝不是个傻瓜。他脑海中尖叫着要报仇的声音仍未停歇，而方法只剩下一个——一个用来报复泰奥德公主还有她的伊岚翠人的方法；一个用来完成伟恩的命令并改变战斗情势的方法。

迪拉弗半躲半滚地离开了战场，与此同时，一道攻击正中他的背心，令他趔趄一跌，但他的骨骼保护了他，让他免受那些攻击的伤害并得以继续前进。

方才他刚到码头区时，就看见伊凡提奥王消失在了这条窄巷之中，如今他冲入了相同的巷子。

他的猎物会跟上来的。

"雷奥登！"莎瑞娜大叫出声，指着迪拉弗逃脱的方向。

"让他走吧。"雷奥登说着，"他已经无法造成更大伤害了。"

"但那是我父亲走的那条路！"莎瑞娜说完，拉着雷奥登走进了同一条小巷。

她是对的，雷奥登咒骂着想到。他快速地跟上了迪拉弗，莎瑞娜挥手要他一个人继续前进，于是雷奥登把她抛在了后头，让他新的伊岚翠身体带着他以惊人的速度前进。其他的伊岚翠人没有看到他离去，而是继续留在原地攻击那些僧侣。

雷奥登走入巷子中，还未回过神来，就在下一秒遭到了迪拉弗的伏击，僧侣强壮的身体从阴暗的角落里冲出，一下子把雷奥登撞上了巷子的墙壁。

雷奥登大喊出声，感觉到自己的肋骨应声断裂。迪拉弗退后一步，邪笑着抽出他的佩剑。教士向前递出一剑，雷奥登只能勉强滚开，避免被戳出一个洞。然而迪拉弗的攻击还是划开了雷奥登的左手，溅出了银白色的伊岚翠人鲜血。

雷奥登大口喘息着，感觉到手臂上的疼痛，不过，这样的疼痛和他先前所承受的苦痛相比简直是天差地别。他很快就忽略了它的存在，再次滚地闪开迪拉弗往他心脏猛刺过来的剑刃。如果他的心脏再次停止跳动，雷奥登就会死。伊岚翠人虽然强壮而且能够迅速痊愈，但他们并不是不死不朽的。

雷奥登一边闪躲，一边在脑海中搜寻着任何有用的符文。他的思绪飞快转动，然后他重新站起身，快速画出了艾欧·伊多（Aon Edo），这是个简单的符文，只需要六根线条，刚好在迪拉弗发动第三波攻击前完成。符文快速地闪烁着，一面薄薄的光墙随之出现在他和迪拉弗之间。

迪拉弗迟疑地拿剑测试那道墙壁，但墙壁挡住了他的剑。他使出越大的力量想要穿透墙壁，铎的反作用力也就越大。迪拉弗根本无法靠近。

于是，迪拉弗改变策略，他随性地伸手触摸那面墙壁，他的手掌微微发光，紧接着墙壁突然破裂开来，光亮的碎片在空气中消散。

雷奥登暗骂自己的愚蠢——就是这个人在前一天破坏了他的幻象。因为某些他所不知道的理由，迪拉弗拥有能够抵销符文的力量。雷奥登向后跳开，但迪拉弗的剑显然更快一些。剑尖没有戳到雷奥登的胸口，而是伤在他的手上。

当剑尖戳穿了他的右手掌，雷奥登尖叫出声。他想捧住受伤的手掌，但左前臂上的伤口也因为这剧烈的动作而重新抽痛起来。两只手都废了——他现在已经没有办法画出符文了。迪拉弗的下一击是轻松的一脚，足以让雷奥登已经受伤的肋骨进一步裂开。他痛苦地跪倒在地上。

迪拉弗大笑着，用剑尖拍打雷奥登的脸颊。"斯卡兹（Skaze）是对的，就算是伊岚翠人也不是无敌的。"

雷奥登没有回答。

"我还是会赢的，伊岚翠人。"迪拉弗继续说着，他的声音充满了无法抑制的激动和疯狂，"等到伟恩的船只打败泰奥德的舰队，我就会召集部队入侵伊岚翠。"

"没有人能打败泰奥德舰队的，教士。"一个女性的声音打断了他，与此同时，剑刃的闪光飞快地攻向迪拉弗的头部。

教士大喊着，差点来不及挡开莎瑞娜的攻击。她不知从哪儿找来了一把长剑，她挥剑的速度快得连雷奥登的视线都跟不上。迪拉弗的惊谎让国王露出了微笑——他还记得王妃是怎么样轻易地在击剑上打败他的。此刻她手中的武器比犀尔剑重得多，但她还是非常熟练地使用着它。

然而迪拉弗毕竟不是一般人。当他挡开莎瑞娜攻击的同时，他皮肤下的骨头图案也开始发出光芒，他的速度随之变得越来越快，很快地莎瑞娜由攻转守，又过了一会儿，战斗就以迪拉弗的长剑刺穿莎瑞娜的肩膀而告终。莎瑞娜的武器掉落在地上，她颓然地倒在雷奥登身边。

"对不起。"她低声道歉。

雷奥登摇摇头。没有人能在战斗中胜过像迪拉弗这样的怪物。

"我的复仇开始了。"迪拉弗喃喃低语，同时举起他的剑，"你可以停止哭喊了，吾爱。"

雷奥登用他染血的手护着莎瑞娜，接着他顿了顿，感觉到某个东西正在迪拉弗背后移动——那是一个阴影中的身形。

迪拉弗皱起眉头，顺着雷奥登的视线转过头，正好看到一个身影摇摇晃晃地从黑暗中走出，此刻正痛苦地掩着伤口。那是一名高大的男子，有着一头黑发与一双坚定的眼睛。虽然他不再穿着他的盔甲，但雷奥登依然认得出他。那是枢机主祭，拉森。

奇怪的是，迪拉弗似乎并不高兴看到他的同伴。这个达客豪僧侣转身举起剑，眼神中燃着怒火。然后他跳起来，用斐优旦语喊出一句话之后，竟然持剑挥向看来十分虚弱的枢机主祭。

拉森站在那儿，手臂从斗篷下迅速地挥出。迪拉弗的剑则笔直地击中了拉森的前臂。

然后一切停止。

莎瑞娜在雷奥登身后倒吸一口气。"他也是达客豪的一员！"她低声喊着。

这是事实。迪拉弗的武器刮在拉森的手臂上，扯开了包裹在上面的布料，正好露出底下的皮肤。那不是一只正常人的手臂——扭曲的图案潜藏在皮肤之下，隆起的骨骼正是达客豪僧侣的标记。

迪拉弗表现出了同样的惊讶，他震惊地站在那里，被拉森的手飞快地抓住脖子。

迪拉弗愤怒地咒骂着，扭动着想要挣脱拉森的钳制。然而枢机主祭却开始直挺挺地站起来，越抓越紧。斗篷下面是拉森袒露的胸膛，在那上面雷奥登却没有看见同样的达客豪图案，只看到了汗水、鲜血和一道伤口。为什么他只有手上的骨头有那个扭曲的图案？难道他只有部分的改变？

拉森高高地站着，丝毫不在意迪拉弗的动作，虽然那个僧侣开始以佩剑挥砍拉森强化过的手臂。但是攻击却一下下地被弹开，于是迪拉弗转而攻击拉森的另一只手臂。剑刃深深地砍进拉森的血肉之中，但枢机主祭连哼都不哼一声，反而更加紧紧地勒住迪拉弗的脖子，那个矮小的僧侣喘息着，痛苦地抛下他的剑。

接着，拉森的手臂开始发光。

那种奇怪扭曲的线条开始在拉森的皮肤下蠕动，并散发出瘆人的光芒，枢机主祭把迪拉弗举离地面。而迪拉弗不停地扭动挣扎，他的呼吸变得越来越急促。他拼命想要挣脱，努力想掰开拉森的手指，但枢机主祭却仍然坚定牢固地紧握住他的脖子。

拉森把迪拉弗整个举起来，仿佛要一直举入天际。他抬头凝望着天空，眼神却异常地涣散，仿佛想把迪拉弗作为供奉的祭品献给神。枢机主祭在那里站了许久，一动不动，手臂散发着光芒，迪拉弗则变得越来越慌乱疯狂。

随着一记断裂声响起，迪拉弗终于停止了挣扎。拉森用缓慢的动作放下僧侣的尸体，将它丢在一旁。他手臂上的光芒慢慢褪去，然后，他看向雷奥登与莎瑞娜，沉默地站了一会儿，接着如死木般轰然倒下。

当加拉顿赶到时，雷奥登正徒劳地想用他受伤的双手治疗莎瑞娜的肩膀。高大的杜拉德人看到这样的状况，就对另外两个伊岚翠人点点头，让他们去检查迪拉弗和拉森的尸体。等一切解决后，加拉顿坐下来让雷奥登教导他该如何画出艾欧·埃恩符文。又过了一会儿，雷奥登的双手与肋骨都恢复了，再由他来治疗莎瑞娜。

她安静地坐着。她不顾自己的伤势，还是亲自检查过躺在那儿的拉森。这次他确实死了。事实上，他胸侧的任何一个伤口早该让他在扭断迪拉弗的脖子前就死去，只不过他的达客豪印记让他多撑了一会儿。雷奥登摇摇头，在莎瑞娜的肩膀上画出了治疗的符文。他还是不明白枢机主祭为什么会来救他们，不过，无论如何，他都非常感激这个人的援助。

"舰队呢？"莎瑞娜焦急地问。

"在我看来一切非常顺利。"加拉顿耸耸肩说，"你父亲正在到处找你，我们抵达没多久后，他就来到码头了。"

随着雷奥登画上裂谷线，莎瑞娜手臂上的伤口也消失了。

"我不得不承认，苏雷，你和杜罗肯一样幸运。"加拉顿说，"闭着眼睛飞到这里来，是我所见过的最愚蠢的行为。"

雷奥登耸耸肩，紧紧地抱住莎瑞娜，"一切都是值得的。更何况，你不也跟上来了吗？"

加拉顿哼了一声："我们让阿什到前方确认你已经安全抵达后，才放心跟过来的。不像我们的国王，我们可不是疯子。"

"好吧。"莎瑞娜坚定地宣布，"你们之中，必须得有人立刻向我解释这些事。"

第六十三章

莎瑞娜整理了一下雷奥登的外套，然后后退几步，一边轻敲脸颊，一边上下打量着他。比起金色的外衣，她更喜欢白色的，但是与他银色的皮肤相比，白色外衣又显得太过苍白而缺乏生气。

"好看吗？"雷奥登将双臂向左右两边展开。

"就这样吧。"她轻松地决定道。

他大笑起来，微笑着凑上前去亲吻她。"你不是应该独自待在礼拜堂里祈祷，并为婚礼做准备的吗？那些传统礼节怎么办？"

"上次婚礼我已经都做过一遍了。"莎瑞娜说着，转过身确认他的亲吻没有弄乱她的妆容，"这次我打算紧紧盯着你。因为某些原因，我未来的丈夫总会在婚礼上发生意外。"

"那很可能是因为你，得分杆。"雷奥登取笑说，她父亲向他解释这个绰号时，他笑了好久，此后他完全不愿放过任何一个机会使用这个绰号。

她心不在焉地打了他一拳，然后继续整理她的婚纱。

"大人，女士。"一个寡淡的声音说道，是雷奥登的侍灵埃恩飘进门来，"时间到了。"

莎瑞娜坚定地抓住雷奥登的手臂。"走吧。"她命令道，向门口点点头。这一次，在他们顺利完成整个婚礼仪式前，她都不会再放手了。

雷奥登努力在仪式中集中精神，但珂拉西婚礼仪式常常是冗长而乏味的。讴明神父知道伊岚翠人请珂拉西教士证婚是首开先例的壮举，所以特别准备了一篇加长版演说。一如既往地，随着他的喃喃自语，这个矮小男人的眼神开始飘忽，仿佛已经完全忘却了自己此刻所处的场合。

雷奥登也任由自己的思绪驰骋，他不禁想起之前与加拉顿的一场对话——由一片骨头引发的讨论，那是他们从死去的斐优旦僧侣身上找到的骨头，畸形而扭曲——但它的美感却胜过恶心。它就像是某种象牙雕刻艺术品，或者是一束雕刻精美的木棍。最令人不安的是，雷奥登发誓他对上面的某些符号非常熟悉，那些图案源自于古代斐优旦文字。

德雷西僧侣设计出了属于他们自己的艾欧铎。

忧虑如此沉重地压在他心头，甚至让他在自己婚礼的中途都忍不住分心思考。几个世纪以来，唯一能够阻止斐优旦征服西方的只有伊岚翠。如果伟恩也发现了铎的秘密……雷奥登不由得想起了迪拉弗，他拥有能够与符文抗衡甚至摧毁符文的奇特力量。如果斐优旦再多几个拥有这种力量的人，那战斗的结果可能就会偏向另一方了。

埃恩熟悉的身影正赞许地飘浮在雷奥登的身边，侍灵的恢复弥补了雷奥登在最后战斗中失去朋友的哀伤，卡拉妲和其他人将会被永远铭记。埃恩声称它不记得任何它疯狂时发生的事情，但这个侍灵似乎在某些地方……有点不太一样了。它比之前更安静、更容易陷入沉思。雷奥登决定等到他一有空闲，就要开始询问其他伊岚翠人，试着揭开侍灵的秘密。这个问题也一直困扰着他，无论是在阅读、钻研还是学习的时候都会随时跳出来干扰他，他还没能找出制造侍灵的方法，他甚至都不能确定它们到底是不是由艾欧铎所创造出来的。

这并不是唯一让他烦恼的事情，舒顿奇特的确身舞蹈就是其中之一。所有的目击者，包括卢凯都声称那个津多人独自击败了一个迪拉弗的僧侣，而且是闭着眼睛的。还有人说那个年轻男爵在战斗时，浑身上下会散发出光芒。雷奥登开始怀疑，是否还有更多的方法可以运用铎的力量——太多种了。而其中一种显然就掌握在欧佩伦最残忍跋扈的暴君——伟恩·武夫登四世手上。

很显然，莎瑞娜早就注意到了雷奥登的心不在焉。讴明的演说一接近尾声，她就用手肘顶了顶新郎。作为一个女性政治家，她总是沉着冷静，掌控全局，机敏警觉，当然也非常的美丽。

他们的仪式继续进行着，先交换刻有艾欧·欧米的珂拉西吊坠，然后彼此许下山盟海誓的诺言。他给莎瑞娜的吊坠是由塔安亲自雕刻的精美纯玉，并且包着金边以衬托她的发色。莎瑞娜的礼物没有那么奢侈，但同样合适。她在某个地方发现了一块沉甸甸的黑石，然后将它打磨出金属光泽，反光的黑色完美地映照出雷奥登银色的皮肤。

最后，讴明向所有阿雷伦人宣布，他们的国王结婚了。掌声四起，莎瑞娜俯到她丈夫身上，亲吻了他。

"这就是你想要的一切吗？"雷奥登问道，"你曾说你一生都期待这一时刻的到来。"

"感觉真的很棒，"莎瑞娜回答道，"但是有件事情比婚礼更令我期待。"

雷奥登挑起一边眉毛。

她坏坏地笑道："新婚之夜。"

雷奥登以大笑作答，好奇把莎瑞娜娶回家，究竟会给自己和阿雷伦招来多少麻烦。

尾声

天气温暖，阳光明媚，与埃顿的葬礼形成了鲜明的对比。莎瑞娜正站在凯伊城外，看着前任国王的墓穴。埃顿曾经为之奋斗的一切如今都被推翻，伊岚翠已经复兴，农奴制不再合法。当然，他的儿子也登上了阿雷伦的王位，虽然这个王位如今被设在伊岚翠城里。

婚礼举行后才过了一星期，却已经发生了很多事。雷奥登最终允许贵族们保留他们的头衔，虽然起初他是准备要废除整个制度的。因为大众不接受，没有伯爵、男爵或其他贵族对他们来说似乎是一件非常不自然的事情。所以，雷奥登只是根据自己的目的改变了整套贵族制度，他让每一个贵族都成为为伊岚翠服务的公仆，命令他们去照看国家各个边远角落的人民。贵族不再是特权阶级，而更像是粮食的分配者——而从某种角度说，这本就该是他们的首要职责。

莎瑞娜现在正看着她的丈夫和舒顿、卢凯谈话，他的皮肤甚至在阳光下都散发着迷人的光芒。教士们说，伊岚翠的倾覆使里面的居民露出了本来的面目。如果他们认识雷奥登，就不会这么说了。因为那闪光的外表正是他真正的自我——发光的指路灯塔，自尊与希望的源泉。当然，不管他的皮肤如何银光闪烁，也比不上他的灵魂所散发出来的光亮。

雷奥登的身旁站着安静的加拉顿，他的皮肤也散发着光芒，只是以另一种形式。他的光芒更加深沉，就像抛过光的铁，这是残留的杜拉德血统的关系。这个高大男人依旧是个光头，莎瑞娜也对此深感惊讶。因为所有其他的伊岚翠人都长出了银白色的头发，当被问起这桩怪事的时候，加拉顿以他标志性的耸肩回答道："这挺适合我的，我从三十岁起就开始秃头了，可啰？"

就在雷奥登和卢凯身后，她可以辨识出阿蒂恩银色的身影，朵奥拉的第二个儿子。

根据卢凯的说法，在五年前宵得术法就选中了阿蒂恩。但这家人却决定用化妆掩盖他的转变，而不愿把他扔进伊岚翠城。

而阿蒂恩父亲的本性也一样令人难以捉摸。凯隐还是不想多作解释，但莎瑞娜可以从她叔叔的眼中确定一切都是真的。就在十年之前，他曾带领他的舰队和莎瑞娜的父亲对抗，企图夺取王位——连莎瑞娜也开始相信这个王位的合法继承人本该是凯隐。如果凯隐真的是兄长的话，那么他就应该继承王位，而不是伊凡提奥。她父亲还是不肯在这件事上多说，不过终究她会得到想要的答案的。

在她沉思的时候，她注意到一辆马车停在了墓地旁。车门打开，托蕊娜从里面走了出来，还带着她超重的父亲，埃汉伯爵。自从罗艾奥死后，埃汉仿佛就变了一个人，他的语调茫然而无力，整个人也瘦了一大圈。因为他对公爵的死所负的责任，其他人还没有原谅他，但他人的唾弃永远也比不上他对自我的厌恶。

雷奥登迎上了她的目光，轻轻地点头。是时候了，莎瑞娜庄严地走过埃顿的坟墓，以及四座类似的坟墓——那里分别安息着罗艾奥、伊翁德、卡拉姐，还有一个名叫邵林的男子。最后一座墓穴里并没有尸体，但雷奥登坚持要把它和别的墓碑立在一起。

这块地区变成了一个纪念场所，用来缅怀那些为阿雷伦而战的人们——还有那个努力想要把它毁掉的人。每个硬币都有两面，对他们来说，记住埃顿病态的贪婪和记住罗艾奥伟大的牺牲同样重要。

然后，她缓缓地接近最后一座坟墓，坟冢和其他人的一样高高隆起，总有一天它也会被青草和落叶所覆盖。然而现在它还是寸草未生，堆积起来的新鲜泥土还十分松软。莎瑞娜无需多费口舌说服大家建造这座坟墓，因为如今每个人都知道自己欠了墓中人一份情——斐优旦的拉森，高级教士，苏·德雷西教派的枢机主祭。他们把他的葬礼留到了最后。

莎瑞娜转过身来对人群演讲，而雷奥登就站在队伍的最前面。"我不会说得太久。"她说，"因为，虽然和你们大多数人相比，我和拉森之间的接触更多，但我从未真正认识过他。我总以为我可以通过当一个人的敌人来了解他，所以之前我总以为自己很了解拉森——他强烈的责任感、他坚定的意志，还有他拯救我们心灵的决心。

"但我从没看出他内心的挣扎，我并不知道这个人的内心最终会驱使他否定他曾经信仰和认定的一切。我从不认识那个会把他人的生命放在自己野心之前的拉森。这些事情全都被隐藏起来了，但最后证明它们才是对拉森来说最重要的事情。

"当你想起这个人的时候，不要再把他当成一个敌人，请记住他是一个渴望保护阿雷伦及其子民的人；请记住他最后的样子，一个拯救了你们国王的英雄。如果没有拉森的及时搭救，我和我的丈夫早就死在达客豪怪物的手上了。

"最重要的是，请记住拉森在关键时刻提出了警告，拯救了整个泰奥德舰队。如果舰队毁灭了，那么泰奥德将不会是唯一一个因此遭难的国家。无论有没有伊岚翠，伟恩的军队都将会攻打阿雷伦，而你们也都将为生存而战，如果那时你们还活着的话。"

莎瑞娜停顿了一下，目光在拉森的坟墓上游移。上面郑重地摆放着一副血红色的盔甲。拉森的斗篷挂在一把剑的末端，而剑被插在松软的泥土之中。猩红的披风正随风飘动。

"不。"莎瑞娜继续说，"当你们提起这个男人时，要让别人知道他是为了保护我们而牺牲的。要让别人知道，最终，拉森，苏·德雷西的枢机主祭，不是我们的敌人。他是我们的救世主。"

附录：艾欧铎符文图表

下列是一些文中常用的符文，但没有包含所有的符文。括弧中的字词是应用该符文的人名或专有名词的范例。

艾安AAN
真相、事实
（安登、塔安）

艾雷ARE
和谐、凝聚
（阿雷伦、阿雷德、玛瑞、瓦伦）

艾哈AHA
空气、气息
（埃汉、达哈、卡哈）

阿什ASHE
光、照亮
（侍灵 阿什、达希）

艾兰ALA
美丽、英俊
（梅拉、信纳兰）

艾泰ATA
优雅、流畅
（卡拉妲、阿塔德山）

艾欧AON
最初、语言
（艾欧铎、艾欧）

达DAA
力量、能量

戴欧DAO
稳定、安全
（朵奥拉、多恩）

伊岚ELA
焦点、中心
（伊岚翠、伊萝）

迪奥DEO
黄金、金属
（德奥金币、德奥庄园）

伊翁EON
意志、耐力
（伊翁德）

伊戴EDA
卓越、崇高
（伊甸）

伊奈ENA
慷慨
（托蕊娜）

伊多EDO
保护、安全

伊尼ENE
机智、聪颖
（莎瑞娜）

伊赫EHE
火焰、愤怒

伊希ESHE
天赋、才能
（怡薰、玛睿希）

埃德IAD
信任、可靠
（埃顿）

凯伊KAE
东方
（凯伊城）

埃耶IAL
帮助、协助
（罗艾奥）

凯埃KII
正义
（凯隐）

埃恩IEN
智慧
（侍灵埃恩、阿蒂恩）

耐NAE
视线、清晰

埃垒IRE
时间、年纪
（迪伦）

欧米OMI
爱
（我主、讴明）

埃杜IDO
仁慈、宽恕
（"我主慈悲"）

欧帕OPA
花朵
（侍灵欧帕、奥帕斯、欧佩伦）

凯埃KAI
平静、严肃
（凯丝）

雷奥RAO
性灵、精神
（雷奥登）

伊岚翠

里欧REO
惩罚、报复
（德瑞克·喉碎，灾罚）

瑞R.ll
财富、影响
（特瑞伊）

提奥TEO
王室、尊贵
（伊凡提奥、泰奥德）

玛伊MAI
荣誉

米雅MEA
慎思、爱心
（梅拉）

赛奥SAO
智力、学习
（邵林）

希亚SEA
纯洁、虔诚
（西登、希拉）

希奥SEO
忠诚、服务
（侍灵、希尔）

宵SHAO
转变、改变
（宵得、夏尔）

席欧SHEO
死亡

泰亚TIA
旅行、传送

中英名词对照表

A

Aanden	安登
Aerteens	亚伯丁，花卉的名字
Adien	阿蒂恩
Ahan	埃汉
Aon	艾欧
Aon Ashe	艾欧·阿什
Aon Daa	艾欧·达
Aon Deo	艾欧·迪奥
Aon Dii	艾欧·迪
Aon Edo	艾欧·伊多
Aon Ehe	艾欧·伊赫
Aon Ene	艾欧·伊尼
Aon Eno	艾欧·伊诺
Aon Eshe	艾欧·伊希
Aon Ien	艾欧·埃恩
Aon Mea	艾欧·米雅
Aon Nae	艾欧·奈
Aon Omi	艾欧·欧米
Aon Rao	艾欧·雷奥
Aon Reo	艾欧·里欧
Aon Rii	艾欧·瑞
Aon Shao	艾欧·宵
Aon Sheo	艾欧·席欧
Aon Soi	艾欧·索
Aon Tae	艾欧·泰伊
Aon Teo	艾欧·提奥

Aon Tia	艾欧·泰亚
AonDor	艾欧铎
Aonic	艾欧文
Aons	符文
Aor Plantation	艾尔庄园
Aredel River	阿雷德河
Arelon	阿雷伦
arteth	苏·德雷西教派的仪祭
Ashe	阿什，侍灵的名字
Ashgress	阿什格里斯
Atad Mountains	阿塔德山
Atara	阿塔拉

B

Burning Domi	愤怒的我主

C

Chancellor of defense	国防大臣
Chasm	大裂谷
ChayShan	确身
crosswoord tree	十字树

D

Dahad	达哈
Daora	朵奥拉

Daorn	多恩
Dashe	达希
Dathreki Mountains	达斯锐基山
DeluseDoo	德拉斯度
Dendo	登多
Deos	德奥，钱币单位
Derethi	德雷西
Dilaf	迪拉弗
Dio	戴欧，侍灵的名字
Diolen	蒂奥伦
Dion	迪奥
dionia	迪欧尼亚，一种病症
Diren	迪伦
Do—Dereth	铎·德雷西经
Do—Kando	铎·坎多经
Do—Keseg	铎·科萨格经
Do—Korath	铎·珂拉西经
Doloken	杜罗肯
Domi	我主
Dor	铎
Dorven	辅祭，苏·德雷西教派阶级
Dothgen	多西根
Dreok Crushthroat	德瑞克·喉碎
Duladel	杜拉德
Duladen Republic	杜拉德共和国

E

Edan	伊甸
Elantris	伊岚翠
Elao	伊姥
Eoldess	尤黛丝

Eon County	伊翁郡
Eon Plantation	伊翁庄园
Eondel	伊翁德
Eshen	怡薰
Eventeo	伊凡提奥

F

Fellavoo	费拉佛
Ferrin	飞翎
Fjeldor	斐优德
Fjon	斐优
Fjorden	斐优旦
Fjordell	斐优旦人

G

Galladon	加拉顿
garha	嘎哈
Ghajan	哥哈津
grador	主祭，苏·德雷西教派阶级
Graeo	格瑞奥
gragdet	教长，苏·德雷西教派阶级
Grondkest	戈隆卡斯特
gyorn	枢机主祭，苏·德雷西教派阶级

H

HaiKo	海客
hama	哈玛，杜拉口语
Hoed	惑伊德
Hoid	霍德

Holy Tongue	圣语
Horen	豪伦
Hraggish	哈吉许，津多菜肴
Hrathen	拉森
hroden	主上，苏·德雷西教派阶级
Hrovell	洛威尔
Hunkey Kay	巨人凯叔

I

Iadon	埃顿
Ial Plantation	埃奥庄园
Iald	艾尔德
Idan	艾旦
Idos Domi	我主慈悲
Ien	埃恩，侍灵的名字
Ien Plantation	埃恩庄园

J

Jaador	贾铎
Jaddeth	杰德斯
Jalla	佳拉
Jedaver	杰戴佛
Jesker	杰斯科
Jeskeri Mysteries	杰斯科秘教
Jindo	津多

K

Kaa Plantation	卡埃庄园
Kae	凯伊城

Kahar	卡哈
Kaise	凯丝
Kalomo River	喀罗摩河
Kaloo	卡鲁
Kaltii	卡尔提
Karata	卡拉妲
Kathari	卡莎雷
Kayana	咔哑讷／疯，杜拉德口语
ketathum	烤猪，津多菜肴
Ketol	凯陀尔
Kie Plantation	凯伊庄园
Kiin	凯隐
Kmeer	喀米尔剑
kolo	可啰，杜拉德口语
Kondeon	康迪翁
Korathi	珂拉西
krondet	从者，苏·德雷西教派阶级

L

Lake Alonoe	埃隆诺湖
Ledy Stick	得分杆
Loren	罗伦
Lukel	卢凯

M

Maare	玛瑞
MaeDal	玫日
Mai	玛依，侍灵的名字
MaiPon sticks	麦棒
Mareshe	玛睿希

Meala	梅拉
Mysteries	秘教

N

Naolen	纳奥兰
Neoden	尼奥登

O

odiv	侍僧，苏·德雷西教派阶级
Opa	欧帕
Opais	奥帕斯
OpeDall	欧日
Opelon	欧佩伦
Outer Cities	外城

P

Punishment	天罚

R

ragnat	大主祭，苏·德雷西教派阶级
RaiDel	雷德
RaiDomo Mai	雷多莫·玛侬，津多菜肴
Rain	雨城
Ramear	拉梅尔
Raoden	雷奥登
Rathbore	拉司伯
Redeem	雷帝姆
Riil	瑞尔

Roial	罗艾奥
rulos	鲁喽，可怜虫

S

Saolin	邵林
Sarene	莎瑞娜
Sea of Fjorden	斐优旦海
Seaden	西登
Seala	希拉
Seinalan	信纳兰
Seon	侍灵
Seor s Encyclopedia of Political Myths	希尔的政治神话百科
Seraven	瑟拉梵
Shaor	夏尔
ShinDa	幸达
Shuden	舒顿
Shu–Dereth	苏·德雷西教派，简称德雷西
Shu–Korath	苏·珂拉西教派，简称珂拉西
Shu–Koseg	苏·科萨格教派，简称科萨格
Skaze	斯卡兹
Soine	索妮
Spirit	性灵
sule	苏雷，杜拉德口语
Svorden	斯福坦
Svrakiss	斯弗拉之吻
Syclan	西客来
Syre	犀尔剑

T

Taan	塔安
Telrii	特瑞伊
Tenrao	谭拉奥
Teod	泰奥德
Teoish	泰奥德人
Teoras	泰奥拉斯
Teoren	泰奥伦
Teorn	泰伦
The Day of Empire	帝国之日
the Reod	灾罚
The Shaod	宵得术法
Thered	西瑞德Tii
Plantation	缇伊庄园
Tooledoo	图雷杜
Torena	托蕊娜
Transformation	转化

V

Velding	维尔汀

W

Waren	瓦伦
Wyrn Wulfen the Fourth	伟恩·武夫登四世

致谢

首先，也是最重要的——我得感谢我的经纪人约书亚·比尔莫（Joshua Bilmes），以及我的编辑摩西·菲德（Moshe Feder）。他们两位都助我把这份原稿的完整潜力给全部压榨出来。没有他们大师级的编辑眼光，你现在恐怕会拿着一本截然不同的书。

接下来，我的表扬与感谢将要献给我那些多彩多姿的写作团队成员。艾伦·莱顿（Alan Layton）、珍妮特·莱顿（Janette Layton）、凯林·佐贝尔（Kaylynn ZoBell）、伊桑·斯卡斯特德（Ethan Skarstedt）、丹尼尔·韦尔斯（Daniel Wells）、本杰明·R.奥尔森（Benjamin R.Olsen）、内森·古德里奇（Nathan Goodrich）、彼得·阿尔斯特伦（Peter Ahlstrom）、瑞安·德雷尔（Ryan Dreher）、迈卡·德莫克斯（Micah Demoux）、安妮·戈林奇（Annie Gorringe）和汤姆·康拉德（Tom Conrad）。（你们大概还不知道自己是个写作团队吧？）感谢你们大伙的努力与建言。

此外，在我为了出书的数年挣扎过程中，有几十个人读过这本书和其他本书，对于你们的热情、批评与赞美，我的感激言语无法形容。克里斯蒂娜·库格勒（Kristina Kugler）、梅根·考夫曼（Megan Kauffman）、伊齐·怀廷（Lzzy Whiting）、埃廷（Ehiting）、埃里克·埃勒斯（Eric Ehlers）、格雷格·克里尔（Greg Creer）、伊桑·斯普罗特（Ethan Sproat）、罗伯特·佐贝尔（Robert ZoBell）、黛博拉·安德森（Deborah Anderson）、劳拉·贝拉米（Laura Bellamy）、M先生（Mr.M）、克雷格·豪斯曼（Kraig Hausmann）、奈特·哈特菲尔德（Nate Hatfield）、史蒂夫·弗兰德森（Steve Frandson）、罗比森·E.韦尔斯（Robison E.Wells）和克里斯塔·奥尔森（Krista Olsen）。如果我忘了哪一位，我会在下一本书里提到你的！

我还要特别感谢那些曾在我大学生涯中帮助过我的老师们。萨莉·泰勒（Sally Taylor）教授、丹尼斯·佩里（Dennis Perry）教授和约翰·本尼恩（John Bennion）教授（负责我的硕士论文委员）。杰奎琳·瑟斯比（Jacquelin Thursby）教授一直对我很有信心。戴夫·沃尔弗顿（Dave Wolverton）引领我见识这个世界，道格拉斯·泰勒（Douglas Thayer）教授，有一天我会让你开始阅读奇幻小说的。（他会拿到这本书的副本，不管他要或不要！）

最后，我要感谢我的家人。我感谢我父亲在我还是个孩子的时候买书给我看；感谢我的母亲让我成为一位学者，我感谢姊妹的笑容，还有乔丹（Jordan），感谢你忍受一个跛扈的哥哥。你可以在我的网页上见识他的程序设计技巧，还有杰夫·克里尔（Jeff Creer）令人惊叹的美术设计。（www.brandonsanderson.com）

由衷地感谢你们每一位，感谢你们相信我。

布兰登·桑德森

名集令

万语幻想文学社

WIDEA

用精挑细选的眼光　　发掘精彩绝伦的传奇

热爱幻想文学的朋友们：

　　我们现诚挚地邀请您加入"万语幻想文学社"，与我们一起骑上想象力的骏马，穿越七彩的草原，向代表理想的风车冲锋！

　　这里有好书尝鲜，也有好友交流、有新鲜的资讯，也有犀利的见解，唯独没有任何门槛，只需要喜爱幻想文学，您就获得了进入我们这个温馨酒馆的入场券。寂静的夜里，欢迎您与我们坐到一起，听听故事，聊聊传奇……

万语幻想文学社简介

　　"万语幻想文学社"由图书出版公司上海万语文化艺术有限公司联合数家国内外关注幻想文学出版的机构共同发起。

　　文学社将致力于发掘并出版优秀的国内外幻想文学作品，不论是崭露头角的新人新作还是久经考验的幻想经典，都是我们关注的对象。

　　在未来的五年、十年甚至更长的时间里，您将在我们不断扩展的书单中，发现越来越多闪闪发光的名字。

　　万语幻想文学社也将致力于为作家和热爱幻想文学的读者打造便捷的交流空间，努力与众多幻想文学爱好者一起描绘出一道美好的阅读风景。

您可以通过以下几种途径加入我们：
豆瓣小站：http://site.douban.com/widea
新浪微博：http://weibo.com/widea2010
腾讯微博：http://t.qq.com/shanghaiwidea
邮　　箱：widea_sh@126.com

速速前来报道吧，您将获得：
○ 最新的出版资讯
○ 丰富的活动邀请
○ 志趣相同的朋友
○ 免费试读好书的机会

万语幻想文学社
2012年5月

布兰登·桑德森
Brandon Sanderson

罗伯特·乔丹的接班人 《时光之轮》的"终结者"

连续两年入选美国科幻/奇幻界地位最高的新人奖项：

约翰·坎伯新人奖

当今世界最耀眼的奇幻新星

1975 年 12 月 19 日生于美国内布拉斯加州首府林肯。2005 年，他凭处女作《伊岚翠》获《浪漫时代》（Romantic Times）奇幻史诗大奖，并连续入选 2006、2007 年美国科幻 / 奇幻界地位最高的新人奖项——约翰·坎伯新人奖。

2007 年他被钦点为已故奇幻巨头罗伯特·乔丹的继承人，续写现代奇幻传奇大系《时光之轮》的终结篇《光之回忆》。同年，他出版了逆写《时光之轮》的奇幻巨著"迷雾之子"三部曲，该书一出版就获得美国亚马逊读者评价最高票。《哈利·波特》的美国出版方 Scholastic 因而高价签下作者其他所有奇幻作品的版权。

2009 年 10 月，桑德森出版了《时光之轮》的续作《光之回忆 1：风起云涌》，打败了丹·布朗的新书《失落的秘符》，空降纽约时报排行榜榜首！

著作权合同登记：图字 09—2012—164 号

ELANTRIS

© 2005 by Brandon Sanderson

Simplified Chinese language edition published in agreement with Brandon Sanderson
c/o JABberwocky Literary Agency, through The Grayhawk Agency.

图书在版编目（CIP）数据

伊岚翠／（美）桑德森著；安珀译.—上海：上
海社会科学院出版社，2012
（幻想文学精选）
ISBN 978—7—5520—0035—1

Ⅰ．①伊… Ⅱ．①桑… ②安… Ⅲ．①长篇小
说—美国—现代 Ⅳ．①I712.45
中国版本图书馆CIP数据核字(2012)第039029号

出　品　人：缪宏才

总　策　划：闫青华
责任编辑：黄诗韵
特约编辑：沈丽凝
营销编辑：陈　轶
封面设计：万语设计联盟·陈　娴

伊岚翠

［美］布兰登·桑德森 著　　安珀 Lizzy 译

上海社会科学院出版社有限公司
上海市淮海中路622弄7号 邮编：200020
上海信老印刷厂印刷
字数 554 千字　开本 710×1010 毫米　1/16 开　印张 33.75
2012年5月第1版 2012年5月第1次印刷
ISBN 978—7—5520—0035—1/I·051
定价：68.00元

读者回函表

WIDEA

姓名：＿＿＿＿＿＿ 性别：＿＿＿ 年龄：＿＿＿ 职业：＿＿＿＿＿ 教育程度：＿＿＿＿

邮寄地址：＿＿＿＿＿＿＿＿＿＿＿＿＿＿＿＿＿＿＿＿＿＿＿ 邮编：＿＿＿＿＿＿

E-mail：＿＿＿＿＿＿＿＿＿＿＿＿ 电话：＿＿＿＿＿＿＿＿＿＿＿＿＿

您所购买的书籍名称：《伊岚翠》

您是如何得知一本新书的出版信息呢（多选）：□别人介绍 □逛书店偶然看到 □网络信息
□杂志与报纸新闻 □广播节目 □电视节目 □其他：＿＿＿＿＿＿＿＿

您喜欢到哪里买书（多选）：□书店 □网上书店 □图书馆借阅 □超市/便利店 □朋友
借阅 □找电子版 □其他＿＿＿＿＿＿＿＿

购买新书时您会注意以下哪些方面？
□封面设计 □书名 □出版社 □封面、封底文字 □腰封（就是书外面缠的腰带）文字
□前言后记 □目录 □名家推荐

您对本书的评价：

书名：	□满意	□一般	□不满意	故事情节：	□满意	□一般	□不满意
翻译：	□满意	□一般	□不满意	封面设计：	□满意	□一般	□不满意
内页设计：	□满意	□一般	□不满意	印刷质量：	□满意	□一般	□不满意
价格：	□便宜	□正好	□贵了	整体感觉：	□满意	□一般	□不满意

您喜欢的书籍类型：
□文学 □青春 □情感 □商业 □历史 □军事 □旅游 □艺术 □科学 □推理
□惊悚 □传记 □生活、励志 □教育、心理 □其他＿＿＿＿＿＿＿

您是否愿意接收我们发送的出版资讯？
□愿意 □不愿意

请列出3本您最近想买的书：＿＿＿＿＿＿＿＿、＿＿＿＿＿＿＿＿、＿＿＿＿＿＿＿＿

请您提宝贵建议：＿＿＿＿＿＿＿＿＿＿＿＿＿＿＿＿＿＿＿＿＿＿＿＿＿＿＿

★谢谢您购买我们出版的书。请将读者回函表填好后，邮寄到"上海市浦东新区锦绣路2150号万源商务楼3楼（邮编200127）"，或将此表扫描、拍照后发电子邮件至widea_sh@126.com，感谢您提供宝贵建议！

特别启示：图书翻译者征集

为进一步提高本公司引进版图书的译文质量，也为翻译爱好者搭建一个展示自己的舞台，现面向全国读者诚征外文书籍的翻译者。如果您对此感兴趣，也具备翻译外文书籍的能力，就请赶快联系我们吧！

您是否有过图书翻译的经验： □有（译作举例：《＿＿＿＿＿＿＿＿＿＿》）□没有
您擅长的语种：□英语 □法语 □日语 □德语 □韩语 □西班牙语 □其他＿＿＿＿
您希望翻译的书籍类型：□文学 □生活 □心理 □其他＿＿＿＿＿＿＿

★请将您的简历邮寄到"上海市浦东新区锦绣路2150号万源商务楼3楼（邮编200127）"，或发电子邮件至widea_sh@126.com，简历中请特别注明您的外语水平、翻译经验。经考察适宜者，将有机会成为我们的译者。期待您的参与！

上海市浦东新区锦绣路2150号万源商务楼3楼

上海万语文化艺术有限公司

文学·心理·经管·时尚

艺术影响生活，文化改变人生

Email: widea_sh@126.com